Gilbert Bordes

LES VENTS DE LA LIBERTÉ

roman

XO
EDITIONS

ISBN : 978-2-84563-670-5

PREMIÈRE PARTIE

L'APPEL DE L'OCÉAN

Augustin Moncellier entendit la clameur monter de la rue du Faubourg-Montmartre. Son rabot allait moins droit sur la planche de chêne. Laurent Vidal tourna vers lui son visage renfrogné. Une grimace animait ses rides et sa barbe blanche en épis. Augustin s'arrangeait toujours pour travailler assez loin de lui à cause de la forte odeur de son haleine. Pourtant, c'était un bon patron, honnête et généreux.

— Eh bien l'Augustin, tu comptes les anges ?

Les cris s'intensifiaient, des voix de femmes dominaient le grondement de la foule. Des grossièretés fusaient, ponctuées d'éclats de rire.

Les autres ouvriers avaient aussi levé la tête des pièces de charpente qu'ils façonnaient. De la porte ouverte venait une lumière blanche, sans ombre, et l'odeur de Paris qui changeait avec le temps et les saisons. Aujourd'hui, en ce 8 février 1789, le vent froid qui dispersait les relents d'égout la rendait indéfinissable, mais bien présente.

— Ça vient de la rue des Porcherons.

Vidal sortit devant sa porte, suivi de ses manouvriers qui n'attendaient qu'une diversion pour abandonner leur établi.

Une foule bigarrée se pressait au bout de la rue. On entendait encore des plaisanteries, des obscénités. Des enfants couraient vers l'attroupement en poussant des cris joyeux. La plupart étaient vêtus d'un surcot en toile grise de crasse, de culottes sombres rapiécées aux genoux. Un bonnet de laine ou de tissu grossier couvrait leurs cheveux où prospéraient les poux. Quelques-uns étaient chaussés de sabots, d'autres allaient les pieds nus.

— Les condamnés ! cria l'un d'eux en passant devant l'atelier de maître Vidal. Paraît qu'on est en train de les fouetter !

Ils ne voulaient surtout pas manquer le passage des hommes enchaînés. Les distractions étant rares, on parcourait plusieurs lieues pour assister à une pendaison. Les bagnards attiraient les foules : on les montrait aux enfants indisciplinés pour les ramener dans le droit chemin. Les huer, leur jeter des pierres réconfortait les honnêtes gens : malgré leur misère, la difficulté de trouver à manger, ils échappaient à l'outrage suprême des prisonniers conduits par les rues comme des bêtes à l'abattoir.

Depuis quelques années, la contestation était dans l'air, les Parisiens se révoltaient pour un rien et mettaient à sac les boulangeries. Les plus pauvres, surtout les femmes à qui il incombait de nourrir les enfants, prêtaient une oreille attentive aux propos des fauteurs de trouble, qui n'acceptaient plus que les nobles ne paient pas d'impôt, que les curés vivent grassement sur le dos du peuple. Était-ce cela qu'avait voulu Jésus en mourant sur la croix ? Une certitude remplissait l'esprit des bons chrétiens : le diable avait imposé son enfer sur terre et ce n'était qu'un début puisque d'année en année le pain était plus cher et le travail moins payé.

Augustin se faufila entre les curieux. Vidal l'arrêta :

— Laisse, dit-il en soufflant sur le jeune garçon son haleine fétide. Tu n'y peux rien.

Vidal n'avait pas oublié cette journée de janvier dernier où Pierre de Soubret, le collecteur des impôts, avait été assassiné devant la maison de Paul Moncellier. Le curé Branton avait accusé l'artisan qui avait été arrêté par la milice du roi.

— C'est injuste, s'emporta Augustin. Mon père est innocent ; le coupable je le connais, mais personne n'a voulu m'écouter.

— Laisse, tempéra Vidal. Je te crois, et c'est bien triste, mais qu'est-ce que tu veux faire contre les papistes ?

— C'est parce qu'on est protestants, s'emporta encore Augustin. Mais le coupable, je l'ai vu et j'ai gardé ça.

Il montra une chaîne en argent et un médaillon sur lequel était gravé le portrait d'un homme très brun au visage maigre et au nez en faucille.

— Il l'a perdu quand il s'enfuyait !

Parmi les condamnés de droit commun, on trouvait un grand nombre de protestants. Les guerres de religion étaient oubliées, mais les rivalités demeuraient. Les réformés tenaient souvent des boutiques, des petites fabriques qui prospéraient et supportaient mieux la crise économique que les bons catholiques.

Sans tenir compte de l'avertissement de son maître, Augustin courut vers l'attroupement et se fraya un passage entre les curieux.

En jouant des coudes et des poings, il arriva au premier rang et vit enfin ce qui faisait courir tout ce bas peuple convié au spectacle de la honte. Attachés les uns aux autres par une chaîne, le torse nu, une quarantaine de misérables exhibaient leur maigreur de prisonniers à qui on oubliait souvent de donner à manger. Malgré leur visage couvert de barbe, leurs cheveux filasse et agglutinés en baguettes par la crasse, la plupart recevaient les injures en gardant la tête haute. Des soldats les entouraient, vêtus d'un uniforme bleu et rouge. Rasés de près, ils avaient fière allure sur leurs chevaux bien nourris. Les fouets claquaient, les mèches griffaient les épaules nues en y laissant des traînées rouges.

— À mort ! criaient des voix éraillées. À mort !

Les cavaliers du roi faisaient face à la populace qu'ils devaient contenir. Ils avaient pour mission de protéger les condamnés qui, à Rochefort, seraient occupés à des travaux épuisants jusqu'à ce qu'ils en meurent.

— Laissez passer la chaîne ! lança l'un des gardiens devant la foule qui barrait la rue.

Les gens s'écartèrent. Des pierres frappaient les bagnards. Deux soldats se tenaient de part et d'autre et repoussaient rudement les curieux.

— Allez, dispersez-vous ! Rentrez chez vous ! Laissez la place.

Les gardes n'avaient pas l'habitude de prendre des précautions avec le bas peuple et n'hésitaient pas à frapper. Augustin sentit une lanière siffler près de son oreille droite, mais n'y prenant garde, il bouscula des lanceurs de pierres et dépassa le groupe des condamnés dont un bruit de chaîne ponctuait les pas.

Il s'approcha de l'un d'eux, deuxième dans la file. Des projectiles touchaient l'homme, insensible. Ses longs bras décharnés pendaient de chaque côté de son torse nu. Il ne portait qu'une sorte de culotte déchirée et serrée à la taille par une ficelle.

Augustin lui fit un signe et se plaça tout près de lui. Une femme édentée hurla :

— On dirait que ça te tente ! C'est peut-être ce que tu mérites !

L'homme avait relevé la tête. Il n'était pas très vieux, peut-être quarante-cinq ans. Son visage maigre disparaissait sous une barbe sale très noire, piquée de fils d'argent. Il leva sur Augustin ses yeux clairs. Son front était barré par une ancienne cicatrice rougeâtre, qui allait de l'œil droit à la naissance des cheveux près de la tempe gauche. Une sacrée balafre à laquelle il avait eu beaucoup de chance de survivre.

— Père ! cria Augustin en tendant les bras.

Une lanière claqua sur la main du garçon. Une traînée de petites gouttes de sang se forma. La femme édentée hurla encore :

— C'est le fils de cette vermine ! Qu'est-ce que vous attendez pour l'emmener ?

Malgré la menace, Augustin prit la main du condamné et cria :

— Je te jure que je viendrai te chercher et que je ferai punir le coupable !

— Laisse, ça ne servira à rien désormais, répondit Paul Moncellier.

— J'ai vu le coupable et j'ai la preuve de son forfait. Je te jure que je te vengerai !

Un tonnerre de protestations monta de la foule entassée en tête du convoi. Depuis quand avait-on le droit de parler aux bagnards ? Une pierre toucha Augustin qui, pleurant de rage, s'accrocha désespérément au bras de son père.

— Occupe-toi de ta sœur et de ton frère. Je vous confie à la miséricorde de Dieu.

Quelqu'un hurla :

— À mort, le parpaillot !

— Ce n'est pas mon père qui a tué le collecteur des impôts ! hurla Augustin en faisant face aux gens.

— Dis que c'est notre bon curé Branton qui a menti ! répliqua quelqu'un tout près de lui.

Les jets de pierres redoublèrent. Les gardes menacèrent la populace qui s'écarta. Augustin vit les visages haineux se tourner vers lui. Ne pouvant s'en prendre aux condamnés, la foule avait besoin d'une victime. Les poings se levaient. Le jeune garçon fut bousculé, un coup de bâton le frappa violemment à l'épaule droite. Il s'échappa dans une rue voisine, espérant semer ses agresseurs.

— À mort, le parpaillot !

Augustin courait aussi vite que ses jambes de dix-sept ans le lui permettaient dans un dédale de ruelles sombres aux pavés couverts d'excréments. Des pierres l'atteignaient mais il n'en sentait pas la brûlure. Ses poursuivants ameutaient les badauds. Des manouvriers croyant avoir affaire à un voleur tentèrent de l'arrêter. Augustin passa ce barrage sans difficulté puis arriva à une esplanade ouverte sur deux rues plus larges.

La place était encombrée. Sur sa droite, un boucher égorgeait un porc à même le sol. Les cris de l'animal faisaient rire aux éclats un groupe d'enfants qui assistaient à la scène avec jubilation, même s'ils savaient que la viande ne serait pas pour eux. Augustin avait espéré que la milice locale aurait arrêté ses poursuivants, mais elle avait autre chose à faire qu'à s'occuper d'une poignée de jeunes gens pour qui l'occasion de passer leur colère sur un moins que rien, le fils d'un condamné au bagne et de surcroît protestant, était une aubaine.

Les cris, les menaces ameutèrent les habitants de ce quartier tranquille. Les servantes firent rentrer les enfants, les domestiques bouclèrent à double tour les portes des hôtels particuliers. Les colères populaires étaient souvent redoutables. Les petites gens exaspérés par la misère n'obéissaient plus aux ordres des représentants de l'autorité. La faim les poussait à mettre en cause la fortune des nantis et le bon ordre de la société. Voilà la belle morale de MM. de Voltaire, Diderot et autres auteurs de fadaises décadentes ! Le monde allait mal, l'ordre antique était miné par ces ignobles penseurs. On espérait un sursaut de l'autorité royale pour garder chacun à sa place mais le roi ne s'occupait pas de Paris : Louis XVI vivait à Versailles…

Augustin s'apprêtait à fuir dans une avenue plus large quand un groupe surgi d'une ruelle l'arrêta. Cette fois, il ne pourrait pas s'échapper. Il pensa à sa sœur, Léa, qui allait devoir s'occuper seule de son frère, à son père qu'il ne reverrait jamais. En cet hiver 1789, alors que le pain manquait, que les enfants mouraient terrassés par des maladies inconnues, la foule parisienne avait besoin de victimes expiatoires.

Il hésita, regarda à droite, puis à gauche. De hauts murs l'empêchaient de s'échapper dans les jardins où il aurait pu se cacher facilement. Il s'adossa à un portail de fer, prêt à vendre chèrement sa peau, et fit face à ses agresseurs. Il n'avait jamais pensé que sa vie s'arrêterait ainsi, sous les coups d'anonymes, pauvres bougres comme lui. Il cria :

— Je vous jure que mon père n'a pas tué le collecteur des impôts ! Je vous le jure !

— Qu'est-ce que tu racontes ?

— La vérité !

— On s'en fout de la vérité !

Ils se ruèrent sur lui ; alors le portail contre lequel il s'était adossé céda. Il tomba à la renverse dans une allée, se releva d'un bond et courut se dissimuler dans les massifs voisins. Plusieurs domestiques sortirent de la maison, tenant des pistolets chargés.

— Que se passe-t-il ? demanda une dame accourue sur le perron.

Elle était coiffée à la mode de Versailles, cheveux renforcés de postiches formant un haut entrelacs de mèches tressées qui la grandissaient. Sa robe blanche serrée à la taille lui conférait une élégance propre aux femmes du monde. Augustin, terré entre deux gros buis, n'osait pas bouger. Les domestiques refoulèrent rapidement les manifestants en les menaçant de leurs armes et fermèrent le portail.

— J'ai vu quelqu'un entrer, dit la dame toujours sur le perron. Je vous prie de le chasser.

— Ce n'est qu'un gamin, un tire-poche. Ne vous en faites pas, Madame, nous allons le débusquer et le mettre dehors à coups de pied au cul.

— Faites en sorte que ce genre d'incident ne se reproduise pas, poursuivit la dame. Vérifiez que le portail est bien fermé, sinon nous risquons la visite de tous les vauriens de la ville.

Les domestiques se mirent à fouiller le parc. L'un d'eux découvrit Augustin, tremblant, incapable de se tenir debout après sa course pour la vie.

— Te voilà, malandrin !

Ils extirpèrent Augustin, qui redoutait d'être rejeté à la rue où ses poursuivants n'auraient pas de mal à le retrouver. Il adressa un regard suppliant à la femme toujours sur le perron. Son beau visage ovale, très blanc, ses yeux couleur du ciel, et sa bouche entrouverte sur des dents restées blanches le fascinaient. Un domestique le poussa vers le portail ; elle leva tout à coup les bras.

— Attendez.

Par les portes entrebâillées, Augustin voyait plusieurs jeunes gens qui guettaient sa sortie.

— Madame, je vous en supplie, ne me jetez pas dehors, ils vont me tuer.

— Fermez le portail, ordonna-t-elle.

Un peu rassuré, Augustin lui adressa un sourire timide.

— Approche, dit-elle. D'où viens-tu ?

— De la rue des Porcherons, répondit le garçon. Ils me poursuivent parce que...

Il hésita à parler de son père condamné au bagne et ne termina pas sa phrase. Elle descendit les marches du perron. Il remarqua qu'elle n'était pas aussi grande qu'il l'avait cru.

— On t'a surpris en train de voler, c'est bien ça ?

— Non, madame, je ne suis pas un voleur. Je suis apprenti charpentier chez maître Vidal. Avant, je travaillais avec mon père qui avait une filature et des métiers à tisser à côté du port au poisson.

— Ah bon ? s'étonna la dame en faisant la moue. Et pourquoi n'y travailles-tu plus ?

— Parce que... Parce que les affaires sont mauvaises en ce moment.

Augustin ne pouvait détacher son regard du beau visage hautain. Une étrange sensation s'emparait de lui : un tremblement envahissait ses membres et une curieuse impression de chaleur gonflait sa poitrine... Il aurait voulu ne jamais partir. Les yeux qui le regardaient lui faisaient oublier qu'il allait se faire botter les fesses par maître Vidal.

À cet instant, un homme portant un élégant uniforme militaire sortit de la maison, rejoignit la femme qui lui sourit. Il lui prit le bras et lança un regard sévère à l'intrus.

— Isabelle, que vous veut ce traîne-savate ?

— Figurez-vous que je viens de le sauver de ses poursuivants qui lui auraient sûrement pris la vie. Enfin, c'est plutôt ce portail mal fermé qui l'a sauvé. Moi, j'ai fait le reste.

— De quoi vous embarrassez-vous, ma chère. Ce petit peuple ne sait plus se tenir à sa place. Vous le laissez entrer chez vous et c'est lui qui vous poussera dehors. Vous verrez que j'ai raison !

Augustin haït d'emblée cet officier qui parlait du peuple avec tant de mépris. Il aurait voulu être de meilleure condition pour le défier en duel.

— Jetez-moi ça à la rue !

Augustin serrait les dents. Il n'accepterait jamais qu'on lui parle de la sorte. Quel mérite avait ce bellâtre à se pavaner dans son uniforme d'officier du roi ? Les Moncellier étaient tout aussi honorables que lui ! Le jeune garçon avait reçu une très bonne éducation et n'avait rien à envier à ce prétentieux.

— Vous avez entendu ce que j'ai dit ? répéta le maître à ses domestiques qui hésitaient. Jetez-moi ça à la rue, il pue !

Sans se démonter, Augustin s'approcha de la dame, ignorant volontairement l'officier qui le regardait avec mépris.

— Madame, je vous serai toujours reconnaissant de ce que vous avez fait pour moi.

— Cela suffit, répondit-elle. Tu vois bien que tu gênes ! File !

— Je voulais vous dire…

— Est-ce qu'il faut que je te fasse obéir à coups de pied au cul ? s'emporta l'homme en menaçant Augustin. Tu es ici chez le marquis de Ruffec, madame est mon épouse et nous ne supportons pas d'être importunés par les traîne-misère de Paris !

Sur la place, les esprits s'étaient calmés. Augustin resta longtemps près du portail fermé, illuminé par l'image de la dame qui l'avait sauvé. Il était ivre comme s'il avait bu un peu trop de petit vin clairet de la Butte. Elle s'appelait Isabelle ! Son corps drapé dans la longue robe légère avait la finesse des statues au fronton du Louvre. L'ouvrier aurait dû retourner chez son patron, mais quelque chose le retenait là, près de cette grille fermée du parc où il entendit une voix lancer :

— Isabelle, quand cesserez-vous d'aider ces saute-ruisseau qui nous haïssent ?

— Mais Charles, c'était un enfant. Il allait être battu, peut-être tué !

— Tant que le bas peuple s'en prendra aux siens, nous serons tranquilles !

Après un long moment, Augustin rentra à l'atelier où Vidal lui jeta un regard sombre.

— Où tu étais encore ?

Vidal, qui n'était pas méchant, ajouta sur un ton apaisant :

— Tu n'y peux rien. Je sais que ton père est innocent.

Augustin reprit sa place à l'établi et s'activa à redresser le madrier de chêne. Il aimait le travail du bois, mais il ne se sentait pas totalement dans son élément. Quelque chose lui disait qu'il ne passerait pas sa vie dans un atelier. Ses rêves le conduisaient très loin de Paris. Son père avait la passion des bateaux et de la mer, qu'il n'avait vue qu'une seule fois, en Normandie. Ensemble, ils avaient lu les voyages de Marco Polo, rêvé sur les bords de Seine en regardant les péniches suivre le cours du fleuve.

« Un jour, je serai marin, répétait-il. J'irai jusqu'en Amérique ! »

Paul serrait son fils contre lui et répondait d'une voix pleine d'émotion :

« Alors, je serai fier de toi ! »

À la nuit tombée, Augustin, en rentrant chez lui, rue du Bas-Chemin, ne put s'empêcher de faire un détour vers la rue de Thionville et resta un bon moment devant le portail fermé, ne quittant pas des yeux les fenêtres éclairées. À travers les rideaux, il voyait passer des ombres et imaginait la marquise de Ruffec en train de lire ou de bavarder avec d'autres personnes. Chez les riches, chaque instant de vie était tourné vers le plaisir, le bonheur d'être avec les autres et de s'adonner à de plaisantes activités. Ils ne connaissaient pas la mauvaise fatigue du travail, qui cassait les reins et rendait hargneux à la moindre contrariété.

D'un portillon qu'il n'avait pas remarqué sur sa droite, deux femmes sortirent accompagnées par des laquais. C'était elle ! Vêtue d'un large manteau à capuche qui ne laissait voir que son visage éclairé par le jour finissant, elle se tourna vers le jeune homme qui n'eut pas la présence d'esprit de s'enfuir.

— Mais que fais-tu encore là ?

— Je rentre chez moi et je dois passer par cet endroit, bredouilla le garçon.

— Sache que si je te retrouve dans mes pas, je te fais fouetter ! As-tu bien compris ?

— Oui, madame, dit humblement Augustin en s'éloignant, les mains dans les poches, profondément triste.

Il arriva rue du Bas-Chemin, où ne passait jamais le soleil. Il entra sous un porche délabré, puis pénétra dans une petite pièce sur sa droite, au-dessus d'une cave abandonnée. Jules, son jeune frère, bougonnait. Le gamin de douze ans travaillait chez Hubert, le jardinier de la rue Poulet. Hubert ne ménageait pas ses jeunes ouvriers et, souvent, Jules portait les traces des coups reçus parce qu'il n'avait pas nettoyé correctement les carottes ou désherbé les oignons. Plutôt fluet, les épaules étroites, la tête grosse sous des cheveux envahis de poux, Jules n'était pas fait pour les travaux maraîchers.

— Un jour, le père Hubert me le paiera ! dit l'enfant en adressant un regard plein de colère à Léa.

— Mais qu'est-ce que tu dis ? répliqua la jeune fille. Si Hubert te frotte les côtes, c'est que tu le mérites !

— Non, je ne le mérite pas. Et puis, je ne veux pas rester chez lui.

Le gamin avait un caractère difficile et n'acceptait pas qu'on lui donne des ordres.

— Il m'a dit qu'il allait me couper une oreille si je continuais à arracher les laitues à la place des mauvaises herbes ! poursuivit-il.

— C'est quand même pas bien compliqué de ne pas se tromper ! s'emporta Augustin.

— Tu n'as qu'à le faire, toi. Pour moi c'est clair, je ne retournerai pas chez Hubert.

— C'est ce qu'on va voir ! tonna Augustin. Sache que moi aussi, je peux te caresser les côtes !

— On verra.

Augustin ne savait pas comment s'y prendre avec son frère. Lui avait eu la chance de grandir dans la fabrique familiale au temps de la prospérité, d'étudier le français et le latin, d'apprendre la musique, autant de privilèges refusés à Jules. Depuis l'arrestation de leur père, la confiscation de leurs biens, les jeunes Moncellier devaient se débrouiller par eux-mêmes. Jules était donc contraint de travailler et d'obéir à un patron, comme tous les petits misérables. L'argent qu'Augustin et Léa rapportaient suffisait à peine à payer le loyer et à acheter de quoi manger. Au début, quand il était de bonne humeur, Hubert donnait à Jules des restes de légumes qu'il ne pouvait pas vendre ou que les bonnes maisons avaient refusés, mais cela arrivait de moins en moins souvent tant il était déçu par ce gamin cabochard et jamais content.

Augustin se mit à éplucher les navets pour la soupe du soir. Dans la rue, des chiens aboyaient, des gens criaient, un cheval hennit. L'ombre s'épaississait dans la petite pièce où Augustin alluma le feu avec des branchages ramassés près des anciens remparts. Le bois était hors de prix ! Seuls les bons bourgeois, comme sa famille autrefois, pouvaient se payer des bûches de chêne et de hêtre ; les autres devaient se contenter des fagots achetés très cher et de la tourbe des marchands ambulants.

Léa alluma la petite lampe à huile qui, à défaut de donner beaucoup de lumière, constituait une présence rassurante. Elle aida son frère à éplucher les navets dont la plupart étaient véreux – mais cela ne se sentait pas dans la soupe. C'était une grande et superbe fille de vingt-trois ans, à la peau très blanche, qui mettait en valeur ses abondants cheveux noirs bouclés.

— Toi, il va falloir que je te lave à l'eau d'ortie, dit-elle à Jules. Les poux vont te manger la cervelle.

On disait que les poux ne proliféraient que sur les têtes en bonne santé. Jules le malingre faisait exception à cette règle. Il avait souffert de croûtes de lait durant ses deux premières années, puis les poux avaient pris la relève. Léa faisait tout son possible pour les chasser. L'eau d'ortie pourrissante était un bon remède, mais répandait une puanteur insoutenable.

Léa comme Augustin s'en voulaient de ne pouvoir donner à Jules une éducation semblable à la leur. À la mort de sa mère, la jeune fille s'était occupée du bébé et n'avait pas pensé à se marier. Mère avant d'être femme, elle avait perdu tout espoir de trouver un bon parti avec l'arrestation de son père et la liquidation des biens de la famille. Elle se retrouvait au niveau des servantes les plus humbles, celles que l'on payait d'un morceau de pain et qu'on n'hésitait pas à gifler quand elles avaient la langue trop bien pendue. Mais elle ne se plaignait pas. Elle gardait confiance dans l'avenir, ce qui lui donnait la force de travailler chez Morisson – un veuf qui avait bien connu son père et lui accordait un traitement de faveur. Elle sortit de son petit sac une grosse part de jambon, qu'elle posa à côté des navets.

— C'est M. Morisson qui me l'a donnée. Il est très généreux avec moi. On a au moins cette chance.

Augustin avait réussi à allumer le feu et accrochait la marmite de soupe sur les flammes.

— Je crois qu'il a une idée derrière la tête ! grogna Augustin.

Léa ne répondit pas. Antoine Morisson lui faisait la cour, c'était vrai, mais il n'avait jamais cherché à profiter de sa situation. Elle alla chercher le pain enfermé dans un placard. C'était un quartier de tourte grossière, mal cuite, avec du son qui en augmentait le volume. En ce mois de février 1789, c'était déjà une aubaine de pouvoir manger à peu près à sa faim. Beaucoup de misérables dormaient dans les rues, le ventre creux.

— J'ai vu notre père ! dit Augustin d'une voix retenue. Il était avec les autres. Les gens leur lançaient des pierres.

— Tu lui as parlé ?

— Oui.

Jules tourna vivement la tête. Le garnement n'avait pas oublié le jour où les hommes de la prévôté étaient venus chercher Paul Moncellier et l'avaient emmené comme un malfrat. Le regard de l'artisan tout à coup brisé ne quittait pas ses pensées. Léa, qui pensait à la même chose, inspira profondément : pourquoi Dieu infligeait-il autant de souffrances aux uns et épargnait-il les autres ?

— J'ai juré d'aller chercher notre père, de prouver son innocence, annonça Augustin.

Léa tranchait le pain dans une soupière.

— Comment tu feras pour le prouver ? demanda-t-elle sans tourner la tête.

— J'ai mon idée.

Il tâtait du bout des doigts la chaîne en argent qu'il avait ramassée sur le lieu du crime et qu'il gardait toujours dans sa poche.

Ils mangèrent leur soupe en silence. La lampe à huile exhalait une infecte odeur de noix, mais maintenait une clarté rassurante. Tous les trois réunis, ils mesuraient à cette heure leur chance d'avoir un toit, et des couvertures pour dormir au chaud.

— Cet après-midi, dit Augustin en pensant à la belle dame chez qui il s'était réfugié, un orateur parlait dans la rue. Il criait que les nobles devaient payer des impôts comme tout le monde, que le peuple était affamé par une poignée de riches et que le roi, qui avait écarté Brienne, ne ferait rien pour eux. Les soldats de la garde l'ont arrêté.

— Il va aller à la Bastille rejoindre ces mécontents que l'on entend chaque jour un peu plus. L'hiver a été très froid, les gens n'en peuvent plus, ajouta Léa en portant les assiettes dans le seau d'eau.

— Tout ceci finira mal, c'est le père Vidal qui le dit !

Après avoir fait la vaisselle, Léa obligea Jules à déchiffrer une page de la bible ouverte sur la table. Le jeune garçon y mettait beaucoup de mauvaise volonté. Enfin Léa, exténuée, bâilla et ferma le livre.

C'était l'heure de dormir. Jules partageait sa couche avec Léa ; Augustin dormait à part, sur une paillasse à même le sol. Ils écartaient sur eux de bonnes couvertures soustraites aux fonctionnaires de justice qui avaient fait l'inventaire lors de la saisie de leurs biens, et n'avaient pas froid.

Jules s'endormit aussitôt, harassé par des journées trop pénibles et trop longues pour ses douze ans. À côté, Léa gardait les yeux ouverts, n'osant pas bouger pour ne pas gêner ses frères. Ce que lui avait dit Morisson la hantait. Augustin rêvait à la marquise de Ruffec. Isabelle, prénom auquel il n'avait jamais porté la moindre attention, devenait tout à coup synonyme de beauté absolue, de bonheur inaccessible. Il sourit, les yeux fermés, en se disant que sa folie risquait de se retourner contre lui.

Comme chaque matin, Augustin se leva avant le jour et partit dans la nuit. Avant d'arriver à l'atelier, il fit un détour par la rue de Thionville, s'arrêta devant le portail dont la serrure en mauvais état lui avait sauvé la vie. La place était vide. Il devait se tenir sur ses gardes, car les coupe-jarret prêts à fondre sur les rares passants ne manquaient pas à cette heure. Sa main droite posée sur la dague qu'il portait toujours sous son manteau lui donnait de l'assurance.

Léa s'habilla rapidement et réveilla Jules, qui finit par se dresser sur ses coudes. Il avait froid ; sa sœur lui commanda d'aller chercher de l'eau au puits. Le garçon se leva, se secoua comme un animal, se gratta vivement le cuir chevelu qui le démangeait et sortit.

Léa arrangea ses cheveux sous sa coiffe, sourit à Jules qui rapportait le seau et s'en alla. Le vent froid la surprit, elle resserra sa cape sur sa poitrine, et marcha très vite dans la petite rue, redoutant d'être agressée par quelque traîne-savate en quête d'aventure. Elle arriva à la maison de son patron, lourde bâtisse sans manières qui ressemblait à son propriétaire. Le porche d'entrée avait été surélevé pour permettre aux chevaux de pénétrer dans la cour intérieure. Là, une dizaine d'ouvriers travaillaient sous les ordres d'Antoine Morisson, un homme d'une quarantaine d'années au visage sanguin. Ils forgeaient des essieux de voiture, des fers à cheval, des outils, toutes sortes d'objets en métal et le travail ne manquait pas. Morisson avait gagné la confiance d'une importante clientèle grâce à son sérieux et à sa gentillesse naturelle. Son acier de qualité irréprochable gardait juste la souplesse nécessaire et ne rouillait que très peu. Avec lui, on ferrait moins souvent les animaux de trait, les roues des voitures résistaient aux mauvais chemins et les ferrures des portes restaient intactes pendant des années.

Quand Léa arriva, la cour était illuminée de torches accrochées aux murs. Les marteaux tintaient sur les enclumes, un bruit qu'Antoine Morisson appréciait. Sous le hangar à ciel ouvert, des gamins actionnaient les trois soufflets géants. C'était une des rares forges où l'on brûlait du charbon qui venait directement des mines du Nord, où le propriétaire avait des intérêts.

Morisson, au milieu de la cour, les poings posés sur les hanches, surveillait son monde. Il était toujours le premier au travail et ne rentrait chez lui que lorsque le dernier ouvrier avait passé la porte. C'était souvent lui qui activait le feu au petit matin. On ne pouvait pas lui reprocher de passer son temps à jouer les nobliaux : Morisson était né misérable parmi les misérables et connaissait la valeur du travail. Il avait su modifier les manières d'enrichir le fer avec du charbon pour le transformer en acier et déterminer les bonnes proportions. Ainsi cet ouvrier ingénieux avait-il acquis une aisance, ce qui ne modifiait en rien sa manière de vivre. Il n'oubliait pas ses années difficiles et avait mis en place une sorte de réfectoire où ses employés pouvaient manger un bon repas dans la journée, ce qui était un gros avantage en ces temps de disette.

Plutôt petit, vêtu d'une redingote qui le serrait à la hauteur de l'estomac, il portait un chapeau à large bord, orné d'une plume de paon. Son allure bonhomme ne l'empêchait pas d'avoir une grande autorité sur ses gens, qui le respectaient et ne remettaient jamais en cause ses jugements, toujours pleins de bon sens.

Il sourit à Léa, qui baissa la tête en face de cet ancien ami de son père. Sa position de servante l'humiliait et elle se dirigea vers l'aile droite du bâtiment où se trouvait la cuisine.

— Bonjour, Léa, dit Antoine Morisson en la rattrapant. Je t'attendais : suis-moi, j'ai à te parler.

Léa frémit parce qu'elle savait ce que le patron allait lui dire. Ces jours derniers, il avait multiplié les allusions et elle redoutait de le fâcher par une réponse qui ne lui conviendrait pas. Néanmoins, elle le suivit dans une pièce du rez-de-chaussée où il se retirait pour faire ses comptes et recevoir les gros clients. Il ne se pressait pas. Un chandelier éclairait la pièce. Dans la cheminée, du charbon brûlait sans la moindre flamme, répandant une agréable chaleur. Morisson s'assit derrière son bureau, vaste table en noyer marqueté encombrée de ses livres de comptes. La chaise voisine était destinée à Robert, l'homme qui s'occupait de toutes les écritures. C'était un vieillard noueux, au nez démesuré, aux yeux profonds. On ignorait son véritable nom. Il avait le privilège de n'arriver à son travail que vers dix heures du matin.

Léa, debout au milieu de la pièce, attendait. Morisson semblait chercher ses mots.

— Léa, tu connais l'amitié qui me liait à ton père. Tu sais combien j'ai été affecté par ce qui est arrivé.

— Je vous suis reconnaissante de m'avoir prise à votre service, répondit la jeune fille. Sans vous, mes frères et moi aurions eu du mal à manger tous les jours.

— J'aurais aimé faire mieux, mais Augustin a refusé de travailler chez moi. Il aurait pu trouver là une situation très convenable. N'en parlons plus.

Il cherchait encore ses mots, tout en parcourant une facture de ses gros yeux aux paupières lourdes.

— Je suis veuf. Je me sens très seul, surtout que je n'ai pas d'enfant, personne pour hériter de cette belle affaire que j'ai construite.

Léa, qui avait compris, regardait le plancher. Ses mèches libérées de sa coiffe roulaient sur son visage.

— Je ne veux pas te brusquer, mais le temps passe vite. Je vais avoir quarante et un ans. Acceptes-tu de devenir ma femme ?

Une légère crispation contracta le beau visage de la jeune fille. En un éclair, elle imagina sa vie ici, près de la forge et avec Antoine Morisson qui sentait l'ail après chaque repas. Le dernier rêve qu'il lui restait, ce désir d'amour pour un jeune homme de son âge, lui avait permis de supporter sa misérable condition. Elle ne voulait pas le balayer pour une aisance domestique qui pourtant lui manquait beaucoup.

— Je ne sais pas, finit-elle par répondre. Franchement, je ne sais pas.

Il se leva de sa chaise qui glissa sur le parquet ciré sans le moindre bruit, s'approcha de la jeune fille en la regardant fixement :

— Réfléchis, mais fais vite.

Elle sortit sans répondre.

Morisson attendit la fin de la matinée pour revenir à la charge. Léa était en train de passer la serpillière sur le plancher de la cuisine.

— Voilà un travail qui ne te convient pas. Tes mains sont trop fines pour tenir le manche du balai. Ton corps souffre pour une injustice. Accepte de devenir ma femme et tu vivras comme avant, avec des servantes à tes ordres.

Le va-et-vient du balai s'arrêta. Léa tourna la tête en direction de Morisson, qui semblait attendre une réponse.

— Je ne peux pas. Mon père est parti hier pour Rochefort. Il me faut un peu de temps pour m'habituer.

— Ton père serait de mon avis.

— Non, répondit Léa. Je ne peux pas me décider aussi vite.

Le large visage rouge de Morisson se contracta.

— À ta guise. Maintenant, reprends ton travail, tu as assez perdu de temps, dit-il d'une voix contrariée.

— Je crois que je ne reviendrai pas travailler demain, ajouta Léa.

— Tu fais comme tu veux. Si tu changes d'avis, je serai toujours prêt à t'entendre.

Morisson s'éloigna, fâché. Maria, une grosse femme, osseuse et toujours mal embouchée, arriva et inspecta le travail de la jeune fille. Sa perpétuelle mauvaise humeur rendait la vie difficile aux domestiques qui ne restaient pas longtemps au service du maître.

À midi, Léa décida de s'en aller sans demander son dû. Elle alla marcher dans les rues de Paris, sachant qu'elle n'aurait pas de mal à trouver un autre emploi. La fraîcheur persistante du vent favorisait sa réflexion. Ses pas la conduisirent chez son ancienne nourrice, la très vieille Marie, qui vivait dans une maison délabrée près de la Seine, dans la puanteur du fleuve. La vieille femme était atteinte d'une maladie de somnolence courante dans ces zones envahies de moustiques. Sa dernière crise avait failli lui être fatale, mais Marie, avec la force de ses soixante ans, ne craignait pas la mort. Elle ne fréquentait l'église que pour être tranquille. Paul Moncellier lui en avait voulu d'avoir aussi facilement abandonné la religion réformée pour ne plus être rejetée par ses voisins.

Léa arriva près du port au foin. C'était là que tout le fourrage de Normandie arrivait pour nourrir les milliers d'animaux de Paris. Les chevaux qui tiraient les péniches piétinaient dans une boue noire et collante. L'odeur était presque supportable, le froid retenant les pestilences au ras de l'eau. Dans le port, des hommes s'activaient à décharger les balles de paille qu'ils entassaient sur des charrettes de livraison.

Marie habitait une cabane de pêcheur avec le vieux Tonin. Lui avait passé sa vie sur le fleuve, tendant des filets pour capturer brochets, carpes, truites de mer et saumons. Quand la jeune fille arriva, il était en train de décharger des poissons entassés au fond de sa barque. Il grogna :

— Une misère ! Des gardons, des petites brèmes, rien d'intéressant. Une matinée fichue !

Léa le salua et entra dans la cabane où Marie préparait la soupe du matin. Une forte odeur de poisson régnait dans l'unique pièce sombre meublée d'une table, de deux bancs, d'un vieux placard et, sur le côté, d'une paillasse qu'il fallait plier tous les matins pour faire de la place. Une marmite chantait sur le poêle. Marie était assez frêle, ce qui donnait encore plus de force à ses propos crus. Toute sa force résidait dans son regard, dans l'éclat de ses yeux, dans la manière dont elle appuyait ses propos de sa voix légèrement rauque.

— Ah ! c'est toi ? fit-elle sans détourner la tête de sa marmite. Viens donc, ma fille. Qu'est-ce qui t'amène ?

Marie se doutait que si Léa lui rendait visite, c'était pour lui demander conseil. Elle alla directement au but.

— Tu travailles toujours pour maître Morisson ? C'est un bon patron, tu peux lui faire confiance. Ferme donc la porte, nous allons bavarder.

Léa s'assit sur un tabouret à trois pieds. La seule ouverture était bouchée avec du papier huilé rendu opaque par la poussière du poêle. Une fois la porte fermée, la jeune fille constata qu'il faisait bon dans cette pièce sombre. Elle réfléchit un instant sous le regard fixe de Marie.

— Je suis partie de chez Morisson.

— Qu'est-ce que tu racontes ? Tu ne vas pas me dire que Morisson a eu la moindre attitude désagréable envers toi !

— Il m'a proposé de l'épouser. Il m'a dit que je ne manquerais de rien. Mon seul devoir serait de lui donner un fils.

Marie s'approcha de Léa, la cuillère en bois levée comme une massue prêtre à frapper.

— Et je parie que tu as refusé ?

Léa acquiesça. Le ton de Marie ne lui plaisait pas parce que c'était celui des reproches.

— Mais qu'est-ce qui t'a pris ? Tu donnes de l'importance à des choses qui n'en ont pas. Tu as appris la morale de ta religion, cette morale qu'on enseigne aux pauvres, mais les riches s'en dispensent fort bien. Morisson n'est pas de première jeunesse, c'est vrai. Mais regarde Jésus ? Il est né de Marie, une jeunette, et d'un Joseph qui était un homme mûr ! Qu'est-ce que tu crois ? C'est pas par hasard qu'on a inventé l'ange Gabriel !

La manière dont Marie décrivait sa vision de l'avenir ne plaisait pas à la jeune fille. Elle rêvait d'un amour absolu, pas d'un arrangement avec un vieux qui la laisserait libre de prendre un amant. Elle murmura :

— Je ne peux pas. C'est plus fort que moi. Je ne vois pas la vie comme ça !

— Eh bien tu as tort. Je sais qu'à ton âge on pense à des choses merveilleuses. Mais ces choses-là ne se produisent jamais. Alors profite de l'occasion ! Tu auras une belle vie, bien tranquille, tu seras la bourgeoise que tu n'as jamais cessé d'être malgré ta tenue de servante. Pour le reste, ce ne sont que des fariboles.

— Je ne peux pas ! trancha Léa en se levant de son tabouret.

Elle s'en alla sans rien ajouter, complètement désemparée. En passant près du quai, les ouvriers la sifflèrent. Elle avait l'impression d'avoir agi contre sa volonté, comme si le diable l'avait poussée chez Marie pour l'entendre justifier quelque chose de mal. Pourquoi en effet ne pas accepter d'épouser Morisson ? L'hiver n'aurait plus que du charme, Jules irait à l'école, apprendrait les belles manières. Augustin travaillerait avec Morisson et toute la famille retrouverait une aisance perdue depuis l'automne dernier.

Elle revint chez elle en se demandant à quelle porte aller frapper. En passant devant la forge de Morisson, elle hésita puis décida de poursuivre son chemin. Elle allait demander du travail aux Ménard, de riches marchands de draps qui habitaient sur la place voisine : ils cherchaient toujours des servantes ; et les Ménard aussi avaient connu son père, elle y serait bien accueillie. Pourtant, l'image d'une Léa devenue Mme Morisson, vêtue à la dernière mode, ne la quittait pas.

À douze ans, Jules connaissait le monde de la rue. En quelques mois, il s'était adapté aux lois des petits truands. Son travail chez le maraîcher n'était qu'une couverture pour tranquilliser sa sœur et éviter la colère de son frère. Il savait où aller pour trouver des gamins livrés à eux-mêmes qui vivaient en explorant les poches des bourgeois et en s'introduisant dans les belles maisons. Il avait appris, sans que personne le soupçonne, la bonne façon de subtiliser un collier ou un bracelet, de décrocher la bourse bien attachée à sa boutonnière, de profiter d'une bousculade pour arracher un sac ou une broche. Il le faisait à l'occasion, mais redoutait toujours d'être confondu et conduit devant son grand frère.

La nuit précédente, le gamin avait fait un rêve tenace qui ne le quittait pas. Augustin avait parlé de leur père enchaîné et de son serment d'aller le délivrer. L'injustice le révoltait. Pourquoi un juge avait-il donné raison à un curé plutôt qu'à Paul Moncellier ? La certitude que les nantis profitaient des lois pour être toujours plus riches et malhonnêtes le poussait du côté des voyous. Il se disait, en marchant dans le petit matin frisquet, que travailler sans se plaindre était la meilleure manière de donner raison aux exploiteurs.

Il ne reviendrait pas sur sa décision : Jules ne serait plus jamais un domestique. Tant pis si Hubert alertait son frère ! Il arriva au marché aux herbes, sur la place Saint-Jean. Une foule de maraîchers proposaient leurs légumes, leurs œufs et parfois des poulets vivants car la viande y était interdite. Depuis qu'elle s'était fait voler sa recette, Jeanne Hubert, la femme de son patron, ne fréquentait plus l'endroit. Mais si Jules était venu là, c'était parce qu'il y avait vu très souvent des musiciens de rue jouer sur des mauvais violons des rengaines appréciées par le public, qui ne rechignait pas à donner une petite pièce.

Des revendeurs à la sauvette apostrophaient les passants et vantaient la qualité de leurs potions miraculeuses. Les voleurs se faufilaient au cœur des attroupements. Jules, qui avait l'œil, les remarquait en train de jouer des coudes, de bousculer un bourgeois pour glisser une main dans sa poche béante. Il aurait pu faire la même chose, mais il avait mieux, beaucoup mieux et sans risque.

Il se plaça au milieu du parvis de l'église, libre de paniers, de cageots et de volailles. Hésitant, il regarda les badauds autour de lui. Cela faisait longtemps qu'il pensait à ce moyen de gagner quelques pièces, mais il n'avait jamais osé, par peur du ridicule. Pourtant, Dieu ne lui avait-il pas donné une belle voix pour en faire profiter les autres ? Les quelques airs populaires qu'il connaissait suffiraient-ils à délier les bourses ? Il commença à fredonner un couplet appris récemment, puis, comme le mur amplifiait sa voix, il s'enhardit. Des passants s'arrêtèrent, curieux. L'attroupement grossit. À la fin de la première chanson, les applaudissements l'encouragèrent. Il enchaîna avec une nouvelle rengaine ; sa voix plus assurée couvrit le brouhaha. Et devant lui, des jeunes, des vieux, des femmes, des enfants l'écoutaient bouche bée, heureux.

Il tendit son bonnet et les pièces tombèrent, des petites pièces de bronze parce que le public n'était pas riche, mais en quantité suffisante pour acheter un peu de pain et peut-être une tranche de jambon. Une vieille femme s'approcha de lui, le regarda intensément et lui murmura :

— C'est la voix d'un ange que je viens d'entendre !

Jules sourit, conscient que Dieu l'avait gâté. Un homme encore jeune, vêtu d'une redingote noire et d'un chapeau à large bord, s'approcha à son tour. Son visage couvert d'une barbe sombre ne laissait voir que ses yeux très noirs, pleins de lumière.

— Dis-moi, gamin, où as-tu appris à chanter ?

Jules lui lança un regard étonné.

— Nulle part, monsieur. Je chante comme ça, sans manière.

— C'est très bien. Tu chantes mieux que ceux de la troupe de Gaudin. Écoute, si tu as une minute. Je voudrais te parler.

— Oui, m'sieur.

Jules rangea ses précieuses pièces dans sa poche, qu'il ferma avec un lacet, emboîta le pas de l'homme jusqu'à un vendeur de vin installé sur la place au milieu des légumes. Les promeneurs s'arrêtaient là et discutaient en buvant un gobelet. Le vin clairet de la butte Montmartre piquait la gorge, mais réchauffait le cœur. L'homme commanda un verre pour lui et un autre pour Jules, qui n'avait pas l'habitude d'un tel breuvage, réservé aux riches et aux grandes personnes. Pourtant, il n'aurait donné sa place pour rien au monde. L'interdit l'avait toujours tenté.

— Je suis un faiseur de chansons. Je serais content que tu chantes mes compositions.

Une telle proposition enchantait Jules. Pourtant, il connaissait trop bien la rue pour ignorer que les chanteurs étaient souvent malmenés par les gardes du roi.

— Oui, je fais des chansons pas comme les autres. Pas pour rire ou pour le plaisir de chanter. J'écris pour que les gens comprennent ce qui se passe ! Si ça t'intéresse, retrouve-moi demain matin devant le Louvre.

Jules remercia l'homme qui lui avait offert un verre de vin, puis s'éloigna, heureux de sa matinée. Il acheta du pain et une tranche de jambon qu'il alla manger en battant la semelle dans un des nombreux espaces de Paris où paissaient vaches et chevaux.

Augustin ne rechignait pas à la tâche. Le père Vidal avait remarqué que le jeune homme possédait un excellent coup de varlope et travaillait aussi bien qu'un ouvrier qualifié. Pour cette raison, le vieil artisan le traitait un peu mieux que les autres.

Le soir venu, le jeune homme ne put s'empêcher de faire un détour par la rue de Thionville. Le grand portail de fer était ouvert. La nuit tombait lentement. Le ciel s'était dégagé, des nuages légers drapaient le ciel au-dessus de Notre-Dame.

Le parc était désert. Augustin s'attarda à regarder les fenêtres éclairées à l'étage. Ce monde lui était interdit et il en éprouvait une grande amertume, comme l'envie d'en découdre. Pourquoi n'était-il pas tombé amoureux de Manon, la porteuse d'eau qu'il croisait tous les matins en arrivant à l'atelier ? Manon avait peut-être dix-sept ans, un corps magnifique ; ses gros sabots ajoutaient du relief à son élégance naturelle. Ses beaux cheveux blonds s'échappaient de sa coiffe en superbes boucles qui embellissaient un visage juvénile... Manon avait le sourire espiègle et parlait sans détour, ce qui plaisait aux beaux officiers qui l'invitaient à danser dans les guinguettes le dimanche après-midi... Mais Augustin ne s'intéressait pas à la danse. Il avait la certitude que sa vie serait courte et qu'il n'avait pas de temps à perdre en futilités.

Il était là, devant le portail fermé, quand deux hommes cachés derrière les piliers bondirent sur lui et le maîtrisèrent sous les regards indifférents des badauds. Ils l'emportèrent dans une dépendance de la belle maison aux tourelles. À ce moment-là, le jeune homme reconnut tout de suite celui qui se tenait devant lui et le menaçait de la pointe de son épée. La chemise défaite, les bottes repliées, le marquis de Ruffec brandissait son arme sous le nez d'Augustin.

— Que faisais-tu encore devant ma maison ? Quel mauvais coup t'apprêtais-tu à commettre ?

— Rien, monseigneur, répliqua humblement Augustin. Je trouve votre maison si belle que je n'ai pas pu m'empêcher de m'arrêter pour l'admirer.

— C'est ce qu'on dit ! Sache qu'ici on ne fait pas de cadeaux aux malandrins comme toi.

Augustin se retint pour ne pas répondre vivement : M. de Ruffec n'aurait pas hésité pas à lui planter sa lame à travers le corps. Pour les nobles, un garçon du peuple avait moins de valeur qu'un bon cheval, et qui aurait reproché à cet officier du roi d'avoir tué un voleur surpris chez lui ?

— Qu'est-ce que c'est ? Charles, que faites-vous ici ? demanda une voix de femme.

— Isabelle, ma chère, sachez que cet individu que vous avez sauvé hier d'une bonne correction cherchait à vous remercier en commettant quelque larcin !

— Ce n'est pas vrai, protesta Augustin. Je n'avais aucune mauvaise intention.

— Mais dis donc, toi, répliqua l'officier, tu ne parles pas comme un bouseux. Aurais-tu quelque éducation ?

— J'étais de famille bourgeoise avant que le destin ne me plonge dans la misère la plus sombre.

Isabelle de Ruffec était vêtue d'une longue robe rose ornée de rubans bleus très clairs, comme ses yeux. Augustin ne regrettait pas de s'être fait surprendre. La femme s'approcha de lui, l'observa de près comme pour se rendre compte que ce gamin de la rue était aussi un être humain. Charles s'impatienta :

— Madame, vous avez autre chose à faire qu'à perdre votre temps avec ce manant qui, malgré sa manière de parler, est sûrement malade des fièvres.

Courroucée, la marquise lança à son mari :

— Mon ami, je vous prie de ranger votre épée. Cet enfant mérite peut-être le bâton, mais sûrement pas plus. Vous n'allez pas vous déshonorer en le frappant.

— Il n'y a pas de déshonneur à tuer un voyou.

Isabelle soupira et dit vivement :

— Je vous prie de me laisser avec lui.

— Comme vous voudrez, répliqua Ruffec en s'éloignant. Mais sachez que je désapprouve votre comportement.

Il sortit, le bruit de ses bottes ferrées décrut peu à peu. Dans la pièce abondamment éclairée par deux torches ne restaient que Mme de Ruffec, sa servante, une jeune fille aux joues rouges, et Augustin, qui n'osait pas bouger, brûlé par le regard posé sur lui.

— Dis-moi, qui es-tu ?

Il baissa les yeux, honteux de sa condition. En face de cette femme qui occupait toutes ses pensées depuis la veille, il aurait voulu se mettre en valeur, mais ne trouvait pas les mots.

— J'apprends le métier de charpentier.

Puis il ajouta sans réfléchir, comme pour effacer la mauvaise impression qu'un travail aussi grossier pouvait faire :

— J'aime les bateaux. Un jour, je serai marin.

Il avait parlé sans réfléchir et n'osait relever la tête.

— Ah bon ! As-tu déjà navigué ?

— Jamais, répondit le jeune homme en rougissant, mais j'aimerais tant. Je ne sais pas pourquoi, souvent, la nuit, je rêve que je suis sur un bateau, que je pars sur la grande mer vers des continents inconnus.

— C'est vrai que tu ne parles pas comme un garçon d'écurie.

— Je sais lire, madame. Ma sœur et moi avons appris à lire et la musique.

— La musique ?

— Oui, je connais un peu le clavecin, mais tout ceci, c'est du passé. Mon père a été condamné, nos biens saisis, alors ma sœur, mon petit frère et moi, nous devons travailler chez les autres pour gagner de quoi acheter un peu de pain.

Les mauvaises affaires des artisans ne concernaient pas Isabelle de Ruffec. Les faillites se multipliaient sous la pression des impôts et les bons ouvriers quittaient Paris. Elle demanda :

— Tu dis que tu as appris le clavecin ?

— Modestement, madame. Très modestement, comme ma sœur. J'aurais préféré apprendre le violon, mais il paraît que le clavecin, c'est mieux.

— Suis-moi.

Elle se dirigea vers la porte avec cette démarche élégante qui donnait l'impression qu'elle ne touchait pas le sol. Sa servante la rattrapa et lui parla à voix basse avec une certaine familiarité qui n'échappa pas à Augustin. Lui marchait derrière, plombé par les battements de son cœur et ce sentiment étrange, si lourd en lui, brûlant et glacé, qu'il n'avait jamais éprouvé jusque-là.

Ils traversèrent la cour, empruntèrent un escalier. La servante passa devant sa maîtresse, s'éloigna et revint aussitôt avec une torche. Une porte latérale s'ouvrait sur un couloir. Mme de Ruffec monta les trois marches tapissées de velours rouge et suivit la jeune fille. Augustin s'était arrêté, conscient que ses semelles étaient boueuses.

— Tu viens ?

Il posa ses chaussures et suivit à quelques pas la maîtresse des lieux qui lui semblait immatérielle, aussi légère que de la fumée dans la pénombre et le contre-jour. Elle ouvrit une porte et se tourna vers Augustin.

— Entre donc.

Dans la pièce, plusieurs personnes bavardaient en buvant des tasses de chocolat. Quand Augustin parut, les conversations s'arrêtèrent. Que faisait là ce manant, cet ouvrier mal vêtu ? Brûlé par les regards réprobateurs, il aurait voulu s'en aller, courir très loin de ce monde où il n'avait pas sa place.

— Voyons, Isabelle, s'emporta M. de Ruffec, avez-vous perdu la tête ? Amener ici ce vaurien ! Vous ne sentez pas combien il pue ? Il va incommoder nos invités.

— Viens, insista la jeune femme en s'approchant d'Augustin qui n'osait pas bouger.

Elle le poussa sous les regards insistants. Charles de Ruffec, debout à côté de son épouse, était prêt à le jeter dehors, mais elle l'arrêta d'un bref coup d'œil.

— Ce garçon est fils d'un bourgeois aisé. Il a appris la musique, prétend-il.

Puis se tournant vers Augustin, elle lui ordonna de se mettre au clavecin qui se trouvait au milieu de la pièce.

— Madame, s'emporta Charles de Ruffec, cette comédie a suffisamment duré. Jetez-moi cet importun à la rue.

— Joue, ordonna Isabelle sans se préoccuper de son mari, qui se tourna vers ses invités pour les prendre à témoin.

Augustin n'avait pas joué de musique depuis plusieurs mois, depuis que les biens de son père avaient été confisqués. Le rabot, les gouges avaient durci ses mains et engourdi ses doigts. En face de ces personnes de qualité, il se sentait démuni, incapable de se souvenir du moindre morceau.

— Alors, tu te décides ? s'impatienta Mme de Ruffec.

Il approcha la main droite du clavier, puis la gauche, en concentrant son attention sur ce qu'il allait faire. Les invités considérant cet intermède comme un amusement, souriaient, prêts à se moquer. Alors, une vague de révolte poussa le garçon à appuyer sur la première touche. Un son métallique, un peu aigre en sortit, se répandit dans la pièce puis s'effaça. Mais ce son avait suffi à faire ressurgir en lui des mélodies du *Clavier bien tempéré* de M. Bach. Et ses doigts se mirent à courir.

Isabelle de Ruffec s'était assise dans l'un des rares fauteuils vacants. Immobile, les bras légèrement en avant, le visage tourné vers le jeune homme, les lèvres entrouvertes, comme prête à parler. Les autres se taisaient et oubliaient leur tasse de chocolat chaud. M. de Ruffec lui-même écoutait, le coude posé sur un guéridon. Sur son visage austère, la dureté de ses traits s'estompait un peu.

Augustin se prit au jeu. Des quantités de morceaux qu'il croyait avoir oubliés revenaient à sa mémoire, tout comme le bon temps où il vivait dans la belle maison de son père. Ses doigts couraient sur le clavier avec une agilité retrouvée. Il n'était plus dans ce salon où se prélassaient des nobles désœuvrés, mais dans sa maison à lui, qu'il avait dû quitter comme un voleur.

Enfin, il s'arrêta, conscient qu'il risquait de lasser. Sur une dernière note, il recula ses mains du clavier, se leva du tabouret dans un silence qui le gênait, ce silence profond qui succède à la musique et exprime ce qu'elle porte. Isabelle de Ruffec, la première, fit un pas vers lui ; son mari bougea à son tour, s'approcha.

— Maintenant, ça suffit. Nous avons vu que tu es un bon musicien, tu peux partir !

— C'est très bien, ajouta Isabelle de Ruffec.

Elle ne chercha pas à le retenir quand il se dirigea vers la porte. Charles de Ruffec lui cria :

— Surtout que je ne te voie plus jamais rôder par ici. Il t'en coûterait la vie !

— Mais je n'ai rien fait de mal !

— Je te répète : ne parais plus jamais ici.

Augustin retrouva la rue. Il avait froid tout à coup ; des tremblements oppressaient sa poitrine. La musique du clavecin avait réveillé en lui des souvenirs qu'il aurait voulu oublier, ceux d'un temps où le pain était blanc et où il n'avait pas besoin de vendre ses bras pour manger. Il rentra chez lui en courant, comme pour fuir ce monde féerique qui s'était ouvert à lui pendant quelques instants.

Il reprit brutalement pied dans la réalité. Léa assise à table, pleurait. La jeune fille tourna vers lui son visage mouillé. La lampe à huile posée devant elle mettait en relief ses grands yeux clairs.

— Que se passe-t-il ? demanda Augustin, qui avait l'impression d'avoir commis une grosse faute.

— Je suis partie de chez Morisson. Il veut m'épouser et j'ai refusé.

Augustin se retint pour ne pas reprocher à sa sœur de laisser passer une si bonne occasion, car il comprenait que Léa n'ait pas envie d'épouser un rustre beaucoup plus âgé qu'elle.

— T'en fais pas, on va trouver un autre travail. Laisse Morisson chez lui. Je te dis qu'on s'en tirera.

— Et puis ce n'est pas tout. Les gardes royaux sont passés dire que Jules était à la prison de la prévôté. Il y a une amende à payer.

— Jules ? Mais qu'est-ce qu'il a fait ?

— Il chantait dans la rue, des chansons interdites.

— Mais enfin, Jules chante ce qu'on lui demande de chanter. Il ne comprend pas tout !

— Les gardes ont dit que tu devais aller le chercher.

— Alors, j'y vais, grogna Augustin en prenant sa cape.

À cette heure, les rues n'étaient pas sûres. Généralement, les personnes importantes se déplaçaient en chaise ou en voiture. Ceux qui allaient à pied se faisaient accompagner par des domestiques armés. Augustin connaissait ces risques, mais il savait se défendre. Il arriva à la prison de la prévôté sans difficulté. L'entrée de l'immense prison était gardée par des sentinelles. Le jeune homme s'approcha de l'une d'elles.

— Je viens chercher mon petit frère, Jules Moncellier.

— Je vais voir.

Des groupes de jeunes avinés passaient en chantant. La révolte grondait partout. Des bandes se livraient à de véritables batailles rangées, souvent sans cause.

La sentinelle sortit d'un bâtiment latéral de la forteresse et s'adressa à Augustin :

— Jules Moncellier ne peut pas être libéré ce soir !

— Mais enfin, on n'embastille pas les enfants !

— Tout dépend des enfants et de ce qu'ils ont fait. Il va passer la nuit ici, ça lui servira de leçon.

— Quand sortira-t-il ? demanda Augustin.

— Demain matin, s'il jure de ne jamais recommencer.

Augustin s'éloigna, très en colère. Lui aussi avait envie de montrer le poing. Après sa belle soirée chez Isabelle de Ruffec, il retrouvait le monde sordide de la misère, de ceux qui n'avaient rien et que les chansonniers de rue poussaient à la révolte.

Assis sur une balle de paille, la tête posée sur les genoux, Jules pleurait à gros sanglots. La révolte grondait en lui. Dans la cellule froide et humide où on l'avait enfermé sans ménagement, la compagnie d'un vieil homme assis à côté de lui le gênait.

— Allez, mon gars, lui dit celui-ci. Ils te lâcheront demain, c'est sûr. Je n'ai jamais vu d'enfants rester plus de deux jours ici.

— Mais j'ai rien fait ! J'ai seulement chanté une chanson !

— Cette prison appartient au roi. Il y enferme ceux qui ne lui plaisent pas, qu'ils soient manants ou nobles. Et moi, qu'est-ce que j'ai fait à ton avis ?

Le gamin ouvrit de grands yeux noyés de larmes. Il discernait à peine son voisin dont il sentait l'haleine fétide.

— Eh bien, je vais te le dire. Je m'appelle Loïc de Clains. J'étais à Versailles. Ouais, à Versailles ! Je suis poète et le roi n'a pas apprécié que je parle de lui comme d'un homme ordinaire. J'ai dit qu'il allait sur la chaise percée comme chacun d'entre nous et que les manants avaient le même cul que lui.

On entendait dans les cellules voisines des cris, des râles, des menaces. M. de Clains inspira et ajouta :

— Tu as de la chance d'être avec moi. C'est une petite cellule qu'on réserve aux nobles. C'est probablement à cause de ton âge. Ailleurs, les misérables s'entassent par dizaines. Ils chient par terre et se couchent sur leur merde. Tu comprends que c'est l'enfer ici ? Heureusement que j'ai des amis à la cour. Ils s'occupent de moi et je vais bientôt être libéré, mais si le roi croit que je vais changer mon discours, il se trompe !

Jules se sentait tout à coup très proche du vieux noble. Il commença à fredonner la chanson qui lui avait valu d'être embastillé. Elle parlait des curés et des nobles qui s'engraissaient sur le travail du bon peuple. Du lupanar de Versailles où la vie se passait en fêtes et en dépenses inconsidérées. Jules n'en oublia pas un mot. Son excellente mémoire lui permettait de retenir la musique sans effort. C'était un don de famille : sa sœur chantait aussi avec beaucoup de grâce.

M. de Clains l'écouta, puis le mit en garde :

— Surtout ne chante jamais plus ça dans la rue ! Ils te tueraient ! Maintenant, dors !

Jules, en confiance, fourbu par sa journée mouvementée s'endormit très vite sur le lit de planches que lui céda son vieux compagnon d'infortune.

Le lendemain, des gardes vinrent le chercher au lever du jour. L'enfant les suivit la tête haute.

— Un fier petit gars ! s'exclama Loïc de Clains.

Ils l'emmenèrent dans un bureau où un prêtre le questionna. Le gamin expliqua qu'il avait chanté une chanson qu'un inconnu lui avait apprise. Il dit qu'il travaillait chez le maraîcher Hébert, qu'il vivait avec sa sœur et que son père était condamné au bagne de Rochefort.

— Il paraît que tu chantes bien ?

Méfiant, Jules dit sur un ton de défi :

— C'est ce qu'on dit. Moi, je n'en sais rien.

— Alors chante la chanson que l'inconnu t'a apprise.

L'enfant réfléchit un instant puis commença à fredonner un air de la rue, très simple qui parlait de printemps, de fleurs et de bals sur les bords de Seine. Il prit de l'assurance en voyant sourire le curé, et sa voix raffermie remplit la pièce. Quand il eut fini, l'ecclésiastique se leva, un sourire naïf aux lèvres.

— Eh bien, toi... C'est Dieu qui t'a donné une aussi belle voix.

Le gamin ne répondit pas. L'autre insista :

— Tu devrais chanter à l'église. Ce serait une bonne manière de remercier le Créateur.

Jules serrait les lèvres en un sourire malicieux. Les mots qui venaient spontanément à son esprit lui auraient valu d'être rossé.

— Bon, tu peux rentrer chez toi. J'irai voir ta sœur.

Jules quitta la forteresse accompagné par deux gardes qui l'abandonnèrent dans la rue, surpeuplée à cette heure.

Ce soir, Léa était seule avec son jeune frère, Augustin n'étant pas encore rentré. La jeune fille avait trouvé du travail chez Mme d'Esbègle, une noble ruinée qui voulait mener grand train et habitait rue de Seine. Elle serait moins payée que chez Morisson, pour accomplir les tâches les plus rudes : nettoyer les planchers, et surtout laver le linge de Madame, qui ne supportait pas la moindre ombre sur ses vêtements. Léa avait caché son état de protestante à cette papiste intransigeante qui tenait salon, comme c'était la coutume dans le beau monde.

Sa première journée s'était bien passée, malgré la fatigue. Elle s'en prenait à Jules pour qui elle devrait payer une amende quand deux étrangers frappèrent à sa porte. L'enfant reconnut le curé qui l'avait questionné le matin même à la prison.

— Abbé Marcellin, se présenta-t-il, et Michaud. Je m'occupe des enfants de la rue. Or, ce jeune garçon a commis la faute de chanter des chansons interdites.

— Je sais tout ça, répliqua Léa en se plaçant entre le prêtre et son frère.

— Il chante vraiment très bien. Il a de la repartie, ce n'est pas un idiot. Les frères de Saint-Sulpice sont prêts à l'accueillir pour l'instruire.

Léa regrettait qu'Augustin ne soit pas là. Elle ne s'attendait pas à cette proposition qui la tentait, même si c'était pour faire de Jules un bon catholique. Chez les Moncellier on était protestant, certes, mais on n'avait pas la religion chevillée au corps. Paul n'hésitait pas à aller à l'église pour l'enterrement d'un voisin ou une cérémonie officielle. Il s'abstenait seulement de communier et de chanter.

Sans manière, le curé s'assit sur l'une des deux chaises, posa sur la table un sac en cuir d'où il sortit plusieurs feuilles de papier dûment tamponnées.

— Il vous suffit de signer là et nous le prendrons en charge. Bien sûr, nous ne parlerons plus de l'amende.

Jules, d'ordinaire si prompt à réagir, restait impassible. Lui aussi réfléchissait à la proposition du curé car il avait envie de s'instruire, de devenir un bourgeois pour ne plus s'éreinter dans des travaux pénibles. Puis la pensée qu'il serait enfermé pendant des années, sans la liberté d'aller flâner dans les rues de Paris, s'imposa à son esprit.

— Je ne veux pas ! dit-il en grimaçant.

— Personne ne te demande ton avis, répliqua vivement Marcellin. Mademoiselle, vous ne pouvez pas laisser passer une aussi belle occasion. Vous êtes beaucoup trop jeune pour avoir la charge de votre frère.

— J'ai vingt-trois ans. Beaucoup de filles de mon âge sont mères.

— C'est vrai, admit le prêtre, mais elles ne sont pas les filles d'un condamné au bagne pour un horrible crime.

Avec cette affirmation, Léa comprit qu'elle et ses frères pâtiraient toute leur vie de la condamnation de Paul Moncellier. Cette marque indélébile leur fermerait beaucoup de portes.

— La décision de mettre votre frère en pension a été prise par les autorités pénitentiaires, ajouta-t-il. Vous ne pouvez pas vous y opposer.

Puis, se tournant vers Jules silencieux dans son coin, ramassé en boule, comme un chat qui s'apprête à bondir, il ajouta :

— Tu te rends compte que si tu travailles, tu pourras chanter à Versailles, devant la cour !

— J'irai pas chanter à Versailles ! dit-il sans baisser les yeux.

— On a assez palabré, s'impatienta le prêtre en s'adressant à Michaud qui se tenait debout près de la porte. Occupez-vous de ce gamin mal élevé. Et vous, ajouta-t-il en se tournant vers Léa, signez là. Si vous ne savez pas écrire, faites une croix.

Jules guignait du côté de la sortie. Comme personne ne se méfiait, vif comme un animal sauvage, il passa sous la table et s'échappa. Michaud voulut le rattraper, mais Jules connaissait le quartier avec ses ruelles sombres, ses jardins où il était facile de se dissimuler. Il n'eut pas de mal à semer son poursuivant. Le curé menaça Léa :

— Quand vous lui mettrez la main dessus, vous nous l'amènerez, sinon vous serez tenue pour responsable de sa fuite et vous devrez payer l'amende.

Ils s'en allèrent, laissant la jeune fille désemparée.

Augustin chercha à consoler sa sœur. Léa ne devait pas se faire de souci pour Jules, qui ne tarderait sûrement pas à revenir. La jeune fille s'étonna qu'il parle avec autant de légèreté d'une question aussi grave.

— Que s'est-il passé, demanda-t-elle. On dirait que tu ne tiens pas en place, et cet air réjoui...

— Ah ! j'ai l'air réjoui ? Écoute, on ne va pas passer notre vie à se morfondre !

— Tu n'es pas comme d'habitude !

Ils soupèrent en silence. Léa sursautait à chaque bruit, espérant le retour de son jeune frère. Augustin tenta encore de la rassurer :

— Ne t'inquiète pas ! Jules va attendre quelques jours avant de se montrer. Il veut se faire oublier !

— Mais tu te rends compte de ce que tu dis ? Jules peut être tué par des malfaiteurs. Et l'amende, comment allons-nous la payer ?

C'était la véritable question, qu'Augustin balaya avec une désinvolture qui ne lui était pas habituelle :

— On se débrouillera, allons dormir.

Ils se couchèrent. Léa écoutait les bruits de la nuit, espérant que son frère allait frapper à la porte. Augustin ne pouvait détacher ses pensées d'Isabelle de Ruffec l'écoutant jouer du clavecin.

Le lendemain matin, il partit à son travail dans un petit matin clair et froid. Jules n'était pas rentré, mais le jeune homme ne s'en inquiétait toujours pas. Il vivait sur un nuage où rien de grave ne pouvait arriver. La glace s'était formée sur les bassins de la rue où venaient boire les chevaux. Augustin marchait, les mains dans les poches, en direction de l'atelier. Un grand nombre de manouvriers se rendaient à leur travail ; les vachers conduisaient leur troupeau vers les anciens remparts où l'herbe avait poussé à l'abri du vent. Les porteurs d'eau, les crieurs de lait, les marchands de bois et de charbon poussaient leur charrette à bras en appelant les clients. Un peu plus loin, un rémouleur actionnait sa meule et le crissement de la lame faisait écho aux cris d'un porc qu'un boucher et ses apprentis traînaient sur le pavé pour l'égorger.

Le jeune homme ne put s'empêcher de faire un détour par la rue de Thionville. Une lumière était allumée à l'étage de l'hôtel particulier de la marquise de Ruffec. Il imagina la belle femme en train de boire du chocolat dans le salon au clavecin…

À l'atelier, Vidal était de mauvaise humeur. Les commandes avaient chuté depuis le début de l'hiver. Le prix du bois ne cessait d'augmenter, la famine menaçait les pauvres alors qu'à Versailles les bals et les fêtes se succédaient.

— Nous allons vers la banqueroute et personne ne fait rien. Que le diable emporte l'Autrichienne !

Vidal n'avait pas oublié la fameuse Affaire du collier. Les pamphlets ne manquaient pas pour rappeler que la reine, au mépris des finances publiques, avait encore abusé de la crédulité du roi. Allait-on réunir les états généraux comme c'était prévu au mois de mai ? Le menuisier en doutait. Pendant ce temps, les impôts continuaient d'augmenter.

— On n'en peut plus ! Vous verrez que, bientôt, ils mettront un impôt sur la couleur des yeux !

La nuit dernière, le peu de temps qu'il avait dormi, Augustin avait rêvé d'Isabelle de Ruffec. Mais la belle dame marchait à côté d'un homme enchaîné et tellement faible qu'il peinait à marcher sous la menace du fouet.

Il se mit au travail. Vidal le salua et s'étonna :

— Voilà que tu fais une drôle de tête ! lui dit-il sur un ton paternel.

— Non, tout va bien, répondit le jeune homme. Il fait frisquet, ce matin !

La journée passa trop lentement pour Augustin, qui commençait à s'inquiéter pour son frère. Le soir, le ciel se couvrit, annonçant de nouvelles pluies. Les pavés étaient couverts d'une boue froide collant aux chaussures. Une odeur de pourriture régnait dans ce bas quartier jamais nettoyé. Les ménagères lançaient leurs déchets par la fenêtre en avertissant les passants. Des chiens errants fouillaient les détritus à la recherche d'une couenne ou d'un croûton de pain.

Augustin croyait savoir où se trouvait son frère : au bout de la ruelle qu'on appelait rue des Chèvres, un bâtiment en ruines était devenu le lieu de rencontre des gamins sans domicile, sans famille.

Il marchait d'un bon pas quand deux inconnus vêtus de sombre et portant de larges chapeaux qui cachaient leur visage l'arrêtèrent, puis se placèrent chacun d'un côté pour bien lui montrer qu'il ne pouvait pas s'échapper.

— Tu vas nous suivre et pas un mot ! dit l'un d'eux.

Augustin jeta un regard rapide à droite puis à gauche.

— Qu'est-ce que vous me voulez ? Je n'ai rien : si c'est pour une rançon, vous êtes mal tombés.

— Ne pose pas de questions.

Ils arrivèrent rue Blanche. Un carrosse noir orné de dorures attendait, attelé à deux chevaux blancs dont le pelage luisant indiquait qu'ils appartenaient à une maison aisée.

— Monte.

— Où m'emmenez-vous ? demanda Augustin étonné, car d'ordinaire les voleurs de rue ne faisaient pas autant de manières.

— On t'a dit de ne pas poser de questions.

Ils le poussèrent dans la voiture qui partit. Du haut de son siège, le cocher criait aux passants de s'écarter. Les rideaux étaient tirés mais, en entendant des vachers appeler leur troupeau, Augustin pensa se trouver près des prairies du Champ-de-Mars. L'attelage quitta la ville pour s'enfoncer dans la forêt.

Il arriva dans l'un de ces nombreux villages proches de la capitale, emprunta une rue pavée, entra dans la cour intérieure d'un ancien bâtiment qu'Augustin découvrit quand l'un de ses agresseurs poussa le rideau. La lune éclairait les grands arbres du parc et, sur sa droite, un peu en retrait, une sorte de pavillon de campagne parfaitement entretenu. Des valets se tenaient au pied de l'escalier de pierre. Augustin fut prié de monter les marches. La porte s'ouvrit.

— Allez au bout du couloir, dit une voix grave. Là, on vous guidera.

De plus en plus intrigué, Augustin longea le couloir mal éclairé par un chandelier à deux branches. Une jeune servante, vêtue de blanc, lui sourit et le pria de la suivre. Ils pénétrèrent dans un salon abondamment éclairé. Une femme assise dans un fauteuil lui tournait le dos. Il ne vit que le haut de sa coiffure, son cou délicat et ses épaules. La servante ferma la porte ; il n'osait pas bouger. Dans le coin, il remarqua un clavecin. Son cœur se mit à battre très fort.

— Sois le bienvenu, dit la femme en se levant.

La marquise de Ruffec lui sourit.

— Si mon mari te voyait, il te tuerait assurément ! ajouta-t-elle sur un ton très léger.

Elle semblait heureuse de jouer ce mauvais tour à son officier. Elle prit le temps de parcourir le jeune homme du regard, puis se dirigea vers le clavecin.

— Tu vas jouer pour moi. Rien que pour moi ! La présence des autres gâte le plaisir de la musique. Installe-toi.

Augustin n'en revenait pas. La belle dame l'avait fait enlever dans la rue pour le recevoir ici, dans sa gloriette ! Il en était tellement troublé qu'il perdait tous ses moyens. Il s'assit au clavecin, la respiration difficile. Il avait beau chercher au fond de sa mémoire des morceaux de musique qu'il connaissait par cœur, son esprit restait vide. Isabelle de Ruffec montra son impatience.

— Qu'attends-tu pour jouer ?

Ses doigts se posèrent sur les touches, des doigts maladroits qui égrenèrent quelques notes sans suite, isolées, des bulles éclatant dans l'air chaud pour disparaître. Il osa lever les yeux, tourner la tête en direction de la jeune femme assise sur un fauteuil.

— Quel mal dégourdi tu fais !

N'y tenant plus, Augustin se leva de son siège et, la tête basse, affronta le regard sévère posé sur lui.

— Madame, je vous demande pardon. Je ne m'attendais pas...

— Je t'ai fait venir pour me jouer de la musique, alors joue, je te paierai, n'aie aucune crainte…

— Je ne veux pas être payé !

Il baissait les yeux, cachant ses doigts gourds d'ouvrier, ridicule. Elle s'amusait de son désarroi.

— Tu ne veux pas jouer, soit. Je vais te faire chasser.

— Madame, je vous en supplie ! lança-t-il. Je suis trop heureux de vous servir. Je vais jouer, je vous jure que je vais jouer, mais laissez-moi un peu de temps pour m'habituer.

Augustin s'assit de nouveau sur le tabouret et trouva une mélodie. Enfin, ses mains se mirent à courir sur le clavier. Isabelle de Ruffec s'était assise et écoutait, les yeux mi-clos. Pour ne pas arrêter ce moment magique, Augustin enchaînait les morceaux, les rallongeait à volonté, improvisait jusqu'à ce que, à court, il s'arrêtât sur une dernière note qui vibra longtemps dans le silence. Mme de Ruffec se leva enfin. Le tissu de sa robe se froissait avec un bruit délicat.

— Tu es un bon musicien… Je me demande si…

Elle ne termina pas sa phrase. Ses beaux yeux d'un bleu clair ne s'arrêtaient sur rien, comme s'ils regardaient encore un monde né de la musique.

— Viens.

Elle lui prit familièrement la main. Augustin sentit le contact de sa peau très douce, très fine, une peau qui n'avait jamais été durcie par le travail. Le rêve se poursuivait, il redoutait de se réveiller au moment le plus important. Elle le conduisit à la porte, posa un baiser sur son front, puis lui dit de s'en aller. Il murmura un merci dont le ridicule le fit rougir un peu plus.

— Cours chez toi, dit-elle sur un ton qui avait retrouvé son assurance hautaine de grande dame en face d'un garçon du peuple. Tu as du talent, je vais voir ce que je peux faire pour toi.

— Madame, osa enfin Augustin, vous m'avez offert la plus grande joie de toute ma vie. J'essaierai d'en être digne.

— Va, je te dis. Je vais te trouver un professeur de musique.

Il inspira profondément et, plein d'une audace qu'il ne se connaissait pas, murmura :

— Je n'ai jamais vu aussi belle dame que vous !

Il ne comprit l'inconvenance de son propos qu'après avoir parlé. Il voulut s'excuser, elle ne lui en laissa pas le temps, et dit sur un ton moqueur :

— Qu'est-ce que tu racontes ? Tu n'es qu'un enfant.

Augustin descendit les marches du perron, puis se tourna :

— Madame, je vous aimerai toute ma vie !

Il traversa très vite la cour pour échapper à la colère de celle qu'il venait d'offenser en lui parlant de la sorte. Avant de s'enfoncer dans la forêt, il regarda longuement la maisonnette qui se dressait comme un cube clair devant les taillis sombres. Il crut voir, à la fenêtre, la silhouette de la belle marquise, image floue et imprécise vite effacée.

Trois semaines s'étaient écoulées et Jules restait introuvable. Chaque soir, Léa rentrait de son travail fourbue et désespérée, consciente de ne pas avoir été digne de la promesse faite à sa mère.

— Je n'en peux plus, dit-elle à son frère.

L'abbé Marcellin, qui ne manquait pas de compassion, avait réussi à faire effacer l'amende, mais son travail chez Mme d'Esbègle éreintait la jeune fille, qui ne serait jamais une bonne servante. La fatigue qui s'accumulait chaque jour lui faisait regretter de ne pas avoir accepté la proposition d'Antoine Morisson.

— Si Jules revenait, je crois que j'irais mieux ! murmura-t-elle.

Beaucoup d'enfants disparaissaient, volés par des bohémiens et revendus dans des fermes reculées pour devenir esclaves. Pourtant, Augustin ne perdait pas espoir : il savait combien Jules était malin. Son frère avait sûrement échappé aux voleurs. Il ne reparaissait pas parce qu'il redoutait d'être pris par les milices et conduit à la pension des prêtres de Saint-Sulpice. On le reverrait bientôt.

— Qu'est-ce qu'on peut faire ? demanda Léa. Avertir la maréchaussée de sa disparition ?

— Ça ne servira à rien. Ils ont tant à faire et les rues sont remplies de coupe-gorge. Un enfant disparu ne les préoccupe pas !

Léa ne comprenait pas l'indifférence de son frère. Il avait beaucoup changé en peu de temps et cela l'exaspérait.

— On dirait que tu t'en moques !

— Mais non, je ne m'en moque pas, mais je sais que Jules est rusé comme un renard et qu'on peut lui faire confiance !

— Tu parles comme si tu étais content d'en être débarrassé ! s'emporta Léa. Je ne sais pas ce qui t'arrive, mais j'ai l'impression que tu es sur ton nuage et que tout t'indiffère !

Augustin s'en voulait de son égoïsme, mais comment avouer à sa sœur ce qui le rendait heureux ? Elle se serait moquée de lui !

— Je vais bientôt partir ! avoua-t-il sans mesurer la portée de ses paroles.

— Et tu vas me laisser seule, avec à peine de quoi manger ? Augustin, je ne te reconnais pas !

— J'ai promis à notre père d'aller le délivrer. Je ne sais pas encore comment je ferai, mais j'irai, c'est certain !

Ils n'échangèrent plus une seule parole de la soirée. Trop de choses les éloignaient et Léa prenait conscience que leurs chemins allaient se séparer bientôt. Ils mangèrent leur soupe chaude, un peu de pain et de fromage que la jeune fille avait acheté chez Buttaud, le laitier. Augustin, pensif près du poêle où brûlait un maigre feu, contemplait le visage de sa sœur que découpait la lueur chancelante de la lampe. C'était une belle fille, assurément, avec son nez légèrement retroussé, ses grands yeux verts qui tournaient au gris avec le temps, ses cheveux noirs qui formaient de lourdes boucles. Oui, une belle fille qui n'avait jamais eu d'amant. L'amour brûlant pour la belle Mme de Ruffec poussait le jeune homme à s'étonner qu'un cœur de vingt-trois ans soit resté de glace.

Le lendemain avant de sortir, il précisa :

— Je partirai au premier jour du printemps.

Il regretta d'avoir parlé aussi sèchement, car c'était aussi une manière de rejeter les soucis de sa sœur. Depuis son passage à la gloriette, il ne cessait de penser au bel habit d'officier de M. de Ruffec et il ne pouvait résister à la force qui le poussait vers l'aventure. Aller délivrer son père était un bon prétexte ! Il espérait chaque jour qu'un fiacre viendrait le chercher à la sortie de son atelier, mais la belle dame ne pensait plus à lui. Alors, il allait traîner dans les estaminets près de la Seine où de vieux marins parlaient de bateaux, de mer et de terres lointaines.

Un soleil lumineux se levait sur un Paris blanc de gelée. On ne savait pas si c'était une punition divine, mais depuis quelques dizaines d'années le temps était détraqué. À des hivers rudes et précoces succédaient des étés torrides et secs, ou bien, à l'inverse, des hivers doux étaient suivis d'étés pluvieux et frais. Les récoltes pourrissaient sur pied ; la vermine détruisait les légumes dans les potagers.

Deux silhouettes parties des caves de l'ancien couvent Saint-Jacques, sur la butte aux Cailles, se faufilaient dans les rues sombres. Hautes d'à peine cinq pieds, elles frôlaient les murs pour ne pas se faire remarquer. La première marchait en claudiquant. Les cheveux collés en mèches dépassaient de son bonnet rouge. La seconde laissait voir sous sa capuche relevée un menton sans barbe, des joues rondes d'enfant.

— Tu sais ce que tu dois faire ? demanda le garçon qui marchait devant.

— T'inquiète, fit le second sur le ton assuré de quelqu'un qui se voulait sûr de lui.

— N'oublie pas : si tu rates, on n'a pas de place pour toi.

— Je ne raterai pas. Ce n'est pas la première fois que je fais ce genre de travail.

Ils poursuivirent leur marche en silence. Tout à coup, l'un des deux fit signe à son compagnon de se dissimuler derrière une fontaine.

— Cache-toi, Gonon, c'est mon frère !

Augustin, qui se rendait à son travail, passa près des deux garçons sans les voir. Jules s'était blotti contre le bassin, le cœur battant. Son choix était fait : il ne reviendrait jamais chez lui.

Quand Augustin se fut éloigné, les deux ombres reprirent leur marche jusqu'à une maison bourgeoise dont le pignon donnait sur la rue. Un soupirail s'ouvrait aux pieds des passants, encore peu nombreux en ce matin froid.

— Le maître des lieux, c'est le barbier Richetin, qui a fait fortune avec son élixir.

Jules lui adressa un regard interrogateur.

— Oui, son élixir pour les vieux hommes qui s'entichent d'une jeunette. Ça leur donne des forces là où ils n'en ont plus ! Donc, tu descends dans la cave. On sait qu'il y cache son or. Tu dois le rapporter si tu veux que le roi te prenne dans sa cour.

— J'y vais.

— Tu as compris. Moi, je reste là. Je sifflerai…

Jules resserra sa cape autour de lui et s'accroupit devant le soupirail. Le passage était si étroit qu'il eut beaucoup de mal à s'y faufiler. Une grille était posée à l'intérieur, mais Gonon l'avait descellée la veille.

L'impasse était déserte. Dans la rue voisine, on entendait parler les porteurs d'eau et de lait ainsi que les appels des brocanteurs qui installaient leur échoppe. Jules fit basculer la grille et rampa dans la minuscule ouverture. Paris ne manquait pas de lieux aussi dissemblables : les constructions modernes au milieu des ruines, les maisons bourgeoises entourées de taudis occupés par les ouvriers et leur marmaille.

Jules n'en était pas à son premier larcin mais, ce matin, il avait à cœur de réussir pour entrer dans la bande de Saint-Jacques, une des plus importantes de Paris.

Il se laissa glisser sur un mur mouillé et prit pied dans une cave très sombre. Il frotta la molette de son briquet à eau-de-vie, puis inspecta les étagères chargées des réserves de l'opulente maison. Il souleva les couvercles des jarres de viande salée, d'huile ou de graisse, fureta dans les recoins quand un bruit le surprit. À l'autre bout de la cave voûtée, un escalier en pierre s'éclaira. Jules se cacha, le cœur battant, car il n'avait aucun moyen de s'échapper. Une servante tenant une lampe à huile s'approcha des étagères, prit un jambon pendu au plafond et repartit. Jules inspecta la deuxième salle, où se trouvaient des caisses rangées à côté de tonneaux. Il découvrit des boîtes de poivre dont il pourrait tirer un bon prix, mais ce n'était pas ce qu'il cherchait. Il fouilla encore et, persuadé que le trésor était ailleurs, inspecta les épices dont certaines valaient aussi cher que l'or. Il remplit son sac de cannelle, de clous de girofle et de vanille, parfum nouveau rapporté des îles dont on raffolait dans les bonnes maisons.

Il se hissa dans le boyau, siffla Gonon qui répondit par un autre sifflement. Une fois dehors, le gamin montra son butin.

— C'est pas mal, mais le roi préfère l'or à tout le reste.

— Il n'y en avait pas, pas de cachette spéciale et tu sais que je les sens, se vanta le gamin. Des réserves de vin, de gnole, du lard salé, des saucissons, des épices mais pas d'or, ni de bijoux.

— Pourtant, on nous a bien renseignés. Le sieur Richetin possède de l'or. Et celui qui nous a dit que sa cachette était dans la cave n'a pas menti puisqu'il en aura sa part.

— Je te jure qu'il n'y a pas d'or. Ça pue la saumure, le salé rance et puis c'est tout. Faudra chercher ailleurs.

— Toi, mon gars, tu as la langue bien pendue pour ton âge. Tu vas devoir apprendre à te taire.

Jules gardait son sac sous son manteau. Que Richetin ne cachât pas son or dans sa cave ne l'étonnait pas.

— C'est l'endroit où les voleurs cherchent en cette période difficile. Alors, les riches ont trouvé d'autres cachettes.

— Et où à ton avis ?

— Là où un voleur n'aurait pas idée d'aller fouiller.

— Et c'est où ?

— J'ai mon idée, je te dis. On reviendra la nuit prochaine.

Les premiers rayons d'un soleil froid illuminaient la butte aux Cailles. Des maisons récentes avaient été construites autour des moulins à vent, séparées par des prairies, des potagers et des vignes. Au sommet, les ruines d'un monastère disparaissaient sous les ronces et servaient d'abri à une multitude de chats maigres et agressifs. Les deux garçons arrivèrent près d'un mur à moitié écroulé, descendirent un escalier dissimulé entre des ronciers et fermé par une barrière de planches. Gonon frappa, la porte bascula. Ils entrèrent dans une vaste cave éclairée par des torches. Cette première salle s'ouvrait sur une seconde tout aussi éclairée, ornée de tentures. Gonon arrêta Jules.

— Reste là, je vais chercher le roi.

Le gamin voulait être admis dans la bande de Saint-Jacques, mais n'avait pas l'intention d'y séjourner trop longtemps. Jules ne courbait le dos devant personne. Il saurait, le moment venu, créer sa propre bande dont il serait le chef.

Deux enfants portant des torches précédaient celui qu'on appelait le roi dans cette cité de l'ombre. On ne savait pas d'où il venait, mais son autorité sur les petits chapardeurs était considérable. Jules ne put cacher sa surprise : l'homme dont parlaient tous les adolescents avec respect était un nain horriblement contrefait. Un chapeau de toile couvrait son énorme tête. Il était vêtu simplement d'un surcot clair, une ceinture serrant sa taille au-dessus de minuscules jambes tordues.

Il s'approcha de Jules, qui mesurait un bon pied de plus, leva sur lui ses gros yeux de serpent. Il répandait une horrible odeur de pourriture.

— C'est donc toi, le nouveau ? demanda-t-il d'une voix grave et rayée. Tu connais nos lois. Qu'as-tu trouvé ?

Jules montra les boîtes d'épices. L'autre sourit et se moqua.

— Tu crois que tu vas mériter ta place parmi l'élite de la truanderie ? Je veux de l'or.

Il fit demi-tour et s'éloigna de son pas d'oie grasse.

— Je te laisse trois jours pour te rattraper, dit-il de sa voix rauque.

Léa savait qu'elle ne tiendrait pas longtemps dans son nouvel emploi. Ses mains gercées lui faisaient atrocement mal. Mme d'Esbègle l'employait aux tâches les plus difficiles : la lessive au lavoir ouvert à tous les vents, le nettoyage des parquets et le lustrage des cuivres. Tout son corps était douloureux.

Depuis quelques jours, le vent du nord apportait des gelées. Paris retrouvait son aspect hivernal. Les rues se peuplaient d'une foule de misérables qui cherchaient du bois et n'hésitaient pas à couper des arbustes dans les jardins publics. Près de la Seine, les plus audacieux volaient les bûches rapportées de Normandie et de Bourgogne, pillaient les entrepôts de charbon, mais gare à qui se faisait prendre ! Des rixes éclataient. Le peuple prenait souvent le parti des voleurs.

Un matin où le froid était plus vif que d'habitude, Léa se rendit chez Morisson, qui sourit quand il la vit entrer dans la cour avec les compagnons.

— Bonjour, Léa, comme je suis heureux de te voir !

— J'ai réfléchi : reprenez-moi à votre service.

Elle éclata en sanglots. Il la fit entrer dans son bureau, ferma la porte et se planta devant elle.

— Je suis malheureux de te voir travailler comme une misérable, commença-t-il. Je n'ai pas oublié l'amitié qui me liait à ton père. Si tu deviens ma femme, je ne te demanderai rien que de me donner un fils. Tu auras des servantes, tu retrouveras tes anciennes amies et ta vie d'autrefois. En ce moment, il ne fait pas bon être misérable.

Léa sanglotait. Morisson qui n'était pas un mauvais homme, lui tendit un mouchoir.

— Essuie tes larmes. Je n'aime pas te voir ainsi.

— Jules a disparu ! dit Léa entre deux sanglots. J'ai juré à ma mère mourante de l'élever.

— T'en fais pas, je vais le faire chercher. Je connais du monde à la maréchaussée... Je te reprends à mon service. Je ne te demande aucune réponse à ma proposition pour le moment. Nous verrons cela plus tard.

Léa sécha ses yeux et remercia Morisson.

— Je ne veux plus jamais te voir pleurer, ajouta-t-il.

Près de la Seine, un boulanger accusé de ne pas faire de pain en attendant que les prix montent fut tué par une foule affamée qui promena sa tête sur une pique. La maison d'un notaire avait été dévastée, sa fille et sa femme violées. Le printemps 1789 s'annonçait pluvieux. Le peuple avait faim ; les chansonniers s'en prenaient aux aristocrates et à la reine. Pendant ce temps, le roi chassait à Versailles et à Saint-Germain.

Rassuré sur le sort de sa sœur, Augustin décida de partir. Léa travaillait de nouveau chez Morisson et ne manquerait de rien. Pourtant, la jeune fille était triste :

— Je vais être bien seule désormais. Te reverrai-je un jour ?

— Je reviendrai, c'est certain, et avec notre père. La vie recommencera.

— Si je savais où est Jules, je serais rassurée, ajouta Léa.

— Tu peux faire confiance à Antoine Morisson. Il t'a promis de le retrouver et il tiendra parole.

Il quitta Léa le cœur gros. Depuis longtemps, Augustin s'était préparé à partir, pourtant, il redoutait l'inconnu ; le vaste monde au-delà de ces rues boueuses et des maisons sagement alignées l'angoissait. Il alla frapper à la porte de Vidal, qui s'apprêtait à se rendre à son atelier, situé au fond de la cour. L'artisan le serra dans ses bras.

— Alors, ça y est, tu es décidé ?

— Oui, maître.

— C'est bien. Si un jour tu regrettes, reviens ici, ma porte te sera toujours ouverte.

Vidal lui posa une main affectueuse sur l'épaule.

— Viens donc boire un dernier verre avec moi.

Ils se rendirent à l'auberge du bout de la rue. À cette heure, des transporteurs de foin, des convoyeurs d'animaux qui avaient marché toute la nuit se restauraient, mais Cipient, l'aubergiste, n'avait plus grand-chose dans ses réserves. Comme la farine manquait, le boulanger lui livrait un pain au son qui pesait sur l'estomac. Le vin était aigre et, en guise de viande, les ouvriers devaient se contenter d'un bouillon où surnageaient des couennes et des morceaux de tripes.

Vidal salua Cipient, un quinquagénaire de petite taille tout rond, au visage sombre couvert d'une épaisse barbe mal coupée. Autrefois, il aimait pousser la chansonnette, mais cela faisait bien longtemps qu'on ne l'entendait plus, sauf pour rouspéter après des clients qui n'avaient pas toujours de quoi payer. Vidal fit asseoir Augustin en face de lui et le regarda longuement sans un mot.

— Ton père était un homme intelligent et travailleur. Je sais qu'il n'a pas tué, mais comment veux-tu faire justice ?

— Je sais qui a tué Soubret, grogna Augustin. Je vengerai mon père.

Vidal sourit, découvrant des dents gâtées, il porta le verre à ses lèvres, puis fit une grimace.

— Le curé Branton a menti, poursuivit le jeune homme, j'en ai la preuve. Il a accusé mon père parce que nous sommes des réformés.

— Il a surtout accusé ton père pour que vos biens soient saisis. Son neveu, Alban Legrindet, en a profité pour racheter la filature à vil prix.

— Tout ça se réglera le moment venu, répliqua Augustin d'une voix sifflante.

Ils burent en silence, chacun replié sur de sombres pensées. Vidal posa son verre et leva son regard ténébreux sur le jeune homme.

— Je t'ai appris le métier en espérant que tu prendrais ma place. Mais voilà, tu fais partie de ces gens qui ont toujours envie d'aller voir ce qui se passe ailleurs. J'en ai connu beaucoup, des gamins comme toi qui trouvaient une bonne raison pour aller courir l'aventure. Beaucoup en sont morts, pas un n'a fait fortune.

Augustin se retint de dire le fond de sa pensée qu'il jugeait puérile. Il était né à Paris par hasard, comme si la cigogne qui l'avait apporté à ses parents s'était trompée d'adresse. Ses lectures l'avaient toujours conduit ailleurs en le rapprochant de son père dans un univers qui n'appartenait qu'à eux.

— La vengeance n'est qu'un prétexte, continua Vidal. Tu sais très bien qu'on ne s'évade pas du bagne de Rochefort, sauf avec beaucoup d'argent, mais tu n'en as pas. Tu pars parce que tu as des fourmis dans les jambes, parce que tu imagines l'aventure en dehors de Paris que tu connais trop bien. Prends garde à toi.

Augustin posa son verre vide et s'essuya les lèvres avec sa manche. Vidal se leva.

— C'est l'heure d'aller à l'atelier. Les autres ne comprendraient pas que je sois en retard.

Vidal serra une nouvelle fois le jeune homme dans ses bras et lui dit sur un ton paternel :

— Garde-toi bien ! Quand tu reviendras, souviens-toi : tu auras ta place chez moi !

Augustin endossa son ballot, regarda une dernière fois la porte ouverte de l'atelier. Un charretier apportait des grumes de chêne qui allaient être sciées en planches. Le jeune homme contourna le bâtiment par une ruelle qui serpentait entre les jardins et s'éloigna d'un pas léger. Le printemps était là, avec quelques semaines d'avance. Après plusieurs jours maussades, un grand soleil illuminait Paris, dont il découvrait les charmes au moment de le quitter. Les maraîchers s'activaient dans les jardins, les vignerons taillaient les ceps de vigne. Une intense activité rassurait le jeune homme, pourtant les rues étaient envahies de pauvres bougres qui cherchaient du travail pour un bout de pain. Des mendiants, souvent des femmes avec des petits enfants assis sur les bornes, tendaient la main aux passants qui ne les regardaient pas.

Augustin s'arrêta rue de Thionville, en face de l'hôtel particulier des Ruffec, attendit un long moment en regardant les jardiniers qui taillaient les massifs, bêchaient les parterres, plantaient pour que le printemps fleurisse dans le parc du noble officier du roi. Ce que le jeune homme n'osait pas espérer se produisit : Isabelle de Ruffec, donnant la main à une fillette de quatre ou cinq ans, sortit de la maison, descendit l'escalier et parla aux jardiniers. Oubliant les menaces du fier Charles de Ruffec, Augustin s'approcha du portail fermé. En l'apercevant, la jeune femme lâcha la main de la fillette qui s'éloigna dans les allées.

— Que fais-tu encore ici ? Ne t'ai-je pas dit de ne plus jamais paraître devant moi ?

— Madame, je m'en vais. Je voulais vous voir une dernière fois.

Il s'étonna d'avoir encore parlé avec autant d'audace, pourtant elle ne se fâcha pas.

— Tu pars ? fit-elle sur un ton étonné. Mais où vas-tu ?

— Je vais à Rochefort, puis je m'embarquerai sur un bateau.

— Comme c'est curieux. As-tu déjà vu la mer ?

— Non, madame, mais je l'ai tant de fois imaginée que je crois la connaître aussi bien que cette place.

— La mer est une horrible maîtresse. Elle séduit beaucoup de jeunes inconscients comme toi et les dévore. Mais avant, peux-tu passer à ma gloriette, j'aimerais t'entendre une dernière fois ?

Elle retourna à la maison sans attendre la réponse d'Augustin. Quelques instants plus tard, des domestiques ouvrirent le portail et une voiture simple tirée par deux chevaux traversa la place encombrée. Comblé, Augustin courut jusqu'à Clichy, où il arriva en même temps que la voiture qui cahotait dans un chemin creux très mal entretenu. À part des laboureurs dans les champs voisins, l'endroit était désert. Mme de Ruffec congédia ses laquais, qui repartirent aussitôt.

Augustin s'approcha ; Mme de Ruffec lui fit signe de la suivre.

— Tu es déjà là ? Mais tu as couru !

— Par la forêt, c'est plus court qu'en suivant les chemins.

Il n'osait pas soutenir le regard intense de la marquise et regardait ses chaussures, tout encombré par son ballot de voyageur sans fortune. Elle le conduisit au salon de musique.

— Tu vas jouer pour moi une dernière fois. Si tu étais resté, j'aurais pu t'aider à devenir un grand musicien.

— Je ne serai jamais un grand musicien.

Il hésitait puis, comme la dame s'était assise en face de lui, il se plaça devant le clavecin. La musique emplit la pièce ; Isabelle de Ruffec avait renversé la tête sur le dossier du fauteuil et souriait, les yeux fermés. Elle reprit vie quand il cessa de jouer. Alors, elle s'approcha du jeune homme et le regarda intensément.

— Dommage que tu ne veuilles pas devenir musicien. Maintenant, tu peux t'en aller.

Il prit son ballot posé à côté du clavecin et se dirigea vers le couloir. Mme de Ruffec l'accompagna jusqu'à la porte et là, l'attira contre elle, posa un baiser sur son front.

— Tu n'es qu'un enfant, dit-elle d'une voix très tendre. J'espère que tu ne vas pas abîmer tes jolis doigts.

Rouge de confusion, Augustin murmura :

— Madame, je n'aimerai que vous et je ne reviendrai à Paris que digne de vous.

Elle éclata d'un rire moqueur.

— De quoi parles-tu ? Entre toi et moi, il ne pourra jamais rien y avoir. Mais ta naïveté me touche.

Il s'éloigna sans se retourner, pressé à présent de quitter Paris. Deux heures plus tard, il était à l'arrêt de la voiture de poste pour Orléans.

Augustin arriva à Orléans deux jours plus tard. En cette fin mars 1789, le port sur la Loire était très actif. Le fleuve, trop accidenté, n'avait pas comme la Seine les fonds suffisants pour accueillir de grands bateaux lourdement chargés, mais de nombreuses barges descendaient vers la Touraine et Nantes, apportant les bois de Bourgogne et du Centre, les vins de Sancerre et de la vallée.

Augustin déambulait sur le quai en se disant qu'il n'aurait pas de mal à trouver du travail. Son attention fut attirée par un solide jeune homme qui déchargeait une gabare. Leurs regards se croisèrent, ils se sourirent, puis échangèrent quelques mots. Quelques instants plus tard, le Parisien faisait équipe avec son nouveau camarade, Frédéric Melun.

Frédéric avait un beau sourire qui montrait des dents blanches, marque d'une robuste santé et apanage de la jeunesse. Il portait un bonnet de laine brun qui cachait ses cheveux roux. Son attention s'était portée sur les mains d'Augustin.

— Toi, tu n'es pas un ouvrier. Tu serais un petit bourgeois en fuite que ça ne m'étonnerait pas.

— Je viens de Paris, répondit Augustin. Mon père possédait une filature, et puis le malheur a frappé. Voilà, je suis là avec seulement mes petites mains pour me nourrir.

— T'en fais pas, répondit Frédéric. Le travail ne manque pas et tes petites mains vont vite s'habituer. Tiens, moi qui te parle, je ne devrais pas être ici à m'éreinter. Je sais lire et écrire, oui, j'ai appris tout seul, le soir, et je sais aussi très bien compter. Ma famille n'était pas misérable, mais pas riche non plus. Mon père buvait et jouait tout ce qu'il gagnait et puis il est mort.

— Et les biens ? demanda Augustin.

Frédéric eut un mouvement fataliste des bras.

— Il ne restait rien... Les créanciers ont tout pris. Et toi ?

— Moi ? réagit Augustin. Je viens d'un milieu bourgeois, j'ai étudié le clavecin et je connais un peu les bonnes manières. Mon père a été condamné au bagne pour un crime qu'il n'a pas commis.

Ils avaient presque terminé le déchargement. Le patron, Valéro, était petit et mal bâti, très brun. Il avait un œil plus grand que l'autre, les lèvres serrées dans une moue perpétuelle. Le marchand inspecta le travail, releva les numéros des colis transportés et s'éloigna sans un mot.

— T'approche pas de lui, conseilla Frédéric, il pue comme une fouine. Mais ce n'est pas un mauvais homme. Faut le connaître.

Le travail terminé, Frédéric emmena Augustin dans une auberge du bord de Loire. Ils commandèrent une friture de petits poissons. La tenancière, une belle femme blonde à la poitrine avantageuse, fit un clin d'œil à Frédéric.

— Voilà que tu m'amènes un petit nouveau ? s'étonna-t-elle. Il semble bien tendre.

— C'est un Parisien tête de chien, répondit Frédéric en passant son bras autour de la taille de la femme. Il a les mains fines, ma Pierrette, mais pas un sou dans sa poche.

Augustin ne sut comment protester ; pourtant la manière de parler de son camarade le froissait.

— Je vois, dit la femme. Je vous apporte une friture de goujons ?

— Avec un petit vin de pays, ce sera parfait, répondit Frédéric. Le jeune homme se pencha vers Augustin assis en face de lui et lui dit en baissant la voix :

— C'est la mère Pierrette. Une sacrée belle femme. Ses deux filles sont très belles aussi. Elles m'aiment bien. Je loge dans une chambre sous le toit, c'est petit, il y fait une chaleur à crever en été et un froid insupportable en hiver, c'est humide, tu dois te battre contre les punaises et les cafards, mais tu y dors très bien. Si tu veux, il y a une chambre libre à côté.

— Je peux la prendre pour quelques jours, admit Augustin, mais je veux continuer mon chemin jusqu'à la mer.

En prononçant ce mot, il avait l'impression d'avouer un secret honteux. Les moqueries des grandes personnes quand il était enfant et parlait de son désir de devenir marin avaient fait naître ce sentiment coupable face à un désir qui ne le quittait pas depuis ses premières années.

— La mer, se moqua Frédéric, c'est bon pour se noyer !

Pierrette apporta un plat de minuscules poissons frits qui dégageaient une bonne odeur et mettaient l'eau à la bouche. Frédéric remplit les verres d'un vin clairet. Il faisait bon dans cette salle où ils étaient les seuls clients.

— Dis-moi, ma Pierrette, mon ami cherche un endroit pour dormir. Tu peux lui louer la chambre voisine de la mienne...

— Je peux, c'est quinze sous par semaine.

Frédéric fit un clin d'œil à Augustin et lui souffla à l'oreille quand la tenancière eut le dos tourné :

— Et puis, les servantes sont gentilles. Tu comprends ?

À dix-sept ans, le jeune Parisien qui n'avait jamais connu de femme rougit, trahissant ainsi des envies cachées. Mesurant sa confusion, Frédéric fit signe à Pierrette.

— Tu sais que mon ami est un pucelet ! dit-il sur un ton amusé. Va falloir s'occuper de lui !

— T'en fais pas, mon garçon, ajouta Pierrette en riant. Ici, on n'effarouche pas les puceaux. On saura te faire la leçon.

Frédéric ajouta, toujours sur le ton de la confidence :

— Les femmes... Je ne pourrai jamais m'en passer. Tu vas voir comme c'est bon !

Quand ils eurent fini de manger, ils partirent se promener dans les rues animées d'Orléans. Le marché au poisson était particulièrement fréquenté. Les pêcheurs de Loire vendaient la friture, les brochets et les saumons qui remontaient de l'océan en nombre. Les animaux venus du Berry traversaient la ville par grands troupeaux avant de poursuivre leur chemin vers Paris. Une foule de manouvriers, de portefaix et de petits pêcheurs occupaient les auberges et les tripots bordant le fleuve. Des marchands à la criée incitaient les passants à s'arrêter devant leur étalage. Des faiseurs de tours, des souffleurs de feu se pressaient devant la cathédrale. On y jouait les comédies dont Paris ne voulait plus. Augustin était heureusement surpris par l'atmosphère de cette ville opulente. Le pain ne manquait pas et la vie semblait paisible, facile dans cette lumière propre à la Loire.

— Je ne pourrai pas rester très longtemps, dit Augustin qui ne voulait pas céder à la douceur de vivre. Je devrai partir dans quelques jours.

— Mais où veux-tu aller pour être mieux ? Laisse donc les bateaux et la mer aux aventuriers. Ici, tu trouveras une belle femme qui saura te donner beaucoup de bonheur et de beaux enfants. Si tu es malin, tu pourras t'installer à ton compte…

— Non. J'ai juré à mon père de le rejoindre à Rochefort et de le faire évader du bagne.

— Ah ! voilà, fit Frédéric avec un air admiratif. Là, je te comprends. Mais tu n'y arriveras jamais.

— Tant pis, j'aurai essayé. C'est ce qui compte.

La nuit tombait. Les deux garçons entrèrent boire un gobelet de vin dans un bistrot, puis revinrent chez Pierrette où ils s'attardèrent dans la salle du fond. On y jouait aux cartes et aux dominos. Une roue de la chance égrenait son cliquetis devant des parieurs anxieux. Augustin remarqua que l'attitude de Frédéric venait de changer. Son visage ouvert et jovial s'était contracté. Il pinçait les lèvres, un léger tremblement agitait ses doigts. Il s'approcha de la roue de la chance, et souffla à Augustin :

— Un jour, j'ai misé cinq sols et j'ai gagné dix-huit pièces d'or…

Il avait parlé avec une sorte de vibrato dans la voix qui exprimait l'espérance de regagner encore, l'envie profonde du jeu.

— Tu ne m'as pas dit que ton père…

— Oui, il a joué une fois de trop. Il a perdu tous ses biens et nous a mis à la rue. Alors, moi, je rêve de revanche, je veux défier la chance et la battre sur son terrain.

Sa voix n'était plus celle du bon Frédéric rencontré sur le port. D'un geste rapide, comme s'il voulait se le cacher à lui-même, il plongea une main dans sa poche et en sortit quelques pièces de cuivre, son gain de la journée. Il écrivit un chiffre sur une feuille de papier.

— Le 6 ! dit-il, d'une voix résolue.

— Tu vas perdre, prédit Augustin qui ne faisait pas confiance à cette manière de s'enrichir. Arrête...

— De quoi tu te mêles ? répliqua sèchement Frédéric.

Il posa les pièces sur la table. L'opérateur lança la grande roue. La lamelle métallique cliquetait sur la couronne de clous plantés à espaces réguliers, ralentissant le mouvement. Une fenêtre s'ouvrait sur des chiffres qui défilaient. Augustin observait Frédéric qui, la respiration coupée, attendait. Son cœur battait si fort que les veines gonflaient à ses tempes. La bouche entrouverte, les lèvres sèches, il était ailleurs. Peut-être était-ce cette forme de bonheur tellement fort et fugitif qu'une fois qu'on l'a connu, on ne peut plus s'en passer.

La roue s'arrêta sur le chiffre 7. Frédéric battit l'air de son gros poing et tourna vers Augustin un regard presque satisfait.

— J'avais en tête de jouer le 7, j'y pensais et je ne sais pas pourquoi j'ai dit le 6 !

— Viens, fit Augustin, nous allons boire du vin et bavarder.

L'endroit lui paraissait malsain. On sentait une tension extrême des gens présents ; leurs gestes brutaux, leurs visages sans expression inquiétaient le jeune homme. Frédéric trouva trois pièces supplémentaires dans sa poche et se tourna vers Augustin :

— Donne-moi les dix sols que tu as gagnés sur le port. Je vais les jouer et on va gagner ! Ensuite, on ira faire la fête toute la nuit.

— Non, je ne te donne pas dix sols parce que tu vas les perdre et il ne nous restera même pas de quoi payer nos chambres...

— Si tu ne me donnes pas tes dix sols, répliqua Frédéric en colère, je te jure que je te casse toutes les dents d'un seul coup de poing.

Sans un mot, Augustin passa dans l'autre salle où Pierrette l'interpella.

— Il a voulu t'emprunter de l'argent, c'est ça ? dit-elle en se plantant devant lui. Tu as bien fait de ne pas l'écouter. La seule vue d'une roue de la chance lui fait perdre tout bon sens. C'est un gentil garçon, mais il est comme son père, pris par ce vice qui le conduira tout droit au fond de la Loire avec une pierre attachée au cou.

Augustin constata que Frédéric ne l'avait pas suivi. Pierrette le rassura :

— N'aie aucune crainte. Il va perdre encore une fois et, quand il n'aura plus rien, il va venir ici se soûler jusqu'à rouler sous la table. Demain, il ne se souviendra de rien. Prends la clef de ta chambre, Bichette va te conduire, ajouta-t-elle avec un sourire complice.

Une jolie jeune fille aux cheveux blonds qui dépassaient de sa coiffe blanche lui fit un clin d'œil engageant. Il la suivit dans un escalier en planches qui craquaient sous les pas. Au palier, elle entra dans une chambre et alla ouvrir les volets. Une légère lumière éclaira une armoire sombre, une chaise, une petite table. Un gros édredon rouge augmentait le volume du lit étroit.

— Ici, vous serez bien, dit la jeune fille. Nous vous avons donné la plus belle chambre.

— Je vous remercie, bredouilla Augustin, troublé malgré lui par la beauté de la jeune fille debout à côté de lui.

— On m'appelle Bichette, mais mon vrai nom c'est Manon, dit-elle en s'asseyant sur le lit, montrant par là qu'elle n'était pas pressée. Je travaille ici depuis un an. Je viens de Saint-Benoît.

— Saint-Benoît ? s'étonna Augustin qui se sentait maladroit dans son mutisme de timide.

— Oui, Saint-Benoît-sur-Loire, c'est pas très loin d'ici. Mes parents sont pauvres, j'ai beaucoup de frères et de sœurs plus jeunes que moi. Ici, je suis bien, je travaille et je suis libre. J'ai vingt ans et vous ?

Il n'osa pas dire son âge qui le retenait du côté de l'adolescence.

— J'ai dix-neuf ans, mentit-il.

— Et presque pas de barbe au menton, se moqua Manon. C'est pas grave, je te trouve très beau. Allez, viens t'asseoir près de moi.

Il obéit maladroitement. La jeune fille posa sa main sur la sienne. À cet instant, l'image de Mme de Ruffec lui rappela son audace alors qu'il tremblait près d'une servante.

— Ce qui m'étonne, dit-elle, en regardant ses doigts effilés, c'est que tu n'as rien d'un portefaix. Tes poignets sont délicats, même ton visage n'a pas cette grossièreté, cette rougeur des visages des travailleurs de force. Tu caches quelque chose, c'est sûr !

— Non, je ne cache rien. À Paris, je travaillais chez un charpentier.

— Tu ne devais pas travailler bien dur. Tu as un corps de petit bourgeois et c'est ce qui me plaît chez toi.

Elle passa son bras sur les épaules du garçon et posa un baiser sur ses lèvres. Augustin, le cœur battant à se rompre, sentait le désir monter en lui.

— Je dois y aller, précisa-t-elle. Si tu veux, on peut se retrouver ce soir, après le dîner. Je serai libre. Je dors au bout du couloir, dans une petite chambre sous le toit. Dis-moi si tu veux ?

Il bredouilla un vague oui. Manon sortit, ferma la porte. Augustin entendit son pas décroître dans l'escalier. Il avait chaud, tellement chaud qu'il éprouva le besoin d'aller prendre l'air. Il descendit, traversa la salle bruyante et sortit. La nuit était tombée, plongeant la ville dans le noir. Seule la Loire reflétait une lueur jaune changeante. Le jeune homme fit quelques pas devant la porte, puis, n'osant pas s'aventurer dans les rues sombres, rentra, retraversa la salle pour remonter à l'étage. Manon, qui apportait des verres et une carafe de vin, lui fit un petit signe complice en passant près de lui. Il chercha du regard Frédéric dans la pièce des jeux, mais ne vit que des trognes rudes et mal rasées, des bouches édentées et des regards avinés.

Dans sa chambre, il s'accouda à la fenêtre. En bas, des hommes ivres s'injuriaient en échangeant des coups. Il s'allongea sur le lit, essaya de dormir, mais trop de choses se bousculaient dans son esprit. Le comportement de Frédéric le révoltait : comment ce garçon généreux et doux pouvait-il se laisser tenter par le jeu au point de ne plus connaître personne ? Augustin n'avait-il pas lui-même des zones d'ombre qui se révéleraient selon les circonstances ? Il pensa encore à Isabelle de Ruffec, mais très vite le beau visage souriant de Manon remplaça celui de la marquise.

Malgré ses épaules douloureuses, il s'assoupit quand un grattement à sa porte le fit sursauter. La poignée tourna lentement en grinçant. Manon entra, portant une petite chandelle qui répandit un peu de lumière dans la chambre avant de s'éteindre. La jeune fille s'assit à côté de lui.

— J'ai cru qu'on n'en finirait pas. Ils avaient toujours soif et il fallait apporter de nouveaux pichets. Enfin, la patronne a mis tout le monde dehors parce qu'ils avaient envie de se battre !

Il sentait l'odeur légère de la jeune fille, une odeur de peau fraîche, de corps en bonne santé qui réveillait en lui l'envie de faire l'amour.

— Tu n'es pas un garçon comme les autres, murmura-t-elle. Je l'ai tout de suite compris à ton regard, à ta manière de bouger. Tu es né riche, mais ce n'est pas ça qui m'a impressionnée. Quand je te regardais, cet après-midi, j'avais l'impression de voir quelqu'un d'autre. Tu n'es pas fait pour être un ouvrier.

— Je ne sais pas pour quoi je suis fait. J'ai des rêves impossibles qui vont m'emmener sûrement très loin, peut-être en enfer, mais c'est tant pis.

Elle se serra contre lui. C'était la première fois de sa vie qu'Augustin tenait une fille dans ses bras. Son éducation protestante l'avait toujours mis en garde contre les jeux de l'amour. Manon plaqua ses lèvres sur les siennes. Ils roulèrent sur le lit.

— Je sais que tu n'as pas connu de femme, dit-elle. Frédéric l'a assez crié à qui voulait l'entendre, mais n'aie pas peur, moi, je sais ce que je fais…

La pensée d'Isabelle de Ruffec s'imposa encore à l'esprit du garçon. Ne lui avait-il pas juré de ne jamais connaître d'autre femme qu'elle ? Le désir irrésistible chassa ses scrupules. Manon déboutonna sa chemise. Les seins chauds de la jeune fille plaqués contre son torse nu finirent de l'enivrer. Il se donnait avec une fougue qu'il ne se connaissait pas.

Ils firent l'amour très tard dans la nuit, puis s'endormirent, épuisés. Quand Augustin se réveilla, Manon était partie. Il se leva. Un beau soleil illuminait le fleuve d'où venaient les bruits du port.

Il s'habilla rapidement, heureux, conscient d'avoir franchi un palier, d'être enfin un adulte, d'avoir acquis durant cette nuit une liberté et une assurance qui lui manquaient. Désormais, il était un homme, sans les atermoiements de l'enfance.

Il descendit rapidement. Manon servait les clients. Elle lui sourit et lui proposa de manger un peu de pain et de fromage, mais il n'avait pas le temps. Son patron l'attendait sûrement. Sur le port, Valéro s'emportait contre un gabarier qui avait laissé s'abîmer une cargaison de vin de Sancerre. Il se tourna vers Augustin qui s'attendait à une bonne semonce, mais non, le petit homme sombre lui ordonna :

— Va aider Melun, il faut que tout soit dans l'entrepôt avant midi.

Augustin, qui n'avait pas oublié la menace de son camarade, hésitait à le rejoindre. Frédéric l'aperçut et lui cria en riant :

— C'est dur de se lever matin !

Augustin ne s'attendait pas à cet accueil chaleureux. Il se mit au travail en grimaçant : tout son corps était raide de fatigue. Ses bras lui faisaient mal comme s'il avait déchargé deux gabares à lui seul. Ses jambes flageolaient et pourtant, au fond de lui, le souvenir de sa nuit le remplissait de bonheur. Il était amoureux ! Ce qu'il vivait avec Manon était exceptionnel. Il n'avait qu'une hâte, retrouver la jeune servante, serrer contre lui son corps magnifique, faire l'amour.

Vers deux heures de l'après-midi, le déchargement terminé, Frédéric invita Augustin à aller manger et boire du vin. Le jeune homme s'étonnait de retrouver un Frédéric plaisant, ouvert, souriant, tellement différent du joueur renfrogné et agressif de la veille. Ils se rendirent dans une petite auberge du bord de Loire où l'on servait les inévitables fritures. La serveuse apporta un pichet et un gros plat de goujons frits. Augustin se sentait capable de tout dévorer, d'engloutir le pain entier et de boire tout le vin. Il mangeait sans se préoccuper de son compagnon qui l'observait.

— Alors, comment ça s'est passé avec la petite Manon ?

Augustin ne savait pas quoi répondre. Il ne voulait pas parler de sa nuit enchantée, préférant la garder pour lui, ne pas la salir en la racontant.

— Une adorable gamine qui n'est pas paresseuse au lit. J'ai vu, dès que tu es entré dans l'auberge, qu'elle te regardait d'une belle manière, poursuivit Frédéric.

— C'est la plus merveilleuse fille du monde.

Frédéric éclata d'un grand rire, vida son verre d'un trait et expliqua :

— Tu n'es pas le premier et tu ne seras pas le dernier. La belle a du tempérament. Mais prends garde, elle va t'aimer quelques jours, puis elle va se lasser et te laisser tomber.

— Non, ce n'est pas possible. Manon et moi, on s'aime pour toujours. Je ferai tout pour la garder !

Frédéric s'amusait de la naïveté de son compagnon.

— Écoute, il ne faut pas te monter la tête, ça te ferait souffrir. Profite de Manon comme elle profite de toi, mais ne t'attache pas. Ça ne peut que te faire du mal.

Augustin ne croyait pas ce que disait Frédéric. Manon était sincère, il en avait la certitude et cela lui suffisait pour l'instant. L'envie de partir vers l'océan s'était effacée. Manon avait pris toute la place et il se voyait bien passant sa vie à Orléans, car il ne voulait plus jamais être séparé d'elle.

— Tu sais, ajouta Frédéric après un long moment de silence replié sur lui-même, je m'en veux souvent de me comporter comme tu m'as vu. Qu'est-ce que tu as pensé de moi ?

Augustin secoua la tête.

— Rien, j'ai pensé que tu étais très malheureux. J'aurais voulu t'aider, mais je ne savais pas comment faire.

Frédéric posa sa grosse main d'ouvrier sur celle d'Augustin qui en sentit la rugosité et la chaleur.

— Tu es un ami. Ça aussi, je l'ai compris tout de suite. Tous les deux, on pourrait aller très loin. Cependant…

— Quoi ?

— Manon aime les petits bourgeois comme toi. C'est sa manière à elle de se grandir, de sortir de sa condition de servante. C'est une bonne fille. Mais moi, je ne mérite pas ton amitié. Tu as vu comment je deviens quand le démon du jeu me prend et me mène par le bout du nez.

— Tu devrais te retenir, c'est trop dangereux et puis, tu perds tout ce que tu as gagné dans la journée… Pense à ton père.

— Justement, c'est lui qui m'a donné le mal en me défendant de jouer ! Personne ne peut comprendre combien c'est fort d'attendre le bon chiffre, de l'espérer, de rejouer une fois pour revivre cette sensation qui te mord l'estomac, qui te broie, qui te fait très mal, mais c'est une douleur de bonheur. Tu attends, le souffle arrêté, et quand le chiffre sort, tu es au paradis. Pas pour longtemps, juste l'espace d'un éclair, mais je te jure que tu vois le paradis, comme le diable seul sait le montrer.

Après avoir mangé, ils retournèrent sur le port. Il y avait toujours du travail pour qui les ouvriers courageux et Valéro les employa à charger des tonneaux de vinaigre sur une gabare. Augustin apprit ainsi que le vinaigre d'Orléans était réputé et qu'il faisait l'objet d'un commerce intense.

— Les gens croient que les vinaigriers utilisent les vins tournés de Sancerre, mais ce n'est vrai que pour les vinaigres de mauvaise qualité. Tous les autres sont faits avec de bons vins d'ici et des mères qu'ils gardent jalousement.

— Des mères ? s'étonna Augustin. C'est quoi ?

— Le vinaigre se fait avec du vin dans lequel tu mets la mère du vinaigre. C'est quelque chose de visqueux qui transforme le vin. Et à Orléans, on a les meilleures mères à vinaigre du monde.

Ils travaillèrent jusqu'à la nuit. Augustin n'en pouvait plus, mais ne voulait surtout pas montrer sa fatigue à Frédéric qui semblait inusable. Ils revinrent à l'auberge où Manon les accueillit avec un grand sourire.

— Ce soir, je ne reste pas là, dit Frédéric, j'ai un rendez-vous.

Il n'en dit pas plus et s'éloigna après avoir bu quelques verres de vin et mangé un peu de pain et de fromage. Augustin remonta dans sa chambre et s'allongea sur son lit, bercé par les bruits de la ville.

Depuis quinze jours, Manon rejoignait Augustin chaque nuit. L'euphorie du début cédait la place à une satisfaction simple, un besoin vite assouvi du corps. Il se lassait d'elle et ne l'attendait plus avec autant d'impatience. Ce qu'il avait cru être un grand sentiment n'était que le désir d'un acte nouveau, d'un plaisir réservé aux adultes. Un soir, alors qu'il traversait la grande salle, elle lui annonça qu'elle ne pourrait pas le rejoindre, étant obligée d'aller veiller une tante âgée qui la réclamait. Augustin n'en fut pas contrarié, satisfait de pouvoir dormir toute une nuit. Il soupçonnait Manon de lui mentir, de rejoindre un nouvel amant, mais il n'était pas jaloux. Le souvenir de l'impossible Isabelle de Ruffec reprenait sa place dans ses pensées. Il n'imaginait pas qu'elle puisse avoir le même corps que Manon, simple fille de salle, née dans un taudis des bords de Loire.

Le lendemain quand il traversa la salle, la jeune fille vint à son devant et lui sourit.

— Tu as bien dormi, Augustin ?

Elle avait les traits tirés. Sa coiffe cachait des cheveux en désordre et elle avait dans le fond de l'œil cette petite lumière qu'Augustin avait remarquée au lendemain de leur première nuit d'amour, mais ce n'était plus pour lui.

— Et toi ? Ta tante va-t-elle mieux ?

— Oh ! que non, répondit la jeune fille avec un air désolé. Elle va très mal et a besoin de moi. Je serai obligée de repartir chez elle la nuit prochaine.

Augustin n'insista pas, même si son indifférence lui semblait coupable. Comment avait-il pu brûler d'amour pour cette fille qu'il découvrait quelconque et même un peu vulgaire ? Au port, il rejoignit Frédéric, qui peinait à décharger une gabare remplie de bûches. Il empilait les morceaux de bois sur une énorme brouette et lui, si costaud, courbait le dos sous le poids du chargement. Il tourna vers Augustin un visage grimaçant. Ses pommettes saignaient ; sur son front tailladé suintait un liquide clair.

— Mais qu'est-ce qui t'est arrivé ?

— Je t'expliquerai.

Augustin l'aida à transporter le chargement de bois et à le décharger dans un entrepôt. Quand ce fut fini, Frédéric avoua :

— Ils m'ont eu. Ils étaient cinq, alors tu comprends que je ne pouvais pas gagner.

— Mais qui ?

— J'ai une grosse dette de jeu. Tu comprends, ces choses-là se règlent dans un coin discret. Ils m'ont tapé dessus parce que je ne pouvais pas payer. La prochaine fois, ils me feront la peau et me jetteront dans la Loire avec une pierre au cou. C'est pas plus compliqué que ça.

— Alors, qu'est-ce qu'on fait ?

— Tu fais ce que tu veux. Si Manon te retient ici, tu peux rester, mais moi, je fous le camp le plus vite possible. Si j'ai pris ce travail, c'est pour que ceux qui m'en veulent croient que je vais les rembourser ce soir. Mais je n'ai plus d'argent, rien.

— Écoute, dit Augustin, en prenant les brancards de la brouette, moi aussi, je commence à m'ennuyer dans les bras de Manon et elle s'ennuie dans les miens puisque cette nuit elle est allée veiller une vieille tante.

— Elle fait ça à tout le monde, répondit Frédéric en souriant. Tu as toujours envie d'aller voir la mer et de délivrer ton père ?

— Plus que jamais.

— Alors partons tous les deux. Ensemble, on est forts et on saura se défendre. Le monde est grand et il y a des Manon dans toutes les villes.

On va travailler jusqu'à deux heures de l'après-midi. Le patron sera content et nous paiera notre dû. Alors, on filera sans rien dire à personne.

— On pourrait s'embaucher sur une gabare, proposa Augustin.

Les traits de Frédéric se contractèrent comme s'il cherchait ses mots pour exprimer quelque chose de honteux.

— Tu sais que je suis costaud et pourtant, je ne vaux pas grand-chose. La vérité, c'est que j'ai peur de l'eau, une peur panique, une peur que je ne peux pas retenir. Non, je ne monterai pas sur une gabare.

— Et pourtant tu le fais bien dans le port !

— Ouais, mais les bateaux sont attachés alors j'ai pas peur. À la seule pensée qu'ils pourraient s'en aller au fil du courant je tremble comme une feuille, je n'ai plus de force dans les jambes.

— On peut s'embaucher chez un convoyeur. Ils cherchent toujours des jeunes aux bonnes jambes pour conduire les charrettes.

— Ça, c'est une idée ! On va aller vers le sud, vers Rochefort.

Dans un geste spontané, Frédéric serra Augustin dans ses bras.

— Tu es un ami. Je serai avec toi pour délivrer ton père. Pour le convoyeur, j'en connais un qui cherche des gars. Il commerce avec un marchand de papier. Le papier vient de Lorraine et doit être transporté à Poitiers. C'est sur notre route.

— Pourquoi il ne le fait pas par l'eau ?

— C'est plus court par les chemins. Et puis, on va pas se poser de questions : s'il veut de nous, on y va !

Quand le chargement de bois fut rangé dans l'entrepôt, Valéro paya les deux jeunes gens, qui s'éloignèrent vers le sud de la ville.

— Le gars a ses entrepôts à Olivet. C'est un village tout près d'ici. On va aller le trouver.

À la sortie de la ville, après le pont sur la Loire, ils longeaient une petite forêt quand trois cavaliers les rattrapèrent et mirent pied à terre. L'un d'eux, un homme assez grand, maigre, le visage caché dans l'ombre d'un large chapeau noir se planta devant Frédéric.

— Voilà qu'on voulait jouer la belle ? dit-il sur un ton menaçant. Mais pas question.

— Fournel, laisse-moi tranquille, se défendit Frédéric. Tu n'as rien à voir dans tout ça.

— Si, j'ai à voir, répliqua Fournel. L'argent que tu dois à Sensat, Sensat me le doit, alors je te somme de payer tout de suite sinon gare.

Les deux autres s'étaient approchés de Fournel et regardaient Frédéric, la main sur la garde de l'épée.

— Paie tout de suite, sinon tu sais ce qui t'attend.

Frédéric jeta un regard désespéré à Augustin.

— Épargnez mon ami qui n'a rien à voir dans cette affaire.

Ils se tournèrent vers Augustin qui faisait face.

— D'accord. Toi, tu peux t'en aller.

— Jamais de la vie ! s'emporta Augustin en se ruant sur Fournel.

Il s'étonnait lui-même de sa réaction, mais la seule pensée de laisser son ami aux mains de ses détrousseurs lui était intolérable. Frédéric joua des poings. Les deux garçons réussirent à mettre en fuite leurs assaillants, qui jurèrent à Frédéric de le retrouver très vite.

Augustin avait ramassé un coup sur l'arcade sourcilière, le sang coulait sur sa joue, mais ce n'était pas grave.

— Ami, tu m'as sauvé la vie ! dit Frédéric. Je ne te savais pas aussi robuste.

Lui non plus ne se savait pas capable de frapper avec autant d'efficacité. C'était la première fois qu'il se battait vraiment et découvrait ainsi un autre aspect de sa personne, resté bien caché derrière les bonnes manières. Et ça lui plaisait. Il avait encore le sentiment d'éclore.

Ils arrivèrent chez le marchand de papier, un certain Larris, un très gros homme qui se déplaçait avec difficulté. Il les reçut dans son bureau où régnait une forte odeur de rance.

— Oui, j'ai deux voitures qui partent pour Poitiers demain matin. Il me manque deux gars pour la deuxième voiture. Vous serez sous les ordres de Millot, mon second, qui conduira la première voiture. Vous serez payés moitié au départ, moitié à l'arrivée si tout s'est bien passé.

Ils décidèrent d'aller passer la nuit dans une bonne auberge du village. Le lendemain, debout de bonne heure, ils se rendirent au dépôt de Larris où l'on attelait les chevaux. Le froid était vif. Dans la pénombre, ils firent connaissance de Millot et de Bercelon, qui conduiraient la première voiture. Le gros Larris était là qui soufflait dans ses mains en surveillant le chargement. Il prit Millot à part et bavarda avec lui un bon moment. Le convoi se mit en marche. Les coqs chantaient dans les métairies, les premiers laboureurs parlaient à leur attelage dans les champs. Le jour se levait, les oiseaux annonçaient le printemps.

Assis à l'avant de la deuxième voiture, tenant les brides des chevaux, Augustin et Frédéric étaient heureux de partir à l'aventure.

Les chevaux soufflaient un nuage de buée blanche. Frédéric qui se tournait fréquemment murmura à l'oreille d'Augustin :

— On est suivis. Un groupe de cinq hommes en armes.

— Tu crois qu'ils vont nous attaquer ?

— Non, ils sont là pour nous protéger, je les ai vus parler à Millot lorsque nous sommes partis.

— Qu'est-ce que ça veut dire ? Ils redoutent les détrousseurs de diligences ?

— Les routes sont peu sûres, mais qui aurait l'idée d'attaquer un chargement de papier ? s'étonna Frédéric. Je suis presque certain que sous les rames il y a autre chose.

— Et à quoi penses-tu ?

— Cela fait assez longtemps que je décharge des barges et je sais qu'on cache toujours l'essentiel. Pour mobiliser cinq hommes en armes, il faut que ce soit de valeur, mais on s'en moque. On va à Rochefort, n'est-ce pas ?

Les vignerons chantaient entre les rangs de ceps dont ils avaient retardé la taille, redoutant des gelées tardives. Suivi discrètement par le groupe en armes, le convoi se dirigeait vers Poitiers à la vitesse soutenue des chevaux. Assis à l'arrière, Frédéric et Augustin discutaient tout en saluant les gens qu'ils croisaient. Frédéric éprouvait le besoin de se confier à son ami en qui il avait désormais une entière confiance.

— J'ai deux gros défauts, avoua-t-il, le jeu et les femmes. Je sais qu'un jour je laisserai ma peau sous les coups d'un créancier ou d'un mari jaloux, mais c'est plus fort que moi. Je ne peux pas m'empêcher de faire le beau.

Augustin pensait avec une certaine indifférence à Manon, qui l'avait comblé pendant presque un mois. Il l'avait quittée sans une larme, heureux de retrouver sa liberté. L'image un peu floue de Mme de Ruffec n'en avait pas été ternie.

— Mon père travaillait au port de Melun, poursuivit Frédéric. Il jouait et quand il perdait, il frappait ma mère et me frappait aussi. Un soir, il s'est affalé sur la table et n'a plus bougé. Il était mort. Bon débarras, mais il nous laissait sa dette. J'ai dû travailler dur pour aider ma mère, jusqu'au jour où je suis parti sans laisser d'adresse. Mes deux frères étaient assez grands pour prendre la relève, moi, j'avais besoin de liberté.

— Chez moi, tout le monde travaillait, Léa, Jules qui a douze ans et moi, confia Augustin. Ma mère est morte à la naissance de Jules, mais nous n'aurions pas eu de difficultés si mon père n'avait pas été arrêté et ses biens confisqués. Le curé Branton sera pendu, j'en fais le serment !

— Les curés sont détestables ! poursuivit Frédéric. Ma pauvre mère qui avait à peine de quoi manger se serait fait saigner pour le curé Lupot qui était gras comme un porc ! Ce qui me réconforte, c'est que Dieu n'a pas les jugements des hommes et reconnaîtra les bons des méchants, même s'ils portent une soutane.

Les deux hommes qui chevauchaient en tête étaient assez âgés. Millot, très brun, portait un chapeau noir et une épaisse cape qui descendait jusqu'aux talons. L'autre, Bercelon, était plutôt petit mais avec un regard très clair qui dérangeait. La présence discrète des gardes armés à distance maintenait Frédéric dans la certitude que le papier cachait quelque chose d'important à ne pas montrer à tout le monde.

— Ce qui m'étonne, confia-t-il à son ami, c'est qu'il nous ait embauchés sans discuter. Ce n'est pas normal.

— Tu ne sens pas cette odeur qui nous suit depuis le départ ? demanda Augustin en plissant les narines.

— Non ! répondit Frédéric en inspirant.

— Elle vient du papier, ou de sous le papier, poursuivit le Parisien qui avait le nez fin. Je ne saurais pas dire ce que c'est, mais c'est pas une odeur de papier.

— C'est vrai que le patron a eu la main bien généreuse pour nous payer. On doit rester sur nos gardes si on ne veut pas y laisser la peau.

À la mi-journée, ils s'arrêtèrent dans un relais pour manger et changer les chevaux. Millot, le chef du convoi, ne discuta pas le prix du nouvel attelage, ce qui étonna encore Frédéric, qui savait combien les transporteurs étaient retors. Quelques instants plus tard, le groupe de cinq hommes armés entra dans l'auberge, s'installa à une table à l'opposé de la leur. Le coup d'œil que Millot échangea avec l'un d'eux n'échappa pas à Frédéric qui profita de l'occasion pour poser quelques questions, mais Millot tout comme Bercelon restèrent muets.

Ils repartirent. Frédéric et Augustin constatèrent que les accompagnateurs suivaient toujours à distance régulière.

— Larris doit les payer très cher. J'ai couru les routes, il y a deux ans, c'était pour échapper à un créancier et j'ai fait partie des routiers, ces gens qui cherchent fortune là où passent les convois de marchandises.

— Et alors ?

— Rien. C'est bizarre, voilà tout.

Augustin jeta un regard étonné à son ami. Au fil des jours et des confidences, il découvrait sa face cachée, celle de l'aventurier qui s'était frotté à toutes sortes de gens. Cela l'inquiétait et le rassurait : Frédéric ne se laisserait pas piéger par le premier venu.

La journée fut assez chaude. Le soleil brillait sur une campagne où les prairies verdissaient. Les premiers insectes bourdonnaient, les pâquerettes ponctuaient de blanc le fossé.

— M'étonnerait pas qu'on entende le coucou un de ces jours, dit Frédéric en regardant l'horizon.

Le soir, ils s'arrêtèrent dans une auberge au bord de la route. De nombreux convois étaient stationnés dans une vaste prairie voisine où broutaient des chevaux. Frédéric connaissait ces « maisons de nuit » où les clients s'entassaient, dormant à même le sol. Millot leur ordonna d'aller s'occuper des chevaux. Après dîner, ils dormiraient près des charrettes et monteraient la garde à tour de rôle.

— Ce n'est que du papier, précisa Millot, mais les voleurs en connaissent la valeur.

Quelques instants après leur arrivée, les cinq hommes armés entrèrent et soupèrent à part. Comme beaucoup de soldats désargentés, ils dormiraient dans l'écurie, tout près de leurs chevaux.

Millot prit le premier tour de garde, puis Augustin. Le chef ordonna :

— Dès que tu vois quelqu'un s'approcher de nos charrettes, tu viens me réveiller.

Ce ne fut pas utile. Millot décida de reprendre la route en milieu de nuit. Plus inquiet que la journée précédente, il ne cessait de se retourner pour s'assurer que les gardes suivaient. Frédéric souffla à Augustin :

— On arrive en Sologne, une région de forêts et de marais où se réfugient les bandes de coupe-jarret. C'est tellement grand que personne ne peut les attraper. Ils sortent des bois, pillent, tuent à l'occasion et disparaissent. Je voudrais bien savoir ce qu'il y a sous les rames de papier. Ce matin, j'ai bien passé le bras, soulevé les premiers paquets, mais j'ai rien trouvé.

À la mi-journée, ils s'arrêtèrent dans un tripot en lisière de forêt. Les gardes avaient disparu, mais cela n'inquiétait pas Millot. À table, le chef du convoi s'adressa à Frédéric :

— Tu es costaud. Larris m'a dit qu'il te connaissait. Tu as travaillé au port et on sait que tu ne recules pas devant la bagarre. Ton copain est plus délicat, cela se voit, mais ça ne veut rien dire.

— Augustin est tout aussi costaud que moi. Je l'ai vu à l'action, l'autre matin près d'Orléans, vous pouvez nous faire confiance. Mais nous n'aurons pas besoin de nous défendre puisque nous sommes protégés par des hommes en armes.

Millot et Bercelon échangèrent un regard entendu.

— Tu n'es pas né de la dernière pluie, constata Millot. C'est bien comme ça. Après manger, nous allons entrer dans la forêt de Broussaud. Elle est occupée par la bande du Saule noir. Un marquis ruiné qui pille tous les convois insuffisamment défendus. Voilà pourquoi on est suivis.

— J'ai déjà entendu parler du Saule noir, affirma Frédéric. On dit tant de choses sur lui. Qu'il était très bien en cour à Versailles, mais que l'aventure lui manquait. On dit qu'il a été l'amant de la reine elle-même et que...

— Oui, trancha Millot, on dit aussi qu'il est si beau que toutes les femmes sont à ses genoux. Mais c'est le diable. Il tue sans vergogne. Je vais vous donner des armes, vous devrez être prêts. Savez-vous vous servir d'une épée ?

— Moi, dit Frédéric, j'ai déjà tiré avec une arme à feu, mais l'épée...

— Moi, j'ai appris dans ma jeunesse, avoua Augustin. Je ne suis pas si mauvais...

— Fais bien attention, grogna Bercelon, ici, on ne se bat pas dans les règles, on frappe le premier sans faire de courbettes.

Ils repartirent après avoir conduit les chevaux à l'abreuvoir. Dans la forêt, la route n'était plus qu'un chemin de terre propice à une embuscade qui ne tarda pas.

Des hommes surgis du fossé se pendirent au harnais des chevaux, les obligeant à s'arrêter ; des coups de pistolet détonaient autour des chariots. Millot et Bercelon se mirent à l'abri et répliquèrent avec leurs armes. Augustin et Frédéric rampèrent jusqu'à eux. Les assaillants encerclaient le convoi et agitaient leurs sabres. L'un d'eux, profitant de l'instant où l'on rechargeait les armes à feu, fonça sur le groupe. Augustin fit face et réussit à le désarmer. Les cinq gardes arrivèrent en renfort, prenant par revers les bandits toujours plus nombreux. Trois gardes furent tués, un autre blessé hurlait de douleur en se roulant dans la boue. Frédéric, qui était resté à l'arrière, s'approcha d'Augustin et lui souffla :

— Fuyons ! Ils ne font pas de quartier. On va se faire massacrer.

— Mais les autres ?

— Chacun pour soi. Tu ne vas pas donner ta vie pour des hommes que tu ne connais pas. Viens...

Frédéric prit Augustin par le bras et l'obligea à le suivre dans les taillis où personne ne les poursuivit. C'était le chargement qui intéressait les assaillants et ils n'étaient pas à une victime près. Les deux garçons coururent dans la forêt en empruntant des sentiers de bêtes. Essoufflés, ils s'arrêtèrent, tendirent l'oreille.

— Tout va bien. Les hommes du Saule noir ont rangé leurs armes. Je te dis qu'il n'y avait pas que du papier dans les charrettes ! J'aimerais en avoir le cœur net. Viens.

— Tu n'y penses pas ?

— On ne les intéresse pas. Ici, ils sont les rois et ne nous craignent pas. Ils ont autre chose à faire.

Augustin était sceptique :

— Je ne comprends pas. Lorris envoie des marchandises précieuses à Poitiers, alors pourquoi nous n'avons pas contourné cette zone dangereuse ?

— Tu vas comprendre : le Saule noir n'attaque pas tout le monde, seulement les convois qui transportent des denrées de valeur. Lorris a été vendu par quelqu'un et j'ai mon idée.

Ils s'approchèrent discrètement de l'endroit de l'attaque. Autour des charrettes, des hommes déchargeaient les paquets de papier. Augustin compta trois cadavres, ce qui signifiait que les autres avaient réussi à s'échapper et que personne n'avait pris la peine de les poursuivre.

Frédéric poussa Augustin du coude.

— C'est bien ce que je pensais, regarde : des fusils, des pistolets et plusieurs barils de poudre. C'était ça, le but du voyage. Le Saule noir a été averti par quelqu'un, sinon il n'aurait pas pris le risque d'attaquer ce convoi gardé par des mercenaires. Et regarde...

Il tendit le bras en direction d'un petit homme au large chapeau enfoncé jusqu'aux oreilles. Sa silhouette maigre n'était pas étrangère à Augustin.

— Bercelon. Celui qui ne parlait pas, qui semblait tout dévoué à Millot.

— Il faut se méfier des gens dévoués, conclut Frédéric. Derrière un beau visage loyal se cache souvent un traître. Le monde en est rempli. Et celui-là, je le soupçonne de pousser le bouchon très loin. Il va s'arranger pour revenir vers Lorris et nous accuser de les avoir vendus.

— Qu'est-ce qu'on fait ?

— On va essayer de trouver un relais. On prendra des chevaux avec l'argent qui nous reste et on continuera en priant le ciel que personne ne nous repère.

— Tu veux dire qu'on risque de se faire détrousser de nouveau ?

— Quand on voyage, on prend toujours ce risque. Jamais aucun roi de France n'a réussi à rendre sûres les routes, et ce n'est pas demain qu'on y parviendra.

Augustin mesurait la chance qu'il avait eue de rencontrer Frédéric.

Le voyage jusqu'à Rochefort dura une semaine. Ils trouvèrent assez d'argent pour payer des chevaux et dormir dans des auberges convenables. À Niort, ils travaillèrent deux jours entiers dans une fabrique de goudron obtenu à partir de résine et destiné à l'étanchéité des bateaux. Le patron, un certain Smith, leur proposa de profiter de ses gabares pour atteindre Rochefort, mais Frédéric ne put s'y résoudre. Ils trouvèrent des chevaux et poursuivirent en de longues étapes le long du fleuve, s'arrêtant le soir dans des villages de pêcheurs où les nombreuses auberges accueillaient les voyageurs en route pour Rochefort, devenu en quelques années un centre commercial important. À mesure qu'ils s'en approchaient, Augustin devenait fébrile et ne prêtait plus attention aux propos de son compagnon.

— Mais tu en fais une tête, s'étonna Frédéric. Qu'est-ce qui t'arrive ?

— Je vais enfin retrouver mon père.

— N'y crois pas trop.

Dans les auberges, ils avaient questionné ceux qui remontaient le cours de la Charente. Tous avaient parlé du bagne comme d'un enfer où les condamnés ne survivaient pas longtemps.

— Tous les matins, on emmène une pleine charrette de cadavres pour les enterrer dans une fosse au milieu du marais.

— Rochefort est empoisonné par des nuages de moustiques, précisa un charretier. Les fièvres te prennent sans t'avertir et, du soir au lendemain, tu es un homme mort.

— Les condamnés réussissent-ils à s'évader du bagne ? demanda enfin Augustin.

— Sûrement pas ! Avec leur chaîne attachée à la cheville, comment voulez-vous qu'ils s'évadent ?

Augustin serrait les dents.

— On trouvera le moyen ! dit-il à Frédéric.

— Faut d'abord aller à Rochefort...

Près de la ville, les méandres du fleuve se perdaient dans des marécages où poussaient de gigantesques roseaux. L'endroit n'était pas accueillant. Ils croisèrent des chaumières éparses au milieu de mares, de prairies humides et de champs minuscules où s'affairaient de misérables paysans. La rivière concentrait toute l'activité. Une multitude de bateaux à fond plat tirés par des chevaux remontait et descendait le cours de la Charente. Le vent apportait de bonnes odeurs d'embruns et d'algues qu'Augustin découvrait avec délice.

Ils arrivèrent à Rochefort dans la soirée du 26 mai 1789. La ville, construite au milieu des marais, grouillait de vie. Le port avait été aménagé par des ingénieurs soucieux de faciliter les mouvements des gros bateaux qui remontaient de l'océan. De grands voiliers étaient amarrés à quai ; une foule de portefaix, dont certains étaient vêtus de pantalons jaunes et de gilets rouges, s'affairaient à décharger les marchandises. Des soldats armés faisaient claquer le fouet quand l'un des porteurs, reconnaissable à la chaîne qui allait de la cheville à la ceinture, s'arrêtait pour reprendre son souffle.

Un marchand qui surveillait le chargement d'un bateau, portant redingote et chapeau à bord étroit, expliqua à Frédéric :

— Ce sont les bagnards condamnés à la grosse fatigue. On voit que vous n'êtes pas d'ici. À Rochefort, tout passe par le bagne et le chantier naval.

Le soir, ils prirent une chambre dans une auberge qui donnait sur le port. Ils dînèrent dans une salle comble. Les plus nombreux étaient les surveillants du bagne qui venaient chercher des distractions et surtout des filles. Il y avait aussi des marins en escale. Frédéric était toujours à l'aise dans la foule. Il savait placer le bon mot pour attirer l'attention sur lui et entamer une conversation avec un inconnu. Il s'intéressait surtout aux gardes-chiourmes qui buvaient sec et n'avaient d'yeux que pour les belles assises au comptoir, attendant qu'on leur offre à boire.

Après dîner, les deux amis restèrent longtemps à leur table, vidant des gobelets de vin de Charente aigrelet et gouleyant qui les plongeait dans une agréable ivresse. Après avoir parcouru les routes peu sûres, ils se sentaient bien dans la chaleur de cette grande maison où se retrouvaient voyageurs, commerçants désœuvrés et ouvriers qui oubliaient leur fatigue en buvant plus que de raison. Il y avait aussi d'anciens bagnards condamnés à de faibles peines qui, n'ayant nulle part où aller, continuaient de vivre dans cette ville où le travail ne manquait pas.

Un des gardes fut pris à partie par deux gaillards éméchés qui lui reprochaient de leur avoir manqué de respect. Les deux malandrins à l'accent étranger en voulaient surtout à l'uniforme qui leur rappelait sans doute de fort mauvais souvenirs. Frédéric poussa Augustin du coude et ils allèrent prêter main-forte au gardien, pris en tenaille. Frédéric savait se battre et Augustin avait l'agilité du chat. Ils formaient une bonne paire qui ne redoutait pas les assaillants, aussi lourdauds que des bœufs. Après quelques coups, les agresseurs, qui tenaient à peine debout, prirent la porte.

Le gardien invita ses deux défenseurs à boire. Ils s'installèrent à une table et l'homme parla du bagne, qui était sa vie.

— Je m'appelle Anselme Legros. Je suis né dans un village du marais. Ici, il n'y a rien à faire sinon travailler au port. Moi, j'ai été embauché pour surveiller les condamnés. Ce n'est pas plus mal qu'autre chose…

— On a été étonnés de voir sur le quai des hommes avec une chaîne attachée à la cheville.

— Ce sont des condamnés. Ils arrivent ici « à la chaîne », c'est-à-dire qu'ils sont attachés et encadrés par des hommes à cheval qui savent manier le fouet. Selon d'où ils viennent, le voyage peut prendre plus d'un mois. Ils arrivent épuisés. Beaucoup meurent en chemin.

— Et vous ? demanda Augustin, vous les surveillez sur le port ?

— Oui, le bagne n'est pas fermé comme on pourrait l'imaginer. Les gens de la ville entrent à l'intérieur pour acheter ce que les condamnés produisent, des meubles, des objets de toutes sortes. Et les condamnés sortent sur le port et dans la ville pour effectuer les travaux pénibles. Sans eux, le chantier naval ne pourrait pas fonctionner. D'une certaine manière, ils font la prospérité de la région.

— Si j'ai bien compris, demanda Augustin, on ne s'évade pas du bagne de Rochefort !

— Si, ça arrive, répondit le gardien en souriant comme si ces évasions lui faisaient plaisir. Beaucoup sont rattrapés et condamnés à mort ou au doublement de leur peine. Mais certains réussissent...

Augustin hésitait à dévoiler le but de son voyage. Le jeune homme assis en face de lui semblait très reconnaissant, mais que cachait-il derrière sa belle figure qui ne laissait pas indifférentes les filles accoudées au bar ? Un bref regard à son ami confirma ses doutes et il parla d'aller dormir.

Quand ils furent dans leur chambre, Frédéric lui conseilla de ne pas précipiter les choses.

— Ici, j'ai l'impression qu'on cache tout. La ville au milieu de marais et de terres pauvres, les bons bagnards qui en font la prospérité, tout ça me semble bizarre. Je me dis qu'il faut attendre quelques jours avant de dévoiler nos intentions. Et puis, il faut prendre le temps de regarder autour de nous. On va peut-être retrouver ton père.

— Et qu'est-ce que ça changera ? demanda Augustin. Je ne vois pas comment on pourra le faire évader sans prendre de grands risques.

— Ne te précipite pas, conseilla encore Frédéric. Quand on aura réfléchi, on agira. Pour l'instant, il faut aller dormir.

Le lendemain, Frédéric et Augustin trouvèrent facilement du travail sur le port. Des centaines de portefaix, de maçons, de charpentiers s'activaient sur les bords de la Charente. La rivière avait été creusée pour les gros bateaux. La mer descendante formait un courant, mais insuffisant pour les lourds trois-mâts chargés de marchandises. Aussi, des chaînes de bagnards tiraient les navires sur la quinzaine de kilomètres qui les séparaient de la côte. Des centaines d'hommes condamnés à « la grande fatigue » accomplissaient ce travail éreintant qui trouvait toujours des volontaires. Après la ville, la Charente traversait des zones marécageuses inhabitées très favorables à l'évasion. Les gardiens le savaient et redoublaient de vigilance. Si l'un des condamnés réussissait à s'échapper, il était recherché et abattu comme un animal.

Augustin et Frédéric travaillèrent plusieurs jours à décharger les bateaux qui arrivaient ou à charger ceux qui allaient partir. Augustin prenait le temps d'aller d'un groupe à l'autre, dévisageant les bagnards reconnaissables à leur tenue et à la chaîne attachée à leur cheville et crochetée à un anneau de leur ceinture. Il espérait toujours retrouver son père, mais chaque fois qu'il posait une question à l'un d'eux, il se heurtait à un mur de silence.

— Connaissez-vous Paul Moncellier ?

Les condamnés haussaient les épaules. Au bagne, on n'avait pas de nom, on était seulement un numéro ; les surnoms ne voulaient pas dire grand-chose. Le soir, les deux amis rentraient à l'auberge et en profitaient pour nouer de nouvelles connaissances. Augustin était surtout attiré par les marins qui revenaient des lointaines Amériques et racontaient, pour un verre de vin, leurs aventures dans ce monde merveilleux où tout était nouveau. Il rêvait alors à l'océan, qu'il n'avait jamais vu, à cette émotion profonde qui l'étreignait chaque fois qu'il voyait un bateau larguer les amarres et partir sur le fleuve, tiré par des centaines d'hommes moins chers et moins rares que les chevaux.

Un soir, il osa parler franchement à son ami :

— Les salles de jeu ne doivent pas manquer. Je me réjouis que tu n'aies pas cédé à ton vieux démon !

— Moi aussi, je m'en étonne, mais figure-toi qu'ici ça ne me tente pas. Qu'est-ce que tu veux que je gagne avec ces miséreux ? Je pourrais plumer quelques beaux officiers mais, je te dis, je n'en éprouve pas le besoin.

— Serait-ce que tu es guéri ?

— Hélas, ce serait trop facile, douta Frédéric. Pour l'instant, ta compagnie me suffit !

— Et les femmes ?

— Je te rassure, je n'y renoncerai jamais, mais je préfère les bonnes bourgeoises aux catins de gargotes !

Ils revirent plusieurs fois Anselme Legros, qui avait pris Frédéric en amitié. Le gardien les invita à visiter le bagne.

Ils s'y rendirent et déambulèrent dans la grande cour où les condamnés exposaient et vendaient leurs réalisations, petits meubles, tables, chaises, et divers objets en bois. Ils accédèrent aux quartiers fermés et découvrirent comment vivaient les détenus. Ils dormaient les uns à côté des autres sur une sorte d'estrade en bois, leurs chaînes étant alors crochetées à une barre d'acier, ce qui leur laissait juste assez de liberté pour atteindre les seaux d'aisance. Augustin remarqua des hommes liés deux à deux.

— C'est « l'accouplement », expliqua le gardien. La pire de toutes les peines.

Augustin pensait à son père qui n'avait sûrement pas eu la force de faire face aux sombres brutes qui vivaient là. À mesure que les jours passaient, la certitude que Paul Moncellier était mort se faisait en lui. C'était peut-être mieux ainsi !

Il avait appris par Anselme Legros que le registre des condamnés était tenu à jour par des intendants, mais il ne savait pas comment le consulter, ce qui ne l'empêcha pas d'obtenir une information importante :

— Les administrateurs du bagne ne sont pas dépourvus d'humanité. Ils tentent de caser les détenus dans ce qu'ils savent faire. Ainsi, nous en avons un certain nombre qui travaillent sur le chantier naval et d'autres à la corderie.

Augustin retrouva un peu d'espoir. Son père vivant ne pouvait être ailleurs qu'à la corderie. Le lendemain soir, il s'y rendit seul et se fit passer pour quelqu'un qui cherchait du travail. Il expliqua qu'il connaissait le métier, que son père avait possédé une fabrique à Paris. L'homme, un petit grassouillet au visage bouffi, se gratta l'arrière du crâne.

— C'est curieux, nous avons eu un forçat qui venait de Paris et avait eu une filature. Un sacré gars qui connaissait fort bien son métier et que nous aurions aimé garder !

La bouche sèche, Augustin demanda :

— Ne s'appelait-il pas Paul Moncellier ?

— Vous savez, ici, les noms… Ce que je sais, c'est qu'on a demandé au garde-chiourme de nous le confier, mais il était condamné à la grande fatigue. Ici, les gardiens n'aiment pas les protestants, alors ils avaient décidé de lui en faire baver parce qu'il ne cessait de répéter qu'il était innocent…

Augustin eut beaucoup de mal à contenir son émotion. Il demanda sur un ton qui se voulait indifférent :

— Et qu'est-ce qu'ils en ont fait ?

— Ils l'ont envoyé aux Amériques, en Guyane, pour combattre les sauvages. Ils veulent y installer une colonie, alors il faut des gens pour défricher. Paraît que c'est pire qu'ici, il fait très chaud, on est bouffé par de sales bestioles et les hommes tombent comme des mouches tant les fièvres sont mauvaises !

Le soir, à l'auberge, Augustin retrouva son ami et lui raconta ce qu'il avait appris. Frédéric, qui commençait à connaître son compagnon, dit en riant :

— Surtout ne me dis pas que ça te fait de la peine. Tu as enfin une bonne raison pour t'embarquer... Depuis le temps que tu me bassines avec l'océan !

Augustin sourit en coin. Le départ de son père, s'il était avéré, n'était pas une mauvaise nouvelle. Il commençait à s'ennuyer dans cette ville construite à la hâte et où arrivaient chaque jour de nouveaux contingents d'ouvriers. Il avait le sentiment qu'une fois de plus le destin lui montrait son chemin. Ce soir-là, il alla se coucher avec des rêves de grand large plein la tête. Frédéric lui dit bonsoir au pied de l'escalier :

— Moi, je sors : une superbe brune qui s'ennuie beaucoup... Son mari est matelot, alors il faut bien qu'elle s'occupe quand il est en mer ! Tu vois ce à quoi tu t'exposes ?

Ils éclatèrent de rire en se donnant rendez-vous le lendemain sur le port.

Ils se retrouvèrent en fin de matinée. Augustin se moqua de la mine défaite de son ami puis revint sur le sujet qui lui tenait tant à cœur :

— L'occasion est bonne. Voilà presque un mois que nous sommes ici et nous n'avons pas trouvé le temps d'aller voir l'océan, qui est à moins d'une journée de cheval !

— Écoute, ami, j'ai toujours repoussé ce moment parce que vais te perdre.

Frédéric avait parlé avec une certaine amertume, qu'il chassa très vite :

— Moi, je vais me plaire ici. Les belles dont les maris sont en mer ne manquent pas. Cela me convient et le travail est suffisant pour faire du chantage à la paie. Toi, tu vas apprendre le métier de marin et ensuite nous ferons du commerce avec l'Amérique, toi sur la mer, moi ici : j'achèterai et je revendrai les marchandises.

— D'accord, répondit Augustin, qui redoutait de ne jamais revoir Frédéric après son départ.

Ils avaient envie de se dégourdir les jambes et d'explorer la région. Frédéric mesurait les avantages de Rochefort, mais rien ne le retenait nulle part, pas même les faveurs d'une belle femme de marin. Ils trouvèrent facilement des chevaux dans cette ville débordante d'activité et partirent en suivant le cours du fleuve. À Soubise, ils prirent une route en direction de Saint-Nazaire, puis arrivèrent dans l'après-midi au Port des Barques, dans l'estuaire de la Charente. Ils rendirent leurs chevaux et continuèrent à pied. À mesure qu'ils approchaient, Augustin se sentait plus oppressé.

— Attends un peu, dit-il en s'arrêtant à mi-pente. Je n'en peux plus, j'ai la poitrine en feu. Mes jambes ne me soutiennent plus.

— Mais voyons, ami, jusqu'à présent, j'ai toujours vu en toi un garçon solide, capable de jouer de l'épée et du poing, pas une mauviette...

— Tu ne peux pas comprendre. Depuis que je pense, depuis que je peux rêver, j'imagine la mer, la grande mer. Je la vois chaque nuit dans mes rêves. Je crois que je la connais aussi bien qu'un marin, que je saurais d'instinct diriger un bateau face à la tempête, et pourtant là, avant de la découvrir, je la redoute.

Frédéric lança un regard étonné à son compagnon. La peur de l'eau l'avait toujours retenu. Traverser la Loire à Orléans sur l'unique pont était une épreuve pour le jeune homme. Il marchait les yeux rivés au sol, évitant surtout de regarder l'eau défiler sous ses pieds. C'était par amitié pour Augustin qu'il avait franchi d'autres fleuves en cachant son désarroi.

Le sentier serpentait entre les chênes verts rabougris. Le vent couchait les touffes d'herbe sèche. Après les derniers arbres, Augustin reçut le souffle du large en pleine figure, puis entendit le bruit régulier du ressac. Ce qu'il vit le laissa médusé, la bouche ouverte, le souffle court. À côté, Frédéric se taisait.

— Je ne pensais pas que c'était aussi simple ! murmura le Parisien.

Le soleil éclatant faisait miroiter une infinité de vaguelettes sur l'immensité bleue. Le regard d'Augustin allait de la plage à l'horizon, s'arrêtant sur un bateau, un frêle esquif dont la voile blanche dressée comme une aile de papillon bougeait avec les battements réguliers de l'océan. Il découvrait cet autre monde raconté par les livres, imaginé par l'enfant qu'il avait été. Frédéric lui posa doucement une main sur l'épaule.

— Tu comprends, j'avais mis tant d'espoir sur ce mot mer que je redoutais que la réalité soit différente de mes envies.

— Tu parles bien. Moi, je vais m'ennuyer quand tu seras parti.

Augustin serra Frédéric dans ses bras.

— J'ai retardé cet instant pour toi, mais maintenant, je ne peux pas reculer, confessa-t-il. Tu resteras toujours mon ami. Et toi qui as peur de l'eau, moi qui n'ai vécu que pour naviguer, nous deux qui sommes si différents ne nous quitterons jamais...

— On dit ça, répliqua Frédéric qui avait plus d'expérience de la vie qu'Augustin, mais les amis, comme les amours, s'oublient, se remplacent et la vie va son cours, vers on ne sait quoi !

— Allez viens, il est temps de manger un morceau.

On était le 14 juillet 1789.

Ils arrivèrent à la taverne de Rochefort à la tombée de la nuit. Frédéric n'avait d'yeux que pour la nouvelle serveuse aux cheveux d'un blond de paille et au beau visage souriant.

Le jeune homme, qui ne se laissait pas tromper par les apparences et avait un réel don pour discerner les pensées les plus secrètes de ses interlocuteurs, se pencha vers Augustin :

— À toi les grandes aventures, à moi cette fille de comptoir qui me semble toute disposée.

Ils éclatèrent de rire. Augustin pensait à Isabelle de Ruffec posant un léger baiser sur son front. Paris était si loin. Il n'était parti que depuis trois mois et il lui semblait avoir vieilli de plusieurs années.

— Je ne sais plus ce que je veux.

Deux marins s'assirent à la table voisine, commandèrent du vin et se mirent à bavarder. L'un était maigre, le visage osseux ; l'autre, beaucoup plus jeune, impressionnant à cause de ses larges épaules, ses énormes mains posées sur la table, et sa voix puissante et basse.

— Ça se finira mal, dit le vieux. À Paris, la moindre étincelle allume toujours un incendie.

— Tu penses, c'est le moment le plus difficile de l'année. Le grain atteint un prix record et les femmes n'ont rien à donner à leurs gosses. Ce sont elles qui conduisent les révoltes.

— Mais tu ne crois pas que le roi pourrait faire quelque chose ? poursuivit le jeune en serrant ses gros poings.

Augustin avait suivi la conversation et, comme le vieux le regardait, il demanda :

— Vous venez de Paris ?

— Pourquoi tu nous demandes ça ?

— Je suis parisien, répliqua-t-il. J'ai longtemps vécu près de la Seine. Mon père avait une filature.

Les visages des deux hommes s'éclairèrent d'un sourire.

— Le monde est si petit ! Figurez-vous que moi, Louis Banate, et mon oncle, Albin Banate, on vient de ce quartier. La filature de ton père n'était-elle pas celle d'un certain Paul Moncellier ?

— Je suis Augustin Moncellier !

Louis Banate invita Augustin et Frédéric à s'asseoir à leur table et commanda du vin, du pain et du lard.

— Je sais qu'il est arrivé une histoire à ce pauvre Paul Moncellier, qu'il a été condamné et que ses biens ont été confisqués ! C'est ainsi à Paris. Lorsque les curés, les nobles et le roi en tête n'ont plus rien pour leurs fêtes et leurs festins, ils condamnent un bourgeois qui a gagné son bien par le travail, confisquent ses avoirs et l'envoient au bagne ou à la Bastille.

— Mais ça va mal, poursuivit Albin Banate en remplissant les verres, très mal : la semaine dernière, une révolte de femmes d'abord, puis de pauvres bougres a mis à sac plusieurs boulangeries. Les soldats du roi n'ont pas pu contenir la foule.

— Et que fait le roi ? demanda Augustin.

— Le roi ? Il s'appuie sur les curés pour ramener l'ordre par le biais des confessionnaux. Il va à la chasse en pensant que dès que les premières gerbes de blé seront moissonnées, tout ira mieux. À Versailles, on ne mesure pas la misère et la colère du pauvre peuple.

— Je vais vous dire, ajouta Louis Banate, la dernière lettre que j'ai reçue de Paris datait du 20 juin. Depuis, sait-on ce qui s'est passé ?

La servante apporta ce qu'ils avaient commandé. Frédéric lui adressa un clin d'œil auquel elle répondit par un petit sourire. Ce qui se passait à Paris le laissait indifférent. Depuis longtemps, le jeune homme ne se faisait plus d'illusions : quoi qu'il arrive, les pauvres resteraient pauvres et personne n'y pouvait rien. Son but à lui, c'était de profiter de la vie tant qu'il était jeune et en bonne santé.

Augustin et Frédéric bavardèrent tard dans la nuit avec Louis et Albin Banate. Les pichets de vin défilaient.

— Mon oncle et moi sommes certains que la fortune n'est plus à Paris, mais dans les ports, près de l'océan qui ouvre la porte du Nouveau Monde, précisa Louis Banate. On dit que les Espagnols et les Portugais ramènent de pleins bateaux d'or et de bois précieux. C'est ce commerce qui nous intéresse.

— Vous êtes là depuis longtemps ?

— Depuis le mois de janvier. Nous allons armer un bateau pour l'Amérique du Sud. C'est là que se trouvent les richesses.

Augustin échangea un regard entendu avec Frédéric.

— Nous avons un superbe trois-mâts qui va partir dans deux jours chargé de pacotilles, des miroirs, des bijoux en verre, du parfum bon marché, des tissus, bref de tout ce qui intéresse les sauvages. Là-bas, un Français s'occupe d'échanger ces misères contre du bois, de l'or et des tas d'autres choses qui ont ici une grande valeur. Nous avons déjà fait un tour avec un premier bateau qui nous a rapporté beaucoup, mais le propriétaire était devenu trop exigeant, alors nous avons acheté notre propre bâtiment.

Quand ils se séparèrent, au lieu d'aller se coucher Frédéric et Augustin firent un tour sur le port. Les mâts des bateaux se détachaient sur le ciel clair, leurs voiles pliées comme des oiseaux au repos. Augustin avait remarqué l'un d'eux à la magnifique figure de proue représentant une femme aux beaux cheveux dans le vent, aux seins offerts aux vagues.

— Je te sens fébrile, constata Frédéric. Je sais ce que tu as pensé tout au long de cette soirée.

Le silence d'Augustin incita Frédéric à poursuivre :

— Toi et moi, on est foncièrement différents.

— Je crois au contraire qu'on se ressemble beaucoup, répliqua Augustin. Toi par ta folie du jeu, moi par ma folie de la mer, qui est aussi une manière de jouer.

— Oui, sauf que le jeu est une folie ordinaire et condamnable dans laquelle il y a de la cupidité. Ta folie à toi n'attend rien en retour, si ce n'est l'illusion parfois de te dépasser en domptant le vent et les vagues.

— Je ne sais pas de quoi tu parles, conclut Augustin. Mais c'est vrai, cet inconnu m'aspire.

Ils finirent par aller se coucher. Augustin occupait un lit de coin, près de la fenêtre ; Frédéric, le deuxième lit, près de la porte. Ils étaient tristes parce qu'ils comprenaient que l'heure de leur séparation approchait. Chacun de son côté, ils cherchèrent le sommeil sans le trouver. Augustin parla dans le noir et sa voix prit une résonance particulière.

— On devrait s'associer avec les Banate…

— Ils ne voudront jamais, répondit froidement Frédéric. Mais depuis qu'on est allés sur le port, une idée me trotte dans la tête, sûrement la même que toi. Tu vas aller trouver le capitaine qui cherche des hommes. Tu vas aller là-bas puisque c'est ton destin. Moi je t'attendrai ici en préparant notre coup. Ensuite, quand tu sauras tout, on armera notre propre bateau !

Ils s'endormirent tous les deux, la tête pleine d'un rêve de fortune. Frédéric s'imaginait en bourgeois fier de son hôtel particulier fréquenté par de belles dames et des gens du monde. Il voyait ses entrepôts garnis de bois précieux, ses boutiques où il vendrait les bijoux et l'or des Incas.

Ils se levèrent vers midi, se rendirent au port où ils trouvèrent l'oncle et le neveu en train de bavarder avec des marins à côté d'un magnifique bateau, celui à la figure de proue qu'Augustin avait remarquée. À la lumière crue d'un soleil brûlant, Louis Banate semblait plus jeune que la veille, moins sombre. Son visage souriant se tourna vers Augustin.

— Je vous présente le capitaine Lebrun, Horace Lebrun, et son second, Léonard Barchetti.

Horace Lebrun avait une cinquantaine d'années. Sa grosse tête rasée sous son chapeau étroit, son regard clair et direct indiquaient un homme d'autorité. Pas très grand, mais d'apparence solide, il claudiquait à cause de sa jambe droite raide. Il n'avait pas le profil d'un capitaine de bateau tel qu'Augustin l'avait imaginé autrefois. Pour lui, les marins étaient tous barbus, mal lavés et portaient les traces d'anciens combats : balafres sur la figure, et jambe de bois.

Le second, Léonard Barchetti, était petit, frisé, très brun. Ses épaules plutôt étroites, l'élégance de sa silhouette en faisaient une sorte de marin de théâtre ; pourtant il avait le regard assuré des hommes habitués à commander.

— Le capitaine Lebrun cherche des hommes pour la traversée, poursuivit Albin Banate. Si ça vous intéresse, si vous avez le goût de l'aventure…

— Très peu pour moi, répondit Frédéric avec une moue triste car il avait vu les yeux d'Augustin s'allumer.

— Nous cherchons des gars volontaires, pour faire tous les travaux, laver le pont, aider à la cuisine, et apprendre le métier de marin, ajouta Barchetti de sa voix chantante et métallique.

— Je viens ! dit Augustin.

— Alors rendez-vous à la marée, demain matin vers cinq heures. Si le vent est favorable, nous lèverons l'ancre pour le nouveau continent.

— Tu peux être en confiance, ajouta Albin Banate. Ces deux-là ont traversé l'océan une dizaine de fois. Ils en connaissent toutes les vagues.

— Ne parle pas comme ça, garçon, s'emporta Horace Lebrun. Tu veux nous attirer la poisse ? On peut avoir traversé mille fois l'océan que ça ne change rien. C'est toujours la première fois.

Puis, se tournant vers Augustin, il répéta :

— Présente-toi à cinq heures. Il faut préparer le bateau avant de profiter de la marée. Si tu n'es pas là, on partira sans toi.

Le capitaine et son second reprirent la surveillance du chargement. Augustin et Frédéric s'éloignèrent. Ils auraient pu proposer leurs services, mais ils n'avaient pas la tête au travail. L'un comme l'autre savaient que l'heure de la séparation approchait, qu'elle était inéluctable.

— Viens, dit Frédéric, demain à cette heure, tu ne seras plus là.

Augustin se sentait coupable de ne pas trouver les mots pour rassurer son ami. C'était lui le gagnant, il allait devenir marin car telle était sa vocation, il allait vivre ses rêves et trouverait sûrement d'autres amis dans la vaste Amérique. Frédéric, qui l'avait suivi là où la terre cède la place à l'océan, n'irait pas plus loin.

Ils marchèrent le long du quai aménagé sur la berge de la Charente. Des bateaux arrivaient avec la marée montante, tirés par des chevaux que des hommes encourageaient à grands cris et claquements de fouet.

— J'ai entendu que les femmes des pêcheurs ramassent les vers de sable à marée basse et qu'elles les salent dans des petits tonneaux… dit Augustin qui se souvenait d'une conversation surprise la veille. Les deux amis déambulèrent en ville une partie de la journée. Le soir venu, comme la nuit tombait lentement, ils retournèrent dans une auberge du port, bondée à cette heure de marins en escale, de pêcheurs qui buvaient avant d'aller dormir. Ils s'installèrent à une table et commandèrent à manger, du poisson, des crabes et du vin. Ils mangèrent et burent sans échanger un mot. Augustin n'était déjà plus là. Frédéric en avait bien conscience et le vin lui montant à la tête, il proposa :

— On va trouver des femmes pour passer cette dernière nuit. À rester là, à se regarder comme des pauvres malheureux, on a l'air de quoi ?

Ils quittèrent l'auberge pour une taverne d'une ruelle sombre. Des prostituées assises aux tables attendaient les clients. Plusieurs s'approchèrent des deux garçons pour proposer leurs services et leur demandèrent de leur payer à boire. Frédéric retrouva un peu de bonne humeur.

Ils burent plusieurs flacons de vin. Frédéric, plus solide qu'Augustin, emmena une fille dans sa chambre. Ivre, Augustin, qui peinait à se tenir debout, suivit une petite brune aux cheveux très courts. Elle le conduisit dans une chambre sombre, à la fenêtre basse. Augustin se laissa tomber sur le lit sans se préoccuper de la femme qui s'assit à côté de lui.

— Tu as trop bu. Dors un peu. Après on verra.

Il sombra dans un sommeil agité. Quand il se réveilla, peu de temps après, complètement dégrisé, il constata qu'il était seul. Il se mit difficilement sur ses jambes. Un horrible mal de tête le retint un long moment, debout, incapable de faire un pas. Fouillant ses poches, il découvrit que ses dernières économies et sa montre, seul bien conservé de l'ancienne prospérité familiale, avaient disparu. Il poussa un juron, dévala l'escalier et se retrouva dans la nuit épaisse d'une ruelle froide et humide.

Au port, une grande activité régnait déjà sur le quai éclairé par des torches. Des hommes, dont une majorité de bagnards, portaient des caisses à bord de *La Belle Sultane.* Augustin vit le capitaine et son second près de la passerelle, surveillant les allées et venues. Horace Lebrun s'était emmitouflé dans un épais manteau noir. Son bonnet, d'où dépassaient des mèches sombres, ne laissait voir que le bas de son visage sanguin. À côté, Léonard Barchetti contrastait par son élégance, la légèreté de sa silhouette. Il portait un chapeau beige à large bord, une cape de la même couleur. Il saluait les hommes qui montaient à bord. Augustin s'approcha.

— Te voilà, fit Lebrun en s'approchant. Bon, tu peux monter. On te donnera les instructions. Où est ton paquetage ?

Augustin haussa les épaules.

— J'ai pas de paquetage et je me suis fait voler ma bourse et la petite montre que je tenais de mon père.

Barchetti éclata d'un rire qui montrait ses dents restées blanches.

— Une fille ? Tu apprendras à t'en méfier. Dans les ports, tu dois toujours avoir une main sur ce qui t'es précieux et, le mieux, c'est de le laisser à un ami quand tu vas voir les filles...

Augustin monta sur la passerelle, puis parcourut du regard la foule assemblée près des bateaux qui largueraient les amarres quand la marée allait commencer à descendre. Un léger vent faisait claquer les voiles prisonnières de leurs liens sur les vergues.

— Allez, garçon, monte, ce n'est plus le moment de renâcler ! lui cria Lebrun.

Il ne parvenait pas à détacher ses yeux de la terre ferme. Lui qui avait tant rêvé de ce moment redoutait de se lancer dans un voyage sans retour. Son regard fut attiré par un grand jeune homme roux aux larges épaules qui jouait des coudes pour approcher de la passerelle. Augustin lui tendit les bras.

— J'ai failli ne pas me réveiller, dit Frédéric. Faut dire que la belle m'a mis sur les genoux !

Ils s'étreignirent un instant sous le regard amusé des matelots et du capitaine. Enfin, sans un mot, Augustin se sépara de son ami et monta à bord. Une vie s'achevait, une autre commençait. Il avait le sentiment de ne plus être le même. Le contact avec les planches du pont lui faisait prendre conscience d'un monde qu'il découvrait hostile. Les matelots s'affairaient, lui restait là, debout, les bras ballants, étranger à cette vie du bord dans laquelle il devrait se fondre. Trois autres jeunes recrues montèrent et, reconnaissant en lui un novice, se placèrent à ses côtés. Barchetti arriva à son tour, cria des ordres aux matelots qui s'affairaient dans la mâture. Augustin les avait vus grimper sur les filins, aussi agiles que des singes. Aurait-il un jour la même adresse, la même indifférence face au vide qui s'ouvrait sous leurs pieds ? Il jeta un regard rapide aux trois nouveaux. L'un, proche de lui, était très brun, la figure lourde. C'était un solide gaillard dont on présumait qu'il avait accompli de lourds travaux pour avoir un torse aussi massif. Le deuxième, qui semblait se serrer près de lui comme pour demander protection, était un adolescent. Un mousse, qui devrait supporter l'humeur de ses aînés et souvent les faire rire à ses dépens. Le troisième n'était guère plus vieux ; très brun, la peau mate, les cheveux hirsutes sur son crâne sans chapeau, il portait une petite caisse sous son bras qui devait contenir ses souvenirs, ses biens personnels, presque rien, des babioles auxquelles s'attachent les enfants.

Enfin, Lebrun arriva sur le pont, se campa sur sa jambe droite et cria :

— Matelots, à vos postes ! Larguez les amarres !

Du quai on fit lâcher le nœud d'une énorme corde que des hommes ramenèrent sur le pont et lovèrent en spires régulières avant de la ranger dans une petite niche prévue à cet effet près du plat-bord. *La Belle Sultane* se dandinait lentement, comme un animal peu pressé de profiter de sa nouvelle liberté. Insensiblement, le bateau s'écartait du quai suivant le reflux de la mer descendante. Des marins manipulaient de grosses rames tantôt à bâbord, tantôt à tribord, sous les ordres de Barchetti qui, du pont, surveillait la progression dans le lit étroit du fleuve. Le barreur devait être très vigilant pour éviter les hauts fonds. Là-bas, sur le quai, des falots s'agitaient. Augustin imagina Frédéric, grelottant, seul. Ah ! s'il n'avait pas cette peur panique de l'eau, quelle bonne équipe ils auraient faite ! Le jour se levait. Des cris venaient du chemin de halage. Une cinquantaine de bagnards, par groupes de dix, tiraient sur des cordes qu'on venait de leur lancer. Le reflux de la marée n'étant pas assez puissant pour emporter le navire jusqu'à l'estuaire, ces misérables, arc-boutés, pataugeant dans une boue qui leur montait aux genoux, s'éreintaient à haler les cinquante tonnes du trois-mâts. Les gardiens poussaient des cris de charretiers, les fouets claquaient.

Au bout de quelques heures, le bateau arriva là où le fleuve s'élargissait. La mer cessait de descendre et il fallut doubler le nombre des bagnards pour tirer *La Belle Sultane* jusqu'à l'estuaire. Enfin, en face du grand océan, le bateau livré à lui-même sembla marquer une pause, prendre le temps de rassembler ses forces.

Des matelots ramenèrent à eux les cordes du remorquage et les enroulèrent dans des logements à l'avant. Debout sur le gaillard, Lebrun prit le temps de respirer l'air frais du large et cria des ordres aux marins montés sur les mâts :

— Larguez le grand foc et le petit foc, puis la misaine. Attention, garçons, le vent fermit. Et toi, Besonnet, barre à grand largue. Doucement avec la misaine !

Toujours immobile sur le pont, Augustin n'en croyait pas ses yeux. Le grand bateau obéissant aux hommes s'éloignait lentement de la terre.

Les voiles se déplièrent en claquant, prirent le vent, s'arrondirent en une belle forme allongée. La coque de *La Belle Sultane* craquait. Lebrun surveillait les opérations sans perdre de vue une poignée de nuages au-dessus de l'horizon, une sorte de barre sombre à gauche de l'île Madame. Le vieux bourlingueur connaissait trop bien les caprices du temps pour ne pas lui accorder une grande importance. Il avait appris à ses dépens que l'océan indiquait toujours ses intentions à qui savait observer les nuages, le vol des oiseaux et les sautes du vent.

Le trois-mâts contourna l'île Madame par le sud. Lebrun connaissait la route et se laissait porter par les courants côtiers. Ensuite, ce serait plein ouest en naviguant au plus près des courants chauds qui remontaient vers le nord.

La Belle Sultane, laissant les côtes à tribord, filait toutes voiles dehors. Augustin avait mal à la tête. L'estomac retourné, les jambes flageolantes, il ne pouvait faire un pas assuré sur le plancher mouvant. Lebrun, qui revenait du gaillard d'avant, se plaça au centre de l'embelle. Les anciens savaient ce que cela signifiait. Augustin comprit qu'il allait parler à l'équipage et s'approcha du jeune novice avec qui il avait échangé un regard complice au moment de l'embarquement. Les deux mousses restaient en retrait : l'un sanglotait, l'autre serrait les dents. Solidaires dans leur terreur, ils redoutaient les matelots, qui leur criaient des moqueries. Barchetti frappa dans ses mains. Les marins se rassemblèrent, sauf ceux de quart, qui restaient à la vigie, et les autres près de la barre que manœuvrait le vieux Besonnet.

— Matelots, commença alors Lebrun, nous voilà partis. Cette traversée ne sera pas sans danger. Aux tempêtes, souvent terribles dans cette région, il faut ajouter les flibustiers anglais qui ne manqueront pas de nous attaquer. Beaucoup d'entre vous sont des soldats qui devront assurer notre défense, nous avons deux lignes de canons, mais les Anglais sont maîtres dans l'art de la surprise. Nous devrons louvoyer, voir l'ennemi avant qu'il ne nous ait vus et fuir si nous ne sommes pas sûrs de le vaincre. Vous voilà avertis.

Il cracha sur le côté, comme pour prévenir le mauvais sort. Tout en parlant, il pensait qu'il entamait sa treizième traversée, ce qui le contraria. Il poursuivit d'une voix un peu moins assurée :

— Nous nous connaissons tous, à part quelques nouveaux qui vont vite prendre leur place. Les deux mousses seront au service du bateau, ils devront nettoyer le pont et servir les trois officiers, moi, mon second Barchetti et Bossonet. Quand nous n'en aurons pas besoin, ils pourront être réquisitionnés par ceux d'entre vous qui auront une tâche à leur demander.

Lebrun fit signe aux enfants de s'approcher. Ils hésitaient et restaient la tête rentrée dans les épaules. Le plus jeune sanglotait toujours.

— T'en fais pas, lui dit Lebrun d'une voix chaleureuse, tu vas t'y faire très vite. Bon, Frochart, tu vas les conduire au gaillard d'avant, à la place des mousses. Reste les deux jeunes gars que vous voyez. Le noiraud semble costaud, je pense qu'il tiendra sa place sans histoire. L'autre a grandi dans la dentelle, mais je lui fais confiance, même s'il est encore très jeune. Gretont, conduis-les à leur couchette dans le gaillard d'arrière, avec les matelots. Ils seront sous tes ordres. Maintenant, Soubier, qui fait office d'aumônier parce qu'il a failli être curé dans sa jeunesse et connaît les prières, va bénir le bateau et l'équipage.

Soubier avait revêtu une chasuble et récita les prières avant de plonger le goupillon dans le récipient d'eau bénite. Les matelots, les mains croisées, baissaient la tête et murmuraient des prières. Quand ce fut fini, après un long moment de silence où l'on entendait le souffle de l'océan, le capitaine donna l'ordre de rompre les rangs.

Augustin et son compagnon emboîtèrent le pas à Gretont, un petit homme aux jambes arquées. Ils traversèrent le pont.

— Comment tu t'appelles, toi ?

— Bréjun, Jean Bréjun.

Le solide gaillard manquait tomber à chaque mouvement du bateau. Gretont se mit à rire.

— Faut t'y faire : ici tout bouge et toi, tu dois rester debout.

Puis il se tourna vers Augustin.

— Et toi ? Tu as la peau bien lisse pour devenir un homme du large, et pourtant je te regarde depuis un moment, tu sembles avoir le pied marin. Tu sais marcher sur un sol qui bouge et le vent ne semble pas te gêner. Tu as déjà navigué, ça se voit !

— Non, répliqua Augustin, c'est la première fois que je mets le pied sur un bateau...

— On ne le dirait pas ! Tu vas bientôt pouvoir monter à la vergue du grand hunier !

Les deux garçons furent employés à amarrer et consolider les marchandises dans les soutes. Les matelots qui travaillaient avec eux expliquèrent que les embardées face aux grosses vagues pouvaient les déplacer et faire chavirer le bateau.

— Au port on a autre chose à faire, mais il faut toujours s'assurer que tout est bien solide avant d'affronter la haute mer.

Ils travaillèrent ainsi toute la première journée. Bréjun n'était pas très efficace. La tête lui tournait, il ne tenait plus debout, ses bras étaient mous, incapables de soulever le moindre poids. Il dut sortir de la soute pour aller vomir. Le vent frais du large, qui aurait dû le calmer, ne fit qu'empirer son mal, sous le regard amusé des matelots. Barchetti lui dit :

— T'en fais pas, si tu n'en meurs pas dans la soirée, tu n'y penseras plus jamais !

Les autres éclatèrent de rire. De son côté, Augustin s'était vite remis de son malaise. Lorsque la cloche de passavant sonna l'heure de la soupe, tout le monde se rendit au réfectoire où une table était dressée à l'écart pour les officiers. Les matelots s'installaient sur des bancs et mangeaient la soupe au chou qui sentait bon la terre ferme. Dans quelques jours, les provisions fraîches feraient place aux soupes de poisson pêché le jour même ou aux légumes secs – fèves, lentilles et pois de toutes sortes. La viande se réduirait à du salé souvent rance parce que l'air marin gâtait les conserves.

Le soir, Augustin s'occupa de Bréjun qui gémissait sur sa couche. Les yeux révulsés, le jeune homme pensait que sa dernière heure était arrivée. Les matelots de la chambrée ne faisant pas attention à lui, jouant aux cartes, buvant de la gnôle embarquée en cachette dans leur paquetage et discutant de la terre, de ce qu'ils feraient au retour. Pas un n'évoquait la possibilité de rencontrer des pirates, qui profitaient souvent de la nuit pour approcher les bateaux marchands, mais ils y pensaient, certains que le voyage ne se passerait pas sans attaque. Beaucoup d'hommes, qui participaient très peu aux manœuvres du bateau, étaient embauchés pour le défendre et attendaient cet instant avec une certaine impatience.

— La guerre, dit l'un d'eux à Augustin, tu ne peux pas comprendre ce que c'est tant que tu ne l'as pas vécue. On finit par s'y faire et la proximité de la mort ajoute quelque chose d'excitant. C'est comme le meilleur vin, tu ne peux plus t'en passer !

Bréjun finit par s'endormir sur sa couche souillée de ses vomissures. Augustin regardait par le hublot les étoiles dans le ciel poudré de lumière. Le bateau se balançait mollement sur une mer trop calme. Le claquement des voiles tenait le jeune homme en alerte, mais il n'avait pas peur et son estomac supportait le roulis comme s'il avait toujours navigué. Près des matelots endormis, les odeurs de sueur, d'ail, de respirations chargées d'alcool lui indiquaient qu'il faisait désormais partie d'un équipage solidaire. Lui qui avait imaginé les marins comme des princes charmants chevauchant les vagues et prêts à affronter toutes les tempêtes, se retrouvait au milieu de rustres puants et grossiers, mais cela ne le dérangeait pas. Avaient-ils la passion de la mer ? Probablement pas. Ils faisaient ce métier comme ils en auraient fait un autre. Le goût de la guerre les avait conduits sur un bateau, ils s'en satisfaisaient.

L'odeur mêlée du vomi de son voisin et des matelots endormis était si forte qu'il décida d'aller prendre l'air sur le pont.

La fraîcheur humide du vent le surprit alors qu'il faisait une chaleur d'enfer à l'intérieur du gaillard. Une lumière diffuse éclairait la surface de l'eau. Il gravit l'escalier de dunette. De là, l'océan poudré d'écume blanche lui montra une beauté qu'il n'avait jamais imaginée dans ses rêves. Les voiles se gonflaient puis se vidaient avec la régularité d'un cœur. Garcin était à la barre. Vêtu d'une ample cape cirée, d'un chapeau profond, il fumait une grosse pipe de bruyère. Quand il vit le jeune homme, son attention se relâcha un peu.

— Ah ! c'est toi, le petit bourgeois ! Tu peux pas dormir ? Ça fait comme ça au début, puis on s'y fait et on dort même par grosse mer !

— Ne m'appelez pas petit bourgeois. Mon père était un artisan, il avait une filature !

— Oui, mais un artisan riche, ça se voit dans tes manières. T'en fais pas : sur le bateau, les habitudes de la terre se perdent vite et tu seras bientôt comme tout le monde. Ce qui m'étonne, c'est que tu ne sois pas malade. Le mal de mer, tout le monde l'a un jour ou l'autre, même les vieux loups qui ont passé plus de temps sur un bateau qu'à terre. C'est comme ça !

Il tétait sa pipe. Des volutes de fumée se perdaient dans la nuit. Par moments, de légers paquets de mer passaient par-dessus le bastingage et coulaient sur le pont. Garcin les recevait en pleine figure, mais ne bronchait pas. Le regard perdu devant lui, il gardait le cap pendant que les autres dormaient.

— Pour l'instant, ça va, dit-il. Nous n'avons pas encore abordé la haute mer. En principe, dès qu'on a passé la barre d'Oléron, ça se gâte. Dis-moi, c'est une drôle d'idée de devenir marin quand on a une famille établie à Paris.

— Je m'en faisais toute une histoire et puis...

— Et puis, reprit le timonier, tu es déçu. Tu trouves des hommes comme ceux que tu as laissés à Paris. Attends encore un peu, tu vas bientôt rencontrer la mer, et là ce sera une autre histoire. Tu ferais bien d'aller dormir, on devrait passer le cap d'Oléron dans la matinée et la mer va te montrer sa véritable figure.

Sans rien ajouter, Augustin retourna s'allonger sur sa couche.

Il fut réveillé en sursaut par le cri du chef de quart qui appelait les hommes sur le pont. Le vent s'était levé, Augustin ressentit les mouvements brusques du bateau dont la coque craquait. Il rejoignit les autres. Bréjun, très pâle, réussit à se mettre sur ses jambes et à gravir l'escalier de dunette. Sur le pont, Barchetti criait des ordres à des groupes de matelots qui grimpaient dans la mâture. Les deux mousses étaient là, serrés l'un près de l'autre, solidaires dans leur détresse. Barchetti leur ordonna de lessiver le pont à grande eau.

— Quand vous aurez fini, vous passerez à la cuisine. Le chef a du travail pour vous.

Ils allèrent chercher des balais et des seaux presque aussi hauts qu'eux. Puis Barchetti se tourna vers Augustin :

— Toi, tu sembles solide, alors on va tout de suite commencer ton apprentissage. Tu vas monter à la hune donner un coup de main aux charpentiers. Paraît que la chouque a besoin d'être consolidée. On attend un coup de vent. Et cramponne-toi.

Augustin s'approcha du grand mât et des échelles de corde qui permettaient de grimper dans la voilure. Deux hommes arrivaient à la hauteur du grand étai. Suspendus, ils progressaient à la force des bras et des jambes. Les oscillations du bateau s'accentuaient.

— Alors, garçon, tu te lances ?

Derrière lui, le capitaine Lebrun, les poings posés sur les hanches, calé sur sa jambe forte, fumait sa pipe qui lâchait de gros panaches de fumée. Le tabac était particulièrement apprécié par les marins qui en avaient pris l'habitude en transportant des cargaisons venues d'Amérique du Sud.

Augustin hésita encore un peu, puis se lança en pensant au temps où il grimpait aux arbres du jardin. Ses mains s'accrochaient à la corde rugueuse, ses pieds cherchaient un appui et il monta lentement, sans regarder en dessous de lui. Lebrun l'observait, satisfait. Ce n'était pas souvent qu'il faisait une bonne recrue. Le gamin de Paris, le petit bourgeois qu'il semblait être, avait le fond marin, il l'avait compris dès sa montée sur le bateau. Certains comportements ne pouvaient pas tromper.

Augustin se hissa lentement jusqu'à la gambe de revers et prit pied sur la hune. Il escalada les enfléchures, et se faufila dans le gréement avec beaucoup de précautions. Il n'avait pas peur de la grande hauteur, de la minuscule coque. À côté de lui, les trois gabiers se déplaçaient sur la vergue. L'un d'eux expliqua à Augustin comment s'y prendre : il devait passer les bras par-dessus puis avancer le long du marchepied. Son premier travail consista à larguer les rabans et à déferler la voile afin de trouver l'endroit exact où le mât était forcé.

— Franchement, dit l'un d'eux, comment avons-nous fait pour ne pas voir cette fente ?

C'était un grincement anormal qui avait alerté l'homme de vigie. Un chuintement du bois, comme une plainte à chaque embardée du bateau. Les charpentiers avaient tout de suite soupçonné une fêlure et Lebrun avait pressé contre sa poitrine sa médaille de saint Yves : la rupture par grand coup de vent aurait pu être fatale.

Quand il se dressa sur la hune, Augustin ressentit, amplifiés, les balancements du bateau. La tête lui tournait légèrement. Il dut se tenir au mât pour ne pas être déséquilibré. Enfin, il osa un coup d'œil vers la mer immense, puis le bateau tout entier et le pont où les marins s'affairaient. Il les voyait écrasés, leur grosse tête sur des épaules qui semblaient raser le plancher. Les autres le regardaient hésiter en souriant.

— T'en fais pas, dit l'un d'eux, on prend vite l'habitude. Ce matin ça bouge pas, attends qu'un coup de vent t'oblige à monter à la chouque et tu comprendras... Allez, passe le morceau de madrier et la gouge. Tiens, prends aussi le marteau.

Augustin obéit et se familiarisa avec l'étroitesse de son perchoir. Il aida les charpentiers qui s'étonnaient de son agilité dans cette position peu habituelle. Brissot, celui qui donnait les ordres, le remarqua :

— Tu as tout pour faire un bon marin, le pied sûr et tu n'as pas le vertige. Je pense que tu vas vite apprendre.

L'homme lui adressa un grand sourire, montrant une dentition clairsemée : les longues périodes de haute mer malmenaient les organismes, surtout les dents qui se déchaussaient et tombaient. Les deux autres étaient perchés sur le mât de perroquet pour consolider le hauban. À mesure que les heures passaient, la mer s'enflait d'un ample mouvement. Les creux étaient de plus en plus profonds et le bateau tanguait. Dans leur position inconfortable, les trois hommes devaient prendre beaucoup de précautions pour éviter d'être projetés à la mer.

Quand le travail de consolidation fut terminé, ils descendirent sur le pont où les matelots qui attendaient leur tour de quart se distrayaient aux dépens des mousses toujours occupés à lessiver le plancher.

— Toi, comment tu t'appelles ?

Le petit brun, baissa sa grosse tête, le front en avant, comme le ferait un bélier pour charger.

— Paul ! On m'appelle Polo chez moi. Ormellot !

— Et toi ?

Le blondinet tourna un regard désespéré vers Augustin, comme pour lui demander protection. Il avait compris que le jeune homme était de son côté, de celui des nouveaux que les autres brimaient.

— Sylvain Hablet.

— Bon, dit un gaillard au teint sombre, la barbe grise mal entretenue. Vous allez nous chanter une chanson.

— Je sais pas chanter, dit le petit Ormellot.

— Eh bien, tu vas te forcer. Et toi, le gamin Hablet, tu sais bien une chanson ?

— Non, je sais pas. J'ai jamais appris à chanter. Chez nous, c'était supporter la faim qu'il fallait apprendre. J'ai cinq frères et sœurs, tous petits...

Il se mit à sangloter. Sa frêle silhouette s'était affaissée. Il se rapprocha de son voisin qui ne bronchait pas, le regard fermé, avec une attitude de grande personne.

— Bon, fit un soudard en riant, puisque vous ne voulez pas chanter, vous allez nous raconter une histoire.

— J'sais pas d'histoire, répliqua Ormellot.

— Toi, mon petit, tu vas apprendre à parler autrement à tes anciens. Tu sembles bien sûr de toi, mais je peux aussi te claquer !

L'adulte s'approcha du gamin qui faisait face, droit et fier. La claque le renversa sur le plancher. Venu du gaillard d'arrière, Bréjun, qui profitait d'un répit du mal de mer pour prendre l'air, s'approcha, la mine défaite, sous le regard amusé des désœuvrés, et se planta devant celui qui avait donné la gifle.

— Qu'est-ce qu'il t'a fait pour que tu le frappes ainsi ?

— Ça te regarde pas. Toi aussi, tu es un nouveau, alors fais bien attention.

— Tu ne me fais pas peur ! dit Bréjun en montrant ses poings.

Les autres encouragèrent les antagonistes. Une belle bagarre, c'était un spectacle qu'il ne fallait pas rater et, comme les distractions étaient rares, les paris fusèrent. Le favori était Marnelet, le marin dont on connaissait le mauvais caractère et la manière de frapper juste et fort. Mais Bréjun ne lui en laissa pas le temps. Bien qu'affaibli, le jeune homme à la carrure imposante fonça sur son adversaire qui roula au sol.

— Maintenant, tu vas laisser ce gamin tranquille. Si tu as besoin de passer tes nerfs, vas-y, je suis à ton service.

Un cri de Barchetti arrêta le différend. Les hommes se rangèrent, le second passa devant eux. Les deux mousses s'étaient repliés dans un coin, comme pour se faire oublier. Barchetti s'adressa à Bréjun :

— Qu'est-ce qui t'a pris, à toi ? Voilà que tu frappes les anciens de *La Belle Sultane* ? Tu veux que je te mette à fond de cale au pain et à l'eau ?

Bréjun baissa sa grosse tête noire.

— Ça passe pour cette fois, mais retiens tes nerfs si tu ne veux pas avoir d'ennuis.

Puis, se tournant vers les mousses, le second ajouta :

— Qui vous a dit d'arrêter de briquer le pont ? Au travail et vite si vous ne voulez pas que je vous botte les fesses !

On procéda au changement de quart ; les uns prenaient place à leur poste, les autres descendaient se reposer au gaillard.

Avant la tombée de la nuit, ils étaient plusieurs près du capitaine à observer l'horizon. La barre sombre s'était épaissie et cachait le soleil couchant. Soucieux, Horace Lebrun avait appelé Barchetti, Soubier et Besonnet en qui il avait confiance. Les autres, dont Augustin, se tenaient en retrait.

— Ça va bouger, dit Barchetti, grave.

Besonnet gratta sa barbe grise et darda sur l'horizon un regard anxieux. À côté, Soubier mesurait l'amplitude des creux.

— Ça descend de plus en plus, constata-t-il. Depuis ce matin, on a gagné deux brasses. Le vent est léger, mais plein sud. On est à cinq milles de la barre de Noirmoutier.

— Ça me plaît pas, insista Lebrun. Mais pas du tout.

— C'est tout ou rien, affirma Barchetti.

— Je n'aime pas ce vent mou quand la mer se creuse, je n'aime pas cette barre quand le soleil se couche, je n'aime pas la nuit qui arrive. Tout le monde à son poste. On va doubler l'équipe de quart, les autres resteront prêts à monter sur le pont. On institue un tour de garde dans les gaillards.

La nuit tombait. Lebrun, silencieux, restait face au vent, comme pour comprendre ses intentions. Les autres ne plaisantaient plus : leur capitaine connaissait le langage de la mer.

— Il sent le temps, souffla Besonnet à Augustin. L'océan lui parle au creux de l'oreille. Il sait tout avant les autres. Il a grandi sur un bateau. On dit qu'il s'est embarqué pour la première fois à l'âge de dix ans. Ça donne de l'instinct.

L'équipage se rendit au réfectoire ; mais Lebrun, tirant sur sa grosse pipe, resta sur le pont. Il avait placé un homme de confiance à la vigie, car la nuit claire permettait aux bateaux légers et rapides des pirates de s'approcher sans être vus, de profiter de la diversion due au mauvais temps à venir, d'une tempête soudaine, pour jeter tout le monde à la mer et s'emparer des bateaux remplis de marchandises.

Lebrun surveillait l'horizon et ces lueurs fugitives pleines de sens. Derrière le rideau de la brume dressé devant lui, derrière la cime des vagues de plus en plus hautes, il croyait deviner les premiers éclairs de l'orage. Il tendit l'oreille et perçut le roulement lointain du tonnerre.

Le vent se leva, le claquement des voiles se fit plus sec. *La Belle Sultane* filait vers l'ouest par grand largue. Ce n'était pas la meilleure position : le bateau incliné vers bâbord prêtait le flanc aux mouvements de la mer et s'enfonçait dans le gisant en dérapant. Ainsi, pendant sa descente dans les creux, il ne répondait plus au barreur. Sur le pont, pendus aux cordages, les matelots obéissaient aux ordres du capitaine. Les paquets d'eau embarqués roulaient du pont vers l'embelle, cascadaient dans les écoutilles. Armé de seaux, tout l'équipage qui n'était pas utile aux manœuvres écopait avec de grands gestes des bras. Les cordages vibraient. La foudre zébrait le ciel.

Les deux mousses, serrés dans les bras l'un de l'autre, fermaient les yeux, pétrifiés, mais personne ne s'occupait d'eux. Augustin et Bréjun s'étaient placés dans la chaîne des écopeurs. Bréjun, vite remis du mal de mer, étonnait les anciens qui évitaient de se moquer de sa tête sombre et de son visage disgracieux.

Le vent s'était renforcé. De son perchoir, sur le gaillard d'avant, Horace Lebrun examinait les nuages qui défilaient juste au-dessus de lui. Il hurla de ne garder que la voile de misaine et la civadière.

— Timonier, plus près du vent, nom de Dieu !

Les vagues avalaient le bateau dans leur bouche ouverte, puis filaient vers l'est. Chacune frappait la coque de *La Belle Sultane*, dont le ventre sonnait comme un tambour. Les mâts craquaient, s'inclinaient au vent, les voiles prisonnières des vergues émettaient des vibrations aigres. Les marins se déplaçaient courbés, certains rampaient sur le pont le plus exposé. À la moindre inattention, ils risquaient d'être emportés comme des brindilles, engloutis dans la fureur de l'océan qui ne rendait que rarement ses victimes. Combien d'épaves erraient ainsi sur les eaux, sans nom, résistant par miracle aux tempêtes, portant les cadavres desséchés des matelots morts de faim et de maladie ?

Les bourrasques s'arrêtèrent brusquement, comme pour déséquilibrer le bâtiment avant de reprendre de plus belle. Augustin n'avait pas vraiment peur. Il n'était qu'un élément d'un corps constitué d'une centaine d'individus qui unissaient leurs forces pour sauver leur vie. Tout à coup, un cri aigu déchira le roulement de l'orage. Augustin avait eu le temps de voir un des deux gamins arraché du plat-bord où il se terrait. Une vague l'engloutit. Tout alla si vite que Barchetti et les autres ne purent qu'assister à la scène sans rien tenter. Seul Bréjun eut le réflexe de plonger dans l'écume, de se laisser emporter par la vague pour prendre l'enfant à bras le corps. Il réussit, grâce à sa prodigieuse force, à s'agripper au bastingage et remonta le mousse. Horace Lebrun cessa un instant de contempler le large et le train des vagues, puis, sans un mot, reprit son commandement, et ses ordres brefs tombaient comme des gifles données à la tempête.

Puis le ciel s'éclaircit, l'horizon retrouva un peu de lumière qui éclairait les hommes trempés, rampant sur le pont comme des salamandres. Les vagues s'espaçaient, le vent mollissait.

Lebrun donna l'ordre de sortir de la voile pour profiter de la « queue d'orage » et filer à cinq nœuds.

Le capitaine rassembla l'équipage trempé. Les huniers grimpèrent sur la mâture pour détacher les voiles qui tombaient lourdement et se gonflaient dans un roulement agréable à entendre. Bréjun s'était approché avec les autres et se plaça naturellement à côté d'Augustin. Ormellot, le mousse repêché, claquait des dents, mais n'osait pas bouger. Lebrun le contempla un instant, puis se tourna vers l'équipage.

— Bréjun, viens ici.

Le grand gaillard regarda autour de lui comme pour comprendre dans l'attitude des autres ce que le capitaine allait lui dire. Il s'approcha maladroit, en peine de son grand corps.

— Ce que tu as fait est un acte de grande bravoure. Tu as risqué ta vie pour ce maladroit, que je devrais punir d'une semaine au pain sec.

Il s'attarda un instant pour contempler les nuages qui n'avaient plus rien de menaçant. L'océan étrangement calme, murmurait une légère mélodie au cœur des hommes.

— Tu es courageux et généreux, matelot Bréjun. Mais pour sauver un imprudent, tu as abandonné ton poste, ce qui est très grave. Je vais donc te mettre aux fers à fond de cale pour une semaine, parce que tu as enfreint les ordres. Barchetti, conduis-le au trou.

Barchetti et quatre matelots sortirent du rang et encadrèrent le jeune Bréjun qui ne protesta pas. On redoutait qu'il ne se serve de ses gros poings, mais il était sans force. Il tremblait de froid, et dit seulement :

— Je comprends ma faute, capitaine, pourtant je ne la regrette pas.

Il se laissa emmener sous le regard outré d'Augustin. Le jeune garçon découvrait cependant que, sur un bateau, la discipline était la première règle de sécurité. Y déroger, même pour porter secours à un maladroit, mettait l'équipage en péril.

Les hommes retournèrent à leurs occupations. La plupart d'entre eux, lorsqu'ils n'étaient pas de quart, passaient leur temps à jouer, à boire quand il leur restait de l'alcool, à se disputer pour des broutilles. Ils en venaient souvent aux mains, même si le capitaine punissait lourdement les belliqueux.

Lebrun avait attendu qu'ils se soient dispersés pour s'adresser au jeune Ormellot.

— Je devrais te tirer les oreilles. Et à toi aussi, Hablet. Mais c'est le premier coup de tabac, alors la prochaine fois, attention ! Si je vous vois trembler comme des feuilles, c'est sûr, je vous fais rosser de quinze coups de canne chacun. On ne devient pas marin avec la peur au ventre. Sachez que les hommes de la mer ont des couilles !

Il les envoya se changer en vitesse, car le cuisinier les attendait pour porter du charbon et éplucher les derniers légumes frais. Ce matin, avant la tempête, les gars avaient pris un plein tonneau de maquereaux. Il fallait les vider pour les cuire au four avec du vin blanc.

Le soir, Augustin fut volontaire pour apporter sa gamelle au condamné. Les soutes étaient plongées dans la pénombre. La seule lumière venait des sabords, ouvertures dont le navire marchand était équipé. Bréjun était assis dans ce cloaque, apparemment insensible à la puanteur. Des tonneaux disposés à l'avant assuraient la stabilité du bateau. Il leva sa figure renfrognée sur son camarade, prit sa gamelle de soupe. Augustin s'assit à côté de lui.

— Tu as commis un acte de bravoure et c'est injuste de te punir pour cela ! dit le jeune homme.

Bréjun secoua la tête. Dans la pénombre ses yeux conservaient un peu de lumière.

— Lorsque j'étais enfant, on vivait dans une maison en bois couverte de chaume. Une toute petite maison qui nous suffisait pour supporter l'hiver. C'était au mois de mai, le feu s'est mis dans le chaume. Et toute la maison a flambé. J'étais dedans, entouré par les flammes. Un homme qui était arrivé la veille au village et ne me connaissait pas a couru dans les flammes pour me sauver. Il a été brûlé au visage et aux jambes. On a voulu le remercier, il a dit que c'était naturel et il a repris sa route, sans rien demander. On ne connaissait pas son nom...

— Je comprends, fit Augustin, ému.

— C'est en pensant à cet homme que j'ai plongé. Comme si c'était une dette à payer.

— Tu es un garçon honnête, répondit Augustin. J'ai aussi remarqué que tu savais te faire respecter.

— Pas plus et pas moins que les autres. Ma mère est morte dans mes bras… D'ailleurs pourquoi je te raconte ça ?

— Tu peux me parler, je suis ton ami. On est montés ensemble sur ce bateau et on est tous les deux des nouveaux…

— Moi, je suis né dans la misère. J'y resterai. Je me suis embarqué pour aller voir comment c'était fait ailleurs. Et puis, qu'est-ce que tu veux que je fasse à Rochefort ?

L'escalier d'écoutille craqua sous les pas irréguliers d'Horace Lebrun. Son odeur de tabac se mêlait à celle de graisse rance et de bois humide. Il fallait quelque chose d'extraordinaire pour que le seul maître à bord vienne dans ce lieu où ne s'aventuraient que les plus humbles de l'équipage.

— C'est moi, garçons, fit-il en s'approchant d'eux. Bréjun, tu es un homme de valeur. Alors, je veux que tu comprennes ce que j'ai fait.

— J'ai compris. Vous aviez raison capitaine. On n'abandonne pas son poste par forte tempête parce qu'on risque d'envoyer tout le monde au fond.

— C'est bien, admit Lebrun. Je ne voulais pas que tu passes à côté de l'essentiel. Toi qui as failli crever en arrivant sur ce bateau, je t'observe. J'ai vu que tu avais tout d'un bon marin.

Et se tournant vers Augustin, il ajouta :

— Toi, tu as le pied sûr, tu regardes tout, tu t'intéresses à tout. Ouais, vous deux, vous êtes de bonnes recrues !

Il fit demi-tour et se dirigea vers l'escalier. Avant de monter la première marche, il ajouta :

— Bréjun, tu peux reprendre ta place. Je lève la sanction, mais la prochaine fois ce sera pour de bon.

Les deux jeunes gens remontèrent sur le pont et se rendirent dans le gaillard d'arrière. Bréjun s'assit sur sa couchette. D'autres matelots battaient les cartes ou jouaient aux dominos. Payot, homme de vigie réputé pour sa vue perçante, restait en retrait. Quand il n'était pas perché au sommet du grand mât, il s'ennuyait. Très maigre, le nez démesuré, il dardait autour de lui son regard d'aigle à qui rien n'échappait. Sans un mot, il serra chaleureusement la main de Bréjun, puis regagna sa couche isolée des autres par un rideau, privilège réservé aux chefs d'équipe. Il ouvrit le petit placard où étaient rangées ses affaires personnelles et revint avec une bouteille de gnôle.

— Prends une rasade, dit-il à Bréjun en tendant le flacon, c'est de la meilleure.

Bréjun porta le goulot à ses lèvres, avala une gorgée de liquide brûlant puis Payot tendit la bouteille à Augustin qui refusa.

— Va falloir que tu te mettes aux coutumes du bord, dit-il. Refuser la blanche, c'est donner une gifle à celui qui te la propose.

Il tendit de nouveau la bouteille à Augustin qui, retenant son souffle, but une gorgée qui incendia sa poitrine. Il fit une grimace.

— Tu ne tiens pas l'alcool, tu ne feras jamais un grand marin ! prophétisa Payot.

Augustin reçut cette affirmation comme une provocation. Pourquoi faudrait-il aimer l'alcool pour devenir un bon marin ?

— Regarde Lebrun, poursuivit Payot, il avale sa bouteille par jour, et ça ne le fait pas trembler. Il dit que ça lui donne l'esprit clair. Tu ne peux pas aller en mer sans te réchauffer le ventre, c'est comme ça.

Cet homme d'ordinaire taciturne éprouvait ce soir-là un étrange besoin de parler. Augustin découvrit vite la raison de ce comportement inhabituel : l'angoisse.

— Dès demain, on entre dans la zone des pirates, dit-il. Espagnols ou Anglais, ça ne change pas grand-chose.

Il se mit à genoux, fit un signe de croix et murmura une prière qu'il conclut ainsi :

— Mon Dieu, faites que j'ai le bon œil et que je les voie à temps !

Sa vue exceptionnelle faisait de Payot un des hommes les plus importants des gabiers. Combien de fois avait-il sauvé son bateau en identifiant un minuscule point à l'horizon ?

— Bon, maintenant, il faut dormir, dit-il en s'éloignant et portant de nouveau la bouteille à sa bouche. Demain, ça commence.

Dès l'aube, Payot monta à son observatoire, avec deux autres hommes, sur le plat-bord de la perruche et sur le mât du petit hunier pour surveiller la mer calme. Il était capable de faire la différence entre un bateau pirate et un marchand à des détails que lui seul discernait. Au fil des années, il avait développé un instinct sûr et rassurant pour l'équipage. Beaucoup de patrons lui avaient proposé des soldes mirobolantes pour se l'attacher, mais il était resté fidèle à Lebrun, à qui il vouait une grande admiration.

Les jours suivants, malgré la menace des pirates, le voyage se poursuivit dans la monotonie et plutôt agréable. L'océan avait retrouvé son calme et le vent favorable poussait *La Belle Sultane* vers les mers du Sud et les côtes américaines. Il faisait de plus en plus chaud, un avantage pour ces hommes constamment exposés aux embruns et aux paquets de mer. Les mousses se faisaient progressivement à leur nouvelle vie mais réagissaient de manière radicalement différente. Sylvain Hablet avait compris qu'il n'obtiendrait rien de ces rudes matelots s'il n'était pas de leur avis et s'il ne se pliait pas à leurs exigences, parfois difficiles et pas toujours avouables. Il s'en tirait en rampant, comme un animal peureux qui accepte la laisse. Paul Ormellot se rebiffait sous les rigolades des autres, qui jouaient à le pousser à bout pour avoir une bonne raison de le rosser. Il était de plus en plus isolé, cantonné dans sa hargne, et recevait les coups sans se plaindre. Il accomplissait sa tâche la tête baissée, bougonnait dans son coin et maudissait tout le monde.

La mise en place des canons avait pris plusieurs jours. Les lourdes pièces entreposées à fond de cale devaient être positionnées à l'ouverture des sabords dissimulés par des mantelets. Les boulets étaient rassemblés derrière ainsi que les barriques de poudre.

Comme ils arrivaient dans la zone la plus dangereuse, Horace Lebrun appela l'équipage sur le pont et annonça ce qu'il attendait de chacun.

— Dans ma foutue vie de marin, j'ai tout vu de la part de ces sauvages, rappela-t-il. Les Espagnols attaquent au canon. Les autres, ces chiens d'Anglais, gardent leur bateau à distance et approchent des chaloupes. Voilà, c'est tout simple : dans les deux cas, il faut se défendre.

Ils se mirent à genoux et Soubier conduisit les prières. Il avait apporté un flacon d'eau bénite dont il remplit une coupe. Chacun y trempa les doigts et se signa. Une forte tension assombrissait les visages. Plus personne ne pensait à jouer.

Puis ils retournèrent préparer leurs armes. En mer, la guerre était totale, sans règles, sans pitié pour les vaincus. Augustin pensa à Charles de Ruffec. Quelle aurait été l'attitude du bel officier, sur ce champ de bataille mouvant où les préceptes de la chevalerie n'existaient pas ? Il sourit en pensant à la marquise dont l'image restait en lui, un bien précieux que personne ne pouvait lui prendre.

Le temps était trop calme. La mer lisse respirait régulièrement, comme un animal endormi au soleil. Le vent faible gonflait mollement les voiles qui émettaient un bruit de toile froissée. Lebrun allait du pont au château où était sa cabine, bavardait avec le barreur et ne cessait de lever la tête en direction des hauts mâts où il apercevait, entre les voiles qui bougeaient, les vigies toujours attentives. Ce capitaine, qui savait si bien se faire respecter et punir quand c'était nécessaire, montrait aussi un côté humain, presque paternel quand il posait sa main sur l'épaule des mousses ou disait à Augustin :

— Je t'ai vu dans la mâture. Tu te débrouilles. Tu ferais un bon marin si tu n'étais pas un peu trop étroit d'épaules.

Il avait participé à plusieurs batailles et compris que seuls les hommes les plus robustes et les plus déterminés s'en tiraient.

— C'est vrai, tu as le pied sûr et c'est important, poursuivait Lebrun, mais, dis-moi, as-tu appris à tirer l'épée ?

— Un peu, oui.

— Alors, fais bien attention. Sur mer, tu ne salues pas l'adversaire. Et puis, beaucoup de gars préfèrent le sabre ou la hache. Tu dois frapper le premier et avoir des yeux dans le dos.

Sa joue droite était gonflée par une boule de tabac qui lui faisait cracher un jus jaune. Il expliqua à Augustin que sa jambe raide venait d'un combat contre les Espagnols.

— Un coup de sabre dans la cuisse. Rien de grave, mais ça a bloqué un peu le genou. Bah ! quand on s'en tire comme ça, faut remercier Dieu.

Il avait eu de la chance, pendant ses douze traversées, de n'avoir eu à faire aux pirates qu'une seule fois. *La Belle Sultane* avait le gros avantage d'être très rapide et manœuvrant :

— Elle m'obéit comme le meilleur des chevaux ! disait-il avec fierté.

Lebrun avait pu échapper à de nombreuses embuscades grâce aux qualités de son navire et à sa prévoyance, mais il savait, en vieux loup de mer, que la chance ne le servirait pas toujours.

— Je me dis que je vais arrêter, qu'il ne faut pas trop défier la chance. Mais voilà, ma vie est sur la mer. Au fond, si je meurs dans un combat, ce sera bien. Je ne laisse pas de famille ou presque pas.

Cet homme plutôt bavard restait très réservé sur lui-même. Payot qui le connaissait bien disait qu'il avait été marié, que sa femme était morte en couches et que son enfant, un magnifique petit garçon, avait été confié à une nourrice. Mais personne ne savait ce qu'était devenu ce fils. Peut-être lui-même l'ignorait-il.

On arrivait dans les mers chaudes du Sud. Le temps était toujours anormalement calme, ce qui ne rassurait pas les matelots : une mer trop molle préparait généralement ses pires colères. Ils s'occupaient en organisant des concours de pêche qui amélioraient l'ordinaire. Un matin, après qu'une légère brise eut dissipé la brume, Payot, du haut de son perchoir, cria :

— Bateau à bâbord.

Cela pouvait être un bateau ami, un français comme eux, ou le pire ennemi, un anglais. Toute rencontre en haute mer était pleine de risques et il valait mieux l'éviter. Payot braquait sa longue-vue sur le point à peine perceptible à l'horizon. De la netteté de sa vue, de son expérience acquise en tant d'années de surveillance des flots dépendait la décision du capitaine. Le silence qui se fit, ponctué par le clapotis d'une mer aux petites vagues bleues, était lourd d'angoisse. Les deux mousses s'étaient arrêtés de briquer le pont et regardaient les adultes, la peur écrite sur leurs jeunes visages que les embruns commençaient à tanner. Lebrun qui ne supportait pas l'inaction se mit à tourner en rond nerveusement et le bruit de ses talons sonnait comme un tocsin. Augustin et Bréjun entendaient les battements de leur cœur. Ni l'un ni l'autre n'étaient préparés à faire la guerre. Bréjun pouvait compter sur sa force, mais Augustin n'oubliait pas la remarque du capitaine sur ses épaules un peu trop étroites.

— Il file droit sur nous à environ cinq nœuds ! cria Payot. Cette fois…

Lebrun mastiquait sa chique tout en marchant sur le pont. Cela devenait énervant et les hommes d'équipage cessèrent de le regarder. Tous pensaient à ceux qu'ils avaient laissés à terre et se disaient qu'ils n'étaient pas prêts à mourir si loin d'eux.

— Il n'y a pas d'alternative, dit le capitaine. C'est tout ou rien.

Seuls les mercenaires embarqués pour défendre le bateau, et intéressés au butin en cas de victoire, piaffaient d'impatience. Ces hommes aguerris n'en étaient pas à leur premier combat rapproché et ne doutaient pas un instant de leur victoire. « Ils sont inconscients », pensa Augustin en les entendant plaisanter alors qu'ils aiguisaient les lames de leurs sabres. « D'ailleurs, il faut être stupide pour aimer la guerre. »

La peur de mourir lui pinçant le ventre, le gamin Hablet recherchait la protection des soudards ; Ormellot faisait face, seul. Il avait trouvé un couteau et en éprouvait le fil du bout des doigts tout en fouillant l'horizon où sa myopie l'empêchait de voir le point sombre, objet de toutes les attentions.

— Tu n'as pas peur ? lui demanda Augustin.

Il haussa les épaules. Polo, comme les matelots l'appelaient familièrement, n'était pas une mauviette. Il ne savait pas vraiment ce que mourir signifiait. L'été précédent, un taureau furieux l'avait embroché au ventre. Il avait survécu après deux mois de souffrances atroces, alors il était prêt.

— La peur, c'est pour ceux qui ont quelque chose à perdre ! dit le gamin d'une voix sûre.

Deux matelots qui se trouvaient à proximité tournèrent vers le mousse un regard presque admiratif. Lebrun, qui avait entendu, cracha le jus de sa chique.

— Tu parles sans savoir !

Cet enfant, malgré son mauvais caractère, avait su se faire apprécier des adultes qui voyaient en lui un futur homme courageux et décidé. La mer n'était sûrement pas sa destinée, mais l'expérience acquise, s'il en revenait, lui serait sûrement salutaire.

De ses yeux de lynx, Payot avait pu reconnaître le bateau qui se profilait, une de ces goélettes très maniables dont les Espagnols avaient le secret. Elle filait droit sur eux et le gros navire marchand, bien que très maniable lui aussi et tenant bien le vent, n'avait aucune chance de lui échapper, sauf si la mer se formait, si les rouleaux prenaient de la hauteur et de la force.

— On ne sait jamais ! grogna Lebrun.

Il connaissait la portée de ses canons de gros calibre. L'officier qui commandait les canonniers le rejoignit et se mit à marcher avec lui en attendant les ordres, qui ne tardèrent pas :

— L'ennemi est encore loin. Il ne sera pas à notre hauteur avant deux bonnes heures. Tenez l'artillerie prête pour la première occasion.

Les pièces d'artillerie furent placées devant les sabords encore fermés pour ne pas alerter l'ennemi. Il suffirait de les faire glisser sur des sortes de rails prévus à cet effet et de les caler pour le premier tir : les bateaux marchands évitaient toujours de montrer leur puissance de feu à l'ennemi. Du haut de son observatoire, la vigie cria :

— Erreur ! Il montre pavillon espagnol, mais c'est un bateau anglais !

— Ah ! fit Lebrun en s'arrêtant de marcher et en levant la tête vers la voilure. Ces chiens !

— Je connais ce bateau ! cria encore Payot, dont la mémoire, était aussi aiguisée que la vue. Je l'ai déjà vu, et il battait pavillon anglais !

Ce n'était pas une bonne nouvelle. On pouvait toujours espérer vaincre les Espagnols, mais les Anglais étaient les meilleurs combattants des mers. Comme il ne pouvait plus leur échapper, Lebrun devait mettre toutes les chances de son côté. Il réunit les officiers et les mercenaires qui brandissaient des pistolets que l'humidité rendait souvent inutilisables.

— Ils sont très rapides et vont chercher à nous prendre à revers. À mon ordre, vous ouvrez les sabords, vous pointez et tirez. Mettez les chaloupes à la mer, il faut les prendre à leur propre jeu. Et surtout pas de quartier, eux n'en feront pas.

Soubier avait revêtu sa chasuble et récita les prières pour demander l'aide de Dieu. Les hommes se mirent à genoux et, la tête baissée, prièrent en marmonnant. C'était à cet instant que l'absence d'un prêtre se faisait sentir, car ils auraient voulu communier. Soubier les bénit les uns après les autres, pardonna leurs péchés, mais ils n'étaient pas certains que son absolution ait autant de valeur que celle d'un véritable ministre du culte. Ils firent un dernier signe de croix et regagnèrent leur poste en silence. Pendant ce temps, le bateau ennemi approchait.

Lebrun se dit que le Ciel avait entendu sa prière : la mer se gonflait, faisait le gros dos, les creux enfonçaient *La Belle Sultane*, qui prenait de la vitesse dans la descente puis se dressait, la proue vers le ciel de plus en plus sombre. Chacun savait que la nuit ne pouvait être favorable qu'à ceux qui auraient la chance de faire mouche dès la première bordée. Payot expliquait ce qui se passait chez l'ennemi qui gagnait insensiblement du terrain. Lebrun, sachant qu'il ne leur échapperait pas, ne forçait pas sur les voiles, et préparait son attaque surprise.

— Six hommes par chaloupe ! cria-t-il. Barchetti, faites les équipages et nommez un chef. Attendez mon ordre pour descendre.

Les gros trois-mâts comme *La Belle Sultane* n'avaient d'autre solution que de tenter d'anéantir l'ennemi par une canonnade nourrie. Lebrun le savait et préférait sacrifier une partie de la marchandise pour des boulets et des barils de poudre. Son expérience lui avait souvent montré que sa tactique était la bonne. Fébrile, le capitaine allait des uns aux autres et levait la tête pour questionner Payot.

— Il gagne ! criait la vigie. Au moins quinze nœuds.

Contrairement à ce qu'on aurait pu attendre, Lebrun donna l'ordre de réduire encore la voilure. Le vent s'était levé, ce qu'il considérait comme un bon présage. Les mouvements de la mer cachaient *La Belle Sultane* aux attaquants, permettant une manœuvre rapide avant la première bordée de boulets. Près des fûts, les canonniers enfoncèrent leurs mains dans d'énormes gants, chargèrent les boulets et la poudre.

Placés à l'avant, le capitaine et Barchetti surveillaient l'approche. Soubier était à la barre et attendait l'ordre de virer. Augustin sentait les battements douloureux de son cœur et serrait la poignée d'une épée qui n'était plus destinée à des joutes amicales, mais à tuer. Bréjun était dans l'équipe des rameurs qui devaient partir sur les chaloupes après les premières salves de canon. Son gros visage sombre montrait une excitation nouvelle, comme si l'épreuve de la bataille n'était qu'un jeu.

D'abord, Lebrun leva lentement le bras, comme une potence qui s'apprête à tomber. Il dressa la tête vers la vigie, puis vers Barchetti, qui observait l'ennemi à la longue-vue. En bas, les canonniers étaient prêts, la torche allumée à la main. Garcin, les deux mains sur la barre, guettait la chute du bras qui signifiait bâbord toute. En dessous, les pointeurs attendaient que le bateau montre ses flancs à l'ennemi pour ajuster les tirs.

Le bras s'abaissa, le bateau, profitant d'un creux qui le cachait à l'ennemi, amorça son virage, les sabords s'ouvrirent. Tout était parfaitement synchronisé ; la machine de guerre n'avait pas droit à l'hésitation ni à l'erreur. *La Belle Sultane* remonta au flanc de la vague. Les pointeurs eurent l'impression que l'ennemi avait encore gagné du terrain et s'ajustèrent en faisant abaisser l'angle des fûts. Une détonation frisa la surface, de longues flammes s'échappèrent des gueules par les sabords, colorant la mer dont les vagues semblaient brûler. Une épaisse fumée enveloppa le bâtiment que le recul fit chasser sur tribord. Lebrun cria sa joie : plusieurs boulets avaient touché la cible qui n'avait pas riposté. Il voyait dans sa longue-vue la coque endommagée, les mâts et les vergues déchiquetés ; des flammes montaient sur le pont.

La deuxième salve fut moins heureuse. Un seul boulet toucha l'avant de l'ennemi, les autres se perdirent en mer. Bien que démâté, le bateau anglais tenait l'eau et s'approchait encore, poussé par le courant et sa misaine restée intacte. Lebrun s'étonnait d'une telle facilité. Ce comportement passif cachait sûrement un piège. Ses doutes furent vite confirmés : l'homme de vigie cria :

— Bateau anglais à bâbord !

— Peste de peste ! hurla Lebrun.

Le bateau sur lequel ils avaient tiré s'était approché pour attirer l'attention des Français pendant que l'autre, le véritable navire de guerre, fonçait droit sur *La Belle Sultane,* déjà à portée de ses canons. Lebrun s'en prit à Payot qui s'était laissé piéger. Il n'y avait plus grand-chose à faire : l'ennemi avait mis ses canots à la mer, chargés chacun d'une dizaine d'hommes qui se préparaient à l'abordage.

— Battez-vous, garçons ! cria le capitaine et que Dieu nous vienne en aide !

Il tenait un pistolet armé de la main droite et le sabre de l'autre. Il regardait tantôt les barques qui approchaient à tribord, tantôt celles de bâbord. Dans ces circonstances, il préféra garder ses hommes sur le pont, car les adversaires étaient les maîtres dans ce genre de combat. Il répartit l'équipage en trois groupes. Quand les barques ennemies furent assez proches, un tir nourri les accueillit, suivi aussitôt d'un tir de riposte. Plusieurs hommes touchés tombèrent sur le plancher en poussant des cris horribles. Augustin était resté près de Bréjun qui serrait son épée et cherchait à se rapprocher du bord pour participer au corps-à-corps. En retrait, le jeune mousse Hablet claquait des dents, essayant de se cacher derrière des cordages enroulés. Son camarade avait saisi un gourdin et attendait, debout, prêt à vendre chèrement sa vie.

L'attaque fut brutale. Les barques heurtaient la coque du gros navire pendant que les Anglais lançaient des grappins. Les hommes de Lebrun coupaient les cordes avec des haches, mais les assaillants, toujours plus nombreux, accostaient sur le bastingage en moulinant du sabre ou de l'épée pour empêcher les Français de couper les cordages. Très vite la mêlée remplit le pont. Augustin frappait sans vergogne les hommes qui se jetaient sur lui. Tout à coup, un grand cri éclata à côté de lui : Bréjun, touché à la poitrine, s'effondra sur le plancher couvert de sang. On piétinait les cadavres et les blessés dans une boue gluante. Beaucoup de matelots tombaient à la mer où on les entendait hurler avant de disparaître dans les flots devenus rouges.

Cela dura une bonne demi-heure. La bagarre était inégale, les Français n'étant plus en nombre suffisant pour refouler les Anglais. Vaincus, ils furent acculés près du gaillard d'avant. Des blessés gémissaient sur le pont, les nouveaux maîtres les jetèrent à la mer. Un officier tout vêtu de rouge, portant un grand chapeau, arriva d'une barque et constata que la victoire était totale. Il félicita ses hommes et attendit que le pont fût nettoyé des dernières victimes.

L'officier anglais s'approcha des vaincus, et les observa longuement. Augustin avait reçu un coup à l'épaule qui saignait et lui faisait atrocement mal. Il serrait les dents, comprenant que la fin de sa vie et de son aventure marine étaient arrivées. Il osa un regard autour de lui et ne vit pas le capitaine Lebrun. Les deux mousses aussi avaient disparu. Barchetti était là, la figure en sang, mais il restait digne. Soubier et Besonnet gardaient la tête haute. Ces sous-officiers avaient, dans ce moment dramatique, une tenue qui imposait le respect. Quand le capitaine rouge s'approcha, Soubier protesta :

— Laissez, je vous prie. Je sais ce qu'il me reste à faire.

— Voilà un homme qui aurait mérité d'être anglais, dit le capitaine. Bon, maintenant, évacuez tout ça.

Un sous-officier ordonna aux Français de passer devant l'état-major des vainqueurs qui les saluaient avec le respect dû à des combattants. Ensuite, ils descendirent dans des chaloupes surchargées. Condamnés à mourir de faim après des jours et des jours d'errance sur l'océan infini, beaucoup préféraient se jeter à la mer.

Quand ce fut à son tour, Augustin pensa d'abord à son père, parti pour l'Amérique, qui avait peut-être subi le même sort ; à Frédéric Melun, que l'horreur de l'eau tenait à l'abri d'une telle mort, et à Bréjun, dont le cadavre avait été poussé dans les flots. Il passa devant les Anglais, qui le saluèrent.

Au moment où l'officier en rouge posait un regard froid sur lui, il pensa à Mme de Ruffec et eut la nette sensation que la belle dame posait un baiser chaud sur son front. D'un geste, le capitaine en rouge arrêta les matelots qui s'apprêtaient à le pousser à la mer.

— Comment t'appelles-tu ? demanda-t-il en français.

— Augustin Moncellier.

L'homme s'était approché, une curieuse expression sur le visage. Ses yeux s'étaient voilés, il hésitait.

— Quel âge as-tu ?

— Dix-sept ans.

— Tu connais ta date de naissance ?

— Oui, le 12 avril 1772 !

— Mon Dieu... murmura l'officier d'une voix altérée.

Il joignit les mains et resta un long moment pensif. Les hommes chargés de « nettoyer » le pont attendaient à côté de l'adolescent.

— Je le garde pour moi. Maintenant, faites vite, dit-il en anglais.

Au bout de quelques minutes, il n'y eut plus un seul Français sur le pont. Les cris qui montaient de la mer furent vite effacés par le roulement des vagues, de plus en plus fortes. *La Belle Sultane* avait changé de mains. Les matelots anglais avaient pris leurs postes comme s'ils avaient toujours travaillé sur ce bateau. Les ordres étaient criés dans une langue qu'Augustin ne comprenait pas, mais le trois-mâts filait sur les vagues, ses voiles parfaitement gréées.

Le nouveau capitaine prit possession de la cabine de Lebrun et fit évacuer les objets et meubles qui s'y trouvaient. Des matelots apportaient ses propres tableaux, sa table, ses chaises et son lit.

Augustin n'osait pas bouger. Pendant l'installation, le maître ne fit pas attention au jeune homme. Quand ses domestiques se furent retirés, il s'assit sur un fauteuil tendu de drap rouge et enfin regarda l'adolescent toujours debout dans un coin, n'osant pas soutenir le regard posé sur lui.

— Tu n'as pas l'air d'être un mousse comme les autres, s'étonna l'Anglais dans un français sans accent. Je ne sais pas, mais j'ai remarqué en toi une certaine distinction.

— Mon père possédait une filature à Paris. J'ai été élevé bourgeoisement.

L'officier vêtu de rouge se mit à rire. Il était assez jeune, peut-être quarante ans. Très brun, il portait une petite moustache finement taillée. Son élégance ne semblait pas à sa place sur un bateau marchand. Ses vêtements de sang le rendaient inquiétant.

— Tu sais pourquoi je t'ai épargné ?

Augustin secoua négativement la tête.

— Parce que j'ai besoin d'un domestique comme toi. J'en ai assez des rustres, de ces matelots au visage grossier, au langage rugueux. Je voulais un garçon bien fait avec un certain raffinement dans les gestes. Et puis un Français, c'est toujours distingué.

Augustin s'étonna qu'il parlât aussi bien sa langue sans le moindre accent. L'autre comprit et précisa :

— Ma mère est française, c'est son seul défaut, qu'elle cache soigneusement. Elle m'a appris votre langue que j'aime assez et comme je n'ai pas souvent l'occasion de la pratiquer... Par contre, toi, il va falloir que tu te mettes à l'anglais. Cours donc à la cuisine et prépare-moi du thé.

Augustin hésitait ; le visage de son maître se contracta. Les lèvres serrées, le regard dur, il se leva et fouetta le jeune homme de sa cravache.

— Alors, tu obéis ? N'oublie pas : tu es vivant parce que tu es mon jouet. Si ça ne te convient pas, je te fais balancer par-dessus bord.

Augustin monta sur le pont où les matelots s'activaient. Les deux bateaux ennemis s'étaient rapprochés de *La Belle Sultane*. Des charpentiers réparaient les voies d'eau. L'incendie avait pu être stoppé à temps et, à la cadence où allaient les ouvriers, ils seraient vite prêts à affronter la mer pour une nouvelle conquête.

Augustin se rendit aux cuisines. Le chef cuisinier bavardait debout avec de jeunes mousses en train de laver des plats dans un tonneau rempli d'eau. Il tourna son large visage sanguin vers l'arrivant et lui demanda quelque chose dans sa langue. Face à l'incompréhension du prisonnier, il éclata de rire et parla aux autres, qui s'esclaffèrent à leur tour. Tous s'approchèrent du garçon, le dévisageant comme s'il était un animal curieux. Ils ponctuaient leurs observations par de gros rires moqueurs. L'un d'eux lui arracha son bonnet qu'il jeta au sol. Augustin eut un réflexe de défense, son avant-bras heurta la poitrine de l'adversaire. Celui-ci blêmit, se tourna vers ses compagnons comme pour les prendre à témoin de l'affront reçu. Alors, fou de rage il menaça Augustin qui répliqua : son poing s'abattit sur la mâchoire de l'agresseur qui roula au sol. Le gros chef cuisinier jura et s'empara d'un couteau de cuisine qu'il brandit devant le jeune homme. Celui qui avait reçu le coup se relevait lentement et, d'un geste qui se voulait calme et mesuré, commença à délacer la culotte d'Augustin que les autres maîtrisaient en échangeant des propos entrecoupés de grands éclats de rire. La lame approchait lentement du sexe dénudé. Un cri les arrêta. Ils lâchèrent Augustin et se mirent au garde-à-vous. L'officier en rouge ordonna que chacun reprenne son travail. Le jeune Français entendit le gros cuisinier prononcer : « Cap'taine Bright ». Il en conclut que c'était le nom de celui qui l'avait sauvé de la noyade et le sauvait encore de la plus horrible des mutilations.

— Je t'ai demandé du thé, qu'attends-tu ? demanda Bright en ajustant son chapeau.

Augustin remonta sa culotte et en serra la ceinture. Le gros cuisinier lui tendit une aiguière d'eau brûlante et, dans une petite coupe, des brins de feuilles sèches brisées. C'était la première fois de sa vie qu'Augustin voyait du thé et il ne comprenait pas comment cela se préparait. Bright lui ordonna de le suivre dans sa cabine. Là, il s'assit et demanda :

— Alors, mon thé, ça vient ? Tu attends peut-être que l'eau soit froide.

Augustin le regardait, interrogateur, ne sachant que faire de l'aiguière dont il tenait la poignée brûlante et de la coupe pleine de feuilles sèches dont il percevait l'odeur assez agréable.

— Tu mets les feuilles dans l'eau !

Augustin hésita et vida le contenu de la coupe dans l'eau.

— Idiot, tu ne sais pas que l'eau doit frémir et qu'elle est déjà trop froide !

Sur un geste de colère, il bouscula le Français ; l'aiguière se renversa sur le plancher où l'eau se répandit en fumant.

— Tu viens de commettre le crime le plus odieux : tu as renversé du thé !

Avec sa cravache, il fouetta Augustin qui se contint et ne montra pas sa douleur, pour ne pas donner ce plaisir à son agresseur.

— Puisque tu ne vaux rien, je crois que je vais te livrer à mes hommes. Ils vont s'amuser un peu avec toi, ensuite ils te jetteront à la mer…

Bright allait et venait dans la petite pièce, s'arrêtait au hublot, contemplait les paquets de mer qui assaillaient le navire. Le vent s'était levé et sifflait dans les cordages tendus.

— Viens avec moi, décida l'officier.

Augustin lui emboîta le pas. L'homme, en parfait marin, marchait sans hésiter sur le bateau de plus en plus secoué par la tempête naissante. Ils se rendirent à l'arrière, entrèrent dans un local assez exigu à côté du gaillard. Là, trois hommes, poitrail nu sous un large tablier de cuir, frappaient le fer sur une lourde enclume. Un quatrième s'occupait d'entretenir un feu dans une sorte de poêle ouvert sur le dessus, mais d'où les braises ne pouvaient s'échapper. Augustin fut étonné par cette forge qui n'existait pas la veille. Bright éclata de rire :

— Voilà, petit Français, ce que nous savons faire. Ça t'étonne, naturellement, une forge à bord d'un bateau ! Eh oui, on a besoin de pièces en fer pour réparer celles que vous avez mises à mal.

Augustin regardait les marteaux aplatir le morceau de métal rougi. Ce travail qu'il avait vu pratiquer à Paris chez Morisson l'avait toujours fasciné. Il mesurait la puissance de ceux qui savaient ainsi façonner les socs des charrues, les fers des chevaux et les épées.

— Ça te plaît ?

Bright ne laissa pas à Augustin le temps de répondre. Il s'adressa aux forgerons qui se mirent à rire, puis l'un d'eux alla fouiller dans un tas de pièces et trouva un anneau et une chaîne.

Sans rien ajouter, deux matelots aux torses impressionnants, le visage noir de poussière de charbon, s'emparèrent d'Augustin et l'allongèrent au sol.

— Voilà, dit Bright fier de sa trouvaille. Tu viens de Rochefort, je crois. C'est là que se trouve le fameux bagne.

Alors, tu vas devenir mon bagnard. Toujours à mon service, toujours attaché, comme un chien de Français que tu es.

Pendant qu'il parlait, les hommes ajustèrent une chaîne brûlante à la cheville d'Augustin, la fixèrent avec une goupille qu'ils martelèrent pour en écraser la tête. Puis ils libérèrent le prisonnier qui se remit lentement sur ses jambes. Sa cheville brûlée lui faisait atrocement mal. Ses tortionnaires riaient de le voir boitiller et marcher à cloche-pied. Bright prit l'extrémité de la chaîne et s'éloigna dans l'escalier qui remontait au château.

— Tu es mon animal, *my pet,* dit-il. Tu ne pourras pas m'échapper. Je t'enfermerai dans le petit cabinet à côté de ma chambre, tu seras à moi tout le temps. Peut-être que lorsque j'en aurai assez de toi, je te balancerai par-dessus bord.

Ils arrivèrent dans le petit réduit contigu à la cabine du capitaine. Là, il attacha la chaîne à un des anneaux fixés dans le bois du navire qui servaient en cas de gros temps à arrimer les meubles fragiles. Puis il sortit sans rien ajouter. Augustin, seul dans la pénombre, était désespéré ; que n'était-il mort ? Il découvrait le monde horrible de l'océan, tellement différent de celui qu'il avait espéré ! La pensée de Frédéric resté à Rochefort s'imposait à son esprit, Frédéric le sage qui savait prendre de la vie ce qu'elle voulait bien lui donner et surtout ne pas tenter le destin…

Il s'assit, réfléchit un instant à la manière d'échapper à Bright. C'était impossible, bien sûr, l'infinie prison de la mer le retenait là, dans ce petit réduit où il régnait une chaleur moite. Une odeur de pourriture lui desséchait la gorge. Il se força à penser à Isabelle de Ruffec dans le salon au clavecin. Ce beau monde parisien lui semblait irréel, comme inventé pour accepter la dureté du quotidien.

La porte s'ouvrit. Bright jeta une gamelle devant lui.

— Mange.

De l'assiette montait une odeur infecte de poisson pourri.

— Je crois que je vais te faire tailler les oreilles en pointe, ça fera plus chien !

Il s'éloigna, laissant Augustin désespéré. Le jeune homme avait remarqué que l'attache n'était pas très solide et qu'il pouvait se libérer, mais pour quoi faire ? L'esprit retors de

Bright n'avait-il pas imaginé ce détail pour un nouveau jeu, toujours plus humiliant ?

Le temps devait être clair à l'extérieur, malgré une mer formée qui secouait le bateau. Augustin s'était habitué à la pénombre et distinguait nettement les cloisons et sa gamelle posée devant lui. Il ne put résister à l'envie de défaire l'attache de sa chaîne. Tout à coup libre, il apprécia de marcher, d'aller jusqu'à la porte qui n'était pas fermée. Sa chaîne faisait un bruit métallique à chacun de ses pas. Il l'enroula autour de sa taille et réussit à la coincer sous les lacets de sa culotte, exactement comme les forçats de Rochefort. Il put ainsi se déplacer sans bruit, explorer les abords de sa prison.

Malgré ses précautions, il redoutait à chaque instant de se faire surprendre par Bright qui attendait sûrement cette occasion. Les embardées du bateau faisaient grincer les planches, gémir la grosse coque de chêne. Il s'approcha de la porte entrouverte qui donnait sur la cabine de Bright. L'homme, assis à son bureau, la tête penchée en avant, écrivait. La plume allait vite sur le papier qu'elle grattait. Le temps d'un aller-retour dans l'encrier et elle reprenait sa ligne sur le carnet. Tout à coup, Bright cessa d'écrire, leva les yeux au plafond, prit un cadre posé devant lui et l'observa longuement, puis le reposa. Alors, d'un geste violent, poussant un juron, il balaya tout ce qui se trouvait devant lui. Le carnet vola au sol, l'encrier se renversa, formant une langue noire sur le bois ciré. Tenant toujours le cadre à la main, Bright se leva, écarta les bras comme pour s'offrir à un invisible bourreau et dit quelque chose en anglais. Augustin voyait nettement son visage et, chose impensable, des larmes roulaient sur ses joues. Il se dit qu'un homme capable de pleurer de la sorte ne pouvait pas être totalement mauvais et qu'il était possible de trouver le chemin de son cœur, tout Anglais qu'il fût. Il regagna son réduit, rattacha sans bruit sa laisse et se força à manger le poisson infect et froid dans la gamelle posée au sol.

Quelques instants plus tard, Bright arriva, le visage dur, les yeux secs, pleins d'une lumière cruelle. Il sourit méchamment en regardant le jeune garçon accroupi. Il le bouscula du bout de sa chaussure et lui infligea une série de coups de cravache sur le dos et la nuque. Augustin contint sa douleur, car il savait que sa seule défense résidait dans un silence résigné et courageux. L'autre, voyant le visage fermé de son prisonnier, frappait de plus en plus fort.

— Mais tu vas bien finir par crier ! hurla-t-il en redoublant de coups.

Le sang commençait à couler sur la nuque d'Augustin, imbibait sa chemise. Après un dernier coup, plus violent que les autres, le bras retomba, la cravache roula au sol. Augustin leva lentement la tête et montra son visage blême, les lèvres serrées sous la douleur. Bright s'approcha, le contempla longuement.

— Franchement, petit Français, tu n'es pas un garçon ordinaire.

Tout en parlant, il observait méticuleusement le visage d'Augustin. Puis, détachant la chaîne, il lui ordonna de le suivre. Ils allèrent dans la cabine dont le sol était jonché des objets fauchés sur le bureau, l'encrier, la plume, le livre de bord, des cartes, un sextant. Bright poussa Augustin jusqu'au hublot à travers lequel on voyait la mer et les gros rouleaux qui déferlaient sur la coque. Là, il le fit asseoir en face de la lumière et recommença à contempler son visage. En même temps, l'officier semblait comme accablé par ce visage dont il découvrait les détails.

— Oui, tu es courageux, petit Français, dit-il enfin et il le fit asseoir sur un siège à côté du bureau.

Il alla lui-même chercher une bassine d'eau et une serviette et se mit à éponger le sang sur la nuque d'Augustin. Le jeune garçon fut surpris par la douceur de ses gestes.

— Ne me demande pas pourquoi je fais ça. C'est ainsi. Peut-être qu'un jour, je te parlerai, je te dirai mon secret que tout le monde ignore ici. Peut-être serons-nous morts l'un et l'autre avant cet instant. La mer ne permet pas de prévoir l'avenir.

Augustin aurait voulu parler, dire quelques mots tout simples, mais sa gorge restait nouée.

— Le temps se gâte, dit le capitaine. On a besoin de moi sur le pont. Tu vas me suivre. N'es-tu pas mon chien ?

La voix de Bright avait déjà changé. La douceur de l'instant précédent avait fait place à une rudesse de soudard. Deux êtres cohabitaient dans cet officier toujours vêtu d'un rouge qui faisait de lui une cible facile au moment de l'abordage, l'un cruel, prenant du plaisir à frapper Augustin, l'autre, plein de compassion, s'apitoyant sur une blessure qu'il avait provoquée.

Ils montèrent sur le pont. Bright tenait le bout de la chaîne comme s'il s'était agi d'une laisse. Les matelots avaient terminé le transbordement des marchandises. Les chaloupes avaient été arrimées à bord du vaisseau anglais. Sur le bateau endommagé, les charpentiers avaient réparé la coque et redressaient le grand mât.

Bright bavarda quelques instants avec le barreur dont le visage montrait l'inquiétude. La mer grossissait lentement, et c'était cette lenteur qui inquiétait. Ensuite, il s'adressa à la vigie qui lui répondit dans le feulement des voiles agitées par des mouvements d'air désordonnés.

— Avec les Français, on est tranquille, dit Bright à Augustin. Ils n'ont pas plus de ruse qu'un baudet.

Il donna ensuite des ordres aux sous-officiers qui commandaient les manœuvres des voiles. Pour lui, il fallait baisser les grand et petit perroquets car le bateau avait tendance à piquer vers l'avant. Il descendit à la cale, inspecta le chargement et demanda aux matelots de mieux équilibrer la charge. Ensuite, il se porta à l'avant du navire et observa le ciel, puis l'horizon.

— Cette cendre sur l'eau ne me dit rien de bon, fit-il encore à Augustin. On dit que c'est là que se préparent les pires tempêtes.

— Lebrun disait qu'il fallait aussi regarder la couleur des creux. Il paraît que plus ils ont de lumière, plus le vent sera fort !

— Les Français savent ça ? s'étonna Bright avec un sourire moqueur. Et que disait encore ton capitaine qui en ce moment se fait manger par les crabes ?

Augustin hésita. Depuis qu'il était séparé de l'équipage français, il comprenait combien Lebrun était un homme de grande qualité, capable d'être dur quand il le fallait et généreux le reste du temps. C'était peut-être cette humanité qui l'avait perdu.

— Ton Lebrun est mort comme il le souhaitait, ajouta Bright pour tempérer son propos.

— Il disait, ajouta Augustin, qu'il fallait aussi regarder la chevelure des vagues. Les cheveux blancs montrent une tempête vieillissante qui n'est plus dangereuse, les cheveux sombres et peu frisés montrent une tempête à ses débuts, jeune, pleine de fougue.

Sans un mot, Bright refit le tour du bateau, s'assura que tout le monde était à son poste. Pour lui, la tempête allait éclater dans les prochaines heures. Il passa ensuite à l'arrière et reprit sa contemplation. Les trouées dans les nuages bas laissaient passer des bandes de soleil qui couraient sur les vagues, formant une chevelure blonde sur les crêtes, presque dorée. Le ciel s'assombrissait au-dessus du grand mât. Les vagues de plus en plus hautes roulaient en ordre.

— Qu'est-ce que tu en penses ? demanda Bright en secouant la chaîne.

Augustin avait une certitude, mais n'aurait su en donner la cause. Comme si son être était tout à coup capable de lire l'avenir. Il garda le silence.

— Alors, tu me dis ce que tu en penses ? Autrefois, quand j'avais ton âge, je vivais dans le Sussex. Il y avait un vieux chien qui avait peut-être ton âge actuel. Quand je me posais une question quelconque, je parlais au chien et sa manière de me regarder me soufflait la réponse.

— Je pense que malgré les apparences le vent est en train de tourner et qu'il n'y aura pas de tempête !

Bright éclata d'un rire sonore qui se perdit vite dans le bruit de la toile distendue. Un paquet de mer le frappa en plein visage. Il recula du bastingage et, les cheveux ruisselants, demanda encore :

— À ton avis, que signifie cette claque de l'océan ?

— Je n'en sais rien. Je pense que le bateau va trop vite et qu'on risque d'embarquer toujours plus d'eau alors qu'il faudrait baisser de la voile, descendre de moitié le grand et le petit hunier !

— Mais pour qui tu te prends ?! hurla Bright en frappant Augustin avec la chaîne.

L'anneau toucha son arcade sourcilière, qui se mit à saigner.

L'Anglais regarda le sang couler sur la joue de l'adolescent, puis conclut :

— C'est bien de ta faute ! Tu n'as pas à me dire ce que je dois faire.

Il était vraiment fâché. Il ramena Augustin dans son réduit, attacha la chaîne à l'anneau puis s'éloigna. Quelques instants plus tard, un matelot arriva, posa un seau en bois dont le jeune homme comprit la destination.

Comme Augustin l'avait prédit, la nuit arriva sans tempête. La mer restait formée, mais praticable. Le Français venait de remporter une petite victoire sur Bright, qui passa plusieurs fois devant son réduit, mais ne lui rendit pas visite.

À la nuit, après le souper, un matelot lui apporta sa gamelle de soupe, du pain et du fromage très fort. Il souffrait surtout de la soif : l'eau rance sentait si mauvais qu'il n'arrivait pas à la boire.

Après le souper, Bright regagna son appartement. Ayant constaté que la tempête n'éclaterait pas dans la nuit, il avait confié le commandement à son second et s'enferma chez lui. Augustin se libéra sans bruit et alla l'observer par l'encoignure de la porte. Bright, assis à son bureau, feuilletait son carnet de bord. Il tenait un verre de vin à la main, le portait à ses lèvres, buvait une petite gorgée puis le posait. Sans son chapeau rouge, sa chevelure blonde en désordre tombait sur sa nuque et changeait sa silhouette. Par moments, il relevait la tête, la tournait sur le côté comme s'il attendait quelqu'un. Alors Augustin remarquait que son visage encore jeune n'avait aucune des disgrâces des visages de marins, pas la moindre estafilade sur la joue ou le front, une peau parfaitement lisse sans ces crevasses que creuse l'air salé.

Quand son verre était vide, il le remplissait lentement, en regardant couler le vin français de *La Belle Sultane*. Il murmurait des mots que le jeune homme ne comprenait pas. Enfin, il alla s'agenouiller sur un prie-Dieu, joignit les mains et s'absorba dans une profonde prière. Augustin s'éloigna sur la pointe des pieds, raccrocha sa chaîne et, assis contre le bastingage, s'endormit.

Un énorme bruit, celui d'un boulet de canon qui frappe la coque de plein fouet, le réveilla en sursaut. Le bateau fut comme soulevé de l'eau, puis retomba en heurtant la surface, aussi dure que le flanc d'une montagne. Une immense clameur venait du pont, des cris, des hurlements. Il se détacha, courut à l'escalier et vit à la lueur du jour naissant la bataille qui se déroulait sur le pont, dans une grande mêlée où il était sûrement difficile de reconnaître ses ennemis. La pénombre favorisait les pirates qui affluaient toujours plus nombreux.

Ce n'étaient pas des Français, car ils parlaient une langue qu'Augustin reconnut comme venant du sud, de l'espagnol ou du portugais. Conscient du handicap que constituait sa chaîne, le jeune homme se cacha dans un recoin de l'escalier et eut beaucoup de chance de ne pas être aperçu.

En moins d'une heure, le pont fut nettoyé des cadavres et des blessés. Le jour se levait. Augustin se demandait comment les meilleurs marins du monde avaient pu se faire surprendre aussi facilement. Quelle avait été l'erreur de Bright ?

À la lueur des torches qui grésillaient, il vit le capitaine rouge, peut-être le seul survivant, debout entre deux matelots. Les vêtements défaits, blessé à la poitrine, Bright gardait la tête haute en face des vainqueurs. Un matelot découvrit le Français et le sortit de sa cachette. La chaîne à sa cheville étonna l'officier, très brun, le menton saillant, le regard dur, la joue droite balafrée de la base du cou à l'œil. Il s'adressa à Bright qui refusa de répondre, puis donna l'ordre qu'on balance Augustin par-dessus bord. À ce moment, sans prendre garde aux épées qui le menaçaient, Bright se plaça devant lui, parla dans la langue des vainqueurs. L'autre, debout au milieu des siens avec la superbe des maîtres, les jambes légèrement écartées, fit un geste des bras. Les matelots lâchèrent Augustin qui fut emmené à fond de cale avec l'Anglais. Augustin murmura :

— Je vous remercie. Vous m'avez sauvé la vie une nouvelle fois !

— N'es-tu pas mon *pet* ? Les guerriers ne tuent pas les animaux.

Désormais, ils étaient à égalité, tous les deux attachés à la coque, prisonniers des Espagnols. Cela changeait l'attitude du jeune Français qui retrouvait son amour-propre.

— Je vous demande de ne plus me considérer comme votre chien, dit-il. Je m'appelle Augustin Moncellier, bourgeois parisien, et nous en sommes tous les deux au même point.

— Tu te trompes, répliqua l'Anglais toujours aussi calme. Je suis William Pol Bright de Sutting, comte de Nefflex et descendant d'une des plus riches familles du Sussex. S'ils m'ont épargné, c'est parce que je suis riche et qu'ils espèrent une rançon. Ils t'ont épargné parce que j'ai dit que je paierais pour toi, mais je peux changer d'avis.

— Vous leur avez parlé… Vous connaissez donc tous les langages d'Europe ?

— C'est de l'espagnol. Il se trouve que je parle aussi un peu cette langue, mais pas aussi bien que le français. C'est très important de parler d'autres langues que celle de son pays, surtout quand on est marin. La chance tourne si vite !

— Que vont-ils faire ? demanda encore Augustin.

— Les Espagnols cherchent le gain facile. Ils vont amener la marchandise à un port en Amérique et la vendre. Ensuite, ils vendront les bateaux et repartiront sur le leur à la recherche d'une nouvelle proie.

Ils s'enfermèrent chacun dans un silence qui redonnait vie à la cale. Les craquements du bateau ressemblaient aux gémissements d'une bête fatiguée. De petits cris rappelaient que c'était le domaine des rats, toujours nombreux dans ces endroits où ne passait pas la lumière du jour. Leur odeur était familière aux deux prisonniers qui n'y prenaient plus garde. Bright rompit le silence :

— J'ai constaté que tu as le sens de la mer. C'est rare. Tu sais deviner les intentions du temps en humant l'air, tu sais quelle voile il faut hisser ou abaisser selon la manœuvre ou les circonstances, c'est bien.

— J'aime la mer et je trouve qu'elle est déshonorée par des hommes comme vous.

— Alors, je te sauve deux fois la vie et tu trouves que je déshonore la mer ? Dans le monde, je suis le plus civilisé des gentlemen, le mieux élevé. Mais sur l'océan, j'obéis aux règles de l'océan, alors si un jour nous sommes libérés, je te jure que je t'enverrai par le fond avec une pierre au cou.

La nuit était probablement tombée puisque du pont ne venaient que les voix des sous-officiers de quart, du barreur et du chef gabier. Le temps était redevenu calme, le bateau avançait à un bon train, cela s'entendait au sifflement des vagues sur la coque. Un matelot apporta à manger : deux bols de soupe claire, un peu de pain, du fromage et un pichet de vin. C'était sommaire mais convenable : il ne fallait pas que les prisonniers maigrissent trop, ils perdraient de leur valeur.

— Pourquoi m'avez-vous sauvé la vie ? demanda Augustin. Je ne suis qu'un petit Français, comme vous dites, un rien du tout.

— Ça ne te regarde pas.

Bright grimaçait en mastiquant son pain dur : depuis quelques jours une dent lui faisait mal et le mettait de fort mauvaise humeur. Augustin trouva le fromage délicieux mais retint son appétit et laissa Bright se resservir.

— Ce que je ne comprends pas, reprit Augustin, c'est que les Espagnols aient réussi à vous surprendre, vous, le grand capitaine anglais.

— Dieu n'était pas avec nous. La brume est tombée d'un coup. Et puis… Et puis, ferme-là, gamin, sinon je te jure que dès que je serai libre je te casserai les os !

DEUXIÈME PARTIE

L'ESCLAVE

Les jours passaient. Augustin et Bright enchaînés dans la soute, étaient comme des condamnés à la grande peine au bagne de Rochefort. On leur avait apporté un seau d'aisance qu'ils devaient partager et un peu d'eau douce croupie qui leur permettait de se nettoyer et de se rafraîchir la figure, car il faisait de plus en plus chaud. Les quatre bateaux groupés formaient un ensemble suffisant pour que les pirates les évitent. Ils étaient pourtant des proies faciles, compte tenu du peu d'hommes à leur bord mais, cela, les flibustiers de tous genres n'en savaient rien.

Augustin s'habituait à la présence de Bright. Au début, l'autorité de cet homme issu de la haute noblesse lui imposait une certaine retenue. Mais, très vite, son ressentiment envers celui qui avait voulu faire de lui son *pet* s'estompa. L'étrange Bright, tantôt jovial, tantôt sombre et menaçant, ne lui faisait plus peur et avait quelque chose d'attachant. Il éprouvait le besoin de parler, de se confier, comme pour partager un poids écrasant.

— Les Bright possèdent un des plus grands domaines du Sussex. Mon père était officier du roi. Moi, je n'étais pas destiné à naviguer. J'ai appris le métier des armes sur terre, dans la bonne tradition qui consiste à détruire les armées françaises. Je suis marié : ma femme, la douce Élisabeth, a beaucoup pleuré dans sa vie. Surtout quand je lui ai annoncé mon intention de devenir capitaine de marine. C'est arrivé après un grand malheur. La terre m'était devenue insupportable. Je ne pouvais plus arpenter mon comté ni fréquenter le monde à Londres. Mon désespoir était écrit sur mon front, comme si j'en avais honte...

Il s'arrêtait toujours là, son visage s'assombrissait. Augustin n'avait pas oublié le soir où il l'avait trouvé en larmes dans sa cabine. Quelle terrible blessure un homme aussi puissant cachait-il ?

Avec les jours, leurs relations prirent une tournure presque amicale. Bright cachait sa sensibilité sous une fausse brutalité. C'était un être déchiré qui se rebellait et prenait pour cible ceux qui se trouvaient près de lui, surtout les faibles. Mais depuis qu'ils étaient attachés à fond de cale, l'Anglais s'adressait à Augustin sur un ton souvent paternel. À son tour, Augustin se laissait aller à parler de sa propre famille, de son père condamné pour un crime qu'il n'avait pas commis, de sa sœur et de son petit frère disparu l'hiver précédent.

— Je m'en veux d'être parti. C'était sûrement pour rejoindre mon père, mais c'était surtout l'appel de la mer. J'en avais fait un endroit de paix, une sorte de paradis. Hélas, l'océan est un enfer.

— C'est vrai, admit Bright. Mais tu es doué, ça, je l'ai tout de suite compris. Si tu sors vivant de cette cale, tu pourras devenir un grand capitaine.

Augustin sourit à cette improbable perspective.

— Quand j'étais enfant, avec mon père qui avait rêvé lui aussi d'être marin, on construisait de petits bateaux en bois et on les faisait flotter sur le bassin qui se trouvait dans la cour de la filature.

— Nos vies d'adultes commencent ou se terminent toujours par un rêve d'enfant !

Les jours passaient. Personne ne s'occupait d'eux. Un matelot, presque toujours le même, leur apportait à manger, vidait le seau d'aisance et s'en allait sans répondre aux questions de Bright.

Il faisait de plus en plus chaud au fond du navire, où l'odeur de vase et de pourriture devenait insupportable. Les deux hommes en avaient pris leur parti et se contentaient d'imaginer leur route. Bright pensait qu'ils se rapprochaient de l'Amérique du Sud et qu'ils ne tarderaient pas à accoster. Les cris des oiseaux indiquaient qu'ils n'étaient pas loin d'une terre.

— J'espère qu'ils vont nous sortir de là ! maugréait Bright. Je ne suis pas très optimiste sur l'avenir. Le capitaine doit être un de ces anciens officiers du roi d'Espagne qui se mettent à leur compte. Son comportement avec moi montre qu'il n'a plus de règles. On n'enchaîne pas un homme de ma qualité. Je m'en plaindrai.

Il parlait de la sorte, mais savait bien que l'occasion de se plaindre ne lui serait jamais donnée. Alors, il réfléchissait au prix de sa rançon.

Un matin, les prisonniers furent réveillés par de grands bruits, des voix qui appelaient et se répondaient. Le bateau allait plus lentement et on entendait les gabiers à la manœuvre des voiles. L'entrée dans un chenal était toujours compliquée. Quand le bateau était suffisamment près du quai, on lançait des filins qui permettaient de positionner le grand navire et d'accoster en douceur. Une fois à terre, les pirates se transformaient en simples marchands désireux de tirer le meilleur prix de leur cargaison.

Deux matelots armés arrivèrent dans la cale et détachèrent les prisonniers sans un mot. Bright, qui aimait être considéré, protesta, repoussa celui qui voulait lui attacher les mains puis finit par se laisser faire. Il s'arrêta à la porte et, désignant Augustin, parla en espagnol. Les hommes l'écoutèrent puis, comme on les appelait, ils poussèrent l'officier anglais vers la sortie. Il résista et revint vers le jeune Français. Son regard était triste.

— Augustin, fais bien attention à toi, dit-il en français.

C'était la première fois que Bright prononçait son prénom. Augustin aurait voulu le serrer dans les bras.

— La mer est grande, mais elle réunit toujours ceux qui se cherchent, ajouta-t-il.

Il fut emmené de force. Augustin était triste. Bright partait sans qu'il ait pu découvrir son secret. Si le temps leur avait été donné et si l'un n'était pas anglais et l'autre français, ils auraient pu devenir très proches, un père et son fils.

Augustin resta dans la cale sous la surveillance de deux grands gaillards maigres au visage osseux. Au bout de quelques minutes d'attente, ses gardiens lui lièrent les mains et le poussèrent devant eux. Il passa la porte, monta l'écoutille et fut ébloui par une lumière intense. La tête lui tournait ; une chaleur écrasante pesait sur ses épaules. Titubant, comme ivre, il suivit les deux Espagnols sur le quai envahi d'une foule bigarrée : marchands cherchant la bonne affaire, marins heureux de reprendre pied sur la terre ferme, portefaix qui déchargeaient les cales de plusieurs navires arrivés d'Europe. Augustin s'accoutumait lentement à la lumière vive. Des hommes aux costumes très colorés discutaient vivement près des caisses entassées par endroits ; des chevaux attelés à des voitures attendaient la marchandise. Il remarqua des hommes et des femmes noirs entourés par des gardiens blancs maniant habilement le fouet. Enchaînés aux chevilles, ils étaient terriblement maigres et sales. Tous étaient jeunes et bien faits. Les femmes, à moitié dénudées, exhibaient leur superbe poitrine que la mauvaise nourriture avait à peine altérée. Augustin les contempla un long moment. C'était la première fois qu'il voyait des Noirs et il s'étonna de leur regard affligé. Les livres de son enfance les présentaient comme des animaux et il constatait qu'ils parlaient une langue à eux et que rien à part quelques détails ne les séparait des Blancs.

Une estrade avait été dressée au milieu de la place. Des Européens portant chapeau noir et redingote allaient et venaient d'un groupe à un autre. L'un d'eux s'arrêta devant Augustin, tâta ses épaules et ses biceps puis fit une grimace de déception. Il discuta un instant avec ceux qui l'avaient amené du bateau, puis revint vers le jeune Français, lui pinça méchamment le nez, enfonça ses gros doigts dans sa bouche pour examiner sa dentition. La discussion avec les vendeurs reprit jusqu'à ce qu'une poignée de main indique que le marchandage était terminé. L'acheteur compta plusieurs pièces et demanda qu'on attache Augustin avec d'autres esclaves mis de côté pour lui.

Les lots d'Africains se succédaient sur l'estrade où des acheteurs inspectaient leurs dents, le blanc des yeux et la dureté de leurs mollets. En connaisseurs, ils appréciaient ce bétail nouvellement arrivé, discutaient les prix. Vint ensuite un lot de jeunes femmes ; les curieux tâtaient les poitrines avec un plaisir non dissimulé, touchaient les fesses. Des propos grivois ponctuaient leurs appréciations : on comprenait que ces esclaves, destinées au dur labeur d'une lointaine ferme, devraient aussi satisfaire les envies de leurs propriétaires. Le marché dura une partie de la journée. Augustin avait très soif, et ne supportait pas l'exposition au soleil ardent. Les Noirs près de lui n'osaient pas lui adresser la parole ; d'ailleurs, ils parlaient entre eux une langue inconnue. Le jeune Français voulait protester, mais personne ne faisait attention à lui. Il espérait retrouver Bright.

Le soir, il fut enchaîné avec une quarantaine d'autres malheureux, exactement comme son père au départ pour le bagne. Les gardiens à cheval maniaient le fouet et savaient frapper les épaules de ceux qui renâclaient. La chaleur était tombée, mais Augustin avait toujours aussi soif. Il n'avait pris aucune nourriture depuis la veille et peinait à marcher. Autour de lui, les pauvres malheureux étaient encore plus faibles. Sa présence éveillait leur méfiance. Comment était-il possible qu'un Blanc partage leur triste sort ? C'était sûrement une méprise, mais les gardiens ignoraient ce détail et la mèche du fouet effleurait les épaules d'Augustin aussi bien que celles de ses voisins.

Ils marchèrent longtemps. La nuit était tombée, le troupeau s'arrêta près d'une rivière où il put boire. Hommes et femmes entrèrent dans l'eau jusqu'à la poitrine. Augustin but à grands traits ce liquide saumâtre au goût de vase. Exténués, les esclaves se couchèrent sur la terre nue aux cailloux saillants. Les plus chanceux prenaient une touffe d'herbe sèche en guise d'oreiller. Ceux qui les conduisaient avaient allumé un feu et mangeaient en plaisantant.

La lune s'était levée et éclairait un paysage de collines caillouteuses. Des touffes d'arbustes épineux poussaient çà et là parmi d'énormes cactus. Augustin découvrait cet environnement inconnu et se demandait où allait le conduire cette marche avec des Noirs dont il ne voulait surtout pas partager le sort.

Quand le jour se leva, les gardiens éteignirent le feu avec des bassines d'eau. La marche reprit et dura toute la matinée. En milieu d'après-midi, ils arrivèrent dans une plaine verdoyante. Des champs labourés s'étendaient à perte de vue, des maisonnettes rassemblées entre de grands arbres verts indiquaient la présence d'eau au milieu de ce désert. Dans les champs, des Noirs piochaient la terre en cadence sous le regard d'un chef au fouet dressé. Le soleil brûlait les épaules nues. Les arrivants purent enfin s'abriter à l'ombre d'un bâtiment tout en longueur où d'autres esclaves s'activaient. Le torse nu, portant juste un pagne, ils allaient les pieds nus dans cette rocaille coupante qui semblait ne pas les incommoder. Un des chefs noirs vêtus à l'européenne inspecta les nouvelles recrues et bavarda longuement avec ceux qui les avaient amenés. Tous les regards s'arrêtèrent sur Augustin qui tenta de plaider sa cause, mais personne ne l'écouta. L'anglais qu'il avait un peu appris pendant sa captivité avec Bright ne lui servit à rien. Il se sentait isolé par la couleur de sa peau, inférieur, terriblement vulnérable.

Les gardiens riaient en le désignant. Ils étaient ravis qu'un des esclaves soit de la race des maîtres et ils ne se gêneraient pas pour lui faire sentir la brûlure du fouet.

Les nouveaux venus furent parqués dans une sorte d'enclos aux hautes balustrades. On leur apporta une grosse marmite de soupe. Jouant des coudes, les plus forts se firent une place tandis que les faibles suppliaient qu'on ne les oublie pas. Les gardiens s'amusaient beaucoup de les voir ainsi en venir aux mains pour un morceau de couenne. Augustin restait en retrait ; la promiscuité avec les Noirs le mettait mal à l'aise. Il n'était pourtant pas insensible à la détresse de ces malheureux, et surtout à celles des femmes qui dardaient autour d'elles des regards apeurés d'animaux en cage, mais il ne s'habituait pas à leur différence.

Les gardiens les séparèrent par groupes. Augustin se retrouva enfermé avec une dizaine d'hommes dans une pièce au sol couvert de paille. La chaleur était suffocante. Une horrible odeur gênait la respiration. Les esclaves dévisageaient Augustin, tâtaient ses épaules nues, passaient des doigts curieux sur son visage sali par une jeune barbe. Le garçon les repoussait par brusques ruades, jouant des coudes et des poings. Ils parlaient entre eux, s'adressaient à lui et, comme il ne répondait pas, haussaient le ton. L'un d'eux dit quelque chose qui contraria les autres. Ils en vinrent aux mains, échangèrent quelques coups puis se tournèrent vers Augustin en le menaçant. Enfin ils se calmèrent d'eux-mêmes et s'allongèrent sur la paille. Le jeune Français, rompu de fatigue ne tarda pas à s'endormir.

Il fut réveillé par de grands éclats de voix. Une intense lumière venait de la porte ouverte. L'homme qui se tenait debout obligeait les récalcitrants à se lever. Ils furent conduits sur une vaste étendue de rocaille, d'épineux et d'arbres isolés. Le travail consistait à rendre cultivable cette plaine que bordait à son extrémité la plus étroite une rivière au cours lent. Les tâches étaient réparties par groupes. Les uns arrachaient les épineux, les autres ramassaient les pierres dans des paniers et les portaient sur le côté où elles étaient disposées en murets destinés à délimiter la propriété ; d'autres, enfin, piochaient la terre brune et poussiéreuse.

Augustin fut affecté à l'arrachage des arbres, sortes d'acacias aux branches hérissées de robustes épines. Ils creusaient la terre autour du tronc, coupaient les racines. C'était un travail harassant. Les pioches rencontraient souvent de gros cailloux qu'ils devaient arracher. L'arbre déchaussé tombait dans un fracas de branches brisées. Les troncs étaient conservés pour la menuiserie.

À la pause de la mi-journée, les travailleurs se rassemblèrent à l'ombre d'arbres encore debout près de la rivière. Augustin put se désaltérer d'une eau boueuse. Ils mangèrent ensuite du pain de seigle et des fruits qui ressemblaient à des prunes.

Le soir, quand le soleil commença à descendre à l'horizon, les groupes se reformèrent pour rentrer. Augustin remarqua que certains esclaves vivaient dans des maisonnettes construites en bois et en terre. Devant plusieurs d'entre elles, il aperçut des enfants, preuve que des familles se formaient parmi ces déshérités. Mais il ne vit pas un Blanc, pas la moindre personne avec qui il aurait pu échanger quelques mots. Il avait le sentiment d'être un intrus et les regards posés sur lui le brûlaient.

Dans le local où ils dormaient, les hommes parlaient abondamment en faisant de grands gestes et beaucoup de bruit. Des bras se tendaient vers la porte probablement pour désigner les chefs noirs qui étaient passés du côté des patrons.

Le lendemain, une bagarre éclata. Le *driver,* un mulâtre à la peau assez claire qu'Augustin voyait pour la première fois, conduisait les travailleurs au champ. Le ton monta entre cet homme qui maniait habilement la cravache et des esclaves qui vociféraient des menaces en levant les poings. Voyant qu'il n'aurait pas le dessus, l'homme siffla pour appeler du renfort. Les fouets claquèrent, mais les rebelles, indifférents aux coups qui pleuvaient sur leurs épaules, incitaient leurs camarades à les rejoindre. Les gardiens dégainèrent leurs épées. Trois hommes furent embrochés et chacun retourna à son travail.

La surface à défricher était immense. Certains endroits, plus difficiles que d'autres, étaient jonchés de gros rochers que les hommes devaient déplacer. Les accidents du terrain étaient effacés en nivelant les cuvettes avec la terre des monticules. Augustin fut affecté au transport de la terre dans des hottes dont les courroies brisaient les épaules. Au milieu de la journée, un horrible mal de ventre l'obligea à délaisser son travail pour aller se soulager dans un coin, à l'abri des regards. Sa diarrhée fit beaucoup rire les autres et les gardiens, impatients, le menacèrent. Il dut reprendre son travail, le ventre en feu et les jambes molles. Le lendemain, après une nuit sans sommeil, il ne put se rendre sur le chantier. Le driver l'envoya à l'infirmerie où étaient parqués les malades, laissés sans soins et sans nourriture pour abréger leurs souffrances. Il espérait qu'un Blanc parlant français ou anglais viendrait à passer par là, mais deux jours s'écoulèrent sans que personne s'occupe de lui.

Le troisième jour, il allait mieux. Bien que très faible, il put reprendre le travail, sous les regards étonnés des anciens car la dysenterie était la première cause de mortalité chez les nouveaux venus.

Il passa devant un champ où des femmes cueillaient sur des plantes sèches de petites boules dont elles formaient de gros ballots. Augustin aurait aimé en savoir plus, mais, incapable de parler, il devait se contenter de regarder.

Au fil des jours, il découvrit que les Africains ne parlaient pas une seule et même langue et qu'ils ne se comprenaient pas toujours entre eux. Il voulait s'évader. Les Noirs ne le pouvaient pas : leur couleur les trahissait où qu'ils aillent, mais lui, le Blanc, n'avait rien à craindre et il cherchait à tromper la surveillance des gardiens qui prenaient un malin plaisir à lui infliger les corvées les plus difficiles. Il ne pouvait faire dix pas hors du groupe sans que l'un d'eux l'interpelle.

Il souffrait surtout de la chaleur alors que les Noirs, insensibles au soleil brûlant, poursuivaient leur tâche en chantant. Ces hommes d'un autre monde ne cessaient de l'étonner. Ils travaillaient très dur et pourtant, le soir, ils avaient encore la force de danser, de chanter, de faire de la musique avec des casseroles et des morceaux de bois. Eux qui avaient été arrachés à leur pays, à leur famille, prenaient leur mal en patience et s'émerveillaient d'un maigre repas préparé par un des leurs qui rappelait leurs origines. Hommes et femmes se mêlaient pour leur culte. Malgré les interdictions, car ils ne devaient croire qu'en un seul Dieu, celui des Blancs, ils persistaient dans des pratiques où la magie tenait la place essentielle.

Le domaine comprenait plusieurs villages peuplés d'esclaves dirigés par d'autres esclaves passés au service des propriétaires, les régisseurs. Les nouveaux venus étaient gardés pendant plusieurs mois dans un lieu de transition où ils étaient affectés aux travaux les plus pénibles. C'était là que s'opérait le premier tri : ceux qui ne pouvaient supporter les dures conditions de vie étaient emportés par des fièvres et on n'en parlait plus. Chaque propriétaire devait escompter cette perte ordinaire dans l'achat d'un nouveau cheptel.

Augustin, malgré ses difficultés à supporter le soleil, eut la chance de ne pas tomber gravement malade. La lumière intense avait bruni son visage au point que sa couleur se rapprochait de celle des esclaves les plus clairs, ceux que préféraient les régisseurs et les drivers à qui on avait appris que la couleur de la peau était un gage de qualité. Il espérait surtout rencontrer des Blancs, ces fameux maîtres qui venaient de temps en temps inspecter les travaux du nouveau domaine, mais il n'avait jamais eu cette chance. Au bout de trois mois, la période d'essai étant considérée comme satisfaisante, le driver lui fit comprendre dans un mauvais anglais qu'il allait être transféré dans un village.

Le lendemain, il fut conduit dans une unité située à quelques lieues de là, où les terres défrichées commençaient à produire du tabac exporté dans le monde entier et à l'origine de fortunes considérables. Le village était constitué de maisonnettes en torchis, couvertes de tôles ou de roseaux. Les femmes étaient affectées aux travaux ordinaires des champs, les hommes défrichaient de nouvelles terres, creusaient des canaux pour drainer l'eau indispensable à l'arrosage des plants de tabac.

Son arrivée fit sensation. C'était la première fois qu'un Blanc partageait la condition des Noirs. Les femmes le regardaient avec un certain respect, celui qu'on leur avait inculqué pour les maîtres ; les hommes restaient distants, se demandant s'ils pouvaient lui accorder leur confiance. Le régisseur du village, un grand mulâtre qui avait droit de vie et de mort, le fit appeler. C'était un homme puissant qui vivait en retrait, dans une maison confortable avec plusieurs femmes noires et une ribambelle d'enfants. Il se comportait comme un souverain, se faisant servir par des jeunes filles et des garçons vêtus à l'européenne. Âgé d'une cinquantaine d'années, la taille épaisse, la lèvre grasse et le visage bouffi, il s'entourait d'un luxe qui se voulait raffiné, mais restait grossier. Il reçut Augustin dans la cour intérieure de sa maison, car il était fier du bassin et du jet d'eau permanent digne des propriétaires. Il s'adressa au jeune homme dans un anglais approximatif, lui demandant tout d'abord d'où il venait. Quand il découvrit qu'il était français, le sourire du régisseur se figea.

— Les Français sont tous des chiens ! affirma-t-il. Ils ont aidé les Blancs, mais ils n'ont rien fait pour les Noirs.

— Que pouvaient-ils faire ?

— Cela n'a pas d'importance. Chacun se débrouille. Je voulais te dire que ta peau blanche ne te donne aucun droit. Maintenant, file.

Augustin comprit que le revirement du régisseur venait de sa nationalité française. Il n'insista pas et retourna au village où on lui indiqua une case à partager avec plusieurs autres jeunes gens.

L'endroit était plus accueillant que le camp d'où il venait. Les rues étaient envahies d'enfants qui jouaient en criant, se poursuivaient, et leurs voix aiguës dominaient les chants des femmes occupées dans les petits potagers aménagés pour leurs propres besoins. Rien ne rappelait leur statut d'esclaves, hormis l'obligation de se rendre aux champs tous les jours. Elles préparaient leur nourriture sur des feux allumés devant leurs portes, bavardaient entre elles. Les hommes paressaient à l'ombre pendant les quelques heures torrides de l'après-midi. Quand le travail ne pressait pas, ils avaient ainsi la liberté de vaquer à leurs propres affaires.

Augustin entra dans la case où plusieurs jeunes gens l'accueillirent avec un sourire retenu. Ils se seraient bien passés de ce Blanc qui n'avait pas les mêmes coutumes et sèmerait la zizanie parmi eux.

— C'est toi, le Français ? demanda l'un d'eux en anglais.

C'était un géant au beau visage régulier. Ses yeux rieurs, son magnifique sourire incitèrent Augustin à se rapprocher de lui.

— Oui, c'est moi.

— Alors tu n'as pas fini d'en baver. Le régisseur, Tom Ankhar, né d'un Blanc et d'une Noire, n'aime pas les Français. Je ne sais pas pourquoi, mais c'est ainsi.

— C'est bien ce que j'ai cru comprendre. Il m'a fait venir dans sa belle maison, probablement parce que je suis blanc, mais quand il a su que j'étais français, il m'a renvoyé brutalement.

— Tu as tout compris. Tom Ankhar se croit supérieur aux autres parce qu'il est régisseur, mais il est bête comme une oie !

Il éclata de rire. Sa voix était agréable, chantante. Augustin y fut sensible et s'assit près de lui au fond de la case.

— Moi, je m'appelle M'nongo. C'est un nom bizarre pour vous, les Blancs, il veut dire : sois loyal !

— Moi, c'est Augustin Moncellier. Un nom français, de famille parisienne. Si je suis ici, c'est parce que je suis à la recherche de mon père... Mais dis-moi, comment tu as appris l'anglais ?

— C'est une vieille histoire.

Augustin regretta d'avoir parlé avec autant de franchise. Il avait appris à se méfier des Noirs qui cherchaient à attirer sa confiance et ne manquaient jamais l'occasion de le brimer, de lui faire payer les sévices des autres Blancs. Mais M'nongo avait le regard franc et Augustin ressentit très vite de l'amitié pour lui.

— Tu cherches ton père ? Ce n'est pas ici que tu le trouveras.

— J'ai été vendu par des pirates espagnols. Voilà pourquoi je suis là.

— Le plus difficile, reprit M'nongo en attirant Augustin à l'écart, sera d'en repartir. Toi, tu es blanc, donc tu pourrais fuir, mais fais attention, ici il n'y a que des esclaves noirs qui détestent les Blancs.

Augustin se sentit tout à coup presque heureux. Les conseils affectueux de M'nongo lui indiquaient qu'enfin il n'était plus complètement seul.

— Ici, malgré l'apparence paisible, sache que les gens ne s'habituent pas à leur condition, ajouta M'nongo. Ils vivent dans la haine, la peur, et l'envie d'en découdre. Les bagarres sont nombreuses, on s'entretue pour un rien. Les régisseurs, qui se comportent comme des petits rois, s'octroient le droit de vie et de mort sur chacun d'entre nous. Le fait que tu sois blanc ne te protège pas, bien au contraire.

Un coup de sifflet retentit sur la petite place éclatante de soleil. Les drivers préparaient les groupes pour l'après-midi. Les canaux d'irrigation des nouvelles plantations de tabac devaient être terminés à la fin de l'été et il y avait encore beaucoup à faire. Ankhar, le régisseur mulâtre qui l'avait fait venir chez lui, se tenait en retrait et inspectait les esclaves rassemblés en ligne. Ceux-ci baissaient les yeux car ils savaient ce qu'il en coûtait de soutenir son regard.

Les équipes furent rapidement constituées ; Augustin fut affecté au creusement des canaux qui partaient de la rivière située à un kilomètre du village et devaient irriguer toutes les parcelles. M'nongo était avec lui. Ensemble, ils allèrent chercher les outils dans une vaste réserve. M'nongo lui souffla :

— Méfie-toi de Guttro. C'est le driver.

— Je voudrais te demander quelque chose...

M'nongo lui adressa un regard interrogateur.

— Quel mois sommes-nous ? poursuivit Augustin qui avait honte d'avoir perdu la notion du temps.

— Je te le dirai ce soir, il faut que je demande à Tourgo.

Ils rejoignirent le chantier où des arpenteurs déterminaient le tracé du nouveau canal. Les hommes se mirent à piocher et à dégager la terre que d'autres emportaient dans les parcelles caillouteuses où le tabac poussait difficilement. Guttro ne quittait pas Augustin des yeux et surveillait la cadence de son outil. Le jeune homme allait aussi vite que les autres, mais souffrait toujours du soleil auquel il s'habituait difficilement.

La première journée se passa à peu près bien. Le travail n'était pas trop pénible, mais tous savaient que le plus difficile était à venir : le canal devait franchir une barrière rocheuse qu'il faudrait casser à la pioche. Le soir, M'nongo invita Augustin à partager son repas avec ses amis. La possibilité de bavarder réjouissait le jeune homme qui, après tant de jours muré dans un silence d'incompréhension, redécouvrait le plaisir d'échanger des idées, même s'il ne maîtrisait pas complètement la langue anglaise. Il faisait des progrès malgré lui, assimilait de nouveaux mots, les utilisait parfois sans se souvenir de les avoir entendus ou compris.

— Pour ce que tu m'as demandé, lui souffla M'nongo, j'ai demandé à Tourgo, qui est notre chef. On est le 18 novembre 1789.

Une jeune femme apporta des légumes cuits à l'eau. Augustin remarqua son beau visage souriant, ses grands yeux pleins de lumière. Ses cheveux crépus, en dégageant les formes de sa tête, soulignaient la finesse de son visage. Elle se déplaçait avec élégance, chacun de ses gestes était souple, comme l'ensemble de son corps. M'nongo la présenta :

— Stilla ! La perle de la cité. Ankhar a voulu la marier, elle a refusé avec tant d'énergie qu'il a fini par céder. On sait qu'il le lui fera payer.

Les autres se mirent à rire, heureux de cette victoire provisoire de la jeune fille. Les esclaves avaient une valeur marchande ; animaux de trait, leur vie ne leur appartenait pas. Les maîtres les mariaient dans le seul but d'obtenir des enfants robustes, capables de travailler dès cinq ou six ans.

Stilla passa près d'Augustin, le frôla, il en fut troublé. Elle lui sourit avec une certaine méfiance. M'nongo précisa :

— Elle n'aime pas les Blancs, mais elle a compris que tu n'étais pas comme les autres.

Cet accueil réconforta le jeune homme.

— Tu verras, expliqua encore M'nongo, malgré les dures journées de travail, on sait trouver des moments de joie. Les Blancs peuvent tout nous prendre, sauf le fond de notre cœur !

— Tu n'as pas envie de retourner dans ton pays ?

— Quand je suis arrivé ici, j'avais cinq ans. Ma mère est dans une case voisine, je ne veux pas la laisser. Mon père est mort.

Son visage se ferma. Augustin vit ses poings se serrer.

— Il est mort. C'est Ankhar qui l'a tué.

Deux jeunes gens posèrent une main amicale et chaleureuse sur l'épaule du géant M'nongo. L'assistance joyeuse se tut dans un silence compatissant, plein d'une sourde colère, le refus de se résigner.

— Bon, dit M'nongo pour détendre l'atmosphère, si on chantait !

La nuit n'était pas très sombre, seul moment agréable dans ces contrées brûlées où l'été ne finissait jamais. Hommes et femmes se rassemblèrent en un cercle sur la place. La lune brillait. Des jeunes enfants et des adultes apportèrent du bois, des branches mortes, des épineux récoltés dans les environs et allumèrent un grand feu dont les flammes vivantes donnaient un air de fête. Les cases aux toitures luisant sous la lune se vidèrent de leurs occupants. Des femmes portant des petits enfants, des vieillards qui ne devaient leur survie qu'à la générosité des autres et qui évitaient surtout de croiser le chemin du régisseur se rassemblèrent près du feu et la danse commença au rythme des instruments faits avec des casseroles et des couvercles de marmites. Augustin en découvrit un plus élaboré que les autres, qui possédait un manche comme une guitare, mais avait un corps rond.

— C'est un banjo, expliqua M'nongo. Il est fait avec une marmite sur laquelle on a tendu une peau de chèvre. Les cordes sont tressées avec les fibres d'une liane...

Le banjo émettait des notes sèches très brèves qui dominaient les roulements des tambourins. Très vite, les voix mêlées des hommes et des femmes s'unirent pour chanter dans une cadence prenante. Jeunes et vieux dansaient autour du feu, une pantomime à laquelle le Français commençait à s'habituer. M'nongo l'invita à les rejoindre. Le Blanc se savait ridicule en gesticulant sous les regards amusés, mais cela n'avait pas d'importance. Au bout d'un long moment, les musiciens s'arrêtèrent, les danseurs reculèrent, laissant la place vide. Stilla, vêtue d'une longue robe blanche nouée à la taille, la poitrine nue montrant ses magnifiques seins, s'approcha des flammes qui éclairaient sa peau d'un brun chaud et lumineux. Son regard se portait par moments sur Augustin qui lui souriait. La musique reprit. Stilla commença à danser avec des gestes de fumée. Légère comme une plume, elle semblait ne pas toucher le sol. Ses bras allaient autour de sa poitrine dans des mouvements aux courbes parfaites.

Cela dura longtemps. Après avoir admiré la danse solitaire de Stilla, les jeunes gens se mirent à danser autour d'elle, à virevolter comme pour l'approcher, la saisir, mais elle leur échappait, aussi fugitive qu'une ombre. Sa finesse, la délicatesse de son corps tranchaient sur l'épaisseur des garçons et fascinaient Augustin, resté en retrait. M'nongo vint s'asseoir près de lui, laissant la place aux adolescents sous le charme de Stilla. Tous rêvaient de la serrer dans leurs bras, mais Stilla n'appartenait à personne.

— Ses parents sont morts dans le transport. Tu ne sais pas comment cela se passe ? Les hommes sont sélectionnés dans les villages. Les marchands leur promettent de l'or, une vie facile et ils suivent parce qu'ils n'ont pas appris à se méfier. Là-bas, dans les villages, on vit tous ensemble, et si l'un a faim, les autres lui donnent un peu de leur part. On célèbre nos dieux et la vie est toute simple. On est heureux quand la pluie revient et favorise les récoltes. Et si on ne mange pas toujours à notre faim, si la maladie emporte souvent ceux qu'on aime, on est bien près les uns des autres. Je ne sais pas comment te l'expliquer, toi qui es blanc, mais d'être ensemble, de savoir qu'on ne se trahira pas, c'est suffisant pour avoir chaud au cœur...

Augustin écoutait M'nongo en regardant le feu mourir lentement. De grosses étincelles montaient vers le ciel et se mêlaient aux étoiles. La lune était partie, il faisait beaucoup plus sombre et, tout à coup, presque frais.

— Stilla avait trois ans. Elle n'aurait pas dû être embarquée avec les autres esclaves. D'ordinaire, les marchands ne s'embêtent pas avec les petits enfants. Ils préfèrent garder la place pour des adolescents. Ils les marient quand ils ont montré qu'ils peuvent supporter le climat et le travail. Les enfants qui naissent ici n'ont jamais rien connu d'autre que le domaine, les drivers qui n'hésitent pas à se servir de leur fouet et les Blancs qui passent parfois et qu'on présente comme des dieux.

— Et toi, Ankhar n'a pas voulu te marier ?

— Non. Il ne cherchera jamais à le faire parce que je ne suis pas assez docile. Les bagarreurs comme moi restent seuls. Le régisseur ne veut pas que la race des fortes têtes se perpétue, surtout quand ils ont ma carrure.

— Tu n'es pas obligé de l'écouter, les femmes ne manquent pas ici !

M'nongo eut un sourire triste que les flammes éclairèrent avant de mourir.

— C'est vrai.

Il hésita, puis ajouta, montrant qu'il voulait changer de sujet :

— Tom Ankhar va tout faire pour t'humilier parce que tu es blanc et pas lui. Être noir, c'est une punition voulue par Dieu. On ne peut pas circuler librement parce qu'ici les Noirs sont esclaves. Les Noirs libres n'existent pas…

— Je viens de Paris, une ville très lointaine, très grande, la plus grande du monde. Là-bas, je rêvais de traverser l'océan, c'est ce que j'ai fait. Et me voilà dans un endroit dont je ne soupçonnais pas l'existence et avec des gens que je n'imaginais pas !

— Moi non plus, je n'imaginais pas qu'il était possible de ressentir de l'amitié pour un Blanc. Je pensais qu'ils étaient tous cruels, méprisants et surtout intéressés, capables de tuer pour de l'argent. Et, ce qui me chagrine le plus, c'est de voir que des Noirs suivent leur exemple. Tous les drivers ne rêvent que de devenir régisseur et peuvent tuer pour cela… Au fond, la plupart des hommes cherchent le pouvoir.

— Et toi ?

— Moi ? Je veux rester ce que je suis. Parfois, je me dis que ma vie ne s'arrêtera pas dans cette plantation de tabac. S'il n'y avait pas ma mère…

Il ne finit pas sa phrase. Il bâilla et dit qu'il était temps de dormir.

Ils regagnèrent leur case, celle des hommes célibataires. Beaucoup, allongés à même le sol sur de la paille, dormaient déjà. Augustin se coucha près de M'nongo et ne tarda pas à s'endormir à son tour. Les dures journées avaient au moins l'avantage de procurer un sommeil profond, sans interruption.

Le lendemain, ils se rendirent au chantier, la tête lourde, l'estomac creux. Les esclaves recevaient des provisions hebdomadaires. Le driver, après s'être généreusement servi, distribuait des sacs de riz, de farine et des pois sec, mais c'était bien insuffisant. Sur des petits lopins de terre, les familles cultivaient des légumes qui poussaient très bien quand l'eau ne manquait pas. En règle générale, les esclaves arrivaient à peu près à se nourrir, mais la viande manquait pour ces travailleurs de force à qui on demandait toujours plus d'efforts. Le régisseur, qui ne voulait pas de bouches inutiles, avait fait installer une sorte d'hôpital d'où ceux qui y étaient admis ne ressortaient jamais. Les cadavres étaient enterrés dans un terrain vague près du village.

La chaleur était toujours aussi difficile à supporter sous un ciel limpide. Pourtant, vers le milieu de l'après-midi, des lambeaux de nuages se formèrent à l'horizon. M'nongo ne cessait de les regarder.

— On va vers la mauvaise saison, expliqua-t-il à Augustin. Ces nuages ne me plaisent pas.

Le soir, ils rentrèrent au village et mangèrent ensemble de la soupe de haricots et de la purée de manioc. Augustin trouvait ces nourritures nouvelles agréables. M'nongo s'étonnait de sa santé :

— Un Blanc qui a la résistance d'un Noir, voilà ce que tu es ! Tu n'as pas été malade en arrivant ici, à part une petite diarrhée de rien du tout ! Tu bois l'eau des mares qui sont de véritables poisons pour les Blancs : franchement, tu es solide !

Il riait en face d'un Augustin qui, depuis son arrivée sur le continent américain, n'avait souffert que de la chaleur. Son jeune corps se pliait à toutes les exigences. Le travail quotidien ne lui valait qu'un mal aux articulations vite disparu après une nuit de sommeil.

Le soir, les jeunes n'allumèrent pas de feu sur la place. Le temps était très lourd, le ciel se couvrait. Les hommes restèrent longtemps la tête levée vers l'horizon qui s'embrasait de lueurs lointaines.

— Ça va mal, dit M'nongo. La tempête se prépare sur la mer. Elle sera là dans la nuit.

Augustin se souvenait des orages parisiens et se demandait pourquoi les habitants du village mettaient autant de soin à colmater les ouvertures de leurs cases. Une équipe prit des pioches et s'en alla dans le sentier qui conduisait au petit étang à l'eau croupie, seule réserve pour la cuisine et la toilette.

— Il faut vider l'étang, dit M'nongo. Parfois, les tempêtes sont très fortes et l'eau monte en quelques instants. Alors, elle pourrait inonder le village.

À la lueur de torches, une équipe d'hommes ouvrit une brèche dans le barrage. L'étang se purgea d'un coup. Le fond vaseux reflétait la lueur des torches. Les adolescents s'aventurèrent dans la boue jusqu'à la taille pour récupérer les poissons.

Au centre du village, le vieux Tourgo, que les autres respectaient pour sa sagesse, fit allumer un feu et se prosterna devant les flammes. Hommes et femmes se rassemblèrent derrière lui. Les bras tendus vers le ciel, le sage s'absorba dans une profonde méditation. Augustin, près des autres, priait son Dieu. La sueur roulait sur les fronts, l'air piquait, le grondement lointain du tonnerre annonçait l'imminence de l'orage.

Le vent se leva brusquement. Un cri de panique monta dans la nuit. Les femmes, affolées, tirant leurs enfants, coururent à l'abri. M'nongo fit signe à Augustin :

— Ça va taper dur : viens, c'est dangereux de rester là.

Ils se rendirent à la case commune au centre du village. C'était une construction hâtive, faite avec les moyens du bord – des troncs d'arbre, des tôles, le tout retenu par des cordages. Les ouvertures furent barricadées tant bien que mal. Les hommes, à genoux près de Tourgo, priaient intensément.

Des bourrasques frappaient le bâtiment qui vibrait, bougeait sur ses assises. M'nongo était grave :

— Prions que l'ouragan nous épargne.

Les éclairs révélaient des visages tendus ; le tonnerre grondait, le bruit sourd de la tempête faisait vibrer le sol comme un troupeau de buffles lancés à travers la plaine. Et puis, tout à coup, dans une monstrueuse explosion, le bâtiment entier se souleva, se disloqua en une multitude de morceaux meurtriers. Une pluie diluvienne s'abattit sur le village. Le vent couvrait les cris des femmes qui serraient contre elles leurs enfants terrorisés. La place n'était plus qu'un étang boueux.

Au bout d'une heure qui parut une éternité, le tonnerre s'éloigna, mais la pluie tombait toujours aussi fort. La masse sombre des nuages courait dans le ciel, laissant apparaître de temps à autre une lune ronde qui éclairait un paysage désolé de cases détruites, de monceaux de débris, de poutres enchevêtrées et, pataugeant dans l'eau qui leur montait à la taille, des silhouettes fouillant les décombres.

Le jour se leva sur une campagne dévastée. Il ne restait du village que des ruines sous une épaisse couche de boue. Les potagers étaient perdus. Il faudrait des jours et des jours d'un travail pénible pour déblayer la place et reconstruire des abris.

Tom Ankhar arriva, juché sur son cheval et escorté par une dizaine d'esclaves portant la livrée du maître. Il demanda à parler à Tourgo ainsi qu'aux six drivers. Tourgo arriva le premier, suivi de trois hommes dont l'un avait été blessé au visage. Ankhar parcourut la rue et constata l'étendue des dégâts.

– Les cultures sont perdues. Le premier travail va consister à remettre les champs en état.

— Il faut reconstruire le village, dit Tourgo. Beaucoup des nôtres ont disparu, emportés par l'eau, et d'autres sont encore prisonniers sous les décombres. Nous devons les sortir de là au plus vite.

— Les champs sont plus pressants, répondit sèchement Ankhar. S'ils ne sont pas tout de suite semés, on va perdre beaucoup de temps.

Tourgo baissa la tête, affligé. Pour Ankhar, le rendement des récoltes avait plus d'importance que quelques vies d'esclaves. Le mulâtre savait qu'il serait jugé au rendement de son village, pas au nombre de vies épargnées !

— Vous allez faire un état des esclaves capables de travailler. Je reviendrai vers midi, je dois aller voir les autres villages apparemment moins touchés.

Le soleil tapait fort sur la campagne, dont l'humidité maintenait une atmosphère lourde. La boue, sèche en surface, cédait d'un coup sous le poids des passants. Des hommes et des femmes erraient entre les ruines, écoutant les bruits les plus infimes, l'appel d'un survivant. D'autres, au contraire, poussés par une frénésie rageuse, déplaçaient les décombres, soulevaient d'énormes poutres, fouillaient la boue pour retrouver un enfant, une femme, un être cher. Les cadavres repêchés étaient portés sur la place où l'on avait tendu une bâche entre quatre piquets pour les protéger du soleil. Vers midi, Ankhar revint accompagné par trois hommes blancs. Le premier avait une cinquantaine d'années. Il était assez corpulent, le visage carré orné d'une magnifique barbe blanche. Il portait un chapeau gris à plumes d'autruche. Les deux autres devaient être ses fils car ils lui ressemblaient : même figure assez large, même regard clair sous d'épais sourcils. L'un était maigre, l'autre plutôt épais. En voyant les Blancs, les esclaves cessèrent de fouiller les décombres comme des enfants pris en faute. Ils se rassemblèrent sur la place, près de leurs morts.

— Trente-deux disparus, dit un des drivers.

— Ils seront remplacés dans quelques jours, précisa le maître blanc. Et les récoltes ?

— Toutes perdues. Il va falloir déblayer les terres des arbres et des pierres que la pluie a apportés. Ensuite on pourra semer…

— Eh bien, qu'attendez-vous pour vous mettre au travail ?

— Il faut reconstruire les cases, remettre le village en état.

— Bon, dit le Blanc, je vous donne deux jours pour nettoyer votre village, le temps pour la terre de sécher. Ensuite, il faudra s'occuper des champs.

Le maître se tourna vers ses fils et leur demanda de se rendre au marché aux esclaves dans les jours prochains, d'acheter une trentaine de jeunes Noirs, puis il se tourna vers Tourgo. La sagesse du vieil homme était connue et lui valait le respect de tous.

— On m'a parlé d'un jeune Blanc. Où est-il ?

— On ne sait pas, répondit Tourgo. Il était avec nous hier quand la tempête a éclaté. Il a dû être emporté par les flots.

— On a dit que c'était un Français, précisa le propriétaire à ses fils. Je ne vois pas ce qu'il faisait là.

Puis se tournant vers Ankhar, il ordonna :

— Tâchez de le retrouver. J'y tiens particulièrement. Maintenant, au travail.

— On n'a plus rien à manger, dit Tourgo. Les enfants pleurent. Nos animaux ont été emportés, nos potagers dévastés et nous manquons de tout. Les hommes ne peuvent pas travailler dur dans les champs s'ils ne mangent pas !

Le Blanc se tourna vers ses fils et leur dit en riant :

— Les hommes ! Comme si les Noirs étaient des hommes ! Je les connais assez, ils profitent de toutes les occasions pour pleurnicher.

Puis, il dit à Tourgo :

— Les rations ont été apportées voilà deux jours.

Personne n'avait bronché, mais la colère durcissait les visages. Le maître demanda à Ankhar de disperser l'attroupement. Le régisseur cria des ordres, mais personne ne broncha. Il fit claquer son fouet, ordonna aux drivers de frapper ces têtes de mules, les coups n'eurent aucun effet. Un grognement de protestations monta de la foule. Le maître sortit un pistolet : ce n'était pas la première fois qu'il avait affaire au mécontentement de ses esclaves. Il pointa son pistolet sur Tourgo.

— Dispersez-vous ou je l'abats.

La grogne monta d'un cran. Les hommes firent un pas vers les chevaux qui piaffaient.

— Père, surtout ne tirez pas ou nous sommes morts, dit un des deux jeunes.

— Cette racaille ne me fait pas peur.

Il rangea son arme, mais ce n'était pas suffisant pour calmer la colère de ceux qui n'avaient plus rien à perdre. Les Noirs s'approchaient, menaçants. Ankhar leur cria de s'éloigner en faisant siffler son fouet. Les drivers qui voulaient les arrêter furent écartés avec violence et frappés à coups de pied.

Les trois Blancs tentèrent de faire demi-tour, mais ils étaient encerclés. Alors, cédant à la panique, un des deux jeunes sortit son arme, tira dans le tas. Un homme s'écroula, touché en plein cœur. Les insurgés obligèrent les maîtres à descendre de cheval. Drivers et manager frappaient pour protéger leurs patrons. Tourgo les ramena à la raison :

— Arrêtez ! Il y a d'autres moyens pour se faire entendre.

Le chef était respecté, aussi les esclaves reculèrent. Les Blancs remontèrent sur leurs chevaux et fendirent la foule qui les laissa passer :

— On n'en restera pas là ! cria le maître.

Il piqua sa monture et s'éloigna, suivi de ses fils, qui tremblaient au point de peiner à se tenir en selle.

Quand ils se furent éloignés, Ankhar s'en prit aux drivers qui ne tenaient pas leurs troupes. Le propriétaire était très en colère et il fallait s'attendre à des représailles. Le mulâtre redoutait surtout qu'on doutât de ses compétences et qu'on le remplace par un de ces jeunes issus d'une deuxième génération d'esclaves.

M. Schelley était un patron exigeant et n'avait aucun sentiment pour ceux qui travaillaient sur ses domaines. Il vivait dans sa vaste maison, entouré de serviteurs, et fréquentait la société des grands propriétaires, qui amassaient des fortunes considérables grâce à la culture du tabac, et voulait que ses plantations rapportent toujours plus.

— Et le jeune Blanc ? demanda Ankhar, qui regrettait de ne pas avoir fait disparaître Augustin quand c'était le moment. M. Schelley a dit qu'il fallait le retrouver, qu'est-ce que vous faites ?

Personne ne parla. Augustin s'était fait apprécier de ces hommes au bon cœur que la souffrance rendait parfois agressifs. C'était un Blanc, certes, mais il partageait leur vie et n'était pas tellement différent d'eux.

— On ne sait pas où il est ! dit M'nongo, qui était resté en retrait pendant l'escarmouche car il considérait que la révolte était toujours le plus mauvais moyen de se faire entendre. Il a dû être emporté par les eaux !

Il avait parcouru toute la coulée de boue qui s'arrêtait dans une cuvette récemment défrichée et n'avait rien trouvé. Il était désespéré, car il éprouvait une réelle amitié pour Augustin.

— Quand le bâtiment a été soufflé par la tempête, il était à côté de moi, dit-il à Stilla. Et puis je ne l'ai plus revu. La nuit était si sombre…

Stilla savait qu'Augustin n'était pas mort. Une certitude. Elle ne vivait que pour lui, comme si la belle esclave pouvait espérer quoi que ce fût d'un Blanc. Elle s'était rebellée contre Ankhar quand il avait voulu la marier, elle avait eu gain de cause et comprenait maintenant pourquoi. Elle pensait souvent à son Afrique. De vagues souvenirs restaient dans sa mémoire : celui du bateau où la chaleur suffocante tuait les hommes et les femmes enchaînés. Ils ne mangeaient pratiquement pas et dormaient parmi leurs excréments. Sa mère était morte quelque temps après l'arrivée en Amérique. Seule, Stilla fut recueillie par de vieilles femmes du village. Les maîtres épargnaient les enfants qui deviendraient vite de la bonne main-d'œuvre. Pourtant, Stilla avait toujours espéré que sa situation s'arrangerait, qu'elle aussi aurait sa part de bonheur.

Ce matin, elle n'avait pas partagé la colère des siens contre les Blancs. Depuis le lever du jour, elle fouillait les décombres, appelait Augustin et, ne trouvant rien, s'en remettait au dieu que vénéraient les siens et qui l'avait toujours aidée. Mais le disparu restait introuvable.

Les drivers s'impatientaient : il fallait curer les canaux d'irrigation et réparer les écluses. Après, seulement, les esclaves pourraient s'occuper de leurs cases. Les recherches des disparus pouvaient attendre, puisqu'il n'y avait plus rien à faire pour eux. Stilla, contrainte d'obéir sous la menace du fouet, dut arrêter ses recherches.

Dans le milieu de l'après-midi, le maître et ses fils revinrent avec un détachement d'une vingtaine de Blancs en armes. Ils inspectèrent les champs, mesurèrent l'étendue des dégâts. William Schelley annonça à Ankhar qu'il allait recevoir une trentaine de nouveaux esclaves et que si ce n'était pas suffisant, il en trouverait d'autres. Enfin, il demanda que tout le monde retourne au village.

La communauté se rassembla sur la place qui n'avait toujours pas été nettoyée. William Schelley descendit de cheval et inspecta les travailleurs qui baissaient la tête, car ils comprenaient ce que signifiait cette revue.

— Bon, dit-il, ce qui s'est passé ce matin demande une punition exemplaire. La rébellion est intolérable chez moi.

Il voulait faire un exemple, mais ce n'était pas une raison pour se priver des plus robustes. Il désigna un vieux d'une cinquantaine d'années, édenté, qui visiblement était trop faible pour accomplir sa part de travail.

— Toi, dit-il en lui faisant signe de sortir de l'attroupement.

Le vieillard obéit sans un mot. Quand il vit les Blancs préparer leurs armes, il se mit à genoux devant le patron, qui le bouscula du bout du pied.

— Sale chien, tu croyais que tu avais tous les droits ? Mais tu n'en a pas plus qu'un mulet, souviens-t'en !

L'homme se roulait par terre en demandant grâce. Les armes tonnèrent. Il poussa un cri et s'immobilisa. Un silence terrible régnait dans l'assistance. Des regards haineux fixaient les maîtres.

La masse des esclaves se mit en mouvement, spontanément, sans aucun ordre. Les Blancs tirèrent.

— Massacrez-les tous ! hurla Schelley hors de lui. Ces chiens ne méritent pas de vivre !

Les soldats n'eurent pas de mal à mettre en fuite les Noirs sans armes. Une quinzaine de corps jonchaient la place, parmi les gravats.

— Si c'est comme ça que tu tiens tes travailleurs, je crois qu'il est temps qu'on s'explique, menaça Schelley en se tournant vers Ankhar.

Schelley n'en était pas à sa première révolte et son expérience lui commandait de punir « ces animaux » pour qu'ils restent à leur place. Il attendit que le calme soit revenu pour demander aux drivers de rassembler de nouveau tout le monde. Ce ne fut pas facile mais, à force de menace, un groupe d'une centaine d'hommes, comme honteux de ce qui s'était passé, se présentèrent devant lui.

— Bon, la prochaine fois, je fais pendre dix hommes pris au hasard, menaça-t-il. Ne l'oubliez pas.

Les esclaves redoutaient la pendaison, ce terrible supplice des condamnés qui gesticulaient au bout de leur corde avant de s'immobiliser dans une horrible grimace, tirant une énorme langue bleue. Les dieux n'accordaient pas l'éternité à des morts aussi hideux. Cela, le vieux Schelley qui avait l'habitude des Africains le savait et gardait cette ultime menace pour mater les plus récalcitrants.

Il s'éloigna, suivi de sa troupe. Ankhar fit claquer son fouet. L'heure était au travail, on enterrerait les morts plus tard.

Stilla n'en pouvait plus. Elle n'avait pris aucun repos, consacrant le temps que lui laissait le nettoyage des champs à chercher Augustin. La certitude qu'il n'était pas mort lui faisait tendre l'oreille près de chaque monticule de bois, de terre et de pierres. Le soir, alors que le village était rassemblé pour enterrer les victimes des Blancs, elle passait pour la centième fois devant un énorme tas de poutres enchevêtrées quand il lui sembla entendre comme un grattement. Elle s'arrêta, tendit l'oreille. Une voix intérieure l'appelait, lui soufflait de se pencher, de regarder de plus près entre les poutres. Le soleil rasant lui montra ce qui pouvait être une main immobile recouverte de boue séchée. Et cette main était blanche ! Elle poussa un cri strident.

M'nongo appela ses camarades pour déplacer les madriers. Ankhar fit claquer son fouet en disant que ce n'était pas le moment de sortir un cadavre des décombres. M'nongo et ses camarades ne l'écoutèrent pas et continuèrent de déplacer les planches et les restes de cloisons. Ankhar, qui n'aimait pas qu'on conteste ses ordres, s'emporta :

— Vous n'avez pas entendu mon ordre ?

— C'est le jeune Blanc, répliqua M'nongo. Il est là et vivant.

Ankhar, se souvenant que Schelley avait demandé des nouvelles d'Augustin, appela du renfort. En quelques minutes, le Français fut libéré de sa prison. Il n'était pas gravement blessé, mais souffrait de contusions. Ankhar le fit porter chez lui.

— Tu es passé très près, lui dit-il. Maintenant, tu es hors de danger. Demain, tu pourras retourner au travail.

Ankhar ne lui dit pas que le maître s'était inquiété de lui. Le mulâtre avait enfin l'occasion de le faire disparaître, car il redoutait que le jeune Blanc prenne sa place.

Augustin, se souvenant de ce que lui avait dit M'nongo, décida de s'échapper sans attendre. Comme personne ne s'occupait de lui, il se libéra de la chambre fermée à clef en enjambant la fenêtre et se dissimula dans le parc. À la tombée de la nuit, il retourna par la forêt au village ; il fut accueilli par M'nongo qui le pressa contre lui et par une jeune Stilla qui, la tête baissée, ne voulait pas montrer un bonheur qu'elle jugeait indécent.

Il n'y avait plus grand-chose à manger, à part quelques sacs de farine et de haricots récupérés dans les décombres. Les hommes déblayèrent la boue sur la place, disposèrent des pierres et allumèrent un brasier. Les femmes apportèrent une marmite d'eau et firent cuire les haricots. D'autres préparaient des galettes grillées sur les pierres chaudes. Quand ce fut fait, Tourgo invita tout le monde à s'agenouiller et à prier pour les âmes des victimes de l'ouragan et des hommes blancs. Ensuite, il partagea la nourriture. Les enfants furent servis en premier, puis les hommes et enfin les femmes. Les parts étaient bien insuffisantes, mais ils s'en contentèrent. Puis Tourgo parla longuement pour appeler ses congénères au calme. Se rebeller ne servirait à rien sinon à faire de nouvelles victimes. Les Noirs ne gagneraient jamais, mais ils ne devaient pas oublier qu'ils obtiendraient justice plus tard, dans l'autre monde où les hommes n'ont plus de peau pour les différencier.

Ce discours pessimiste ne convenait pas aux jeunes qui s'énervaient, piétinaient sur place. La faim les faisait plus souffrir que les autres et ils éprouvaient le besoin de se calmer les nerfs. Tourgo, le chef respecté, leur donna l'ordre d'aller se coucher :

— Quand on dort, on n'a pas faim ! dit-il sur un ton sévère.

Ils se couchèrent à la belle étoile. La reconstruction des cases emportées par la tempête demanderait des jours d'efforts. Ils s'allongèrent près du feu qui s'éteignait. Certains allèrent chercher un endroit plus discret à l'écart dans les gravats. Augustin se coucha à côté de M'nongo, à même le sol. Il avait mal partout et ne réussit pas à trouver le sommeil. Il se voyait encore sous les poutres enchevêtrées, la respiration gênée par une planche qui lui écrasait la poitrine. Il avait vu la mort s'approcher lentement de lui, à petits pas comptés et redoutait surtout qu'Ankhar vienne le chercher.

— Je ne crois pas, le rassura M'nongo. S'il t'a fait emmener chez lui, c'était sûrement pour se débarrasser discrètement de toi en racontant que tu étais mort des suites de tes blessures. Mais nous t'avons vu et il sait que nous pourrons parler, que le maître saura que tu as survécu à la tempête.

Une silhouette légère vint s'allonger à côté du Français. Stilla, frémissante, se plaqua sans pudeur contre lui. Son visage se frotta contre le sien. Il éprouvait une sensation de bonheur intense, mais n'osait pas faire le moindre geste, comme par peur d'effacer le beau rêve. Stilla avait une peau d'une douceur inouïe qui sentait la mousse, la fleur sauvage et l'herbe poussée dans les fossés humides. Elle posa ses lèvres sur ses joues, il se laissa faire avec le sentiment de ne pas mériter autant d'amour. Alors, il dressa la tête et la regarda de près. Les yeux graves de la jeune fille se dessinaient dans l'ombre où son visage restait invisible.

— J'ai eu si peur pour toi, souffla-t-elle à son oreille.

Augustin était mal à l'aise au milieu des autres car Stilla éveillait en lui un désir brûlant. Il pensa aux nuits d'amour à Orléans avec Manon.

— Je suis à toi ! ajouta-t-elle. À toi pour toujours.

La tête posée sur la poitrine du jeune homme, elle s'endormit rapidement comme un enfant qui se sent en sécurité. Il resta longtemps les yeux ouverts sur la nuit. Les braises palpitaient dans l'âtre qui s'éteignait. Les ronflements lui donnaient le sentiment d'appartenir à cette communauté qui aurait dû le rejeter uniquement à cause de sa couleur. Mais pour eux, la peau n'était qu'un détail. Ils prêtaient une âme aux arbres, en faisaient des êtres de la création comme les hommes. Ils avaient appris l'humilité dans leur Afrique où tant d'animaux étaient plus forts qu'eux et ne pensaient pas un instant qu'ils puissent dominer les autres hommes. Ils vivaient simplement, au jour le jour, chassaient parce que c'était nécessaire pour se nourrir, mais respectaient leurs proies. Ils priaient pour elles et pour leurs tortionnaires, pour que les dieux de la nature leur fassent comprendre leur erreur. Augustin avait beaucoup appris en très peu de temps et, même s'il n'envisageait pas de passer sa vie ici, il ne chercherait pas à profiter de sa qualité de Blanc pour les dominer.

Le matin, quand il se réveilla, Stilla était partie avec les femmes. Il se leva lentement, heureux de sentir l'odeur de la jeune fille sur lui. M'nongo, qui avait tout vu, le regardait en souriant.

— Ankhar n'est pas content. Il ne te pardonne pas d'être parti de chez lui.

— Et qu'est-ce qu'il faut que je fasse ? demanda Augustin, tandis que les drivers appelaient les hommes pour se rendre aux champs.

— On est là, je suis là. Et Stilla est là aussi. Elle entend tout, elle voit tout, elle est partout. Tu peux lui faire confiance. Stilla n'a qu'une parole et, depuis que tu es arrivé, j'ai compris qu'elle était à toi.

Ils partirent pour le chantier. L'habitude de chanter en travaillant rendait le fardeau moins lourd et la fatigue supportable. Le jeune homme se tenait sur ses gardes, mais il ne fut pas inquiété.

Le soir, Ankhar attendait le retour des équipes au village. Il ordonna aux femmes et aux enfants de s'éloigner et fit ranger les hommes sur la place en plusieurs lignes. En apercevant Augustin, son visage se contracta, mais il ne fit aucune remarque.

— D'autres hommes vont venir remplacer ceux qui ont disparu, annonça-t-il. Certains d'entre vous vont aller dans une autre plantation. Ils partiront demain matin au lever du soleil.

Les drivers désignèrent ceux qui devaient s'en aller. M'nongo en faisait partie.

— Je ne peux pas laisser ma mère, dit-il.

Le fouet claqua. La pointe de la mèche effleura l'épaule nue du géant qui serra les dents.

— Tu n'as pas le droit de contester les ordres. Tu pars demain matin.

— Alors faites que je puisse emmener ma mère.

— Ta mère restera là. Elle ne peut plus travailler et coûte cher au maître, et celui qui t'a acheté ne veut que toi.

M'nongo sortit des rangs. Stilla s'approcha de lui :

— T'en fais pas, je m'occuperai de ta mère comme si j'étais sa fille.

Cette parole le rassura un peu mais, au fond de lui, il n'acceptait pas une séparation qui allait tuer la vieille Magana. Elle était presque aveugle et ne pouvait accomplir que des tâches simples. Dans la communauté, on l'occupait à écosser les haricots, à tresser des paniers et d'autres petits travaux qui la rendaient utile à sa manière. Ankhar la tolérait à cause de cela, et surtout parce que M'nongo était un bon élément, mais M. Schelley avait accepté de se séparer de ce travailleur exceptionnel parce que son voisin avait besoin d'un homme comme lui et le payait le prix de cinq esclaves ordinaires.

— De quoi tu te plains ? poursuivit Ankhar. Tu vas être nommé driver. Beaucoup voudraient ta place.

Il se tourna vers Augustin. Leur séparation aussi contrariait le jeune Noir. Outre l'amitié qu'il portait au Français, M'nongo avait commencé à apprendre à lire et à écrire. Dans sa nouvelle exploitation, il serait certes chef avec de nouveaux privilèges, mais ce n'était pas ainsi qu'il envisageait son avenir.

Ankhar appela Augustin.

— Tu as donc préféré revenir ici ! fit-il sur un ton plein d'agressivité.

Augustin aurait voulu plaider la cause de M'nongo, mais il savait que cela ne servait à rien.

— C'est bien la première fois qu'un Blanc aime partager la condition des Noirs. On dirait que ça te va bien. Mais méfie-toi des Noirs, ils te feront bonne figure et se débarrasseront de toi à la première occasion.

Ankhar secoua les brides de son cheval et s'éloigna, suivi par sa cour de domestiques noirs que la livrée copiée sur les cours européennes ridiculisait.

La nuit suivante, M'nongo resta près de sa mère qui pleurait, redoutant de ne plus jamais revoir ce fils unique, seul survivant d'une famille dévastée. La vieille femme avait été arrachée aux siens dans une lointaine Afrique qui lui manquait tant. Elle avait été séparée de Sango, le père de M'nongo, qu'elle n'avait jamais revu. Vendue avec d'autres à M. Schelley, elle avait élevé son enfant comme elle avait pu. Les dieux miséricordieux lui avaient accordé que M'nongo devienne ce doux géant dont elle était si fière. Et voilà que les maîtres avaient décidé de le lui prendre !

Très tard dans la nuit, des hommes travaillèrent à déblayer les débris des cases. Ils triaient les pièces de bois qui pouvaient encore servir. La lune éclairait le chantier et ils prenaient sur leur sommeil le temps de réparer leurs abris. Des femmes s'étaient jointes à eux et s'arc-boutaient sur les poutres à arracher à la boue séchée, devenue aussi dure que du rocher. Enfin, ils s'allongèrent à même le sol pour quelques heures de sommeil, le réveil étant fixé au lever du soleil.

Fourbu, le corps encore endolori par son séjour sous les décombres, Augustin ne participait pas à ces travaux harassants. Stilla vint se coucher à côté de lui et lui murmura :

— M'nongo est malheureux. Dis-lui que tu m'aideras et que nous nous occuperons de sa mère. Il a confiance en toi.

— Je le lui dirai.

Elle se pelotonna contre lui et lui souffla à l'oreille :

— Ici, on est au milieu des autres. Demain soir, je t'emmènerai dans un endroit où nous serons seuls.

Une horrible odeur flottait encore sur le village détruit. Tous les cadavres n'avaient pas été sortis des décombres et la puanteur de la mort rappelait aux survivants la fragilité de leur existence.

Le lendemain, Ankhar vint chercher les esclaves vendus. De son cheval, il scrutait la colonne qui s'éloignait du village. M'nongo avait dit au revoir à sa mère en lui jurant de revenir la chercher, puis était parti sans se retourner. Magana était restée en retrait pour ne pas montrer ses larmes : son amour-propre lui interdisait d'exposer sa douleur à Ankhar, qui en aurait ri.

Un silence terrible s'abattit sur le village. Les esclaves regagnèrent leur lieu de travail. Augustin mesurait sa solitude maintenant que M'nongo n'était plus près de lui. Ankhar le fit appeler.

— Tu vas me suivre ! dit le régisseur en faisant signe à ses domestiques d'encadrer le Blanc.

Ils le poussèrent hors du village sous le regard de Stilla, qui s'échappa du groupe des femmes pour les suivre à distance. Elle risquait la bastonnade ou, pire, le viol par les gardes d'Ankhar, mais cela n'avait pas d'importance. Son instinct lui disait qu'Augustin était en grand danger et que sa place était près de lui.

Les gardes conduisirent Augustin jusqu'à une forêt assez épaisse, domaine des Indiens, ces « sauvages » dont on ne savait pas grand-chose, sauf qu'ils massacraient les Européens. Des expéditions pour les exterminer étaient régulièrement organisées par les colons, mais plus ils en tuaient, plus il y en avait. Ils se cachaient au fond des forêts, dans des zones désertiques de l'Est, surgissaient quand on ne les attendait pas, semaient la désolation et disparaissaient. Ils s'en prenaient surtout aux belles demeures des Blancs, mais parfois aussi aux villages.

Ils marchèrent pendant plusieurs heures. Voyant qu'ils ne se dirigeaient pas vers la maison des maîtres, Augustin comprit les intentions de ceux qui l'encadraient et le menaçaient de leurs épées. Il allait être embroché et personne ne saurait ce qu'il était devenu car, comme tous les esclaves, il n'avait pas de nom et n'existait que par sa fonction de travailleur.

Ils s'arrêtèrent dans une clairière. Sans un mot, deux serviteurs l'attachèrent à un arbre en plein soleil, puis le groupe partit. La chaleur était intolérable. Augustin, la gorge brûlée par la soif, comprit qu'il allait mourir là, rongé par une multitude d'insectes. Des bataillons de fourmis s'infiltraient sous ses vêtements ; la douleur était insupportable. Il se mit à prier, conscient que son supplice allait durer très longtemps.

Le soir tombait sur la forêt. Les oiseaux poussaient des cris stridents ; des râles, des grognements montaient des fourrés. Augustin pensa aux Indiens qui l'avaient peut-être repéré. Il discerna la vague silhouette d'un animal qui avançait dans sa direction, une sorte de gros chat. Le carnassier ne se pressait pas, sachant que sa proie ne pouvait lui échapper. Tout à coup, un cri strident déchira la pénombre. La bête fit un bond en arrière et s'enfuit. Sans un mot, Stilla défit le nœud qui retenait Augustin prisonnier.

— Qu'est-ce que tu fais là ? demanda-t-il. Tu vas être punie et battue !

Ses dents très blanches luisaient dans la pénombre.

— Cela n'a pas d'importance. Je t'ai cherché pendant toute la journée, je t'ai trouvé et je t'ai sauvé du puma.

— C'est ce gros chat ?

— Une bête féroce qui vole les enfants du village. Une bête qui n'aurait pas hésité à te dévorer et qui va revenir nous attaquer.

Les démangeaisons étaient insupportables. Augustin avait envie de se rouler par terre. Stilla lui prit la main :

— Viens !

Elle l'emmena jusqu'à une petite rivière dont l'eau scintillait à travers les hautes herbes sombres.

— Déshabille-toi !

Il posa sa chemise alourdie de grappes de fourmis rouges prisonnières des fibres.

— Ton pantalon aussi !

Augustin n'hésita pas tant il avait mal. Stilla plongea ses vêtements dans le ruisseau.

— Les fourmis n'aiment pas l'eau. Viens ! Ici, c'est le domaine du puma, nous devons rester sur nos gardes.

Le jeune homme ramassa une branche sèche aussi lourde qu'un gourdin. Stilla sourit.

— Et tu crois que tu vas le mettre en fuite avec ça ? Non, il est plus fort que nous deux. Mais si c'est notre destin, je l'accepte. Je veux mourir avec toi !

Débarrassé de l'horrible brûlure des fourmis, Augustin se sentait fort et pensait que quelques bons coups de bâton auraient raison du félin.

— Et puis, si le puma ne veut pas de nous, les Indiens nous tueront. Ils attaquent Blancs et Noirs sans distinction. Ils tuent, c'est ce qu'ils aiment faire. Plusieurs villages d'esclaves ont été entièrement détruits. Ils se tiennent tranquilles pour l'instant, mais ils ont des yeux et des oreilles partout.

— Et les drivers vont te chercher. S'ils t'attrapent...

— N'aie aucune crainte. Ils savent que ceux qui s'aventurent dans la forêt n'en reviennent jamais. C'est pour cette raison que les miens ne quittent pas le village. S'il n'y avait que les animaux, les pumas et les autres mangeurs d'hommes, ils sauraient s'en accommoder, mais pas des Indiens. Ce sont des esprits maléfiques, ils sont partout et invisibles. Alors, viens. Nous ne savons pas combien de temps ils nous laissent...

Elle s'assit sur la mousse et attira Augustin près d'elle. Elle l'enlaça, chercha ses lèvres. Ils roulèrent au pied de l'arbre.

— Je suis à toi, murmura Stilla. Prends-moi tant que c'est possible.

Ils firent l'amour rapidement, pressés de sceller ce pacte entre eux, ce lien indéfectible, conscients que le temps leur était compté. Enfin, Stilla se leva la première, radieuse, et prit la main du jeune homme.

— Le puma a eu peur. Les fourmis sont noyées, tu peux reprendre tes vêtements...

— Et les Indiens ?

— Eux, tu ne peux rien. Ils vont nous tomber dessus quand ils l'auront décidé. En attendant, marchons.

— Tu sais où on va ?

— Les sentiers de la forêt conduisent tous au même endroit, à la mort. Mais n'y pense pas.

Ils allaient, serrés l'un contre l'autre. Des épineux s'accrochaient à leurs vêtements, ralentissant leur fuite vers nulle part. Stilla ne semblait pas avoir peur. Elle acceptait son sort près d'Augustin. Désormais sa femme, sa place était près de lui pour toujours.

— Les autres croient que je t'aime parce que tu es blanc. Ils disent que je cherche à les quitter, à échapper à ma condition, et que tu es assez naïf pour me croire. Mais ce n'est pas vrai, je te jure que ça ne changerait rien si tu étais noir.

La nuit était épaisse sous les branches basses. Ils avaient du mal à repérer le sentier et Stilla décida de s'arrêter.

— Si on grimpait à un arbre, on échapperait aux sales bêtes !

— Non, le puma grimpe mieux que toi, il court plus vite et il te voit dans la nuit. Tu n'as aucune chance de lui échapper. La seule, c'est de te montrer plus gros que tu n'es, de lui faire peur, alors seulement tu peux sauver ta vie.

La lune éclairait les clairières d'une lueur bleutée étrange. Stilla découvrit derrière un amas de branchages des rochers entassés où on distinguait l'ouverture d'une grotte. Elle décida d'y passer la nuit. Elle s'assit à côté d'Augustin, qui tenait toujours sa grosse branche à la main, prêt à faire face au moindre danger. Il ne croyait pas que les Indiens étaient des esprits, mais cela ne le rassurait pas pour autant. Stilla se serra contre lui et murmura :

— Dors, c'est mieux de mourir quand on ne pense pas.

Ils s'étreignirent, et s'endormirent ainsi, ne formant qu'un corps, mêlant leurs respirations. Stilla, la première, se réveilla, étonnée d'être encore vivante. La forêt résonnait des chants d'oiseaux. Un petit vent apportait une agréable fraîcheur. Augustin avait soif et faim. La jeune fille, pour qui cette nouvelle journée était une aubaine, lui dit :

— On va chercher la rivière. Elle ne doit pas être très loin !

Ils reprirent leur marche, mais Augustin peinait à la suivre. La douleur de ses anciennes meurtrissures l'élançait à chaque mouvement. Stilla s'en aperçut et ralentit ses pas. En observant les plantes, elle décida de changer de direction :

— Tu vois, ces feuilles larges ne poussent que sur les terrains humides. Il doit donc y avoir un point d'eau pas très loin. Suivons la pente.

Elle ne s'était pas trompée : ils franchirent un épais taillis d'arbustes puis, derrière une trouée dans une rangée de roseaux, découvrirent une mare à l'eau très claire. Augustin s'agenouilla et but longuement. Stilla le regardait, les yeux pleins d'une lumière heureuse. Quand il se releva, elle but à son tour.

— Nous ne devons pas rester ici. Le puma nous a sûrement flairés. Il chasse les animaux qui viennent boire. Espérons qu'il n'a pas faim.

Ils repartirent au hasard des sentiers d'animaux. Puis Stilla s'arrêta, fouilla les plantes autour d'elle. Augustin n'avait pas mangé depuis deux jours et se sentait très faible. La jeune fille s'éloigna de quelques pas, observa encore les arbres autour d'elle puis décida :

— Viens par ici, on va manger.

Ils n'eurent pas à marcher longtemps. Au fond d'un petit dénivelé, ils trouvèrent un arbre couvert de fruits orange. Stilla sourit, se serra contre Augustin :

— Je t'avais dit que Dieu pensait à nous et qu'il ne nous laisserait pas mourir de faim.

— Je ne me souviens pas que tu m'aies dit cela !

— Je l'ai pensé, rectifia-t-elle. Si fort qu'il m'a entendue. Moi, je vais peut-être mourir bientôt, mais pas toi : ce matin, tu as la vie dans le regard.

Augustin l'embrassa et lui demanda :

— La vie dans le regard ? Qu'est-ce que c'est ?

— Les gens de chez moi savent lire les signes qui échappent aux Blancs. Quand un homme va mourir, c'est écrit dans ses yeux. Il n'en sait rien, mais la mort le tient déjà et j'ai appris à reconnaître ses signes.

— Et tu penses que je vais vivre longtemps ? demanda Augustin, amusé par cette affirmation.

— Très longtemps encore, ça, j'en suis sûre, et c'est ce qui me rend heureuse. Mais ce n'est pas une raison pour attendre le puma.

Elle se détacha du jeune homme ; son visage se ferma.

— Tout à l'heure, j'ai vu mon visage dans l'eau claire. Et j'ai vu que je vivrai aussi, mais sans toi.

Augustin la serra contre lui.

— Ce sont des bêtises. Je serai toujours près de toi.

Elle sourit, désabusée.

— Que dis-tu ? Tu n'es rien pour les forces du destin, rien. Ce sont elles qui nous commandent, qui se trouvent derrière nos pensées les plus secrètes.

— Je ne te crois pas. Mon Dieu à moi laisse les hommes libres de faire ce qu'ils veulent, de choisir entre le bien et le mal.

— Mes dieux à moi sont différents.

Elle cueillit des fruits, éprouva leur maturité en les serrant entre le pouce et l'index.

— Ce sont les prunes de pierre, expliqua-t-elle. Elles ne sont pas encore très mûres, mais tu peux en manger. C'est sucré avec un goût de pomme.

Augustin mordit dans le fruit à la chair dure, croquante et agréable. C'était amer, mais il avait tellement faim qu'il en avala une dizaine sous le regard ravi de Stilla. Tout en mangeant, il ne la quittait pas des yeux ; la beauté de son visage ne cessait de l'émerveiller. Elle seule pouvait lui faire oublier la lointaine Mme de Ruffec qui n'était qu'un rêve inaccessible comme en font souvent les adolescents.

— Je t'aime, dit-il. Tu comprends ce que ça veut dire ? Je t'aime et je veux vivre avec toi.

Elle le regarda avec intensité puis murmura :

— L'amour seul peut faire fléchir le destin et les dieux.

— Où allons-nous, maintenant ? demanda Augustin, une fois sa faim rassasiée.

— Je ne sais pas. Toi, tu peux aller où tu veux, si les Indiens décident de te laisser en vie. Mais moi, où que j'aille, je serai une esclave en fuite et on me ramènera au domaine.

Elle avait parlé d'une voix fataliste, consciente que sa fugue allait se terminer bientôt et qu'elle serait séparée de l'homme qu'elle aimait. « C'est bien de ma faute, pensait-elle. Je n'ai rien à faire auprès d'un Blanc ! » Alors, elle souhaita que les Indiens la capturent.

— Oui seul l'amour peut changer le destin. Toi, tu vas partir et personne ne te demandera rien. Si tu avais de l'argent, tu pourrais m'acheter.

Augustin protesta :

— Je ne partirai pas sans toi. Puisque je suis un homme libre, tu seras à moi et personne ne viendra te demander quoi que ce soit. Il n'y a pas besoin d'argent pour ça.

Stilla s'arrêta au pied d'un arbre énorme, s'allongea sur les brindilles et lui tendit les bras. Ils firent de nouveau l'amour puis restèrent longtemps enlacés, se laissant traverser par les bruits de la forêt, les cris des oiseaux. Les hautes branches des arbres géants bruissaient au vent régulier. Ils ne pensaient à rien, le bonheur de l'instant leur suffisait. Le temps s'était arrêté.

Tout à coup Augustin se releva vivement. Deux cavaliers arrivaient par le sentier. Leurs visages se ressemblaient, mais l'un était petit et rond, l'autre svelte et élégant. L'un d'eux tenait son pistolet braqué sur le jeune homme, qui se plaça devant Stilla. L'autre mit pied à terre, s'approcha des deux fugitifs et salua le Français.

— Les fils du maître, lui souffla Stilla à l'oreille.

— N'êtes-vous pas le jeune Blanc de la plantation voisine ? Et cette esclave, que fait-elle avec vous à une heure où elle devrait être aux champs ?

Le jeune homme fit un pas en avant.

— Je m'appelle Augustin Moncellier, né à Paris et vendu comme esclave par les Espagnols.

— Ce n'est pas dans les habitudes des flibustiers espagnols de faire des prisonniers.

— J'ai été sauvé par un capitaine Anglais, William Bright.

— Bon, fit le premier cavalier rangeant son arme. C'est une aubaine : mon père vous a fait chercher après la tempête. Nous aimons les Français depuis La Fayette. Je suis John Schelley et voici mon frère, Andrew.

Puis se tournant vers Stilla, il ajouta sur un ton sévère :

— Toi, tu vas retourner au village. Je vais donner des ordres pour que tu sois punie comme tu le mérites.

Augustin prit les mains de la jeune femme.

— Stilla est avec moi. Je ne vous suivrai que si je peux l'emmener avec moi.

— Si ça vous plaît de vous amuser avec elle, on veut bien vous la donner.

Ils remontèrent à cheval et partirent au pas, suivis par Augustin qui ne lâchait pas la main de Stilla. Elle lui souffla à l'oreille :

— Laisse-moi aller au village. Tu retournes avec les tiens, ma place n'est plus auprès de toi.

Il lui serra la main pour lui montrer qu'il n'était pas d'accord et l'obligea à le suivre.

Ils sortirent de la forêt plus vite que prévu et arrivèrent dans une suite de champs où travaillaient des équipes d'esclaves. Les cultures intéressèrent Augustin, habitué au tabac aux larges feuilles vertes ; là, les tiges étaient sèches avec au bout une touffe blanche très légère.

— Le coton, dit un des jeunes hommes à l'intention d'Augustin. De la laine végétale. C'est le début de la culture, on a encore pas mal de choses à apprendre, mais c'est d'un très bon rendement et tellement recherché, surtout en Europe !

— Je connais le coton, précisa Augustin, mais je n'avais jamais vu comment on le produisait...

Ils quittèrent les champs pour pénétrer dans un vaste parc très vert, avec des fontaines, des ruisselets qui coulaient entre les plantes grasses, des arbres. Des allées parfaitement rectilignes conduisaient à une énorme bâtisse à colonnade. Une vaste terrasse avec des tables et des chaises permettait de profiter des belles soirées. Les deux jeunes gens donnèrent leurs chevaux à des palefreniers noirs, puis invitèrent Augustin à les suivre. Stilla resta en retrait :

— Va rejoindre les autres, lui ordonna John. On t'appellera quand on aura besoin de toi.

Elle n'attendit pas qu'Augustin proteste et courut jusqu'aux communs où des femmes noires s'activaient.

Les frères Schelley firent entrer Augustin dans l'immense maison. Des meubles de bois précieux, des tableaux provenant d'Europe, tout montrait une grande opulence. Et, pour copier les cours européennes, les domestiques noirs portaient une livrée décorée de galons dorés. Un homme d'un certain âge vint au-devant des arrivants.

— Notre père, George Schelley, dit John.

George posa son livre et adressa un grand sourire à Augustin. Il était assez corpulent, le cou épais, la tête large. Ses petits yeux clairs fixaient le jeune étranger sous d'épais sourcils sombres.

— C'est donc vous, le Français qui se trouvait parmi mes esclaves. Je ne comprends pas que vous ayez accepté d'être traité de la sorte.

— On ne m'a pas donné le choix. Et pour une fois que les drivers noirs avaient un Blanc sous leurs ordres...

— C'est une bévue dont je vous demande pardon, poursuivit George Schelley en français pour bien montrer qu'il maîtrisait la langue de La Fayette. Soyez le bienvenu chez moi.

John parla à l'oreille de son père, qui sourit.

— On me dit que vous avez fui avec une jeune esclave. Acceptez que je vous l'offre en dédommagement...

Une jeune femme arriva de l'extérieur. Augustin remarqua ses beaux yeux bleus pleins de lumière. Blonde, vêtue d'une longue robe de soie brune, elle avait l'élégance d'Isabelle de Ruffec dans son petit salon de la gloriette.

— Voilà que vos recherches ont abouti, dit-elle à son père. C'est donc ce jeune Français qui partageait la vie de nos esclaves ?

— En effet, Marguerite. Tes frères l'ont trouvé errant dans la forêt avec une Négresse.

— Alors, soyez le bienvenu, monsieur…

— Augustin, Augustin Moncellier.

— Ici, poursuivit la jeune femme, tout ce qui vient de France est sacré. Je rêve d'aller visiter le pays de M. de La Fayette, de voir Paris dont on dit que c'est la plus belle ville du monde.

— À ce propos, enchaîna le père, il semblerait que pour l'instant c'est la ville où l'on s'entretue. Les révolutionnaires ont ramené leur roi prisonnier à Paris.

— Ça doit être follement excitant ! s'exclama Marguerite avec un sourire complice à Augustin qui ne sut pas quelle attitude adopter.

— On va vous conduire à votre chambre. Je vais demander qu'on vous prépare un bain. Je vous attends pour le dîner, conclut George en s'éloignant.

Après le bain, Marguerite apporta elle-même des vêtements propres au Français et lui proposa :

— Je vais vous faire visiter la maison.

— Sachez, M. Moncellier, insista George quand il le vit passer au salon, que vous êtes ici chez vous. Il ne sera pas dit dans ce pays que je ne gâte pas un Français. Nous avons déjà commis une grosse faute en vous laissant partager le sort des esclaves pendant des mois. C'est vrai que nous n'allons pas souvent dans les villages. Les Noirs sont ennuyeux, ils sentent mauvais et ne cessent de se plaindre alors que nous les avons arrachés à la misère de leur pays natal. Ici, au moins, ils mangent à peu près à leur faim. Augustin ne répondit pas à ces propos qu'il trouvait ignobles. Il pensait à M'nongo et se demandait comment le faire venir près de lui. Il emboîta le pas à Marguerite, qui marchait très vite dans les couloirs. Il était ébloui par la richesse de cette demeure, avec ses boiseries précieuses, ses meubles en palissandre marqueté, ses statues de bronze. Elle l'emmena dans une vaste pièce où le jeune homme découvrit, non sans émotion, un magnifique clavecin.

— Ici, c'est la salle de musique. J'aime beaucoup la musique, même si je ne suis pas très douée. Figurez-vous que nous avions un vieux serviteur, un Nègre bien sûr, qui jouait magnifiquement. On se demande pourquoi Dieu donne autant de talent à des êtres qui nous sont si inférieurs !

— Les Noirs ont bien des choses à nous apprendre mais nous ne prenons pas le temps de les écouter, répliqua Augustin.

Elle eut un petit rire presque moqueur. Elle avait dix-huit ans, peut-être un peu plus. Augustin la trouvait belle et surtout tellement vivante, avec une voix gaie et très agréable. C'était réconfortant de se trouver près de gens insouciants qui passaient leur temps en badinages et frivolités.

— Vous êtes né à Paris ? Ce doit être formidable de grandir dans cette belle ville. Ici, nous sommes tous à l'heure française. Nous apprenons votre magnifique langue, notre père lit les philosophes et les poètes français. Il faut dire que notre mère est d'origine française.

Augustin regardait le clavecin. Le panneau incliné montrait une scène champêtre peinte avec des couleurs vives qui donnaient beaucoup d'allure à cet instrument aux pieds dorés. Marguerite constata son intérêt et demanda :

— Vous connaissez la musique ?

— Je l'ai apprise dans ma première jeunesse. Ma famille était aisée, et puis le malheur s'est abattu sur nous…

— Vous me raconterez tout cela. Je raffole des histoires romanesques. Mais je comprends que la vie est plus difficile à Paris qu'ici. Nous avons des terres à perte de vue que les sauvages nous disputent. Il suffit d'en tuer quelques-uns pour qu'ils se tiennent tranquilles.

Elle était indifférente à la mort des « sauvages » comme à celle de ses esclaves. Les Blancs occupaient le pays, utilisaient les Noirs pour cultiver les terres qu'ils avaient prises aux Indiens. C'était un ordre juste, voulu par Dieu lui-même.

— Je vous en prie, prenez place sur le tabouret et montrez-moi comment vous jouez, insista-t-elle.

Augustin regarda ses mains. Ses doigts épaissis au dur contact des manches de pioches, des pierres qu'il transportait à longueur de journée étaient identiques à ceux des valets. Il ne leur restait rien de leur ancienne souplesse. Pourtant, des airs appris autrefois lui revenaient en mémoire. Il posa un doigt sur une touche, puis un second, s'enhardit et constata que la souplesse n'était pas partie. La mélodie commença. Marguerite s'assit sur le canapé et ferma les yeux, un léger sourire sur les lèvres.

— Vous êtes un grand musicien ! Je sens qu'on va bien s'entendre !

George Schelley écoutait la musique debout dans le couloir, puis s'approcha.

— Excuse-moi, Marguerite, mais je t'emprunte M. Moncellier. J'ai plusieurs choses à lui montrer.

George invita Augustin à le suivre dans le parc. Au bout d'un chemin creux, ils arrivèrent à d'autres bâtiments, tout en longueur.

— Je crois que votre famille à Paris possédait une filature…

— Oui, nous fabriquions des fils de toutes sortes, en laine, en lin, et des cordages. Nous avions aussi une usine de tissage.

— Figurez-vous que nous lançons la culture du coton, ici. Le climat chaud et sec en fin d'été s'y prête parfaitement. Le coton, c'est… comment dire ? une plante magique qui donne de la laine… Mon fils John qui va prendre la suite du domaine voudrait créer une filature. Nous avons des esclaves en quantité. Ce serait le meilleur moyen de les utiliser d'une manière rentable.

Augustin se souvenait des balles de coton que son père recevait de temps en temps. La culture était nouvelle dans les régions de l'Europe du Sud et le tissage en était encore à ses débuts. Pourtant, Paul Moncellier avait su travailler ce duvet végétal et en obtenait des fils aptes au tissage.

— Je connais un peu le coton, précisa Augustin. Le cardage n'est pas tout à fait identique à celui de la laine, le filage demande quelques machines particulières, mais on obtient du fil d'excellente qualité avec lequel on fabrique des tissus très recherchés par la bonne société à Paris.

— C'est ce que nous tentons de réaliser.

Alors qu'il parlait, le visage de M. Schelley s'éclairait. Augustin comprit que ce n'était pas par hasard qu'il avait été si bien accueilli dans cette maison. Il voulut dissiper toute ambiguïté :

— Je suis venu en Amérique pour retrouver mon père. Je ne saurais accepter d'autre tâche tant que je n'y serai pas arrivé. Il serait sur les bords du fleuve Maroni.

Schelley parut contrarié :

— Je ne veux pas vous décourager, mais n'avez aucune chance ! Supposez que votre père soit venu ici, je le saurais. Comme je n'en ai pas entendu parler, il est donc ailleurs. Vous parlez du fleuve Maroni : c'est très loin et infesté d'Indiens.

Augustin n'insista pas. Il saurait fausser compagnie à la famille Schelley quand le moment serait venu. Il devait avant tout reprendre des forces et découvrir la région. Andrew arriva. D'une taille en dessous de la moyenne, assez rond, le visage épais, il suait abondamment. Son embonpoint le vieillissait.

— La culture du tabac a beaucoup rapporté, mais les ventes sont en baisse, poursuivit George Schelley. Tout le monde cultive du tabac et on s'y met en Europe. Par contre, le coton est promis à un bel avenir, car sa culture est plus exigeante que celle du tabac. Et nous avons ici un climat parfait pour ce don du ciel ! Ainsi, nous serions très heureux de pouvoir compter sur votre collaboration pour installer l'usine. Votre expérience nous sera très bénéfique. En échange, je vais envoyer des émissaires en Guyane enquêter sur votre père. S'ils le trouvent, ils auront ordre de le ramener ici. Je leur donnerai l'or nécessaire pour délier les langues.

Ils partirent sous le regard indifférent d'Andrew. George s'en aperçut et murmura à Augustin :

— Andrew n'est pas un mauvais garçon mais, comment dire, il manque de vivacité.

Ils longèrent le fameux bâtiment tout en longueur qui servait d'entrepôt pour le coton et le tabac, puis arrivèrent à une petite maison, assez coquette avec ses parterres de fleurs que des esclaves étaient en train d'arroser.

— Ici, le plus important, c'est l'eau, précisa George. Nous avons entrepris d'importants travaux pour creuser un canal. Mais cela n'avance pas. Ce que nous faisons le jour, les Indiens le détruisent la nuit. Nous avons beau surveiller, tuer ces sauvages, il en sort toujours plus des forêts… C'est une véritable calamité.

L'usine de filature n'était pas achevée. Des esclaves construisaient des bâtiments annexes près du principal sous les ordres de deux chefs blancs.

— MM. Andresson et Alchey ont quelques notions sur la filature, mais sûrement pas votre expérience. Ils viennent du nord de l'Écosse, où l'on travaille la laine, mais ils n'ont pas grande habitude du coton et des fibres végétales.

Les deux hommes, assez semblables, très grands et maigres, le visage osseux, saluèrent M. Schelley et Augustin qui fut présenté comme un grand spécialiste venu de Paris. À ces mots, le visage d'Andresson se contracta. Il n'était visiblement pas satisfait de cette nouvelle.

— Nous avons commandé des machines à filer à Alexandria. Il y a là-bas un artisan qui en fabrique de très bonnes, dit Alchey.

— Ici la main-d'œuvre ne coûte rien. Nous emploierons les vieux esclaves qui ne peuvent plus aller aux champs dans les travaux de filage, mais on ne peut pas leur demander d'être habiles…

Augustin était assez satisfait de retrouver le métier de sa famille et de se replonger dans une vie qui avait été la sienne jusqu'à l'arrestation de son père. Il donna son point de vue sur l'aménagement des locaux, puis George lui prit familièrement le bras et l'emmena vers une maison en retrait de la future usine.

— C'est là que vous logerez, si cela vous convient. Je vais vous donner des serviteurs pour votre intérieur et pour tous vos besoins personnels.

Ils entrèrent dans la maison à ossature en bois. La région étant sans hiver, les parois en planches protégeaient surtout des ardeurs du soleil. Après le passage d'un ouragan, la reconstruction était facile. La couverture était constituée de chaume grossier que le jeune homme ne connaissait pas.

— Ce sont des roseaux qui poussent dans les rares endroits humides et sur le bord des rivières. Ils sont parfaits pour garder la fraîcheur.

La maison était assez grande, avec plusieurs chambres, un vaste salon et une cuisine qui occupait une partie du rez-de-chaussée. Augustin comprenait que son hôte le gâtait parce qu'il voulait profiter de son expérience, mais que c'était aussi pour l'honorer.

— Je ne me pardonnerai jamais de vous avoir laissé croupir parmi mes esclaves, vous, un compatriote de La Fayette !

— N'ayez crainte, répondit Augustin, j'ai appris là-bas tant de choses sur la nature humaine et sur le travail que je vous en suis redevable.

George lança un regard étonné à Augustin. La sagesse du Français n'était pas courante chez des jeunes de son âge. C'était un bon signe pour ses projets.

— J'ai une requête à formuler, précisa Augustin en français, car il mesurait combien George aimait s'exprimer dans cette langue qu'il parlait avec un fort accent. Je souhaiterais prendre à mon service un esclave de la plantation de tabac, un certain M'nongo, et la jeune Stilla.

— C'est d'accord. Je vais faire venir ce M'nongo. Maintenant, nous avons à travailler. Andresson et Alchey vont vous montrer les plans des machines commandées. Vous pourrez y apporter les modifications qui vous sembleront utiles.

Ils retournèrent à l'usine en construction. Andresson sortit une liasse de plans qu'il étala sur une table à l'ombre d'un vieil arbre, sorte de chêne vert sur lequel bruissaient une multitude d'insectes. Augustin découvrit rapidement que les connaissances en matière de filature des deux « spécialistes » étaient assez réduites. Lui bénéficiait du savoir de son père, mais il lui restait encore beaucoup à apprendre avec la laine végétale, que l'on appelait parfois « duvet des anges ». L'aventure le tentait, pourtant il n'envisageait pas de rester ici très longtemps. Il allait cependant attendre le retour des émissaires, conscient que ces gens du pays bien pourvus en or avaient plus de chances que lui de retrouver son père.

Il apprit qu'Andresson et Alchey étaient cousins, ce qui expliquait leur ressemblance, même si en les regardant de près Augustin les découvrait totalement différents. L'un avait un regard intense et fixe, les yeux marron de l'autre ne s'arrêtaient sur rien. Andresson restait sur ses gardes et se méfiait d'Augustin, alors que son cousin lui accordait une confiance spontanée. Il comprit tout de suite qu'il pouvait faire confiance à Alchey, mais qu'il devait se méfier d'Andresson, beaucoup plus sournois.

Le jeune Français expliqua que la machine à torsader les brins de coton ne devait pas être entièrement copiée sur celle destinée à la laine. Augustin se souvenait bien des adaptations que son père avait dû réaliser après de nombreux essais.

Quand il quitta l'usine, la nuit tombait lentement. Les deux hommes logeaient dans une aile du nouveau bâtiment aménagée pour eux, alors que le Français bénéficiait d'une véritable maison. Cela aussi avait contrarié Andresson, qui souffla à son comparse :

— Si on le laisse faire, il va s'imposer et nous, nous n'aurons plus qu'à aller ailleurs.

— Qu'est-ce que tu veux qu'il fasse que nous ne faisons pas ?

— Il est français, tu comprends ? Et ici, tout ce qui vient de France est sacré !

Marguerite appela Augustin, ce qui finit d'irriter l'Écossais.

— Mon cher, nous vous attendons pour dîner !

Augustin remonta vers la maison du maître au bras de Marguerite, qui ne cessait de pérorer.

— Père veut que j'épouse Albert Ghessy. Moi, je n'en veux pas. C'est un gentil garçon, mais il a la lourdeur d'un ours. Il n'apprécie pas la musique et déteste le français. C'est un manque de goût considérable !

— Les Français ont des ennemis partout, répondit évasivement Augustin. Et surtout sur les mers où les Anglais font régner la terreur.

— On dit que la révolution gronde à Paris. Le peuple ne se laisse pas faire, c'est un grand peuple. La Fayette nous a aidés à nous débarrasser du joug anglais, il faut lui faire confiance.

À l'évocation de Paris, sentant contre lui le bras de Marguerite et son épaule toucher la sienne à chaque pas, Augustin pensa à Isabelle de Ruffec. Quelle aurait été sa place ici, dans ce pays sans nobles, sans traditions, ouvert à ceux qui avaient des idées ?

— Je ne sais pas ce qui se passe à Paris, mais je doute que ce soit une bonne chose. Les Parisiens s'emportent pour un rien. Quand je suis parti, on sentait la colère comprimée, prête à éclater.

— N'en parlons plus. Je suis certaine que nous allons très bien nous entendre tous les deux !

Ils arrivèrent à la maison où George les accueillit avec sa bonhomie habituelle. Maria, la mère de Marguerite, était plus grande que son mari, d'une maigreur qu'elle cachait par des vêtements assez amples. Elle lançait des regards contrariés à sa fille, qui ne cessait de tourner autour du Français. Andrew arriva, toujours sombre, et se plaça près de sa mère. John présenta sa femme, Élisabeth, magnifique blonde au regard espiègle. Augustin fut désigné tour à tour comme spécialiste du filage du coton, musicien hors pair, et surtout Français venant de Paris, ce qui était sa principale qualité. On prit place à table. Maria donnait des ordres brefs et cassants aux esclaves de service. George, assis en face d'Augustin, racontait ses aventures pendant la guerre d'indépendance où il se donnait le beau rôle. Mais comme les affaires n'étaient jamais très éloignées de ses pensées, il précisa :

— Notre région devrait être favorable à la culture de la vigne. J'aimerais faire venir des plants de France et tenter l'expérience, qu'en pensez-vous ?

En moins d'une journée, l'avis d'Augustin était devenu indispensable en tout. Mais il ne connaissait rien à la viticulture.

— C'est vrai qu'en France la vigne est présente partout, même à Paris, dit-il. Mais je ne saurais vous dire comment on la cultive.

— Pensez-y quand même. Si vous avez un ami vigneron, une connaissance en France qui souhaite venir s'installer ici, je peux mettre à sa disposition de fort belles terres et des esclaves pour accomplir le travail.

Le repas se poursuivit en conversations plaisantes. Malgré lui, Augustin était attiré par la beauté d'Élisabeth, qui s'en était aperçue et lui souriait en coin. À côté de lui, Marguerite à qui rien n'échappait lançait des regards hostiles à sa belle-sœur. En bout de table, Maria rouspétait après les domestiques et les cuisiniers qui n'avaient pas bien travaillé. Andrew se goinfrait en silence ; John, qui n'aimait pas les regards que sa femme lançait au jeune Français, prétexta une grosse fatigue pour se retirer avant la fin du repas. Élisabeth le suivit, mais ne manqua pas d'adresser un dernier sourire à Augustin qui n'y répondit pas.

Après le repas, on passa au salon. Andrew fumait comme il mangeait, avec gourmandise. Il aspirait une quantité considérable de tabac, qu'il relâchait lentement en s'amusant des volutes bleues. Maria aussi tirait nerveusement sur sa pipe, même si son médecin le lui avait déconseillé.

Marguerite invita Augustin à jouer du clavecin, ce qu'il fit autant pour se mettre en valeur que pour se donner une contenance. Il se mit au clavier sans se soucier du visage de Maria qui se fermait, car elle ne doutait plus que le jeune Français allait semer la discorde dans sa maison. À la fin du troisième morceau, George bâilla et se leva. C'était l'heure d'aller se coucher. Augustin salua tout le monde et voulut s'absenter. Marguerite lui proposa de l'accompagner, tant la nuit était douce. Au moment où elle prit sa mantille, sa mère lui souffla :

— Fais bien attention à ton comportement avec ce jeune homme. N'oublie pas que tu es fiancée à Albert Ghessy qui, j'en conviens, n'a pas la grâce latine de ce Français. Mais ce serait une catastrophe de le vexer.

Marguerite sourit et rejoignit Augustin, dont elle prit le bras sans se soucier des propos de sa mère. Une fois dehors, elle dit :

— Mes parents m'ont fiancée à Albert parce qu'il est très riche, qu'il possède les terres après les nôtres et qui sont, paraît-il, meilleures. La famille d'Albert a investi beaucoup d'argent dans la filature de mon père, mais moi, je m'en fiche.

Ils marchaient en direction de la maison cédée à Augustin. En passant près du bâtiment nouveau de la filature, ils virent Andresson et Alchey qui prenaient l'air, assis sur un banc de bois. Il faisait vraiment très bon, les insectes crissaient, au loin des oiseaux de nuit se répondaient.

— C'est l'heure des Indiens, dit Marguerite avec une crainte dans la voix. Il ne faut pas trop s'éloigner. Ils surgissent de nulle part, tuent et disparaissent. Père et les autres propriétaires font des battues, il paraît que c'est une chasse amusante.

— Andresson ne m'aime pas, la coupa Augustin. Je l'ai compris à son premier regard.

— C'est un vieux grincheux. Parlez-en à père, il saura le faire taire. On dit qu'il est venu ici après avoir tué son patron dans le Michigan. À côté de ça, on dit qu'il est très ingénieux et habile.

— Si nous rentrions ? proposa Augustin.

La jeune fille pressa son bras sur celui du jeune homme. Elle n'était pas pressée et le montrait en adoptant une marche lente et insouciante.

— Je suis heureuse que vous soyez ici, ajouta-t-elle d'une voix plus douce. Vous m'apportez la vie, la joie. Que voulez-vous que je fasse avec ce maladroit d'Albert qui ne sait que parler d'argent ?

Tout en bavardant, ils étaient revenus à leur point de départ. Augustin voulut prendre congé. Marguerite se serra contre lui. Elle posa un baiser rapide sur ses lèvres et s'enfuit.

Augustin rentra dans sa maison où il trouva la lumière allumée. M'nongo l'accueillit :

— Merci, mon maître, de m'avoir fait venir ici où la vie sera plus facile que dans la plantation.

— Ne m'appelle plus jamais mon maître. Tu es mon ami, mon égal !

M'nongo sourit, découvrant ses magnifiques dents blanches.

— Depuis quand un Noir est-il l'égal d'un Blanc ?

— Depuis toujours, sûrement. Dieu l'a voulu comme ça, mais les hommes ont préféré choisir la voie du diable !

Une autre surprise attendait Augustin : Stilla était là. Il hésita à l'attirer contre lui, comme si, dans cette maison des Blancs, ils étaient séparés par leurs différences. Elle avait préparé une tisane à partir d'herbes sauvages dont les esclaves connaissaient les vertus. Le Français en prit une tasse en compagnie de M'nongo qui restait debout. Il ne pouvait se défaire d'une servilité qui n'apparaissait pas dans le village d'esclaves où il avait grandi. Après avoir, bu chacun se retira dans sa chambre. Augustin pria Stilla de le suivre dans la sienne. M'nongo, découvrant son lit, dit sur un ton naïf qui émut Augustin :

— C'est la première fois que je dors dans une chambre de Blanc !

Ses yeux brillaient de bonheur. Ce géant débonnaire, d'une grande intelligence et surtout particulièrement doué pour les langues, s'émerveillait d'un rien. La moindre gratitude de la vie était perçue comme un cadeau divin. Le plus petit geste généreux d'un Blanc le comblait.

Augustin rejoignit Stilla qui lui tendit les bras. Ils restèrent longtemps enlacés, debout à côté du lit. De la fenêtre ouverte venaient les bruits de la nuit. Le temps était très calme, serein. Augustin s'étonnait toujours de cette paix radieuse qui enveloppait le monde après la chaleur de la journée. Et il pensait à la tempête qui avait tout enseveli sous la boue et avait failli lui coûter la vie. Ce pays était celui des contrastes, passant sans transition d'un calme de paradis au déchaînement du vent, de la pluie, et de la foudre.

Stilla l'attira sur le lit. Ils firent l'amour sans parler, puis restèrent allongés l'un près de l'autre, les yeux ouverts dans la pénombre. Stilla avait posé sa tête sur l'épaule du jeune homme qui sentit ses larmes.

— Qu'est-ce qui ne va pas ? Pourquoi tu pleures ?

Elle renifla, posa un long baiser sur la joue d'Augustin.

— Je sais que je vais te perdre et je suis triste parce que je t'aime.

— Mais non, cesse donc de parler de la sorte. Tu es là, avec moi, chez les Blancs. Pourquoi veux-tu que ça change ? Moi aussi, je t'aime et…

Il n'alla pas plus loin parce que les arguments qu'il aurait pu mettre en avant n'étaient que des mots.

— Dors, mon amour.

Elle lui caressait la joue ; ses yeux se fermèrent malgré lui.

L'été 1790 passa. George Schelley était fier d'héberger un Français. Il l'emmenait partout avec lui, le présentait à ses amis et lui demandait son avis sur tout. En quelques jours, autant par son talent de musicien que par ses connaissances en filature de la laine et du coton, Augustin était devenu la coqueluche de ses hôtes, ce qui ne plaisait pas à tout le monde. Marguerite avait refusé de se rendre chez son fiancé Albert Ghessy qui l'avait invitée à une partie de campagne dans sa maison de Brandhy, près du fleuve. Albert s'était mis en colère, comprenant que Marguerite était amoureuse du Français.

Pourtant, Augustin s'ennuyait. M. Schelley, qui l'avait compris, tentait de le faire patienter en l'assurant que ses émissaires partis en Guyane seraient de retour à l'automne.

— Ce sont des hommes de confiance. Je suis certain qu'ils vous apporteront des nouvelles de votre père. Je leur ai donné beaucoup d'or, car vous m'êtes très précieux.

De son côté, John ne supportait plus ce jeune prétentieux qui se targuait de jouer du clavecin et de donner des conseils à Andresson et Alchey. « C'est un être creux, qui sous de belles apparences n'a rien d'intéressant, écrivait-il à Ghessy. Il n'a pas vingt ans et croit tout connaître. Je pense qu'il mérite une bonne correction. »

John vidait sa rancœur de cette manière en espérant qu'Albert Ghessy, qui ne brillait pas par sa malice, ferait à sa place ce qu'il lui suggérait. Car il ne supportait plus que sa propre femme, Élisabeth, ne cesse de tourner autour du Français.

Augustin acceptait volontiers les longues promenades en compagnie de Marguerite, qui lui prenait le bras et lui parlait de l'avenir comme s'ils étaient déjà fiancés. De loin, Stilla voyait avec peine le couple bavarder et rire avec insouciance. La jeune Noire ne quittait jamais la maison d'Augustin où elle faisait le ménage, s'occupait du linge de son maître, qui redevenait son amant une fois la nuit tombée. Elle comprenait les intentions de Marguerite et les acceptait. Son amour serait sans lendemain, elle le savait depuis sa première rencontre avec Augustin.

Il avait demandé que M'nongo soit toujours auprès de lui, ce que George Schelley lui accorda quand il comprit que l'esclave était intelligent, qu'il parlait l'anglais et le français avec une merveilleuse facilité et que ses réflexions sur la construction de l'usine étaient toujours justifiées. Il restait un esclave qui n'avait pas le droit de s'attabler parmi les Blancs, mais il n'était plus astreint à des tâches rebutantes.

Un soir, après avoir passé la soirée avec Marguerite et Élisabeth dans la salle de musique, Augustin retrouva M'nongo à la filature et ils rentrèrent chez eux par le sentier qui longeait la forêt. Ils parlaient des premiers essais avec des balles de coton dont la qualité laissait encore à désirer. M'nongo, qui avait l'instinct aiguisé et discernait les véritables pensées derrière les mots les plus anodins, n'accordait aucune confiance à Andresson.

— Il parle avec les yeux baissés, comme s'il ne voulait pas montrer ce qu'il pense. Son attitude a changé depuis le début. Nous devons nous méfier !

— Bah, Andresson est un vieux grincheux, mais il n'est pas si mauvais…

— Si, insista M'nongo. Je l'ai vu ces derniers jours en compagnie de John, qui considère que la filature est sa propre affaire. Celui-là est terriblement jaloux et n'aime pas que sa femme tourne autour de toi !

— Élisabeth est adorable, elle m'a demandé de lui donner des leçons de clavecin ! Elle s'ennuie dans cette maison de marchands !

— C'est une femme très curieuse ! Tu as séduit beaucoup de monde, mais tu t'es fait aussi de solides ennemis !

— George Schelley a besoin de moi et, tant que sa filature n'est pas terminée, personne ne me cherchera d'ennuis.

Il se trompait. En arrivant là où le sentier faisait un coude pour éviter un énorme rocher dressé vers le ciel, un groupe de Noirs surgit du taillis voisin. M'nongo, malgré sa force et son agilité, fut terrassé à côté d'Augustin qui tentait de se libérer. Les assaillants les frappèrent à coups de poing et disparurent aussi soudainement qu'ils étaient arrivés. M'nongo, le premier, se leva en se massant les flancs et aida Augustin qui grimaçait. Il put difficilement se remettre sur ses jambes. M'nongo le soutint.

— Je dois avoir une ou deux côtes cassées ! grogna le Français en tentant de marcher.

— Ça, c'est un avertissement, constata M'nongo. Tu comprends ce que cela signifie : les gars qui nous ont tabassés ont été commandités par quelqu'un d'ici, probablement John. On veut nous avertir qu'il est temps de déguerpir, qu'on gêne et que le coup prochain, ils n'hésiteront pas à nous tuer !

Ils arrivèrent à la maison où Stilla leur avait préparé de la tisane. Elle poussa un petit cri en découvrant le visage ensanglanté de M'nongo et Augustin plié en deux par une douleur insupportable dès qu'il tentait de se redresser. Elle l'aida à s'asseoir pendant que M'nongo se nettoyait. Elle passa à la cuisine, puis en revint quelques instants plus tard et tendit à Augustin un bol contenant un breuvage ocre très chaud.

— Bois ça, ça va calmer ta douleur.

Il porta le bol à ses lèvres, se brûla et fit un geste brusque qui lui arracha un gémissement de douleur.

— Il faut que tu te forces à le boire très chaud. C'est plus efficace.

Il réussit à avaler en grimaçant. Très vite, ses douleurs s'apaisèrent. Il lança un regard heureux à Stilla.

— Tu fais des miracles ! Qui t'a appris toutes ces choses ? demanda le jeune homme, toujours étonné du savoir de sa compagne.

— Nous, les esclaves, on est lié à la nature, aux plantes, aux animaux. On connaît leur langage et c'est ce qui nous permet de survivre dans des conditions que les maîtres ne supporteraient pas.

M’nongo s’assit sur le rebord du lit. Pour lui, l’avertissement était simple :

— Il faut qu’on s’en aille. Ici, on n’est plus en sécurité.

— C’est impossible. Les hommes de George auront tôt fait de nous rattraper. Le mieux, c’est de lui parler. N’oublie pas qu’il doit me donner des nouvelles de mon père.

— Ce n’est pas une bonne solution, le contredit M’nongo. Il faut essayer de partir sans rien dire à personne.

— Alors, trouve le moyen d’échapper à ceux qui vont nous poursuivre et de ne pas nous faire tuer par les Indiens dès qu’on aura quitté le domaine !

M’nongo savait que son ami avait raison.

— Il faut que tu me parles franchement, reprit Augustin, tu ne te plais pas ici. Je crois savoir pourquoi.

— Que veux-tu dire ? demanda M’nongo et revenant vers le lit avec une pointe de méfiance dans la voix. Tu es comme tous les Blancs, tu crois tout savoir et tu effleures les choses. Alors, parle-moi franchement.

— Je veux dire que tu es triste parce que tu n’as pas de femme.

M’nongo sourit et répondit avec condescendance :

— Et tu penses que le manque de femme me pousse à partir ! Mais tu ne vois donc rien ? Les femmes ne manquent pas ici ! Va faire un tour aux cuisines ou dans l’immense maison... Ne t’en fais pas pour moi, j’ai ce qu’il me faut. Si je pense à une femme, c’est à ma mère.

Augustin comprit qu’il avait parlé trop vite et sous-estimé son ami. Leur différence n’était pas seulement liée à la couleur de leur peau, à leur état, mais à un esprit qui ne s’arrêtait pas sur les mêmes choses.

Augustin passa dans sa chambre. Stilla s’allongea près de lui et lui caressa le visage du bout des doigts. Elle avait le pouvoir de l’apaiser ; sa bonté, sa générosité répandaient autour d’elle un climat de paix, de sérénité, de bien-être. Pourtant, depuis quelque temps, elle aussi avait changé. Augustin avait remarqué qu’elle ne marchait plus avec la même élégance, que son visage était fatigué. À ses questions, elle répondait toujours de la même manière, par un sourire heureux :

— Près de toi, je suis toujours bien. Je profite de chaque instant parce que tout a une fin.

Augustin protestait, car il n'imaginait pas vivre sans Stilla.

Le lendemain, il allait mieux. La douleur était toujours présente, mais il pouvait marcher et il se rendit à la fabrique où il retrouva George de fort mauvaise humeur. Il s'en prit à Alchey, l'ingénieur, qui n'aurait pas terminé ses machines à carder et à filer quand arriverait la première récolte. En fait, il était très en colère contre les Anglais qui infestaient les mers.

— Comment voulez-vous qu'on fasse du commerce avec l'Europe ? Que vais-je faire de mes fils de coton, de mes tissus, si je ne les vends pas à Paris ou à Londres ? Ce ne sont pas les rustres du Texas qui vont me les acheter !

Augustin raconta l'histoire de *La Belle Sultane,* protégée par des mercenaires, ce qui ne l'avait pas empêchée d'être vaincue par Bright. À l'évocation du capitaine anglais, le jeune homme ressentit un petit pincement au cœur. Qu'était-il devenu ? Sa famille avait-elle payé la rançon ?

Il mesura brutalement le poids de son ennui. L'océan lui manquait, avec le bruit des vagues, les embruns du petit matin et surtout cette sensation de mouvance, du sol qui se dérobe sous les pieds.

— Avez-vous des nouvelles de France ? demanda le jeune homme.

— Très peu. Je crois que le peuple a sombré dans la folie. Il aurait décidé de se gouverner lui-même. C'est le règne des coquins. La France s'en relèvera, c'est le plus grand pays du monde, mais à quel prix !

— Vous avez des nouvelles de vos envoyés en Guyane ?

— Je vous ai dit à la fin de l'automne ! Nous ne sommes qu'à la mi-septembre ! trancha Schelley.

Augustin, qui la plupart du temps prenait ses repas chez lui avec M'nongo, fut invité un midi à la table des Schelley. Il remarqua les regards sombres que lui adressait John. Élisabeth s'était excusée : la migraine l'obligeait parfois à rester dans le noir pendant plusieurs journées. Ce genre d'indisposition irritait George, qui n'y voyait que des bizarreries de femme.

Augustin pensait qu'Élisabeth avait été murée chez elle par son mari, toujours plus jaloux. Marguerite en profitait pour faire la belle autour du jeune homme sous le regard approbateur de son père. Andrew s'occupait surtout de son assiette qu'il vidait avec une rapidité étonnante. Ce fut Maria Schelley qui parla sans quitter son mari des yeux, preuve que tout était arrangé entre eux :

— Voilà, nous avons beaucoup réfléchi avant de prendre une décision importante qui concerne Marguerite. Il se trouve que nous ne sommes plus au mieux avec la famille Ghessy et qu'Albert ennuie de plus en plus notre chère fille.

Marguerite, placée à côté d'Augustin, buvait les paroles de sa mère. Augustin voyait où Maria voulait en venir, mais fit mine de ne pas comprendre.

— Quant à vous, Augustin, nous ne connaissons pas votre famille, mais nous la savons honorable et nous avons le ferme espoir de retrouver votre père. Votre sens de l'organisation, du travail du coton, de la laine et de la filature nous indiquent que vous pourrez prendre une part de plus en plus active dans notre affaire.

Pendant qu'elle parlait, George souriait. Augustin s'étonnait que, dans cette famille, ce soit la femme qui aborde les décisions importantes à côté du maître absolu. Quand elle eut fini d'évoquer la situation des Schelley au sein de la société très fermée des colons, George se racla la gorge et poursuivit :

— Marguerite est d'accord, Augustin. Si vous le voulez cette famille peut devenir la vôtre. Maria et moi vous accueillerons comme notre propre fils, si vous épousez Marguerite qui rêve de devenir votre femme.

Tous les regards se fixèrent sur Augustin, qui rougit. Il n'avait pas du tout envie de se marier, mais ne savait que répondre. Il pensait au passage à tabac de l'autre soir.

— Je me sens encore bien jeune pour accepter une telle responsabilité...

Marguerite se renfrogna et se dressa tout à coup :

— Vous voyez ! s'emporta-t-elle, je vous l'avais dit. Il est amoureux de sa Négresse. Fallait pas la lui donner.

La manière haineuse dont Marguerite venait de parler de Stilla irrita fortement Augustin. La « Négresse » était une femme merveilleuse, incapable de haïr. Certes, elle ne savait pas lire, mais avait une connaissance de la nature qui dépassait les médecines des Blancs. Offusqué, le jeune homme se leva et s'adressa à George :

— Je vous prie de m'excuser.

Il s'éloigna. Un domestique le rattrapa alors qu'il sortait de la maison.

— Le maître souhaite vous parler.

Augustin fit demi-tour et attendit George dans la pièce voisine de la salle à manger, où l'on commentait à voix basse la réaction du Français. Marguerite sanglotait dans les bras de sa mère. George, le menton luisant de graisse, s'approcha d'Augustin :

— Pardonnez la réaction de Marguerite, elle est très amoureuse de vous. C'est elle qui a voulu rompre avec Albert. Je n'y étais pas opposé : Albert est un niais incapable de conduire une affaire.

— Excusez-moi d'avoir pris la mouche un peu vite, répondit Augustin.

— Personne ne vous en veut, conclut George. Quant à votre esclave, à laquelle vous semblez tenir, vous pouvez la garder auprès de vous. Marguerite s'y fera très vite. Elle est un peu excessive, mais ça lui passera. Et puis c'est quand même vous qui commanderez dans votre ménage. Venez à table, l'incident est clos.

Augustin se laissa emmener par George, dont les paroles rassurantes étaient toujours des mises en garde. Ce gros homme qui soufflait beaucoup et s'agitait constamment avait, sous un fond généreux, une fermeté qui n'acceptait aucune résistance. Le jeune Français reprit sa place, George frappa du poing sur la table et demanda à chacun de s'asseoir, puis fit signe aux domestiques de continuer le service. Marguerite sécha ses larmes, Maria sourit à Augustin puis à son mari. Andrew demanda qu'on le resserve de viande et se mit à manger sans un mot. Seul John s'excusa et rejoignit sa femme dans leurs appartements.

George tenta de relancer la conversation avec Augustin en multipliant les questions sur la filature des Moncellier, évoqua la Seine qu'il imaginait majestueuse, Versailles dont on lui avait dit que c'était l'image même du paradis. Augustin parla de Paris, de ses rues boueuses, des bateaux sur le fleuve et de la misère du peuple. George fronçait les sourcils. La sombre évocation du jeune homme mettait à mal le rêve d'une ville somptueuse, pleine de lumière et de gens élégamment vêtus, de châteaux où l'on donnait des bals féeriques.

— Nous ne verrons jamais Paris, conclut-il, mais nous avons la chance et l'honneur d'avoir un Parisien chez nous ! Bientôt deux, puisque nous allons retrouver votre père et qu'il a sa place ici.

Au début de son séjour au domaine, Augustin s'était étonné de l'empressement des gens envers lui, surtout de George qui avait droit de vie et de mort sur ceux qui le servaient. Il comprenait désormais que cela cachait une volonté implacable. Le grand propriétaire lui donnait sa fille parce qu'il voyait en lui quelqu'un capable de poursuivre le domaine et d'amasser une immense fortune avec la filature de coton.

Pendant tout le repas, on ne parla plus du mariage. Marguerite avait retrouvé sa bonne humeur et, au moment de boire le chocolat que l'on servait très chaud dans des tasses en porcelaine, demanda qu'on se rende à la salle de musique. George qui, d'ordinaire, fuyait ce genre de distraction, se laissa emmener par Maria, prit place dans le fauteuil le plus confortable et se mit à siroter son chocolat avec l'expression du connaisseur qu'il n'était pas. Le maître s'obligeait ainsi à suivre la mode pour montrer son rang et se rassurer lui-même.

Augustin joua si bien que les larmes roulaient sur les joues de Marguerite. Après le chocolat, elle proposa au jeune homme une promenade dans les collines. Leurs chevaux sellés, ils partirent à bride abattue. Augustin peinait à suivre cette excellente cavalière. Ils s'éloignèrent tout en restant dans les limites du domaine car il fallait toujours redouter les attaques surprises des Indiens. La jeune fille arrêta sa monture à l'ombre d'un vieil arbre et invita Augustin à faire quelques pas à pied. Elle lui prit le bras et ils partirent entre les rochers. Ils se taisaient, pensant tous deux à l'incident du repas. Enfin, Marguerite se planta devant le garçon et le fixa dans les yeux.

— C'est vrai, Augustin, vous êtes plus jeune que moi et je comprends que vous ne vous sentiez pas encore capable d'assumer une famille. Pourtant, je vous aime. Pardon pour ce que j'ai dit sur votre esclave. Je suis jalouse.

— Vous ne devez pas être jalouse de Stilla, répliqua-t-il en souriant. C'est une femme merveilleuse qui connaît des tas de remèdes contre tous les maux. Je n'ai nullement l'intention de l'épouser, mais elle mérite d'être libre.

— Elle le sera, tout comme M'nongo. Je cèderai à tous vos désirs. Que voulez-vous encore ?

— J'ai cru comprendre que nos fiançailles ne plairaient pas à tout le monde. Votre père est d'accord, mais j'ai vu les regards hostiles de John. Je sais aussi qu'Andresson et Alchey me détestent car ils redoutent que je prenne leur place.

— John est jaloux de tout, répliqua Marguerite en posant sa tête sur l'épaule du jeune homme. Il a hâte de prendre la succession de notre père, qui n'a pas totalement confiance en lui. Andresson et Alchey ne comptent pas. Ils sont devenus inutiles et mon père ne va pas tarder à les remercier.

— Je sens une atmosphère qui m'est hostile et je pense que ceux qui m'en veulent n'hésiteront pas à me tuer, ajouta Augustin. Ici, la seule loi reste celle du plus fort.

— Mon père vous aime beaucoup, objecta Marguerite. Vous représentez son rêve de la France, mais il a surtout vu en vous le fils qu'il n'a pas eu. Car si John est un prétentieux jaloux, Andrew ne vaut pas plus cher. Il ne pense qu'à manger et à dormir.

Andrew était sûrement un goinfre, mais pas un mauvais garçon. Il ne parlait pas à table, trop occupé à vider son assiette, et lorsqu'il avait envie de s'exprimer sur un sujet, son frère l'arrêtait en devançant sa pensée. Augustin avait compris qu'il ne se dévoilait jamais totalement.

— Pourquoi n'est-il pas marié ?

— Parce qu'il était amoureux d'Élisabeth et que c'est John qui l'a épousée. Ici, les femmes sont rares et très convoitées, surtout quand elles ont une dot. Ma belle-sœur est une horrible égoïste. Elle tient mes deux frères dans le creux de sa main. Je suis certaine qu'elle est très gentille avec Andrew, tout comme elle voudrait l'être avec vous.

— Ce que vous me dites est monstrueux, remarqua Augustin.

— On pense qu'elle ne peut pas avoir d'enfant, c'est le grand drame de mon père et une des raisons pour lesquelles il veut vous faire entrer dans la famille. Et c'est bien ainsi puisque vous et moi, nous aurons sûrement de très beaux garçons pour continuer la lignée.

Elle lui offrit ses lèvres qu'il évita.

— Mais vous, vous ne m'aimez pas, constata-t-elle amèrement. Vous aimez Stilla, même si vous vous en défendez. C'est tellement évident que cela ne sert à rien de le nier.

— Rentrons, il se fait tard ! conseilla Augustin.

Ils remontèrent à cheval et chevauchèrent côte à côte sans échanger un seul mot. Le soir tombait lentement, le soleil descendait vers l'horizon dans un ciel très clair. George attendait Augustin et l'emmena au chantier de l'usine.

— Imaginez tout ce qu'on peut faire ici ! Il y a encore tant de terres à défricher pour produire toujours plus de coton. Et des esclaves à volonté. Vous pouvez bâtir ici une immense fortune !

— Vous allez vous mettre à dos la famille d'Albert Ghessy.

— Je m'arrangerai avec Albert. C'est un incapable. Je saurai le faire taire, et finalement je ne suis pas certain qu'il aime Marguerite. Mais ici, les colons sont peu nombreux et nous sommes obligés de prendre ce qui se trouve sur place, mais moi, j'ai eu la chance de vous trouver...

Augustin, qui ne savait comment exprimer le fond de sa pensée pour ne pas contrarier George, préféra changer de sujet :

— La grosse difficulté, c'est le transport du tabac et bientôt du coton en Europe. Je pourrais peut-être m'occuper de cela.

George tourna vers Augustin sa large face sanguine que sa moustache blanche barrait, avec en haut le front ridé et étroit, les yeux un peu globuleux et, en bas, des bajoues retombantes, un double menton qui frémissait à chacune de ses paroles.

— Vous dites que vous pourriez armer des bateaux pour l'Europe ?

— J'aimerais le faire, en effet. Pour cela, il faudrait que je retourne en Europe, que je réunisse une armée de flibustiers. Je crois qu'on peut se garder contre les attaques des Anglais et des Espagnols.

— Il y a aussi les Portugais, et n'oubliez pas les Français qui ne rechignent pas devant une proie facile. Mais on peut trouver des hommes, ici, en Amérique. Je peux vous donner des Noirs autant que vous en voudrez, insista George qui redoutait qu'une fois Augustin retourné en Europe, il ne revienne jamais.

— Non, répliqua Augustin, les Noirs ne connaissent pas la guerre sur l'eau. Il faut des hommes formés, sinon nous allons à la catastrophe.

Tout en bavardant, ils avaient fait le tour de l'usine déserte à cette heure. Les esclaves avaient regagné leur campement, Andresson et Alchey s'étaient retirés chez eux. La nuit était tombée, très claire, avec ses bruits habituels. George laissa Augustin sur l'allée qui conduisait chez lui.

Le jeune homme se dirigeait vers sa maison quand une silhouette épaisse surgit devant lui.

— Andrew ? Vous m'avez fait peur. Je ne m'attendais pas à vous trouver là.

Andrew s'approcha d'Augustin et se plaça à son côté comme pour marcher avec lui.

— Il fallait que je vous parle, dit-il de sa voix très particulière, sombre et en même temps chaleureuse. Voulez-vous que nous fassions quelques pas. La nuit est si agréable !

— Volontiers. Nous n'avons pas eu souvent l'occasion de bavarder.

— C'est vrai, admit Andrew. Ici, personne ne me demande mon avis parce que je passe pour un simplet. Mais je sais très bien ce que je fais. Et je voulais vous avertir parce que je vous aime bien. Il faut que vous partiez avant qu'il ne soit trop tard.

— Trop tard pour quoi ?

— Pour vous, insista Andrew. Ici, les comptes se règlent au pistolet ou à l'épée, mais sans sommation. On vous tue sans témoins. Le lendemain, les charognes ont emporté votre cadavre et tout est dit !

— Mais qui me tuerait ? demanda Augustin anxieux.

— Plusieurs personnes ont intérêt à cela. Albert Ghessy, bien sûr, mais c'est un lâche, il fera faire le travail par ses comparses. John aussi veut vous tuer, car vous allez prendre sa place.

— Comment ça ?

— Si vous épousez Marguerite, il ne sera que le numéro deux dans l'héritage. Fuyez cette maison malade, c'est le meilleur conseil que je peux vous donner.

Augustin réfléchissait. Pourquoi Andrew lui parlait-il de la sorte ce soir, alors qu'il semblait vivre en marge du domaine ? Personne ne lui demandait jamais son avis ; son propre père le méprisait.

— Le démon dans cette maison, c'est Élisabeth, ma belle-sœur, ajouta Andrew.

Augustin se souvint de ce que lui avait dit Marguerite. Il fit l'étonné :

— Je croyais que vous l'aimiez bien ?

— Tout le monde l'aime bien, c'est une séductrice. Mais Élisabeth n'aime personne. Depuis trois ans qu'ils sont mariés, elle se refuse à John, qui dort seul dans une chambre voisine, voilà pourquoi on dit qu'elle ne peut pas avoir d'enfant. J'étais amoureux d'elle et j'ai cru mourir de jalousie quand elle a accepté d'épouser mon frère. Mais elle se refuse à tous les hommes.

Augustin découvrait une face bien étonnante de la jeune femme si souriante et tellement agréable.

— Mon frère en devient fou. Vous devez donc vous méfier de lui avant tout les autres. Il vous tuera parce que vous avez pris beaucoup de place dans cette maison, mais aussi parce qu'il pense qu'Élisabeth pourrait vous céder.

— Pourquoi à moi plutôt qu'à un autre ? s'étonna Augustin.

— John le croit, comme il croit qu'elle cède à tous les autres hommes sauf à lui.

Le silence retomba entre eux. Ils arrivaient à la maison d'Augustin. Une lumière filtrait à travers le rideau de la fenêtre ouverte destiné à protéger l'intérieur des insectes de nuit.

— Je vous aime bien, précisa Andrew. Comme vous, je rêve de bateaux. J'ai confiance en vous et je vais vous faire une confidence : j'envisage de quitter le domaine, d'aller faire ma vie ailleurs, loin d'Élisabeth. J'ai quelques idées. Quant à vous, fuyez !

— Mais c'est impossible ! s'exclama Augustin. Votre père va envoyer ses gardes à nos trousses et puis, les Indiens...

— Je vous ai préparé un petit itinéraire, répondit Andrew en tendant une enveloppe à Augustin. Suivez-le et vous ne serez pas inquiété.

Le gros garçon s'éloigna dans la nuit. Augustin entra dans la maison où M'nongo l'attendait assis devant un feu dont il appréciait la lumière et les flammes vivantes. Stilla apporta une décoction d'herbes sauvages destinée à favoriser le sommeil et à éloigner les cauchemars. M'nongo lui adressait un regard grave.

— J'ai tout entendu, dit-il. J'étais caché dans l'ombre, tout près de vous. Un Noir ça ne se voit pas dans la nuit, c'est le seul avantage que nous ayons.

— Mais pourquoi tu en reviens toujours à ta couleur ?! s'emporta Augustin. Pour moi, tu es un homme comme les autres. Sache que tu t'es très mal caché parce que je savais que tu étais là, derrière la haie. Alors, justement, donne-moi ton avis. Est-ce qu'Andrew nous tend un piège ?

M'nongo réfléchit un instant en sirotant sa tisane sans quitter les flammes du regard. Stilla s'était assise par terre, tout près d'Augustin qui lui prit la main.

— Je ne le crois pas. Et si tu envisages de rester ici, tu dois te battre, sinon, tu mourras ! Il faut faire confiance à Andrew. C'est un risque à prendre si tu ne veux pas terminer abattu dans un coin. Je peux m'occuper de tout.

Stilla tourna un regard mouillé vers Augustin, qui l'attira contre lui et la garda longtemps ainsi, serrée. Sans rien ajouter, ils allèrent se coucher. Depuis quelque temps, le jeune homme avait remarqué que Stilla mettait moins d'allant dans ce qu'elle faisait. Elle grimaçait en portant la main à sa poitrine. Aux questions qu'il lui posait, elle répondait toujours la même chose :

— Je suis fatiguée, ce n'est rien, t'en fais pas.

Le lendemain, il se rendit à la filature où les essais des machines se poursuivaient. Elles avaient été construites sur les indications d'Augustin, mais les détails de la fabrication lui avaient posé pas mal de problèmes, résolus les uns après les autres avec l'assistance d'Alchey, qui se montrait très ingénieux et plein d'inventivité. Andresson était jaloux de la complicité née entre les deux hommes et s'en prenait avec brutalité aux esclaves qui transportaient les énormes pièces de bois destinées au futur atelier.

Tout au long de la journée, Augustin restait sur ses gardes : les endroits ne manquaient pas où pouvait se cacher son assassin. Le soir, invité à la table des Schelley, il échangea un regard entendu avec Andrew. Élisabeth, qui n'avait plus la migraine, se montra très enjouée, multipliant les compliments à l'égard d'Augustin. John ne prit pas part à la conversation et se retira quand ce fut le moment d'aller boire le chocolat dans la salle de musique. Augustin était un peu rassuré à la pensée que M'nongo se tenait à l'affût tout près de la maison et qu'il avait des yeux de lynx.

Quand ce fut le moment de rentrer, le jeune homme fut contrarié que George ne lui proposât pas une promenade. Il partit seul dans la nuit, vite rejoint par son ami qui le rassura.

Ils arrivèrent à la maison et s'étonnèrent que Stilla n'ait pas allumé la lampe à pétrole. À l'intérieur, le silence les surprit. M'nongo appela la jeune femme et tendit l'oreille à la nuit. Un insecte pris dans les mailles du rideau battait des ailes avec un agaçant bruit de tissu froissé. Dans la chambre noire, Augustin passa la main sur le lit en espérant que la jeune femme était couchée et rejoignit M'nongo qui constata :

— Stilla est partie !

— Pourquoi serait-elle partie ? s'étonna le jeune homme anxieux.

— Je savais qu'elle partirait, avoua M'nongo. Stilla ne veut pas te gêner. Depuis longtemps, elle pense à cela. À cause d'elle, tu refuses les offres des Blancs, et Stilla veut que tu rejoignes les tiens.

— Mais enfin, s'emporta Augustin, qu'est-ce qui lui a pris ?! Je l'aime, j'ai besoin d'elle. Depuis quelque temps j'avais remarqué qu'elle n'allait pas bien…

— C'est vrai, affirma M'nongo. Stilla est enceinte !

Augustin resta sonné. Pourquoi ne lui avait-elle rien dit ? Il fit quelques pas dans la pièce, puis sortit devant la porte.

— Faut aller la chercher. Faut la retrouver, tu entends. Je ne veux pas la perdre.

— D'accord, mais en pleine nuit c'est dangereux. Les Indiens rôdent !

Ils partirent au hasard, écarquillant les yeux et espérant un miracle. Ils appelèrent la jeune femme tout en restant sur leurs gardes. Ils fouillèrent une partie du parc et les alentours puis rentrèrent dans la maison vide. Augustin était désespéré.

— Attendons le jour, proposa M'nongo. On cherchera encore.

Quelques heures plus tard, ils repartirent et poussèrent l'exploration en dehors du domaine, là où la menace des Indiens était permanente. George entretenait une petite troupe de soldats armés pour surveiller les limites de son domaine et ses plantations. Malgré cela, les « Peaux rouges » arrivaient à s'infiltrer, massacraient les esclaves et brûlaient les cultures.

Augustin et M'nongo revinrent en fin de matinée, éreintés d'avoir parcouru la campagne accidentée. Augustin demanda à George de lui prêter des hommes pour pousser l'exploration plus loin, sur des terres dont il n'avait pas le contrôle. George accepta, même s'il fit remarquer qu'une esclave ne valait pas un tel remue-ménage.

Les recherches durèrent toute la journée. Les groupes armés fouillèrent les environs, espérant débusquer des Indiens qu'ils auraient questionnés, et revinrent bredouilles à la nuit tombée. George Schelley tenta de consoler le jeune Français :

— Dès demain, vous irez dans les deux villages d'esclaves et vous choisirez celle qui vous conviendra, je vous la donnerai de bon cœur.

Augustin secoua la tête. George ne pouvait pas comprendre que Stilla n'était pas une esclave pour lui, mais une merveilleuse compagne. D'ailleurs, George n'était pas fâché que ses domestiques n'aient rien trouvé : Augustin devenait plus disponible pour accepter sa proposition de mariage avec Marguerite.

À la nuit, le Français et M'nongo rentrèrent chez eux. Marguerite avait envoyé un billet à Augustin pour lui donner rendez-vous, mais il n'avait pas la tête à écouter les boniments de la jeune fille. Il demanda à M'nongo de laisser la porte entrouverte pour le cas où Stilla voudrait rentrer, puis s'allongea sur son lit. M'nongo le rejoignit une heure plus tard :

— Je ne peux pas dormir. Par son départ, Stilla a voulu t'indiquer qu'il était temps pour toi de rester chez les tiens.

Avec elle comme compagne, tu ne serais jamais un Blanc comme les autres.

— Que veux-tu dire ? demanda Augustin en se dressant sur les coudes.

— Toi, tu vas partir. Je sais qu'ici, tu ne retrouveras jamais ton père. Schelley te monte le coup depuis des mois. Accepte d'épouser sa fille et il ne te parlera plus jamais des émissaires envoyés en Guyane. Je te connais assez bien pour savoir que tu ne seras jamais heureux dans une plantation de tabac. Souvent, la nuit, quand tu rêves, je t'entends crier des ordres curieux : « Larguez les cargues de hunier et envoyez les perroquets ! » Je ne sais pas ce que ça veut dire, mais je sais que la mer t'appelle.

— Je dis ça en dormant ? s'étonna Augustin et tout son être se remplit du bruit de la houle, des voiles que le vent gonflait.

— Tu dis ça, répéta M'nongo et bien d'autres choses. Tu es habité par le démon de la mer. C'est comme ça et tu ne peux pas rester ici à rêver la nuit de ce que tu refuses le jour !

M'nongo s'était allongé à côté d'Augustin qui sentait le lit bouger à chacun des mouvements du géant.

— Je vais aller retrouver ma mère aveugle qui s'ennuie sans moi. Et puis, elle vieillit, elle a besoin que je l'aide. Ma mère a tant souffert !

Augustin, immobile, semblait ne pas avoir entendu. Il réfléchissait à ce que venait de lui dire son ami et mesurait tout à coup le poids de son ennui sur le continent américain. À côté de lui, M'nongo finit par s'endormir. Quand il ouvrit les yeux, les oiseaux faisaient leur habituel vacarme. Augustin bougea, se tourna lentement vers son ami et lui dit, comme s'il poursuivait la conversation de la veille :

— Tu as raison. Nous allons partir. Avec l'itinéraire d'Andrew, on peut espérer échapper aux Indiens…

— Enfin, tu écoutes l'appel en toi. Ce n'est sûrement pas la voie la plus sûre, mais c'est la tienne.

— Je pars, mais à la seule condition que tu viennes avec moi. Je ne veux pas me séparer de toi !

— Comment ? s'étonna M'nongo. Ce n'est pas possible ! Tu oublies que je suis noir, de la race des esclaves, et que je ne peux pas te suivre dans le monde des Blancs ?

— Si, insista Augustin, tu vas venir avec moi. Les Blancs t'accepteront parce que tu es beaucoup plus intelligent que la plupart d'entre eux, et tous les deux, nous sommes invincibles !

— Fais attention à ce que tu dis, tu pourrais vexer les dieux !

— Avec ta carrure et ton intelligence, je ne crains pas les dieux !

M'nongo prit la main d'Augustin et la serra très fort. Il était touché aux larmes par la marque d'amitié du jeune Blanc, il se sentait rehaussé au même niveau que ceux qui commandaient les siens. Pourtant, il ne pouvait pas accepter :

— Ma mère a besoin de moi. Et puis, si Stilla revient, je serai là pour l'aider à élever son enfant.

Augustin sursauta. Le rêve marin lui avait fait oublier que Stilla allait avoir un enfant de lui, un demi-Blanc comme on disait dans les plantations. À mi-chemin entre les patrons et les esclaves, les mulâtres formaient la cohorte des régisseurs, beaucoup plus durs envers les esclaves que les maîtres eux-mêmes. M'nongo précisa :

— Je sais que Stilla n'est pas retournée au village des esclaves. Elle restera invisible tant que tu seras ici. Tu dois t'habituer à ne plus jamais la revoir. L'enfant qu'elle porte est à elle, pas à toi.

Augustin pensait à sa propre famille : la douce Léa qui avait peut-être épousé Morisson ; Jules, l'enfant sauvage dont il ignorait ce qu'il était devenu.

— Comment va-t-on faire avec George et la famille Schelley ?

— Ils t'auront vite oublié. Mais tu peux écrire une lettre à George et à Marguerite. Les autres ne méritent pas que tu les préviennes. Si, Andrew qui a voulu t'aider. Lui aussi, tu peux lui écrire.

— C'est d'accord, M'nongo, nous partons. Mais je te précise bien, nous partons tous les deux.

Un grand sourire éclaira le visage du jeune homme. M'nongo aussi ressentait l'envie de s'échapper de ce domaine où sa condition d'esclave le minait. La vie auprès d'Augustin lui avait donné envie de connaître la mer, d'affronter de nouveaux dangers. Stilla, qui savait lire dans les étoiles, lui avait dit qu'il ne resterait pas esclave, qu'il deviendrait quelqu'un d'important. Il ne l'avait pas crue parce que les Noirs ne deviennent jamais importants, mais il espérait que quelques bribes de ce présage se réaliseraient.

— Tu vas rejoindre George comme tous les jours, précisa M'nongo. Moi, de mon côté, je prépare tout, je m'occupe des chevaux. Tout sera prêt, nous partirons demain matin à l'aube.

M'nongo prépara discrètement leur départ. Augustin redoutait à chaque instant qu'un événement imprévu contrarie son projet. En fin d'après-midi, il fit une promenade avec Marguerite et fut rejoint par Andrew, le lourdaud qui cachait bien son jeu. Sa présence à cette heure n'était pas fortuite. Il attendit que Marguerite se fût éloignée pour souffler à l'oreille d'Augustin :

— Vos ennemis sont prêts. Ils préparent froidement votre exécution. Vous devez partir au plus vite.

— Comment savez-vous cela ? s'inquiéta le jeune homme.

— On parle devant moi sans se méfier. Je suis un simplet qui ne pense qu'à manger, vous devriez le savoir, mon père vous l'a assez dit !

Augustin fit quelques pas en compagnie du gros jeune homme qui soufflait au moindre effort. La sueur roulait sur ses joues.

— Vous devez fuir. Mes projets rejoignent les vôtres.

— Qu'est-ce à dire ? Vous souhaitez que nous partions ensemble ?

— Non, sûrement pas. Mais je veux que vous restiez en vie. L'océan, bien qu'immense, réunit les gens. Et je me dis qu'avec un peu de chance, on se reverra et que nous pourrons collaborer. Ce soir, dites que vous êtes souffrant et ne paraissez pas au dîner. Ce sera plus prudent.

Andrew s'éloigna, laissant Augustin perplexe. Quel était ce projet dont l'océan était le centre ? Le Français décida de suivre son conseil et appela un domestique pour lui demander d'aller l'excuser auprès de George : une horrible migraine venait de le prendre soudainement et il devait se reposer.

Il rentra chez lui. Quelques instants plus tard, M. Schelley se fit annoncer. Augustin eut le temps de se mettre au lit et rassura son hôte : tout irait mieux après une bonne nuit de sommeil. Quand il fut parti, le Français se mit à rédiger une première lettre annonçant à George ce qu'il n'avait pas eu le courage de lui avouer de vive voix. Il ne partait pas pour fuir la famille Schelley, mais parce qu'il voulait retrouver son père. Il terminait en l'assurant qu'il reviendrait un jour et qu'il ouvrirait pour lui une route sûre vers l'Europe. À Marguerite, il exprima son grand bonheur de l'avoir rencontrée, ajoutant qu'elle n'aurait pas été heureuse auprès d'un homme appelé par l'océan et à l'avenir incertain. Enfin, il fit un mot à Andrew pour le remercier d'avoir été toujours aussi prévenant et l'assurer de son amitié. « Je suis certain que nous nous reverrons », conclut-il. Une fois les trois lettres cachetées et posées bien en évidence sur la table, M'nongo et Augustin se couchèrent pour dormir quelques heures, mais Augustin ne réussit pas à se reposer. L'image de Stilla ne le quittait pas. Où était-elle ? Dans la forêt où elle avait été dévorée par un puma ou mise à mort par les Indiens ? Il avait la certitude qu'elle était encore vivante, comme s'il l'entendait lui parler au fond de son être, lui dire des mots réconfortants. Pour Stilla, la distance et le temps n'étaient que des apparences déformant une réalité immuable.

M'nongo se leva bien avant le jour. Il rangea les provisions dans un sac, vérifia l'état des armes, la réserve de munitions et appela Augustin qui se leva à son tour.

— Tout est prêt. Le jour se lève, c'est l'heure où les animaux de nuit vont se coucher pour laisser la place aux animaux de jour.

— On y va ! répondit Augustin qui avait mal à la tête après une nuit d'insomnie.

Pourtant, il était heureux. Partir, quitter ce domaine où il se sentait prisonnier, échapper définitivement à ce monde sec, aride et brutal l'enchantait. M'nongo aussi était heureux, même s'il pensait encore à sa mère qu'il était allé voir la veille.

— Quand je lui ai dit que je partais, elle a souri et pleuré en même temps. « Tu es donc un homme libre ? » m'a-t-elle demandé. Alors, elle a pleuré parce que ma liberté la privait de ma présence, mais qu'elle acceptait son sacrifice. Elle m'a serré dans ses bras et m'a dit : « Va, essaye de leur faire oublier que tu es noir ! »

— Ta mère a raison, il n'y a rien de plus précieux que la liberté.

— C'est l'heure, décida M'nongo.

Ils allèrent chercher leurs chevaux aux écuries et prirent la direction de l'est. Les gardes de George Schelley qui patrouillaient toute la nuit les saluèrent et les laissèrent poursuivre leur promenade matinale.

Le plan d'Andrew était assez précis mais n'avait rien d'absolu. En dehors des limites du domaine, ils ne pouvaient compter que sur eux-mêmes. Aussi restaient-ils sur leurs gardes, redoutant les Indiens, les détrousseurs qui pullulaient au-delà des zones contrôlées par les milices des grands propriétaires. L'immensité du pays, les zones escarpées assuraient l'impunité aux pillards.

Andrew leur avait donné une carte assez précise de la région jusqu'à la mer. Ils se dirigèrent vers le golfe du Mexique, espérant atteindre la Nouvelle-Orléans en deux jours. Ils voyageaient sous un soleil intense et Augustin supportait toujours aussi mal la chaleur lourde de la région. Les chevaux souffraient également de la soif et ne pouvaient pas tenir un bon train. Ils s'arrêtaient aux rares points d'eau croisés et rechignaient à repartir. Augustin s'en prit à M'nongo qui avait choisi deux carnes bien incapables d'échapper à la charge de bandits ou d'Indiens.

— Avec ça, nous sommes bons pour nous faire tuer à la première embuscade !

M'nongo était confus. Il ne connaissait rien aux chevaux et avait pris les plus dociles. Ils se traînèrent ainsi toute la journée, s'arrêtèrent le soir dans une zone assez escarpée d'où ils pouvaient surveiller les alentours. M'nongo alluma un feu, ils mangèrent rapidement et dormirent chacun à son tour. Le lendemain, étonnés de n'avoir pas été importunés, ils retrouvèrent leurs montures un peu plus fraîches que la veille et poursuivirent leur route vers l'est.

— On devrait être à la ville avant la nuit. J'espère qu'on ne s'est pas trompés de chemin.

Ils arrivèrent à la Nouvelle-Orléans en milieu d'après-midi. Le port grouillait de monde. On débarquait des cargaisons d'esclaves qui avaient séjourné à Cuba pour la plupart. Les vendeurs discutaient les prix avec les clients, tous de riches planteurs comme George Schelley. La ville toute entière était tournée vers l'activité du port. Des navires en provenance d'Espagne et de France apportaient des marchandises et repartaient chargés de tabac, de coton dont la production avait été lancée en Floride, de bois précieux, de métaux rares et parfois d'or.

Augustin retrouvait l'ambiance des ports, la fébrilité des marins qui embarquaient, la joie de ceux qui arrivaient après plusieurs semaines de mer. Il aimait cette multitude bigarrée qui lui rappelait Rochefort et son ami Frédéric Melun. La France lui manquait. Il avait perdu la notion du temps et demanda :

— Quel jour sommes-nous ?

— Nous sommes le 14 octobre 1790 !

Depuis qu'il était en Amérique, Augustin n'avait remarqué aucun changement de saison. Les journées étaient quasiment identiques, avec toujours la même chaleur. Quelques tempêtes survenaient par moments et le soleil reprenait sa place immuable dans le ciel.

— En France, c'est l'automne et bientôt le début de l'hiver. Je ne sais pas s'il y fait très froid, mais il peut neiger... La neige ! Augustin l'avait maudite à Paris quand il grelottait dans la rue verglacée. Ici, dans un été sans fin, il y pensait avec nostalgie.

— C'est blanc et c'est froid, expliqua-t-il à M'nongo. Tu la prends dans tes mains et elle fond en eau !

M'nongo ne pouvait imaginer une poudre blanche tombant du ciel et recouvrant la campagne. Alors, il rêvait de neige, de froid, lui qui n'avait connu que la chaleur tropicale d'un bout à l'autre de l'année.

Ils entrèrent dans une taverne qui servait du vin, de la bière et de la gnole. Les marins venaient y dépenser leur solde en alcool et en filles avant de repartir sur les mers, tellement incertaines qu'ils n'étaient jamais sûrs de l'avenir. Augustin et M'nongo s'assirent à une table. Des regards contrariés se posaient sur M'nongo. L'accès à certains débits de boisson était interdit aux Noirs, mais les larges épaules du jeune homme imposaient une certaine retenue à ceux que sa présence gênait. Augustin avait posé une main sur son épaule pour bien montrer qu'ils étaient ensemble. Ils s'assirent à une table et une serveuse vint prendre la commande. Augustin remarqua qu'elle regardait M'nongo avec insistance et que ce regard était curieux et intéressé. M'nongo plaisait aux femmes, ce n'était pas la première fois qu'Augustin s'en apercevait.

— La serveuse te trouve à son goût ! dit-il. Elle n'a d'yeux que pour toi.

M'nongo sourit. Augustin ne lui avait jamais posé aucune question sur sa vie, mais il savait qu'il ne manquait pas de maîtresses. Il s'en expliqua :

— Maintenant que nous sommes loin de la plantation, je peux te dire que les femmes apprécient particulièrement les hommes discrets. C'est mon cas !

— Tu veux dire que...

— Je veux dire que j'ai connu beaucoup de femmes noires, et une seule Blanche.

— Bref, conclut Augustin en regardant la serveuse frôler son ami pendant qu'elle posait les verres et la bouteille de vin, tu n'es jamais tombé amoureux.

— Non, enfin si, mais n'en parlons plus.

Augustin n'insista pas. L'absence de Stilla le rapprochait du souvenir d'Isabelle de Ruffec. Était-ce parce qu'elle ne serait jamais à sa portée qu'il ne pouvait la chasser de ses pensées, ou alors parce qu'il l'aimait vraiment ? Il remplit les verres de vin et répondit en français :

— Je suis parti de Paris pour délivrer mon père, mais je suis aussi parti parce que la dame que j'aimais était trop belle, trop riche pour moi. Et puis la mer...

M'nongo sourit et demanda d'un air malicieux :

— Moi aussi, j'ai cru aimer une dame trop riche et trop belle pour moi.

— Ah bon ? s'étonna Augustin.

— Elle était venue chez les Schelley et avait demandé à George quelques esclaves pour la servir. J'avais dix-sept ans, elle m'a appris l'amour et l'anglais. Je brûlais de tout mon cœur. Et puis la dame est repartie ; c'était une cousine de Marguerite. Je ne l'ai jamais revue et c'est bien ainsi.

— Tu ne l'aimais pas ?

— Non. L'amour, ça n'arrive pas souvent dans le cœur d'un Noir, mais quand il y fait sa place, il ne s'en va pas de sitôt !

Deux hommes s'étaient approchés de leur table. L'un, le visage sombre, couvert d'une barbe mal rasée, un œil blanc immobile ; l'autre légèrement bossu, qui leva vers eux un moignon de poignet. Leurs vêtements étaient fripés, poisseux, preuve qu'ils venaient de débarquer.

— Je crois avoir entendu parler français ! dit celui à qui il manquait une main.

Sa voix était rauque, ses yeux larmoyaient, son visage aux profondes rides montrait une grande habitude de la gnôle.

— Je suis français ! dit Augustin en regrettant aussitôt d'avoir parlé de la sorte dans une auberge peuplée d'Anglais.

— Quelle bonne surprise, ajouta l'autre à l'œil blanc. Ce n'est pas souvent qu'on entend notre langue dans ce bout du monde où il n'y a que d'horribles Anglais. Permettez que l'on s'assoie à votre table.

Ils regardaient M'nongo avec curiosité. Comment un compatriote pouvait-il s'attabler avec un Noir juste bon à cirer ses chaussures ? Augustin leva toute ambiguïté :

— C'est M'nongo, mon ami. Il parle anglais, français et un peu espagnol. Il sait lire et écrire, nous ne nous séparons jamais.

Les épaules de M'nongo impressionnaient le borgne, qui remarqua aussi son sourire franc et son beau visage qui n'était pas celui d'un Noir « ordinaire ».

— Vous venez de France, ajouta Augustin. On m'a dit que le pays était à feu et à sang.

— Oui. On ne sait plus où va la France. Dans les campagnes, les vilains attaquent les châteaux, pillent et tuent les nobles. À Paris, les factions s'affrontent et le peuple a faim.

Les deux marins commandèrent de la gnôle et vidèrent leur verre.

— Moi, c'est Gardin, Alphonse Gardin, capitaine du *Vaillant*. Lui, c'est mon second, Fortuné Ferrant. Nous venons de Marseille.

Gardin avait une voix rauque, brûlée par l'eau-de-vie. Augustin avait remarqué que son poignet tremblait en portant le verre à ses lèvres. Son œil immobile dérangeait. On y sentait comme une menace imprécise. Ferrant semblait plus solide, mais aussi plus nerveux, impulsif.

— Nous avons fait une traversée sans histoire. Pas de tempête, juste quelques coups de tabac, et surtout pas de pirates. On a trouvé une route où ils ne s'aventurent pas.

— C'est une chance, admit Augustin, qui pensait aux deux attaques subies lors de sa propre traversée.

— L'important, ajouta Gardin, c'est de ne pas faire route avec les autres. Les pirates se trouvent là où c'est le plus rentable. Il vaut mieux faire un long détour et être tranquille.

— On passe par les mers du Sud, précisa Ferrant, ça rallonge beaucoup, mais on n'est pas à un mois près quand on peut éviter les mauvaises rencontres.

— Si vous êtes dans cette auberge, c'est que vous cherchez un engagement sur un bateau, n'est-ce pas ? demanda Gardin.

Augustin regarda M'nongo et s'étonna de cette question, comme s'il découvrait que les auberges étaient le lieu de rendez-vous des capitaines et des matelots en quête d'embarquement.

— Oui, répondit le jeune homme, mais nous voulons faire escale à Cayenne.

— Nous repartons vers le sud, nous allons traverser le golfe du Mexique et entrer dans la mer des Antilles. C'est notre route pour échapper aux pirates. Ce n'est pas la meilleure, je suis d'accord, poursuivit Gardin, nous avons des courants contraires, surtout dans la mer des Antilles, mais on suit les contre-courants de la bordure des côtes, puis on traverse en direction du nord, on passe à l'est de la mer des Sargasses en évitant de se faire piéger dans la zone sans vent, on entre en Méditerranée vers Marseille. Il faut surtout éviter le large des côtes portugaises et françaises, c'est là que se concentrent les attaques.

— Et à Marseille, comment acheminez-vous les marchandises ?

— Par voie de terre. C'est un peu plus cher, mais c'est plus rentable que de risquer de perdre un bateau sur deux !

Les deux marins avaient vidé leur bouteille de gnôle et commençaient à avoir l'élocution difficile. Ferrant se leva le premier :

— Si vous êtes intéressés, nous serons sur le port demain matin. Nous partirons demain soir avec la marée. On fera escale à Cuba, vu qu'il y a du commerce à développer à cet endroit.

Ils traversèrent la pièce entre les tables. Gardin titubait. Augustin s'étonna :

— Ces deux-là boivent beaucoup. Je ne suis pas certain que ce soit le meilleur moyen de partir à Cayenne.

— Ils font escale à Cuba. On peut tenter l'aventure, ce n'est pas si loin. Ensuite, nous aviserons, proposa M'nongo qui avait hâte d'embarquer.

— On dit que le climat de Cayenne est terrible. J'espère que mon père a pu y résister. Je me dis que s'il a survécu à la discipline de Rochefort, il peut tout supporter !

— Garde espoir, lui conseilla M'nongo avec un sourire amical. Nous allons le retrouver et le ramener à Paris.

— Le plus dur restera à faire : faire réviser son procès et condamner le coupable. Avec ce qui se passe là-bas, je doute qu'on y arrive !

— Surtout ne perds pas confiance !

Le lendemain matin, ils trouvèrent *Le Vaillant* sans difficulté. Augustin fut étonné de découvrir un trois-mâts à la forme élégante, parfaitement entretenu. Des matelots travaillaient à vérifier les voiles et les haubans. D'autres chargeaient des caisses de tabac et des grumes d'acajou. Gardin les aperçut et braqua sur Augustin son œil unique.

— Alors, c'est décidé, vous venez avec nous ?

Ferrant descendit du bord par la passerelle en planches et s'approcha à son tour :

— Nous manquons d'hommes. Ici, ce n'est pas facile de trouver des matelots qui ont déjà mis le pied sur un bateau. Vous donnez un coup de main au chargement ?

Augustin et M'nongo se mêlèrent à la foule des portefaix. L'imposante taille du Noir faisait son effet, mais beaucoup ne voyaient en lui qu'un esclave et ne se gênaient pas pour le bousculer. Le soir, vers six heures, quand tout fut prêt, le capitaine et son second se placèrent devant la passerelle et appelèrent les matelots dont beaucoup, complètement ivres, peinaient à se tenir debout. Augustin remarqua que Gardin avait, lui aussi, la voix hésitante.

— Je ne suis pas certain qu'on ait raison de s'embarquer sur ce magnifique bateau commandé par un buveur d'eau-de-vie, s'inquiéta Augustin.

— C'est pas si grave, répondit M'nongo tout excité à l'idée de naviguer, lui qui n'avait jamais mis le pied sur un bateau depuis que sa famille avait été ramenée d'Afrique. Cet homme connaît son métier, ça se voit !

C'était pour lui comme un retour au pays. Il allait quitter le continent américain où il n'était qu'une bête de somme pour découvrir le reste du monde et peut-être retourner sur la terre de ses ancêtres. De plus, il était avec Augustin, son ami dont la vraie vie allait commencer.

— Nous deux, ajouta-t-il, on se complète. Moi, j'ai la force et je sens le danger. Je pourrai te protéger et toi, tu m'emmèneras là où je n'aurais aucune chance d'aller seul...

Ils embarquèrent. Une fois sur le pont, Gardin rassembla tout le monde et distribua les rôles. Les anciens matelots avaient déjà rejoint leur poste, certains grimpaient dans la voilure, les autres se préparaient à larguer les amarres.

— Nous avons plusieurs recrues à qui les anciens vont enseigner le métier. L'un d'eux, M'nongo est noir. Je vous demande de le traiter comme les autres. Il parle trois langues, ce qui doit vous inciter à le respecter.

Enfin, Ferrant s'adressa aux lieutenants Barrot et Siluar. Gardin prit lui-même la barre tandis que Barrot ordonnait de libérer *Le Vaillant* de ses attaches. Le grand navire s'éloigna lentement du quai en se balançant. Il dérapait et Ferrant surveillait sa manière de culer. Barrot criait des ordres aux matelots affectés aux voiles. Siluar se tenait avec les autres, qui manœuvraient à bras. Ils actionnaient de lourdes rames qui poussaient le navire vers les pleines eaux.

— Bordez les écoutes, hissez la grand-voile, l'ours d'artimon. Et la misaine ? Mais qu'est-ce que vous foutez ? Vous dormez encore ?

Émerveillé, M'nongo regardait la lourde coque glisser sur l'eau et s'orienter à la petite brise. Siluar, en passant près de lui, cria :

— Mais qu'est-ce que tu attends pour aller avec les hommes à bras, tu ne vois pas que le courant va s'inverser après la digue ?!

M'nongo prit la rame qu'un autre actionnait et pesa de tout son corps sur la pièce de bois qui craquait. L'estomac brouillé, il ressentait une curieuse impression, comme une envie de vomir.

Le Vaillant, toutes voiles dehors, arriva au bout de la jetée et sembla hésiter sur la route à suivre, malgré les efforts des rameurs. Les voiles claquaient, vides de ce vent qui les portait quelques instants plus tôt. Augustin remarqua ce flottement et se dit qu'il faudrait larguer le foc et le petit hunier pour garder le cap, car la vitesse était trop faible pour que la barre soit pleinement efficace.

— Cap sud est quart est ! hurla Gardin de sa voix d'alcoolique.

— Route directe au plus serré ! cria à son tour son second, qui s'en prenait aux rameurs trop mous.

Il remarquait en même temps combien le grand Noir était efficace et se disait que c'était là une excellente recrue. Le hasard voulut qu'il se trouvât à la hauteur d'Augustin.

— Et toi, qu'est-ce que t'en penses ? demanda-t-il au Français sur un air moqueur. Je crois que tu as déjà navigué.

— Il faudrait aussi larguer le grand et le petit perroquets, serrer les amures au plus près.

Ferrant resta un moment sans voix. Il ne s'attendait pas à entendre des termes aussi précis dans la bouche de ce freluquet qui n'avait qu'une traversée à son actif. Il s'étonna :

— Comment tu sais ça ? Tu parles comme un capitaine !

Ferrant donna l'ordre de sortir un peu plus de voile pour maintenir le navire dans son axe, car il commençait à lofer, hésitant toujours sur la direction à suivre, s'inclinant à tribord puis à bâbord avec la lenteur de l'indécision. La surface portante supplémentaire eut pour effet de le stabiliser un instant, puis il fut pris dans un tourbillon d'eau et vira carrément sur bâbord. Siluar s'en prit aux hommes de bras qui n'avaient pas su contrer le mouvement du trois-mâts.

Enfin, *Le Vaillant* retrouva son cap sous la pression des voiles à contre. Gardin eut le réflexe de mettre la barre à droite pour stopper le mouvement du bateau, qui allait fatalement virer à tribord ; il attendit qu'il se fût stabilisé, puis donna de la barre en sens inverse pendant que Ferrant ordonnait de contre-brasseyer. Alors, *Le Vaillant* se stabilisa. Les rameurs purent souffler. Les voiles venaient d'accrocher un vent régulier qui les poussait vers le large sans obstacle en vue.

Gardin abandonna la barre à Barrot, qui était un vieux marin, aguerri aux difficultés que rencontrent les gros bateaux au moment de s'éloigner des ports. Conçus pour affronter les hautes mers, ils étaient toujours très difficiles à manœuvrer par eaux basses et près des côtes. Ferrant rejoignit Gardin et fit appeler Augustin :

— Dis donc, toi, tu ne nous as pas dit la vérité. Tu connais la navigation ?

— J'ai surtout navigué à fond de cale.

— Alors comment tu sais tout ça ?

Comment en effet ? Était-ce des restes de ses lectures anciennes, de ses rêves où fréquemment il se voyait aux prises avec une mer en furie, à sa manière d'imaginer les grands bateaux qui le fascinaient ? Les leçons de Bright n'étaient pas perdues, mais il préféra esquiver :

— Je ne fais que répéter ce que j'ai entendu !

Les matelots qui n'étaient pas de quart se retiraient dans les gaillards. Ils ne se connaissaient pas tous, mais les anciens étaient là pour guider les nouveaux. Ils bavardaient en buvant de la gnôle, jouaient aux cartes ou aux dés. Les jeux de hasard restaient leur principale distraction. Ils y perdaient leur solde ou leur réserve de gnôle, mais la chance tournait souvent et tous y trouvaient leur compte.

Une fois au large, *Le Vaillant* prit la direction ouest pour accrocher le courant qui lui permettrait d'atteindre aisément l'île de Cuba car les vents étaient faibles dans le golf presque fermé.

M'nongo faisait son effet. Les matelots n'avaient pas l'habitude de voyager avec un Noir. Ils avaient côtoyé des esclaves, mais jamais aucun n'avait pris place dans un équipage. Ils s'étonnaient de le voir répondre en anglais et parfois en espagnol, de parler le français avec Augustin. Chez ces hommes simples, habitués à la différence, la couleur de la peau n'était pas un critère décisif, d'autant que beaucoup d'entre eux avaient le teint sombre. Et puis la prodigieuse force de M'nongo incitait au respect. Au début du voyage, il se laissa tenter par le jeu, mais ce garçon intelligent y était d'une maladresse totale. Il perdit tout ce qu'il possédait et décida d'arrêter.

Les jours passaient dans une navigation molle. *Le Vaillant* ne dépassait pas trois nœuds, ce qui faisait redouter à l'équipage de manquer de vivres et d'eau potable. Les voiles pendaient, molles. Le soir, seulement, une petite brise plein travers permettait de naviguer grand largue par tribord, mais sans rattraper le temps perdu. Seul le courant emportait le bateau à sa petite vitesse, que modifiaient les marées en imposant un louvoyage par plein sud. Selon les heures de la marée, ces manœuvres étaient contrariées par l'état du capitaine et de son second. Gardin et Ferrant, ivres à tituber, donnaient des ordres en dépit du bon sens. Les matelots avaient l'habitude et n'obéissaient qu'aux ordres du lieutenant Siluar, toujours sobre. Austère, droit, parlant sèchement, il guettait sûrement l'occasion d'une grosse faute de ses supérieurs pour se faire nommer capitaine par ses hommes. L'un d'eux, le vieux Raffot, expliqua à Augustin qu'il appréciait pour son sens de la mer :

— C'est toujours ainsi. Au début, Gardin se tient à peu près et commande correctement, mais à mesure que le temps passe à bord, il boit de plus en plus, suivi par son second. Ensuite, on se débrouille. On a eu beaucoup de chance jusqu'à maintenant.

— Pourquoi ne nommez-vous pas Siluar, qui semble être un bon navigateur.

— Parce que c'est un mauvais type. Il n'a aucune pitié, aucune humanité. Il veut tellement le pouvoir qu'il est capable de tuer pour cela. Non, on ne veut pas de lui.

Raffot était un des rares matelots qui n'appréciaient pas la gnôle et gardait la tête claire en toutes circonstances. Il exprima sa crainte :

— Je redoute une tempête, une vraie ! On est incapable de s'en sortir car les matelots refusent souvent d'obéir à Siluar, ce qui le rend plus méchant encore et lui fait commettre des bévues. Oui, *Le Vaillant* est à la merci du premier gros coup de vent.

— Et tu continues de naviguer dans ces conditions ? s'étonna Augustin.

— Que veux-tu que je fasse d'autre ? Et puis, nous les marins, savons que Dieu protège toujours les ivrognes parce que ce sont des gens malheureux. D'ailleurs, quand le vent souffle trop fort, souvent Gardin retrouve sa lucidité, mais cela ne dure pas. Il ne faudrait pas une tempête trop longue, tu comprends...

Ils avaient la chance que la mer soit calme. Pour occuper le temps, comme le bateau ne filait pas plus de trois nœuds, les marins pêchaient avec des lignes à main, prenaient de magnifiques poissons qui amélioraient l'ordinaire de l'équipage. Ils mangeaient aussi des galettes de blé, des pommes de terre, nouvellement arrivées sur les bateaux, mais qui se conservaient mal. Beaucoup d'équipages les refusaient parce que, pourries, les tubercules avaient une odeur de cadavre qu'ils interprétaient comme un mauvais présage.

Au bout de trois semaines de navigation, ils atteignirent l'île de Cuba. Pour Augustin et M'nongo, le plus difficile commençait : trouver une embarcation pour Cayenne.

L'île se trouvant à l'avant-poste de la traversée sud de l'Atlantique, il était aisé d'accrocher les courants qui contournaient la mer des Sargasses, remontaient vers l'Amérique du Nord, et d'atteindre les côtes françaises ou anglaises. Par contre, ceux qui faisaient le choix de passer par le sud devaient affronter des cisaillements de courants, des vents irréguliers. Ils atteignaient difficilement les côtes africaines et espagnoles, en un temps toujours trop long, mais les attaques de pirates étaient plus rares.

Une fois la marchandise du *Vaillant* débarquée, les matelots s'éparpillèrent dans les tripots qui pullulaient autour du port. La population était mélangée : beaucoup d'esclaves avaient réussi à s'affranchir et menaient leur vie au milieu des Blancs qui les considéraient comme leurs égaux.

Mais Cuba n'était pas le but d'Augustin. La chance était de son côté : le deuxième soir, Gardin leur annonça qu'il venait de trouver une cargaison de tabac à acheminer à Cayenne. L'opération, bien payée, méritait toute son attention. Il réunit ses matelots et leur dit :

— Je sais que vous êtes tous pressés de retourner chez vous, mais les affaires ne marchent pas aussi bien qu'on le voudrait et ce détour va vous permettre de doubler votre solde. Les commanditaires paient bien et tout le monde y trouvera son compte. La mer des Caraïbes n'est pas dangereuse, nous avons un bateau qui avance bien à contre-courant, cela ne nous prendra pas plus d'un mois.

Les marins étaient d'accord, sauf Siluar qui expliqua qu'on entrait dans la saison des tempêtes.

— Si on nous propose à nous cette livraison, c'est que les marins d'ici, qui connaissent l'endroit, n'en veulent pas. Cela devrait suffire à nous mettre en garde.

Personne n'aimait Siluar, mais c'était un marin expérimenté, son avis devait être pris en considération. Pourtant, le gain supplémentaire que représentait le voyage poussait les matelots à accepter. Gardin mit la question au vote. Tout le monde était prêt à partir ; seuls Siluar et ses quelques fidèles ne levèrent pas la main.

M'nongo poussa Augustin du coude :

— Tu vois, Dieu souhaite que tu réussisses. Il te facilite la tâche en t'offrant un embarquement facile.

— J'espère que tu dis vrai. Dieu ne s'est peut-être pas mêlé de ça, mais le diable, lui, pourrait bien avoir tout manigancé.

Les deux jours suivants furent consacrés au chargement du bateau. Les balles de tabac n'étaient pas très lourdes et, comme il restait de la place, on chargea des tonneaux d'alcool fabriqué à partir du sucre de canne, cette curieuse plante qui ressemblait à une grosse herbe. Au retour, Gardin espérait trouver un chargement de bois précieux pour la Nouvelle-Orléans. Il faisait ainsi une très bonne affaire sans prendre le risque d'affronter l'Atlantique.

À la fin du chargement, Gardin remarqua que *Le Vaillant* gardait un bon tirant d'eau, ce qui le rendrait plus maniable dans les manœuvres au plus près du vent. Le bateau largua les amarres au soir du 18 novembre 1790. Le contournement de la pointe de l'île fut assez aisé grâce au vent et aux courants favorables. Trois jours plus tard, il vira à tribord et passa le détroit de Yucatán, où les hauts-fonds constituaient une menace permanente. Gardin, qui n'éprouvait pas encore le mal de l'isolement, ne buvait que ce qui était nécessaire au bon fonctionnement de son organisme et dirigeait les manœuvres avec précision, secondé par Ferrant, qui s'occupait surtout des voiles. Siluar prenait plaisir à le contrarier, ce qui fit monter la tension entre les deux hommes. Gardin mit bon ordre à cela en menaçant Siluar de le faire enchaîner à fond de cale s'il n'obéissait pas à son supérieur. L'homme serra les dents et se tut jusqu'à ce que le navire fût sorti de la zone dangereuse.

Le bateau s'engagea dans la mer des Caraïbes, réputée pour ses tempêtes brèves et imprévisibles à cette période de l'année. Gardin savait que la crainte de Siluar était justifiée, et, pour cette raison, il décida de ne pas prendre le chemin le plus court, mais de naviguer assez près des côtes, où généralement les vents étaient moins forts qu'au large. Après deux semaines de navigation, le capitaine sombra dans une ivresse permanente, accompagné par son second qui n'avait pas suffisamment de personnalité pour résister à une invitation à boire.

Siluar reparut sur le pont pour régler les manœuvres, ce qui ne plut pas aux matelots, fortement remontés. Il s'en prit à M'nongo, l'accusant de ne pas avoir obéi assez promptement à son ordre de larguer les amures. Il se lança dans une diatribe contre ce Noir qui n'était qu'un esclave. L'équipage en fut irrité, car M'nongo s'était fait sa place parmi eux.

Face aux grognements hostiles, Siluar sombra dans une terrible colère. On alla chercher le capitaine et son second, mais l'un et l'autre étaient tellement ivres qu'ils ne purent pas monter sur le pont. Le vieux Barrot, qui faisait office de sous-officier et avait la confiance de l'équipage, prit la parole. Aumônier du *Vaillant,* c'était un homme ouvert aux autres, toujours de bon conseil. Il fit remarquer à Siluar que ses propos étaient déplacés et qu'on n'obtenait pas l'obéissance par la haine et la colère. Siluar, ivre de rage, frappa Barrot, qui roula sur le pont. M'nongo s'interposa. Siluar se jeta sur le Noir qui n'eut pas de mal à le terrasser. Gardin arriva en titubant et ordonna à tout le monde de reprendre sa place. L'incident était clos, mais il ne resterait pas sans conséquences.

Après l'estuaire du Hendô, Gardin, dans un de ses rares moments de lucidité, décida de couper droit pour éviter le golfe du Honduras. *Le Vaillant* s'éloigna donc des côtes qu'il avait suivies à une quarantaine de milles pour affronter la haute mer. Siluar, pour une fois aidé par Barrot, voulut mettre le capitaine en garde contre le risque de tempête ; celui-ci ne voulut rien entendre. Pourtant, certains détails inquiétaient Barrot, qui dit à Augustin :

— En mer, un trop grand calme est toujours mauvais signe.

En effet, depuis que le bateau filait vers le grand large, le ciel restait sans nuages ; un vent de terre très régulier permettait une navigation aisée. Les oiseaux de mer étaient de plus en plus rares, mauvais présage que le capitaine, s'il n'avait été totalement ivre, aurait dû remarquer.

— Les goélands et les albatros suivent les bateaux très loin au large. On en rencontre souvent à des dizaines de milles de toute terre. C'est curieux qu'on n'en voie plus depuis hier.

M'nongo, qui devinait les choses plus qu'il ne les déduisait, qui sentait avec un instinct sûr les moindres menaces, était tout aussi pessimiste :

— Il y a quelque chose qui pique dans l'air, tu ne le sens pas ? J'ai comme l'impression d'être au sommet d'une montagne et de basculer dans le vide.

Augustin sourit. M'nongo l'avait habitué à ce genre de mises en garde qui dénotaient une anxiété profonde liée à sa méconnaissance de la mer. Le temps était magnifique, le soleil resplendissant, que pouvait-il arriver ?

— T'en fais pas, on file d'un bon train, *Le Vaillant* est un excellent navire que ne méritent pas ses propriétaires. Une fois à Cayenne, nous les oublierons bien vite.

— Que Dieu t'entende !

La nuit passa. Le jour se leva, différent des précédents. D'abord, Augustin remarqua la brume, qui s'élevait de l'eau en lentes volutes blanches. Le vent s'était calmé, *Le Vaillant* faisait du surplace. M'nongo lui montra la barre sombre sur l'horizon. Barrot s'inquiéta :

— Cette barre cache la tempête. Je vais aller trouver Gardin.

Le sous-officier se rendit au château, près du gaillard d'avant. Gardin se réveillait lentement d'une épaisse nuit. Il n'était pas encore ivre, mais ses mains tremblaient. En manque d'alcool, il était incapable de faire un pas hors de sa cabine.

— Le temps se gâte, annonça Barrot. Il nous faut un capitaine dont personne ne va contester les ordres, tu comprends ?

Gardin prit fébrilement sa bouteille posée sur la table et porta le goulot à ses lèvres. Quand il eut bu quelques gorgées, il se sentit mieux et décida :

— Montons sur le pont et voyons la mer.

Malgré le soleil qui se levait, la mer était d'un noir d'encre. Aucune lumière ne pénétrait la surface. Des vaguelettes se heurtaient en égrenant une écume aussitôt avalée par la nuit du flot. Un léger creux s'était formé, très lent, *Le Vaillant* descendant lentement et montant au fil des larges ondes sombres. À l'inverse, le ciel, toujours très clair, était d'une transparence totale. On pouvait croire qu'il suffisait de tendre la main pour cueillir la lune qui se couchait ; les dernières étoiles semblaient suspendues juste au-dessus des pommes de mâts.

— Tout ça n'est pas bon, constata le capitaine.

Les hommes de quart s'occupaient du gréement sous les ordres de Ferrant, qui n'avait pas encore mis le nez dans son verre. Le second était généralement efficace le matin, mais il ne fallait plus compter sur lui en fin de journée. Il s'enfermait dans sa cabine et on ne le revoyait pas jusqu'au lendemain à l'aube. Gardin le rejoignit.

— Ça pourrait bouger, dit Ferrant. Je surveille depuis la fin de la nuit. Mais rien n'est bien net. On pourrait aussi échapper au coup de tabac.

La matinée se passa ainsi : les vieux matelots qui connaissaient la mer ne cessaient de se pencher sur le bastingage pour observer l'horizon, la ligne noire qui se brisait en formant comme une traînée de fumée au-dessus de la surface. Barrot avait remarqué qu'elle grossissait, qu'elle « mettait du ventre », comme on dit. Gardin redoutait qu'elle n'accouchât d'une de ces terribles tempêtes tropicales contre lesquelles aucun bateau ne pouvait lutter. Comme il ne voulait pas prendre de risques pour son chargement, et surtout son bateau qui représentait sa seule fortune, il demanda à son second :

— As-tu fait récemment le point sur notre position ?

— Nous sommes à trois cents milles des côtes, beaucoup trop loin pour penser se mettre à l'abri en quelques heures.

Gardin se pinça le menton et réfléchit, tout en regardant dans le sillage du bateau l'eau blanche rouler sur l'eau noire.

— Alors, il faut faire face.

Faire face. Siluar avait rejoint les deux chefs. Barrot était là aussi. À l'approche de la menace, les hommes se sentaient solidaires et les différends disparaissaient. Les matelots qui n'étaient pas de quart avaient quitté les gaillards pour se regrouper sur le pont et attendaient. Leur désœuvrement indiquait une grosse anxiété. Beaucoup regrettaient de ne pas avoir écouté les avertissements de Siluar.

Le ciel avait viré au blanc laiteux. La lumière était toujours aussi intense, la base des vagues ne portait pas d'ombre. Aucun reflet sur l'eau, pas le moindre scintillement n'animait la surface. *Le Vaillant* piquait franchement du nez quand le creux s'amorçait. Les voiles étaient toujours plates et Gardin, qui avait retrouvé son aplomb, donna l'ordre de les rentrer ; les hommes grimpèrent aux mâts chacun à sa place, dans un exercice qui leur était familier et qui se faisait sans un mot, avec des gestes précis. Plus d'une tonne de toile fut rapidement enserrée près des vergues. Nus, les trois mâts plongeaient dans l'épaisseur opaque du ciel. Malgré l'absence apparente de vent, les haubans, gambes de reverses et enfléchures émettaient un sifflement aigu qui pinçait le ventre, et rendait la voix des marins rauque et incertaine.

Gardin, par un formidable instinct de survie, avait surmonté son ivresse et dardait son œil unique sur l'horizon. Une cendre grise montait sur les flots, s'y mêlait à tel point qu'on ne savait plus où l'océan cédait la place au ciel. M'nongo ressentait les picotements de l'air, mais espérait que la tempête les épargnerait. Gardin, qui avait de l'affection pour ce colosse toujours souriant et prêt à rendre service, comprit son scepticisme, mais il connaissait la mer et le dissuada :

— Méfie-toi des visages de l'océan. Il te fait toujours bonne figure avant de te gifler. L'océan a de l'orgueil, il n'aime pas que les hommes le défient.

Augustin s'étonnait de l'aplomb de cet ivrogne qui, une heure plus tôt, était incapable de prononcer une phrase sans bégayer. Maintenant, ses ordres étaient brefs, précis, Siluar près du mât de hune, les répétait avec ponctualité. Augustin avait rejoint Ferrant près du grand mât. Cette position privilégiée du nouveau venu avait choqué plus d'un matelot. En réalité, Ferrant n'était pas sûr de lui. Dans son ivresse qui ne s'était pas estompée comme celle de Gardin, le second gardait assez de lucidité pour douter de ses décisions. Il avait remarqué combien Augustin avait le sens de la navigation, et surtout l'expérience, retenue des tempêtes lors de sa première traversée.

Ce fut d'abord comme une brise du soir qui rabotait la cime des vaguelettes et en détachait une poussière blanche. Le ciel était toujours de porcelaine, lourd, comme prêt à se briser d'un coup. Insensiblement, les creux s'amplifiaient. *Le Vaillant* piquait du bout dehors, mordait l'eau noire, la brisait en une écume qui bruissait de chaque côté en heurtant les écubiers, puis remontait, soulevé sur la poitrine de l'océan qui enflait, restait un moment en équilibre au sommet d'une montagne d'eau avant de plonger dans le nouveau creux. Gardin ordonna qu'on sorte un peu de toile pour garder le navire dans le sens de la mer, qui n'était pas celui du vent.

— Tirez les bras de vergue à bâbord !

Le bateau prit l'axe de l'océan en s'inclinant légèrement sous le vent. Pour Augustin, il n'y avait pas assez de toile. Le foc et le petit hunier faseyaient, le bateau gitait comme un chien qui attend l'ordre d'attaquer. Il s'en ouvrit à Ferrand :

— On pourrait contrer la houle avec une barre à bâbord, border les vergues de tribord et larguer les perroquets.

Ferrand jeta un regard étonné au jeune homme. L'usage excessif de la gnôle ralentissait ses réflexions, mais il gardait le bon sens du marin qui a embarqué pour la première fois à douze ans et a passé la plus grande partie de sa vie en mer. La navigation était instinctive chez lui.

— Où as-tu appris à naviguer ?

Augustin comprit qu'il avait parlé sans vraiment réfléchir, et voulut s'excuser d'avoir dit une bêtise.

— Pardonnez-moi, c'est plus fort que moi. Ce genre de réflexion me vient spontanément à l'esprit, c'est à cause de mes nombreuses lectures lorsque j'étais enfant. Des phrases toutes faites ressortent…

— Tu ferais un sacré capitaine ! ajouta Ferrant en donnant l'ordre de larguer les perroquets.

On avait l'impression que l'océan, le vent, les nuages attendaient un ordre supérieur pour se déchaîner. Le calme faisait mal, gênait la respiration des marins qui n'en pouvaient plus d'attendre, de rester tendus, prêts à accomplir des manœuvres qu'on ne leur ordonnait pas. Ferrant profita de ce petit instant de répit, pendant lequel *Le Vaillant* restait en équilibre, pour rejoindre Gardin sur le pont avant. Le capitaine, les jambes légèrement écartées, scrutait l'horizon de son œil unique.

— Le jeune Moncellier ferait un sacré navigateur ! dit Ferrant qui n'accordait pas toute sa confiance à son patron car il avait remarqué qu'au fil des saisons ses réflexes s'étaient émoussés et qu'il tardait parfois à prendre les bonnes décisions.

— Dis-lui de venir à côté de moi, répondit Gardin sans quitter du regard la cendre de l'horizon qui grignotait le ciel. Ça va tabasser dur.

Augustin se rendit à l'avant sous les regards réprobateurs, pourtant, il n'y eut aucune remarque, pas le moindre grognement. L'angoisse de la tempête à venir tenait tout le monde sur le qui-vive, chacun économisant ses forces pour le dur bras de fer qui allait s'engager.

— Regarde la nuit arriver sur le bateau ! dit Gardin à Augustin qui s'approchait de lui. Tu as là beaucoup de vent et des vagues qui vont monter plus haut que le mât de perroquet.

La tempête arrivait en effet, roulée sur elle-même, comme un fauve prêt à bondir. Augustin n'avait pas peur, mais un sentiment bizarre s'était emparé de lui, l'appréhension de glisser dans un enfer qui pouvait l'anéantir, mêlée à l'envie d'en découdre, de ne pas baisser les bras devant la force aveugle des éléments.

D'abord, il sentit la brise fraîchir, comme une légère gifle sur le visage, puis, s'échappant du mur de nuit, des nuées s'envolèrent, légères comme des plumes, très vite avalées. Un creux se forma devant le bateau qui piqua du nez. L'immense sac d'eau se refermait sur lui ; le capitaine cria au barreur de contrer à bâbord. *Le Vaillant* embarqua un gros paquet de mer qui déferla sur le pont, emportant tout ce qui n'était pas attaché. Puis le trois-mâts amorça une remontée à pic, la proue dans les nuages, les mâts presque à l'horizontale. Il se hissa ainsi pendant une éternité, s'arrêta, hésita à reculer, amorça un léger repli sur bâbord, reprit enfin son assiette sur une mer qui semblait tout à coup plate comme une table. Le tonnerre gronda quelque part dans la masse sombre du monstre. Des lueurs s'en échappaient, vives, menaçantes. Une écharpe lumineuse se forma autour du bateau, au-dessus de la ligne de flottaison. Quelques matelots se mirent à genoux et joignirent les mains. Ils savaient que cette lueur diabolique[1] indiquait les tempêtes les plus dures, celles qui éclataient dans cette zone chaude de l'océan. Le grondement du tonnerre ne s'arrêtait pas. On entendait comme un roulement, le galop d'une armée entière et *Le Vaillant* semblait isolé, immobile sur la table d'eau qui roulait vers la nuit. Puis la température chuta. Un froid intense, brutal, figea les marins. Augustin grelotait. À côté, Gardin n'avait pas bronché. Il savait que le froid soudain sur cette mer tropicale précédait un fort coup de vent, mais il faisait face, prêt au corps-à-corps. Il avait vraiment la trempe d'un chef et, sans sa manie de boire, il aurait pu être un des meilleurs, un de ceux dont on parle dans les ports longtemps après que la dernière tempête les a engloutis.

— Cette fois, murmura-t-il, je crois qu'on est bons.

L'orage sembla hésiter, comme amorcer un repli, puis, d'un coup, le vent se leva, tellement brutal que *Le Vaillant* poussa un gémissement de douleur. Les matelots criaient à leur tour, se libéraient d'une tension qui les paralysait. Gardin hurlait ses ordres, mais sa voix d'alcoolique ne portait pas plus loin que le gaillard d'avant. Siluar le relayait. Le vent était si fort que le bateau, poussé comme une feuille morte, gitait dangereusement sur bâbord. Des vagues dépassant la pomme du grand mât roulaient vers la petite coquille livrée à des tensions que les hommes ne pouvaient pas contrer. Ils pataugeaient dans un torrent d'eau et de ciel mêlés. Augustin, qui avait connu les mers froides du nord de l'Atlantique, s'étonnait que l'eau chaude des tropiques se refroidisse en quelques instants. La pluie fouettait les visages contractés. Pendant un instant de panique, chacun se trouva livré à soi-même, mais très vite les vieux réflexes reprirent le dessus. Ceux qui n'étaient pas utiles aux manœuvres se mirent à colmater les ouvertures des réserves et des cales où se trouvait le charbon indispensable à la cuisine. Toujours debout sur le pont, Gardin commandait les manœuvres ; les matelots peinaient à se mouvoir et rampaient sur le pont inondé comme des poissons agonisant.

1. Le feu de Saint-Elme, dû à l'électricité statique de l'air.

Augustin, la tête rentrée dans les épaules, tentait de percer l'opacité des nuages, espérant y trouver une marque d'espoir. Mais non, la nuit qui s'était abattue sur *Le Vaillant* semblait ne jamais vouloir s'achever. Les heures passaient sans que personne en ait conscience. Restait-il encore un peu de jour derrière la tempête ? Qui aurait pu le dire en ce lieu où le temps n'existait plus ?

Enfin, le vent faiblit un peu, mais Gardin n'était pas rassuré. Les vagues s'assagirent, retrouvèrent une régularité qui permettait de reprendre *Le Vaillant* en main. Le capitaine hurla dans le porte-voix :

— À contre-brasser !

Les points de fixe du foc montèrent le long des drailles. La toile se déploya, claqua en se gonflant d'un coup.

— Timonier, toute à bâbord !

Le Vaillant se stabilisa face au vent et reprit son mouvement ascendant au pied d'une vague. Il fit une abattée, mais garda le cap puis retrouva son assiette. La première manche était gagnée, il en restait beaucoup d'autres.

— La tempête aime tester les équipages. Elle n'a pas tout dit et se réserve le plus gros pour maintenant, dit Gardin à Augustin qui était resté près de lui.

Il ne se sentait pas à sa place près du capitaine, n'ayant pas le moindre grade de sous-officier :

— Je dois rejoindre les autres. Je ne serai pas de trop avec l'équipage. Ici, je ne sers à rien.

— Tu restes là, ordonna le capitaine sans se justifier.

Siluar, qui s'approchait pour informer le patron sur la voilure, lui lança un regard méchant. Cette place, c'était la sienne, qu'un blanc-bec lui usurpait ; il ne l'oublierait pas.

— Je pense qu'on a pas mal dérivé ! dit Gardin.

— Plusieurs milles, affirma Siluar. Mais pas en mal, selon mon estimation : le vent nous a poussés vers la côte.

— Espérons que tu dis vrai.

L'accalmie ne dura que le temps pour les matelots de reprendre leur poste et d'écoper l'eau qui avait pénétré à l'intérieur du navire. Le vent se leva de nouveau avec une lenteur progressive, tellement puissant que les ordres furent donnés de rentrer la toile tout en gardant les huniers suffisamment porteurs pour rester dans le bon axe. La mer se creusa ; sa régularité ne disait rien de bon aux marins expérimentés. Ils avaient cru en un miracle, comme cela se produisait parfois dans cette zone de contraste où le moindre coup de tabac peut se transformer en ouragan, et où la menace la plus forte peut accoucher d'un brise sans danger.

Le bateau abattait à tribord ; Gardin cria :

— À border à bras !

Les matelots se serrèrent pour tirer sur le filin du foc. *Le Vaillant* manqua virer puis se stabilisa. Ce n'était qu'une petite victoire, mais qui encouragea l'équipage.

— À ma place qu'est-ce que tu ferais ? demanda Gardin à Augustin.

Comme le navire embarquait encore, le jeune homme osa :

— Je ferais brasseyer le grand et le faux foc.

Un léger sourire passa dans l'œil sombre du capitaine, qui posa une main familière sur l'épaule de son jeune assistant.

— Toi, tu es de la graine des grands capitaines. Je te sens bien...

Il n'eut pas le temps de terminer sa phrase, ni de donner l'ordre de brasseyer. Le front du vent heurta le bateau de plein fouet. *Le Vaillant* tangua, s'inclina, tandis que les hommes s'agrippaient aux filins des voiles qu'ils n'avaient pas eu le temps d'arrimer. L'ouragan éclata d'un coup, avec des cisaillements d'air qui bousculaient la toile sortie, la déchirait comme du vulgaire papier. Une telle brutalité empêchait toute réplique. L'homme de barre n'arrivait plus à tenir le bateau, qui dérapait, glissait sur bâbord, puis sur tribord sans le moindre enchaînement. Surpris par la violence du choc, Gardin était tombé dans l'eau blanche qui roulait sur le pont, profitant de la moindre ouverture pour étouffer le navire, le noyer dans ses entrailles. Des cris perçaient le roulement d'avalanche. Pendant quelques instants, ce fut l'orage qui commanda à bord, puis le capitaine reprit son poste, et hurla des ordres dans le porte-voix. Mais c'était déjà trop tard : la tempête n'en faisait qu'à sa tête et jouait avec le trois-mâts comme un chat avec une pelote de laine. Les focs que les brasseyeurs n'avaient pas eu le temps de replier partirent en lambeaux. La vergue du grand perroquet se décrocha du mât, emportant le grand hunier. La toile libérée de ses attaches se mit à flotter et s'arracha pour voler sur les flots. À plusieurs reprises *Le Vaillant,* qui n'était pas trop chargé, piqua du nez, embarqua sur bâbord, manqua se renverser. Un flot incessant frappait les gaillards, heurtait les bossoirs pour s'engouffrer dans les écoutilles. Les hommes restaient à leur poste, trempés, semblables à des larves qui pataugeaient dans un liquide noir couvert d'une écume blanche. Ils ne pensaient pas, ils écopaient avec de minuscules seaux, action dérisoire quand l'océan déversait ses énormes lames. Ils poursuivaient leur tâche avec obstination, conscients qu'ils n'avaient rien d'autre à faire. M'nongo, qui était resté avec les brasseyeurs, pensait qu'il ne reverrait plus sa mère, mais ne regrettait rien. Le peu de temps passé en mer lui avait montré que l'homme n'était pas le plus fort et que les Blancs, si sûrs d'eux sur terre, trouvaient là un maître qui leur imposait sa loi.

Le bateau courait, incertain, sans répondre au barreur arcbouté sur la roue de bois. Gardin continuait de hurler des ordres, même si le bateau ne lui obéissait plus. Il espérait profiter d'un petit trou de vent pour reprendre la main. La charge s'était déplacée dans les soutes et l'eau embarquée se comportait comme un ballot, allant au gré de la pente, et accentuant les embardées. Le capitaine espérait qu'en jouant de la civadière, il pourrait le redresser par un coup de barre à bâbord, mais la barre étant toujours aussi dure, il décida de jouer le tout pour le tout, c'est-à-dire de risquer la rupture du safran ou de ses gouvernes. Il ordonna à M'nongo de prendre la place de Barrot et d'y aller sans ménager ses forces. Le Noir réussit à tourner la roue dans le sens demandé ; le bateau hésita, puis s'inclina un peu plus avant de se redresser dans un bruit de bois brisé. Il gita longuement sur bâbord et reprit son assiette. C'était une petite victoire, remise aussitôt en cause par un nouveau coup de vent, le signe que l'on pouvait encore faire quelque chose, que tout n'était pas perdu.

Cela ne dura pas. Le creux du vent fit place à une bourrasque si forte que les filins furent arrachés et que le petit mât de hune se brisa net, tombant sur le pont où sa chute blessa plusieurs matelots. Mais personne ne fit attention à eux. La chaîne des écopeurs se reconstitua avec l'obstination du désespoir, et surtout parce qu'il fallait se donner l'impression de faire quelque chose.

L'équipage n'avait pas mangé depuis longtemps, La fatigue ralentissait les mouvements, mais personne ne pensait à quitter son poste. Sur le pont, Gardin, trempé, frigorifié, continuait de crier ses ordres. Sur le gaillard d'arrière, Ferrant les reprenait aussitôt. Siluar s'occupait de l'écopage et indiquait comment colmater les ouvertures que chaque vague prenait un malin plaisir à rouvrir.

Malgré cela, *Le Vaillant* allait au gré des courants qui se formaient sous l'orage et filait dans une direction que personne ne connaissait. Ferrant redoutait de se trouver dans une zone de hauts-fonds et tentait de sonder, mais les mouvements du navire l'empêchaient d'avoir la moindre précision.

Certains matelots, épuisés, s'affalaient sur le plancher, couverts d'eau, se débattaient dans le liquide, ne trouvant plus la force de se relever. M'nongo était toujours à la barre et suivait les ordres du capitaine qui ne servaient plus à rien. Chacun confiait sa vie à Dieu en se repentant de ses péchés. Malgré cela, tous montraient un grand calme et poursuivaient leur tâche dérisoire. Trempés, fourbus, ils allaient tels des automates, insensibles, prêts au pire.

Et puis l'espoir revint quand ils ne l'attendaient plus. Après tant d'heures d'obscurité, ils aperçurent une légère lueur se faufiler entre les vagues et se refléter sur les nuages comme si elle montait du fond de l'océan. Le vent se calma, des morceaux d'azur percèrent entre les paquets sombres. Les vagues perdaient de leur puissance et les creux s'espaçaient. Avec l'accalmie, un soleil brûlant éclata sur l'eau, la faisant scintiller comme du métal fondu. Les hommes sentaient avec bonheur sa chaleur réchauffer leurs membres engourdis. Le bateau reprit son assiette et se mit dans le vent, obéissant aux injonctions du barreur. Sans perdre une minute, Gardin donna l'ordre du rassemblement sur le pont et fit l'appel. Cinq hommes manquaient. L'aumônier fit la prière des disparus.

Il fallut un peu de temps pour que la vie reprenne son cours habituel. Les matelots tentèrent de réparer les mâts endommagés, de recoudre les voiles déchirées et de récupérer les marchandises qu'ils avaient pu soustraire à l'eau. Ils étaient très fatigués et travaillaient lentement. Les quarts avaient été réduits et personne ne se faisait prier pour aller se reposer. Une agréable chaleur leur permettait cependant de récupérer lentement.

Ferrant et Gardin firent le point après avoir procédé aux réparations les plus urgentes. Ils recommencèrent plusieurs fois leurs calculs, reprirent leurs mesures et finirent enfin par admettre ce qui était une très bonne nouvelle :

— Nous sommes à quelques milles de la côte de Guyane !

C'était inespéré. Un vent anarchique les avait poussés dans la bonne direction. Les marins, toujours superstitieux, se disaient qu'une telle chance ne serait pas gratuite. De son côté, Gardin se félicitait d'avoir traversé une des plus terribles tempêtes de sa carrière sans plus de dommages. Il avait perdu cinq hommes, certes, mais Dieu lui avait permis de sauver son bateau et sa cargaison.

Ils mirent le cap sur la terre proche. Des oiseaux volaient autour du navire et les matelots virent flotter tout près de la coque un tronc d'arbre apporté là par les marées. La côte fut en vue avant la tombée de la nuit. Une atmosphère de fête régnait sur *Le Vaillant*.

Ils débarquèrent le lendemain à Cayenne, à l'embouchure du Maroni. Le port était peu profond, soumis souvent aux vents et aux tempêtes du large, ce qui expliquait que peu de grands bâtiments y accostent.

Augustin et M'nongo aidèrent au déchargement du *Vaillant* puis allèrent trouver Gardin, car ils n'avaient pas l'intention de retourner à La Nouvelle-Orléans. Le capitaine, qui avait de l'affection pour eux, les invita à boire dans un tripot proche du port où se bousculaient marins en escales, militaires et condamnés que l'on employait aux grands travaux d'aménagement, construction de routes et de bâtiments. L'endroit n'était pas sûr :

— Les Indiens ne cèdent en rien, leur dit un lieutenant arrivé depuis peu sur cette terre hostile. Ils attaquent quand on ne les attend pas. Nous en avons tué beaucoup, mais cela ne leur sert pas de leçon.

Gardin se moquait bien des Indiens. Il avait surtout hâte de rentrer chez lui, donc de trouver une cargaison qui lui permettrait de rentabiliser son voyage. La tempête avait gâché pas mal de ballots de tabac et il ne pourrait pas payer l'équipage aussi bien qu'il le lui avait promis. Il s'adressa à Augustin :

— J'aimerais tant que tu restes avec moi. Je commence à me faire vieux. Tu pourrais reprendre *Le Vaillant*. J'ai un bon équipage et des clients sûrs. Tu ne manqueras pas de travail. Avec ton ami noir, vous faites une très bonne équipe...

— Je suis venu ici chercher mon père et le ramener en France. Cela peut me prendre un peu de temps et je ne peux pas ajourner une mission que je me suis imposée et pour laquelle j'ai quitté Paris.

Gardin insista, mais comprit vite que le jeune homme ne changerait pas d'avis. Il repartit dès le lendemain avec sa cargaison de bois précieux. Augustin et M'nongo savaient qu'ils n'auraient pas de mal à trouver un embarquement pour la France, mais avant tout ils devaient chercher Paul Moncellier.

Le bagne n'avait rien de commun avec celui de Rochefort. Les détenus vivaient dans un campement de fortune, surveillés par des soldats qui n'hésitaient pas à tirer l'épée à la moindre incartade. Les prisonniers étaient employés à construire des bâtiments qui serviraient à un corps d'armée destiné à chasser les Indiens et à pacifier le pays. Ils défrichaient des terres apparemment riches, mais supportaient mal le climat chaud et humide. Beaucoup mouraient des fièvres, ou des piqûres d'insectes et de serpents.

Grâce à leur solde, Augustin et M'nongo pouvaient vivre quelques jours sans travailler et rencontrer des soldats à qui ils payaient à boire pour avoir des informations. Un lieutenant accepta de consulter pour eux les registres des détenus ayant séjourné là depuis deux ans. Il trouva bien la trace d'un Paul Moncellier, ce qui remplit Augustin de bonheur.

— S'il a disparu des effectifs, c'est soit qu'il est mort des fièvres, soit qu'il a tenté de s'évader, ce qui revient au même. Ici, personne à part les Indiens ne peut survivre dans la forêt.

— Tous les condamnés travaillent-ils à la construction des bâtiments et au défrichage des terres ?

— Non, il y a des artisans qui fabriquent des portes, des fenêtres, des tonneaux, et des forgerons, des tisserands qui expérimentent les fibres locales, des potiers, toutes sortes de métiers dont nous avons besoin.

— Des tisserands ? s'étonna Augustin. Pouvez-vous m'indiquer où ils se trouvent ?

Le gardien lui monta un bâtiment en bois au bord du fleuve, à côté d'une tannerie de peaux d'animaux sauvages. Le jeune homme et M'nongo s'y rendirent, certains que si Paul Moncellier avait séjourné à Cayenne c'était là qu'il fallait le chercher.

La nature était luxuriante. Ils suivirent un sentier entre de très hautes herbes. Il pleuvait presque tous les jours et Augustin supportait mal la chaleur moite et l'humidité de ses vêtements. Une forte odeur de moisi, de chair pourrissante, imprégnait l'air. De la forêt voisine venaient les cris stridents des perroquets. Des singes s'aventuraient dans la clairière, fouillaient les récipients oubliés, volaient la nourriture dans les cases. Dès qu'ils voyaient un être humain, ils s'enfuyaient en hurlant.

Augustin remarqua des hommes en train de broyer au pilon des gerbes de longues herbes grises. Les tiges libéraient des fibres, que les travailleurs récupéraient et amassaient en boules. Elles étaient un peu grossières, mais pouvaient servir à la confection de cordes ou de fil ordinaire.

— Curieuse plante, s'étonna le jeune homme en s'approchant d'un gardien qui se tenait à côté des condamnés, le fusil à l'épaule.

— C'est une variété de chanvre qui pousse naturellement dans la forêt. On envisage de la cultiver, parce qu'elle présente autant de qualités que notre chanvre d'Europe et a un meilleur rendement.

— En effet, répondit Augustin en examinant de près un ballot de fibres. On peut en faire du tissu, de la toile de voile, et bien d'autres choses !

Le gardien, qui portait une épaisse barbe, tourna vers lui ses petits yeux noirs. Son uniforme bleu et rouge, son chapeau tout en hauteur orné d'une plume verte le distinguait dans ce lieu poussiéreux et terne.

— Vous connaissez le métier ?

— Oui, un peu. Mon père avait une filature à Paris.

— Ah bon ? Mais que faites-vous ici ?

— Mon ami et moi venons de La Nouvelle-Orléans. Nous cherchons un embarquement pour la France.

Augustin se garda bien de révéler le but de son séjour, estimant qu'il avait déjà beaucoup trop parlé et que les gardes allaient le soupçonner de préparer quelque évasion.

— Vous risquez d'attendre longtemps. En ce moment, les liaisons avec l'Europe sont difficiles. La France s'enfonce dans l'anarchie. Il n'y a plus d'autorité et le peuple a toujours faim...

Le gardien fit appeler un officier à qui il présenta les deux arrivants. L'homme attarda son regard sur M'nongo, car les Noirs étaient rares. Il s'adressa à Augustin :

— Vous connaissez les métiers de la filature ? Si vous le souhaitez, nous pouvons vous employer ici avec votre Noir, qui semble avoir des dispositions pour garder les prisonniers.

— J'ai travaillé dans la filature de mon père à Paris. Mais je connais surtout la laine, un peu le coton. Le chanvre était destiné aux cordages et aux toiles grossières.

— Vous allez avoir tout le temps de l'expérimenter. Si vous êtes d'accord, vous logerez avec votre domestique dans le quartier des officiers. Ce sont des baraques en bois : ici, il n'y a aucun confort, et des tas de sales bestioles pour vous pourrir la vie, mais on ne peut faire autrement.

— M'nongo n'est pas mon domestique. C'est mon ami et un homme libre.

— Excusez-moi, fit l'homme en souriant.

Il avait une quarantaine d'années ; Augustin remarqua que sa barbe noire cachait une peau ravagée par la petite vérole.

— Je m'appelle Lobin, je viens de Chartres et je sers dans le cadre du bagne de Rochefort. Jusqu'à une date récente, nous amenions des contingents de condamnés pour occuper l'endroit, faire fuir les Indiens et construire des bâtiments. Depuis peu, les nobles ont remplacé les bagnards.

Comme Augustin s'étonnait, Lobin précisa :

— Les nobles ont eu peur de la révolution et se sont enfuis dans les pays voisins, surtout en Angleterre. Leurs terres sont confisquées. Quand ils tombent entre les mains de la police révolutionnaire, ils sont expatriés le plus loin possible, souvent ici pour travailler avec les détenus. Ça leur fait du bien. Eux qui ont passé leur vie à s'amuser doivent comprendre l'injustice des privilèges.

Une cabane en planches était libre. Augustin et M'nongo s'y installèrent, ce qui fut vite fait puisqu'ils n'avaient aucun effet personnel. Deux détenus furent affectés à leur service, portant comme à Rochefort la chaîne attachée à la cheville qui permettait de les identifier dans la population disparate de ce qu'on pouvait appeler un embryon de ville. Des chemins avaient été tracés à travers la clairière, en bordure de mer, près du port et reliaient les cabanes. Les hommes s'activaient à construire de véritables bâtiments en pierre et le chantier employait des centaines de détenus, mais aussi des ouvriers libres venus d'un peu partout, souvent des matelots qui, redoutant les pirates en pleine mer, avaient décidé de se fixer à cet endroit. Les attaques de véritables armées de « Peaux-Rouges » n'étaient pas rares, ce qui obligeait la garnison à entretenir des armes à feu et à économiser les réserves de poudre, qu'ils n'avaient pas réussi à produire sur place.

— Si l'approvisionnement n'arrive pas, nous n'aurons d'autre ressource que de défendre la place à l'épée et nous serons en nombre inférieur. Les Indiens sont de bons guerriers, dit Lobin.

Une nouvelle fois, Augustin devait à son savoir-faire en filature d'avoir trouvé un travail plaisant qui lui permettait d'attendre le moment opportun pour tenter de retrouver son père. M'nongo et lui passaient leurs journées dans les bâtiments où l'on cardait le chanvre et dirigeaient la construction de machines à filer cette fibre très résistante, mais vraiment rugueuse et grossière. Il parla de la culture du coton que l'on pratiquait dans le Nord et qu'on pouvait faire venir de l'île de Cuba. Lobin, qui dirigeait le pénitencier « à ciel ouvert », n'était pas opposé à ces importations :

— Plusieurs familles se sont installées ici, il faudra bien les habiller ! Et puis, certains détenus, une fois leur peine terminée, ne souhaitent pas retourner chez eux. Ils font venir leur femme ou ils se sont mariés sur place avec des filles d'Amérique. On peut en acheter pour un prix raisonnable dans la région de Panamá. Si vous le souhaitez, on peut vous en trouver…

Augustin déclina l'offre. Stilla lui manquait, il tardait à s'endormir, le soir, mais la remplacer sous le regard de M'nongo aurait été un sacrilège.

L'Africain s'adaptait mal au climat local. Lui qui venait d'une région sèche était sensible à l'humidité ambiante. Il ne supportait pas les piqûres d'insectes et avait une peur panique des serpents. Augustin se moquait :

— Un gaillard capable de maîtriser un étalon furieux tremble devant un petit serpent de rien !

— C'est ainsi, avouait le Noir. Je n'ai pas l'habitude. Chez les Schelley, il n'y avait pas ces sales bestioles...

Les jours passaient, identiques. Augustin et M'nongo étaient souvent invités par Lobin et son groupe d'amis, qui avaient d'abord rechigné à recevoir le Noir comme un égal. Mais, très vite, celui-ci avait su se faire admettre. Les femmes étaient de son côté. Un grand nombre de prostituées, de filles à la recherche d'une bonne fortune, hantaient les tripots en plein air et les rares auberges de planches régulièrement détruites par des incendies. Elles offraient aux officiers en mal de solitude des distractions faciles et peu coûteuses.

La vie était aisée à cet endroit. La forêt fournissait du gibier en abondance et une multitude de fruits. Augustin se familiarisa très vite avec la viande de singe, de serpent et des curieux poissons qui peuplaient le Maroni et ses affluents. Il découvrit des fruits à la chair pulpeuse extrêmement sucrés et très savoureux. Par contre, l'humidité le faisait souffrir autant que M'nongo. D'horribles bestioles se fixaient sur sa peau, des tiques, des vers dont il fallait se débarrasser au plus vite car ils inoculaient les fièvres. Il pleuvait presque tous les jours. Pendant la chaude matinée, le soleil pompait l'humidité en longues écharpes de brume qui flottaient au-dessus des arbres. L'après-midi, la chaleur devenait insupportable avant les premiers coups de tonnerre en début de soirée, suivis de pluies battantes.

M'nongo s'était aussi fait une réputation de guérisseur. Sa connaissance des plantes lui permettait de préparer des décoctions, des médicaments souvent efficaces contre les fièvres et les piqûres d'insecte. Cela lui valait le respect et l'estime des gens du village, mais aussi des soldats français nouvellement arrivés et malmenés par le climat.

Comme les détenus n'avaient aucune chance de survie dans la forêt, ils ne pouvaient s'évader que lorsqu'un bateau était au port et s'apprêtait à partir. La surveillance était assez discrète. À l'exception des prisonniers indiens qui étaient menés au fouet et parqués dans un enclos où ils pataugeaient dans la boue, les autres, surtout ceux qui pouvaient acheter leur liberté, allaient à leur guise. C'était le cas de nombreux nobles qui ne subissaient pas ici l'animosité populaire de la France. Beaucoup, malgré leurs chaînes, s'étaient fabriqué de petites cabanes où ils se retiraient chaque soir. Certains y recevaient des femmes et des amis, sous le regard indifférent des gardiens qui avaient autre chose à faire qu'imposer une stricte discipline.

Un soir, au retour de la filature où l'on commençait les premiers essais de tissage des fils de chanvre, grâce à des métiers à tisser rudimentaires mis au point par Augustin, un vieil homme qui marchait difficilement demanda à voir M'nongo. Sa maigreur, son visage de plâtre et son regard ardent lui conféraient une distinction particulière propre aux nobles exilés. Il parla en français, ce qui plut beaucoup à Augustin.

— Je me présente : je suis Maximilien de Houpelade. J'ai voulu quitter la France au mois d'octobre 1789. Je me suis fait prendre et j'ai été exilé dans ce bout du monde.

— Avez-vous des nouvelles ?

— Les dernières remontent au mois dernier. Elles sont mauvaises. Notre pays sombre dans la folie... Je suis venu vous voir pour vous montrer ceci.

Il retroussa la manche de sa chemise grise et découvrit un pansement fait d'une toile grossière imbibée d'un sang sombre. Il le retira en grimaçant, découvrant une horrible blessure au bras. La peau avait été arrachée, la chair à vif avait pris une couleur violacée. Une horrible odeur de pourriture s'en dégageait. Houpelade grimaça :

— Cela me fait atrocement souffrir. On m'a dit que... que votre camarade était un peu médecin.

— Non, je ne suis pas médecin, répondit M'nongo. J'ai seulement appris les remèdes des miens qui se soignent comme ils peuvent, avec ce qu'ils ont sous la main. Ma mère m'a enseigné la science des plantes...

— Que pensez-vous de ma blessure ? C'est arrivé lors de la chute d'un arbre. Ils nous emploient à nettoyer un coin de forêt pour y planter des légumes. Je souffre énormément...

M'nongo observa longuement la blessure, huma l'horrible odeur et tourna un regard sombre vers Augustin, puis dit :

— Je ne pourrai pas grand-chose. Je peux bien essayer le remède qu'on utilise pour ce genre de blessure, mais le mal est avancé, je ne suis pas sûr de pouvoir vous soulager.

— Je vous en supplie, je souffre trop. Essayez quand même.

— Il me faut des plantes fraîches, dit M'nongo en se dirigeant vers la porte. Je reviens dans quelques instants.

M. de Houpelade avait une cinquantaine d'années ; le dur travail l'avait voûté, il marchait lentement, en assurant ses pas comme s'il redoutait de tomber.

— C'est depuis que je suis tombé de l'arbre. J'aurais pu me tuer, ce qui aurait été préférable. Depuis, j'ai du mal à garder mon équilibre. Je ne dors plus ; la fièvre me fait greloter dès que je m'assoupis. On m'a dit que vous étiez parisien ?

— Oui, répondit Augustin. Mon père était un artisan. Il a été injustement condamné. Je suis venu ici pour le retrouver, mais il a disparu...

— Si vous voulez, je peux vous aider. Je demanderai aux autres détenus, peut-être trouverai-je quelque chose. Comment s'appelait-il ?

— Paul Moncellier.

— Ce nom ne me dit rien, mais j'en parlerai autour de moi. La règle principale, ici, c'est de ne jamais dire ce qu'on sait à propos des autres. Les détenus refuseront toujours de se confier à vous, mais pas à moi, qui ai aidé beaucoup de monde.

Il était arrivé avec un peu d'argent qu'il avait distribué, ce qui lui valait la reconnaissance de beaucoup.

— Les gens se serrent les coudes. Il ne viendrait pas à l'idée de quelqu'un de ne pas retourner un service.

M'nongo entra avec un bouquet de plantes aux feuilles grasses. Il les broya avec un morceau de bois en forme de pilon et les mélangea à un peu d'eau et à une poudre qu'il sortit d'un petit sachet.

— C'est de l'herbe de vie. Elle empêche les blessures de gonfler et calme les douleurs.

Il fit une sorte de pâte assez épaisse qu'il malaxa dans ses mains, l'aplatit comme une crêpe.

— Je dois l'appliquer sur votre blessure. Je vais vous faire mal.

Tout en parlant, il avait posé le bras blessé sur ses genoux, en tournant la plaie vers lui. Il y posa la crêpe et appuya. Houpelade poussa un grognement, serra les dents et ferma les yeux en attendant que M'nongo ait terminé. En grimaçant, il se tourna vers Augustin :

— Après avoir spolié le clergé de ses biens, les révolutionnaires ont supprimé la noblesse. Le roi lui-même aurait approuvé la Constitution civile du clergé.

Il parlait rapidement en grimaçant, comme pour concentrer son attention sur ce qu'il disait. M'nongo entoura son bras d'un tissu propre qu'il attacha avec un lacet.

— Je ne suis pas certain de l'effet, confessa-t-il. La blessure est vraiment très profonde et les pourritures de chair très avancées.

— Je vous fais confiance. Et puis, ce n'est pas très grave si ce mal m'emporte. Je suis sans patrie depuis que mon pays m'a rejeté.

Augustin n'avait pas oublié l'atmosphère empoisonnée de Paris. Lui non plus n'était pas pressé de retourner dans une ville qu'il ne reconnaîtrait pas.

Le blessé se remit lentement sur ses jambes et proposa à M'nongo de le payer. Le jeune homme refusa, avançant un prétexte qui fit réfléchir le noble :

— Ma mère dit que si je fais payer un médicament, ça lui enlève son effet.

Houpelade remercia et s'en alla. Augustin le regarda marcher péniblement dans la lumière déclinante du soir. M'nongo était sceptique :

— Mon médicament ne réussira pas. Cet homme est condamné, dit-il d'une voix sombre.

— Il peut y avoir un miracle, répliqua Augustin.

— Non, les miracles se produisent rarement dans ces conditions. Son bras est brûlant d'une fièvre qui le dévore tout entier. Il ne survivra pas deux semaines et je suis triste de ne pas pouvoir le soigner.

Ils se rendirent chez Lobin qui avait réuni des amis, officiers chargés de surveiller les bagnards ou de pourchasser les Indiens qui s'aventuraient près du village en descendant le cours du fleuve sur leurs pirogues. On y rencontrait aussi des nobles déchus, qui cherchaient à prendre un nouveau départ tout en attendant que leurs affaires s'arrangent en France. Une société légère s'était constituée. On jouait aux cartes, aux dominos et autres jeux de hasard. L'argent passait de main en main, mais jamais de très grosses sommes car l'or était rare. On racontait cependant qu'en amont du fleuve se trouvaient des mines si riches que celui qui les atteindrait serait parmi les plus puissants du monde. Beaucoup rêvaient de cet eldorado, mais les Indiens veillaient.

— Ils sont partout à la fois, expliqua Lobin à Augustin. Ils tombent des arbres comme des singes et n'ont aucune pitié. C'est très dangereux de s'aventurer dans ces zones.

Deux jours plus tard, M'nongo et Augustin se rendirent dans le village voisin pour prendre des nouvelles de Houpelade. Le blessé n'allait pas mieux. La fièvre avait empiré et ils le trouvèrent allongé sur une paillasse au fond d'une cabane où régnait une chaleur torride. La puanteur était insupportable. Houpelade n'avait pourtant pas oublié sa promesse :

— J'ai une mauvaise nouvelle pour vous. Je vous l'aurais apportée moi-même, mais je n'arrive plus à marcher.

Augustin s'approcha du lit et, malgré l'odeur, se pencha vers le blessé dont le bras avait énormément gonflé. Du pansement coulait un liquide noirâtre pestilentiel.

— J'ai appris par Gustave Ourset que votre père a tenté de s'évader. Il a pu s'embarquer sur un bateau, *Le Saintongeais,* en partance pour la France. Il a réussi à se débarrasser de sa chaîne et s'est embarqué comme matelot. J'ai appris aussi que le bateau a été détruit par les pirates. Voilà, ce que je sais. Une chose est certaine : votre père est mort.

Malgré son dégoût, M'nongo fit couler de l'eau fraîche sur la blessure et l'enduisit d'une huile apaisante qu'il avait apportée dans une petite fiole. Cette fois, Houpelade ne grimaçait pas : l'huile adoucissait sa douleur et il remercia encore le jeune guérisseur qui s'excusait de ne pouvoir faire plus.

— Je vous le dis, cela n'a pas d'importance. Je peux mourir, ma vie n'a plus aucun sens.

— Mais vous n'avez pas de famille en France ?

— Non, répondit Houpelade en secouant la tête. J'ai été marié, mais ma femme est morte en couches avec son bébé.

Il ne me reste qu'une sœur que je déteste. Je vous le répète, je ne crains pas de mourir.

M'nongo et Augustin rentrèrent chez eux. Augustin était triste. Il se doutait depuis longtemps que son père était mort, mais l'apprendre de la bouche de Houpelade le mettait en face d'une réalité qui ne lui laissait plus le moindre espoir.

— Je ne le reverrai jamais. Je ne pardonnerai jamais au curé Branton. Il paiera la mort de cet innocent. Nous allons rentrer en France et le rechercher.

— Nous ne devons pas partir n'importe comment, répliqua M'nongo. Nous devons attendre un navire français armé de solides canons, sinon cette fois tu finiras au fond de l'océan.

Il avait raison. La chance avait servi le jeune Français lors de sa première traversée, il ne devait pas trop compter sur elle pour le retour.

— Ici, on n'est pas trop mal, malgré le climat et les sales bestioles. Nous travaillons à la filature, personne ne nous ennuie, il faut attendre l'arrivée du bateau sauveur. Et puis, tu dois vivre, c'est ce que ton père te demande en ce moment. Vivre, tu entends ?

— Tu as raison...

Les jours qui suivirent, Augustin s'intéressa moins à la mise en place de l'usine de filature et à la construction des métiers à tisser. Il passait beaucoup de temps sur le port, regardait longuement l'océan et la ligne à peine perceptible entre le ciel et l'eau. Parfois, il apercevait un minuscule point noir qui grossissait. Un bateau approchait, un chanceux qui était passé à travers les mailles tissées par les Anglais. Mais souvent, il ne faisait que croiser au large et disparaissait aussi vite qu'il était apparu.

L'annonce de la mort de son père l'affectait plus qu'il ne le montrait. M'nongo, qui l'accompagnait dans ses promenades le long de la plage sauvage où de grands arbres déracinés par les vagues s'inclinaient vers la mer, mesurait son désarroi.

— Tout ce que je voudrais, c'est retourner à Paris, retrouver ma sœur et mon jeune frère et vivre avec eux.

M'nongo lui posa une lourde main sur l'épaule.

— Vous, les Blancs, n'avez qu'une vue très courte, à peine quelques jours devant vous. Un coup dur vous arrive et c'est toute votre vie qui est mise en cause. Notre regard à nous va au-delà du temps et des choses. Un coup dur signifie qu'on approche du bonheur. Oui, c'est ça, nous sommes plus doués pour le bonheur que vous !

Augustin s'étonnait toujours de la clarté d'esprit de son ami, qui semblait ne jamais réfléchir, parler ainsi, sans précaution, et dont les paroles avaient une profondeur toujours juste.

— Tu ne vois pas que la main de Dieu te guide depuis longtemps ? poursuivit M'nongo. Tu connais la mer sans l'avoir vraiment apprise, tu sais hisser les bonnes voiles pour que le bateau reste bien à flot, ce n'est pas rien, ça !

— Ce que je sais tombe sous le sens. N'importe qui l'aurait appris à ma place.

— Non, grogna M'nongo. C'est naturel chez toi, et Dieu, en te prenant ton père qu'il a accueilli auprès de lui, t'a montré ta route. C'est ton père lui-même qui te dit que tu dois combattre les Anglais sur l'eau...

— Mon pays est à feu et à sang ! marmonna Augustin.

Un enfant d'une dizaine d'années arriva à la hauteur des deux jeunes gens. Il avait couru et peinait à reprendre son souffle.

— M. de Houpelade vous appelle, dit-il.

— Qu'est-ce qu'il nous veut ? demanda M'nongo.

— Il est très mal. Il veut vous voir avant de mourir. C'est ce qu'il a dit !

— On y va !

Augustin et M'nongo suivirent le sentier emprunté par le gamin qui courait devant. Il leur fit signe d'aller plus vite.

Ils arrivèrent à la cabane de M. de Houpelade. La vieille voisine qui s'occupait un peu de lui les accueillit sur le pas de la porte.

— Entrez vite, dit-elle. Il est au plus mal.

Quelques instants furent nécessaires pour s'habituer à l'obscurité. L'unique ouverture avait été masquée par un tissu qui protégeait le malade du soleil. M'nongo s'approcha le premier ; l'odeur était horrible.

— Approchez, mes amis, dit Houpelade en tournant la tête vers eux. C'est la fin, je le sens.

— Mais non, reprit M'nongo. Je vais nettoyer votre plaie. Elle me semble mieux que la dernière fois.

— Non, reprit Houpelade. Vous pouvez nettoyer tout ce que vous voulez, vous n'enlèverez pas la mort au fond de moi. Je la sens qui grossit, qui me tient et m'étouffe.

M'nongo n'insista pas. Son bon sens lui indiquait que cela ne servait à rien de raconter n'importe quoi au malade, qui avait pleinement conscience de son état.

— Voilà, dit-il à Augustin, je sais que vous retournerez en France. Vous êtes jeune et en pleine santé. Les fièvres vous ont épargné, alors il faut que je vous dise un secret.

— Si je peux vous être utile, ce sera un honneur...

— Il ne s'agit pas de m'être utile. Je possédais un grand domaine pas très loin de Versailles, c'est vous dire que mon château était convoité par de grands seigneurs qui m'en ont offert des fortunes, ce que j'ai toujours refusé. Depuis le début de l'année 1789, je savais que les affaires de la France allaient très mal.

— C'est juste, se souvint Augustin. À Paris des bagarres éclataient pour un rien, on pillait les boutiques, on tuait pour un peu de bois...

— Alors, poursuivit Houpelade, avec deux amis, le comte de Brennes et le marquis de Louviers, nous avons pensé qu'il était temps de mettre notre or à l'abri. Nous avons vendu des terres, des villages entiers. Cela faisait beaucoup d'or, deux pleins tonneaux. Nous les avons cachés dans un endroit sûr. Et puis la Bastille a été prise, nous avons pensé émigrer au mois d'octobre et c'est là que nous avons été arrêtés et mis dans un bateau pour la Guyane. Brennes est mort tout de suite après avoir été bastonné par le capitaine, Louviers est mort huit jours plus tard. Je suis le dernier et je vais les rejoindre dans peu de temps.

— Ce trésor ne nous concerne pas, répondit Augustin, il appartient à votre famille et à celle de vos amis.

— Je vous ai déjà dit que je n'avais pas de famille. Et puis, en France, on a fait la guerre à la noblesse, on a tué ceux qui n'ont pas eu le temps de fuir à l'étranger. Cet or, je ne veux pas partir sans vous en avoir révélé la cachette. Vous en ferez ce que Dieu vous commandera d'en faire.

Le malade toussa, tenta de s'essuyer les yeux avec la manche de son bras valide, puis demanda à boire. M'nongo lui apporta un verre d'eau qu'il avala d'un trait.

— J'ai l'impression d'avoir du feu dans les entrailles... Donc, les deux tonneaux d'or se trouvent au sud de Paris, à Étampes !

— Étampes, c'est entre Paris et Orléans, il y a un arrêt de poste, se souvint Augustin.

— En effet, poursuivit l'agonisant. Au sud de la ville, au milieu des champs se trouve une colline qu'on appelle le Temple. Il y a là les ruines d'un temple romain au milieu d'une petite forêt. Nous y avons caché les deux tonneaux sous des tas de pierres.

— Quelqu'un les a peut-être trouvés. On a pu vous voir !

— Non, c'est au milieu des champs. Il n'y a jamais personne. Nous étions déguisés en routiers. Les tonneaux étaient dissimulés dans une charrette de foin.

Houpelade poussa un soupir et ferma les yeux. Au bout d'un moment, il demanda encore à boire puis s'apaisa, un léger sourire sur les lèvres, il était mort.

Ils sortirent, éblouis par la lumière intense du jour. L'orage se préparait dans une chaleur suffocante. Ils reprirent la direction du port.

— Te voilà riche, maintenant ! Très riche ! fit M'nongo en souriant.

— Je doute que le trésor soit resté dans sa cachette. Ce n'est pas possible qu'ils aient réussi à le transporter dans cet endroit sans être repérés.

— Qui sait ? Dieu une fois de plus guide tes pas. Tu dois rentrer en France.

— Pour cela, il faut un bateau.

Ils se rendirent dans la taverne où ils avaient leurs habitudes et s'installèrent à leur table. Des bagnards, des soldats, des aventuriers venus des quatre coins du monde guettant la bonne affaire se trouvaient là. Tout en buvant leur alcool local fabriqué à partir de fruits sauvages, ils n'en finissaient pas de raconter leurs aventures, vraies ou inventées. Les plus anciens parlaient du fameux royaume du prince Jean, perdu aux sources du Maroni, où tout était en or et que personne n'avait jamais pu atteindre.

Pendant tout un mois, Augustin et M'nongo travaillèrent à la filature. Les machines, fabriquées avec ce qui leur tombait sous la main et l'excellent bois récupéré dans la forêt, fonctionnaient très bien. Le travail s'était organisé, des équipes se spécialisant dans le foulage, le filage et enfin le tissage. Le chanvre sauvage fournissait une toile grossière, que les ouvriers amélioraient de jour en jour. À côté de l'usine construite au nom du roi de France, des ateliers indépendants se spécialisaient dans la teinture et la fabrication de drap, de voiles ou de vêtements. Des cultures se développaient sur les terres gagnées. La colonie s'implantait lentement malgré l'incessant harcèlement des Indiens, qui brûlaient les champs et massacraient les troupeaux. Un matin, une grande clameur éveilla Augustin et M'nongo. Ils se levèrent rapidement et virent les gens courir vers le port. Un magnifique trois-mâts arrivait au port. Le chenal étant étroit, le bateau devait manœuvrer avec précaution. On projetait de draguer le port pour augmenter sa capacité d'accueil, mais il y avait tant de travail par ailleurs que cette nécessité était toujours repoussée.

Augustin regardait avec bonheur le grand bâtiment, toutes voiles dehors, approcher lentement, guidé par le barreur entre les récifs. Sur le pont et dans la mâture, des matelots s'activaient. L'accostage était difficile, mais Augustin comprit vite qu'il y avait là des marins expérimentés. C'était un bateau de guerre équipé de deux rangées de douze sabords fermés. La figure de proue représentait une sorte de griffon aux énormes crocs et aux pattes de lion. Quand il fut près du quai, la manœuvre des hommes à bras le fit virer sur bâbord et il se rangea tout près des piquets où des volontaires attachèrent les amarres. Une passerelle de planches disjointes fut posée au pied de l'échelle proche du grand mât et le débarquement commença.

Leur surprise passée, les nouveaux venus prirent la direction des tavernes improvisées derrière le quai, baraquements où l'on servait du mauvais alcool et où se prostituaient des filles porteuses de toutes les maladies du monde.

Le capitaine descendit le dernier, comme le voulait la tradition. Assez bien charpenté, le regard hautain, il portait perruque et large chapeau à plumes. L'épée au côté, il marchait en frappant le sol de sa canne à pommeau d'or. Un jeune garçon en tenue de laquais marchait derrière lui.

— Alban, où est passé Montmery ?

— Je crois qu'il n'est pas descendu du *Fringant* !

— Comment cela ? Ne sait-il pas que le commandant descend le dernier ? Le comte de Montmery serait-il irrespectueux des ordres du marquis de Langlade ?

Un officier franchit la passerelle, marcha vers le marquis de Langlade qui jetait autour de lui un regard méprisant. Il avait moins de trente ans et portait une redingote rouge ornée de fleurs bleues. Son chapeau à large bord était du modèle que l'on portait à Versailles au temps de Louis XIV.

— Que faisiez-vous à bord, Montmery, quand j'en étais descendu ? Je vous croyais déjà à la taverne !

— Rien, monsieur le marquis, je m'assurais que tout était en ordre.

— Sachez que tout est en ordre quand je l'ai décidé ! répliqua Langlade.

Augustin et M'nongo avaient assisté à la conversation. M'nongo tourna vers son ami un regard amusé.

— Voilà deux beaux perroquets. Je ne comprends pas comment ils ont pu passer au travers des mailles anglaises ! Ce ne sont sûrement pas eux qui ont commandé la manœuvre d'approche !

Langlade aperçut M'nongo et le toisa. C'était bien la première fois qu'il voyait un Noir, mais aussi un homme de cette taille. Il regarda ensuite Augustin et, en l'entendant parler, découvrit qu'il était français.

— Jeune homme, je suis le marquis de Langlade, commandant du *Fringant,* déclara-t-il avec emphase. Pouvez-vous m'indiquer une bonne auberge ? Nous allons faire escale deux ou trois jours avant de repartir vers la France.

Le ton précieux du marquis semblait tellement déplacé dans ce lieu où les bagnards côtoyaient des soldats, des mercenaires, des trafiquants d'esclaves, des prostituées et des chercheurs d'aventure qu'Augustin ne put s'empêcher de sourire.

— Il n'y a pas d'auberge digne de vous, monseigneur, répondit Augustin en faisant une révérence, mais des tripots, des constructions en planches où l'on dort quand la vermine vous en laisse le loisir !

— Voilà bien ma chance. Qu'importe, je dormirai sur *Le Fringant.* En attendant, peut-on aller se rafraîchir ?

— Naturellement, les débits de boisson ne manquent pas.

Sans rien ajouter, Langlade marcha d'un pas altier vers le premier tripot, suivi de Montmery et de son laquais. Il entra dans la cabane, jeta un regard surpris autour de lui, prit un tabouret et s'assit à une table, invitant Montmery à en faire autant.

— À la guerre comme à la guerre ! dit-il. On se contentera de peu. Qu'on m'apporte du vin !

Augustin et M'nongo s'étaient installés à une table voisine. Les habitués souriaient devant ces deux énergumènes arrivés d'un autre monde. Les railleries fusaient. Langlade, assis majestueusement sur son tabouret, regardait les filles de joie racoler les clients dont la plupart étaient les matelots du *Fringant*. L'une d'elle s'approcha de lui et l'interpella dans une langue qu'il ne comprit pas.

— J'ai demandé qu'on m'apporte du vin !

Augustin profita de l'occasion pour intervenir.

— Monsieur le marquis, il n'y a pas de vin ici, seulement de la gnôle.

— Alors qu'on m'apporte de la gnôle.

On apporta une bouteille d'un liquide jaunâtre et glauque. Le laquais remplit cérémonieusement les verres. Montmery fit une grimace. Langlade, qui se voulait tolérant et ouvert à toutes les turpitudes, porta le verre à ses lèvres, avala une gorgée puis cracha de côté.

— Mais c'est du tord-boyaux !

— En effet, c'est du tord-boyaux, admit Montmery.

Langlade, qui éprouvait le besoin de parader et de se mettre en avant, dit d'une voix forcée pour que tout le monde l'entende :

— Nous sommes partis de Nantes et nous voilà. Nous avions pour mission de détruire quelques navires anglais, mais les Anglais n'attaquent que lorsqu'ils se sentent en force. Ils ont détalé comme des lapins devant nous ! Nous n'en avons pas vu un seul.

Près du comptoir, un groupe d'hommes ivres s'en prenaient à M'nongo, considérant qu'un Noir n'avait pas le droit de fréquenter l'établissement. Augustin suivait l'altercation du coin de l'œil, mais se gardait bien d'intervenir : M'nongo n'aurait aucun mal à se débarrasser des importuns quand il l'aurait décidé.

— Donc, reprit le jeune homme en s'adressant à Langlade, vous n'avez rencontré aucun navire anglais.

— Pas le moindre ! Nous avons fouillé l'océan, suivi les courants, les vents, mes hommes ont scruté la mer jour et nuit, rien. Nous avons aperçu plusieurs bateaux sur l'horizon, mais dès que nous les avons pris en chasse, ils ont déguerpi !

Augustin s'étonnait que les Anglais aient laissé filer une proie aussi facile. Il devait admettre qu'une chance insolente avait servi le capitaine à plumes et qu'il avait réussi un exploit : rester en mer deux mois durant sans jamais tomber sur un navire ennemi.

Un groupe important s'était formé autour de M'nongo, qui commençait à s'impatienter. Enfin, il dit en espagnol pour qu'on le comprenne bien :

— Je viens ici tous les jours, et personne ne m'a jamais parlé comme vous. Dernier avertissement, vous me laissez tranquille ou c'est moi qui vous mets dehors !

Les autres se mirent à rire et se jetèrent sur M'nongo, qui les poussa dehors à coup de pied au derrière, sous les regards amusés de Langlade et de Montmery. Puis M'nongo vint s'asseoir à côté d'Augustin.

— Vous avez là un domestique de grande force ! remarqua Langlade. C'est bien la première fois que je vois quelqu'un de cette taille et de cette carrure !

— Ce n'est pas mon domestique, c'est mon ami !

Langlade souffla à Montmery :

— Je vous disais que le monde est encore plein de sauvages. Comment être ami avec un Noir ?

— C'est ainsi, répliqua sèchement Augustin qui n'en pouvait plus de ce paon donneur de leçons. M'nongo est mon ami, et non seulement il parle trois langues, ce qui n'est pas le cas de beaucoup d'entre nous, mais il est d'une force redoutable et d'une habileté à l'épée fort étonnante.

— Ah bon ? Mais où a-t-il fait son école ?

— Dans la rue, répondit M'nongo. Quand j'étais enfant, dans mon village d'esclaves, les enfants jouaient à l'épée avec des bâtons. C'est là que j'ai appris à me battre.

— Je voudrais bien voir cela ! répondit en se moquant Langlade. Tenez, mon second, le comte de Montmery, passe pour une des plus fines lames…

— Le comte, dites-vous ? s'étonna Augustin, mais je croyais que la noblesse avait été abolie, qu'il n'y avait plus de titres en France !

Langlade secoua la tête :

— Ces freluquets de révolutionnaires veulent refaire le monde contre la volonté de Dieu, mais cela ne durera pas. La vieille noblesse est indispensable à la survie d'une bonne société. D'ailleurs, ils l'ont bien compris et confient le commandement des armées à des descendants de grandes familles, sur terre comme sur mer. Moi qui vous parle, je me fais fort de débarrasser les mers de l'ennemi anglais. Mais revenons à votre prétendu ami. J'aimerais le voir faire quelques passes avec Montmery.

— Pourquoi pas ? accepta M'nongo avant qu'Augustin ait décliné l'invitation.

Langlade se leva le premier, suivi d'Alban et de Montmery, qui mesurait la différence de taille entre lui et son adversaire. Il était moins rassuré, mais le marquis lui souffla par-dessus l'épaule de son laquais :

— Montrez à ce Nègre que la taille ne fait rien et que la noblesse française est la meilleure du monde à l'épée.

M'nongo n'ayant pas d'épée, il fallut en trouver une. Inquiet, Augustin lui conseilla de décliner l'invitation :

— Il connaît sûrement des passes que tu ignores. Finalement, tu ne t'es battu qu'avec des épées en bois. Laisse tomber, tu risques de ramasser un mauvais coup parce que le comte de Montmery ne fera pas de quartier face à un Noir.

M'nongo ne répondit pas et prit l'épée qu'Alban lui tendait. Il la fit jouer autour de lui, et se déclara prêt. Les joutes de ce genre étaient si rares dans le port qu'une foule de curieux s'était rassemblée. Ici, on se battait aux poings ou au couteau, mais l'épée avait quelque chose de plus. Les badauds commençaient à parier sur le Français qui paradait, prenait des poses, lançait des regards entendus à Langlade dont le chapeau à plumes attirait surtout l'attention des enfants.

Augustin n'était pas tranquille et s'apprêtait à intervenir pour arrêter le combat à la moindre menace pour son ami. Très vite, il remarqua que l'officier français était vraiment petit à côté du Noir et qu'il ne pouvait pas l'atteindre. Enfin, M'nongo décida de passer à l'attaque. Ayant testé son adversaire en restant sur la défensive, il en avait trouvé les points faibles et il n'eut pas de mal à faire voler son épée, qui tomba dans la poussière. L'autre, qui ne comprenait pas ce qui lui arrivait, s'écria :

— Tu n'es pas loyal.

— Comment cela, monseigneur ? répliqua vivement M'nongo, montrant par là qu'il connaissait les bonnes manières et les répliques appropriées. Reprenez votre épée, nous continuons.

Cette fois, le combat dura plus longtemps. Montmery avait analysé le jeu brouillon de M'nongo et l'exploitait avec agilité. Le géant, moins rapide à la réplique, moins vif, faillit être blessé à plusieurs reprises car l'autre ne cherchait pas à l'épargner. Pourtant, il réussit à désarmer le noble et le tint en respect, la pointe de la lame pointée sur sa poitrine.

— Sachez que ce que vous venez de faire est très mal. On ne désarme pas un comte quand on est un esclave noir. On se laisse tuer en remerciant le ciel d'être occis à la loyale par un homme de qualité.

Langlade souriait, montrant qu'il avait beaucoup apprécié le combat de M'nongo et qu'il ne parlait pas sérieusement.

— Montmery s'est débrouillé comme un âne, ajouta-t-il. Je pense que l'air, la chaleur, l'humidité et surtout les verres de gnôle ne l'ont pas aidé. Il vous pardonnera volontiers si je le lui demande. Je vous prends à mon service sur *Le Fringant* !

— Je ne peux pas accepter sans l'avis de mon maitre et ami Augustin. D'ailleurs, je ne peux pas monter sur *Le Fringant* sans lui.

— Eh bien, je vous prends tous les deux ! s'écria Langlade sur le ton de l'exaspération. Dans ces îles, rien ne se passe comme dans le vrai monde. Ici, ce sont les esclaves qui commandent et les nobles qui obéissent aux vilains !

Il s'éloigna d'un pas majestueux, suivi d'Alban à qui il commanda d'aller chercher de l'eau. Il se dirigea vers le quai, puis se tourna et dit à l'adresse d'Augustin et de M'nongo :

— Nous appareillons ce soir même. Nous sommes restés assez longtemps dans cette île où l'air est irrespirable et où des tas de bestioles grouillent à mes pieds. Alban, fais suivre l'ordre à tout l'équipage.

M'nongo et Augustin n'étaient qu'à moitié rassurés. Ils étaient heureux d'embarquer pour l'Europe, heureux aussi de monter sur un magnifique trois-mâts comme *Le Fringant*, mais n'accordaient aucune confiance à son capitaine qui se ferait étriller à la première rencontre avec un bateau anglais. La chance ne pouvait le servir outrageusement deux fois de suite.

— On verra bien, conclut M'nongo qui commençait à s'ennuyer à Cayenne où il n'y avait vraiment rien à faire. Avec un bateau comme celui-là, on devrait pouvoir couler quelques navires anglais.

— Sûrement, mais avec le marquis de Langlade aux commandes, c'est nous qui allons couler !

— Écoute-moi, reprit M'nongo, j'ai bavardé avec les matelots. Ils n'en peuvent plus d'être dirigés par cet incapable. Ils ont peur que cela ne tourne mal. Ils m'ont expliqué qu'en France les nobles achètent le commandement d'un bateau et que cela conduit à des désastres. Ils font confiance à un sous-officier qui fait tout le travail, un certain Fougeat.

— Je sais. Moi aussi, je commence à m'ennuyer sur ce coin de terre. Je suis venu chercher mon père et comme il n'y a aucun espoir de le retrouver, je veux bien partir.

Le soir-même, *Le Fringant* fit donner de la corne pour rassembler l'équipage. Les matelots encore ivres sortaient des baraquements, embrassaient une dernière fois leur conquête de l'instant et s'approchaient de la passerelle où le comte de Montmery faisait l'appel, en présence du marquis de Langlade, qui se tenait sur le pont dans une attitude cérémonieuse. Les hommes montaient à bord en titubant. Certains, qui n'avaient pas bu, se signaient en quittant le quai. Augustin en demanda la raison à l'un d'eux :

— On ne sait jamais ce qui peut arriver.

— Est-ce la vérité que les bateaux anglais fuyaient devant vous ?

— Non. Nous avons eu une chance incroyable de n'en rencontrer aucun. Sinon, c'en était fait du *Fringant* et de nous.

Au milieu de l'équipage rassemblé sur le pont, M'nongo paraissait plus grand encore. Augustin comprit comment les choses se passaient sur le bâtiment français et comment il avait pu traverser l'Atlantique avec un capitaine aussi inefficace que Langlade. Fougeat était à la manœuvre ; Augustin avait longuement bavardé avec lui dans le tripot. Bossu, vêtu d'un surcot sombre, d'un chapeau noir, mal rasé, il semblait pitoyable à côté des deux officiers. Langlade se justifia avec son emphase habituelle :

— Un capitaine ne s'occupe que du combat contre l'ennemi. Les appareillages et les manœuvres sont pour les grades inférieurs, confia-t-il à Augustin.

La marée descendante emportait *Le Fringant* vers le large où il trouva tout de suite des courants favorables. Gréé correctement, il glissait sur l'eau avec l'aisance d'un animal puissant qui économise ses forces. La terre se perdit lentement dans la brume du soir. Un silence souverain ponctué par les craquements de la coque incitait les hommes à se reposer. Le calme de la nuit ne comportait aucune menace. Le ciel était clair, une légère brume bordait l'horizon. Les voiles gonflées sans excès tenaient le bateau dans un axe sans contrainte.

M'nongo et Augustin furent de quart au lever du jour et purent admirer les couleurs de l'horizon. La chaleur était encore supportable. Les premiers oiseaux venus de la terre rejoignaient le navire, qui glissait dans la direction voulue par le barreur.

Fougeat, qui avait compris qu'Augustin était un excellent marin, demanda au Français d'être son assistant. Position de sous-officier honorable faisant des jaloux. Mais l'équipage, qui savait le capitaine incapable de gouverner, l'accepta, préférant se fier à deux bons marins qu'à un m'as-tu-vu.

— J'ai bien compris que tu connaissais la mer, c'est évident ! avait dit Fougeat pour justifier son choix.

Le travail n'était pas compliqué. Aucune tempête en prévision, pas d'ennemi en vue et un vent favorable qui poussait le bateau vers les courants d'est. Les matelots se prélassaient dans les gaillards, pêchaient des poissons colorés et passaient beaucoup de temps à bavarder, à raconter leur vie à terre et à évoquer leur rêve à tous, celui de s'emparer d'un navire anglais aux cales pleines d'or qui leur permettraient de se retirer sur une terre paisible. Augustin tenait compagnie à Théodore Fougeat. Cet officier, qui ne buvait que de l'eau, fait rarissime chez les marins, gagnait à être connu. Son physique désavantageux, sa bosse, son menton plat et démesuré, son nez aquilin et ses yeux légèrement bridés poussaient les gens à l'éviter ; pourtant, il avait une intelligence supérieure et surtout un sens de la mer qui avait sauvé *Le Fringant* à plusieurs reprises.

— J'avais douze ans quand j'ai commencé à naviguer, dit-il à Augustin. À cette époque, on ne faisait pas de manière avec les gamins. Aujourd'hui, on les cajole, on leur évite les corvées trop dures ; à mon époque c'était tout l'inverse. Mon dos tordu vient des charges trop lourdes que j'ai portées quand j'étais mousse. J'étais très pauvre, donc je ne pouvais pas prétendre devenir officier. Un jour, j'avais dix-huit ans, un bateau espagnol nous a attaqués. Le capitaine était du genre Langlade, plein de plumes et de prétentions, mais incapable de conduire correctement un combat naval. Je ne sais pas ce qui m'a pris, mais je suis monté sur le pont et j'ai crié des ordres. Dieu devait m'appuyer puisque les matelots m'obéissaient et que nous avons vaincu les Espagnols. Toute la gloire de cette victoire est revenue au capitaine, qui était comte de quelque chose. Moi, le bossu, on m'a ignoré. Mais par la suite, dans les équipages on me connaissait et les matelots n'acceptaient d'embarquer que si j'étais le premier lieutenant !

Fougeat voyait en Augustin un jeune homme de sa trempe, ce qui le rendait loquace.

— Je n'ai pas de famille. Mon père est mort alors que j'avais six ans, parce qu'il avait trop bu et qu'une charrette lui a passé sur la poitrine. Ma mère, c'était, comment dire… une femme qui avait d'autres préoccupations que ses trois enfants. Elle était la bonne de l'évêque de Caen, enfin une bonne pas comme les autres. Nous, on s'est débrouillés comme on a pu, en se louant dans les fermes. Moi, je me suis embarqué sur un bateau parce que j'aimais la mer…

— Et vous ne vous êtes pas marié ? demanda Augustin.

Il eut un rire qui ressemblait à une grimace. Son visage se plissait de profondes rides, ses yeux se fermaient pour devenir deux minuscules fentes sous les sourcils touffus parsemés de longs poils blancs.

— Qui aurait voulu d'un bossu si laid que les enfants se moquent de lui quand il arrive à terre ? Je te le demande. Et puis, je n'ai pas d'assez bons souvenirs de la famille pour éprouver le besoin d'en former une.

Augustin aimait beaucoup la compagnie du lieutenant, que le comte de Langlade ne manquait pas de rabrouer et de tourner en dérision. Résigné, Fougeat recevait les moqueries sans broncher, il en avait pris l'habitude.

— Dieu m'a confié la mission de protéger mon pays et de défaire l'ennemi sur mer. Il ne me donne rien en compensation sur cette terre, mais il me le donnera plus tard. Je ne suis pas à plaindre.

Augustin avait hésité à parler du véritable but de son voyage en Amérique, il n'avait mis en avant que son envie de naviguer et d'apprendre le commandement d'un navire de guerre. Cela rapprochait un peu plus les deux hommes, qui ne se quittaient pas. Le jeune Français voyait dans ce marin sensible, intelligent et fin stratège un père de substitution et quand Fougeat lui posa des questions sur sa famille, il répondit évasivement :

— J'ai grandi à Paris. Ma mère est morte alors que j'étais petit, mon père m'a élevé jusqu'à ce que je puisse travailler chez un charpentier. Mais la mer m'appelait, alors, un jour, je suis parti sans rien dire à personne.

— La mer, répondait Fougeat, aucune femme ne saurait lutter contre elle. Quand elle te prend, tu ne peux pas lui échapper et ta vie est toute tracée.

À mesure que les jours passaient, le temps changeait. La chaleur des mers du Sud faisait place à un temps plus frais et souvent agité, mais rien de bien grave pour *Le Fringant,* que ces coups de tabac ne faisaient pas varier de la route affichée. Le capitaine avait décidé de rentrer en France pour remplir les cales de provisions avant de repartir au combat. Fougeat doutait que ce fût aussi simple.

— Seul ce fat de comte de Langlade peut croire que les Anglais ont peur de nous. Bien au contraire, *Le Fringant* représente pour eux une proie magnifique qu'ils connaissent et ne laisseront pas passer. Je redoute la première confrontation.

Elle eut lieu quelques jours plus tard. Langlade et Montmery furent avertis par les vigies qu'un bateau sur l'horizon faisait route vers eux. Langlade, avec un geste ample des bras, afficha son mépris :

— Ce sont des Anglais, ils vont changer de route quand ils auront vu nos deux rangées de canons.

— Il ne semble pas vouloir changer de cap, cria la vigie. Il porte trois rangées de sabords…

— Il en porterait dix, cela ne changerait rien à la chose !

Langlade s'en alla fièrement au château, pour bien montrer qu'il ne fallait pas accorder à ce navire plus d'importance qu'il n'en méritait. Fougeat darda sa longue-vue vers l'horizon et ne fut pas de cet avis :

— Il vient vers nous à un quart sous le vent de l'étrave. Nous devons nous préparer au combat !

— C'est bien, répliqua Montmery en se moquant, faites préparer les hommes, ce sera un bon entraînement.

À son tour, il s'en alla dans sa cabine, certain que l'affrontement n'aurait pas lieu. De son côté Fougeat, qui avait la confiance de l'équipage, réunit tout le monde sur le pont.

— Chacun à sa place, il faut s'attendre à une première bordée sur bâbord. Canonniers, à vos postes et soyez prêts.

La chance pour Fougeat, c'était que l'équipage était composé de matelots aguerris qui avaient été soudoyés par Langlade avec beaucoup d'argent. Ces soldats de la mer lui accordaient toute leur confiance.

Il suivait l'approche du bâtiment, que la vigie avait aperçu dès son passage sur la ligne d'horizon. C'était un grand trois-mâts anglais armé de vingt et un sabords en trois rangées et six autres pièces de dunette et de gaillard. Le lieutenant se tourna vers Augustin :

— Sa puissance de feu est supérieure à la nôtre. Pour l'instant, ses fûts ne sont pas en batterie.

Il ajusta de nouveau sa longue-vue, puis la tendit à Augustin en pestant contre Langlade et Montmery, qui possédaient une lunette mais refusaient de s'en défaire au profit d'un subalterne.

— Qu'en dis-tu ?

Augustin se souvenait des leçons de William Bright ; l'Anglais, en lui expliquant la meilleure manière d'aborder un combat maritime, lui avait aussi appris les ruses anglaises.

— Pas de balanciers en chaîne ! dit Augustin, qui précisa aussitôt : vergue de misaine et de grand hunier libres, il ne peut pas engager un combat ainsi ! Mais c'est peut-être une ruse. Ce bâtiment a une puissance de feu double de la nôtre, ça peut lui suffire.

Tout en parlant, les informations des vigies du grand mât et du mât de misaine complétaient leur analyse. Le bateau filait pleines voiles sur eux.

— On ne peut pas prendre le risque, grogna Fougeat. Si on avait un vrai capitaine, c'est maintenant qu'il faudrait prendre la décision. Je redoute d'aller parler à Langlade.

Augustin n'en comprenait pas la nécessité. Tous les hommes étaient à leur poste et savaient exactement ce qu'ils devaient faire. M'nongo était affecté aux pièces de canon et portait les boulets entreposés sous la ligne de flottaison.

— Tant pis, j'y vais ! fit Fougeat en s'éloignant en direction du gaillard d'avant.

Il revint presque aussitôt accompagné du capitaine et de son second, qui plaisantaient sur la peur des Anglais quand ils verraient *Le Fringant* ouvrir ses sabords.

— Donnez l'ordre, Fougeat, vous allez assister à une belle débandade chez nos adversaires.

L'ordre fut donné ; les sabords s'ouvrirent, laissant pointer des bouches à feu prêtes à cracher leurs vingt livres de fonte. Fougeat et Augustin ne perdaient rien de la réaction des adversaires, qui ouvrirent aussi leurs sabords. Puis le silence retomba sur la mer. Le vent, comme s'il ne voulait pas prendre part à l'affrontement, se calma. Les voiles claquèrent, mais Fougeat ne donna aucun ordre de les réduire, voulant conserver un maximum de maniabilité au *Fringant*. L'homme de barre fut averti qu'il devait garder le cap. Ainsi, les deux bateaux devaient se rencontrer en un point que Fougeat et Augustin avaient pris la précaution de délimiter sur la mouvance de la surface. Fougeat avait son idée sur la suite à donner à la rencontre, mais il ne pouvait agir sans l'ordre de son supérieur.

— Que faisons-nous ? demanda-t-il. Peut-on donner l'ordre de canonner ?

— Canonnez donc ! répliqua Langlade qui s'étonnait que les Anglais n'aient pas changé de cap. Un peu de bruit va nous amuser et finir de les terroriser.

Il parlait comme s'il était à une de ces joutes nautiques sur la Seine où les occupants d'une barque devaient renverser les adversaires. Pensait-il qu'un boulet, un seul dans la coque du *Fringant* pouvait le rendre inopérant et surtout mettre le feu, car rien ne brûlait mieux qu'un bateau entouré d'eau ?

Mais Fougeat ne donna pas suite à l'ordre du capitaine car l'attitude de l'Anglais le déroutait.

— Nous sommes au vent de l'ennemi, insista Fougeat comme pour se convaincre lui-même.

La décision à prendre était lourde de conséquences, aussi hurla-t-il dans le porte-voix :

— Tout le monde à son poste de combat !

Cela faisait longtemps que les hommes étaient en place, les canonniers prêts à faire feu, immobilisés sur un geste de guerre qui attendait pour se poursuivre un mot du capitaine. Augustin pensait exactement la même chose que Fougeat, raison pour laquelle il n'exprima pas son avis : tirer les premiers risquait d'engager trop tôt un combat d'où ils ne sortiraient pas forcément vainqueurs, attendre exposait *Le Fringant* à une canonnade meurtrière. Le vent s'était légèrement levé dans un sens qui plut à Fougeat.

— Envoyez la grand-voile d'étai, cria Fougeat.

C'était risqué, mais permettrait de prendre le temps de la réflexion car il lui semblait que le navire anglais peinait à suivre. Cette voile allait faire gagner quelques nœuds de vitesse qui pouvaient maintenir encore un peu le français hors de portée des canons, mais c'était aussi risquer qu'une pièce du gréement cède, hauban ou mât de flèche. Augustin le lui fit remarquer :

— C'est bien de réfléchir, mais en pleine mer, qui attaque le premier met toutes les chances de son côté. Je pense que l'ennemi veut s'emparer du *Fringant* en bon état, raison pour laquelle il n'a pas engagé la bataille. Il est peut-être très bien renseigné sur nous.

Le regard que lui lança Fougeat montrait que la remarque avait porté. Augustin poursuivit :

— Si j'étais à la manœuvre, je donnerais l'ordre de canonner. Pour une fois, le marquis de Langlade a raison. On ne peut pas prendre le risque d'attendre.

Fougeat ordonna :

— Barre dessous !

L'homme de barre fit tourner la grande roue de bois. Augustin commandait à la voile. Les vergues furent brasseyées. *Le Fringant,* comme hésitant, ondula, fléchit à bâbord et finalement vira net. Fougeat ne quittait pas l'ennemi avec sa lorgnette : l'anglais devait aussi virer de bord pour faire face à l'attaque car sa première tactique n'était plus possible. Son hésitation venait du fait que *Le Fringant,* avant qu'il ne fût commandé par le marquis de Langlade, avait envoyé par le fond une dizaine de bateaux. Ses qualités étaient connues et l'ennemi se méfiait.

Fougeat voyant l'adversaire barrer par à-coups à bâbord, ce qui permettait au bâtiment de se rapprocher lentement en dérivant sur un courant favorable, était de plus en plus perplexe et ne donna pas l'ordre de tirer.

— Il ne canonne pas ! grogna-t-il. Il cherche le combat rapproché.

Laisser passer l'anglais sur la gauche revenait à accepter un combat bord à bord dont l'issue était toujours aléatoire : personne ne savait combien d'hommes se trouvaient en face.

Le vent s'était levé, la mer se formait. Fougeat se dit que la rapidité de son bateau pouvait lui permettre d'échapper à l'ennemi. Il pesa le pour et le contre, quand Langlade, qui s'était concerté avec Montmery, cria :

— Canonniers, à vos pièces !

Il attendit un instant, comme le voulait la manœuvre, et hurla :

— Feu !

L'ordre tarda un instant pour être reprit par l'officier canonnier, qui devait attendre un mouvement favorable de l'ennemi.

Le tir ébranla *Le Fringant,* qui s'infléchit sous le vent et s'inclina fortement sur bâbord. Une énorme fumée sortit des sabords ouverts et se perdit au ras des flots en filaments bleus. À cause d'un creux dont l'officier canonnier n'avait pas mesuré l'ampleur, la salve passa au-dessus de l'ennemi. Fougeat s'emporta :

— Qu'est-ce qui vous a pris ? Vous ne savez donc pas danser ?!

L'homme reçut le reproche comme une gifle. Sa faute avait été, en effet, de ne pas entrer dans le rythme des vagues. Les serveurs remplissaient de nouveau les canons, mais Augustin, qui ne quittait pas l'ennemi de sa lorgnette, constata :

— Il lâche le vent. Ses huniers faseyent. Il se laisse porter par le courant.

Le marquis de Langlade était toujours sur le pont en compagnie du comte de Montmery et d'Alban, l'indispensable laquais. La canonnade avait failli le jeter au sol et, par précaution, il se tenait au bastingage...

— Qu'est-ce à dire, sous-officier ? demanda-t-il à Augustin.

Le jeune homme fut si fier et étonné d'être appelé sous-officier qu'il bredouilla un vague merci, puis se ressaisit et répondit tout en regardant Fougeat :

— Cela signifie qu'il ne va pas répliquer aux canons. Il veut un combat rapproché pour s'emparer du *Fringant,* qui est un des fleurons de la marine française.

Langlade éclata d'un grand rire, fit quelques pas sur le pont en martelant les planches de ses talons cloutés.

— Il veut le corps-à-corps ! Parfait. Que les hommes se préparent à se battre. Nous serons aux avant-postes.

Il avait dégainé son épée, qu'il agitait devant lui. La lame lançait des éclairs d'argent. Montmery avait dégainé à son tour et prenait une attitude martiale. Augustin doutait que ces deux habitués aux joutes d'après-banquet aient la moindre idée de la manière dont se déroulaient les combats sur mer. Fougeat donna l'ordre de réduire la voilure, et au barreur de virer au plus près du vent. L'autre s'en aperçut et, probablement parce qu'il était sûr de son affaire, laissa ses voiles faseyer. Les matelots couraient sur le pont. Plusieurs chaloupes étaient prêtes à être mises à la mer. *Le Fringant* gagnait du champ comme s'il se faufilait entre les vagues. Augustin, remarquant un flottement dans l'équipage adverse, se demanda si c'était une hésitation du capitaine ou une ruse pour mettre en confiance les Français. Le *York* dont on lisait nettement le nom sur le bord de la coque se laissait gagner au vent. Fougeat s'écria :

— Le *York,* je le connais ! C'est un des meilleurs bateaux anglais !

— Il ne nous fait pas peur ! clama Langlade qui donna l'ordre de mettre les chaloupes à la mer.

Il prit place dans la première et Montmery dans la seconde. Fougeat ne fit aucun commentaire mais, à son attitude, Augustin comprit qu'il désapprouvait une manœuvre trop hâtive. Il fallait attendre encore un peu, entrer dans le jeu de l'adversaire, et renverser les rôles dans une guerre des nerfs qui ne pouvait être favorable qu'au plus patient. Pourtant, ne pouvant faire marche arrière, il donna l'ordre de poursuivre l'opération.

— C'est l'inverse que nous aurions dû faire, mais je ne peux pas m'élever contre la volonté d'un capitaine qui a sûrement combattu à terre, qui est très courageux, mais ne connaît rien à la chose marine. Il se peut aussi que l'ennemi soit décontenancé par une aussi grossière erreur et imagine un piège, ce qui nous laisserait le temps de le surprendre...

Comme les premières embarcations s'éloignaient vers le *York,* il donna l'ordre aux hommes du pont de se tenir prêts au combat. L'ennemi, craignant toujours une ruse, mit ses chaloupes à l'eau et la bataille commença entre les deux navires qui se rapprochaient lentement. Plusieurs barques ennemies furent renversées, puis ce fut le tour de celles du *Fringant,* dont les occupants poussaient des cris de détresse. Les deux bateaux se heurtèrent bord à bord et ce fut le signal du véritable affrontement. M'nongo se trouvait aux premières places et moulinait avec son épée, fauchant les assaillants. Des hommes déséquilibrés tombaient entre les deux coques. Augustin comme Fougeat restaient en retrait pour crier des ordres. Le jeune homme admirait M'nongo, qui faisait le vide autour de lui. Sa force renversa les rôles et la défaite attendue par Fougeat se transforma lentement en victoire. Un incendie sur le *York* gagna rapidement le pont. Des flammes sortaient par les sabords ouverts. Des cris de panique perçaient le vacarme des lames qui s'entrechoquaient. Une énorme explosion projeta dans les airs des planches, des madriers, les mâts qui tombèrent sur les barques et sur *Le Fringant.* Fougeat poussa un cri et roula sur le pont : dans sa chute, une grosse pièce de bois lui avait écrasé l'épaule gauche. Il se releva vivement et, malgré le sang qui coulait abondamment, reprit sa place, conscient de vivre le moment le plus important de sa carrière, car la victoire était complète. L'ennemi refluait, mais il se garda bien d'afficher son triomphe. En quelques minutes, le pont fut débarrassé des morts. Les blessés du *Fringant* furent emmenés dans le gaillard d'avant où le chirurgien s'occupa d'eux. La bataille n'avait pas duré plus d'une heure et le *York* coulait à quelques brasses de là. Des flammes sortaient de la mer qui grésillait. Une épaisse fumée voilait le soleil.

— Quelle chance ! répétait Fougeat, toujours étonné par une belle victoire.

Il rassembla l'équipage et fit l'appel. Le marquis de Langlade et son second, Montmery, avaient péri. Ils s'étaient sûrement battus vaillamment, mais les Anglais, plus à l'aise sur les frêles embarcations, n'avaient pas eu de mal à les précipiter à la mer. La réussite était aussi due à un homme qui avait su galvaniser les forces autour de lui, le géant M'nongo.

Fougeat devenait le capitaine du *Fringant*. Il avait perdu beaucoup de sang et titubait. Il demanda l'aide de deux matelots pour se rendre à l'infirmerie et désigna le sous-officier Augustin Moncellier pour le remplacer.

Il fallait dresser un état du *Fringant,* qui avait subi quelques dommages pendant l'explosion du *York,* notamment au niveau de la voilure ainsi que des vergues du grand mât et du petit mât de hune. Ce n'était pas très compliqué à réparer. Le bateau avait encore assez de voile pour prendre le vent qui s'était levé. La mer était constellée de pièces de bois dont certaines, très lourdes, heurtaient la coque avec un bruit sourd. Des cadavres se dressaient au sommet des vagues, les bras tendus comme pour demander du secours, et se désarticulaient en sombrant. Le navire faisait route bâbord, amures au près serrées. Augustin ordonna de mettre le cap à l'est puis se rendit à l'infirmerie, modeste pièce sombre où s'entassaient une vingtaine de combattants dont certains étaient grièvement touchés. Assis sur un tabouret, Fougeat serrait les dents en retenant des cris de douleur pendant que le chirurgien farfouillait dans sa blessure pour en enlever les échardes. Son menton démesuré et la laideur de son visage ridé lui conféraient une face de clown pathétique.

— Vous allez vite guérir. L'air marin empêche les blessures de s'envenimer.

— Pas toujours, répliqua Fougeat. Tu dois ramener *Le Fringant* au port le plus proche. Il nous reste moins d'un mois de vivre.

Augustin se garda bien de répondre. La victoire sur le *York* lui donnait des envies belliqueuses. Il se sentait capable de couler tous les navires anglais croisés et, au fond de lui, le désir de venger la mort de son père le poussait à rechercher une nouvelle proie. Ce n'était pas très sage, car la chance ne le suivrait pas toujours d'aussi belle façon. Il passa à la cuisine où le chef lui proposa du salé avec un peu de pain qui avait le goût de moisi, puis remonta sur le pont. La mer était calme, sous un bon vent, *Le Fringant* montrait ses qualités de finesse. Le ciel était clair, sans aucune menace immédiate. Augustin, en tant qu'officier, demanda à M'nongo de rassembler l'équipage sur le pont. Les matelots descendirent des hunes, sortirent des gaillards où ils se reposaient et se rangèrent avec une discipline propre aux bons soldats en face du capitaine suppléant dont certains avaient le double de l'âge. Le jeune homme se racla la gorge, se plaça sur le côté, à l'ombre de la dunette parce que le soleil l'éblouissait, et parla :

— L'attaque du *York,* un des plus prestigieux bateaux ennemis, nous a valu une resplendissante victoire. Pas de survivants, le bateau est coulé. De notre côté, les pertes sont réduites : le marquis de Langlade et le comte de Montmery, plus six hommes nouvellement embarqués et qui ont sûrement dû leur mort à leur manque d'expérience. Nous avons quelques blessés, dont Fougeat qui devrait se remettre très vite.

Les matelots échangeaient des regards fatalistes, pensant au marquis de Langlade et au comte Montmery, qui n'étaient pas à leur place sur un navire de guerre. Malgré cela, leur incompétence liée à leurs fanfaronnades les rendaient sympathiques.

Augustin laissa filer les commentaires un court instant, puis tendit la main pour obtenir le silence qui se fit.

— Nous pouvons regagner la terre au plus vite, poursuivit-il, par la route la plus directe et, comme des poltrons, éviter les navires ennemis qui se profileront à l'horizon. Cela est possible et nous le ferons si vous le voulez.

Tous les hommes protestèrent dans un même cri. Ils étaient des combattants, pas des poules mouillées. Augustin, qui s'attendait à cette réaction, enchaîna :

— Nous pouvons aussi essayer de refaire nos provisions en nous emparant de celles d'un navire ennemi. Et pour cela, il faut aller au contact des autres bateaux, prendre le risque d'être vaincus. Mais on peut aussi y gagner beaucoup. Tout le butin des navires vaincus sera partagé entre les membres de l'équipage.

Une ovation accueillit cette déclaration. D'ordinaire, le butin récupéré sur les navires vaincus appartenait au roi de France et à ses représentants, le commandant et quelques officiers. Depuis sa rencontre avec Bright, qui distribuait le butin, Augustin avait compris que c'était la meilleure manière de donner à un équipage la force de vaincre.

La décision fut rapidement prise : au premier navire anglais signalé, on mettrait le cap sur lui et on engagerait la bataille. Les réserves de poudre et de boulets étaient suffisantes et l'équipage motivé. Les vigies remontèrent sur les hunes, bien décidées à ne rien laisser passer. Quand les hommes eurent quitté le pont, M'nongo dit à Augustin :

— Tu dois te méfier. Cette première victoire, on la doit à la chance. Il ne faut pas défier le destin. La prochaine rencontre ne se passera pas comme ça. Nous avons hérité d'un superbe bateau, il faut essayer de le conserver.

— Et tu crois que c'est en refusant l'affrontement qu'on sera fiers de nous ? Nos hommes, tous de bons combattants, n'ont tiré aucun revenu de leur victoire. Il faut leur donner de quoi avoir envie de se battre encore.

— D'accord, reprit M'nongo, toujours sur le ton de la méfiance, mais tu ne dois pas foncer sur le premier bateau sans précaution. Une victoire, ça se prépare dès que l'ennemi est aperçu et qu'on se positionne par rapport à lui. On ne doit rien laisser au hasard !

— Mais j'ai tout prévu, s'emporta Augustin. Mon père me dit au fond de moi ce que je dois faire, et il me commande d'attaquer, de le venger. J'irai au bout.

— Fais bien attention de ne pas aller trop loin.

M'nongo abandonna Augustin sur le pont et retourna au gaillard en attendant l'heure de prendre son tour de quart. Le mérite de la victoire lui revenait en partie. Sans son enthousiasme, *Le Fringant* n'aurait pas été aussi bien défendu. Il s'était montré tellement efficace que l'équipage s'adressait à lui avec respect. Il avait gagné sa place d'aspirant.

En fin d'après-midi, deux matelots réussirent à harponner un dauphin, qu'ils hissèrent sur le pont. Ils le saignèrent comme un cochon et dépecèrent la chair pour l'emporter aux cuisines. L'approvisionnement en viande fraîche était assuré pour la journée du lendemain.

Le calme ne dura pas. Le bateau filait vent arrière dans des conditions idéales. Toutes les voiles déployées lui donnaient une puissance sensible, qui faisait la fierté d'Augustin. Le jeune homme, penché près de la voile de misaine, regardait la figure de proue effleurer les flots que la coque fendait avec régularité. « Ce bateau est beau à pleurer », pensa-t-il en observant la mâture et les gabiers, qui prenaient le temps de paresser à leur poste. Le soleil descendait lentement sur l'horizon, illuminant la mer de couleurs précieuses allant du bleu foncé au violet en passant par un vert bouteille lumineux. Le nouveau promu pensait à Isabelle de Ruffec. La mort du marquis de Langlade et du comte de Montmery le ramenait à ce monde dépassé de la vieille noblesse. Charles de Ruffec n'était-il pas semblable au capitaine emplumé débarquant à Cayenne et demandant du vin bien frais ? Pétris d'une éducation qui les plaçait au-dessus des autres, ils n'avaient pas leur place dans l'immensité de l'océan, où les règles de bienséance n'existaient pas. Augustin pensait y trouver la sienne. L'excitation du combat avait distillé le poison de la guerre dans ses veines comme une drogue dont il ne pourrait plus se passer.

L'attente ne dura pas. Le lendemain matin, sous un soleil radieux, la vigie sur la hune de chouque poussa un cri strident :

— Bateau à bâbord sous grand largue ! Augustin prit sa lorgnette et monta jusqu'à la hune à la hauteur du grand étai. L'homme au-dessus de lui tendait la main vers l'est. De l'endroit moins élevé où il se trouvait, Augustin mit un peu de temps à localiser le bateau qui dépassait par moment sur la ligne de flottaison. C'était un anglais à n'en pas douter. Augustin cria l'ordre de mettre le cap nord-est. L'homme de barre tourna la grande roue, tandis que *Le Fringant* prenait sa nouvelle direction avec une facilité déconcertante. « Le meilleur bateau du monde », pensa fièrement Augustin. Il filait, légèrement gité à bâbord sous un vent régulier qu'on n'aurait pas osé souhaiter dans le meilleur des rêves. À cette cadence, le navire anglais fut vite identifiable. Il s'agissait d'une corvette avec seulement deux rangées de sabords, qui naviguait contre le vent, ce qui ne plut pas à Augustin. Il appela Vasselot, le plus ancien matelot, dont il avait remarqué la compétence à plusieurs reprises.

— Qu'en pensez-vous ? demanda Augustin en tendant la lorgnette.

La place était réduite sur la dunette et les deux hommes se gênaient. Augustin sentait la forte odeur de Vasselot qui, bien que vivant sur l'eau, ne se lavait jamais.

— Je n'en pense rien : ce bateau, si j'ai bien lu, c'est le *Greenland*. Je le connais. Nous avons eu affaire à lui par le passé. Mais comme nous manquions de munitions, nous avons refusé le combat. C'est peut-être le moment de prendre notre revanche.

— Il semble moins bien armé que *Le Fringant,* mais la finesse de sa silhouette laisse présager qu'il est beaucoup plus maniable, qu'il obéit parfaitement sous le vent et qu'il pourrait très bien nous surprendre malgré son manque de bouches à feu.

— Vous avez bien vu, mon capitaine, répondit Vasselot, donnant un titre qui fit rougir Augustin. Ce bateau est aussi rapide qu'un marsouin. Après l'avoir vu à la manœuvre, je pense que la seule solution pour le vaincre, c'est le canon dès qu'il sera à notre portée. Si on peut endommager sa voilure et mettre à mal la coque, nous en viendrons facilement à bout, mais nous n'avons aucune chance en combat rapproché.

— Très bien ! répondit Augustin en redescendant sur le pont.

Il donna l'ordre aux canonniers de regagner leurs postes, aux serveurs de préparer la poudre et les boulets.

Il appela Vasselot près de lui. Son savoir-faire lui était indispensable pour ne pas commettre une fatale erreur de jeunesse.

— Ce qu'il faut, ajouta le matelot en prenant pied sur le pont, c'est jouer du canon le plus vite possible afin d'ajuster notre tir. Nous avons le temps et sûrement des pièces plus puissantes qu'eux, ce qui nous donne un avantage à distance.

— C'est bien pensé, admit Augustin.

Le remue-ménage sur le pont, le bruit des pièces d'artillerie que l'on déplaçait dans les soutes, les sabords qui s'ouvraient en crissant avaient alerté Fougeat, qui remonta rapidement sur le pont. Le chirurgien avait pansé sa blessure et, malgré son visage plus pâle qu'à l'accoutumée, il semblait avoir récupéré quelques forces. Augustin le mit rapidement au courant de la situation. Fougeat s'exclama :

— Le *Greenland* ! excellent à la manœuvre, mais sous-équipé, ce qui le rend plus maniable et performant pour certaines opérations, notamment l'abordage de nuit et la défense des ports près des côtes. Je ne comprends pas ce qu'il fait là. Son capitaine, sir Lethand, n'est pas né de la dernière pluie. Il sert peut-être d'appât !

Malgré ce conseil de prudence, Augustin donna l'ordre de se tenir prêt à lâcher la première bordée. Il fallut un peu de temps au chef canonnier pour ajuster les fûts, même s'il n'avait pas une chance sur cent d'atteindre leur cible.

Les bouches à feu crachèrent leurs boulets dans un ébranlement complet du navire. Le bruit infernal courait sur les vaguelettes et semblait les briser. Grâce à leur longue-vue, Augustin, le chef canonnier, Fougeat et Vasselot virent la mer se déchirer à un mille à bâbord du *Greenland*, qui avait ouvert ses sabords et changé de cap, bien décidé à prendre le vent plein arrière pour échapper à la seconde bordée.

Sous la secousse du tir, Fougeat avait chancelé puis s'était retenu au bastingage. Mais dans le silence qui suivit et qui ne ressemble à aucun autre tant il est profond, l'homme tituba et s'affala près des écoutilles. Vasselot et Augustin l'aidèrent à se relever, puis celui-ci demanda à deux matelots de l'emporter à l'infirmerie.

— J'ai perdu trop de sang, dit le blessé, je ne vaux plus grand-chose. Je prie le ciel qu'il vous éclaire pour mener à bien cette nouvelle opération.

La deuxième bordée fit mouche. Un cri de joie retentit sur *Le Fringant* quand la mâture du *Greenland* vola en éclats. De sa couchette à l'infirmerie où on venait de l'informer du succès de la nouvelle bordée, Fougeat se dit que la chance insolente qui s'accrochait au jeune Augustin ne durerait pas. Il la paierait cher quand, grisé par plusieurs succès, il se croirait intouchable. Fougeat en avait vu, de ces jeunes officiers vaincus par plus faibles qu'eux parce qu'ils n'avaient pas pris la juste mesure de l'adversaire.

Vasselot vit dans sa lunette que la bordée avait immobilisé le *Greenland* et qu'il fallait en profiter pour faire route vers lui. Augustin donna les ordres au barreur et aux hommes de quart pour modifier légèrement la route afin d'échapper à leurs canons qui n'avaient pas encore tiré. Il fallait faire une petite boucle en se servant du courant pour ne pas présenter le flanc plus de trois minutes au tir de l'ennemi. Cela posait la délicate question de savoir s'il fallait une nouvelle bordée ou si on pouvait économiser de la poudre et s'emparer du bateau avec tout ce qu'il contenait.

Le vent vint compliquer la tâche d'Augustin, qui hésitait même s'il savait que le temps perdu à réfléchir travaillait contre lui. Un léger roulis s'était formé, mettant le seuillet sous la ligne de flottaison. Le chef canonnier et les pointeurs ne pouvaient plus ajuster le tir. Augustin décida de réduire la voilure. Dans son inconscience, il osait ce que des capitaines expérimentés auraient considéré comme suicidaire.

La nouvelle bordée fit trembler la cime des vaguelettes, mais les boulets se perdirent dans l'immensité de l'océan, personne ne les vit toucher le flot.

— Hâtons-nous, conseilla Vasselot, ils n'ont pas été très endommagés. Ils réparent le mât de hune et les vergues. Il ne semble pas que la coque ait été touchée.

Le *Greenland,* mettant à profit sa finesse, s'était incliné au vent. Ses vergues penchaient jusqu'à toucher la cime des vaguelettes, mais il filait.

— On va se faire distancer, grogna Vasselot.

— Non ! cria Augustin qui se souvenait des leçons de Bright.

Les Anglais avaient une manière très efficace de naviguer vent de travers. Il donna l'ordre de les poursuivre, sachant que *Le Fringant* avait toujours une bonne portance dans les positions extrêmes. Cette erreur aurait pu lui être fatale. Vasselot poussa un cri en voyant les canons de l'ennemi en batterie alors que *Le Fringant* lui présentait son flanc. Ils n'entendirent pas le bruit des détonations, mais un boulet s'abattit devant le pont, soulevant une gerbe d'eau qui trempa Augustin et Vasselot. Aussitôt, une deuxième bordée traversa la mâture. Les vergues volèrent en éclats, des morceaux de bois s'abattirent sur le pont, blessant un matelot. Augustin cria les ordres au barreur pour changer l'erre du bateau qui, fort heureusement, répondait bien à la barre. Une troisième volée tomba dans le sillage.

Heureusement, la mer se formait, rendant incertaine la tâche de l'adversaire. Les hommes du *Fringant* en profitèrent pour monter dans la mature et réparer les vergues brisées. Cela allait prendre un certain temps qui ne pouvait être mis à profit pour rattraper le *Greenland.*

— Il nous distance, constata Vasselot avec une pointe de colère.

Augustin comprit que le vieux matelot lui reprochait son inexpérience et un ordre inapproprié qui aurait pu coûter très cher. Il avait voulu mettre à profit un conseil de Bright mais n'avait pas pris la juste mesure de la situation. Ce que le capitaine anglais lui avait enseigné était certainement vrai, mais pas dans la position du *Fringant.* Il s'en rendait compte un peu tard et se dit que l'avertissement ne resterait pas lettre morte.

— Cela ne se reproduira pas ! dit-il à Vasselot. Maintenant, nous devons mettre toute la voile et éviter de lui laisser trop d'avance.

— À votre place, je ne changerais pas. La mer s'est suffisamment formée pour empêcher l'ennemi de nous canarder. Je poursuivrais dans la même direction sans forcer l'allure. Nous avons encore une chance de lui barrer la route.

Le ciel se chargeait à l'horizon, montrant que le beau temps de ces derniers jours était bien terminé. Une tempête n'arrangeait pas les affaires d'Augustin qui avait une belle envie d'en découdre avec le *Greenland.* La chancc nc l'avait pas si bien servi pour l'abandonner aussi vite ! Il demanda à Dieu de lui accorder cette victoire en mémoire de son père, puis considérant que Dieu n'aimait pas la vengeance et que la guerre le contrariait, il chassa cette pensée en se disant que seule sa réflexion pouvait le conduire au succès. Il donna des ordres pour augmenter la voilure. Vasselot lui fit remarquer :

— Les réparations ne sont pas très solides, il ne faut pas tenter le diable…

Tenter le diable ! C'était justement ce qu'il voulait.

Très vite, la mer devenue forte gêna l'observation du *Greenland.* Le bateau apparaissait au sommet d'une montagne d'eau puis s'enfonçait dans les entrailles de l'océan. Augustin, calé sur sa jambe gauche, la droite fléchissant avec le mouvement du pont, se sentait parfaitement à l'aise : malgré son handicap à la voile, il gagnait l'ennemi, cela ne faisait pas l'ombre d'un doute, mais le gros temps ne valait rien pour un abordage dans les règles. Il se dit que ce qui serait difficile pour les siens le serait tout autant pour l'ennemi.

La nuit tombait. Il fallait la mettre à profit pour se rapprocher du *Greenland* en ajustant sa vitesse afin de l'aborder par surprise, mais le capitaine anglais n'était pas un apprenti et savait ce qu'il devait faire en pareille situation. À mesure que les heures passaient, Augustin commença à douter et hésitait à poursuivre son action. Il demanda à Vasselot :

— À votre avis, quand serons-nous en passe d'engager le combat ?

— Au petit matin, si la chose veut bien se produire, mais le temps devient mauvais. L'adversaire peut profiter de l'obscurité pour changer de route. Tout dépend de ce que le capitaine a décidé.

— Alors, doublez le quart dans la nuit, mais je ne crois pas en la tempête.

La barre de nuages montait sur l'horizon, ajoutant sa noirceur à celle de la nuit et plongeant la mer dans une obscurité totale. Dans ces conditions le *Greenland* avait beau jeu d'attaquer par surprise. Sa grande maniabilité lui donnait un avantage certain.

— Il a fui pour attendre l'occasion de nous surprendre, constata Augustin.

— Et dans ce genre d'affrontement, les Anglais ne craignent personne ! ajouta Vasselot.

Durant toute la nuit, Augustin resta sur le pont, refusant de dormir tant il sentait la situation critique. Mais les heures passèrent sans incident. Une pluie battante tomba le matin, puis le ciel se dégagea, offrant aux hommes du *Fringant* une aube lumineuse sur une mer encore agitée, mais praticable. Les creux étaient moins profonds et leurs cycles plus lents. Dès les premières lueurs, Augustin et Vasselot cherchèrent le *Greenland* qu'ils finirent par trouver à quelques milles à bâbord. Ils avaient failli le dépasser sans le voir. Que signifiait cette attitude ? Les Anglais n'avaient sciemment pas voulu l'abordage en pleine nuit alors qu'ils s'en étaient fait une spécialité ! Augustin restait perplexe. Le *Greenland* était-il plus endommagé qu'il n'y paraissait ? Le jeune lieutenant fit virer *Le Fringant* qui rattrapa l'adversaire. Il réunit les hommes sur le pont, rappela son marché avec l'équipage et demanda à l'aumônier de bénir les combattants.

Le *Greenland* décida enfin de passer à l'offensive en mettant plusieurs chaloupes à la mer. Augustin, se souvenant de ce que cette opération avait failli coûter lors de la première attaque, préféra laisser l'initiative à l'ennemi. M'nongo, à l'avant du bateau, son épée à la main, attendait. Derrière lui, les combattants chargeaient des pistolets et des fusils. Les rameurs ennemis poussaient leurs embarcations avec un enthousiasme qui ne laissait rien présager de bon.

Les premières salves détonèrent des deux côtés en même temps, mais ne firent pas de victimes, tant la mer bougeait. Les combattants connaissaient les parades et savaient que tout se jouerait au corps-à-corps à l'abordage. Sur *Le Fringant,* ils avaient l'avantage de la hauteur, mais les autres étaient plus mobiles et abordaient le grand bâtiment par plusieurs côtés à la fois, se faufilant par ses ouvertures naturelles, sabords qui bien que verrouillés de l'intérieur pouvaient être brisés, lucarnes des gaillards et parties basses du couronnement. Augustin, qui gardait un souvenir précis de toutes les attaques subies depuis son départ de Rochefort, savait que tout se jouait dès les premiers échanges. La mer compliquait la tâche des défenseurs qui ne voyaient que par intermittence les barques au ras des flots. Augustin hésita. Le chef canonnier vint le trouver.

— Les barques sont encore à quelques brasses de nous. On peut leur envoyer une bordée. Apparemment, ils veulent s'emparer du *Fringant* en bon état, ce qui prouve que leur bateau a subi des avaries plus graves que ce que nous avons estimé. Une bordée pourrait lui faire le plus grand mal.

Augustin hésitait encore tout en sachant qu'une décision rapide s'imposait. Son manque d'expérience lui faisait peser le pour et le contre : s'il acceptait la nouvelle bordée, cela signifiait qu'un grand nombre d'hommes de qualité serait aux sabords à servir les canons au lieu de repousser les assaillants. Et puis, n'était-ce pas le moment de tirer parti du vent qui poussait *Le Fringant* à s'éloigner du *Greenland* ?

Il en était là de sa réflexion, en face de Vasselot et du chef canonnier, un petit homme sombre aux cheveux raides qui dépassaient d'un bonnet gris de poussière, quand il entendit un homme pousser des cris derrière lui. C'était Fougeat qui s'était fait porter sur le pont et s'en prenait à ses porteurs qui le secouaient dans tous les sens. Le tissu tirait sur le pansement de son bras et il hurlait de douleur. Sur le pont, il se mit difficilement sur ses jambes. Son visage très pâle ressemblait à un masque de papier mâché. Il regarda autour de lui, prit la mesure de la situation et dit au canonnier :

— On ne va pas risquer une bordée. Ce serait les inciter à faire la même chose pour se défendre.

Les cris des assaillants tout proches et la mer agitée le décidèrent. Il se tourna vers Augustin.

— Que ferais-tu ?

— Je donnerais l'ordre de mettre les barques à la mer, dit le jeune homme puis il regretta d'avoir parlé dans ce sens.

C'était une erreur, bien sûr, Augustin en eut conscience au moment où il prononçait sa phrase. Il rectifia son propos en voyant les lèvres de Fougeat bouger, ses sourcils se froncer :

— Non, je donnerais l'ordre de se mettre en place, de fermer toutes les ouvertures et je placerais les hommes sur le pont et aux parties fragiles du bateau, partout où l'ennemi peut prendre pied et nous menacer par surprise. Nous avons l'avantage de la place, il faut le garder.

— C'est mieux, mais tu ne dois pas parler tant que tu n'es pas sûr. Ordres suivis de contrordres affaiblissent l'équipage.

Fougeat lui-même cria aux sous-officiers de placer les combattants et d'attendre. Il savait que l'affrontement serait compliqué par une mer qui se formait de nouveau. Les vagues de plus en plus hautes heurtaient le *Greenland* puis s'en prenaient au *Fringant,* se brisaient sur les coques où les hommes avaient du mal à se tenir debout. L'issue de la bataille dans de telles circonstances était aléatoire. Fougeat, à qui chaque coup de bélier de l'océan arrachait un cri de douleur, ajouta :

— Il ne reste plus qu'à se confier à Dieu. Tu n'auras que ce que tu mérites. Je t'avais dit qu'il ne fallait pas attaquer ce bateau !

Les premières chaloupes arrivaient tout près du *Fringant ;* les hurlements anglais perçaient le tumulte des vagues et du vent. Les combattants, habitués à ce genre d'assaut, savaient tirer profit de la tempête qui s'annonçait. Leurs légères embarcations suivaient tous les mouvements de la mer contrairement à la grosse coque de chêne du *Fringant* ; cela leur laissait un peu d'avance sur les Français, qui coupaient à la hache les grappins jetés par-dessus bord sur toute la longueur du navire et des deux côtés en même temps. Là était la force de l'ennemi, qui avait sûrement prévu le coup de vent, raison pour laquelle il n'avait pas attaqué en pleine nuit. Très vite, les assaillants arrivèrent à la hauteur du bastingage. Moulinant avec leurs sabres, ils repoussaient les défenseurs. En moins d'une minute, ils furent plusieurs dizaines sur le pont, ferraillant en face d'un équipage qui n'était pas au mieux de sa forme. M'nongo, aux avant-postes, faisait son possible pour repousser des adversaires toujours plus nombreux. Une lame s'abattit sur Fougeat, qui poussa un cri et tomba, le crâne ouvert d'où giclait un flot de sang. Augustin, qui avait vu le coup fatal, ressentit un très curieux frisson courir le long de son dos et gagner son corps, une force nouvelle qui le poussait dans la mêlée. Son expérience était réduite, mais son instinct le guidait et il frappait juste. En face de lui, un homme roux fit le geste de le décapiter ; Augustin lui planta sa lame dans la poitrine. Il ressentit la résistance des vêtements, de la cotte de mailles de mauvaise qualité puis la lame pénétra dans la chair avec une facilité qui le remplit d'aise. Arrachant l'épée sanglante, il continua d'avancer en encourageant ses troupes. M'nongo, de son côté, avait retrouvé sa pugnacité habituelle et taillait l'ennemi avec des cris rauques de lion. Suivant l'exemple de leur jeune chef en première ligne, les matelots se battaient avec une fougue nouvelle. Les combattants piétinaient les corps des morts et des agonisants dans une boue poisseuse de sang et de chair écrasée. Mais la première attaque était repoussée.

Quand il fut assuré d'avoir l'avantage, Augustin donna l'ordre de la contre-attaque. La mer démontée ne permettait pas de rapprocher les bateaux. Les Français sautèrent sur les chaloupes de l'ennemi restée près du *Fringant* et vides d'occupants. Augustin donna l'exemple, suivi aussitôt par une armée enthousiaste qui savait la victoire à sa portée et convoitait déjà les richesses du *Greenland*. Sur une mer noire, les barques suivaient les vagues, montaient à l'assaut d'un ciel qui s'obscurcissait et descendaient à pic comme pour sombrer. Les premières arrivèrent près du bâtiment anglais où commença la manœuvre d'abordage. Les assaillants ne trouvant pas grande résistance, Augustin conseilla la prudence. Ce n'était probablement qu'un piège, les Anglais attendant qu'ils arrivent sur le pont pour les tailler en pièces. Mais non, tout était dit : l'équipage ennemi avait perdu une partie de ses forces lors du premier assaut et ne put opposer qu'une résistance de façade. La victoire était totale pour Augustin qui avait perdu peu d'hommes.

Le soldat s'était révélé à cette occasion ; il avait la certitude que la main de Dieu l'accompagnait et qu'aucun navire n'était de taille à lui résister. Il se sentait différent : avoir approché la mort lui avait donné le goût de la guerre. Le bourgeois parisien qui filait la laine et tissait le chanvre en Guyane était devenu un homme d'action dont l'occupation principale serait de tuer d'autres hommes. Le poison répandu en lui conditionnerait sa vie future.

En fin de matinée, le *Greenland* fut nettoyé. Le mérite d'Augustin fut ramené à son juste niveau. Il découvrit qu'il devait sa victoire à une méprise : les Anglais qui voulaient s'emparer du *Fringant* pensaient que le marquis de Langlade en était toujours le capitaine et ne s'étaient pas préparés à une bataille jugée sans difficulté.

Les Anglais survivants avaient juste eu le temps de sauter dans des chaloupes et de s'éloigner à la rame. Ce réflexe de survie ne leur laissait pourtant que très peu de chances, mais la coutume voulait qu'on ne les poursuive pas.

Les Français trouvèrent de grosses réserves de vivres et d'eau douce. Les canons et la poudre furent transférés sur *Le Fringant,* ce qui prit une partie de la journée par une mer démontée. À l'inspection, il s'avéra que le navire anglais avait été très endommagé par les boulets et qu'il était impossible de le réparer sur place. Il fut abandonné aux courants et aux vagues.

Augustin fit le point et constata qu'il se trouvait à la hauteur du quarantième parallèle et du trente-deuxième méridien, donc à une très grande distance des côtes françaises. Il rassembla l'équipage sur le pont. L'aumônier fit une prière pour les disparus, dont Fougeat, et demanda à Dieu de favoriser la guérison des blessés. Puis le capitaine parla aux marins attentifs.

Ils avaient compris que leur jeune chef, qui jusque-là n'avait montré de dispositions que pour la navigation, était aussi un combattant courageux à qui ils prévoyaient un brillant avenir.

— Nous pouvons faire voile vers la France, dit Augustin. Si c'est votre intention, je ne m'y opposerai pas. Cependant, j'ai constaté depuis notre départ de Cayenne que Dieu nous est favorable. Alors pourquoi ne pas en profiter ?

Une ovation lui répondit. Ils avaient partagé le butin du *Greenland* et attendaient la prochaine proie anglaise pour en profiter de nouveau. Certains se voyaient déjà achetant des terres nobles et portant un titre...

Il fut décidé à l'unanimité de poursuivre la campagne et d'attaquer tous les bateaux anglais qui auraient le malheur de se trouver dans leur champ. Pour augmenter leurs chances, Augustin fit mettre le cap sur le nord-ouest, une zone très fréquentée par l'ennemi. Vasselot lui demanda :

— Avez-vous songé à quoi tient une victoire ?

— Au courage et au savoir-faire des hommes ! répondit Augustin, sûr de lui.

— Pas seulement. Le courage et le savoir-faire sont des deux côtés à parts à peu près égales. Ce qui donne la victoire, c'est l'imprévu, un détail de rien et qui reste toujours dans la main de Dieu.

TROISIÈME PARTIE

LE CITOYEN CORSAIRE

Le port de La Rochelle était en effervescence, ce 14 janvier 1793. Depuis quelques jours déjà, les guetteurs d'Ars-en-Ré avaient annoncé l'approche du *Fringant,* parti depuis deux ans et dont les exploits avaient été rapportés par de nombreux navires de guerre. La renommée de son jeune capitaine, Augustin Moncellier, que l'on avait surnommé le Citoyen corsaire, avait atteint Paris. Ce fils d'artisan parisien montrait la voie à ceux qui ne devaient compter que sur leur mérite pour réussir.

Après avoir contourné l'île de Ré par le sud, *Le Fringant* entrait dans le port de La Rochelle, plus vaste, mieux défendu et surtout plus accessible que celui de Rochefort. Une importante foule s'était assemblée sur le quai pour accueillir le bateau qui faisait l'honneur de la France révolutionnaire face aux autres nations dont les rois s'unissaient pour détruire la jeune république. On voulait voir ce fameux Citoyen corsaire et son gigantesque ami noir, capable, disait-on, de plier un essieu de charrette à la force des poignets.

Le bateau, toutes voiles dehors car la brise était légère, approchait lentement du quai. Les gens admiraient sa taille, la hauteur de ses mâts et sa majesté sur l'eau calme. Les matelots le poussaient à bras, ce qui ajoutait de la grandeur au bâtiment, aussi imposant qu'un château et si lourd qu'on s'étonnait qu'il pût flotter. Augustin avait pensé faire tonner ses canons pour annoncer son arrivée, puis il s'était dit que la poudre était trop précieuse pour la gâcher en un geste d'orgueil.

Enfin, le grand navire, ses sabords ouverts où l'on apercevait les bouches à feu, se rangea lentement le long du quai.

Sans savoir pourquoi, Augustin redoutait ce retour au pays après quatre années d'absence. *Le Fringant* avait fait escale sur différentes îles, en Afrique, au sud du Portugal, mais c'était la première fois qu'il revenait en France. Les voiles furent brasseyées, on envoya les filins, on jeta l'ancre et la passerelle fut approchée. Les premiers matelots coururent sur le sol avec une joie enfantine. Ils rentraient chez eux après une campagne fructueuse, la tête pleine de projets d'achat de maison, de terres, tout en attendant la prochaine expédition avec leur jeune capitaine, qu'ils idolâtraient pour sa vaillance au combat et son sens de la stratégie marine. Augustin, M'nongo et les matelots devenus sous-officiers au fil de la campagne descendirent en dernier. Ils furent accueillis par une délégation et applaudis par la population à qui les exploits marins redonnaient confiance dans l'avenir. Chaurefin, le chef du port, Marrelou, le représentant du ministère de la Guerre, et Orgegare, le maire de La Rochelle, les accueillirent avec empressement. Ils félicitèrent Augustin, à qui ils donnaient du M. de Moncellier tout en jetant des regards curieux à M'nongo. Leur première surprise passée, ils se dirent que le Noir ne devait craindre personne à la lutte et qu'il faisait un excellent garde du corps pour le Citoyen corsaire.

— Vos exploits réjouissent la jeune France, citoyen, dit Chaurefin, un petit homme rond, portant une redingote noire et un chapeau trop petit posé au sommet de son crâne. On a parlé de vous à Paris, dans les ministères et même à la Convention.

— Vous avez envoyé par le fond un grand nombre de bateaux anglais, c'est très bien, poursuivit Marrelou, ces immondes ont besoin qu'on leur rabatte le caquet.

Marrelou parlait fort et avec grandiloquence. Il venait de Paris et représentait la Convention. Cette situation le plaçait au-dessus des élus locaux, qui faisaient leur possible pour se faire valoir. Passant devant tout le monde, il prit familièrement le bras d'Augustin et lui demanda :

— Avez-vous rencontré ce fameux capitaine Dragon qui a mis à mal un grand nombre de nos navires ?

Augustin avait entendu parler de ce fameux corsaire que les bateaux français évitaient car on le disait invincible. Il était d'une laideur repoussante, le visage entièrement déformé par les flammes d'un incendie dont il s'était tiré miraculeusement. Certains pensaient qu'il avait passé un pacte avec le diable, tant il avait le sens de la mer et résistait victorieusement à toutes les attaques.

— Non, je n'ai pas eu affaire à lui. C'est peut-être ma chance, car on dit qu'il ne fait pas de quartier et qu'il a vaincu les meilleurs équipages français.

Augustin, M'nongo et les officiers furent conviés à un dîner officiel donné en l'honneur du *Fringant* dans la maison même du maire, Orgegare, un gros homme au double menton. Il était armateur et avait su profiter des occasions de commercer avec le Nouveau Monde pour bâtir une fortune bien assise, malgré les attaques des Anglais qui lui causaient beaucoup de pertes.

M'nongo excitait la curiosité des femmes. De longs regards s'attardaient sur lui et il en était flatté. L'épouse du maire, qui était encore très jeune, fut la plus audacieuse, le conviant à une petite promenade dans les jardins de sa maison en compagnie de ses amies, femmes bien mariées mais qui s'ennuyaient dans ce port du bout du monde où les ors parisiens exerçaient une grande fascination.

La soirée fut agréable. On parla de la révolution, de l'emprisonnement du roi de France, le maudit Capet, on afficha des idées révolutionnaires, mais sans parti pris. Ici, le commerce passait avant la politique. Seul Marrelou, qui prenait très au sérieux sa charge de fonctionnaire d'État dans un des ports militaires les plus actifs du pays, rectifiait avec condescendance les propos inexacts. Il raconta dans le détail le procès de Louis XVI, commencé le 11 décembre, et qui, aux dernières nouvelles, n'était pas encore terminé. Augustin allait d'étonnement en étonnement, ne reconnaissant plus son pays : les curés obligés de jurer allégeance à la Convention, les condamnations à mort des nobles qui refusaient de se soumettre au nouveau pouvoir, les guerres fratricides entre factions au sein même de la représentation populaire lui donnaient le vertige.

— Le citoyen Guillotin vient de faire adopter par la Convention une machine à décapiter qui travaille vite et bien. On n'arrête pas le progrès, s'émerveilla Orgegare.

— Nous devons nous méfier de tout le monde et surveiller les frontières, poursuivit Marrelou avec gravité. Les rois des pays voisins ont formé une coalition contre la France et veulent rétablir l'ancien régime chez nous.

— Mais le roi et sa famille ne sont-ils pas sacrés ? demanda naïvement Augustin.

Marrelou eut un rire condescendant et avertit le jeune homme :

— Vous ne devez pas parler à la légère. Vous êtes un héros, certes, mais cela ne vous autorise pas à défendre les tyrans.

— Je ne défends personne, je ne prends pas parti, je suis parti au printemps 1789 et je découvre un pays tout chamboulé !

— Le roi est si peu sacré que je souhaite sa condamnation à mort, asséna Marrelou. Pendant tout le reste de la soirée, Augustin évita de dire le fond de sa pensée. Au moment de se séparer, il annonça :

— Je dois me rendre à Paris dans les prochains jours pour régler mes propres affaires. J'irai au ministère de la Guerre pour chercher les ordres de mes supérieurs.

Il avait décidé de dormir à bord du *Fringant*, où il était chez lui, mais voulait profiter de cette première soirée sur le sol français. Les matelots avaient envahi les tripots où ils étaient fêtés en héros par des femmes qu'intéressait surtout leur or.

Augustin accompagna M'nongo dans une auberge. Là aussi, les regards s'attardaient sur le Noir, mais personne n'osait lui faire la moindre remarque désobligeante tant sa carrure en imposait.

— Je ne comprends pas ce qui se passe, remarqua Augustin. Qui gouverne le pays ?

— Je n'en sais rien, répondit M'nongo étonné que son ami lui pose cette question à lui, l'esclave américain. Je me demande si nous avons bien fait de revenir en France !

— Je m'ennuie un peu de Paris, expliqua Augustin. Ici, on se prend pour plus qu'on est, on veut briller, mais je me demande ce qu'il faut croire des propos que nous avons entendus ce soir ! Et toi, j'ai constaté que les femmes t'ont adopté !

— Je me demande ce qu'elles cherchent, s'étonna M'nongo. Elles me parlent d'une curieuse manière. Elles s'étonnent que je sois capable de leur répondre en français et en anglais. Elles sont curieuses de ma vie, de mon enfance, de ce que je mange, comme si j'étais un animal nouveau...

— Je pense surtout qu'elles te trouvent à leur goût !

Le lendemain, ils étaient sur le port avec les charpentiers de marine et un représentant du ministère de la Guerre pour dresser un état du *Fringant* et déterminer les travaux à entreprendre. Cela leur prit une partie de la journée. Le soir, M'nongo reçut une invitation à dîner chez une dame rencontrée la veille et dont le mari était en garnison dans l'est de la France. Augustin se rendit chez Marrelou, qui avait réuni des officiers de marine. Il espérait obtenir des renseignements sur ce fameux capitaine Dragon qui semait la terreur le long des côtes françaises et dont il n'avait pratiquement pas entendu parler pendant sa longue campagne. Cet insaisissable ennemi le fascinait, même si on lui avait dit que l'invincible Anglais était un suppôt du diable, voire le diable en personne.

Il se retira assez tard sur *Le Fringant* et s'étonna que M'nongo ne fût pas rentré, mais il ne se faisait aucun souci pour son ami, qui avait pris la précaution d'emporter son épée.

Le Noir rentra le lendemain vers dix heures, radieux, heureux de sa nuit. Il n'en parla pas, mais Augustin comprit à son regard malicieux qu'il avait été fort bien accueilli. Une heure plus tard, ils se mettaient en route avec des chevaux de louage. Le voyage pour Paris leur prendrait quelques jours.

— On va d'abord s'arrêter à Étampes, proposa Augustin. Nous allons vérifier que le trésor dont nous a parlé M. de Houpelade existe toujours.

— À mon avis, cela fait longtemps qu'il a été découvert. Mais puisque c'est sur notre route, autant s'y arrêter.

Ils chevauchèrent dans une campagne humide. Le ciel était chargé de nuages rapides qui couraient vers l'intérieur des terres. Il faisait assez doux pour la saison, mais M'nongo, habitué à un climat tropical, avait froid. Il ne s'en plaignait pas : son énorme pelisse le protégeait efficacement. Ainsi affublé, il ressemblait à un ours monté sur un cheval qui peinait à le porter.

Augustin gardait le silence. À mesure qu'il s'éloignait de la mer, il ressentait un profond malaise. Il avait pour *Le Fringant* un attachement particulier, comme s'il s'agissait d'un être vivant faisant partie de sa famille. En même temps, il espérait arriver au plus vite à la capitale pour retrouver sa sœur. Que s'était-il passé pendant presque quatre années ? Il avait quitté la capitale adolescent, il revenait homme accompli et redoutait de ne plus voir sa ville avec le même regard. La révolution l'attristait. Il n'avait pas peur de l'anarchie qui devait régner dans les rues de Paris, mais se désolait pour le petit peuple qui avait sûrement faim.

Vers midi, ils s'arrêtèrent pour changer de chevaux et déjeuner. L'auberge qu'ils trouvèrent au milieu d'une forêt servait des pièces de vènerie et ils se régalèrent d'un civet de cerf accompagné de pommes de terre que l'on commençait à apprécier un peu partout dans le pays. Le soir, ils étaient à Niort où ils passèrent la nuit et reprirent la route de très bonne heure pour atteindre Poitiers à la mi-journée.

Ils s'étonnaient de traverser des campagnes paisibles ; les gens vaquaient à leurs occupations : les laboureurs préparaient la terre pour le printemps, les artisans travaillaient dans leurs échoppes… Quand on leur parlait de la révolution, leur visage se fermait et ils changeaient de sujet. Le soir venu, les maisons se barricadaient car les voleurs pullulaient. Quand Augustin et M'nongo annonçaient qu'ils voyageaient seuls, on les prenait pour des inconscients.

Ils parvinrent à Étampes trois jours plus tard, le 19 janvier. Ils s'arrêtèrent dans une auberge le long de la rue principale, qui était la route de Paris. La proximité de la capitale avait une grosse influence sur cette petite ville où soufflait l'esprit révolutionnaire. On y donnait du « citoyen » et, dans les tavernes, on parlait volontiers de politique. Augustin et M'nongo apprirent que le procès du roi était terminé et qu'il avait été condamné à mort, mais que des irrégularités obligeaient les députés à voter de nouveau le lendemain.

— Des bandes de malfaiteurs parcourent la campagne et prélèvent des taxes au nom de la Convention, ce qui n'est pas acceptable, confia un cabaretier à Augustin. Nous organisons notre propre police, mais nous n'avons pas assez de moyens pour lutter contre ces crimes encouragés en sous-main par les émigrés et les curés.

— Comment cela se passe-t-il à Paris ?

— Aussi mal que possible. Le procès du roi est une belle occasion de faire le ménage. La révolution va combler le peuple, c'est moi qui te le dis, citoyen.

Ces paroles sonnaient faux. Augustin comprenait que l'aubergiste, qui recevait des gens de tout bord, se rangeait du côté de la loi parce qu'il savait ce qu'il en coûtait de critiquer les gens au pouvoir.

Ils passèrent une nuit agitée dans une auberge surpeuplée où régnait un bruit de champ de foire. Étampes était, comme son nom l'indique, une étape entre Paris et Orléans. Beaucoup de marchands de bestiaux passaient la nuit dans cette ville et laissaient leurs troupeaux parqués tout près des auberges où les meuglements ne s'arrêtaient jamais.

Le lendemain, Augustin et M'nongo se levèrent la tête lourde, et demandèrent s'il n'y avait pas un lieu que l'on appelait le Temple. L'aubergiste leur lança un regard curieux :

— Le Temple, oui ! Ce sont des ruines au milieu des taillis, quelques murs en train de s'écrouler. C'est sur la colline au-dessus de Saint-Martin !

Ils se rendirent à Saint-Martin et s'étonnèrent du monumental clocher de l'église penché sur un côté. Un passant leur expliqua qu'il était ainsi depuis sa construction et qu'il ne risquait pas de s'écrouler. Augustin en profita pour demander où se trouvaient les ruines du Temple. L'homme tendit la main vers la colline, sans quitter M'nongo du regard. C'était sûrement la première fois qu'il voyait un homme noir et il ne cachait pas sa surprise mêlée de crainte.

Augustin et M'nongo prirent une route qui serpentait au flanc d'une butte aride, couverte de prairies sèches où paissaient des moutons. Ils arrivèrent à un bosquet au milieu des champs labourés, suivirent un chemin entre les ronciers et découvrirent les ruines dont M. de Houpelade leur avait parlé. Un mur se dressait au milieu d'un enchevêtrement d'arbustes et de pierres. Sur le côté, ils remarquèrent l'arche de pierres signalée par M. de Houpelade, en partie enterrée. C'était là que les tonneaux d'or avaient été cachés, mais il y avait beaucoup de gravats à évacuer.

— À mon avis, cela fait longtemps que les tonneaux sont partis avec leur contenu ! insista M'nongo tout en regardant autour de lui.

L'endroit était complètement désert. Seul un vol de corbeaux tournait au-dessus des champs fraîchement labourés. M'nongo entreprit de couper les ronces qui cachaient les rochers évoqués par Houpelade. Augustin, près de son cheval, pensait à l'extraordinaire coïncidence qui l'avait conduit ici, sur les indications d'un mourant à l'autre bout du monde. M'nongo devait penser la même chose puisqu'il dit :

— Non, ce n'est pas un miracle, c'est normal. Paris est tout proche, les révolutionnaires ont envoyé les nobles à Cayenne, M. de Houpelade était un de ces nobles. Donc, tout va bien.

Il déplaçait les pierres avec beaucoup moins de force que d'habitude. Après avoir arraché un rocher qui donnait accès à une cavité, il se dressa et porta les mains à ses reins.

— Le voyage à cheval m'a épuisé !

Il souriait de ce beau sourire généreux qu'Augustin aimait. Il s'arc-bouta sur un second rocher et le fit pivoter. Malgré sa fatigue, il avait la force de quatre hommes. Enfin, il se pencha pour explorer de la main la cavité dégagée. Puis il se tourna vers Augustin :

— Tu pourrais peut-être m'aider au lieu de rester planté là !?

— Je veille à ce que personne ne nous surprenne. Qu'as-tu trouvé ?

Il sortit un premier tonneau que les cercles de fer avaient protégé. Les douelles à moitié pourries étaient encore assez solides pour que le récipient reste entier. Augustin, se souvenant de ce que disait un vigneron des bords de Seine, précisa :

— Il doit être en châtaignier. Le bois de châtaignier ne pourrit pas !

C'était sûrement l'explication. M'nongo entreprit d'ouvrir le tonneau d'une cinquantaine de pintes et réussit à décoincer le couvercle.

— Regarde ! fit-il émerveillé.

Augustin se pencha pour découvrir une quantité considérable de pièces d'or que le temps n'avait pas altérées.

— Un trésor, mon vieux, fit M'nongo. Nous voilà riches, sûrement aussi riches que le roi de France !

— Ne parle pas ainsi, le contredit Augustin. Le roi de France est le plus pauvre des hommes puisqu'on l'a jugé coupable et qu'il risque d'être décapité !

— Pardon, fit M'nongo qui, une fois sa surprise passée, ajouta : il y a là de quoi faciliter la vie de beaucoup de misérables.

Augustin ne répondit pas. Il n'avait jamais cru à ce trésor et voir à sa portée une telle richesse le rendait perplexe. Cette fortune lui compliquait la vie : avait-il le droit de l'utiliser pour lui-même ?

— Bon, qu'est-ce qu'on fait ? demanda M'nongo en plongeant les bras à l'intérieur de la cavité et en sortant un deuxième tonneau, un peu plus petit que le premier et lui aussi rempli de pièces d'or.

— Est-ce que cela nous appartient ? demanda Augustin.

— Évidemment. M. de Houpelade ne nous a-t-il pas dit qu'il n'avait pas de famille ?

— Oui, mais tout l'or n'était pas le sien, il s'était associé à deux autres nobles.

— Écoute, reprit M'nongo avec son bon sens habituel, je suis certain que si d'autres avaient connu l'existence du trésor, nous n'aurions rien trouvé parce qu'il est très facile de venir ici et de le récupérer sans que personne le sache.

Ils étaient embarrassés. Que faire de ce trésor ? L'emporter ou le laisser à la portée du premier vagabond ?

— Voilà ce que je propose, dit M'nongo : on prend ce dont on a besoin pour notre séjour à Paris, de quoi établir ta sœur, de quoi mener grande vie et on laisse le reste ici où on viendra le chercher quand ce sera nécessaire, mais il faut réserver une grosse part pour mes frères noirs, qui pourront acheter leur liberté.

Augustin pensa à Stilla et à son enfant.

— Oui, quand nous repartirons, nous prendrons ce qu'il faut pour établir les tiens qui sont aussi les miens.

Ils échangèrent un regard brillant. À l'amitié qui les unissait s'ajoutait un lien de race : l'enfant d'Augustin n'était-il pas noir ?

— Rien ne nous séparera, dit Augustin en pressant l'énorme poitrine de M'nongo contre la sienne. À la vie, à la mort, c'est ainsi pour toujours.

Ils remplirent un sac de pièces d'or, replacèrent les tonneaux dans la cavité. M'nongo fit rouler les gros rochers et ils retournèrent à leurs chevaux. En s'éloignant, ils avaient l'impression que des yeux indiscrets les avaient vus et que des détrousseurs attendaient leur départ pour se servir. M'nongo n'était pas rassuré :

— On devrait se cacher dans les parages. Si quelqu'un nous a vus, il ne tardera pas à se manifester car il redouterait de ne pas être le premier.

Ils se dissimulèrent à proximité. Les chevaux s'impatientaient, M'nongo, qui savait parler aux animaux, les calma en leur caressant la croupe. Ils attendirent plusieurs heures, mais personne ne se dirigea vers le bosquet. Des laboureurs étaient arrivés dans un champ proche et se mirent au travail sans les remarquer. M'nongo conclut :

— On y va. Avec ce qu'on emporte il y a de quoi vivre sans se fatiguer et installer ta famille et la mienne. Ensuite, *Le Fringant* nous attend : c'est lui, notre trésor le plus précieux, le reste est superflu.

— Tu as raison.

Ils prirent la direction de Paris. Le temps avait changé. Du ciel sombre tombait un petit crachin qui pénétrait les vêtements. La nuit tombait tôt, mais ils continuèrent de chevaucher sur une route sombre où les détrousseurs pouvaient surgir à tout moment. M'nongo serrait la garde de son épée et Augustin près de son ami n'avait pas peur.

Ils arrivèrent à Paris assez tard, et trouvèrent à prix d'or une auberge pour la nuit. La salle était remplie de buveurs de vin qui commentaient les événements sans prendre parti. Les espions des différentes factions entendaient tout et un mot de trop pouvait conduire en prison. L'arrivée de M'nongo provoqua une diversion. Mais quand il parla en français sans le moindre accent, les gens se détournèrent de lui. Ils avaient une autre préoccupation ce dimanche 20 janvier 1793 :

— La Convention a voté la mort du roi, expliqua à Augustin un homme aux cheveux hirsutes. Une voix d'avance, c'est peu mais suffisant. La voix de majorité est celle du cousin du roi, Philippe d'Orléans.

Augustin ne demanda pas ce qu'on reprochait à Louis XVI, son ignorance pouvant être considérée comme coupable. Un autre ajouta :

— La Convention a refusé le sursis. Capet sera exécuté demain matin. C'est pour cette raison que les auberges sont pleines. Les gens rappliquent de partout pour assister à un spectacle unique !

Augustin et M'nongo ne posèrent pas de question. Pourtant, eux qui s'étaient battus sur l'océan, qui avaient vu les pires atrocités, s'étonnaient que l'on puisse éprouver de la curiosité pour une mise à mort organisée où la victime serait amenée les poings liés. Et puis c'était le roi de France ! Augustin gardait un profond respect pour une fonction de droit divin. Il voyait dans cette exécution une sorte de profanation des principes les plus sacrés de la nation. Pourtant, il rit avec ceux qui s'en réjouissaient.

Ils allèrent se coucher. La chambre était infecte ; des paillasses avaient été étalées sur le sol pour une dizaine d'occupants. Les deux amis se couchèrent sur l'une d'elles, près de la porte. M'nongo souffla à l'oreille d'Augustin :

— Nous ne devons dormir que d'un œil si nous voulons conserver nos bourses.

Malgré leur impression d'être entourés de voleurs, la nuit se passa bien. Les ronflements ne les empêchèrent pas de dormir. Ils furent réveillés très tôt, vers cinq heures du matin, par des gens pressés de se rendre sur la place de la Révolution. En bas, la salle commune était déjà envahie de curieux qui commandaient du pain et du fromage.

Augustin et M'nongo se rendirent dans une autre auberge, plus tranquille, située au bout de la rue. Ils commandèrent un casse-croûte et du vin puis furent obligés de sortir, le patron ayant décidé de fermer boutique pour aller assister à la mort du tyran.

Les rues étaient encombrées de gens qui convergeaient vers l'ancienne place Louis XV rebaptisée place de la Révolution. Les échoppes étaient fermées, ce lundi 21 janvier, personne ne voulant rater l'événement qui allait marquer l'histoire de France.

— Qu'est-ce qu'on fait ? demanda M'nongo qui se sentait étranger à cette excitation morbide.

— On suit les autres. Que veux-tu que je fasse dans un tel remue-ménage ? Je veux retrouver ma sœur, mais attendons demain.

Ils suivirent le flot des curieux. La vaste place était noire de monde. Au centre, sur une estrade assez élevée, se dressait la guillotine, cette machine à décapiter dont leur avait parlé Orgegare. Elle mesurait environ quinze pieds de haut. Construite en madriers de chêne, elle impressionnait par sa forme et surtout la lourde lame suspendue, épaisse, dont le tranchant oblique luisait à la lumière du jour. Les gens se pressaient autour, comme fascinés par une monstrueuse idole. On parlait beaucoup et le bruit mêlé des voix rappela à Augustin celui de la houle qui précède la tempête, quand les vagues changent de couleur, que de vert et gris elles deviennent noires, perlées de gouttes blanches. Cette image de la mer lui indiqua qu'il n'était plus parisien, que le large l'appelait déjà et que son séjour à Paris serait bref.

— Théron, le charpentier, nous a dit que *Le Fringant* ne serait pas prêt avant deux mois. Cela me laisse le temps de régler certaines choses, et puis nous repartirons très vite ! Je vais demander à être reçu par le ministre de la Marine. Depuis que nous avons touché terre, je ne pense qu'à ce capitaine Dragon ! Si ça se trouve, c'est lui qui a envoyé mon père par le fond !

— Qu'est-ce que tu vas t'imaginer ? Si le navire où se trouvait ton père était commandé par un marquis de Langlade, il n'était pas besoin d'être le capitaine Dragon pour le couler !

Les soldats en grand nombre avaient beaucoup de mal à contenir la foule et à empêcher les bousculades. De la populace fusaient des plaisanteries grossières. La garde à cheval empêchait les curieux d'envahir la rue d'où allait arriver la charrette du condamné. Des nouvelles circulaient, plus fantaisistes les unes que les autres. On parlait d'un coup de main raté des nobles pour libérer le roi déchu. Un vent de terreur soufflait parfois sur la foule : des aristocrates cachés dans les maisons voisines allaient tirer sur elle…

— Quelle heure est-il ? demanda M'nongo qui commençait à s'ennuyer au milieu de ce peuple braillard.

— Presque dix heures ! répondit Augustin.

M'nongo ne quittait pas des yeux la drôle de machine à tuer.

— Paris est encore plus insensée que je le pensais, murmura-t-il.

Un remous parcourut la foule, suivi du silence profond de milliers de poitrines qui retenaient leur respiration. M'nongo, qui dominait les autres, vit arriver un attelage tirant une charrette qui transportait deux hommes, le roi sûrement, très grand, presque aussi costaud que lui et, à côté, un ecclésiastique.

Le temps était gris, mais assez doux pour la saison. Un léger crachin piquait les joues. La voiture s'arrêta près de l'estrade, au centre de la place. Le roi en descendit, les mains liées dans le dos. Un grondement de surprise parcourut la foule. Louis était là, au pied de l'escalier qu'il commençait à gravir, marche par marche, dignement. Ceux qui le voyaient pour la première fois s'étonnaient qu'il ne fût pas différent d'eux, avec ses cheveux coupés, son visage sanguin, son nez assez fort et surtout ses épaules de travailleur de force. Il ressemblait à un manouvrier, et on se demandait comment cet homme si ordinaire avait pu régner sur le pays le plus puissant du monde ? Il gardait la tête droite, ce qui gênait. On aurait aimé qu'il fût lâche, qu'il demandât grâce, mais non, il restait digne. Celui dont les chansons de rue avaient fait un monstre vautré dans le luxe, un glouton gras et détestant le peuple était là, devant les Parisiens, debout, son torse de lutteur bombé.

Il jeta un regard rapide autour de lui, ses yeux s'arrêtèrent un instant sur la lame suspendue entre ses guides de bois, sur la caisse qui serait son cercueil dans quelques instants. Il regarda aussi, devant la lucarne, le panier où roulerait sa tête tranchée encore vivante. Le bourreau voulut lui bander les yeux, il le repoussa d'un geste qui ne manquait pas de grandeur. La foule frémit. Elle avait espéré voir mourir un pourceau, elle découvrait un homme courageux.

Le condamné se déplaça légèrement vers la droite et voulut parler à ces milliers de Parisiens dont le cœur battait très fort. Il inspira, mais Santerre, commandant général de la garde nationale, leva son épée et fit battre tous les tambours et sonner toutes les trompettes pour couvrir sa voix. Alors, les bourreaux le saisirent et le ligotèrent à la planche qui pivota. La lame siffla en tombant. Le sang gicla, éclaboussant les bourreaux. L'un d'eux prit la tête par les cheveux et la montra au public. Les yeux qui ne s'étaient pas fermés regardaient encore les honnêtes Parisiens, exprimant la souffrance d'un martyr.

L'émotion était immense, mais les gardes dispersèrent la foule. Des femmes aux premiers rangs s'approchèrent de la guillotine et trempèrent un mouchoir dans le sang qui coulait de l'estrade. Ils étaient venus se réjouir de la mort d'un tyran, ils repartaient tristes, orphelins.

— Allez, viens ! dit Augustin à M'nongo.

Ils étaient très mal tous les deux, même s'ils avaient l'impression que cette exécution ne les concernait pas. Absents pendant les années de la révolution qui avaient conduit à cette extrémité, ils étaient d'ailleurs. Le roi lui-même avait sûrement sa part de responsabilité. Pourquoi n'avait-il jamais voulu entendre Necker, qui l'incitait à réformer le pays, pourquoi était-il resté aveugle au monde qui changeait sous ses yeux ?

— Sa plus grande faute a été la faiblesse, dit Augustin qui pensait aux devoirs qu'impliquait le commandement d'un navire.

Ils retournèrent à l'auberge où les commentaires allaient bon train. Augustin s'étonna de constater qu'on ne parlait pas de la mort du roi, mais de l'assassinat du député Le Peletier dans un estaminet proche de la Convention. La vie avait repris son cours ordinaire. Paris était étrangement calme. Les gens buvaient dans les tavernes, les théâtres s'ouvraient, on dînait dans les restaurants.

Augustin et M'nongo cherchèrent près de la Seine une petite maison qu'ils louèrent pour deux semaines. Ils avaient l'intention de repartir au plus vite, mais l'or de Houpelade leur laissait la liberté de séjourner dans la capitale où les plaisirs les plus licencieux côtoyaient l'exécution quotidienne des condamnés. Une fois dans leurs meubles, ils se sentirent plus à l'aise. Le soir-même, ils se rendirent à l'ancienne adresse où le jeune homme habitait avec Léa et Jules. Il frappa à la porte et, comme personne ne venait lui ouvrir, il s'adressa à un voisin, le sabotier Ménard, qui le reconnut.

— Mais c'est toi, Augustin ? Je n'en crois pas mes yeux !

Ménard était un brave homme, toujours prêt à rendre service, et qui passait pour un des plus habiles fabricants de sabots et de galoches. Petit, un peu bossu, il lui manquait deux doigts à la main gauche qu'il agitait toujours devant lui pour ponctuer ses propos. Il aimait la bonne chère et les réunions entre voisins qui étaient l'occasion de bavarder devant un verre de vin.

— Mais d'où viens-tu ? On disait que tu étais parti dans les îles…

— J'en suis revenu, voilà tout. Savez-vous ce qu'est devenue ma sœur ?

— Ta sœur ? fit le sabotier en fronçant les sourcils, mais tu n'es pas au courant ?

— Au courant de quoi ?

— Elle s'est mariée !

Augustin apprit ainsi que Léa avait finalement accepté d'épouser Morisson et que ce dernier faisait de la politique.

— Il est député ! C'est pas rien, précisa Ménard.

Augustin ne parla pas de Jules, car il redoutait d'apprendre une mauvaise nouvelle. Il se dirigea aussitôt vers les forges Morisson mais, auparavant, fit un détour par la petite rue de Thionville. Il eut du mal à reconnaître l'hôtel particulier des Ruffec. Les jardins étaient à l'abandon ; des arbres renversés par le vent gisaient près du portail ouvert. Augustin hésita un long moment, se demandant s'il pouvait sans risque aller frapper à cette porte, puis renonça.

La forge n'avait pas changé. Un bâtiment sur la droite avait été construit, preuve que les affaires étaient bonnes. Les ouvriers se préparaient à rentrer chez eux et se lavaient les mains et le visage à l'eau d'une fontaine au centre de la cour. Deux tours ajoutées à l'habitation lui donnaient une allure de petit château. Devant l'écurie, des domestiques pansaient de magnifiques chevaux. Augustin se dit que tout allait bien pour sa sœur, devenue la femme d'un homme important dans la nouvelle république française.

Il se fit annoncer et attendit devant la porte. Quelques instants plus tard, il entendit des pas rapides descendre les marches d'un escalier intérieur et la porte s'ouvrit. Léa était devant lui. Tous les deux furent surpris. Léa s'étonna du visage hâlé de son frère dont les joues bleues indiquaient une barbe abondante, et de son regard plein d'assurance. Lui découvrait une femme à la taille assez épaisse, à la figure ronde comme sa mère. Léa était vêtue avec élégance d'une robe bleue ornée de dentelle blanche.

Leur surprise passée, ils se sourirent et s'embrassèrent. Ils éprouvaient un si grand plaisir à se retrouver ! Léa lui murmura :

— Je pensais ne plus jamais te revoir. On avait fait courir la rumeur que tu étais mort !

— Non, je suis devenu un marin. En cherchant notre père, j'ai trouvé le sens de ma vie...

— Entre, dit Léa avec sa bonté habituelle, ici, tu es chez toi.

Elle le conduisit dans un salon richement meublé puis commanda du chocolat à une servante.

— Dès que Monsieur rentre, tu lui dis de nous rejoindre.

Léa expliqua qu'elle avait enfin accepté d'épouser Antoine Morisson qui, malgré ses quinze années de plus qu'elle, était un merveilleux mari. Elle avait une petite fille, Ondine, qui allait sur ses deux ans.

— Antoine attend de moi que je lui donne un garçon, ce qui pourrait se faire bientôt.

Elle porta la main à son ventre dont la rondeur annonçait une naissance prochaine.

— Antoine est député de la Convention. Je ne le vois pas beaucoup et il me laisse le soin de gérer la forge.

Elle sourit en regardant son frère, incrédule.

— Figure-toi que j'y arrive très bien. La position d'Antoine nous vaut beaucoup de clients et l'affaire rapporte un peu.

— As-tu des nouvelles de Jules ?

— Jules ? fit-elle en baissant la voix. Ah ! si tu savais !

— Quoi ? Tu l'as retrouvé ?

— Tu étais parti depuis un an. Je ne pensais plus revoir notre frère quand, un matin, des gardes nationaux sont arrivés à la forge. Ils avaient arrêté un voleur du nom de Jules Moncellier. Il était en prison. Antoine, mon mari, a pu le faire délivrer. Il a payé une bonne caution et Jules s'est envolé sans dire merci. Je ne l'ai pas revu !

— Et où est-il à ton avis ?

— Antoine l'a fait chercher. Il serait dans une de ces bandes de voleurs et pillards, qui profitent de l'anarchie dans Paris pour faire leurs mauvais coups.

À cet instant, on entendit une voix forte parler dans la pièce voisine, puis un pas puissant. Antoine Morisson entra, s'arrêta à la porte et sourit à Augustin. Il n'avait pas changé, même si son estomac avait pris un peu plus de volume. Il portait un simple habit noir et une perruque blanche qui mettait en relief son large visage, ses joues rouges et sa moustache grise.

— Mon cher beau-frère, dit-il en lui tendant la main. Comme je suis heureux de te voir !

Puis se tournant vers Léa, il ajouta :

— Celui que nous croyions mort a été précédé par sa gloire. Figure-toi, ma chère que ton frère est devenu la terreur des Anglais, qui l'ont surnommé le Citoyen corsaire !

— Qu'est-ce que tu racontes ? s'étonna Léa. J'ai bien entendu parler du Citoyen corsaire, ce capitaine qui a coulé un grand nombre de navires, mais ce ne peut pas être Augustin !

— Eh bien si, je viens de l'apprendre du ministre de la Guerre qui m'a félicité d'avoir un beau-frère aussi patriote ! Sois le bienvenu, Augustin ! Sache que le ministre t'attend demain dans l'après-midi !

Léa n'en revenait pas et dévisageait Augustin qui souriait. Lui-même était étonné que sa renommée l'ait précédé à Paris. Morisson expliqua :

— C'est une dépêche de Marrelou, qui dirige la marine à La Rochelle, qui nous en a informés.

Morisson appela un domestique et lui donna l'ordre de préparer une chambre pour son invité. Augustin précisa :

— Je suis avec un ami sans qui je n'aurais remporté aucune victoire sur l'ennemi. Nous avons loué une petite maison pas très loin d'ici.

— Les temps ne sont pas très sûrs, citoyen. Vous logerez dans la maison au fond de la cour. C'est un devoir de vous héberger, toi et ton ami ! D'ailleurs, ce soir, nous donnerons une petite fête en ton honneur. Nous serons entre Girondins.

Augustin constata que le député n'avait pas dit un mot sur l'exécution de Louis XVI. Il prit congé de sa sœur en fin d'après-midi et rejoignit M'nongo pour lui annoncer qu'ils devaient habiter chez son beau-frère. M'nongo n'en était pas enchanté, mais il accepta.

Ils retournèrent donc chez Morisson pour le souper. Leur arrivée fit grand bruit. Les domestiques occupés dans la cour et l'écurie furent les premiers à découvrir M'nongo, puis ce fut au tour des servantes et enfin du maître, qui ne sut quelle attitude adopter tant l'impressionnaient la carrure du jeune homme, sa peau d'ébène, ses cheveux crépus, autant de détails qui n'existaient pas chez les hommes ordinaires. Morisson fit cependant bonne figure et ordonna aux servantes d'aller allumer du feu chez ses invités. C'était une petite bâtisse avec une sortie sur la rue. Ainsi les deux amis seraient-ils totalement libres d'aller à leur guise. Le forgeron devenu élu girondin était fier d'accueillir chez lui un esclave. Léa fut d'emblée séduite par le beau regard de M'nongo, par son sourire qui montrait de magnifiques dents, dans un Paris où à trente ans déjà on n'avait plus que des chicots.

— Je suis un fils d'esclave, annonça-t-il.

— Ce qui ne l'empêche pas de parler le français, l'anglais et l'espagnol, ajouta aussitôt Augustin.

Vers sept heures, les invités commencèrent à arriver, pour la plupart des députés girondins et des protecteurs des arts, car dans cette maison qui devait sa fortune à la forge le maître des lieux faisait courir le bruit qu'il dépensait beaucoup pour les nouveaux artistes républicains. Léa demanda à Augustin de le suivre dans un petit salon où elle voulait lui parler en particulier.

— Il va y avoir tout ce qui compte en politique. Surtout ne te mêle pas de leurs discussions, ils sont tous prêts à s'étriper. Te souviens-tu du curé Branton ?

— Comment l'aurais-je oublié ?! s'emporta Augustin.

— Écoute, le Paris que tu retrouves n'est pas le Paris que tu as laissé, il y a quatre ans. Branton est un infect personnage, mais il a le sens de l'opportunité. Il est député girondin. Antoine ne s'entend pas avec lui.

— Ton mari sait-il que Branton est à l'origine de la condamnation de notre père et de notre ruine ?

— Oui, il le sait depuis longtemps, quand j'étais simple servante dans cette maison, mais il n'en a parlé à personne car Branton est puissant. Il a voté la mort du roi alors qu'Antoine et la plupart des députés de son groupe pensaient qu'il ne fallait pas l'exécuter. Surtout, fais bien attention à ce que tu dis. Ne parle à personne du passé de curé de Branton. C'est toi qui en subirais les conséquences, et moi aussi.

— Sois rassurée, ma chère sœur, mais sache que je vengerai notre père quand le moment opportun se présentera.

Augustin tourna les talons et rejoignit Morisson qui, avec d'autres, entouraient M'nongo et le pressaient de questions. Le jeune homme répondait avec sa simplicité habituelle, ignorant les propos désobligeants à son encontre. Dans un coin de la pièce, les femmes bavardaient et ne quittaient pas des yeux le beau colosse, qui semblait si à l'aise dans ce monde nouveau pour lui.

La soirée fut agréable. On parla moins de l'exécution du roi que de l'assassinat de Le Peletier de Saint-Fargeau. La Convention avait accordé l'honneur du Panthéon à ce député qui fut transporté en grande pompe à travers Paris. On tira trente coups de canons quand le cortège passa sur le Pont-Neuf.

— Tout ceci n'est pas bon, dit Morisson avec son bon sens d'ouvrier qui le faisait souvent parler imprudemment. On excite les haines entre les factions…

Mais la politique n'était pas au centre de la soirée. Augustin et M'nongo le furent et durent raconter en détail leurs exploits maritimes. Pour ces hommes dont la plupart n'avaient jamais vu la mer, le combat entre bateaux semblait extraordinaire. Ils n'admettaient pas que les Anglais fussent supérieurs aux Français. Augustin expliqua que cela venait des bateaux, plus maniables et surtout dirigés par de véritables marins. Il parla du marquis de Langlade qui avait acheté sa charge et ne connaissait rien à la navigation. Les députés échangeaient des regards consternés. L'ancien régime était coupable de tels agissements ! Pour eux, chacun devait avoir la position que lui valait son mérite.

Après avoir bu, des amis de Morisson s'en prirent aux Jacobins qui les accusaient de faire le jeu des aristocrates. Roland, ministre de l'Intérieur, avait été poussé à la démission par Robespierre. Sous ces paroles, Augustin ressentait des haines farouches qui n'attendaient que l'occasion d'éclore.

— Ça sent la poudre et le sang, glissa-t-il à l'oreille de M'nongo, on ne va pas croupir à Paris !

On avait appris que la cour d'Angleterre avait porté le deuil durant la journée du 21 janvier et que le comte de Provence, frère du roi en exil en Westphalie, avait proclamé le dauphin Louis roi de France, et s'était institué régent. La guerre contre la jeune république était aux portes de la France. En Vendée, les paysans se soulevaient et formaient une redoutable armée, prête à tout.

Le lendemain, quand Augustin et M'nongo se levèrent, Léa leur annonça qu'Antoine était déjà parti. Vers dix heures, M'nongo reçut un billet apporté par un jeune valet qui ne voulut pas donner son nom. Augustin regarda son ami avec un sourire entendu.

— Encore une femme ? demanda-t-il.

— Eh bien oui, la femme du député Lecoin, qui était là hier. Elle m'invite à prendre une tasse de chocolat dans l'après-midi.

— Méfie-toi ! lui conseilla Augustin. Un mari jaloux, quand il est député, peut te conduire à l'échafaud. N'oublie pas que tu es noir, donc tu ne comptes pas beaucoup pour ces gens qui ne sont pour la plupart jamais sortis du pays !

— Bah, on verra bien !

Vers midi, Morisson arriva et, après être allé embrasser sa femme, qui avait gardé la chambre, rejoignit Augustin dans la maison qu'il lui avait prêtée.

— Tu dois me suivre. Je vais te présenter à la Convention annonça-t-il. Ensuite le ministre de la Guerre te recevra. Le Citoyen corsaire honore la république qui doit l'honorer à son tour.

— Sont-ils au courant de ce qui s'est passé ? De la condamnation de mon père ?

Morisson sourit et posa la main sur l'épaule du jeune homme.

— Sois sans crainte, je ne suis pas né de la dernière pluie et je sais qu'à l'Assemblée chacun veut tout savoir sur son voisin. Ils savent que j'ai épousé la fille d'un artisan condamné, mais le crime est pardonné puisqu'il il a été commis par un homme poussé à bout par les collecteurs d'impôt du tyran. Cela suffit à en faire un héros. Par contre, ils ne savent pas que Branton est le criminel et qu'il a tué le collecteur Pierre de Soubret dont il courtisait la femme. Tu te garderas bien d'en parler, ou de le regarder de travers. Il ignore que tu connais la vérité.

Augustin remarqua qu'il n'était pas très bien habillé pour paraître devant l'assemblée des représentants du peuple. Morisson lui répliqua que cela n'avait pas d'importance, la nouvelle France ne s'occupant pas des apparences. Seuls les hommes de talent l'intéressaient.

Il fut introduit à l'Assemblée, où beaucoup de fauteuils restaient vides. Les députés de la Montagne avaient été contrariés que le héros dont tout le monde parlait fût le beau-frère d'un Girondin. Morisson, qui voulait en profiter pour se hisser au premier plan, se lança dans un discours assez confus car ce n'était pas un orateur. Robespierre l'écouta patiemment, puis prit la parole :

— Monsieur, dit-il à Augustin, vous êtes encore très jeune et pourtant vous devez mesurer la responsabilité qui pèse sur vos épaules. La jeune nation française est fière de vous, mais la tâche à accomplir reste immense !

L'entrevue dura deux bonnes heures. Augustin remarqua dans l'assistance un député arrivé après les autres et qui s'assit discrètement à sa place. Il était très brun, le nez en faucille, les joues creuses, les yeux noirs sous des sourcils qui les maintenaient dans l'ombre. Ne portant pas la perruque comme la plupart de ses collègues, ses cheveux gris tombaient en mèches sur ses oreilles légèrement décollées. C'était l'ancien curé Branton qui, ayant jeté sa soutane aux orties, prêchait un anticléricalisme radical. Il avait voté la mort du roi, contrairement à Morisson, qui considérait que cette exécution ne pouvait que diviser les Français. Branton détestait Morisson, que la gloire d'Augustin exposait à toutes les calomnies dictées par la jalousie. « Ce n'est qu'un forgeron, qui sait à peine lire ! disait l'ancien curé avec mépris, et il veut voter les lois pour les Français ! » En parlant ainsi, Branton se faisait beaucoup d'ennemis, car la plupart des élus, bons artisans, souvent bourgeois enrichis, n'avaient pas son instruction. Le sens de l'opportunité, une parole facile et surtout des convictions profondes les avaient hissés aux premiers rangs. Devenus puissants, ils réglaient leurs comptes, qui n'étaient pas toujours liés à l'avenir de la nation. Fanatiques, ils ne toléraient pas la moindre opposition et s'occupaient surtout d'éliminer les concurrents...

— Un bateau coulé, c'est un coup au moral de ceux qui se disent les meilleurs marins du monde. Il se trouve, citoyen, que la France se prépare à déclarer officiellement la guerre à l'Angleterre, qui offre refuge aux émigrés et lutte avec la Hollande et l'Espagne contre notre jeune république. Dans quelques jours, tu recevras l'ordre de reprendre la mer à la tête d'une flotte destinée à exterminer nos ennemis, annonça le tant décrié Marat, qui fut applaudi par Girondins et Montagnards réunis.

Le soir, au dîner, Morisson se montra de très bonne humeur. La présentation d'Augustin l'avait mis en avant et il avait été applaudi lors de son intervention sur le prix du pain qui ne cessait d'augmenter. Le lendemain, Brissot, dans *Le Patriote français* écrivait : *« Amis de la liberté, prenez en exemple ce Moncellier, parti comme mousse vers les Amériques et qui revient quatre années plus tard couvert de gloire. La France est pleine de Moncellier qui attendent que nous leur montrions le chemin de la victoire ! »* Et, reprenant une phrase de Marat qu'il oubliait de citer, Brissot ajoutait : *« Non, nous ne mourrons point, nous donnerons la mort à nos ennemis et nous les écraserons. »*

Augustin retrouva M'nongo dans la soirée. Le jeune homme ne faisait que passer car il était devenu la coqueluche d'un cercle féminin où des bourgeoises se rassemblaient hors de la surveillance de leur mari. Elles y recevaient des écrivains, des poètes, des musiciens, et M'nongo, par sa bonne humeur et surtout son magnifique corps, multipliait les conquêtes.

— Je suis épuisé, dit-il en souriant à Augustin. Je ne pensais pas que les Parisiennes étaient aussi curieuses. Elles m'étonnent !

— Fais bien attention de ne pas y laisser la santé, mon ami. On va bientôt repartir et je t'avoue que cela ne me déplaît pas. Paris me semble plus dangereux que l'océan.

Augustin ne voulait pas quitter Paris sans avoir des nouvelles d'Isabelle de Ruffec. Il se rendit à Clichy-sous-Bois et retrouva la gloriette dans le même état d'abandon que l'hôtel particulier. Il questionna les voisins, mais personne ne put ou ne voulut le renseigner.

Les jours suivants, il chercha son frère, sans plus de résultats. Alors, il se rendit à la Convention car il était pressé de retourner en mer. Une certaine confusion régnait chez les représentants de la nation. Le ministre de la Guerre lui fit savoir que rien n'était prêt et qu'il devait attendre à Paris. Au bout d'un mois, il commença à s'ennuyer pour de bon et proposa à M'nongo :

— Si nous repartions quand même ?

M'nongo s'était fait à la vie parisienne. Lui qui redoutait d'être rejeté était devenu la coqueluche des cercles féminins.

— Et tu désobéirais à la république française ? répliqua le jeune Noir parce que ça l'arrangeait. Tu veux donc aller éternuer dans le sac[1] ?

1. Expression populaire pour désigner l'exécution sur la guillotine.

— Je vais en parler à Antoine. Il plaidera notre cause. Nous serons plus utiles à La Rochelle à surveiller les travaux sur nos bateaux qu'ici à ne rien faire.

Le lendemain soir, Antoine Morisson lui annonça que la Convention allait lui faire part de ses intentions dans les prochains jours.

Il voulut retourner rue de Thionville. La vaste bâtisse des Ruffec était visiblement abandonnée depuis longtemps. Il entra dans l'auberge qu'il fréquentait autrefois, s'assit près d'une fenêtre pour surveiller la place et commanda un pichet de vin de Montmartre. Le propriétaire avait changé et personne ne reconnut l'enfant du quartier dans ce beau jeune homme vêtu avec une certaine recherche.

— Je vois en face une magnifique demeure. C'est dommage qu'elle soit inhabitée, dit-il au tenancier, qui lui lança un regard plein de soupçons.

C'était un gros quinquagénaire chauve aux yeux globuleux, au visage huileux et piqué d'une barbe irrégulière.

— En quoi cela peut-il t'intéresser, citoyen ? demanda-t-il, inquisiteur.

— En rien, j'en parle ainsi parce que je me dis que c'est très dommage de laisser s'abîmer une aussi belle demeure.

Un vieil ouvrier s'approcha du jeune homme en lui souriant. Augustin hésita avant de s'exclamer :

— Vidal ! Mon patron ! Comme je suis heureux de vous revoir.

Ils se serrèrent chaleureusement la main. Vidal avait beaucoup changé, mais gardait son visage au regard franc et honnête. Sa maigreur était impressionnante.

— J'ai eu du mal à te reconnaître, dit le maître-artisan en s'asseyant en face de lui. Te voilà un homme fait ! J'ai lu les journaux : on parle beaucoup de toi !

Vidal commanda un autre pichet de vin et ajouta en baissant la voix :

— À Paris, il faut se méfier de tout le monde et surtout ne pas trop parler.

— Comme vous avez changé ! avoua Augustin. Vous étiez plutôt robuste, et puis…

— Une maladie bizarre que les médecins ne peuvent pas soigner, le coupa Vidal. Ils me prennent tout mon argent et la maladie reste. Je suis très fatigué, je ne peux plus travailler comme avant. Et puis les affaires vont mal.

Ils bavardèrent ainsi un bon moment tout en buvant du vin de Montmartre. Vidal expliqua que les gens avaient faim, ce que les beaux orateurs semblaient ignorer. Ils faisaient de la politique, mais ça ne remplissait pas l'estomac du peuple.

— Et notre roi, tu crois qu'ils avaient besoin de le tuer ? Tout va mal, je te dis. On ne se nourrit pas avec de grandes idées.

— À ce propos, lorsque je venais travailler chez vous, je passais tous les jours sur cette place. La maison en face était habitée par une famille noble, les Ruffec, savez-vous ce qu'ils sont devenus ?

Vidal tourna la tête à droite et à gauche comme pour s'assurer qu'aucune oreille indiscrète n'écoutait leur conversation.

— Les Ruffec, oui, je les connaissais, j'ai travaillé pour eux. Le marquis Charles de Ruffec était officier du roi. Sa femme, Isabelle de Ruffec, avait deux filles qui faisaient le désespoir du comte tant il aurait voulu un fils.

En entendant prononcer le nom d'Isabelle de Ruffec par Vidal, Augustin ressentit un pincement au cœur. L'amour de l'enfant de la rue pour une grande dame n'était pas mort. Il s'était incrusté en lui, y avait trouvé sa place et faisait désormais partie de sa personne.

— Vous parlez au passé. Serait-ce que…

— Non, le rassura Vidal. Charles a émigré en Angleterre où paraît-il la noblesse s'arme pour lutter contre la révolution et venger la mort du roi. Quant à Isabelle, je crois qu'elle est revenue dans sa famille, à Nogent. Il se trouve que j'ai aussi travaillé pour son père, M. de Honguart. Il vit dans un château fort délabré au bord de la Marne.

— Pourquoi n'a-t-elle pas émigré avec son mari ?

— Je n'en sais rien. Contrairement à Charles, Isabelle était ouverte aux idées nouvelles. Elle lisait Voltaire et prêtait une oreille attentive aux critiques de l'ancien régime. C'est une femme remarquable.

Augustin rentra chez Morisson et annonça à sa sœur qu'il devait se rendre à Nogent pour quelques jours. M'nongo ne voulut pas laisser son ami partir seul à l'aventure.

— Attends demain matin, je t'accompagnerai.
— Mais non, reste ici. Tu es tellement demandé que ce serait une grave faute de ma part de te prendre à celles qui espèrent ta visite. Je me débrouillerai seul.
Il partit dans la soirée. Nogent n'était pas très éloigné de Paris, mais c'était déjà la pleine campagne, après la forêt de Vincennes. Un village tranquille au bord de la Marne où l'on parlait de la révolution, des idées nouvelles, mais où on continuait de vivre à l'ancienne. Les laboureurs allaient aux champs en cet hiver 1793, préparaient la terre pour recevoir les semis de printemps, les artisans travaillaient dans leur échoppe et la vie coulait, assez paisible, ponctuée par les cloches qui sonnaient les offices et les angélus.
Augustin chercha une auberge au bord de la Marne. Il dîna rapidement et alla se coucher dans la chambre assez spacieuse qu'il avait payée fort cher, car il n'avait pas eu envie de discuter les prix.
Le lendemain, de très bonne heure, il prit une rapide collation et demanda à l'aubergiste s'il connaissait le château de Honguart. Celui-ci sortit sur le pas de sa porte et tendit la main en direction de la Marne, qui se trouvait à quelques pas de l'auberge.
— Vous prenez le chemin de halage, dit-il. Vous remontez sur trois lieues et vous verrez le château. Vous ne pouvez pas le rater, on ne voit que lui au milieu des quelques fermes du village de Honguart.
Comme il était curieux, il ajouta :
— Vous allez voir le vieux comte Georges de Honguart ? Un très bon seigneur. On ne peut pas en dire autant de ses fils !
— Non, je vais voir une coupe de bois que j'envisage d'acheter.
Augustin fit seller son cheval et prit le chemin au bord de la Marne. Le port était bruyant. Une foule de portefaix chargeaient du bois, du foin, des sacs de grain destinés à Paris. Des chevaux halaient les lourdes embarcations. Augustin chevaucha deux ou trois lieues puis arriva, comme le lui avait indiqué l'aubergiste, au lieu dit Honguart. Le château se dressait un peu en retrait du fleuve, au milieu d'une forêt. Le jeune homme ne savait pas comment se présenter au comte de Honguart, dont l'aubergiste semblait ne pas

apprécier les fils. Ce n'était qu'un détail, car seule Isabelle de Ruffec l'intéressait.

Il s'approcha de la bâtisse, qu'entourait une haute muraille défoncée à plusieurs endroits. Il était là, à observer les lourdes tours, quand deux cavaliers montés sur des rosses efflanquées qu'il n'avait pas entendues approcher se plantèrent devant lui.

— Bonjour, étranger, dit l'un d'eux, peut-on vous renseigner ? Vous cherchez quelqu'un ?

— Pas précisément, répondit Augustin. Je suis de passage et j'ai remarqué cet antique château...

— Je suis Roland de Honguart et voici mon frère, Hubert.

— Puis-je vous offrir un verre à la taverne voisine tout près du fleuve ?

Les deux garçons se regardèrent en se demandant pourquoi cet étranger leur offrait à boire. Ils étaient naturellement méfiants, mais aussi curieux.

— Les temps ne sont pas bons, dit Hubert de Honguart, beaucoup plus grand que son frère. Mais rien ne nous presse et nous acceptons.

Roland et Hubert se ressemblaient. Le visage couvert d'une abondante barbe noire, vêtus pauvrement, ils avaient l'apparence de bûcherons. À la taverne, qui recevait surtout des bateliers, ils commandèrent du vin de Champagne. Augustin rassura l'aubergiste en posant une pièce d'or sur la table. Roland ouvrit de grands yeux étonnés.

— Ici, tout est difficile, dit-il. On nous menace de saisir le château et les terres. Ce qu'attendent les bourgeois de Nogent pour s'emparer de notre fief.

Hubert regardait Augustin avec insistance. Il n'osait pas poser la question qui lui brûlait les lèvres. La vue de la pièce d'or l'avait pourtant convaincu, mais il hésitait :

— Vous venez de Paris, je suppose, fit-il. Si vous êtes de passage à Nogent, ce n'est pas par hasard !

Il s'y prenait fort mal. Augustin avait compris que les deux frères n'étaient pas particulièrement futés, mais restait sur ses gardes.

— Pour tout vous dire, je cherche un petit commerce pour m'établir dans le coin. On m'a beaucoup vanté Nogent et ses bords de Marne.

— Si vous voulez m'en croire, ne vous installez pas ici, vous allez vous ruiner. Les gens sont si pauvres ! Nous qui étions les seigneurs de l'endroit avant la disparition de la noblesse avons du mal à survivre. Imaginez que nous allons être obligés de travailler comme des manants !

— Vous vivez seuls dans le château ? demanda Augustin.

Il regretta aussitôt cette question qui éveilla les soupçons des deux frères.

— Non, nous vivons avec notre vieux père, qui n'a plus toute sa raison, notre sœur, qui s'est retirée là après le départ de son mari et qui est à notre charge avec ses deux filles !

Augustin vida son verre et se leva car il n'avait pas l'intention de poursuivre la conversation avec ces benêts. Il paya le vin de Champagne et se dirigea vers la porte. Alors, Hubert osa poser la question qui le taraudait depuis le début :

— Ne viendriez-vous pas de l'étranger ? Nous attendons des nouvelles du marquis de Ruffec !

— Non, je ne connais pas le marquis de Ruffec !

Il sortit en se disant que les frères Honguart étaient suffisamment naïfs et maladroits pour mettre en danger la sécurité d'Isabelle. Il partit se promener à pied autour du château. La forêt succédait aux prairies. Il emprunta un chemin aux profondes ornières. Un vieux mur qui s'écroulait par endroits entourait le parc. Augustin en fit le tour et se retrouva devant le portail. Il resta en retrait, espérant voir sortir Mme de Ruffec, mais il ne vit que des charretiers qui apportaient du bois, d'autres qui s'en allaient avec des chargements de tonneaux vides. Il attendit jusqu'à la tombée de la nuit puis s'éloigna, déçu, en se promettant de revenir le lendemain.

À Paris, les rues étaient désertes. Augustin rentra chez sa sœur et trouva Morisson en train de bavarder avec ses employés. Le député avait assez de bon sens pour comprendre que la politique ne l'enrichirait pas. Il connaissait des collègues qui avaient profité de leur position pour ramasser beaucoup d'argent, mais préférait conserver sa forge, conscient que personne ne pourrait lui reprocher le moindre intéressement dans son action publique. L'heure des comptes et des mauvais déballages se préparait entre groupes rivaux et seuls ceux qui pourraient prouver leur honnêteté s'en tireraient.

Morisson accueillit Augustin l'air grave. Quand les ouvriers furent partis, il lui dit sur le ton de la confidence :

— Ça ne va pas. On va déclarer la guerre à l'Angleterre, je n'aime pas ça. Je ne crois pas qu'on puisse construire la France sur la haine. Si je suis entré en politique, c'est parce que j'avais un idéal, et je m'en éloigne chaque jour un peu plus.

Augustin constata que cet ouvrier qui savait à peine lire ne manquait pas de bon sens et de générosité.

— Je pense à me retirer. Les factions se haïssent à l'Assemblée. Nous, les Girondins modérés, serons les victimes des Enragés et des Montagnards. Je ne veux pas que ta sœur soit veuve avant d'avoir donné naissance à notre fils !

Malgré ces paroles pessimistes, le dîner se passa agréablement. Antoine Morisson parla du député Danton, capable d'avaler un poulet en deux bouchées, de Maximilien Robespierre, poudré, parfumé et aussi délicat qu'une fille.

— Ces deux-là se détestent parce qu'ils sont de nature opposée. On ne peut pas mettre ensemble la glace et le feu.

Le lendemain, après avoir fait le tour de ses ateliers, Morisson s'en alla à la Convention. Léa, souffrante, avait gardé la chambre : sa grossesse lui causait d'insupportables douleurs au ventre et les nausées lui enlevaient l'appétit au point qu'elle était très faible.

— Je me fais du souci pour Antoine, dit-elle. Je t'en supplie, essaie de le convaincre de reprendre son travail ici. Je sens que le malheur va s'abattre sur cette maison.

— Antoine est honnête. Personne ne peut rien lui reprocher ; rassure-toi, tout ira bien pour vous.

— Non, dit Léa qui commençait à connaître les milieux politiques. Ils vont s'entretuer. L'honnêteté n'a rien à faire là-dedans.

— Écoute, insista Augustin, personne ne peut l'empêcher de faire ce qu'il veut. Sache que je suis là et que je serai toujours à tes côtés quand tu en auras besoin.

Elle sourit tristement et baissa les yeux sur le livre ouvert devant elle.

— Je sais que tu as un grand cœur, mais nous vivons une époque compliquée ! D'ailleurs, tu ne seras pas là très longtemps !

Il laissa sa sœur se reposer, descendit dans la cour où un jeune garçon qui l'attendait lui tendit un billet. Il était de M'nongo, qui s'excusait de ne pas être rentré de la nuit et assurait Augustin qu'il le retrouverait le soir-même.

Celui-ci sella son cheval et partit pour Nogent. Il ne passa pas à l'auberge et se dissimula dans un taillis, surveillant le portail qui était la seule sortie possible du parc. Il y avait bien une petite porte vermoulue qui donnait sur la forêt, mais la végétation était si dense à cet endroit qu'il était bien difficile de s'y frayer un passage.

Il attendit un temps qui lui parut très long, à regarder les vachers conduire les troupeaux dans les prairies voisines, les laboureurs guider leur attelage. Les frères Honguart, vêtus en vilains, passèrent le portail, montés sur leurs rosses dont l'une boitait.

Quelques instants plus tard, son cœur bondit. Isabelle de Ruffec marchait dans l'allée principale vers le portail en compagnie d'une servante massive qui lui parlait d'une voix d'homme. Il n'eut pas de mal à la reconnaître, malgré la simplicité de ses vêtements qui tranchait sur l'élégance de la dame dont il avait gardé le souvenir. Il hésita puis décida de se montrer. Il sortit de sa cachette et marcha en direction des deux femmes. Isabelle de Ruffec le regarda longuement, mais ne sembla pas le reconnaître. Il s'approcha, ôta son chapeau pour les saluer. La grosse servante au visage sombre et fermé le reluqua un instant et comme il s'apprêtait à parler grogna :

— Passez votre chemin, monsieur, nous n'avons rien pour vous.

— Mais madame, je ne demande rien, répliqua Augustin en souriant. Il se trouve que je passais là par hasard, mon cheval se repose et j'en profite pour visiter les environs.

Isabelle de Ruffec fronçait les sourcils. Ce visage, cette voix lui disaient quelque chose mais elle n'arrivait pas à se souvenir. Augustin précisa en la regardant bien dans les yeux :

— Madame, je crois que je vous connais. Cela remonte à quatre ans, au printemps 1789 à Paris, rue de Thionville.

Isabelle resta un moment immobile, soutenant le regard du jeune homme. Puis elle se tourna vers son accompagnatrice qui la pressait de se débarrasser de l'importun.

— Vous m'aviez invité à jouer du clavecin pour vos amis, continua Augustin.

Cette fois, Mme de Ruffec inspira ; sa poitrine serrée dans un devantier soudain trop étroit se leva. Son visage s'éclaira et Augustin crut voir passer un éclair dans ses yeux.

— Augustin Moncellier ! dit-elle. L'ouvrier qui avait appris la musique dans son enfance bourgeoise...

— Oui, madame. Les années ont passé et voilà : je reviens d'Amérique et je suis devenu officier de marine.

Les rôles étaient inversés. Augustin était vêtu à la manière de Charles de Ruffec et Isabelle ressemblait à une servante. Son regard restait pourtant fier et son visage à la peau blanche dénotait son appartenance à l'aristocratie. La grosse femme lui prit le bras et voulut l'emmener :

— Venez, Isabelle. Il n'est pas séant de parler à un inconnu.

— Bérangère, je parle à qui je veux. Je vous prie de me laisser et de partir devant. Je vais vous rejoindre dans un instant.

— Vous savez ce qu'ont dit vos frères. Je ne pourrai m'empêcher de leur relater votre rencontre.

— Relatez ce que vous voudrez. Je me moque que mes frères ne soient pas contents.

Bérangère s'éloigna en maugréant. Augustin avait envie de prendre la main de la dame qui, tout à coup, lui semblait très proche.

— Madame, fit-il en avançant d'un pas vers elle, je n'ai jamais oublié le bonheur que vous m'avez donné en me faisant jouer du clavecin dans votre gloriette de Clichy...

Isabelle poussa un gros soupir, baissa la tête et dit d'une voix triste :

— Tout a bien changé depuis. En 1790, Charles a émigré avec d'autres en Angleterre. Moi, j'ai dû me retirer ici avec mes deux enfants, dans le château de ma famille qui va être bientôt saisi, car nous n'avons plus rien depuis l'abolition de nos privilèges. Nos fermiers refusent de payer ce qu'ils nous doivent.

— J'ai parlé à vos frères.

Son visage se contracta en un sourire désabusé.

— Ils ne sont pas plus dégrossis que des laboureurs. Ils ne comprennent pas le nouveau monde et s'enferment dans un passé où ils étaient les maîtres. Tenez : ils n'ont plus le droit de chasser sur les terres voisines, eh bien, ils s'obstinent sans comprendre qu'ils font leur propre malheur. Dans l'ancien régime, nous étions les maîtres, désormais, nous sommes plus misérables que la plupart des vilains !

— Mais M. de Ruffec semblait avoir un bon train de vie...

— Charles m'a épousée par amour... dit Isabelle en levant les yeux vers Augustin. Enfin, je veux dire qu'il est tombé follement amoureux de moi après une rencontre fortuite. Il savait que ma famille était pauvre. Il m'a épousée sans dot, sans poser la moindre condition. Je dois dire que j'ai été heureuse pendant quelques années. Nous menions grand train à Paris et je ne regrette pas d'en avoir profité !

Les cris de deux fillettes qui traversaient le parc en courant arrêtèrent Isabelle de Ruffec. Bérangère sortit du château et appela les enfants qui ne l'entendaient pas. Isabelle s'écarta d'Augustin, comme si elle ne voulait pas que ses filles la voient en sa présence.

— Il faut que j'y aille. Excusez-moi.

— Je reviendrai demain, s'empressa de dire Augustin. Demain à la même heure. Dites-moi où nous pourrions nous retrouver...

— Nulle part, ça ne servirait à rien.

Elle avait passé le portail et grondait ses filles qui avaient désobéi à Bérangère. Augustin la regarda s'éloigner sans se retourner, ce qui le mit de mauvaise humeur.

Il rentra à Paris et arriva dans la cour de la forge en même temps que M'nongo sur qui il déchargea sa colère.

— Te voilà enfin ! Mais tu ne comprends pas que c'est désobligeant pour ma sœur et mon beau-frère de te comporter comme tu le fais ?

— Toi, tu as eu une contrariété, c'est bien ça ?

— Je te dis que ton attitude est inqualifiable. Tu passes tout ton temps à courir les femmes de la bonne société bourgeoise sans jamais passer une soirée avec nous !

M'nongo souriait de ce sourire lumineux qui faisait craquer les Parisiennes et désarmait Augustin.

— Écoute, tu crois que je me contente de jouer les séducteurs, eh bien tu te trompes. C'est vrai que les Parisiennes découvrent l'exotisme et qu'elles y prennent goût, mais, par ces femmes, j'approche les maris et leurs affaires.

— Un de ces jours, tu vas recevoir un coup d'épée à travers le corps et c'est tout ce que tu y gagneras.

— Je n'ai pas peur, dit M'nongo. Malgré l'incertitude des temps, les affaires continuent, et des projets s'élaborent pour un avenir un peu moins troublé parce que la révolution, les règlements de comptes, plus personne n'en veut. Les Parisiens ont envie de manger à leur faim et les bourgeois, de recommencer à gagner de l'argent !

— Tout ça, je le sais, répliqua sèchement Augustin, mais ce n'est pas notre affaire.

— Si, c'est notre affaire. Tu oublies que j'ai grandi dans une plantation de tabac et que la demande ici est de plus en plus forte. Il faudra des navires pour transporter la marchandise quand les mers redeviendront un peu plus sûres. Tu ne vas pas faire la guerre toute ta vie ? Moi, j'en ai assez de me battre.

— Sache que moi aussi, mais mon pays est en danger et je dois le défendre. Mais qu'es-tu en train de tramer ?

— Un certain M. Cherron était un marchand en gros de tabac. Avec la révolution, il a dû s'arrêter, mais se prépare à redémarrer parce qu'il pense qu'après les difficultés les gens auront soif de plaisir. Il compte importer beaucoup de marchandises d'Amérique, tu comprends ?

Augustin, toute colère oubliée, invita son ami à le suivre chez sa sœur, qu'ils trouvèrent dans le petit salon, assise en train de lire une histoire à sa fillette, qui l'écoutait couchée sur le tapis à ses pieds. Elle sourit aux deux jeunes gens, les invitant à prendre place. Antoine était à l'Assemblée et ne rentrerait que très tard dans la nuit. Ils bavardèrent de la situation, mais Léa avait pris l'habitude de ne pas exprimer ses pensées. Elle ne parlait de politique que pour affirmer l'honnêteté de son époux et ses craintes :

— Antoine est trop franc, trop sincère pour survivre dans ce tissu de contradictions et de haine. C'est un homme de bien et j'ai peur pour lui.

Un domestique annonça un pli pour M. Moncellier. Augustin eut un coup au cœur, espérant un mot de Mme de Ruffec, et fut déçu en lisant l'en-tête du ministère de la Guerre. Il parcourut la missive puis leva un regard grave sur sa sœur :

— M'nongo et moi avons ordre de rejoindre La Rochelle pour prendre le commandement d'une flotte destinée à harceler les Anglais, qui ont jeté leur dévolu sur le port de Toulon. Nous devrons y être le 15 mars.

Léa se montra contrariée. La présence de son frère et de son ami la rassurait pendant les longues absences de son époux. Seule, elle redoutait toujours de voir entrer les gardes nationaux pour l'arrêter – cela ne reposait sur rien, mais cette lubie de femme enceinte ne cessait de la tourmenter.

— Quand partirez-vous ? demanda-t-elle.

— Nous sommes le 5 mars, cela nous laisse une dizaine de jours.

Il n'était pas pressé et voulait bénéficier d'une journée supplémentaire pour aller à Nogent. M'nongo le comprit et précisa :

— Demain, nous réglerons nos affaires. Je vais voir ce M. Cherron pour garder le contact avec lui.

— Moi aussi, j'ai à faire, indiqua Augustin. Nous partirons après-demain avant le jour.

Une servante apporta des tasses de chocolat chaud, comme c'était devenu la mode dans les maisons aisées. M'nongo, tout en dégustant le breuvage un peu amer, se disait que le cacao ne poussant pas en Europe, il faudrait l'importer. Il pensait aussi au café que l'on commençait à apprécier sur les tables à la mode, au coton, aux bois précieux... Il était vraiment optimiste pour l'avenir, pourvu que la guerre lui laisse la vie.

— Après cette période trouble, on pourra faire du commerce. Je vais profiter de la journée de demain pour monter un beau projet qui attendra tranquillement que nous soyons libres...

Augustin découvrait son ami sous cette face révélée par Paris et qu'il avait pressentie à La Nouvelle-Orléans : c'était un commerçant-né, un entrepreneur, qui saurait tirer profit de son goût et de son sens de la mer.

— Il faut surtout ne pas se laisser surprendre par le fameux capitaine Dragon ! précisa Augustin.

— C'est vrai qu'il est insaisissable, mais avec un peu de chance...

— Nous le rencontrerons sûrement, à moins qu'il n'ait peur du Citoyen corsaire.

Ils éclatèrent de rire car le capitaine Dragon avait la réputation de n'avoir peur de personne et surtout d'être invincible.

Léa fit servir le souper dans un petit salon, où ils se retrouvèrent tous les trois. Pour une fois qu'il n'y avait pas une vingtaine de convives, ils prirent le temps de bavarder. Léa ne cacha pas la réticence qu'elle avait eue quand Antoine l'avait demandée en mariage ; mais elle ne regrettait rien. Elle ne connaissait que le patron, le forgeron assez dur avec ses ouvriers et parfois grossier ; elle avait découvert l'homme qui se cachait sous une rude enveloppe de travailleur : délicat, dévoué et toujours prêt à rendre service.

— J'ai peur, confia-t-elle une nouvelle fois, très peur. Je sais que nos beaux jours sont comptés !

— Mais non, voulut la rassurer Augustin sans être lui-même convaincu, les différentes factions finiront par s'entendre.

— Je ne le crois pas, répondit la fine Léa. Chacun de son côté est tellement sûr d'avoir raison qu'il est prêt à sacrifier la moitié de l'humanité. Nous n'en sortirons qu'après un grand massacre.

M'nongo écoutait en silence. Ces événements ne le touchaient que superficiellement. L'ancien esclave ne comprenait rien à la politique et ne voulait surtout pas s'en mêler.

— C'est curieux, dit-il après un long silence. Ma race est africaine, je suis né en Afrique, j'avais trois ans quand mes parents sont arrivés en Amérique, et pourtant...

— Que sais-tu de l'Afrique ? demanda Augustin qui voulait orienter la conversation sur un sujet moins difficile que la révolution. Tu n'en gardes aucun souvenir ?

— Je me souviens de la musique que les miens jouaient en tapant sur des tambours, quand on n'allait pas aux champs. Et la danse, surtout la danse !

Augustin sourit car M'nongo avait gardé des pensées d'une grande pureté. Lui qui taillait avec autant de vaillance l'ennemi, lui qui hurlait comme un tigre au milieu de la bagarre était aussi d'une émouvante délicatesse de sentiments.

Pourtant l'adulte conservait sa part de mystère. Comment ce séducteur, la coqueluche des Parisiennes, pouvait-il rester de marbre, ne jamais tomber amoureux ? Augustin ne se sentait pas autorisé à lui poser la question car il avait senti à ce niveau une résistance muette, comme une douleur cachée.

Ils s'apprêtaient à regagner leur chambre quand Antoine Morisson arriva, plus tôt que prévu. Sa mauvaise humeur venait du constat amer d'une situation très défavorable à la révolution.

— La guerre contre l'Angleterre et les pays de la coalition ne tourne pas à notre avantage et le peuple manque de tout !

Augustin lui apprit qu'il avait reçu l'ordre de partir pour La Rochelle prendre le commandement d'une flotte destinée à arrêter les Anglais.

— Une flotte ?! s'emporta Antoine, tu veux rire, au plus cinq ou six bateaux armés à la va-vite que les Anglais n'auront pas de mal à couler. On t'envoie à la mort. Les royalistes tiennent tout l'Ouest. Les chefs vendéens arment leurs paysans : ils feront tout pour t'empêcher de mener à bien ta mission. Tout va mal !

Il se fit apporter une assiette de soupe chaude, qu'il mangea en silence, puis proposa à ses invités de se rendre au grand salon, où une surprise attendait Léa. La jeune femme entra la première dans la pièce éclairée et découvrit un instrument de musique très particulier qui ressemblait vaguement à clavecin.

— Pour toi, ma chérie, dit Antoine en la prenant dans ses bras. C'est un piano-forte, il paraît que c'est mieux que le clavecin. Moi, je n'y connais rien, mais j'ai voulu te faire ce cadeau parce que je sais que tu aimes jouer de la musique. J'ai eu beaucoup de mal à le faire livrer sans que tu t'en aperçoives.

La jeune femme tourna vers son frère un regard radieux. Elle s'approcha du siège matelassé, tendit sa main vers le clavier aux touches d'ivoire, puis s'immobilisa. Antoine, la tenant par les épaules, la fit asseoir et lui demanda de jouer.

— Pour l'enfant que tu portes, dit-il. Il est bon qu'il entende de la musique…

Enfin, elle posa un doigt sur une touche. Le son qui sortit du meuble sombre n'était pas celui d'un clavecin, moins nasillard, plus puissant, souverain. Elle se hasarda alors à jouer une mélodie retenue de son enfance, puis se tourna vers Augustin :

— C'était toi le meilleur musicien de la famille. Prends ma place et joue pour nous !

Antoine s'était assis sur un fauteuil un peu en retrait et allumait une pipe dont l'odeur chatouillait agréablement les narines de M'nongo. C'était toute sa vie dans la plantation qui lui revenait en mémoire, et surtout ces soirées où l'on fumait des feuilles de tabac enroulées sur elles-mêmes.

Augustin fit remarquer que ses doigts étaient gourds, qu'à manier l'épée ils avaient perdu leur habileté, mais Antoine insista. Alors, le jeune homme commença à jouer. Les notes du piano-forte éclataient avec une puissance qui ravissait les oreilles. Léa s'enhardit et voulut jouer à son tour. La fin de la soirée fut très heureuse, un instant de répit dans cette tragédie dont on ne voyait pas la fin.

Ils se séparèrent vers minuit. Antoine annonça qu'il devait partir tôt, mais qu'il rentrerait pour souper avec Augustin et M'nongo puisque leur départ était fixé au surlendemain.

Au matin du 6 mars, Augustin repartit pour Nogent. Le ciel s'était découvert dans la nuit ; une légère gelée blanchissait les prairies. Il chevauchait dans une campagne où les bergers, auréolés de vapeurs blanches, conduisaient leurs troupeaux dans les prairies abritées : l'hiver doux n'avait pas brûlé l'herbe et les animaux pouvaient manger sans puiser dans les réserves de foin. Sur la Marne, les bateliers faisaient claquer leur fouet sur le dos fumant des chevaux. Le port de Nogent était déjà envahi par les charrettes des marchands qui chargeaient des tonneaux de vin, du bois de chauffage, des planches et toutes sortes de denrées à acheminer à Paris. Augustin passa à côté du marché où l'on vendait de rares légumes, des choux, des raves, des œufs… Les étalages presque vides montraient la pénurie et l'état de famine du peuple. Le pain avait fortement augmenté ; on vendait des châtaignes sèches venues des forêts d'Orléans et des galettes de sarrasin. Il ne régnait pas ce vacarme bon enfant des marchés ordinaires ; les marchands n'apostrophaient pas les clients car ils n'avaient pas grand-chose à leur proposer. Les passants les plus pauvres cherchaient des couennes pour leur soupe, des raves abîmées, des poireaux pourrissant dont les plus aisés ne voulaient pas.

Augustin s'apprêtait à s'en aller quand il vit les deux frères d'Isabelle regarder les étalages et poursuivre leur chemin. Le jeune homme ne se montra pas et se rendit directement au château de Honguart. Roland et Hubert n'étant pas là, il se planta devant le portail, espérant qu'Isabelle le verrait. Il attendit de longues minutes, aperçut Bérangère qui s'en prenait à des servantes devant l'escalier de pierre sombre. Comme le froid le saisissait, le jeune homme alla marcher dans le taillis sans perdre de vue l'entrée du parc. Il n'eut pas longtemps à attendre : Isabelle, qui l'avait probablement aperçu, sortit du château et marcha dans l'allée d'un pas rapide. Elle portait un manteau en peau de chèvre qui lui donnait l'allure d'une bergère. Elle franchit le portail et fit quelques pas. Augustin se montra.

— Je vous avais dit de ne pas revenir, fit-elle comme si elle se reprochait à elle-même d'avoir cédé à son envie. Si mes frères vous voient, ils sont capables de vous tuer !

— Ils ne me font pas peur, fanfaronna Augustin. J'ai combattu des adversaires autrement capables et ils ne m'ont pas tué. Je vous remercie d'être là. Je vais devoir partir demain matin. La défense de mon pays m'y oblige.

Elle lui jeta un regard curieux et en même temps satisfait.

— Je suis un officier de marine. La Convention m'envoie prendre le commandement d'une flotte pour arrêter les Anglais, qui gagnent les ports du Sud.

— Vous allez donc combattre pour les révolutionnaires, cette bande d'enragés, de pillards, de monstres ! Comment osez-vous ?

— Madame, répliqua vivement Augustin, je ne fais pas de politique. Je suis au service de mon pays.

— Mais les révolutionnaires ne cherchent pas à défendre la France, ils cherchent à s'enrichir et à donner libre cours à leurs bas instincts.

— Je suis un soldat et j'obéis aux ordres ! trancha Augustin, qui découvrait combien Mme de Ruffec restait attachée à un monde révolu où il n'avait pas sa place.

Elle le comprit et se fit conciliante :

— Pardonnez ma véhémence, mais comprenez que nous vivons dans la misère…

— La misère, c'était le lot quotidien de pauvres gens avant la révolution. Il est bon que chacun en ait sa part.

Isabelle découvrait un jeune homme qui avait perdu sa timidité d'enfant et n'hésitait pas à affirmer ses convictions. De son côté, il regrettait d'avoir exprimé une position qui l'éloignait de cette femme devenue pour lui le centre du monde.

Ils firent quelques pas dans le sous-bois, conscients de ce qui les séparait. Augustin, le premier, chercha à se rattraper :

— Je ne suis pas là pour vous contrarier, madame. Je suis là parce que depuis le jour où je vous ai vue, je n'ai pas pu chasser votre image de mes pensées.

— Ne parlez pas comme ça ! lui reprocha-t-elle sur un ton apeuré. Je ne peux pas vous écouter. Je suis beaucoup plus âgée que vous, je suis mariée et mère de deux filles.

— Tout ceci, je le sais, mais ne pas vous exprimer le fond de ma pensée serait vous mentir par omission. Je vais partir à la guerre demain, je ne reviendrai peut-être jamais. Je voulais que vous sachiez que je vous aime.

Elle sembla fléchir, touchée par la force du sentiment qu'un adolescent lui avait avoué quatre ans auparavant et que l'adulte lui répétait. Augustin ne la laissait pas insensible : plaire à un jeune homme de dix ans son cadet la rassurait sur elle-même, mais ses principes s'y opposaient :

— Partez. Vous n'aurez jamais rien de moi.

— Alors, je peux mourir. La vie n'a plus d'attrait pour moi.

Il sortit une bourse et la lui tendit :

— Prenez ceci et faites-en bon usage.

Elle saisit la bourse, l'ouvrit et vit les pièces d'or.

— Je ne peux accepter ce qui est le résultat de pillages.

— Non, madame, cet or ne provient d'aucun pillage. Il m'a été légué par un homme au bout de sa vie, très loin de France, avec la mission de l'utiliser pour le bien des autres. J'ai pu constater que vous êtes dans le besoin…

Elle s'approcha de lui et posa un baiser furtif sur ses lèvres, puis s'éloigna en courant. Avait-elle entendu le pas lourd des rosses de ses frères qui arrivaient par la forêt ? Augustin se trouva en face des deux chevaliers. Roland dégaina son épée dans un geste grandiloquent et menaça :

— J'ai bien compris : vous êtes ici pour notre sœur. Sachez que si nous vous revoyons, nous n'hésiterons pas à vous passer cette lame à travers le corps.

Augustin ne demanda pas son reste et détala. Il sentait encore le baiser d'Isabelle sur ses lèvres et partait le cœur content. Cela signifiait qu'elle ne le détestait pas, mais qu'elle n'était pas libre et choisissait son devoir... L'espoir subsistait.

Il rentra très tôt à Paris et attendit M'nongo et Antoine dans le grand salon en jouant du piano pour sa sœur, qui se tenait le ventre comme pour inciter son enfant à écouter.

Le jeune homme en profita pour parler de ce qui le tracassait depuis son arrivée :

— Branton est intouchable, je ne peux rien contre lui, mais les fortunes politiques changent, je saurai attendre. Notre père sera vengé j'ai la preuve de sa culpabilité et je tiens à le déshonorer devant tout le monde.

— Sois prudent. Les vipères ne manquent pas à l'Assemblée, alors fais bien attention de ne pas marcher sur l'une d'elles... Je me demande si tu n'aurais pas raison d'oublier cela. Notre père est mort, tu fais ton chemin, moi je suis établie, Jules... Oui, Jules est sur la mauvaise pente, mais comment l'en sortir ?

— Je ne suis pas de ton avis, trancha Augustin. La mémoire de notre père doit être réhabilitée. Pour notre jeune frère, je m'engage à m'occuper de lui à mon retour.

— Jules n'a jamais été un enfant ordinaire. Il est né rebelle et n'aura jamais une vie comme tout le monde.

L'arrivée de M'nongo arrêta la conversation. Le jeune homme avait mis en place des projets qu'il comptait bien réaliser plus tard, si la guerre ne l'emportait pas. Tout était bien ordonné dans sa tête.

Quelques instants plus tard, Antoine entra, sombre comme chaque fois qu'il rentrait de la Convention. Mais il s'apaisa vite quand Augustin joua du piano-forte. Il fit apporter du vin de Champagne, ce qui détendit l'atmosphère. Antoine mesurait l'importance de la coalition des royaumes voisins contre la France révolutionnaire, mais la levée de troupes dans tout le pays lui laissait l'espoir d'une victoire éclatante qui refroidirait les ambitions des ennemis.

— L'histoire a un sens, dit cet autodidacte qui étonnait Augustin par son raisonnement et ses connaissances. Et son sens, c'est nous qui le lui donnons : la fin des tyrans et l'avènement de la république, comme dans la Grèce et la Rome antiques.

Le lendemain, Augustin et M'nongo firent seller leurs chevaux vers cinq heures du matin. Augustin embrassa sa sœur, qui s'était levée pour lui dire au revoir, et pressa contre lui Morisson, qui était devenu son ami. M'nongo serra chaleureusement la main de tout le monde et les deux hommes, l'épée au côté, partirent dans la nuit finissante.

— Soyez prudents ! conseilla Antoine. Les routes ne sont pas sûres, surtout aux alentours de Paris.

— Ne t'en fais pas, répondit Augustin en montrant son épée. M'nongo ne craint personne et j'ai appris à me servir d'une lame.

Ils partirent sans pousser leurs chevaux. Le temps était doux, le ciel couvert. Augustin pensait à Isabelle de Ruffec. De son côté, M'nongo, silencieux, regardait défiler les maisons des faubourgs.

— On dirait que tu regrettes de quitter Paris, s'étonna Augustin. Seraient-ce déjà les Parisiennes qui te manquent ?

M'nongo attendit un long moment avant de répondre. Le jour n'allait pas tarder à se lever. Dans les fermes, on entendait les vachers parler aux animaux. Les cochons grognaient en attendant leur pitance ; de jeunes bergers conduisaient des moutons au pré.

— Eh bien oui, je pars avec des regrets parce que je me dis que je ne reviendrai jamais.

— Et pourquoi ?

— C'est trop compliqué. Je suis noir, ne l'oublie pas. On me regarde avec curiosité, je crois pouvoir dire que certaines femmes m'apprécient, mais ça ne va pas plus loin. Et pourtant…

Il poussa un gros soupir. Augustin n'avait pas l'habitude de le voir ainsi en peine de sa grande carcasse.

— Elle s'appelle comment ? demanda-t-il malicieusement.

— Cesse de plaisanter. Nous sommes amis, Augustin, à la vie, à la mort, n'est-ce pas ?

— Mais pourquoi cette question ?

— Parce que je t'ai très peu parlé de moi. J'étais un esclave, c'est vrai, mais les esclaves aussi ont des sentiments. Et si je suis toujours seul, c'est qu'il est arrivé quelque chose de très sérieux.

— Tu veux me parler de cette cousine des Schelley avec qui tu as appris l'anglais et t'invitait de temps en temps dans son lit ?

— Non, j'ai très vite compris que ce n'était pas important.

Augustin tira sur les rennes de son cheval et vint se placer à côté de M'nongo, dont l'imposante silhouette se dessinait sous un ciel clair.

— Je ne connais pas exactement mon âge ! Sache que j'ai entre vingt-cinq et trente ans. Quand tu es arrivé à la plantation, je pensais que ma vie était déjà terminée. Sans toi, je ne serais probablement plus vivant.

— Arrête ! s'exclama Augustin. Pense que nous allons bientôt reprendre la mer. C'est le plus important, n'est-ce pas ?

— Pour toi oui, pour moi, je n'en suis pas sûr. Tu dois savoir que Stilla avait une sœur aînée que l'on appelait Bellinda. Aussi belle que Stilla, peut-être plus. Nous avons grandi ensemble. Nous étions tout l'un pour l'autre. On ne demandait rien à Dieu que de nous permettre de faire notre vie ensemble, d'avoir des enfants. On acceptait notre condition pourvu qu'on ne nous sépare pas. Tom Ankhar ne m'aimait pas parce que j'étais plus fort que lui. Un jour, il est venu chercher Bellinda, et il l'a emmenée. Je ne l'ai plus jamais revue. J'ai voulu tout casser, inciter les autres à la révolte. Ma mère m'a calmé. Ma colère n'aurait servi qu'à faire pendre plusieurs hommes pour l'exemple. Tu sais tout maintenant.

— Écoute, je te propose qu'on s'arrête à la prochaine auberge et qu'on mange un peu. Mais pourquoi tu me racontes ça, ce matin ?

— Parce qu'à Paris j'ai rencontré Élise Jardin. Avant elle, je croyais ne jamais pouvoir oublier Bellinda. Maintenant, je ne sais plus et je m'en veux d'être infidèle à sa mémoire.

Ils trouvèrent une auberge où ils firent manger les chevaux et commandèrent un solide repas à base de porc salé et de chou. Ils parlaient peu. À la fin du repas, M'nongo conclut ce qui était l'aboutissement d'un long cheminement mental :

— Je n'ai pas à me faire de souci, je resterai fidèle à Bellinda par la force des choses. Tu n'imagines pas la belle Élise Jardin me présenter à sa famille de bourgeois aisés, moi, le Noir, l'esclave ?

— Pourquoi pas ?

— Parce que c'est comme ça. Une Parisienne de bonne famille n'épouse pas un Noir, qu'on accepte en cachette pour les jeux de l'amour. Tu imagines la honte des Jardin avec des petits-enfants mulâtres ?

— À ce propos, plaisanta Augustin, il se pourrait que d'honorables épouses accouchent prochainement d'un petit Noir. As-tu pensé à la colère des maris ?

M'nongo éclata finalement d'un rire sonore. C'était ainsi qu'Augustin l'aimait, plein d'allant et de bonne humeur. Ils poussèrent leurs montures. Le ciel gris annonçait la pluie.

Quatre jours plus tard, ils arrivèrent à Rochefort. Augustin avait tenu à faire ce détour pour honorer la mémoire de son père, mais c'était aussi pour d'autres raisons. Rochefort était le siège d'un important chantier naval où l'on construisait la plupart des bateaux de guerre. Il voulait voir parmi les derniers bâtiments sortis des ateliers des charpentiers de marine si l'un d'eux présentait plus de qualités que *Le Fringant*. Il voulait surtout tenter de retrouver son ami Frédéric Melun.

La ville était toujours aussi animée, avec d'importants mouvements de bateaux qui remontaient la Charente à la force des bras et des chevaux. Augustin retrouva non sans un léger pincement au cœur l'endroit où il avait travaillé en attendant de s'embarquer sur *La Belle Sultane*.

— Je crois que tu vas très bien t'entendre avec Frédéric, dit Augustin à M'nongo. C'est un garçon épatant, presque aussi costaud que toi et roux comme un renard.

— Tu as l'art de choisir des amis de couleur ! s'amusa M'nongo.

— Cesse de plaisanter. Frédéric ne peut pas naviguer comme toi, la seule vue de l'eau le fait trembler, mais il a le sens des affaires et, comme toi, il plaît aux femmes !

Ils déambulèrent sur le port à la recherche de Frédéric, mais ne le trouvèrent pas. Augustin était déçu et redoutait que son ami, qui avait le sang vif, n'ait succombé sous la lame de quelque mari jaloux ou à la suite d'une dette de jeu.

— Bon, décida Augustin, nous devons être à La Rochelle dans deux jours, nous allons trouver une auberge pour la nuit et nous repartirons au jour.

Le lendemain, ils s'accordèrent un dernier tour sur le port. Toutes les nationalités s'y croisaient, mais les Noirs étaient rarissimes et celui qui se promenait en compagnie d'un jeune officier attirait l'attention.

Ils s'apprêtaient à repartir quand Augustin aperçut un homme d'une taille au-dessus de la moyenne. Vêtu d'une redingote bleue décorée de motifs d'argent, il parlait avec force gestes à un groupe de marchands reconnaissables à leurs vêtements sombres et leur chapeau étroit. Il portait une perruque qui n'était pas encore démodée si loin de Paris, et agitait sa canne à pommeau d'argent. Son visage surtout intriguait Augustin. La peau de ses joues était criblée de taches de rousseur et ses yeux vifs aux reflets rouges lui rappelaient son ami.

Augustin se plaça dans son champ de vision. Au début, l'homme, accaparé par son discours, ne fit pas attention à celui qui le regardait intensément. Puis, il finit par le remarquer et marcha à sa rencontre :

— Je n'ose pas le croire, dit-il. c'est bien toi ?

— Frédéric ?

Ils s'embrassèrent, tout au bonheur de se retrouver à l'endroit même où ils s'étaient quittés. M'nongo s'approcha.

— Frédéric, je te présente M'nongo, mon ami avec qui je vais embarquer dans deux jours sur un bateau de guerre pour aller chasser l'Anglais !

— Vous feriez bien de nous en débarrasser. Le commerce en pâtit ! Mais venez donc prendre un verre chez moi, c'est à côté.

Ils se dirigèrent vers une des maisons cossues qui bordaient le port. Frédéric expliqua que les affaires avaient bien marché pour lui, qu'il s'était débarrassé du démon du jeu et qu'il était devenu armateur.

— En période trouble, l'argent est facile à gagner, avoua-t-il. Il suffit d'être au bon endroit et de faire le bon commerce.

— Je ne m'attendais pas à te retrouver déguisé en bourgeois avec perruque et tout le reste !

— Dieu me fait payer mes frasques.

Tout en parlant, il enleva la perruque blanche qui le vieillissait, découvrant un crâne lisse, sans le moindre cheveu. Cela changeait sa tête. Lui qui avait moins de trente ans ressemblait à un quinquagénaire. Son visage n'avait plus cette expression joviale qu'Augustin lui connaissait.

— Une maladie, avoua-t-il. Mes cheveux sont tombés en quelques semaines. J'ai dépensé des fortunes auprès de charlatans qui m'assuraient avoir la bonne formule pour les faire repousser, en vain. Un mal profond est en moi ; je le sens qui grignote mon corps, remonte lentement vers le cœur pour m'étouffer !

— Je n'y crois pas, voulut le rassurer Augustin. Tu es encore jeune, tu vas guérir. Mon ami M'nongo a envie de faire du commerce avec l'Amérique. Je lui ai dit que vous pourriez monter une très belle affaire tous les deux !

Frédéric demanda à une servante du vin et des gâteaux.

— Je ne suis pas certain d'être encore là quand vous reviendrez, mais si c'est le cas je suis d'accord pour monter une affaire avec vous !

La joie des retrouvailles était ternie par la maladie de Frédéric. Lui n'avait plus beaucoup d'espoir :

— J'ai tout eu en peu de temps : les femmes, maintenant l'argent, tout sauf l'amour vrai d'une famille, tu comprends, Augustin. Je vais partir avec ce regret, le seul qui me reste.

— Voilà que tu as bien changé, s'étonna Augustin. Autrefois, tu disais le plus grand mal des familles…

— C'est vrai. J'étais encore un enfant en colère contre un père joueur et une mère qui n'était pas à la hauteur. Maintenant, si Dieu me permet de vivre, ce sera pour fonder une famille et lui donner tout mon amour, car, crois-moi, il n'y a que ça qui compte.

Ensuite, on parla du chantier naval et du bagne qui fournissait une main-d'œuvre presque gratuite et permettait le fonctionnement d'un port dont on se demandait pourquoi on l'avait construit à cet endroit, au milieu de marécages insalubres.

— Il y a beaucoup d'or à gagner, ajouta Frédéric en s'adressant à M'nongo. Mais il y en a aussi ailleurs. Ce qu'il faut, c'est le temps…

En parlant ainsi, il exprimait cette certitude que la maladie allait bientôt l'emporter. Augustin s'inquiéta :

— Tu as de l'argent et il me semble qu'avec de l'argent on peut se faire soigner par les meilleurs médecins.

— As-tu déjà vu un médecin guérir quelqu'un ? Ça se saurait !

L'heure était venue de se séparer. Augustin et M'nongo devaient impérativement partir pour arriver à temps à La Rochelle. Le cœur serré, Augustin prit Frédéric dans ses bras. Grave, celui-ci lui dit d'une voix faible et désespérée :

— Adieu, mon ami !

Ils se quittèrent avec le sentiment qu'ils ne se reverraient jamais. Augustin poussait son cheval pour fuir cette ville qu'il détestait tout à coup.

Ils arrivèrent à La Rochelle le lendemain un peu avant midi, le 12 mars 1793. Le premier regard d'Augustin en passant les dunes fut pour l'océan calme qui se déployait devant lui. Les vagues qui roulaient jusqu'à la plage de cailloux lui avaient manqué. Le vent du large remplissait ses poumons. Il avait l'impression de revenir chez lui après une longue absence.

— Ça fait du bien de se retrouver ici ! dit-il à M'nongo.

— Oui, même si tout nous en éloigne.

M'nongo pensait à sa belle Élise Jardin, Augustin à Mme de Ruffec. Les reverraient-ils ? La rencontre de Frédéric leur avait sapé le moral et l'un comme l'autre admettaient qu'après tout mourir en mer était une manière honorable de détourner le destin.

Au port, ils retrouvèrent *Le Fringant,* fraîchement réparé. Augustin inspecta rapidement le bateau et constata que les charpentiers avaient fait du bon travail. Ils allèrent se présenter aux services de Marrelou, qui les reçut en personne. Le représentant du ministre de la Guerre aimait se donner des airs d'importance et parlait avec une certaine préciosité qui, en d'autres circonstances, auraient amusé les deux amis.

— Il n'est pas besoin de dire que la guerre est déclarée avec l'Angleterre. L'ennemi nous combat depuis longtemps et vous allez avoir affaire à forte partie. Mais je ne doute pas de votre victoire. M. le Citoyen corsaire, vous allez prendre le commandement d'une flotte de trois navires...

— Trois navires seulement ? s'inquiéta Augustin. Mais on m'avait annoncé à Paris que j'aurais une importante flotte pour arrêter les Anglais.

— À Paris, on est loin de la mer. Je n'ai que trois navires à mettre à votre disposition. C'est ainsi !

— Vous nous envoyez à la mort ! s'emporta Augustin en colère.

— Non, j'ai confiance dans votre talent de chef de guerre.

— Mais, monsieur, nous allons combattre les Anglais ! Seuls ceux qui n'ont jamais navigué peuvent penser que ce sont des adversaires faciles. Les Anglais sont les meilleurs marins du monde !

— Leur réputation est surfaite. La preuve, vous avez vaincu le *Greenland.*

— Nous avons eu de la chance, Dieu était de notre côté mais ce ne sera pas toujours aussi simple ! Au moins suis-je assuré que les deux autres navires seront commandés par des hommes d'expérience, que les équipages seront bien choisis ?

— Tout est prêt. Demain matin, vous partez avec *Le Mirage* et *Le François,* commandés par M. Maximilien de Charleville et Edmond Chansart. Vous les rencontrerez ce soir, au dîner que je donne à la capitainerie.

Marrelou se leva, indiquant par là que l'entretien était terminé. Augustin et M'nongo, plus décontenancés que jamais, retournèrent au port et purent voir les deux bateaux voisins du *Fringant,* prêts à appareiller. Des portefaix chargeaient des tonneaux, des coffres, sous la surveillance de soldats. *Le Mirage* était un lourd bateau comptant une seule rangée de sabords et visiblement plus apte à transporter des marchandises qu'à faire la guerre.

— Celui-là, grogna Augustin ne tiendra pas deux heures devant les Anglais.

Le François était plus fin et sûrement d'une bonne maniabilité. Il était mieux armé, avec deux rangées de douze sabords, sans compter ceux des gaillards. Sa voilure semblait bien équilibrée. Augustin le trouva racé et se dit qu'il pourrait seconder convenablement *Le Fringant.*

— Reste à savoir si celui qui le commande, ce fameux Edmond Chansart, sera à la hauteur de son bâtiment. Tout ceci ne m'inspire aucune confiance.

— Écoute, reprit M'nongo, qui partageait l'inquiétude de son ami, on peut très bien poser nos conditions et menacer de ne pas partir.

— Impossible. Ce serait déserter et nous serions condamnés à aller éternuer dans le sac. La Veuve ne chôme pas en ce moment.

Le soir, le dîner donné par Marrelou dans les locaux de la capitainerie rassemblait la bonne société rochelaise. Il y avait comme un air de Versailles avec les perruques poudrées de ces messieurs, les amples robes à volants de ces dames. Certes, la révolution avait apporté son changement, mais l'ancien monde fascinait encore.

— Sois prudent, souffla le perspicace M'nongo à son ami. Les sourires sont crispés, les paroles d'amitié cachent du fiel. Ne sens-tu pas cette tension entre gens qui s'épient, et n'attendent qu'une occasion pour s'écharper ?

— Tu as peut-être raison. La Vendée est toute proche, et là on se bat contre la révolution.

Ils furent présentés aux deux capitaines qui allaient partir avec eux. Maximilien de Charleville était un aristocrate aux belles manières. Il avait fait l'école navale de Nantes et allait prendre son premier commandement. M'nongo remarqua surtout son visage poudré, ses mains fines, autant de détails qui lui semblaient ambigus, mais n'étonnaient personne. Chansart était issu du peuple. Petit, bien charpenté, son visage volontaire et très sombre indiquait l'homme de mer qui avait obtenu ses galons par son seul mérite. Augustin attira M'nongo à l'écart et lui dit :

— Le nobliau ne m'inspire pas confiance. À la première bêtise, on le dégrade et tu prendras sa place. L'autre me semble solide.

— Si j'ai bien compris, tu voudrais me faire commander *Le Mirage,* qui n'est qu'un gros veau sans souffle !

Augustin sourit et tempéra :

— On verra. Ces choses-là se décident dans l'action.

Au cours du dîner, Marrelou parla des trois navires qui allaient partir pourchasser l'Anglais. Il énuméra les mérites de Chansart et passa très vite sur le capitaine de Charleville, « nouvcau dans le métier, mais tellement talentueux ! ». Puis la soirée se passa à deviser de choses anodines. On évitait les sujets politiques et même Marrelou oubliait Paris et les dernières décisions de l'Assemblée. Tout le monde savait que les régions de l'Ouest n'étaient pas favorables au nouveau régime et surtout qu'une parole de trop pouvait conduire à un règlement de comptes ou à l'échafaud.

Le lendemain, très tôt, Augustin et M'nongo retrouvèrent Charleville et Chansart sur le port où régnait une intense activité. Les équipages étaient arrivés et attendaient l'appel pour embarquer. Augustin reconnut avec plaisir une grande partie de ses hommes et il reprit confiance. Charleville, très élégant, se tenait près de la passerelle, à côté de son second dont Augustin ne se rappelait pas le nom. Chansart allait et venait d'un groupe à l'autre, déjà dans son travail de capitaine.

On fit l'appel et les équipages montèrent à bord. Il était prévu que *Le Fringant* partirait en tête, salué par une salve de canons. À mesure que l'heure du départ approchait, une foule très dense se tassait sur les quais pour apercevoir le Citoyen corsaire, dont tout le monde parlait à La Rochelle. Le vent était à l'est, la marée descendante créait un petit courant favorable. Augustin donna l'ordre de larguer les amarres et *Le Fringant,* aidé par les hommes de bras, s'éloigna du quai. M'nongo, qui occupait les fonctions de second, donnait les ordres au barreur.

— À gauche, quart ! cria-t-il pour éviter les hauts-fonds signalés sur la carte du port.

Le bateau parcourut lentement la distance qui le séparait de l'ouverture du port. Il entra directement en pleine mer et le vent plus fort fit claquer les hunes. Augustin cria :

— Timonier, mettez un peu de barre sous le vent, juste un peu !

Sous les ordres de M'nongo, auquel tout le monde obéissait sans rechigner car il parlait juste et avec précision, *Le Fringant* déploya ses voiles et prit son cap, vent légèrement de travers bâbord, avec une aisance qui fit plaisir à Augustin, planté sur le pont avant.

— Regarde comme il est content de reprendre la mer ! dit-il à M'nongo, qui l'avait rejoint. On dirait un animal bien dressé qui retrouve ce pour quoi il est fait.

— Ce n'est pas complètement le cas des autres ?

Le François, commandé par Chansart, avait adopté la même voilure que *Le Fringant* et sortait lentement de la rade. Par contre, *Le Mirage* faisait du surplace, pas très loin des hauts-fonds, malgré les efforts des hommes de bras. Il y avait à cet endroit un petit courant contraire que le barreur n'avait pas su éviter. Augustin, en tant que chef d'escadrille, se demanda s'il devait intervenir, puis renonça en voyant le bâtiment s'engager enfin dans la bonne direction.

Tout était parfait : le vent poussait les trois bateaux distants d'une centaine de brasses les uns des autres vers un large où les vigies ne repéraient aucun ennemi. Il faudrait bien pourtant que la rencontre se fasse : c'était le but de l'expédition.

— Je n'ai pas grande confiance dans *Le Mirage,* insista Augustin.

L'air marin, le plancher qui bougeait régulièrement sous ses pieds, l'odeur du bois humide, tout ceci lui réchauffait le cœur, même s'il redoutait que l'expédition se termine mal. Il profitait pour l'instant du vent qui lui apportait des odeurs d'algue et de poisson... Il aurait aimé qu'Isabelle de Ruffec le voie debout sur le pont, face à la haute mer.

La journée se passa sans incident. Sur les trois bateaux, les équipages connaissaient leur travail et la flottille voguait vers un large toujours vide d'ennemis.

Le lendemain matin, la brise avait faibli, une légère brume cachait l'horizon. Les navires étaient condamnés à faire du surplace. Augustin redoutait ces trous de vent, ces périodes qui pouvaient durer plusieurs jours où l'air inerte stagnait sur une mer morte. Le temps s'arrêtait : les jours passaient, identiques, les provisions diminuaient et le moral de l'équipage flanchait.

La brume se leva en fin de matinée avec une brise qui anima les voiles. Le voyage vers le large pouvait reprendre. À cet instant, un homme monté sur le galhauban de hune annonça :

— Bateau à l'horizon, grand largue.

La vigie pointa sa longue-vue dans la direction indiquée, chercha longuement un point sombre sur la ligne de la mer puis cria à Augustin resté en bas :

— Trois-mâts et pas seul. Peut-être cinq navires. Attendons encore un peu. Semblent aller vers le sud.

Augustin grimpa aussitôt jusqu'à la hune de chouque et pointa sa lorgnette vers l'horizon. Il reconnut cinq navires anglais à la finesse des coques et à cette manière de prendre le vent si particulière et si efficace.

— Ils sont plus rapides que nous, bien armés. Nous n'avons aucune chance, pensa-t-il.

Alors, mettant le porte-voix devant sa bouche, il cria à l'intention de tous les navires :

— Vent arrière, toute !

Sur les bateaux, les équipages se préparaient à virer. Une voix, celle de Charleville s'éleva sur la mer qui porte si bien les sons :

— Comment ça, capitaine Moncellier. Nous allons fuir devant l'ennemi ?

— Il faut être lucide, Charleville, répondit Augustin. Ils sont six, et nous trois. Ils sont bien armés, et les Anglais savent se battre sur l'eau. Nous n'avons aucune chance, je le répète.

— Eh bien faites ce que vous voulez. Nous, sur *Le François*, mettons le cap sur l'ennemi !

« Quel idiot ! » pensa Augustin, qui ajouta :

— N'oubliez pas que c'est moi, le capitaine amiral. Je vous donne l'ordre de mettre vent arrière. Un refus d'obéissance peut entraîner un jugement immédiat dont vous connaisscz la sentence.

Charleville finit par se soumettre et son bateau vira de bord, mais c'était un peu tard pour échapper à l'ennemi. Les Anglais avaient modifié leur direction et fonçaient vers les Français à une vitesse supérieure à la leur.

— Je crois que vous allez avoir l'occasion de vous mesurer à l'ennemi, constata Augustin, qui réfléchissait très vite.

Il demanda son avis à M'nongo, puis, avec le porte-voix, parla à Chansard. Il fallait se résigner à livrer bataille et prier le ciel, car la partie serait difficile. Augustin en voulait aux autorités maritimes qui l'avaient envoyé vers une mort certaine. À qui faisait-il ombrage pour qu'on cherche à se débarrasser de lui ? Son impétuosité, son envie de reprendre la mer lui avait ôté tout discernement. M'nongo pensait la même chose :

— Je me demande si les ordres ne viennent pas de Paris ? Les jalousies, les rancœurs mènent la Convention. Et puis, le fameux Branton, le curé défroqué, a peut-être fait le lien entre le Citoyen corsaire et Paul Moncellier, condamné à sa place. Il a trouvé cette parade élégante pour se débarrasser de toi, du seul témoin de son forfait.

— Comment croire que les députés de la Convention et le ministre de la Guerre s'en remettent à ses arguments quand il y va de la sécurité de notre pays ?

— On ne sait pas tout, mais notre faute a été d'accepter de partir avec trois bateaux alors qu'il en fallait au moins cinq quand on savait que l'ennemi envoyait une partie de sa flotte vers le sud.

Tout en parlant, Augustin ne perdait pas de vue les six bateaux qui faisaient route vers eux. Ils étaient encore hors de portée des canons, mais pas pour longtemps. Augustin n'avait aucune solution et demanda encore l'avis de Chansart, qui lui paraissait plus sage et surtout plus expérimenté que Charleville.

— Je pense comme vous : on n'aurait jamais dû quitter le port avec seulement trois navires. Maintenant, il ne reste plus qu'à se confier à Dieu !

Charleville, posté à l'avant du *François,* surveillait l'ennemi qui approchait inexorablement. Il dit au porte-voix :

— La seule solution, c'est de les surprendre !

Augustin sourit ; Chansart haussa les épaules. Le jeune officier n'avait aucun sens du combat maritime. Le capitaine amiral lui cria sur le ton de la colère :

— Charleville, restez en retrait et attendez les ordres !

Augustin n'appréciait pas le comportement du jeune officier qui, fraîchement sorti de l'école navale, se prenait pour un grand stratège et un marin aguerri. Il devait le surveiller, mais compte tenu de l'inévitable issue fatale de l'engagement, ce qu'il ferait n'avait pas grande importance. M'nongo se tenait près de lui, silencieux, et préoccupé.

— Tu vois, dit-il en regardant les bateaux ennemis qui avaient encore gagné du terrain, c'est la première fois de ma vie que je redoute de mourir.

— Parce que pour la première fois, tu as le sentiment de laisser quelqu'un de cher sur cette terre.

Son silence était une approbation. *Le Fringant* filait toutes voiles dehors, mais Augustin ne poussait pas la vitesse car les deux autres navires n'auraient pas pu le suivre. Sans eux, il aurait eu une chance d'échapper à la flotte anglaise, mais un capitaine amiral n'abandonne pas sa flotte.

— Sans ces deux veaux, on pourrait tenter quelque chose, précisa M'nongo, mais nous devons rester près d'eux, mourir avec eux alors qu'ils nous ont été imposés.

— C'est la règle. Mourir n'est rien à côté de vivre dans le déshonneur !

M'nongo eut un petit rire sec.

— Ce n'est pas certain. Je connais plein de gens qui ont commis les pires actes et qui vivent très bien en mettant un mouchoir sur leur conscience.

— Peut-être, mais pas moi !

— Tu sais, reprit M'nongo, c'est bien la preuve que tu restes un homme du peuple à qui on a inculqué de grands principes. Regarde un peu autour de toi et tu verras que la vertu est une caractéristique de pauvre ; les autres, ces grands hommes qui nous gouvernent, la mettent en avant pour justifier les pires atrocités.

Les bateaux anglais exploitaient mieux le vent que les français et se trouvaient à la limite des canons. Faire mouche à une telle distance était impossible, d'autant que la mer, agitée de mouvements irréguliers, ne permettait pas d'ajuster le tir. Les Anglais le savaient et cherchaient surtout à gagner du terrain tout en restant sur leurs gardes. Augustin s'aperçut que *Le François* s'était éloigné et faisait route plein travers. Il cria à Charleville de reprendre le cap et de s'approcher pour un tir groupé. L'autre, soit qu'il n'eût pas entendu à cause du vent qui s'était levé et faisait claquer les voiles, soit qu'il ne voulût pas obéir ne répondit pas.

— Il sera jugé ! s'emporta Augustin sur le ton de la colère.

Depuis le premier regard, le jeune homme avait compris que Charleville serait son concurrent. En jouant cavalier seul, il montrait qu'il ne reconnaissait pas le chef d'escadrille et qu'il avait une idée bien à lui sur la manière de mener ce combat.

Les mouvements de la mer s'amplifiaient avec le vent. À cent brasses du *Fringant, Le François* avait modifié sa voilure pour garder son cap. Augustin ne prit pas la peine de crier des ordres que l'autre ne pouvait plus entendre.

— Mais qu'est-ce qu'il fait ? s'étonna M'nongo. Regarde : il vire et change son assiette.

Augustin n'eut pas le temps de chercher l'explication. Le tonnerre de quinze bouches à feu du *François* ébranla l'océan. *Le Fringant* vibra, ses voiles furent parcourues d'un bruit de grêle. Augustin rentra la tête dans les épaules en entendant le sifflement des boulets.

— Celui-là mérite le conseil de guerre.

Alors, ce qu'il n'attendait pas se produisit, l'impossible, l'impensable, ce qui n'avait aucune chance même dans le plus heureux des rêves : trois bateaux ennemis volèrent en éclats, se brisèrent, touchés par les boulets alors que les tirs anglais, trop courts, finissaient leur course dans la mer, à cent brasses du *François*.

Les Anglais mettaient les canots à la mer. Une énorme explosion illumina l'horizon. Les réserves de poudre touchées par une flamme venaient de réduire en miettes deux navires ; le troisième, éventré était en train de couler.

Les survivants, surpris par une aussi grande précision, réduisaient la voilure et changeaient de cap. Qu'est-ce que cela signifiait ? *Le François,* qui avait eu le temps de recharger ses canons, tirait de nouveau, mais cette fois les boulets tombèrent à la mer loin derrière l'ennemi. Augustin et Chansard donnèrent l'ordre de tirer à leur tour. Ils n'avaient pas beaucoup de provisions, mais pouvaient nourrir trois ou quatre salves sans toucher aux réserves. Les Anglais répliquèrent. Un boulet toucha *Le François* qui se trouvait toujours en retrait. Traversant la coque à la hauteur de la ligne de flottaison, la voie d'eau était impossible à colmater. Charleville donna l'ordre de descendre les chaloupes. Les deux navires anglais rescapés s'éloignaient. C'était gagné : ils refusaient une bataille qui risquait de tourner à leur désavantage.

— Ce n'est pas dans leurs habitudes, précisa Augustin. En principe, ils vont au bout de l'engagement. Cela cache probablement quelque chose.

Il cria l'ordre de mettre le cap sur La Rochelle, tout en redoutant que l'ennemi ait refusé le combat parce qu'il savait que d'autres bâtiments anglais se trouvaient sur la route des Français.

Le *François* coulait. Les hommes n'avaient pas eu le temps de charger les provisions sur les chaloupes. Quand ils arrivèrent à la hauteur du *Fringant,* on leur lança des échelles.

Charleville monta à bord le dernier. Augustin l'attendait et le regarda fixement quand il prit pied sur le pont. Les deux hommes se toisèrent. Ils étaient de même taille et à deux ou trois ans près du même âge. L'un avait appris son métier à l'école, l'autre sur le terrain. Le premier venait d'une antique famille noble des environs de La Rochelle, l'autre était fils d'un bagnard. Pourtant, sur *Le Fringant*, c'était lui qui donnait les ordres.

— Capitaine Charleville, je devrais vous arrêter pour désobéissance.

Soutenant le regard d'Augustin, Charleville répondit d'une voix sûre, celle de quelqu'un qui ne plie pas le genou.

— C'est ma bordée qui a décidé de notre sort. Si nous sommes vivants, si l'ennemi est en fuite, c'est à moi que vous le devez, monsieur le Citoyen corsaire.

En parlant de la sorte, Charleville montrait qu'il n'acceptait pas d'être sous les ordres d'Augustin.

— Si je ne vous fais pas enchaîner à fond de cale, sachez que je ne tolèrerai aucune initiative de votre part, poursuivit Augustin. Considérez-vous comme mon prisonnier, vous serez jugé à terre.

Les creux étaient de plus en plus profonds. La mer se formait, le vent hurlait en se déchirant sur les pommes de mâts et faisait chanter les haubans. La surface était balayée par une poussière d'eau blanche semblable à du sable. Augustin donna l'ordre qu'on emmène Charleville dans une cabine où il serait consigné puis observa le ciel. Les oiseaux n'avaient pas déserté les alentours, preuve que le grain ne serait pas de longue durée. Il fit le point et demanda à Chansart de l'imiter. Leurs calculs correspondaient : ils se trouvaient à quarante milles des côtes, ce qui représentait plusieurs jours de navigation sous le vent.

L'homme de vigie venait de repérer deux navires apparemment anglais qui faisaient route vers le sud et qu'ils devraient croiser dans les heures prochaines. Ce nouveau danger alarma Augustin, qui redoutait de manquer de poudre et de boulets.

— Et eux en ont sûrement une bonne provision, conclut-il.

La rencontre était prévue pour le lendemain. Si ses hommes avaient hâte d'en découdre, lui redoutait un engagement dont il ne se voyait pas sortir vainqueur. Depuis que Charleville en enfreignant ses ordres avait sauvé son escadrille, il mesurait la part d'incertitude qui entourait chacune de ses décisions.

La nuit était tombée, la bataille aurait probablement lieu au lever du jour, ce qui laissait le temps à l'équipage de se préparer. Augustin fit le point avec le chef canonnier : il restait trois bordées de boulets, mais la poudre, de mauvaise qualité, manquerait. On pourrait sûrement l'économiser puisque les bateaux seraient proches les uns des autres.

Augustin se fit apporter son dîner, qu'il prit en compagnie de M'nongo. Il avait toujours mauvaise conscience et se demandait s'il avait eu raison de consigner Charleville.

— Il ne peut y avoir qu'un seul chef, rappela M'nongo. Il t'a désobéi, il doit être puni, même si sa désobéissance a été bénéfique pour tous.

— Peut-être, mais je sens que ce garçon, sous son aspect de jeune coq qui veut être le premier, vaut plus que ça. Je me dis que, d'une certaine manière, lui et moi nous ressemblons.

— Écoute, la réponse, tu vas l'avoir avec la bataille de demain. Tu le libères et tu lui demandes de se racheter l'épée à la main.

Ils se séparèrent après dîner. Augustin monta sur le pont. La mer était agitée, mais sans plus, le vent mollissait lentement. L'officier de garde conservait le cap et ne forçait pas les voiles. Les ennemis, ayant éteint tout feu à bord, étaient invisibles car le ciel restait sombre et bas. L'incertitude de la nuit maintenait les hommes aux aguets. Augustin redoutait à chaque instant le choc d'une coque contre son bateau et les cris des assaillants. Il avait averti l'équipage consigné dans les gaillards, armé et prêt à monter sur le pont.

Il ne se passa rien jusqu'au jour, quand le ciel éclaira les rouleaux noirs autour du *Fringant* et du *Mirage*, qui naviguaient très près l'un de l'autre. Chansart donna l'ordre à l'homme de barre de s'éloigner jusqu'à quarante brasses. Augustin fouillait les vagues à la recherche de l'ennemi. La vigie ne voyait rien dans la lumière rasante, reflétée par la surface. Un cri arriva du *Mirage*. On cherchait l'ennemi à l'ouest, il était plein est, preuve qu'il avait dépassé les Français sans que personne s'en aperçoive.

Augustin donna des ordres brefs, tout comme Chansart, qui faisait préparer ses canonniers. Mais la mer était encore trop agitée pour pointer correctement le tir, même si la bordée comprenait vingt canons réglés à des angles différents. Généralement, peu de tirs aboutissaient, et dans ces conditions seule la chance insolente de Charleville avait permis de faire mouche. Augustin y pensa, et sachant l'imminence de la bataille, demanda qu'on libère l'officier. Celui-ci arriva sur le pont, fier, rasé de près, l'épée au côté. Il analysa la situation et demanda :

— Quels sont vos ordres, capitaine ?

— Que feriez-vous à ma place ?

Charleville considéra que cette question était une manière pour le Citoyen corsaire d'annoncer que la sentence était levée.

— Ce que je ferais ? Comme vous, j'attendrais que l'ennemi montre ses intentions.

Sans doute par esprit de contradiction, pour bien montrer qu'il était le chef et n'hésitait pas sur les décisions à prendre, Augustin cria :

— À gauche, toute !

Les hommes, qui n'en pouvaient plus de rester dans l'attente, larguèrent les écoutes de foc et les trinquettes. La même opération se répétait sur *Le Mirage,* avec une synchronisation étonnante sur une mer qui hésitait entre la tempête et le gros temps. Des grains couraient sur l'eau. En quelques instants, ils fouettèrent les matelots, les gênèrent dans leurs manœuvres, mais Augustin et Chansart s'entendirent crier :

— Larguez les amures et les écoutes.

Les timoniers tournèrent la roue de bois. Les deux bateaux hésitèrent en même temps, comme s'ils se livraient à un pas de danse répété. Ils s'inclinèrent dans le vent pendant que les hommes brasseyaient les vergues. Puis ils se mirent en travers. L'averse qui courait sur l'océan cachait l'ennemi dans une brume grise. Il ne fallait surtout pas rater cet instant offert par un Dieu complaisant. Les deux navires armèrent leurs canons. À la première trouée, les maîtres canonniers n'eurent pas de mal à pointer avec une précision convenable.

L'Anglais avait adopté la même tactique. Au bruit terrifiant des deux salves répondit, comme en écho, le bruit des canons anglais. Mais aucun boulet ne toucha sa cible. Ils tombèrent autour des ennemis avec un bruit profond. Comme le ciel s'éclaircissait, les adversaires s'observèrent un instant. Les sabords ouverts montraient les bouches à feu encore fumantes. Des deux côtés on rechargeait, mais aucun ordre de tirer ne vint. La mer n'était pas favorable et chacun avait à cœur d'économiser la poudre.

L'occasion se présenta quand le vent tomba d'un coup, laissant les vagues sans direction, comme des chiens que l'on libère de la laisse et qui ne savent plus où aller. Augustin demanda au barreur d'accompagner le navire pour le stabiliser. Les Anglais faisaient exactement la même manœuvre et les quatre bateaux tirèrent presque en même temps. La mâture du *Fringant* vola en éclats, un trou s'ouvrit sur le flanc du *Mirage*. D'un coup d'œil, Chansart vit qu'il était bien au-dessus de la ligne de flottaison, mais qu'il deviendrait dangereux si la mer se levait. Chez l'ennemi, Augustin put remarquer de la fumée sur l'un des deux bateaux, le second avait pris une assiette inclinée probablement due à une voie d'eau. Celui-là ne pouvait pas espérer tirer de nouvelle salve à moins qu'il ne cherchât à atteindre les étoiles. Augustin donna l'ordre de recharger les fûts. À côté de lui, Charleville suivait les opérations et se taisait.

Le vent poussait les Anglais vers les Français qui attendaient le choc. De chaque côté, les hommes serraient leurs armes, prêts au combat corps à corps. Les échanges au canon ne leur convenaient pas car ils connaissaient le danger d'un imprévisible boulet tombant sur le pont. Augustin fit tirer une deuxième salve qui démâta le navire intact. Des lambeaux de voiles s'envolèrent. Les Anglais avaient mis les chaloupes à la mer et ramaient vers les Français, mais assez loin pour échapper à la bordée qui atteignit encore *Le Mirage* et arracha la figure de proue du *Fringant*. Un boulet avait mis à mal le gaillard d'avant et endommagé le safran. L'homme de barre tournait la roue qui ne commandait plus rien : le bateau était livré à lui-même. La seule manière de s'en tirer restait l'offensive. Augustin donna l'ordre de mettre des chaloupes à la mer. Les hommes s'y précipitèrent avec une soif de bataille qui les faisait plaisanter alors que beaucoup allaient à la mort. Augustin et M'nongo prirent place sur une barque, Charleville sur une autre. Les hommes de Chansart restaient en retrait pour venir prêter main-forte au bon moment.

La rencontre se fit à mi-chemin entre les bâtiments. Des cris fusaient des deux bords qui se menaçaient le sabre levé. Les barques s'entrechoquèrent et leurs occupants commencèrent à se battre, dressés au-dessus de l'eau, en poussant des hurlements sauvages. Les premières victimes tombèrent à la mer dont les vaguelettes prirent une couleur rouge. La bataille donna d'abord l'avantage aux Anglais, puis les Français s'imposèrent. M'nongo fauchait l'ennemi en moulinant avec son épée. Près d'Augustin qu'il protégeait de sa haute stature, il se battait farouchement, loin de ses pensées philanthropiques. Plus tard, après l'action, il aurait l'impression d'avoir été un autre, que le soldat M'nongo était un infect personnage.

Avec les mouvements de la mer, les bateaux se rapprochaient. Chansart décida de descendre deux chaloupes, mais de garder des hommes pour faire face à un éventuel abordage. Trois barques avaient été coulées du côté adverse.

Augustin se battait avec fougue, inconscient du danger, toujours en première ligne. Son exemple donnait de l'allant à ses hommes. Les Anglais cherchaient à faire un maximum de victimes françaises, mais ils ne voulaient pas perdre trop des leurs dans un affrontement dont l'enjeu consistait à rendre inopérants le plus grand nombre de bâtiments avant de poursuivre leur route vers la Méditerranée pour entrer en France par le port de Toulon.

Tout à coup, Augustin poussa un cri. M'nongo vit s'abattre la lame qui le toucha à l'épaule. Le jeune homme s'affala et tomba dans l'eau. Charleville avait aussi assisté à la scène et cria à M'nongo :

— J'arrive !

Au mépris du danger, le jeune officier sauta dans l'eau entre les cadavres. Il prenait le risque de se faire poignarder pour sauver celui qui l'avait menacé de conseil de guerre. Il se faufila entre les morts et les blessés qui s'accrochaient à lui, arriva à la hauteur d'Augustin qui s'agitait, en grimaçant de douleur. Il réussit à passer son bras sous son menton pour lui maintenir la tête hors de l'eau, s'approcha de la barque où se trouvait M'nongo. Le combat cessait : ayant atteint leur objectif, les Anglais reculaient pour ne pas multiplier les pertes. En quelques minutes, la mer retrouva son calme.

Augustin fut hissé sur *Le Fringant* devenu ingouvernable. *Le Mirage* n'était guère mieux puisque la voie d'eau s'était élargie. Les deux bateaux devaient subir des réparations de fortune qui permettraient de rentrer au plus vite à La Rochelle. Si la mer se levait, ils étaient perdus tous les deux. Chansart scruta le ciel avant de s'occuper des blessés. Le chirurgien allait des uns aux autres, ne s'attardant que sur ceux qui pouvaient guérir. L'aumônier le suivait en levant sa croix et bénissant ceux qui allaient mourir.

Augustin, en tant que capitaine, eut droit au privilège d'être conduit dans sa cabine. Là, le chirurgien déchira la chemise et remarqua la longue estafilade qui allait du sternum au bras droit dont la chair était coupée jusqu'à l'os. Il saignait abondamment, M'nongo épongeait le sang en regrettant de ne pas avoir les plantes sauvages qui convenaient en pareil cas.

Pendant ce temps, Chansart et les hommes valides tentaient de colmater la coque du *Mirage*. Une autre équipe conduite par Charleville mesurait l'importance des dégâts sur *Le Fringant.* Le jeune officier montrait de véritables connaissances sur la construction des bateaux et indiqua aux charpentiers comment bricoler un gouvernail de fortune. Une fois ceci fait, il serait possible de maintenir le bâtiment à flot, et de s'occuper de la mâture.

Les Anglais avaient disparu derrière la ligne d'horizon. Le ciel s'était éclairci, mais la couleur de l'eau, ses reflets verdâtres qui viraient au gris, n'indiquait rien de bon. Les hommes s'activaient car ils pressentaient eux aussi l'imminence d'un coup de vent et peut-être d'une tempête. L'air était chaud, moite, les oiseaux volaient au ras des flots, un mauvais signe de plus.

Quand il eut indiqué aux ouvriers la manière de réparer le safran du *Fringant,* Charleville se rendit dans le gaillard d'avant. Il toqua à la porte de la cabine du capitaine. M'nongo lui ouvrit et lui fit signe de ne pas faire de bruit. Épuisé par la perte de sang, Augustin dormait.

— C'est très grave, dit le Noir. Il est très faible. Il ne va pas dormir bien longtemps. La douleur va le réveiller et je prie le ciel qu'il guérisse.

— Bah ! fit Charleville qui avait été légèrement blessé à la joue, il va s'en tirer, c'est un garçon solide et à son âge, la vie est toujours la plus forte.

— Ne croyez pas ça. Je connais un peu les blessures. Celle-ci est très grave.

La nuit tombait, calme, trop calme pour des marins d'expérience. Les charpentiers travaillèrent sans relâche en s'éclairant avec des torches. Le lendemain, vers midi, *Le Fringant* pouvait de nouveau être dirigé. La brèche du *Mirage* était presque colmatée, ce qui redonnait espoir.

— On ne peut pas supporter une mer trop méchante, reconnut Chansart. Prions le ciel que ça tienne jusqu'au port.

M'nongo n'avait pas quitté Augustin de la nuit. La fièvre était montée et le blessé délirait. Le soir, les ouvriers avaient réussi à requinquer une mâture approximative. Charleville avait pris le commandement et profitait d'un vent régulier, supportable par des mâts de fortune. *Le Fringant* allait dans la bonne direction, vers l'est et La Rochelle que le jeune homme espérait atteindre le lendemain soir.

Dans la nuit, des rafales firent redouter la tempête. La mer grondait ; des lumières particulières aux nuits venteuses couraient à la surface, se brisaient avec les déferlantes dont les coups de boutoir alertaient Chansart et ses charpentiers. Au lever du jour, le calme revint. Les coques de chêne filaient sur une mer un peu cassée. Chansart dit à son second :

— C'est beau à avoir envie de prier !

En effet, la faible voilure déployée était d'une rare efficacité. Cela venait de ces petites vagues qui brisaient la surface.

— On glisse là-dessus comme sur du sable ! ajouta le capitaine en ajustant sa lunette sur l'horizon. Une mer d'huile ne vaut rien pour avancer.

Pendant ce temps, M'nongo veillait Augustin. En proie à une forte fièvre, le blessé délirait toujours, appelait Stilla et Isabelle de Ruffec, parlait à son père et s'emportait contre le curé Branton. M'nongo épongeait la sueur sur son visage avec un tissu frais, mais n'osait pas lui donner à boire. L'eau croupie des fûts ne convenait qu'à la soupe, une fois bouillie. Les matelots buvaient du bouillon préparé par le cuisinier, du vin souvent aigre et de la gnôle qui n'étanchait pas leur soif.

Le soir, quand les deux bateaux entrèrent dans le port de La Rochelle, aucune autorité locale n'avait fait le déplacement pour accueillir les rescapés de la première escarmouche avec l'ennemi. M'nongo, qui ne se préoccupait que de la santé de son ami, demanda qu'on l'emmène à l'hôpital le plus proche. Il en trouva un tenu par des sœurs spécialisées dans l'accueil des gens de mer. M'nongo loua une voiture pour emmener Augustin, qui gémissait à chaque cahot de l'attelage. Le parcours lui sembla interminable. Il reprocha au cocher d'emprunter des rues étroites et mal pavées. Le blessé se plaignit d'avoir froid. M'nongo ordonna au cocher de fouetter son attelage.

— Il faut savoir : ou je vais trop vite ou trop lentement !

— M'énervez pas ! répliqua vivement M'nongo.

Le cocher préféra ne pas répliquer. Au bout d'une impasse sombre et humide, après un porche de pierre noire, la voiture arriva dans une cour boueuse. M'nongo regarda les bâtiments délabrés et eut envie de faire demi-tour.

Deux religieuses en habit blanc vinrent à son devant. Il leur expliqua que son ami avait été blessé au cours d'un combat en pleine mer et qu'il fallait le soigner. Une des sœurs ouvrit la portière et découvrit Augustin en piteux état.

— Il a froid, vite ! s'impatienta M'nongo.

Les religieuses étaient surtout impressionnées par le Noir. Celui-ci prit Augustin dans ses bras, le souleva avec aisance et dit :

— Montrez-moi le chemin.

Ils entrèrent dans un bâtiment où régnait une horrible odeur de pourriture. Des râles, des cris de douleur ne firent pas bonne impression au jeune homme, qui se demanda s'il avait eu raison d'emmener son ami dans cet établissement, tellement misérable que l'on couchait les malades par deux tête-bêche dans le même lit.

— Nous faisons ce que nous pouvons ! s'excusa la sœur. Nous n'avons pas de place, nous allons mettre votre ami avec un autre blessé, ici.

Le blessé avait la poitrine entourée de bandelettes imbibées d'un sang noir. Il n'eut aucune réaction quand on coucha Augustin à côté de lui.

— Nous allons examiner sa blessure, dit une des femmes en détachant le pansement sur la poitrine.

M'nongo se dit qu'Augustin ne pourrait pas survivre longtemps dans ce mouroir. Il se dressa, énorme dans cette salle où s'activaient des petites sœurs en habit blanc et décida :

— Je vais revenir. Prenez grand soin de lui.

Il glissa une pièce d'or dans la main de la sœur qui le rassura : compte tenu de l'état d'Augustin, elle allait faire son possible pour lui trouver un lit pour lui seul. M'nongo était déjà dehors. Le cocher était parti, il courut jusqu'au port, monta à bord du *Fringant* et chercha Charleville parmi les charpentiers qui examinaient l'état des mâts et évaluaient l'importance des travaux.

— Il est à la capitainerie.

Pestant, M'nongo courut vers ce lourd bâtiment en bout de quai. Charleville, sortant d'un bureau, adressa un regard accablé au Noir.

— Nous risquons d'être bannis, dit-il.

— Mais pourquoi ? s'étonna M'nongo. Nous nous sommes battus avec courage…

— Ils auraient voulu que nous battions les Anglais avec nos trois bateaux… Nous aurions dû refuser de partir…

— Augustin va mourir ! s'écria M'nongo. Je l'ai conduit à l'hôpital de la Sainte-Mère, mais l'odeur de la mort y est partout. Il ne survivra pas une nuit. Je ne sais pas où l'emmener… Charleville réfléchit un instant et proposa :

— On va l'emmener chez moi. À la campagne. À moins de trois lieues de La Rochelle.

M'nongo sourit et ajouta :

— Je vous remercie. Je ne l'oublierai jamais.

— Allons le chercher.

Une heure plus tard, ils étaient à l'hôpital de la Sainte-Mère. M'nongo expliqua qu'il allait emmener son ami, ce qui contraria beaucoup la mère supérieure : la première pièce d'or lui laissait espérer d'autres largesses. Cependant, elle fit bonne figure, car Charleville lui en imposait par sa prestance et sa tenue d'officier de marine. Le coche s'enfonça dans une campagne de bocage. Le ciel était gris, le vent marin apportait une humidité désagréable. Couché sur la banquette, Augustin délirait toujours. Il suait abondamment et se plaignait du froid. Charleville et M'nongo gardaient le silence, conscients de l'état désespéré du blessé.

Ils arrivèrent à un antique manoir au nord de La Rochelle, massif, écrasé par sa lourde toiture en mauvais état. Les tours aux murs lézardés se reflétaient dans les douves envasées.

— C'est ici ! dit Charleville alors que le pas des chevaux sonnait sur le pont de bois. Ma famille est une des plus anciennes de la région. Mais nous ne sommes pas riches. Les temps ont bien changé.

Une fois dans la cour, Charleville fut accueilli par trois magnifiques chiens frétillant autour de lui. Une servante sortit sur l'escalier de pierre et s'écria :

— Mais, c'est monsieur Maximilien !

Elle se précipita vers l'officier et lui souhaita la bienvenue avec la retenue des gens de service. Aussitôt, deux vieilles personnes arrivèrent : une femme menue mais très distinguée et un aristocrate de grande taille, maigre, le visage rasé, souriant.

— Te voilà enfin, Maximilien ! Comme nous avons prié pour toi ! dit la femme en pressant l'officier dans ses bras. Ton père et moi étions morts d'angoisse.

Le vieil homme embrassa Maximilien.

— Alors, cette campagne ?

— Un désastre, mais nous en parlerons tout à l'heure. Mère, il faut une chambre pour un ami blessé. Et faites appeler Gustave.

Puis tous les regards se tournèrent vers M'nongo qu'ils avaient semblé ignorer. On y lisait de l'admiration pour sa taille et aussi une certaine crainte. Maximilien se mit à rire :

— C'est M'nongo, le domestique d'Augustin. Je crois savoir qu'il parle plusieurs langues.

Le vieux salua M'nongo non sans une certaine retenue. C'était le premier Noir qui entrait chez lui et il n'avait jamais pensé qu'un « sauvage » puisse parler plusieurs langues.

— Soyez le bienvenu dans notre modeste demeure, ajouta le maître des lieux.

Maximilien présenta son père, Aurélien de Charleville, et sa mère, Aude de Saint-Argan.

— Une « Vendéenne », précisa-t-il, très attachée à l'ancien régime.

— Oui, ajouta Aurélien de Charleville, ici, ce n'est pas comme à Paris. Nous vivons à l'ancienne. La révolution est un mauvais moment à passer, la France éternelle ne changera pas !

Ils emportèrent Augustin dans une chambre rapidement préparée à son intention. Un valet était en train d'allumer un grand feu, malgré la douceur du temps, pour chasser l'humidité qui imprégnait les nombreuses pièces vides du manoir.

Un garçon d'écurie arriva, essoufflé :

— Gustave sera là dans quelques instants.

— Merci, Thierry.

Aurélien écouta son fils lui raconter l'expédition qui avait si mal tourné. Maximilien conclut :

— Soyez certain, père, que je suis toujours fidèle à la devise de notre famille : « La victoire ou la mort ».

M'nongo se demandait ce que signifiaient ces paroles. Aurélien sourit et attira son fils contre lui :

— Je n'ai que toi, mais j'accepte de te perdre pour une noble cause.

On annonça Gustave. M'nongo découvrit un vieil homme aux longs cheveux blancs, à la barbe épaisse qui tombait sur sa poitrine. Vêtu simplement d'une chemise blanche nouée à la taille par une fine ceinture, il portait un pantalon de tissu léger. Son regard brillant ne quittait pas M'nongo, qui s'était habitué à la curiosité des gens.

— Vite, dit Maximilien, mon ami Augustin est gravement blessé. Il n'y a que vous qui puissiez le guérir.

Ils se rendirent dans la chambre où flambait un grand feu. L'homme examina le blessé et enleva les pansements. Il renifla l'horrible odeur de la plaie, puis tourna un regard résigné vers Maximilien :

— La fièvre l'étouffe. Il faut absolument la faire baisser. Et puis sa blessure est très laide. Je ne sais pas si…

Il ne finit pas sa phrase. Maximilien lui prit le bras et insista :

— Vous êtes le meilleur guérisseur de la région, vous avez sauvé mon grand-père qui s'était brûlé…

— La brûlure n'est pas une blessure comme les autres. Ici, c'est une lame.

— Je sais que vous avez beaucoup de pouvoirs, que les gens les plus en vue viennent vous chercher de Nantes, alors faites quelque chose, je vous en supplie.

— Je vais faire quelque chose, bien sûr, mais il ne faudra pas m'en vouloir si cela ne réussit pas.

Il ouvrit le sac en toile posé au pied du lit et en sortit une multitude de petites bouteilles sur lesquelles étaient collées des étiquettes avec des signes bizarres. Il ouvrit une boîte dans laquelle grouillaient des asticots.

— Je ne garantis rien, dit-il.

Il posa les asticots sur la blessure et les recouvrit avec un tissu pour qu'ils ne puissent pas s'échapper. Ensuite, il fit boire une potion au malade.

— Il devrait dormir. Si la fièvre tombe, on a une chance de le sauver.

— Mais les vers de mouche, s'emporta M'nongo, ils vont le dévorer vivant !

— Non, répondit Gustave en souriant. Les vers de mouche mangent les chairs corrompues et le mal. Faites-leur confiance.

Il demanda qu'on le laisse seul avec Augustin. Maximilien fit un signe à M'nongo et ils sortirent de la pièce. Une fois la porte fermée, le jeune homme expliqua :

— Il ne dit pas tout. Il a des secrets. On peut être confiant.

M'nongo proposa de payer sa peine à Gustave. Celui-ci refusa et s'en alla. Le Noir retourna dans la chambre de son ami qui, pour la première fois depuis plusieurs jours, dormait paisiblement. Il y vit un signe favorable.

Le soir, les époux Charleville voulurent fêter le retour de leur fils unique et commandèrent un repas de fête. M'nongo fut invité par Maximilien, qui n'avait pas oublié sa vaillance au combat. On mangea du porcelet en gelée, des grives, des pintades rôties et un lièvre en civet. M'nongo apprécia cette cuisine très particulière qu'il trouva cependant un peu fade. On le questionna longuement sur ses origines, sur l'Amérique et les plantations de tabac. Après le repas, M'nongo indiqua son intention de passer la nuit auprès de son « maître ». Il acceptait volontiers le statut de domestique qui lui permettait d'aller librement auprès d'Augustin car les Charleville auraient mal compris qu'un Français soit l'ami d'un esclave noir.

On dressa un second lit près de celui d'Augustin. M'nongo put dormir quelques heures, puis Augustin recommença à délirer. La fièvre qui était un peu tombée en début de soirée reprenait de plus belle. M'nongo connaissait les formules magiques qui permettaient de faire fuir les esprits du mal et les répétait dans sa tête. Sa mère, qui soignait les esclaves démunis et réussissait parfois à sauver des cas désespérés, lui avait enseigné ce savoir. Augustin, dans son délire, passait d'une mer en furie à la haine du curé Branton.

Le lendemain matin, le malade s'apaisa. La fièvre était tombée et il s'endormit. M'nongo sortit de la chambre et croisa Gustave en compagnie de Maximilien de Charleville. Gustave, tout à la fois médecin et sorcier, prit le pouls d'Augustin en tournant un regard anxieux vers Maximilien, puis il défit le pansement et récupéra les asticots grouillants qui s'étaient pris dans le tissu.

— Jetez ça dans les douves, dit-il.

Les insectes avaient parfaitement nettoyé la plaie, ce qui était un bon signe. Gustave la couvrit d'une pommade beige assez épaisse et refit les bandages. Le malade, épuisé, ne se réveilla pas. Enfin, Gustave posa sur la table de nuit une fiole contenant un liquide bleuâtre :

— Vous lui ferez boire ça à son réveil, dit-il à M'nongo.

Une fois hors de la chambre, la porte fermée, il exprima son pessimisme :

— Le mal est profond. Il est à bout de forces. Il ne reste que la prière.

M'nongo sentait la colère monter en lui ; pourtant, il se contint : Gustave avait une bonne tête d'homme généreux qui reconnaissait humblement ses limites. M'nongo retourna auprès de son ami, bien décidé à le veiller jusqu'au bout.

Augustin dormit une partie de la journée. Vers le soir, il sortit de sa léthargie en poussant un cri terrible qui déchira le silence. Assis sur le lit, il se battait contre un assaillant invisible. Une bave blanche coulait au coin de ses lèvres en longs fils gluants. Ses yeux exorbités exprimaient une terreur profonde. M'nongo lui murmura des paroles apaisantes qui n'eurent aucun effet. Le malade se recroquevillait puis, lançant les bras et les jambes, éclatait en cris rauques qui faisaient mal. Alerté par le bruit, Maximilien arriva.

— Je meurs, murmura Augustin. William Bright, toi l'ennemi, toi l'ami, pourquoi m'as-tu sauvé la vie ?

M'nongo lui prit la main et la serra très fort :

— Ne raconte pas de bêtises ! Tu es trop jeune pour mourir.

— Je meurs, répéta le malade dont la respiration devenait bruyante.

M'nongo, serrant la main de son ami, répétait mentalement les formules de la guérison. Maximilien prit l'autre main.

— Augustin, je ne veux pas que tu meures, tu entends ?

— Je meurs, répéta encore Augustin. Père, attendez-moi, j'arrive.

Alors Maximilien s'agenouilla et, d'un geste très doux, tourna vers lui la tête du blessé.

— Écoute, Augustin, je dois te parler franchement sinon je porterai le poids de mon manque de loyauté envers toi toute ma vie. Je suis un traître, tu entends, un traître à ma patrie ! Je ne suis pas du côté des révolutionnaires et je suis entré dans la marine française par devoir, mais bien décidé à faire le jeu des Anglais. C'est pour ça que je t'ai désobéi.

M'nongo leva un regard étonné vers Maximilien, qui poursuivit.

— Tu sais, quand nous approchions des bateaux anglais, je me suis décalé par rapport aux autres. Toi qui commandais la flottille, tu m'as demandé de vous rejoindre et j'ai fait tirer le canon contre ton ordre. Mais Dieu était avec toi, avec les Français. J'avais fait ajuster le tir pour ne pas toucher les bateaux anglais et voilà qu'un mouvement imprévu de la mer a fait que j'en ai détruit deux… Oui, je suis un traître, pardonne-moi.

M'nongo avait écouté en retenant sa respiration. Ce qu'il avait pressenti sans en parler à personne s'avérait. Sa méfiance envers Charleville était donc fondée ! Pourtant, le personnage ne lui déplaisait pas. Avoir accueilli un ennemi blessé dans son château montrait sa générosité naturelle.

— Dis-moi, tu me pardonnes ?

Augustin se dressa sur le lit, les yeux ouverts, mais son regard était ailleurs, au-delà des cloisons et du tableau poussiéreux accroché au mur qui représentait une scène de chasse.

Il remua les lèvres, puis il tomba, comme touché par une balle sur le pont de son bateau, inerte, les yeux ouverts, sans vie.

— Augustin ! cria M'nongo en se précipitant vers son ami.

Gustave, qui avait entendu, arriva, bouscula vivement M'nongo et prit le pouls d'Augustin.

— C'est la fin !

Il s'agenouilla, fit un signe de croix et se mit à prier. M'nongo ne pouvait pas admettre que son ami se livre à la mort sans combattre. Au mépris des autres, il le secoua :

— Tu ne vas pas te laisser manger ; pense que tu es sur *Le Fringant,* pense que la tempête risque de nous engloutir et que la vie des matelots tient à ta décision.

Cette parole eut l'effet inattendu de provoquer un mouvement des bras. Le mourant ouvrit les yeux et cria :

— On va se faire prendre à contre, barre à tribord, toute !

Il retomba sans vie ; M'nongo vit sa poitrine se soulever dans un profond soupir qui sembla vider son corps de ce qui lui restait de vie. Il se tourna vers Charleville qui priait, les mains jointes. La chaleur était étouffante : Gustave avait demandé qu'on maintienne le feu malgré la température extérieure. Puis, au bout d'un moment qui parut interminable à M'nongo, le guérisseur prit le pouls pour constater la mort. Il tourna un regard étonné vers Charleville :

— Il vit ! Son cœur bat, faiblement, mais il bat !

Cette bonne nouvelle illumina le visage du Noir. Maximilien sourit à son tour et reprit la main de l'agonisant.

— Vite, poursuivit Gustave en débouchant la fiole posée sur la table de nuit, tenez-le assis, je vais lui faire avaler ça.

M'nongo eut un regard qui exprimait son doute, puis il aida Maximilien à soulever l'agonisant. Gustave lui écarta les lèvres et fit couler le liquide épais entre les dents.

— Maintenant, laissons-le se reposer, dit le guérisseur en poussant les deux hommes vers la sortie.

On était au début du mois de juin. L'été s'installait lentement. Les oiseaux chantaient ; dans les champs les paysans fanaient et l'air embaumait d'une bonne odeur de foin sec. Une agréable chaleur baignait la campagne éclairée d'un soleil éclatant. M'nongo se dit qu'il n'était pas permis de mourir par une aussi belle journée. Il eut envie de retourner avec son ami, mais Gustave, qui se tenait dans le salon en compagnie d'Aurélien de Charleville, s'y opposa d'un geste de la main.

— Laissez-le se reposer. Votre présence auprès de lui ne changera rien. Faisons confiance à Dieu.

Maximilien prit M'nongo à part et lui demanda :

— Qui est ce William Bright dont il vient de parler ? Je l'ai entendu prononcer son nom à plusieurs reprises depuis hier.

— William Bright est un capitaine anglais. Augustin l'a connu lors de sa traversée vers l'Amérique. Bright l'a sauvé pour en faire son domestique, mais Augustin a gardé beaucoup de respect et d'affection pour cet homme qui lui a appris à naviguer.

— Curieux rapports pour des ennemis !

— Je pense que l'amitié peut naître entre deux hommes dont les nations sont ennemies. Les sentiments humains ne s'occupent pas des frontières.

Maximilien se dit que M'nongo avait raison et que sa manière de penser était bien au-dessus de la moyenne des hommes dits « civilisés ».

Comme l'inaction lui pesait, le jeune Noir lui demanda :

— J'ai besoin de dépenser mes forces, permettez-moi d'aller aider vos gens. Je les vois qui tentent de maîtriser un cheval. Cela me fera du bien !

— Ici, nous n'avons pas l'habitude de faire travailler nos invités, répondit le gentilhomme en souriant, mais si cela vous amuse, allez donc donner un coup de main à ces maladroits.

M'nongo traversa la cour et rejoignit les palefreniers, très embarrassés par l'animal fougueux. Ils l'avaient enfermé dans un petit enclos de planches ; la bête ruait dans le bois, et refusait de se laisser approcher. Tous les regards étaient tournés vers M'nongo. Depuis deux jours, on parlait beaucoup de ce Noir, mais on ne l'avait pas vu de près. Quand il enjamba la balustrade, tout le monde retint son souffle. L'étalon recula, s'accula aux planches et fit face. M'nongo réussit à lui passer un bras sur le cou. Pris dans l'étau, le cheval se raidit, rua, voulut se débarrasser de son adversaire. C'était à qui céderait le premier et le poids de M'nongo était un atout. Très vite, le jeune mâle se fatigua, et il finit par s'immobiliser sous les applaudissements des valets d'écurie.

Ils lui passèrent le mors et le licol. Quand ce fut fait, M'nongo, tenant la bride d'une main ferme, demanda qu'on ouvre les barrières. Libre, le cheval se mit à ruer, mais M'nongo finit par le calmer. De loin, Maximilien et son père avaient assisté à la scène.

— Un tel exercice me va très bien, annonça M'nongo en revenant vers ses hôtes. Je ne suis pas fait pour les jeux de salon, je suis un lutteur...

Le soir, Augustin se réveilla. La fièvre était tombée. Très faible, il se dressa sur les coudes, mangea une bouillie d'avoine et but un verre de vin. Ce n'était pas grand-chose, mais Gustave en conclut qu'il était sauvé. Au dîner, tout le monde leva son verre à la santé du blessé qui revenait de loin. M'nongo alla se coucher à côté de son ami, qui se leva difficilement sur un coude et demanda :

— Où sommes-nous ?

— Chez Maximilien de Charleville. Il s'est proposé de t'héberger. Maintenant, tu dois savoir...

— Qu'il était du côté des Anglais, avec les contre-révolutionnaires ? Je l'avais compris depuis longtemps.

M'nongo ajouta :

— Il a dit que tu pourrais rester ici jusqu'à ce que tu sois totalement rétabli.

— Quel jour sommes-nous ?

— Le 12 juin 1793.

Augustin sombra dans un sommeil profond et tranquille. Le lendemain, il réclama d'abord à boire, puis on lui apporta du lait frais avec du pain blanc. Il se força à manger, mais l'appétit n'était pas revenu. Gustave lui dit que c'était normal, que son corps devait réapprendre à vivre. Il lui permit de se lever s'il en avait la force.

En début d'après-midi, comme le temps était très agréable, sans chaleur excessive, M'nongo aida Augustin à se rendre sous une charmille à l'ombre épaisse et fraîche. Aurélien et Aude de Charleville vinrent lui tenir compagnie. Le jeune homme mesurait la générosité de ces gens qui avaient accueilli un ennemi de leur cause.

Le soir, comme l'air fraîchissait, M'nongo fit rentrer le convalescent. Maximilien les rejoignit dans la chambre.

— Augustin, je suis heureux de savoir que tu es tiré d'affaire. Maintenant, la vie continue. Je dois partir. Nous ne nous reverrons peut-être jamais.

Augustin tourna son visage fatigué vers le jeune noble et lui tendit la main.

— Je dois te dire que je rejoins l'armée vendéenne ; de là, je passerai peut-être en Angleterre. Nous serons ennemis.

— J'espère ne jamais avoir à te combattre, Maximilien. Je comprends que nous ne soyons pas du même bord, mais jamais je ne porterai la main sur toi.

— Moi non plus, rassure-toi. Adieu, ami.

Maximilien sortit et ferma la porte derrière lui. Augustin resta longtemps pensif, se demandant s'il avait raison de vouer sa vie à la guerre.

— Si on se connaissait mieux, si on prenait le temps de parler, de construire ensemble, on ne s'entretuerait pas.

Cette évidence le contrariait. Jusque-là, il s'était contenté de se battre comme s'il avait joué aux échecs, de trouver la meilleure manière d'approcher un navire ennemi pour le détruire. Il n'avait pas hésité à percer des poitrines, à crever le ventre de ses adversaires parce que c'était la règle du jeu. Ce soir, il se demandait si, un jour, il aurait l'envie de repartir sur un bateau.

L'état d'Augustin s'améliora très rapidement. En quelques jours, il fut sur pied, mais Aurélien de Charleville s'opposait à ce qu'il s'en aille.

— Vous devez reprendre des forces. Passez l'été ici, personne ne vous demandera rien et quand vous vous sentirez complètement rétabli, vous partirez.

Augustin mesurait la grandeur de cette parole d'un royaliste à un républicain. Les idées partisanes étaient oubliées, il ne restait que deux êtres humains qui éprouvaient de l'amitié l'un pour l'autre.

M'nongo s'ennuyait. Sa place n'était pas là ; il ne sentait pas plus à l'aise avec le couple Charleville que parmi les domestiques à qui il donnait de fréquents coups de main. Il réfléchissait depuis plusieurs jours à un projet qui lui tenait à cœur, mais qu'il n'osait pas exposer à Augustin. Un soir, il se décida :

— Voilà, je vais partir.

— Comment ?! s'emporta Augustin. Tu vas me quitter ? Qu'est-ce qui te prend ?

— Je ne te quitterai pas, mon ami, mes pensées te suivront partout, mais ici, je ne sers à rien. Tous les deux, on ne peut être bien que dans l'action. Et toi, tu dois te reposer.

— Ce n'est l'affaire que de quelques jours, prends patience ! tempéra Augustin qui redoutait ce que son ami allait lui dire.

— Non, tu dois te reposer durant plusieurs semaines. Pendant ce temps, j'irai en Amérique. Je vais trouver un bateau marchand où mes muscles seront utiles. Je veux retourner voir ma mère.

— Et tu ne reviendras jamais !

— Si, tu sais que je reviendrai pour toi. Et puis, j'ai laissé mon cœur à Paris, j'y retournerai sûrement. Mais ma pauvre mère, qui est déjà vieille, m'appelle. Je l'entends dans mes rêves. Elle veut me revoir avant de mourir. Je ne peux pas lui refuser cette joie.

— Alors va, dit Augustin en soupirant.

L'un et l'autre ne dormirent pas beaucoup de la nuit. Ils redoutaient leur séparation, mais Augustin savait que M'nongo avait raison. Lui non plus ne resterait pas très longtemps chez les Charleville.

Le lendemain, très tôt, M'nongo alla saluer ses hôtes et les remercia pour leur hospitalité, puis il sortit dans la cour où l'attendait son cheval. Augustin était là. Les deux amis s'embrassèrent.

— Je reviendrai, je te le jure. Si je ne suis pas de retour dans trois mois, c'est que je serai mort !

Ne voulant pas montrer son émotion, il piqua son cheval et partit au galop. Coup sur coup, Augustin se séparait de deux amis, l'un ancien, l'autre qui, bien que partisan de l'ancien régime, pouvait devenir très proche. Il avait froid malgré la douceur de l'air et se dirigea vers le château où Aurélien de Charleville l'invita à l'accompagner dans la promenade qu'il faisait tous les matins avec ses chiens.

Ils parcoururent une bonne partie du trajet sans un mot. Augustin, avec la force de sa jeunesse, était presque totalement rétabli. Sa blessure avait séché et cicatrisait rapidement.

— Les Vendéens se sont soulevés, dit M. de Charleville avec cette élégance dans la voix qui montrait une noblesse authentique. Ils surprennent les troupes de la République, les Bleus, qui n'osent plus sortir des villes. Ces paysans sont de redoutables guerriers !

— Je le sais, répondit Augustin qui pensait à Maximilien.

— Ici, nous sommes tout proche des révoltés. Dans les campagnes, nombre de paysans rejoignent les Vendéens. Vous ne serez pas longtemps en sûreté ici, ajouta Aurélien de Charleville. Je me devais de vous le dire.

— Je m'en doute, d'ailleurs j'ai décidé de partir. Ma présence met aussi votre maison en danger.

— Tant que peu de gens savent qui vous êtes, tout ira bien, mais les domestiques parlent et sont du côté des Vendéens. Ils veulent garder leurs curés et leurs églises.

Ils rentrèrent au château, un domestique appela les chiens pour les enfermer. Aurélien de Charleville rejoignit Aude qui revenait de sa promenade en compagnie de sa cousine, issue d'une famille ruinée, une certaine Flore de Meyrac, qui s'était retirée chez sa parente un peu plus fortunée qu'elle.

Augustin passa la journée à s'ennuyer. À mesure que les forces lui revenaient, il éprouvait l'envie de retourner en mer, de naviguer et de faire la guerre. Pendant longtemps, il n'avait pas eu de position politique car il pensait que le monde ne pouvait pas changer, que l'ordre avait été établi une bonne fois pour toutes, mais depuis son retour d'Amérique, il comprenait aussi que le peuple affamé avait raison de demander des comptes aux privilégiés. Il était naturellement contre la violence, mais comment se défendre sans utiliser les armes de l'adversaire ? Il en voulait au clergé d'avoir protégé un des siens et laissé condamner son père. C'était le sens de « sa » guerre.

Le lendemain, des orages éclatèrent qui empêchèrent les paysans de travailler aux champs. Au beau temps des jours précédents succéda une période de pluie et de fraîcheur. Augustin, qui se sentait en pleine forme, décida qu'il était temps de s'en aller. Il le dit à M. de Charleville :

— Ma dette envers vous est immense, je ne l'oublierai jamais. La guerre est à votre porte et je ne veux pas vous mettre en difficulté. Je vais partir pour La Rochelle.

Aurélien de Charleville répliqua avec sa retenue habituelle :

— Ce que je vous ai dit l'autre jour est l'exacte vérité. Ce matin, j'ai entendu des gens dans le village parler de l'étranger du château. C'était vous. Ils ont longtemps cru que vous étiez un ami de Maximilien.

— Mais je suis un ami de Maximilien ! protesta Augustin.

— Certes, mais un ami bien particulier puisqu'il se murmure que vous êtes le fameux Citoyen corsaire, au service des révolutionnaires.

— Je partirai demain en fin de nuit, annonça Augustin, avant que les bergers ne soient aux champs.

M. de Charleville était embarrassé. Il savait qu'Augustin devait s'en aller, mais ne voulait pas lui donner l'impression qu'il le chassait. Cet homme de conviction avait aussi un sens de l'hospitalité que rien ne remettait en cause.

— C'est le plus sage, répondit-il. Les temps sont si compliqués qu'on ne peut pas garder chez soi un ami encore faible. C'est ça, l'horreur de la guerre civile.

Le lendemain, très tôt, avant le lever du soleil, Augustin alla seller lui-même son cheval. M et Mme de Charleville le rejoignirent dans la cour, une lanterne à la main.

— Je vous souhaite bonne route, dit Aude de Charleville. J'espère que le hasard ne vous mettra jamais en face de Maximilien.

— Je l'espère aussi.

Il salua enfin M. de Charleville qui ne dit mot. Les lèvres serrées, le vieil homme avait pensé à l'inexorable engrenage de la guerre civile, mais comment faire autrement, sans se désavouer ? Il serra la main d'Augustin et murmura :

— Nous ne vous oublierons pas.

— Moi non plus !

Augustin monta sur son cheval et s'éloigna sans se retourner, exactement comme l'avait fait M'nongo.

Il fut à La Rochelle en début d'après-midi. L'or pris dans les tonneaux du temple d'Étampes lui permit de trouver un hôtel convenable près du port. Sa réserve s'épuisait, M'nongo ayant emporté une grosse partie du magot, mais c'était suffisant pour vivre correctement pendant l'été. Il se sentait complètement remis de sa blessure. À part une raideur du bras, il ne souffrait plus et ne garderait qu'une cicatrice très banale.

Il se reposa encore pendant deux jours, et, au comble de l'ennui, se présenta à la capitainerie. Marrelou n'en revenait pas : on avait dit qu'Augustin Moncellier était mort.

— Par quel miracle avez-vous survécu à l'horrible blessure que j'ai vue lorsqu'on vous a débarqué du *Fringant ?*

— Un miracle, comme vous dites, je pense que Dieu avait encore besoin de moi en ce monde. Et je suis disposé à reprendre du service.

Marrelou invita Augustin à le suivre dans son bureau dont il ferma prudemment la porte.

— Ici, les oreilles traînent ! confia-t-il. Il faut se méfier de tout le monde. Les ennemis ont des espions partout. À ce propos, Charleville a déserté !

— Ah bon ? fit mine de s'étonner Augustin.

— Oui, il est passé à l'ennemi. On dit qu'il est en Angleterre et se bat contre notre flotte. J'espère qu'on va finir par le coincer.

— Je n'ai pas vu *Le Fringant* dans le port, enchaîna Augustin qui ne voulait surtout pas parler trop longuement de Charleville.

— Il est reparti en campagne. Les ordres de Paris. Vous savez qu'on communique désormais en moins de trois heures !

Comment ce miracle était-il possible ? Marrelou expliqua :

— Oui, avec le télégraphe optique inventé par M. Chappe. Un dispositif ingénieux de signaux lumineux. Ainsi, nous somme renseignés en très peu de temps. Jusqu'où nous conduira le progrès, je vous le demande ?

— J'aimerais reprendre du service, dit Augustin. Je ne pardonne pas à l'ennemi la blessure qui a failli m'emporter.

En fait, le désir de naviguer le poussait plus sûrement que son patriotisme. La guerre maritime était un moyen sublime d'exprimer son sens de la mer ; il en oubliait le risque.

— Nous avons une flotte de deux bateaux neufs et trois autres remis en état à Rochefort. Je vais vous proposer pour en prendre la tête.

— Tout l'honneur sera pour moi.

Les jours suivants, Augustin attendit avec impatience l'arrivée de la flotte, qui se présenta enfin le 18 juin 1793. Il remarqua le navire amiral, flambant neuf, et les autres qui suivaient à petite distance. C'était *Le Rochefort,* du nom de la ville où il était né car les charpentiers étaient fiers de leur travail. Augustin apprit qu'il avait fallu sacrifier près de mille arbres pour construire ce magnifique bâtiment, dont la figure de proue dorée représentait un buste de femme. Augustin crut reconnaître les traits d'Isabelle de Ruffec.

Deux semaines furent nécessaires pour préparer l'expédition. Augustin passait ses journées avec les autres officiers à recruter les équipages et à remplir les cales de vivres et de munitions. Les troubles dans le pays rendaient l'approvisionnement difficile. On se battait du côté de Nantes et les Vendéens interceptaient les convois qui passaient à proximité.

La flotte leva l'ancre au matin du 16 juillet. Il faisait beau et chaud. Un vent de terre favorable et la marée descendante poussaient les bateaux vers le large. Marrelou et son équipe s'étaient levés à l'aube pour assister au départ. Il avait préparé un petit discours qu'il prononça devant une foule présente malgré l'heure matinale. Beaucoup étaient là pour qu'on les voie, que les autorités sachent qu'ils étaient de bons Français, entièrement dévoués à la cause révolutionnaire. Le Citoyen corsaire partait chasser l'ennemi des eaux territoriales, ils étaient fiers que la marine mette à sa disposition six bateaux flambant neufs. On entonna *La Marseillaise* ; les trois-mâts, toutes voiles hissées, glissaient sans bruit hors de la rade, un spectacle majestueux et d'une merveilleuse beauté patriotique.

Augustin, debout à l'avant du *Rochefort,* humait l'air marin et surveillait l'horizon. La météo d'un calme inattendu avait été saluée comme de bon augure par le représentant du Ministère. Les matelots habitués au langage de l'océan n'étaient pas de cet avis, redoutant que cela ne précède des jours difficiles, mais personne n'en parla pour ne pas gâcher la fête et ne pas se montrer pessimiste.

Augustin n'était pas aussi heureux qu'il l'aurait espéré. M'nongo lui manquait. Sans lui, il avait l'impression d'être fragile et ne se sentait pas à la hauteur du commandement qu'on lui avait confié. Son ami, par sa seule présence, simplifiait la réflexion et montrait l'essentiel. Et puis le Noir portait chance. Sa force ne pouvait conduire qu'à la victoire. Augustin s'en voulait de l'avoir laissé partir. Il l'avait cru invincible, capable de soumettre l'ennemi et l'océan, mais redoutait maintenant qu'il ne lui soit arrivé malheur pendant la traversée.

Le Rochefort s'éloignait vers la haute mer.

QUATRIÈME PARTIE

LE SANG DE PARIS

Durant l'été 1793, Augustin fit trois campagnes dans les eaux proches de La Rochelle. Une bonne entente régnait entre les cinq bateaux qu'il commandait et les rencontres avec des navires anglais tournaient toujours à leur avantage. Marrelou et ses fonctionnaires péroraient et multipliaient les messages à Paris pour montrer que leur stratégie portait ses fruits ; la preuve : les Anglais, redoutant probablement les Français, se faisaient rares au large de La Rochelle. La réalité était un peu différente : la flotte que les Anglais avaient décidé d'envoyer vers le sud était passée et se battait en Méditerranée. Toulon se livra le 27 août, preuve que l'ennemi n'était nullement affaibli.

Lors des deux escales, Augustin chercha M'nongo dans la foule des porteurs et autres ouvriers qui encombrait le quai. Son ami était parti depuis plus de trois mois, et aurait dû être de retour. Le jeune homme était très inquiet.

La guerre était partout, sur mer, dans les villes et les campagnes. Nantes avait été dévastée. On incendiait les blés mûrs alors que le pain manquait à Paris. Robespierre, entré au Comité de salut public, faisait voter la Terreur et une loi sur les suspects. La guillotine tranchait chaque jour plus de têtes. La guerre civile apportait son lot d'assassinats, d'exécutions sommaires, de tortures.

À la capitainerie de La Rochelle, on voulait ignorer le désastre. La mer avait retrouvé un semblant de sûreté et le citoyen Marrelou s'en octroyait le mérite. Augustin lui fit son rapport, parla des vingt et un navires anglais coulés pendant l'été 1793 et des travaux à effectuer sur sa flotte.

— Malgré nos recherches incessantes, le fameux capitaine Dragon reste introuvable, conclut-il.

Marrelou fanfaronna :

— Naturel, citoyen ! Le Dragon a compris qu'on ne se frotte pas impunément aux bateaux français !

Augustin n'était pas de cet avis, mais laissa le fonctionnaire croire à la couardise des Anglais. Cela lui rappelait le discours du marquis de Langlade !

— C'est très bien, citoyen Moncellier, ajouta Marrelou. Tu as mérité les félicitations de la république. Mais nous allons vers la mauvaise saison.

— Il n'y a pas de mauvaise saison pour chasser l'ennemi.

Cette réplique plut à Marrelou, qui regretta de ne pas l'avoir trouvée lui-même. Ce n'était sûrement pas par manque de patriotisme, mais à cause d'un esprit assez lent et dépourvu du sens de la repartie.

— Combien de temps nécessiteront les travaux sur ta flotte ?

— Un peu plus d'un mois probablement. Nous pourrons repartir dans les premiers jours de novembre.

— Parfait, profite de ce repos forcé, tu ne vas pas manquer de travail par la suite.

Augustin empruntait l'escalier conduisant à une cour qui donnait directement sur le port quand un homme se présenta.

— Citoyen Moncellier ?

— Oui, c'est moi, répondit Augustin en s'arrêtant.

— J'ai une lettre pour vous. Elle vient de Paris et a été apportée par la poste. Cela fait quelques jours qu'elle est arrivée.

Augustin prit le pli dont il observa longuement l'écriture qu'il croyait reconnaître. Il décacheta l'enveloppe et lut : *Mon cher frère, ici tout va mal. Les têtes tombent. Antoine a été arrêté le 2 juin avec une trentaine de ses amis girondins. Je suis extrêmement inquiète à son sujet. Si cette lettre te trouve à terre et si tu as un peu de temps à consacrer à ta sœur, je t'en supplie, viens m'aider en ce moment difficile.*

Augustin prit une décision immédiate. Il regagna le quai où plusieurs officiers discutaient avec les charpentiers sur les réparations et les modifications à apporter à leurs navires. Il annonça à Fregont, son second :

— Je pars à Paris pour une affaire de famille. Tu vas devoir t'occuper seul des réparations dont nous avons parlé !

— Ne t'en fais pas, citoyen, je serai là et j'attendrai ton retour. Je viens d'apprendre que tout doit être terminé le 5 novembre, date où la flotte doit reprendre la mer.

Augustin s'étonna que Fregont fût mieux informé que lui qui sortait du bureau de Marrelou. L'autre sourit :

— L'information est arrivée de Paris ! Le télégraphiste m'en a parlé dès qu'il l'a reçue.

Augustin l'assura qu'il serait de retour avant le 5 novembre. Il se rendit à son logement, remplit un sac de ses effets et fi préparer son cheval. Il espérait couvrir en moins de cinq jours les cent lieues qui le séparaient de Paris, ce qui était possible avec de bons chevaux. L'or de M. de Houpelade avait fondu, mais il lui restait de quoi aller jusqu'à Étampes sans difficultés, en espérant que personne n'ait trouvé les deux petits tonneaux, car il présageait que beaucoup d'or serait nécessaire à Paris.

Il quitta La Rochelle le 1er septembre avec un agréable sentiment de liberté. Naturellement, il ne pouvait s'empêcher de regarder derrière lui comme si M'nongo allait le rattraper. Il fit près de cent lieues le premier jour, coucha dans une auberge miteuse près de Poitiers et repartit le lendemain au lever du jour. La fraîcheur de l'air annonçait l'automne, mais, dès que le soleil sortait, une agréable chaleur ramenait l'été. Augustin chevauchait à travers une campagne où les moissonneurs tentaient de sauver ce qu'ils n'avaient pu récolter à temps. Heureusement, le temps avait été chaud et sec, ce qui avait préservé le grain de la pourriture. Vers Poitiers, on commençait à vendanger, mais les travailleurs étaient peu nombreux. On n'entendait pas chanter dans les champs, comme les autres années à cette époque d'abondance. La méfiance se lisait sur les visages quand le jeune homme traversait un village.

Il fit un arrêt à Étampes et récupéra les tonneaux. Il remplit deux bourses de pièces d'or et reprit la route pour Paris, où il arriva au soir du 6 septembre. La ville n'avait pas son visage habituel. Les artisans travaillaient dans leur boutique, mais les badauds d'ordinaire si nombreux étaient rares. Le temps tournait à l'orage, il faisait une chaleur lourde qui amplifiait les mauvaises odeurs des rues où l'on ne ramassait plus les ordures depuis longtemps.

Léa se jeta dans ses bras et fondit en larmes. Elle emmena Augustin à l'intérieur de la maison, dans le salon où Antoine Morisson avait fait installer le piano-forte. Elle ferma la porte et lui parla à voix basse :

— Fais attention à ce que tu dis, Augustin. Il y a des espions partout et surtout dans cette maison. Un mot de trop et tu files en prison sur simple dénonciation.

— Sois tranquille, Léa, j'ai pris l'habitude de surveiller mon langage. Où est Antoine ?

— Les Montagnards et la Commune ont obtenu l'arrestation des Girondins. Antoine a été emprisonné avec trente et un députés et je ne me fais aucune illusion. On guillotine à tour de bras, des dizaines d'innocents chaque jour. La Machine infernale n'est jamais rassasiée.

— Qu'est-ce qu'il faut faire ?

— Les gardiens peuvent s'acheter. Je sais que deux députés ont pu s'échapper avec un peu d'or. Il faut essayer de sauver Antoine.

Léa alla ouvrir un placard et en sortit un coffret qu'elle ouvrit devant son frère :

— Il y a là de l'or pour ça. Antoine n'est pas pauvre et je veux que sa petite provision serve à le sauver. Mais je ne pouvais pas agir seule. Une femme qui rôde autour de la prison, c'est toujours suspect. Tandis que toi, tout le monde sait que tu es un véritable républicain. Tes victoires contre les Anglais te rendent intouchable.

— Il n'y a pas d'intouchable dans l'anarchie, soupira Augustin. Dès demain, j'irai voir ce que je peux faire.

— Il ne faut pas perdre de temps. Tu demanderas le citoyen Ledru, c'est lui qui a fait évader les deux députés.

Le lendemain matin, Augustin se rendit à la prison proche de la Convention. Il déambula un moment dans la rue, vit une charrette entourée de soldats à cheval se diriger vers la place de la Révolution. Les passants faisaient à peine attention à ce convoi funèbre d'où montaient des lamentations, des supplications et des appels à la clémence. C'était le quotidien des Parisiens, habitués à l'odeur de la mort.

Augustin entra dans une auberge où l'on commentait les derniers événements. Toulon était aux mains des Anglais. On parlait aussi de la levée massive de troupes dans toutes les provinces et de la révolte de Vendéens qui faisait tache d'huile dans les campagnes avoisinantes.

— Il faut exterminer ces rats, ne pas en laisser un seul ! grogna un homme avachi à une table devant son verre de vin. Mais dis, citoyen, tu n'es pas du quartier, on ne t'a jamais vu ici, ajouta-t-il, soupçonneux, à l'intention d'Augustin.

— Non, je viens de province. Je cherche un certain Ledru, Benjamin Ledru, c'est un parent à moi. On m'a dit qu'il était ici.

— Tu t'es trompé de porte. Ledru, c'est le gardien en chef de la prison, de l'autre côté de la rue. Mais il vient parfois ici boire un verre.

Augustin sortit du bistrot et se présenta aux gardes qui faisaient les cent pas. Il leur demanda comment parler au citoyen Ledru.

— Rien de plus simple, citoyen. Tu entres dans ce bureau et tu le fais demander. S'il a le temps, il viendra te saluer.

Augustin redoutait que Ledru refuse de lui parler. Il décida pourtant de jouer franc-jeu et se présenta.

— Je souhaiterais parler au citoyen Ledru, dit-il. Je suis le capitaine Moncellier, de la marine nationale.

Le grade de l'arrivant impressionna le secrétaire, qui alla aussitôt frapper à une porte au fond de la pièce. Un homme assez rond, portant la cocarde à la boutonnière, sortit du bureau. Le visage rouge, les lèvres charnues, il dardait sur Augustin un regard brillant et curieux.

— Capitaine Moncellier, j'ai beaucoup entendu parler de toi. C'est un honneur de te recevoir. Si tu veux bien me suivre dans mon bureau…

Augustin ne pensait pas que ce serait aussi facile. Il prit place sur le siège que lui présentait Ledru, qui s'installa derrière une table envahie de piles de papiers. Sur sa droite, deux commis en écritures recopiaient des documents. Le chef leur ordonna de les laisser seuls. Les deux garçons, qui avaient une vingtaine d'années, ne se le firent pas dire deux fois et sortirent, heureux de cette pause dans leur fastidieux travail.

Quand la porte fut fermée, Ledru, qui ne quittait pas Augustin de son regard de renard, commença à se plaindre.

— On n'en peut plus. Les tribunaux condamnent sans retenue. Les détenus s'entassent dans des pièces insalubres où règne une odeur insupportable. Beaucoup tombent malade après quelques jours d'incarcération seulement. Heureusement que la guillotine fait un peu de place tous les jours, mais ce n'est pas suffisant. Pour bien faire, il en faudrait une seconde. Qu'est-ce qui me vaut le plaisir de te voir, citoyen ?

— Je souhaitais vérifier quelque chose. Ma mère, hélas morte depuis plus de dix ans, m'a toujours dit qu'elle était apparentée à des Ledru. Je pense donc que nous sommes cousins !

— C'est bien possible. Les Ledru sont nombreux. Dans notre famille, les femmes sont fertiles et les hommes vaillants. Mais dis-moi, ta sœur, c'est bien l'épouse d'Antoine Morisson, le député girondin. Tu penses bien que je ne pouvais pas l'oublier, la sœur du Citoyen corsaire !

Augustin comprit à l'attitude affable de Ledru qu'il pouvait obtenir quelque chose de lui, mais ne voulut pas se dévoiler trop rapidement. Il chercha un moyen équivoque de présenter la chose.

— Antoine est mon beau-frère, un excellent forgeron et un homme affable.

Ledru fronça les sourcils. Son visage se ferma, il dit d'une voix plus sombre :

— On ne peut rien contre les décrets de la Convention.

— Je le sais et je ne demande aucune faveur en relation aux services que j'ai rendus à la République. Certes non, je voulais seulement savoir s'il était possible d'obtenir une entrevue avec sa femme, qui est enceinte et ne va pas tarder à accoucher.

— Écoute, citoyen, je suis un homme généreux et j'ai beaucoup d'humanité. Je fais ce qu'on me demande quand ce n'est pas contraire à la loi. Il se trouve qu'aucune loi n'interdit aux Girondins de rencontrer leur famille, mais je m'y oppose pour éviter les troubles. Cependant, pour toi, je veux bien faire une exception. Tu peux venir avec ta sœur cet après-midi. Tu me feras appeler. J'arrangerai l'entrevue, qui ne pourra pas durer plus de cinq minutes.

Augustin se leva et offrit son meilleur visage à Ledru :

— Citoyen, je te remercie vivement. Si tu as besoin de quelque chose, n'hésite pas à me le demander. Je te serai éternellement redevable de ce que tu fais là !

Le visage du gardien s'éclaira d'un sourire désabusé.

— Ce dont j'ai besoin, c'est exactement la même chose que tout le monde à Paris. Les denrées sont de plus en plus chères et j'ai cinq enfants que je peine à nourrir.

Augustin posa un louis devant Ledru, qui ouvrit de grands yeux et fit mine de refuser :

— Je n'ai pas dit ça pour que tu me paies. Je suppose que tu es comme moi, assez désargenté. Reprends ta pièce.

— Non. Non, je ne la reprendrai pas. Ce que tu acceptes de faire pour moi vaut largement cette pièce et plus encore.

Augustin se dirigea vers la porte.

— À cet après-midi, parent citoyen, dit-il en sortant.

Il rapporta la nouvelle à sa sœur qui s'effondra en larmes. Elle désirait tant revoir son mari, mais redoutait que ce soit la dernière fois.

— Laisse, je crois avoir trouvé le point faible du gardien, à qui j'ai dit que nous étions probablement parents. Ne perds pas espoir, nous avons assez d'or pour le convaincre.

L'après-midi, ils se firent conduire en fiacre à la porte de la prison. Ce n'était pas une destination habituelle et le cocher, qui parlait avec un fort accent du Nord, se montra curieux. Augustin le fit taire avec une pièce d'argent. Ils allèrent directement dans le bureau de Ledru. Celui-ci les reçut avec sa courtoisie habituelle et son regard malicieux qui maintenaient des doutes sur son honnêteté profonde. Léa le remercia vivement, pressa ses mains dans les siennes.

— Suivez-moi, dit Ledru en empruntant un couloir sombre.

L'odeur fétide qui stagnait dans l'air nouait la gorge. Suffoquant, Léa réussit à garder la tête haute. Ledru les fit entrer dans une petite pièce entièrement vide, baignée de la lumière blafarde d'une petite ouverture sous le plafond. Quelques instants plus tard, plusieurs gardes entrèrent, poussant devant eux le député girondin Antoine Morisson.

Il puait atrocement. Ses vêtements souillés tombaient en lambeaux. Son visage, couvert d'une barbe hirsute, était noir de crasse. On ne voyait que ses yeux tristes et résignés. Léa poussa un cri et se jeta dans ses bras. Il voulut la repousser, mais elle s'accrochait à lui.

— Antoine, disait-elle en pleurant, qu'est-ce qu'ils ont fait de toi ?

Augustin s'approcha et salua son beau-frère qui lui fit un signe de la main.

— Antoine, insista Léa, dis-moi qu'ils vont te libérer très vite...

— Mais oui, ma chérie. Te fais pas de soucis, tout va s'arranger.

En même temps, le regard qu'il adressait à Augustin disait le contraire.

L'entrevue ne dura que quelques minutes. Les gardes entrèrent dans la pièce et obligèrent le prisonnier à se détacher de sa femme qui poussait de petits cris. Ils l'emmenèrent, laissant Léa accroupie sur le sol humide, décoiffée, râlant, comme blessée à mort. Augustin la releva ; Ledru accompagna les visiteurs jusqu'à la porte. Antoine avait compris à son regard qu'il souhaitait lui parler. Il installa sa sœur dans le fiacre qui attendait et revint vers le gardien.

— Ce n'est pas bon de laisser les femmes voir leur mari, dit Ledru. J'ai accepté pour t'être agréable, citoyen cousin, mais je savais que ta sœur en serait très affectée.

— Tu as raison, répondit Augustin. Cependant, mon beau-frère est dans un état lamentable.

— Que veux-tu que je fasse ? La prison est surpeuplée, et encore les Girondins ont droit à un régime un peu particulier.

— Il n'y a pas de tentatives d'évasion ? demanda encore Augustin. Dans ces conditions, les prisonniers n'ont rien à perdre et préfèrent sûrement risquer leur vie pour échapper à cette pourriture.

— Si, répondit Ledru. J'ai des tentatives et quelques succès !

— Ce doit être terrible pour toi, citoyen cousin !

Ledru secoua sa grosse tête rouge.

— Non, on ne peut pas exiger l'impossible. Deux députés girondins ont réussi à s'évader et à se perdre dans la nature.

Je ne peux pas être considéré comme responsable, il y a trop de monde ici !

Augustin pensa que c'était le moment de préciser sa pensée.

— Rien n'empêche un troisième député de suivre le même chemin…

Ledru, qui avait compris, fronça ses épais sourcils. Son visage devint grave, presque sombre.

— Qu'entends-tu par là ?

— Que certaines personnes sont prêtes à payer très cher ce qui peut être considéré comme un accident.

Le silence de Ledru était éloquent. Augustin sortit une bourse et fit tomber cinq pièce d'or devant le gardien éberlué car il n'avait jamais vu une telle fortune.

— Pour toi, si la cage s'ouvre à un moment où les gardiens regarderont ailleurs.

— On se revoit dans une semaine. Rue Blanche, au 38. C'est une auberge, vers dix heures du matin, dit Ledru en détournant le regard des pièces d'or.

Augustin trouva Léa au lit. Sa servante attira le jeune homme dans un coin et lui souffla :

— Elle se plaint du ventre. Je redoute qu'elle ne perde son enfant. Il faut aller chercher une sage-femme.

— Allez-y, je vais lui parler. Léa grimaçait à chaque contraction de son ventre distendu. Elle était enceinte d'un peu plus de six mois, ce qui était trop peu pour que l'enfant puisse survivre. Augustin tenta de la rassurer en lui annonçant la bonne nouvelle :

— J'ai acheté Ledru. Il a été sensible au tintement de mes pièces d'or. J'ai rendez-vous avec lui dans une semaine. Cesse de te tracasser, Antoine va pouvoir s'échapper.

— Mais où veux-tu qu'il aille ? Les soldats à la botte du Comité de salut public et de ce monstre de Robespierre vont venir ici et tout casser. Nous allons être dessaisis de nos biens…

— Alors, il faut fuir. Je vais m'occuper d'organiser cela.

— Mais pour aller où ? Non, je n'ai pas la force pour ça et Antoine ne le comprendrait pas.

Elle poussa un cri de douleur. Quelques instants plus tard, la servante revint avec une femme dont les cheveux blancs dépassaient par mèches de sa coiffe. Elle demanda à Augustin et aux domestiques de sortir.

Augustin alla prendre l'air dans la cour. Depuis son arrivée à Paris, il pensait à rejoindre Isabelle de Ruffec, mais ne se sentait pas le droit de penser à lui, à ses propres sentiments quand le malheur avait frappé à cette porte. Il bavarda un long moment avec les ouvriers qui mettaient moins d'entrain dans leur travail depuis que leur maître avait été arrêté. Il partit marcher dans les rues. À son retour, vers sept heures du soir, on lui annonça que Léa avait accouché d'un petit garçon mort-né. Il demanda à aller la voir ; la sage-femme l'y autorisa en le priant de ne pas rester longtemps.

Il la trouva prostrée, la figure en sueur, les cheveux collés sur ses joues. Les yeux ouverts, elle ne regardait rien. Augustin lui caressa le front du plat de la main. Elle lui adressa un regard désespéré.

— C'était un garçon, dit-elle. Antoine aurait été si content !

Augustin garda un instant de silence puis murmura :

— Antoine va être libre. Vous partirez loin de Paris en attendant que tout s'arrange.

— Et la forge, tu y penses ? C'est toute la vie d'Antoine.

Il ne sut que répondre et conseilla à Léa de se reposer. Il sortit dans la cour et partit de nouveau marcher dans les rues de Paris.

Il pensait à son jeune frère, Jules, et à ses recherches infructueuses lors de son dernier séjour. Dans un Paris livré à l'anarchie, où les charrettes conduisaient les condamnés à la guillotine, rien n'était plus facile que de se cacher malgré une multitude de policiers, de soldats et d'espions.

On faisait la queue devant les boulangeries pour tenter d'avoir un peu de pain. L'instauration du tarif maximal avait certes arrêté la flambée officielle des prix, mais le pain, rare chez les boulangers, se vendait sous le manteau deux ou trois fois plus cher que son cours affiché. La famine était aux portes de Paris. Les pères de famille redoutaient l'arrivée de l'hiver, où il serait bien difficile de trouver de quoi se nourrir et se chauffer.

Augustin rentra chez sa sœur. La sage-femme lui dit que Léa dormait et qu'elle se remettrait très vite. Le lendemain, le jeune homme partit pour la journée à Nogent et se rendit près du château de Honguart, oppressé par une appréhension liée au rêve de la nuit précédente, où il avait vu Isabelle monter dans la charrette de la guillotine. Il fit le tour du parc, hésita à franchir le mur, puis revint à son point de départ, près de l'entrée. Dissimulé dans le taillis, il attendit longtemps.

Précédés par leurs chiens, montés sur leurs juments cagneuses, les deux Honguart quittèrent le château en fin de matinée. Visiblement, ils n'avaient rien changé à leurs habitudes et passaient leurs journées à la chasse dans la forêt voisine. Ce qui leur aurait valu arrestation et condamnation en plein Paris était encore toléré à moins de trois lieues de la place de la Révolution.

Le départ des chasseurs laissait plus de liberté à Augustin pour tenter de voir Isabelle. Il n'eut d'ailleurs pas longtemps à attendre. Comme si l'absence des deux rustres permettait à chacun de vivre à sa guise, la jeune femme sortit dans le parc avec ses deux fillettes qui jouaient à se poursuivre dans les allées. Augustin ne se cacha plus. Vêtue de gris, les cheveux cachés sous une coiffe de servante, la marquise marchait vers le portail. Augustin émit un petit sifflement. Isabelle leva la tête, le regarda longuement comme si elle ne le reconnaissait pas. Oubliant toute prudence, il fit quelques pas dans sa direction. Les fillettes cessèrent de jouer en lui jetant un regard apeuré.

— Vous ? s'étonna-t-elle, comme… comme je m'étonne de vous voir ici !

— Croyez-vous que mon cœur pourrait me conduire ailleurs qu'auprès de vous ? répondit Augustin.

— Venez, dit-elle.

Elle ordonna à ses filles de continuer leur jeu et de ne pas se préoccuper d'elle puis entraîna Augustin dans le sous-bois derrière le mur, où personne ne pouvait les voir. Alors, elle s'approcha du jeune homme qui lui tendit les bras. Elle posa la tête sur son épaule.

— Je n'en peux plus. Mes frères m'ont menacée de me jeter à la rue si je vous revoyais. Et puis Charles, mon mari…

Elle poussa un gros soupir, retint un sanglot. Augustin, le cœur battant très fort, pressait la chère tête contre sa poitrine.

— Charles est revenu en France, avec M. de Fersen. Vous savez, celui qui veut à tout prix sauver la reine. Il a été pris et condamné à la guillotine.

— Vos frères ne risquent-ils pas de nous surprendre ?

— Soyez tranquille, ils sont partis à la chasse jusqu'à la tombée de la nuit, comme s'il n'y avait que la chasse en ce bas monde. Ils restent persuadés que la république va capoter et qu'ils retrouveront leurs privilèges de hobereaux.

— Rien n'est moins sûr, répondit Augustin, et même s'il y avait un retour en arrière, ce ne serait plus pareil !

— Après la mort de mon mari, ils m'ont menacée de me jeter à la rue. Je n'ai plus rien et ils m'ont bien fait comprendre que je ne resterais pas longtemps à leur charge. Notre vieux père, qui n'a plus toute sa raison, est de leur avis.

— Ne vous faites pas de souci, Isabelle, dit Augustin constatant que c'était la première fois qu'il s'autorisait à appeler la jeune femme par son prénom, j'ai de l'or, et nous trouverons une solution avant mon prochain départ.

Elle se serra un peu plus contre lui. Il sentait sa joue collée à la sienne ; l'émotion lui bloquait la respiration.

— Je vais trouver une maison pour vous. Vous pourrez y vivre avec vos filles et vos gens.

— C'est le monde à l'envers, murmura-t-elle d'une voix abattue.

— Ne vous occupez pas du monde. Je vous aime et je vais vous sortir de ce bourbier où vos frères vous maintiennent. Je reviendrai vous voir dans quelques jours…

Augustin se sépara de la dame, qui repartit dans l'allée.

Le jeune homme rentra à Paris avant la nuit, qui tombait de plus en plus tôt. Les jours suivants, il tint compagnie à sa sœur, qui se remettait de sa fausse couche mais ne reprenait pas goût à la vie. Augustin avait beau la rassurer, lui dire que son mari serait libre dans peu de temps, elle voyait l'avenir en noir. Il chercha pour elle une maison discrète dans un village voisin de Paris. Il en trouva une à cinq lieues au sud, à Orly, sur un plateau venteux, au milieu des champs fraîchement labourés. Ici, la vie continuait à l'écart de la révolution. Les bergers conduisaient leur troupeau aux champs, les laboureurs préparaient la terre pour les semis d'automne.

La maison qu'il trouva était un peu en retrait du village, entourée de vergers et très discrète. Léa pourrait s'y réfugier si le Comité de salut public décidait de confisquer les biens de son mari. Il la loua pour une année et rentra à Paris, où l'on ne parlait que du procès de Marie-Antoinette, l'Autrichienne, tellement détestée des Parisiens.

Le surlendemain, il se rendit au rendez-vous fixé par Ledru. Augustin l'attendit un bon moment dans l'auberge indiquée, redoutant de s'être trompé d'endroit. Mais non, Ledru arriva, s'assit en face de lui et commença par parler du procès de la veuve Capet, qui durait depuis plusieurs jours. Il évoqua ensuite la reprise de Lyon par les armées de la République, considérant que ce n'était qu'un début.

— Les Vendéens seront écrasés et il ne restera pas un survivant pour regretter le roi et les curés, dit l'homme qui voulait ainsi montrer des convictions qui le plaçaient du bon côté.

— Venons-en à notre affaire. Sommes-nous d'accord ?

— Demain matin, les gardes oublieront votre beau-frère dans la cour. Il pourra fuir par une porte basse qui donne sur une ruelle et n'aura pas été fermée à clef. C'est par là que passent ceux qui s'évadent.

— Très bien. Je l'attendrai.

— Soyez discret. Rien ne doit permettre de croire que le coup était monté, sinon, c'est ma tête et la vôtre qui iront éternuer dans le sac. Vous avez l'argent ?

— Oui, répondit Augustin. J'ai mis deux fois la somme promise. Je souhaiterais que vous laissiez partir un certain Branton, Eugène Branton.

Ledru releva la tête, incrédule, porta la main à ses cheveux filasse qui tombaient sur ses oreilles décollées.

— Branton ? Mais tout le monde le déteste. Vous n'allez pas dire qu'il est aussi de votre famille ?

— Non, bien sûr. Mais j'ai un compte à régler avec lui. La guillotine est une punition bien trop douce pour cet ancien curé qui a fait condamner mon père en l'accusant d'un crime qu'il avait lui-même commis.

— Comme vous voudrez, répondit Ledru en soulevant la bourse qui contenait plus d'or qu'il n'en avait jamais vu et qui allait lui permettre d'aller couler des jours paisibles en province.

— Comment cela se passera-t-il ? demanda Augustin, vous allez signaler l'évasion des deux Girondins ?

— Ce n'est pas la peine. Les registres sont très mal tenus. Nous ne savons pas exactement combien de détenus nous avons et beaucoup de Girondins ont échappé aux mailles du filet. Je ne dirai rien pour n'éveiller aucun soupçon.

Augustin rentra chez sa sœur et lui annonça la bonne nouvelle. Elle se montra rassurée car, jusqu'au dernier moment, elle n'avait pas cru qu'il fût possible d'acheter la liberté de quelqu'un.

— C'est faisable tant qu'ils ne sont pas jugés. Tout le monde est accaparé par le procès de Marie-Antoinette, c'est une chance pour nous. J'irai le chercher demain matin, je l'attendrai avec un fiacre à proximité de la prison.

— Sois très prudent, tu sais ce que tu risques.

Pour détendre l'atmosphère, il passa dans le petit salon et joua du piano-forte. Léa, assise dans un fauteuil, sembla apprécier la musique de son frère, mais on la sentait préoccupée, tiraillée par des sentiments contraires. La perte de son enfant, dont elle ne parlait pas, l'affectait toujours autant.

Le lendemain, Augustin loua un fiacre avant le jour et se rendit à l'endroit indiqué. Il attendit en retrait qu'Antoine Morisson passe la petite porte. Au bout d'une heure, il pensa que quelque chose avait contrarié son plan. Il douta de la loyauté de Ledru qui aurait pu le faire arrêter. Mais il fut rassuré en voyant sortir la silhouette un peu bossue et reconnaissable entre toutes d'Eugène Branton, qui rasait les murs en courant.

Morrisson ne sortait toujours pas. Augustin hésitait : devait-il attendre son beau-frère ou poursuivre Branton afin de ne pas perdre sa trace. Il dit au cocher :

— Un de mes amis va sortir par cette porte. Il est libéré après quelques jours de prison pour une bagatelle. Quand vous le verrez, faites-le monter dans votre fiacre et conduisez-le à l'adresse écrite sur ce morceau de papier.

Le cocher voulut répliquer, parlementer, mais Augustin lui cloua le bec en glissant une pièce dans le creux de la main. L'homme le salua :

— Vous pouvez me faire confiance, je suis discret.

Augustin courut dans la rue, dépassa la petite porte qui était de nouveau fermée et arriva dans une avenue où il vit Branton qui marchait paisiblement, pour ne pas paraître suspect. Augustin le suivit de loin. Branton entra sous un porche ouvert. Le jeune homme, caché à l'angle, le vit traverser la cour. Une odeur de cuir brûlé l'intrigua. Sur sa droite, un cordonnier travaillait avec des aiguilles rougies au feu. L'artisan posa la pièce de cuir, marcha au-devant de Branton qu'il prit dans ses bras. Augustin constata qu'ils se ressemblaient étrangement : même menton plat qui avançait sous un nez en faucille, même visage osseux, et même regard sombre.

Le jeune homme retourna à la ruelle où le fiacre attendait toujours. Cela lui sembla très bizarre. Comme la matinée avançait, il se dit que quelque chose d'inattendu s'était passé. Il congédia le fiacre et fit le tour du pâté de maisons pour entrer dans la prison. Une foule bigarrée emplissait la cour à cette heure où les charrettes se préparaient pour la guillotine. Ledru lui adressa un regard résigné.

— Fermez la porte, je vous prie.

La porte fermée, Ledru expliqua que Morisson n'avait pas voulu quitter ses amis.

— Il a dit à ceux qui le laissaient partir : « Mais comment pourrais-je regarder mes enfants en face en ayant abandonné mes amis ? » Bref, il a refusé de s'évader. Il a encore confiance en la justice et, comme il n'a commis aucun crime, se dit prêt à mourir avec les autres pour sa cause.

Augustin découvrait un Antoine Morisson d'un grand courage, sous son aspect rustre et maladroit.

— Il mérite toute mon admiration ! murmura-t-il.

Le jeune homme s'en alla, déçu, triste de ne pouvoir apporter une bonne nouvelle à sa sœur. Léa chancela, se retint au bord de la table. Antoine préférait donc la politique, ses idées, ses amis, à celle qui venait de perdre son enfant ! Elle sombra dans une prostration profonde, ne répondant pas aux paroles d'Augustin ou des domestiques. On la porta sur son lit. Un médecin appelé l'examina et eut l'honnêteté de ne prescrire aucun remède.

— Je ne peux rien, dit-il. Donnez-lui de la tisane de tilleul qui pourrait la faire dormir, ce sera suffisant.

Les jours suivants, Léa ne quitta pas son lit. Elle avait retrouvé la parole, mais s'adressait aux domestiques avec une voix sèche, cinglante comme la lanière d'un fouet. Elle refusa d'embrasser sa fillette, qui sombra en larmes. Elle passait de longues heures les yeux ouverts sur le plafond, inerte, comme morte. Augustin ne pouvait rien pour elle et pensait, comme le médecin, que seul le temps aurait le pouvoir de la guérir.

Dans la rue, on parlait encore du procès de Marie-Antoinette dont c'était le dernier jour. On attendait le verdict dans la soirée de ce 16 octobre 1793 et personne ne doutait que ce serait la mort. Paris était en fête : celle qui avait affamé le peuple par ses frivolités allait enfin monter sur l'échafaud, c'était un grand moment de justice républicaine !

Pourtant, des voix compatissantes se faisaient timidement entendre. On trouvait inhumain le traitement qu'on lui avait infligé en la séparant de ses enfants, en la traitant comme la pire des ribaudes. Les cours étrangères jugeaient la France, l'Autriche ne décolérait pas, on criait vengeance avant même que la sentence ne soit prononcée.

Le lendemain matin, la liesse régnait dans la capitale. Une foule considérable s'était rassemblée sur la place de la Révolution. Deux mille soldats tentaient de contenir cette populace qui criait « Vive la république » en brandissant des drapeaux et des cocardes. Des marchands ambulants vendaient des souvenirs de la veuve Capet ; les voleurs à la tire étaient aussi de la fête. On dansait, des rimeurs des rues improvisaient des chansons de circonstances, pas toujours du meilleur goût. On accusait Marie-Antoinette d'inceste avec son fils, qui dormait entre elle et sa tante, Élisabeth. Redoutant quelque tentative de l'étranger pour la libérer, les gardes en armes entouraient le chariot qui la conduisit de la Conciergerie à la place de la Révolution. Tout au long du parcours, les cris de haine fusèrent. L'Autrichienne était accusée de tous les maux dont souffrait la nation. Pourtant, la femme qui se tenait debout était bien inoffensive avec ses cheveux blancs, son visage défait. En jouant des coudes, Augustin réussit à se faufiler aux premiers rangs. Il remarqua quelques jeunes gens qui suivaient le convoi et profitaient de la cohue pour glisser leurs mains dans les poches des curieux. Quand le cortège passa tout près de lui, il vit nettement l'un d'eux faire un signe aux autres. Intrigué, Augustin ne le quittait pas des yeux et, par moments, le garçon se tournait dans sa direction. Il n'y avait pas de doute possible : c'était bien Jules Moncellier, son jeune frère qu'il avait tant cherché.

Le convoi arriva sur la place de la Révolution. Quand Marie-Antoinette monta les marches qui conduisaient à l'échafaud, les cris de haine s'amplifièrent. On riait de sa tenue de chambrière. Samson, le bourreau, lui avait coupé les cheveux, dégageant sa nuque d'une manière assez ridicule. La reine monta les marches sans trébucher. Aussitôt le bourreau la lia sur la planche qu'il fit glisser jusqu'à la lucarne. La lame siffla, la tête roula dans le panier. C'était fini, l'Autrichienne, dont le nom était attaché à plusieurs scandales, était morte. Des femmes se précipitèrent pour éponger le sang avec leur mouchoir. Pendant que les applaudissements fusaient, Augustin ne quittait pas des yeux son frère, qui explorait des poches. Il réussit à s'approcher de lui et lui posa fermement la main sur l'épaule.

— Jules, qu'est-ce que tu fais là ?

Le gamin, qui l'avait reconnu, ne baissa pas les yeux :

— Je prends ce que je peux. Il faut bien manger !

— Ce n'est pas une manière. Tu vas me suivre, petit frère, je suis si heureux de te revoir ; mais je ne suis pas sûr que tu aies pris le bon chemin.

— Il n'y a pas de bon chemin, il y a seulement celui qui permet de manger tous les jours.

— Pourquoi tu n'as pas donné de nouvelles à ta sœur ? demanda encore Augustin sans lâcher Jules, qu'il tenait solidement par le bras.

— Ma sœur ? Je sais où elle habite, je sais tout parce que je passe devant chez elle tous les jours. Je savais que tu étais là l'heure qui a suivi ton arrivée à Paris. Je t'ai vu lors de ton premier séjour, monsieur le Citoyen corsaire, j'étais tout près quand tu as été reçu par la Convention. Je te guettais quand tu me cherchais. Mais voilà, nos vies ont pris des directions différentes.

— Non, tu vas me suivre ! s'emporta Augustin.

Les compagnons de Jules s'étaient approchés et entouraient Augustin. La foule se dispersait en commentant un événement trop court. Les bistrots des alentours étaient bondés, on se battait pour boire un verre.

— Tu as des ennuis, Jules ? demanda un garçon d'une vingtaine d'années dont les dents de devant manquaient.

— Non, c'est rien, laisse.

Puis se tournant vers Augustin, Jules décida :

— C'est toi qui vas nous suivre et surtout ne cherche pas à t'enfuir. On te rattrapera.

— Dis-moi, petit frère ! s'emporta Augustin, il va falloir que tu cesses de me parler comme ça, sinon tu auras des ennuis. C'est moi qui commande et tu vas m'obéir.

Augustin prit fermement le bras du garçon, qui ne chercha pas à se libérer.

— Je suis capitaine de marine, j'en ai maté de plus durs que toi, alors tu ne me fais pas peur !

— Tu as besoin de nous ? demanda encore l'édenté en menaçant Augustin.

Jules l'écarta. Cette réaction étonna ses camarades qui avaient l'habitude d'un frondeur, d'un bagarreur, qui ne ratait pas une occasion de s'en prendre aux « bons bourgeois ».

— Laissez, leur dit Jules. On se retrouve ce soir comme d'habitude.

Les autres s'éloignèrent. Augustin n'était pas mécontent de sa victoire, qui lui indiquait que son frère n'avait pas complètement perdu le sens de la famille. Ils marchèrent en silence jusqu'à la maison de Morisson. Jules voulut se libérer, mais Augustin ne lâcha pas prise.

— Je dois partir, je ne veux pas entrer dans cette maison.

— Et pourtant tu y entreras. Notre sœur va être heureuse de te revoir. Je ne comprends pas que tu ne lui aies donné aucun signe de vie.

— Léa et son Morisson ? ricana Jules. Elle s'est mariée à ce porc pour avoir une vie facile. Tu crois que je vais admirer ces minables qui se prennent pour des bourgeois parce qu'ils ont gagné un peu d'argent en battant le fer ?

— Tu reparles une seule fois de cette manière d'Antoine Morisson et de Léa et je te casse la figure ! s'emporta Augustin en poussant son frère devant lui.

Le garçon s'étonna :

— Je ne vois pas pourquoi tu admires une fille qui s'est mariée pour l'argent à un forgeron aussi bête que son enclume.

— Cette fille est ta sœur, elle a épousé un homme qu'elle aime et cet homme croupit en prison pour avoir eu le courage de ses idées !

— Ils vont le raccourcir et j'en porterai pas deuil !

Un coup de poing en pleine figure envoya Jules au sol.

— Je t'avais averti ! s'emporta Augustin. Maintenant, relève-toi, nous allons voir notre sœur. Et fais attention à ce que tu vas dire, je n'hésiterai pas à te frapper de nouveau.

Jules se releva, en portant la main à sa tempe meurtrie. Son regard avait perdu cet air frondeur et agressif. Bien près de pleurer, il suivit son aîné sans un mot. Ils entrèrent dans la maison et rejoignirent Léa, qui était encore au lit.

Elle tourna lentement sa tête fatiguée et vit Jules. Elle avait gardé le souvenir d'un enfant et découvrait un jeune homme assez grand et bien proportionné.

— C'est toi ? fit-elle d'une voix à peine audible.

Il ne répondit pas. La douleur de sa tempe droite éclatait dans sa tête à chaque battement de cœur. Léa se tourna vers Augustin :

— La reine ? C'est fini ?

— Oui. Il y avait des milliers de gens pour applaudir.

— Alors, maintenant, il n'y aura plus de limite. Les Girondins seront condamnés et après eux, les Montagnards, les bourreaux deviendront les victimes sous les coups de nouveaux bourreaux. Les hommes sont fous…

Augustin fit signe à Jules de s'approcher. Très mal à l'aise, le jeune garçon fit deux pas maladroits. Léa lui tendit les mains, il hésita avant de les prendre.

— Jules, je suis heureuse que tu sois là. Je vais m'occuper de toi, maintenant. Il faut que tu apprennes un métier. Tu chantes toujours aussi bien ?

— Non. Mes chansons sont parties avec ma voix d'enfant !

Augustin vit la grimace de chat du gamin. Le coup reçu l'incitait à la prudence. Il se taisait, mais n'en pensait pas moins.

— On te laisse te reposer, dit Augustin à Léa.

Il poussa Jules vers la porte. Une fois dehors, le jeune garçon voulut fausser compagnie à son frère, qui eut tôt fait de le rattraper dans la cour.

— Je t'avertis, le coup de poing que tu as reçu, c'est rien à côté de ce que je te donnerai si tu t'enfuies.

Jules eut un petit rire moqueur :

— Tu ne me retrouveras jamais. Je connais toutes les planques de Paris…

— Tu le prends comme ça ? Très bien !

Augustin conduisit de force le gamin à l'écurie. Il y avait dans ce grand bâtiment une étable vide où l'on enfermait les chevaux récalcitrants. Augustin prit Jules par le col et le poussa dans le réduit sombre.

— Tu resteras là jusqu'à ce que tu aies un autre comportement !

— Je vais m'échapper : tu peux faire ce que tu veux, je réussirai à sortir !

— Essaie, fit Augustin en fermant la porte par l'extérieur.

Il sortit sans écouter les cris du gamin, fit le tour de la cour et demanda à un ouvrier de bloquer l'ouverture par dehors. Celui-ci alla chercher des planches et des clous pendant qu'à l'intérieur Jules maudissait la terre entière.

— Il a besoin d'une bonne leçon, dit Augustin à l'ouvrier. Quelques jours dans le noir le plus complet l'aideront à réfléchir.

Puis il alla voir Léa et lui expliqua la situation. La jeune femme pleura longuement. Elle avait vu en ce frère retrouvé une occasion de croire encore en l'avenir, mais c'était un voyou, un malfaiteur capable de tout pour un peu d'or.

— Ne t'en fais pas, la rassura Augustin, je vais m'occuper de lui. Je le dresserai, crois-moi !

Dans l'après-midi, il se rendit à Clichy-sous-Bois, où il avait chargé maître Laforgue, notaire du village, d'acheter la gloriette de Mme de Ruffec. Le notaire, un petit homme tout sec à qui sa vue faible donnait une démarche hésitante, le reçut dans son vaste bureau. Sa barbe grise remplissait ses joues creuses. Il clignait constamment des yeux.

— M. Moncellier, j'ai une bonne nouvelle pour vous. La maison qui vous intéresse a été vendue en 1790 par le marquis de Ruffec à un député girondin, M. Darvint. Celui-ci a réussi à échapper aux soldats venus l'arrêter. Il se cache quelque part en province, mais a chargé son neveu, Placide Darvint, de vendre ce bien car sa fuite coûte plus cher qu'il ne l'avait prévu.

Le notaire leva ses yeux flous dans la direction de son client, et ajouta :

— Notre ami a rencontré l'âme sœur, dit-on, et cette âme est tellement plus jeune que lui ; alors forcément...

— Forcément ! admit Augustin en répondant au sourire malicieux du notaire, car c'était une très bonne nouvelle. Deux heures plus tard, Augustin avait signé l'achat du pavillon d'Isabelle de Ruffec. Le temps de dresser l'acte de propriété et il serait chez lui là où il avait joué du clavecin pour la grande dame. Les rôles étaient inversés.

Il se rendit à Nogent, abandonna son cheval dans le taillis proche de l'entrée du château. Il n'avait d'autre moyen que d'attendre Isabelle, une attente faite de joie – et de crainte qu'elle ne parût pas. Il ne quittait pas des yeux le perron au bout de l'allée où de rares domestiques allaient et venaient.

Quand Isabelle sortit de la vieille bâtisse, il lui fit un signe. Elle courut vers lui en se retournant comme si elle redoutait qu'on la voie. Pourtant, elle se jeta dans ses bras sans la moindre retenue.

— C'est fait, Isabelle. Votre gloriette est de nouveau à vous !

— Comment ? La maison de Clichy-sous-Bois ?

— Oui, je l'ai achetée, et vous pouvez vous y rendre quand vous le voudrez.

Elle embrassa le jeune homme avec fougue, reconnaissante.

— Un jour, vous m'avez fait jouer du clavecin dans cette maison. Ce sont des choses qu'on n'oublie pas.

— Je vais pouvoir quitter mes frères, leur dire ce que j'ai sur le cœur, ne plus jamais vivre auprès de ces rustres moins délicats que des vachers et tellement attachés à leurs privilèges qu'ils préfèrent vivre dans la misère plutôt que de travailler !

Puis, l'instant de bonheur passé, elle se renfrogna.

— C'est bien ce que vous avez fait, mais je n'ai aucune ressource, rien pour survivre et nourrir mes filles.

— Ne vous occupez pas de ça. Je vais y pourvoir. Je vous laisserai assez d'or pour mener une petite vie tranquille en attendant mieux. Je vais devoir repartir bientôt, mais je reviendrai et alors nous ne nous séparerons plus.

Dans la cour, les frères Honguart appelaient leurs chiens. Isabelle s'enfonça dans le taillis.

— S'ils me voient avec vous, ils sont capables de me tuer. Partez vite.

— Demain soir à six heures une voiture vous attendra derrière le parc, près du mur. Elle vous emmènera, vous et vos filles, dans votre nouvelle demeure. Je vous y attendrai.

Augustin s'éloigna, monta sur son cheval au moment où les frères sortaient du parc. Il regagna Clichy, entra dans la petite propriété avec la satisfaction nouvelle d'être chez lui. Il inspecta le parc laissé à l'abandon depuis quelques années, trouva dans les écuries une réserve de bois qui avait échappé aux voleurs. Il ouvrit les volets, laissa l'air frais traverser les pièces, chasser l'odeur de renfermé. L'ancien propriétaire avait tout abandonné. Les armoires étaient pleines d'un linge humide, les placards contenaient de la vaisselle salie par les crottes de souris. Augustin apporta du bois et fit du feu dans les trois cheminées, deux au rez-de-chaussée et l'autre à l'étage. L'une se trouvait dans la pièce où le jeune homme avait joué du clavecin. L'instrument était toujours là, mais ses touches gonflées par l'humidité ne fonctionnaient plus. Il passa la main sur le velours poussiéreux du canapé où s'asseyait autrefois Mme de Ruffec.

Le bois sec brûlait bien et répandit rapidement une agréable chaleur, qui redonnait vie à cet intérieur oublié. Satisfait, Augustin se rendit au village et annonça dans l'unique bistrot qu'il cherchait deux servantes, une pour la cuisine, l'autre pour l'entretien de sa maison. Ce ne fut pas difficile à trouver en cette période de chômage. Le soir, l'une d'elles accepta de passer la nuit dans la maison, d'entretenir les feux et de nettoyer les moisissures des murs. Augustin rentra à Paris satisfait, heureux comme il ne l'avait jamais été.

Jules prostré dans un coin de sa prison, refusa de lui parler. Le jeune homme le laissa bouder et alla lui-même chercher un repas qu'il glissa sous la porte. Sa sœur l'attendait dans le salon au piano-forte. Elle allait de son lit à cette pièce qu'elle affectionnait, mais ne pensait plus à jouer de la musique. Augustin lui parla sans détour :

— Je vais devoir partir. Ma permission est presque terminée. Je dois rejoindre ma flotte qui va reprendre la mer au plus tôt. Il faut que tu t'occupes de cette maison. Antoine t'en sera reconnaissant.

Elle soupira. Les larmes noyèrent ses yeux, comme chaque fois qu'on lui parlait de son mari.

— La forge marche bien, mais tu dois t'en occuper, tenir la place de ton époux. Je suis certain que tu en es capable.

— À quoi bon ? murmura Léa.

— Tu le dois à ton mari. Quand Antoine était là, tu étais à ses côtés, quand il est devenu député, tu l'as avantageusement secondé. Il faut continuer en attendant son retour.

— C'était avant, soupira Léa. J'avais un but et j'étais pleine d'espoir...

— Il faut que tu penses à autre chose qu'à tes malheurs, c'est la meilleure manière de retrouver tes forces. Je vais emmener Jules, qui a besoin d'apprendre la vie. Nous reviendrons très vite.

— Jules ? s'étonna Léa. Il a passé son après-midi à cogner contre les parois de l'écurie où tu l'as enfermé. Il crie des monstruosités !

— Laisse-le cracher son venin. Une campagne sur un navire de guerre lui remettra les idées en place.

Le lendemain dans l'après-midi, Augustin rendit visite à son frère, qui refusa encore de lui parler. Sa sœur s'était rendue aux forges et avait parlé au contremaître.

Il s'apprêtait à repartir pour Clichy quand un cavalier l'interpella. Il souleva son chapeau à large bord orné d'une cocarde et lui tendit une lettre.

— Ma maîtresse m'envoie vous porter ceci.

Le cavalier tendit un pli à Augustin qui demanda :

— Mais qui est ta maîtresse ?

— Mme Dujardin, Élise Dujardin.

Sur le coup, ce nom ne dit rien au jeune homme, puis il se souvint que c'était la femme dont M'nongo lui avait parlé. Il sourit en pensant que le sentiment de son ami pour cette Parisienne mariée était payé de retour.

— Je vous remercie ! dit Augustin en prenant la lettre.

Il l'ouvrit dans la cour à côté de son cheval et lut : *Monsieur, je sais par des personnes de mon entourage qui vous connaissent que votre ami M'nongo n'est pas avec vous. J'espère qu'il ne lui est rien arrivé de fâcheux. Quand vous le reverrez, pourrez-vous lui remettre ce message de ma part ?*

Augustin glissa la lettre dans la poche intérieure de sa redingote. L'absence de M'nongo le tracassait et pour cette raison, il avait hâte de repartir. Son ami avait-il succombé à une attaque en plein océan ? Ce n'était pas possible : M'nongo était protégé par Dieu, rien de grave ne pouvait lui arriver ! Avait-il décidé de rester avec les siens, de veiller sa mère ? C'était le plus probable, mais il ne perdait pas espoir de le retrouver.

À Clichy-sous-Bois, il constata que le feu avait assaini la maison. Les deux servantes avaient fait le ménage, mis de l'ordre, astiqué les meubles qui sentaient la cire chaude. Le pavillon revenait à la vie et Augustin félicita les deux femmes, bien heureuses d'avoir trouvé un emploi qui leur permettrait de manger à leur faim dans les mauvais jours de l'hiver.

Le fiacre qui amenait Mme de Ruffec arriva vers sept heures. La nuit était tombée depuis longtemps. Augustin, qui avait fait éclairer la cour, accueillit la mère et ses deux fillettes, heureuses à l'idée d'habiter dans cette nouvelle maison, et surtout de quitter le château où leurs deux oncles ne cessaient de les réprimander. Marthe et Irène, les deux servantes, attendaient sur le pas de la porte. Mme de Ruffec les salua pendant que le cocher déchargeait ses bagages.

— J'ai dit la vérité à mes frères. Je leur ai dit que je retournais à Paris parce que j'allais mourir d'ennui dans leur vieille bicoque. Ils ont ri en pensant que je ne resterais pas absente plus de deux jours. Ils m'ont même aidée à porter mes paquets.

— Laissez faire. Ici, vous serez chez vous et personne ne pourra vous en déloger.

Pendant le souper, Augustin, pour justifier sa maladresse, parla de sa rude vie de marin et des risques encourus dans les combats. Mme de Ruffec écoutait, mangeant délicatement, avec la lenteur mesurée des gens éduqués.

À la fin du repas, il annonça :

— Je vais partir demain dans la journée. Je dois rejoindre mon bateau et reprendre la mer. C'est ma vie et mon devoir.

— Mais comment pouvez-vous accepter de vous battre pour des criminels ? Pour ces bandits qui s'étripent entre eux ? La France a besoin de l'ordre ancien pour retrouver la prospérité.

— Nous ne sommes pas du même monde, madame. Je suis un homme du peuple et vous une dame de noblesse. Malgré cela, je vous aime.

Elle lui prit la main, qu'elle porta à ses lèvres.

— Merci de tout ce que vous faites pour moi. Vous n'êtes pas un révolutionnaire comme les autres.

— Et vous n'êtes pas une marquise comme les autres !

— Mon mari était marquis, mais il est mort. Je ne suis rien et sans vous je vivrais aux crochets de mes frères qui se disent chevaliers depuis Saint Louis.

À la fin du repas, Augustin se leva et voulut s'en aller. Isabelle lui prit les mains, se blottit dans ses bras et lui murmura :

— Restez cette nuit. Je ne veux pas être seule.

Le lendemain, Augustin rentra chez sa sœur vers midi, radieux. La nuit passée avec Mme de Ruffec avait fait de lui un autre homme, comme s'il accédait lui-même à la noblesse. Il fit préparer son bagage et demanda qu'on lui selle deux chevaux frais. Il se rendit à l'écurie et ouvrit en grand la porte de l'étable où Jules croupissait. Le garçon voulut s'échapper, mais Augustin avait prévu sa réaction et le crocheta d'une poigne ferme.

— Tu viens avec moi. Nous partons à La Rochelle où nous attend *Le Rochefort*.

Le garçon hésita sur l'attitude à adopter. Il n'avait pas envie de quitter Paris. La seule pensée de chevaucher loin de la ville le terrorisait. Un frisson glacé lui parcourut le dos.

— Je refuse, dit-il sur ce ton effronté qui déplaisait tant à Augustin.

— Ah bon ? tu refuses ? Mais sache que je ne te donne pas le choix.

— Ce n'est pas toi qui décides pour moi, s'emporta l'adolescent en cherchant de nouveau à s'échapper.

— Si, je décide pour toi ! répliqua Augustin. Parce que tu es encore un gamin mal élevé.

Augustin se sentait fort, invincible. De son côté, Jules, qui n'avait jamais obéi à personne, était impressionné par ce frère à la parole directe, ce Citoyen corsaire qui avait acquis sa réputation dans le monde redouté de la mer.

— Tu vas monter sur ce cheval, et surtout ne cherche pas à m'échapper. Je te rattraperai toujours.

Ils sortirent de Paris sans un mot. Jules, qui n'avait jamais franchi les anciennes enceintes de Philippe Auguste, découvrait la campagne, les champs, les prairies où des bergers gardaient leur troupeau de moutons. Il faisait frais, les laboureurs encourageaient leurs chevaux en tenant la charrue à pleins bras. Les cheminées des maisons rassemblées autour des églises fumaient, des enfants jouaient au bord d'une forêt. Le garçon de la ville craignait de voir surgir des bandits derrière chaque arbre. Il sursautait au moindre bruit et peinait à se tenir à cheval.

Le soir, ils s'arrêtèrent dans une auberge où ils soupèrent en compagnie d'une multitude de voyageurs bruyants. Ils se couchèrent très tôt pour repartir le lendemain avant le jour. Augustin dormit d'une traite et, quand il se réveilla, Jules n'était plus à ses côtés. Il bondit, descendit quatre à quatre les marches de bois, courut aux écuries. Il était temps : son frère avait sellé son cheval et s'apprêtait à partir. Augustin s'emporta :

— Qu'est-ce qui t'a pris ? Tu n'arriveras pas m'échapper !

D'un geste violent, il arracha Jules de sa monture et le retint solidement au sol.

— Tu vas me répondre ou je t'assomme ?

— Je veux retourner à Paris. Je n'aime pas la campagne !

— Ce n'est pas à la campagne que nous allons, c'est sur l'océan.

— Je ne veux pas naviguer. Et puis de quel droit tu m'imposerais de t'accompagner ? Pendant des années, j'ai été seul, il a fallu que je me débrouille. Alors, laisse-moi tranquille.

— Justement ! s'emporta Augustin. Je ne veux pas te laisser dans le monde où tu as vécu, tu n'y peux attraper que du mal. Le jour où tu te balanceras au bout d'une corde, ou bien quand tu monteras à la guillotine, il ne sera plus temps de regretter ta conduite. Tu dois devenir un homme, un vrai, pas un de ces minables qui pillent les bourgeois !

— Si je me balance au bout d'une corde, ce n'est pas grave. J'aurai au moins eu le plaisir de vivre à ma guise !

— À ta guise ? s'emporta Augustin. La vérité, c'est que tu as peur de tout. Tu crèves de trouille, voilà le fier gaillard que tu fais !

Augustin fouilla les poches de son frère et sortit la bourse que Jules lui avait dérobée.

— Tu ne peux pas t'empêcher de faire les poches des autres, même de ton propre frère !

— Je veux rentrer à Paris !

— Pas question, maintenant, monte à cheval, nous partons !

Ils reprirent leur route dans une nuit très sombre. Jules, aux aguets, serrait son cheval près de celui de son frère.

— Qu'est-ce que tu redoutes ? Les loups ne s'en prennent pas aux cavaliers.

Jules ne pouvait contenir les tremblements qui agitaient ses membres.

— Et si des bandits nous tirent dessus, tu y as pensé ?

— Ils ne voient pas mieux que toi.

Au bout d'une heure, le ciel s'éclaircit. Il faisait plus froid, mais les bruits habituels de la campagne rassuraient Jules. Des chiens aboyaient dans une métairie, des vaches meuglaient, des hommes criaient. La vie reprenait le dessus, cette vie paisible de la campagne aperçue au rythme d'un cheval au trot.

Ils chevauchèrent toute la journée sans échanger un mot. Jules ne regardait plus le paysage. La tête baissée, il comprenait que son grand frère ne le lâcherait pas et qu'il devrait le suivre sur le bateau. À mesure qu'ils approchaient de La Rochelle, le jeune garçon se disait qu'il n'aurait jamais le courage de s'embarquer sur le navire. Il se rassurait en pensant qu'une fois dans la ville les occasions de s'échapper ne manqueraient pas.

À La Rochelle, Jules s'étonna des imposantes fortifications du port, des tours de guet et de la multitude d'hommes en armes. Puis l'océan lui apparut, avec les bateaux au premier plan et, tout au fond, l'horizon d'eau et de ciel. Des tremblements agitaient sa poitrine. Il claquait des dents. Augustin ne chercha pas à le rassurer. Au bout d'un moment, il lui posa la main sur l'épaule.

— Tu vois, la mer, ce n'est pas Paris. L'océan, tu ne le frappes pas dans le dos. L'océan te regarde toujours dans les yeux et tu dois avoir beaucoup d'aplomb pour lui faire face.

— Ce n'est pas pour moi, murmura Jules d'une voix blanche.

— *Le Rochefort* est le plus beau bateau de notre flotte. J'ai pu constater qu'il était enfin réparé ; nous embarquerons dans deux ou trois jours.

Ils se débarrassèrent de leurs chevaux et partirent marcher dans la ville. Jules ne pensait plus à s'échapper. Au contraire, il suivait son frère pas à pas, comme s'il redoutait de se perdre dans cette cité qu'il découvrait si différente de Paris. Augustin le sentait tendu, sur le qui-vive, sursautant à la moindre interpellation. Le petit chef était démuni, sans armes dans un port où les hommes n'avaient pas l'attitude des bons bourgeois de boulevard. Ces matelots qui revenaient du large avaient le teint sombre et la démarche assurée. En face d'eux, Jules se sentait minuscule.

Ils cheminaient dans la rue qui conduisait à la capitainerie quand Jules aperçut un homme noir de très grande taille se diriger vers eux et les dévisager. Augustin poussa un cri :

— M'nongo !

Les deux hommes s'étreignirent avec effusion sous le regard d'un Jules intrigué et toujours sur la défensive. Pendant quelques instants, Augustin ne s'occupa pas de lui.

— M'nongo, comme j'ai eu peur de ne jamais te revoir !

— Bah, fit le Noir, les Anglais nous ont laissés tranquilles. Et puis, je les attendais ! Il faut que je te parle. J'ai tant à te dire.

— Moi aussi, répondit Augustin en sortant une lettre de sa poche. C'est pour toi, de la part d'Élise Jardin.

M'nongo recula d'un pas, observa son ami avant de prendre la lettre. Ne se moquait-il pas de lui ? Enfin, il ouvrit l'enveloppe et lut rapidement les quelques lignes. Il leva sur Augustin un regard radieux.

— Elle divorce de son porc de mari. Elle l'a quitté et m'attend, se contenta-t-il de dire. J'irai la rejoindre dès que je pourrai.

Ils entrèrent dans un bistrot, accompagnés de loin par Jules qui ne comprenait pas l'attachement de son frère à ce géant noir. Enfin, Augustin le présenta :

— Jules, mon jeune frère. Il va venir avec nous. Il a besoin d'apprendre la vie.

M'nongo écrasa la main du garçon, qui retint une grimace.

— Maintenant, il faut que je te parle de là-bas, poursuivit M'nongo. Ma mère a été si heureuse de me voir ! Je lui ai donné de l'argent pour qu'elle s'installe dans une petite maison. J'ai tout arrangé avec George Schelley, qui regrette beaucoup ton départ. Il a suffi que je lui montre un peu d'or pour qu'il cesse de me considérer comme un esclave ou un domestique. Je suis probablement le seul Noir à avoir été invité à sa table !

— Et la filature ? demanda Augustin pour esquiver une question qui lui brûlait les lèvres, et qu'il n'osait pas poser, redoutant quelque nouveau malheur.

— Elle tourne. Ton travail a porté ses fruits. Marguerite a finalement épousé Albert Ghessy, qui fait un mari tout à fait convenable. Élisabeth trompe John avec tous les nouveaux immigrants, mais le cocu semble s'être fait une raison.

— Et Andrew ?

— Je l'ai retrouvé à La Nouvelle-Orléans. Il a encore grossi, mais se débrouille bien dans les affaires. Il a réussi à mettre sur pied tout un réseau commercial entre différents ports et arme des navires qui transportent le coton et le bois. Il n'attend que nous pour commercer avec l'Europe.

— Cela se fera sûrement un jour. Pour l'instant...

La poitrine oppressée, Augustin ne savait comment formuler sa question, alors M'nongo, qui avait attendu cet instant, décida :

— Maintenant, il faut que je te parle de l'essentiel.

Jules vit son frère baisser la tête, regarder la table, incapable de soutenir le regard de son ami.

— Stilla va bien. Elle est revenue au village avec son enfant, un magnifique garçon au teint clair pour un Noir. Ton fils, Ganego, va sur ses trois ans et en paraît plus de cinq.

— Mon fils, murmura Augustin, comme pour s'habituer à ce mot.

— Oui, ton fils. J'ai acheté la liberté de Stilla et elle vivra désormais avec ma mère dans une petite maison en bordure de la propriété des Schelley. Elle ne veut pas que tu reviennes parce que Ganego doit vivre en Amérique, grandir parmi les siens, qui sont noirs. Tu le verras plus tard, quand il sera un homme.

Augustin pensait à Isabelle de Ruffec, à la nuit d'amour passée avec elle dans le pavillon de Clichy-sous-Bois. Ses deux vies étaient inconciliables et pourtant il ne voulait en supprimer aucune. M'nongo continua :

— Stilla n'acceptera jamais de te revoir. Elle veut le bonheur de son enfant et elle pense que tu ne peux que lui apporter le malheur.

— Elle pense ça de moi, Stilla ?

— N'oublie pas qu'elle a grandi parmi les esclaves, qu'elle se méfie de tous les Blancs... Mais toi, elle te garde dans son cœur parce que tu n'es pas responsable de ta couleur. Si tu emmenais son fils en Europe, elle pense qu'il serait malheureux.

Augustin savait que c'était la vérité et que ce fils mulâtre n'avait pas sa place en France. Il s'en voulait d'aimer Isabelle d'une manière exclusive et de n'éprouver pour Stilla qu'un tendre sentiment lié à un beau souvenir.

— T'en fais pas, ajouta M'nongo. Là-bas tout est à faire. Ton fils pourra te rejoindre ici où les Noirs ne sont plus esclaves. Mais revenons à ce qui nous convient le mieux. Tu as un nouveau bateau ?

— Oui, *Le Rochefort*. Je vais aller à la capitainerie pour prendre les ordres.

— Au fait, en parlant de Rochefort... Je suis rentré par là. Et j'ai cherché ton ami, Frédéric.

Augustin leva un regard angoissé sur M'nongo.

— Il s'est battu jusqu'au bout, mais la maladie a été la plus forte. On m'a dit que le dernier jour il était encore sur le port. Un sacré bonhomme !

Augustin soupira. Oui, Frédéric était un sacré bonhomme, malmené par la vie. Il ressemblait à Jules. La même enfance désordonnée, ce même besoin d'amour que l'un glanait chez les femmes conquises comme une revanche et que l'autre exprimait par sa haine des bourgeois. Sa brève vie avait été un combat de chaque instant contre les démons qui le hantaient.

— Bon, décida Augustin, je vais aller chercher les ordres. Nous nous retrouverons devant la capitainerie. Jules, tu vas rester avec M'nongo. Avec lui, personne ne te cherchera des noises !

M'nongo et Jules se promenèrent sur le port en attendant le retour d'Augustin. Jules se sentait bien près du géant. Un sentiment de sécurité le poussait à parler, à raconter sa vie.

— J'étais trop jeune quand mon père a été accusé par le curé. Si j'avais su qui c'était, je l'aurais attendu au coin d'une rue avec ma bande et il aurait passé un très mauvais moment avant de rejoindre l'enfer !

— Ton frère m'a souvent parlé de cela. Il connaît le criminel et rêve de se venger. Tu dois faire confiance à Augustin, c'est un très grand marin et un homme généreux.

M'nongo expliqua à Jules qu'Augustin et lui s'étaient rencontrés dans une plantation de tabac où ils étaient esclaves, qu'ils avaient navigué ensemble et remporté toutes leurs victoires parce qu'ils se comprenaient sans avoir besoin de se parler.

— Tu sais, l'amitié c'est indispensable pour être fort. Ton frère et moi, on se complète si bien qu'on ne craint personne.

Augustin revint une heure plus tard. Jules n'avait pas vu le temps passer et commençait à apprécier ce géant débonnaire.

— Voilà, nous partons dans trois jours, le temps de rassembler les équipages. Nous aurons le navire amiral d'une flotte de six bateaux. Il paraît que les Anglais recommencent à nous menacer, que la guerre est plus que jamais d'actualité puisque les troupes républicaines ont remporté quelques victoires significatives. Mon petit Jules, tu vas recevoir ton baptême du feu sur l'eau, le pire de tous !

Jules ne répondit pas, mais M'nongo remarqua que ses mains tremblaient.

Les jours qui suivirent furent très actifs. Augustin, les officiers et sous-officiers de la flotte surveillaient le chargement des navires. M'nongo ne quittait pas Jules qui, redoutant l'épreuve de la mer, aurait pu profiter de la première occasion pour s'enfuir. Il ne se voyait pas embarquer avec ces rudes guerriers dont beaucoup gardaient les marques des anciens combats. Sa vie s'était déroulée dans les rues de Paris avec des voyous qui affectionnaient les bagarres, mais savaient fuir quand cela tournait mal pour eux. Sur le bateau, il n'y avait pas de dérobade possible, il fallait vaincre ou mourir et Jules redoutait le corps-à-corps avec des sabres ou des épées.

— Te tracasse pas, tentait de le rassurer M'nongo, Je serai là, je te protègerai. Les Anglais ne me font pas peur.

Il semblait tout heureux, M'nongo, de repartir au combat. Avait-il seulement une fois pensé qu'il pouvait être tué ?

Le matin du départ, les responsables de la capitainerie, Marrelou, toujours représentant du ministère de la Guerre, le maire de La Rochelle et une flopée de notables se rassemblèrent devant les équipages en ordre sur le quai, près des officiers qui avaient revêtu leur tenue d'apparat. Marrelou fit un discours qui ennuya tout le monde, s'éternisant sur la mission sacrée de vaincre les ennemis de la république. Le maire de La Rochelle se dit honoré qu'une telle flotte parte de sa ville, puis on se mit au garde à vous pour chanter *La Marseillaise,* hymne de la France républicaine en cette deuxième année de l'ère nouvelle. La conclusion revint au représentant de l'armée française, Marrelou, qui, du haut de ses cinq pieds, fixa l'objectif de la mission :

— Le capitaine Dragon hante de nouveau les eaux proches de nos côtes. Il a défait un grand nombre de nos navires. Vous allez nous débarrasser de cet être nuisible, dont nous savons qu'il est odieusement laid, mais aussi inspiré par le diable ! Espérons qu'il ne va pas fuir comme un renard devant nos magnifiques bateaux !

Augustin, en tant qu'amiral de la petite flotte, prit la parole à son tour. Il doutait que le capitaine Dragon s'enfuie devant la flotte française.

— Nous allons le chercher jour et nuit, déclara-t-il. Nous fouillerons tout l'océan s'il le faut, mais nous le trouverons et nous vaincrons ou mourrons. Nous reviendrons victorieux ou nous ne reviendrons pas.

En entendant des propos aussi déterminés, Jules se mit à trembler. La foule applaudissait. Augustin rompit les rangs et fit signe à ses hommes de monter à bord tandis que les autorités lui serraient la main et lui souhaitaient bonne chance.

Dans un ordre parfait, les équipages regagnèrent leur navire. Jules trébucha sur la passerelle. À bord, il fut pris d'une telle terreur qu'il se laissa tomber au sol, sous le regard amusé des matelots. Ce n'était pas la première fois qu'un mousse sombrait dans une crise de nerfs en découvrant le plancher du pont et la hauteur des mâts. D'habitude, on riait très fort ; là, on se contenta de quelques commentaires à voix basse car le mousse était le frère de l'amiral.

Tout à coup, Jules courut à la passerelle, qu'il dévala en bousculant ceux qui montaient à bord. M'nongo, qui était encore sur le quai, l'arrêta.

— Où vas-tu ?

— Je ne veux pas partir avec vous. Je veux rester à terre. Je ne suis pas fait pour être marin.

— Ton frère a dit qu'il t'emmenait, alors tu vas obéir !

— Non, cria le garçon en cherchant à se libérer de la poigne de M'nongo.

Celui-ci chargea le gamin sur ses épaules comme un sac et l'emporta à bord, où il le laissa tomber rudement sur le pont.

— Surveillez-le, demanda-t-il aux matelots. Il part avec nous !

Jules se recroquevilla au pied du grand mât et cacha son visage dans ses bras. Les matelots constatèrent qu'il sanglotait, mais cela ne les apitoya pas.

La marée descendait et il était temps de larguer les amarres pour profiter du courant. Le temps était clair, un léger vent de terre allait simplifier la sortie du port. Jules regardait les hommes s'activer autour de lui, tirer des cordes, grimper dans la voilure avec une agilité de chat. Les balancements mous du bateau libre donnèrent un violent mal de tête au novice. Les ordres criés par les officiers tranchaient son cerveau comme des lames. Enfin, *Le Rochefort* accrocha le vent devant les cinq autres bâtiments de la flotte, sortit du port. Six coups de canon tirés des tours de la ville annoncèrent que la flotte qui allait détruire le capitaine Dragon était partie. On attendrait de ses nouvelles chaque jour.

À mesure que *Le Rochefort* gagnait la haute mer, la migraine de Jules s'amplifiait. M'nongo, à qui la position de sous-officier laissait un peu de liberté, vint s'occuper de lui.

— Je suis mal, se plaignit l'adolescent, je crois que je vais mourir !

— C'est rien, simplement le mal de mer. Ça passera dans quelques jours !

Il conduisit le garçon dans sa cabine, où il le fit allonger sur une couchette. Il plaça à côté du lit un seau d'aisance.

— Si tu as envie de vomir... précisa-t-il en sortant.

Les jours suivants, Jules, incapable de se tenir sur ses jambes, souffrit le martyre. Il ne dormait pas et passait des heures penché sur le seau, l'estomac retourné. Il maudissait le bateau et la mer, jurant à qui voulait l'entendre que s'il retournait à terre Augustin le lui paierait.

Au bout d'une semaine, excédé par ses menaces de petit roquet, M'nongo obligea le garçon à monter sur le pont et à prendre son service, qui consistait à nettoyer la dunette du gaillard d'arrière. Jules se mit à rouspéter, grognant qu'il n'était pas un domestique et qu'il ne savait pas se servir d'un balai. M'nongo en parla à Augustin, qui ordonna qu'on traite son frère comme les autres mousses. Ce fut donc sous la menace du fouet que Jules, humilié, se mit à briquer la dunette et les deux échelles qui permettaient de descendre sur le pont principal.

— Quand tu auras fini ici, on te trouvera une autre occupation ! menaça M'nongo.

Augustin évitait son frère. Sa position d'amiral ne lui permettait pas de s'adresser à un mousse avec familiarité, ce que les officiers et sous-officiers n'auraient pas admis. À bord, l'amitié, les liens de parenté étaient oubliés. La discipline indispensable pour la bonne marche du bateau impliquait des relations dépourvues de la moindre affection. M'nongo s'était vite plié à cette règle et, à bord, il ne tutoyait pas son ami et ne le voyait que très peu.

Ils naviguèrent pendant une semaine sans rencontrer le moindre bâtiment anglais. Augustin redoutait que la campagne se solde encore par un échec et ne cessait de monter lui-même sur la hune de perroquet du grand mât pour chercher avec les vigies des points à peine perceptibles sur l'horizon. Mais l'océan était vide.

Le temps calme permettait une navigation confortable. Les rouleaux réguliers laissaient *Le Rochefort* suivre sa ligne avec une pleine voilure qui tirait profit d'un vent faible, mais constant.

Au soir du huitième jour, enfin, la vigie signala un navire isolé trop éloigné pour qu'on puisse connaître sa nationalité. Augustin le scruta longuement et fit mettre le cap droit sur lui. Au bout d'une heure de poursuite et quelques dizaines de mille gagnés sur la proie, M'nongo, qui avait des yeux de lynx, découvrit que le bâtiment était anglais.

— Curieux, s'étonna Augustin. D'ordinaire les Anglais ne circulent pas seuls. Il ne faudrait pas que ce soit un piège destiné à attirer notre attention pendant que le capitaine Dragon nous prendra par le revers. Nous savons qu'il affectionne cette méthode.

Il demanda au timonier de maintenir le cap. Selon ses calculs, l'affrontement, s'il avait lieu, ne se ferait pas avant le lendemain en milieu de journée. Quand la nuit fut tombée, les petits feux du bord, torches allumées sur le pont pour les manœuvres ou lueurs des hublots des gaillards, permirent de situer l'anglais avec précision et d'apprécier la distance qui le séparait du *Rochefort*. Ordre fut donné aux autres navires de se préparer au combat.

Jules, dans l'espace du gaillard d'avant réservé aux mousses, grelottait sur sa couchette. Le mal de mer le laissait tranquille, mais la peur le paralysait. M'nongo lui fit une rapide visite et lui conseilla de se reprendre.

— Dans l'état où tu es, tu n'as aucune chance de survie. Tu seras le premier mort ! Tu dois serrer les dents, et te battre en sachant que si tu ne tues pas ton adversaire, c'est lui qui te tuera.

Jules n'était pas loin de pleurer. M'nongo remonta sur le pont où était sa place de sous-officier. Les matelots avaient été consignés. La nuit se passa sans que personne ferme l'oeil. Augustin, sur le pont, ne cessait de regarder autour de lui, inquiet parce que la trace de l'ennemi s'était perdue aux premières lueurs du matin.

Le jour se leva sur une mer couverte de brouillard. Chacun s'attendait d'un instant à l'autre à voir surgir l'ennemi de cette purée de pois et heurter le bord du *Rochefort.* Les matelots devenus guerrier brandissaient leur sabre. Augustin demanda qu'on aille chercher Jules. Celui-ci, soutenu par deux hommes, tenait maladroitement l'épée qu'on lui avait donnée et tremblait comme une feuille au vent.

L'attente dura jusqu'à midi, quand un coup de vent balaya la brume, dégageant la mer zébrée de vaguelettes d'écume. Première constatation, le bateau ennemi n'était plus en vue. Les hommes de hune le cherchèrent une partie de l'après-midi et le localisèrent enfin à bâbord. Ce n'était qu'un point imprécis sur l'horizon, preuve qu'il voulait fuir l'engagement. Cela excita l'équipage, qui avait besoin d'une victoire facile pour prendre confiance. Augustin décida d'engager la chasse, tout en demandant aux vigies de bien surveiller la totalité de l'océan afin de ne pas se faire attaquer par revers.

La course poursuite dura toute la journée. Comme *Le Rochefort* gagnait du terrain, on mit en place les pièces d'artillerie. La nuit, longue en cette saison, interrompit les préparatifs. Des gabiers furent consignés sur le pont pour surveiller les alentours. Augustin, qui commençait sa deuxième nuit sans sommeil, pensa qu'il était bon d'aller se reposer et céda le commandement au lieutenant Tiffery.

La lune éclairait les vagues d'une lumière crue. Au lever du jour, comme l'horizon était vide, Augustin redouta d'avoir été trompé par le clair-obscur qui dissimulait les creux et la lente ondulation de l'océan. Le bateau ennemi filait à tribord. C'était un trois-mâts très effilé aux performances probablement comparables à celles du *Rochefort.*

Quand Augustin arriva sur le pont, Tiffery tendit le bras dans la direction de l'ennemi.

— Nous n'avons pas grignoté grand-chose, constata le lieutenant. Par moments, il réduit la voile comme s'il nous attendait…

— Ce n'est pas clair. Avec sa finesse, il pourrait nous semer s'il en avait l'intention. Que feriez-vous à ma place ?

Tiffery se tourna vers les cinq navires de la flotte qui n'arrivaient pas à suivre *Le Rochefort.*

— Les autres sont à la peine.

— C'est vrai que notre flotte est composée de rafiots ! grogna Augustin.

— L'ennemi se comporte comme s'il refusait l'affrontement, poursuivit Tiffery. C'est probablement un piège, à moins qu'il n'ait pas les moyens de combattre

— C'est bien ce que j'espère, lieutenant.

M'nongo venait d'arriver sur le pont. Le sous-lieutenant se plaça un peu en retrait des officiers, ce qui n'empêcha pas Augustin de lui demander son avis. Cette manière de passer par-dessus son grade déplut à Tiffery, pour qui le

Noir avait été nommé sous-lieutenant parce qu'il était l'ami du capitaine amiral.

— Moi, dit M'nongo après avoir observé le fugitif à la longue-vue, je prendrais le risque de le courser en laissant le temps au reste de la flotte de nous rejoindre.

— Je ne pense pas que ce soit une bonne idée, protesta Tiffery. D'autres bateaux peuvent se tenir en-dessous de la ligne d'horizon. Nous serons alors isolés et pris à contre.

Augustin réfléchit. Un sous-officier arriva du gaillard en compagnie de Jules, à qui il donna l'ordre de briquer le plancher de dunette. Le garçon lança un regard suppliant à son frère, qui détourna la tête comme s'il ne l'avait pas vu.

— Dans combien de temps l'ennemi sera-t-il à la portée de nos canons ?

— En fin de matinée, s'il le veut bien, répondit Tiffery. Mais s'il est à la portée de nos canons, nous serons aussi à la portée des siens, se crut-il obligé d'ajouter.

Augustin lui envoya un regard contrarié. Le lieutenant avait-il besoin de parler de la sorte ?

— Nous y allons, décida-t-il en voyant son frère frotter le plancher de dunette. Barreur, mettez le cap. Tiffery, commandez aux voiles, le vent est au sud.

Le Rochefort se mit à filer vent de travers et distança très vite le reste de la flotte, avertie par des signaux lumineux. Tiffery criait les ordres aux hommes de voiles. Augustin surveillait le bateau pris en chasse, qui perdait du terrain. Il avait réduit sa portance au vent, comme s'il attendait les Français, ce qui n'était pas de bon augure.

— C'est bien ce que je pensais ! triompha Tiffery.

— Nous verrons bien. Un peu d'exercice est indispensable aux hommes qui ont les nerfs à fleur de peau.

Vers onze heures, ils furent assez près pour commencer la manœuvre d'attaque. Augustin et M'nongo surveillaient avec leurs lorgnettes, ce qui déplut encore à Tiffery, garçon très efficace, mais susceptible. Il cria :

— Larguez la contre-écoute et bordez sans trop !

Le Rochefort s'affaissa sur son assise. C'était un merveilleux bateau au temps de réponse très court, gros avantage au combat. Augustin le connaissait bien et savait ce qu'il pouvait attendre de lui.

— Timonier, un peu de barre sous le vent, mais très peu, juste ce qu'il faut !

Le bateau ennemi avait compris la manœuvre des Français et y répondait en mettant la barre dessous.

Il était temps de donner des ordres aux canonniers. Les sabords s'ouvrirent. La mer était calme, trop calme car si elle permettait aux Français d'ajuster leur tir, elle favorisait aussi l'adversaire et le temps d'observation devenait lourd à supporter.

Ce fut lui qui prit l'initiative, après un long moment où les bateaux allaient dans la même direction. M'nongo remarqua :

— Il vire de bord.

C'était le signal. Le bateau prêtait le flanc au Rochefort, ses sabords étaient ouverts, mais il ne tirait toujours pas.

— Je ne comprends pas, grogna Augustin qui s'attendait à voir la fumée du premier canon. Qu'est-ce qu'ils attendent ?

Il hésitait à donner l'ordre de tirer la première slave. Quelque chose ne tournait pas rond, Augustin regarda M'nongo qui ne lâchait pas sa lorgnette, puis il demanda à Tiffery :

— Qu'en pensez-vous ?

— Ce que j'en pense...

Le lieutenant avait répondu d'une manière évasive. Lui non plus ne comprenait pas et ne savait que répondre à son supérieur. C'était la première fois qu'un navire anglais se comportait de la sorte. Il cria à la vigie :

— Pas d'autres navires en vue ?

— Non, seulement les nôtres à bâbord.

C'était la même interrogation à ce premier stade de la confrontation : on s'observait en tentant de dissimuler ses intentions. Augustin se décida :

— Canonniers, à vos pièces.

Il donna l'ordre d'un tir décalé. Le premier fût tonna, puis le second, le troisième et ainsi de suite. Une grosse fumée entoura *Le Rochefort*. Aussitôt, le sifflement d'un boulet qui passait près du grand mât avertit le capitaine que l'ennemi avait riposté.

La première bordée se perdit dans les flots au-delà de la cible. Augustin pesta contre l'officier canonnier. Puis une salve anglaise faillit faire mouche. Plusieurs boulets touchèrent l'eau à moins de dix brasses du *Rochefort.* Une grosse vague s'engouffra par les sabords. Les matelots pataugeaient dans l'eau froide. La poudre était mouillée, il fallait écoper avant de tirer de nouveau. L'autre en profitait et canonnait sans arrêt. Quand les Français purent enfin répliquer, une partie de la voilure était endommagée. La coque restait intacte, fort heureusement, à part un trou sur le gaillard d'avant. Un homme avait été tué par une poutre projetée dans les airs.

La riposte fut enfin possible avec des fûts mouillés dont il ne fallait pas attendre la pleine puissance. La première salve fit mouche : l'avant du bateau visé vola en éclats, des cris de joie montèrent du *Rochefort.* Augustin donna l'ordre d'arrêter les salves. Les Anglais avaient mis les chaloupes à la mer. Comprenant que leur navire n'était plus manœuvrant, ils n'avaient d'autre solution qu'attaquer.

À son tour, Augustin fit descendre les barques à l'eau. Jules se tenait toujours sur la dunette et regardait, effrayé, les combattants brandir leur sabre. Il tremblait, conscient que si les Anglais montaient à bord, il serait saigné comme un porc. M'nongo s'approcha de lui, agitant son épée au-dessus de sa tête.

— Allez, garçon, viens avec moi.

Jules tremblait de tous ses membres. Devant lui, les assaillants lançaient des grappins en poussant des cris furieux. Les premiers cadavres flottaient sur l'océan dont les vaguelettes se teintaient de rouge.

Le combat était inégal. Les Anglais avaient engagé plus d'hommes dans la bataille et les Français reculaient. Pendant ce temps, les deux bateaux s'étaient rapprochés coque contre coque. M'nongo refoulait ses adversaires avec de grands gestes. Jules se cachait derrière lui. Sans le géant, il aurait été transpercé plusieurs fois. Augustin, un peu à l'arrière, observait le capitaine anglais entièrement vêtu de rouge. Ce dernier l'aperçut et baissa sa garde

— Bright ! cria Augustin, William Bright !

— Moncellier, Augustin Moncellier ! répondit l'homme en rouge.

Ils donnèrent en même temps l'ordre d'arrêter le combat. Les belligérants ne comprenant pas continuèrent à s'étriper puis se replièrent.

— Mais qu'est-ce qui se passe ?! hurla M'nongo.

Des deux côtés, les combattants criaient à la trahison. Une échelle fut lancée entre les deux bâtiments et Augustin passa chez l'ennemi, serra le capitaine anglais dans ses bras, puis son lieutenant, qui n'était autre que Maximilien de Charleville.

— William Bright ! répéta Augustin en tenant l'Anglais devant lui, quel plaisir de vous voir !

— Et dire que nous avons failli nous entretuer !

Augustin se tourna vers Charleville et demanda :

— Mais comment se fait-il que je te retrouve ici, près de celui qui m'a fait les pires misères, mais m'a appris le métier de marin ?

— Tu en as tellement parlé quand tu étais pris par la fièvre que j'ai voulu connaître celui qui t'avait tant marqué !

Sur les deux bateaux, les matelots protestaient. Bright, qui ne supportait pas d'être contesté, cria :

— C'est Augustin Moncellier. Il a été mon prisonnier, puis nous avons été à fond de cale tous les deux pendant de nombreux jours. Nous sommes devenus amis.

Bright ne quittait pas Augustin du regard. Au fond de lui, il pensait à cette journée où les Français, vaincus, étaient jetés à la mer sans ménagement. Il avait gardé Augustin pour une raison tellement personnelle qu'il n'avait jamais voulu le lui dire. Le moment était arrivé :

— Je te dois mon secret, ami français. Figure-toi que lorsque je t'ai vu pour la première fois sur *La Belle Sultane,* j'ai eu un coup au cœur. Oui, un coup terrible, et c'est pour ça que je t'ai demandé ton âge. Tout correspondait ! Tu ressemblais étrangement à mon fils mort l'année précédente dans un accident de cheval. Et ce soir, je me dis : le voilà homme fait, mon fils lui ressemblerait toujours et j'en serais fier !

Bright ordonna qu'on aille chercher du vin, puis il expliqua à son équipage incrédule :

— C'est une rencontre incroyable, celle d'un marin et de celui qu'il a sauvé de la noyade il y a longtemps. Et, curieusement, on s'attache plus à ceux qui vous sont redevables qu'à ceux à qui on doit quelque chose. Je veux que Français et Anglais boivent ensemble pendant l'heure qui suit. Après, nous redeviendrons ennemis.

M'nongo avait rejoint Augustin sur le bateau de Bright et congratulait Maximilien de Charleville. De son côté, Jules recommençait à respirer. Il avait eu si peur ! Et il se demandait pourquoi ces hommes se faisaient la guerre quand ils pouvaient plaisanter ensemble, boire du vin et rire de bon cœur…

Les flacons passaient d'un bateau à l'autre. On se trouvait, dans cette immensité de l'océan, en dehors de frontières ordinaires, et il n'était pas choquant que des capitaines qui venaient de se livrer bataille trinquent. Malgré cela, les deux camps restaient sur leurs gardes, redoutant un piège d'un côté ou de l'autre.

Le restant de la flotte française était arrivé. Le capitaine du *Berry* fit tirer deux coups de canon pour indiquer sa réprobation. Augustin reprit pied dans la réalité et demanda à chacun de revenir sur *Le Rochefort,* William Bright serra Augustin dans ses bras :

— Fais bien attention, ami, le capitaine Dragon est dans les parages.

— Je l'attends et j'espère le rencontrer.

— C'est un monstre de cruauté, et tellement habile sur un bateau que tu n'as aucune chance. Je t'en prie, fuis, je ne veux pas perdre mon fils pour la deuxième fois !

— Pourtant, je l'affronterai ! répondit Augustin. Les bateaux s'éloignèrent. Le capitaine du *Berry,* qui se trouvait très près de lui, demanda des explications. Il ne comprenait pas qu'on ait laissé filer une victoire à portée de main. L'amiral avait-il trahi son pays ?

— Vous vous trompez, la victoire n'était pas de notre côté, se défendit Augustin. Nous avons eu des renseignements. Le capitaine Dragon n'est pas loin. C'est lui que nous devons vaincre, et pour cela nous avons besoin de tous nos hommes !

Le bateau anglais s'était éloigné. Avec la brèche à l'avant de la coque, il ne pourrait pas naviguer sans risques par gros temps. Mais il n'était plus à portée de voix et redevenait un ennemi pour lequel on n'allait pas perdre de la poudre et des boulets. Le capitaine Dragon devait retenir toute l'attention de la flotte.

Le ciel s'était chargé, le vent soufflait plus fort et surtout irrégulièrement, ce qui obligeait à brasseyer les voiles à chaque instant. Le barreur devait ne pas perdre son cap et anticiper les mouvements du navire, que les rouleaux faisaient giter à bâbord puis à tribord.

Augustin rassembla l'équipage, qui attendait des explications.

— Le commandant anglais que j'ai embrassé est William Bright. Durant ma première traversée, il a vaincu le bateau sur lequel je me trouvais. J'avais dix-sept ans. Tous les hommes ont été débarqués, sauf moi. Il m'a trouvé trop jeune pour mourir. Puis le bateau anglais a été vaincu par les Espagnols. William et moi nous sommes restés à fond de cale pendant des semaines. Voilà pourquoi j'ai gardé de l'affection pour lui. Quant à son second, Maximilien de Charleville, je lui dois aussi la vie. Nous ne pouvions pas nous faire la guerre.

Les matelots échangeaient des regards incrédules. En temps de guerre, l'amitié n'avait pas sa place. L'amiral était donc un traître à sa patrie !

Les capitaines demandèrent à voir Augustin et prirent place sur des chaloupes puis montèrent à bord du *Rochefort*. Ils ne s'étaient pas concertés, mais tous étaient du même avis : la faute de l'amiral ne pouvait pas rester impunie. Ils exigeaient des explications et, s'ils n'étaient pas satisfaits, décideraient du sort d'Augustin.

Le jeune homme les reçut avec courtoisie. Il avait demandé à M'nongo de rester à côté de lui : l'imposante stature du Noir retenait souvent les velléités et il savait que ses collègues ne l'épargneraient pas. Malgré cela, il ne regrettait rien.

Il les invita à le suivre dans le réfectoire, où il demanda au cuisinier d'apporter un casse-croûte avec du vin. Les officiers s'assirent, mais ne touchèrent pas à la nourriture pour bien montrer qu'ils ne se laisseraient pas influencer. Augustin répéta ce qu'il avait dit à ses matelots, mais personne ne fut convaincu :

— Nous faisons la guerre à l'Anglais, toute faiblesse envers eux est un acte de haute trahison ! dit Fitterdeau, un petit Breton très strict au visage sec.

Les autres approuvèrent. Augustin répéta qu'il ne pourrait jamais combattre des hommes qu'il aimait, quelles que soient les circonstances.

— À la guerre, on n'aime que sa patrie. Le seul sentiment qui doit nous animer, c'est la haine de l'ennemi, rappela Fitterdeau. Aussi, je demande à tous les capitaines ici présents de vous destituer du grade d'amiral, de vous déclarer en état d'arrestation et de rentrer au port pour vous livrer aux autorités.

M'nongo, qui était allé bavarder avec le cuisinier, sortit de la petite pièce surchauffée contigüe au réfectoire. Augustin réfléchissait : laisser agir ce Fitterdeau, qui n'était qu'un vaniteux, revenait à se livrer à la guillotine. Il devait donc faire face.

— Je suis le commandant de cette flotte, le seul maître à bord après Dieu, dit-il d'une voix posée. Personne n'a le droit de me juger. Ceci se fera en son temps, une fois de retour à terre. Maintenant, je vous demande de regagner vos navires. Tout acte de désobéissance sera puni comme il se doit.

Augustin vit passer une hésitation sur les visages. Seul Fitterdeau restait inflexible. L'amiral s'apprêtait à parler quand un cri de la vigie fit sursauter tout le monde.

— Bateaux à tribord.

Ils coururent sur le pont. L'homme de vigie agitait les bras vers l'horizon et dardait sa longue vue dans une direction bien précise. Augustin grimpa sur la hune de vergue et vit à son tour cinq navires anglais qui voguaient vers eux, toutes voiles dehors. Le capitaine dévala le filin et se retrouva sur le pont en face de ses accusateurs.

— Messieurs, ce n'est plus le moment de bavarder. Cinq Anglais foncent sur nous. L'heure de vérité arrive, M. Fitterdeau. Je vous conseille de montrer beaucoup de bravoure !

— Il n'y a pas de temps à perdre, dit un autre.

Ils regagnèrent leurs bâtiments respectifs où ils attendraient les ordres de l'amiral face à la menace de plus en plus précise. Les lorgnettes s'ajustaient sur les points de l'horizon qui grossissaient. Augustin appela M'nongo :

— Cherche Jules. Il doit être aux premiers rangs.

M'nongo revint quelques instants plus tard, poussant devant lui un Jules décomposé. Il s'était réfugié à fond de cale, caché derrière les sacs de lentilles. Il avait vu mourir des hommes à ses pieds, des lames avaient transpercé des poitrines devant lui, le sang l'avait éclaboussé, il n'en pouvait plus.

— Je veux rentrer à Paris, disait-il de cette voix d'enfant qui chantait si bien, autrefois.

— Prépare-toi au combat ! Les Anglais ne font pas de prisonniers. Tu dois te battre ou mourir ! lui dit rudement Augustin.

Le jeune garçon prenait la mesure du danger. À Paris, il avait vécu dans une violence dont il était possible de s'échapper. Il avait vu guillotiner des condamnés, mais ce n'était qu'un spectacle qui le laissait indifférent. Sur le bateau, les lames sifflaient près de son cou. Le petit insoumis découvrait la barbarie des mers, autrement redoutable que celle des rues. Il avait entendu hurler les mourants dans un bruit de fer et mesuré cette incroyable ardeur que les hommes mettaient à tuer en oubliant qu'ils allaient mourir à leur tour.

— Je ne veux pas me battre. J'ai peur...

— Le frondeur de Paris est donc un petit poltron ! s'écria Augustin. Sache qu'en mer tout est net, propre, même la mort. Je veux te voir aux premiers rangs lors de la prochaine bataille.

— Non ! cria le gamin qui claquait des dents. Je ne veux pas mourir !

Augustin laissa Jules courir se cacher dans les soutes pour rejoindre Tiffery qui l'attendait.

— Mauvais : visiblement, ils cherchent l'affrontement.

— Très bien, faites préparer les canons.

La flotte grossissait à vue d'œil. Les bateaux lancés à pleine puissance ne cachaient pas leurs intentions. Augustin savait ce que cela signifiait : un affrontement de face se faisait sans fioritures, mais il devait quand même se méfier des vieux capitaines anglais qui ne manquaient pas de ruse. Cette manœuvre n'en cachait-elle pas une autre ? Les Anglais comme les Français voulaient détruire l'ennemi, mais à moindres frais. Un bateau perdu était toujours une catastrophe.

Augustin ajusta sa lorgnette et observa longuement le navire amiral qui se tenait un peu en retrait. La figure de proue représentait une tête d'animal monstrueux, couverte d'écailles et les mâchoires hérissées de dents pointues.

— Le capitaine Dragon, dit Tiffery.

Le jeune lieutenant eut un moment d'hésitation, une ombre passa sur son regard. La seule façon d'en sortir vivant, c'était de vaincre.

— Nous avons six navires, il n'en a que cinq. Ça peut suffire, ajouta-t-il sans conviction.

Augustin ne pouvait détacher son regard de ce bateau qui approchait si vite. C'était la rencontre tant attendue, espérée quand elle ne se produisait pas, mais qu'il redoutait à présent. Vaincre celui qui avait coulé des dizaines de navires français, détruire la légende de cet homme hideux et insaisissable, lui semblait tout à coup au-delà de ses forces. Après sa prétendue trahison, les équipages doutaient de sa loyauté. Cela ne risquait-il pas de retarder ou de biaiser insensiblement l'exécution de ses ordres ? Le capitaine Dragon n'avait jamais été vaincu depuis qu'il hantait les mers au large des côtes françaises. Pourquoi Augustin réussirait-il là où de grands officiers avaient échoué ?

Il mesurait combien son esprit était flou alors qu'il aurait dû être clair, capable de décider sans la moindre hésitation. Il éprouva le besoin de se rapprocher de Tiffery, qui attendait ses ordres. M'nongo, à qui rien n'échappait, comprenant l'état de son ami, restait à l'écart.

— La rencontre se fera dans une heure ou un peu plus, fit Tiffery après avoir observé les assaillants.

Augustin passa en revue les bateaux qui se tenaient de chaque côté du *Rochefort*. *Le Berry* avait ouvert ses sabords. Tiffery remarqua que deux autres bateaux se préparaient aussi à tirer. Augustin prit le porte-voix et demanda pourquoi les capitaines avaient ordonné une telle manœuvre. Fitterdeau répondit qu'ils ne lui n'accordaient plus aucune confiance et avaient décidé de passer outre ses ordres.

Une puissante détonation avertit l'amiral que les hostilités commençaient. La flotte ennemie ne tarda pas à répliquer. Les boulets passèrent au-dessus du *Rochefort* et fracassèrent *Le Joyeux,* qui se trouvait à une centaine de brasses. L'initiative échappait à Augustin, qui n'avait d'autre choix que de suivre l'engagement. Il donna l'ordre d'ouvrir ses propres sabords et de charger les fûts. Un bateau ennemi touché s'embrasa, salué par un hurlement de joie du côté français. Les Anglais ne disposaient plus que de quatre bâtiments. Côté français, *Le Rochefort* avait reçu un boulet sur le pont, trouant le plancher jusqu'aux cales, mais n'ouvrant aucune voie d'eau ; *Le Berry* de Fitterdeau était indemne.

Le capitaine Dragon, fidèle à sa trajectoire, fonçait sur *Le Rochefort*. L'heure de vérité approchait : le combat du mythique chef anglais que l'on présentait comme le diable face au Citoyen corsaire que l'on comparait à un ange.

— Cette fois...

Augustin était calme. Une improbable victoire sur le monstre anglais le laverait de toute accusation, mais il ne se sentait pas de taille. M'nongo tenta de le rassurer :

— À moi seul, je peux vaincre la moitié des matelots anglais !

Augustin sourit à son ami. Hésitant, il courut à la cale, trouva son frère tremblant, prostré derrière des sacs de farine. Le boulet avait percé le plafond à une brasse de lui. Il s'en était fallu de peu qu'une poutre lui fracassât le crâne.

— Allez, viens sur le pont ! cria Augustin qui voyait dans la terreur de son frère sa propre peur. Si tu restes là, tu mourras noyé, mieux vaut te défendre.

Augustin obligea Jules à se mettre sur ses jambes flageolantes et le poussa dans l'escalier de dunette. Sur le pont, les matelots qui s'étaient étonnés de l'absence du capitaine se préparaient à repousser l'assaut anglais. Il n'y avait plus de manœuvre possible, plus de ruse, l'affrontement serait direct, sans équivoque, les plus forts ou les plus nombreux remportant la victoire.

Jules se plaça à côté de M'nongo. Augustin sortit son épée et gagna le premier rang pour bien montrer qu'il avait décidé de vaincre ou de mourir.

Le Dragon manœuvra pour se rapprocher du *Rochefort*. Quand les deux coques se touchèrent, les combattants anglais sautèrent sur le pont français où ils furent reçus à coups de sabre. Des cris fusaient de la mêlée. M'nongo dominait tout le monde et terrassait les assaillants par de grands gestes. Le sang coulait sur le pont où des mourants s'agitaient comme des poissons sortis du filet. Jules, abrité par le grand corps de M'nongo, jouait de son épée et tentait d'écarter les lames qui sifflaient autour de lui. Il ne pensait plus. La peur avait quitté son corps et il n'avait qu'une obsession : rester en vie.

La bataille tourna vite à l'avantage des Anglais. Tout à coup, un homme singulier se dressa devant Augustin, le défiant, l'arme levée. Son visage était horrible : une peau rougeâtre de crapaud, le nez absent, des yeux globuleux sortant d'un crâne dont l'os du front avait été réduit de moitié en faisaient un être repoussant. La lèvre supérieure manquait, montrant des dents jaunes déchaussées. Protégé par les siens, il fixait le Citoyen corsaire de ses gros yeux de reptile, mais n'engageait pas le combat. Quelque chose le retenait, ce qui étonna les siens, car le capitaine Dragon était réputé pour sa rapidité, sa vivacité malgré son corps déformé qui conservait une surprenante agilité, sa détermination cruelle. M'nongo s'était porté à côté de son ami. Jules, qui avait reçu une estafilade à la joue, surgit en face du monstre qui avait baissé sa garde. Alors, sans réfléchir, parce que la vision hideuse le révoltait, l'adolescent plongea en avant. Son épée fut déviée par un des gardes qui encadraient l'Anglais, mais le jeune homme ne tenta pas un nouvel assaut. Le regard intense posé sur lui le vidait de toute volonté. Une lame aurait pu le transpercer sans qu'il cherche à l'éviter. De son côté Augustin, hypnotisé par les yeux globuleux aux paupières trop petites, restait figé sur un geste de défense. Devant lui, les assaillants avaient cessé le combat, se contentant de protéger leur chef, lui aussi étrangement immobile, le sabre levé, comme pétrifié dans une position d'attaque.

Puis le capitaine Dragon baissa son arme, et tout son corps s'affaissa, comme s'il se vidait de sa substance. Il fit demi-tour, aussitôt imité par ses hommes, qui quittèrent le navire. C'était tellement inattendu que les Français n'eurent pas la présence d'esprit de les poursuivre. Augustin se tourna vers Jules. Le malaise ressenti en face de cet être étrange ne s'estompait pas. Ils n'auraient su en exprimer la cause.

La bataille s'était déplacée. On croisait le fer sur *Le Berry*, mais sur un ordre de l'amiral, les Anglais sautèrent dans leurs embarcations et s'éloignèrent à grands coups de rames. Encouragés par cette inexplicable volte-face, les marins de Fitterdeau les poursuivirent, embrochant vaillamment des fuyards qui ne se défendaient pas. Seul l'équipage du *Rochefort* ne participa pas à la curée. Le navire du capitaine Dragon s'éloignait toutes voiles hissées, suivi à distance par le seul bâtiment encore capable de naviguer. Que se passait-il ? Pourquoi ce guerrier réputé pour sa volonté farouche de tuer avait-il détalé en face du Citoyen corsaire sur le point d'être vaincu ? Tiffery n'en revenait pas :

— Étrange ! dit-il en s'approchant d'Augustin, voilà que l'homme le plus redouté des océans fuit devant un ennemi presque vaincu !

Augustin reprit contact avec une réalité qui le dépassait. Il lui semblait sortir d'un étrange rêve dont il ne gardait qu'une sensation de malaise.

— Que s'est-il passé ? demanda encore Tiffery.

— Je n'en sais rien, murmura Augustin incapable d'expliquer son comportement.

Une canonnade nourrie venue du *Berry* se perdit dans l'océan. Les Anglais étaient déjà trop loin et les Français, dans leur précipitation, n'avaient pas pris la peine d'ajuster leur tir. Quand le calme revint, la voix de Fitterdeau, amplifiée par le porte-voix, tonna dans la brume qui se levait :

— Voilà que vous laissez filer le Dragon alors qu'il était à notre portée ! Que doit-on en conclure ? Vous en répondrez, citoyen Moncellier.

Cette manière de parler montrait les intentions de Fitterdeau et le refus de considérer Augustin comme le chef de la flotte. D'ailleurs, il donna l'ordre de hisser les voiles et de mettre le cap à l'est, sans se préoccuper du *Rochefort,* qui fut vite distancé.

— Nous rentrons à La Rochelle, décida Augustin après un long moment d'hésitation.

Il regagna sa cabine, confiant la direction des manœuvres à Tiffery. Au mépris d'un ordre qu'on leur avait appris à respecter, Jules et M'nongo le rejoignirent presque aussitôt.

— Le Dragon a rentré ses griffes au moment de nous vaincre. C'est très étrange !

— Pourquoi ne l'ai-je pas abattu d'un coup d'épée au cœur ? ajouta Augustin. Il était à ma merci, l'occasion ne se reproduira jamais et je n'ai pas eu le réflexe. Je mérite d'être condamné pour haute trahison !

À La Rochelle, *Le Rochefort* fut accueilli par une délégation de militaires qui empêchaient les curieux de se rassembler sur le quai. Il arrivait une demi-journée après *Le Berry* de Fitterdeau. Marrelou, en tête d'un groupe portant redingote et chapeaux noirs, laissa débarquer les matelots puis monta à bord. Sous les ordres d'un capitaine territorial, les soldats se placèrent en ligne sur le pont. Augustin vint les saluer et, ne comprenant pas ce qu'ils faisaient là, s'adressa à Marrelou, qui ne répondit pas à son bonjour.

— Citoyen Moncellier, je t'arrête au nom de la République française. Tu vas être conduit à Paris pour être jugé par le tribunal du Comité de salut public.

Augustin ne chercha pas à se défendre. Depuis qu'il avait laissé filer le capitaine Dragon, il ne se sentait plus digne de porter l'uniforme de la marine française. M'nongo tentait en vain de lui remonter le moral. N'avait-il pas plus de trente victoires à son actif ? On ne pouvait pas lui reprocher un instant de faiblesse. D'ailleurs, ils allaient repartir traquer l'Anglais et, cette fois, le Citoyen corsaire lui porterait le coup fatal...

Ces arguments n'avaient eu aucun effet sur Augustin qui se savait coupable. La seule vue de l'horrible capitaine Dragon dressé devant lui l'avait paralysé. Pourquoi ? Dieu seul le savait.

— Tu as refusé le combat avec des navires anglais, tu es monté à leur bord et l'équipage offusqué t'a vu embrasser le capitaine Bright et le traître Charleville. Et puis, ton attitude avec l'horrible capitaine Dragon confirme ta faute ! poursuivit Marrelou.

Le représentant du ministère de la Marine n'attendit pas qu'Augustin lui réponde. Les soldats emmenèrent le jeune homme dans une geôle de la capitainerie. M'nongo et Tiffery voulurent intervenir, ils furent écartés vivement. Le Noir éleva la voix, un des gardiens le menaça avec son pistolet. Jules se tenait en retrait. Depuis le face-à-face avec le capitaine Dragon, le garçon était tout aussi sombre que son frère, parlait peu mais ne tremblait plus.

— Je devrais t'arrêter aussi pour avoir eu le Dragon au bout de ta lame et ne pas l'avoir expédié, mais ton jeune âge et ton inexpérience me rendent clément ! lui dit Marrelou.

Les matelots s'étaient éparpillés dans les nombreux bistrots qui entouraient le port. Tiffery partit de son côté après avoir proposé de témoigner en faveur de son capitaine, mais Marrelou rejeta ses arguments. M'nongo, resté seul avec Jules, avait bien compris :

— Ils veulent condamner Augustin et n'accepteront aucun témoignage en sa faveur.

— Et Augustin qui se croit coupable ne fera rien pour se défendre.

M'nongo emmena le garçon dans une auberge et commanda à manger. Jules était toujours étonné par l'appétit du géant. Lui n'avait pas faim.

— On ne doit pas laisser Augustin avec ses bourreaux, dit enfin le garçon. S'ils le condamnent, je veux être condamné avec lui.

M'nongo sourit, très confiant :

— Tu penses bien qu'on ne va pas le laisser dans les mains de ses geôliers. On va le délivrer, bien sûr.

— Oui, mais comment ?

— Avec de l'or on peut tout, crois-moi. Et de l'or, nous en avons.

Jules lança un regard surpris à M'nongo, qui commandait une autre assiette, car il avait encore une petite faim.

— Voilà ce que nous allons faire : ils vont garder Augustin ici un jour ou deux, puis le transférer à Paris où il sera jugé. Nous, on va partir tout de suite. On passera prendre de l'or dans un endroit que je connais et à Paris on commencera par acheter les gens. C'est pas plus difficile que ça.

M'nongo ne disait pas qu'il avait hâte d'arriver à Paris pour revoir Élise Jardin, dont il gardait la lettre dans la poche intérieure de sa veste, tout près de son cœur.

— Et s'ils ne veulent pas se laisser acheter ? demanda Jules.

— Je n'ai pas vu d'hommes résister à la lumière de l'or. Mais si c'était le cas, on trouverait une autre solution.

Ils décidèrent de partir pour Paris dès le lendemain. Jules se présenta à la capitainerie et demanda de parler à son frère. Il attendit la réponse pendant deux longues heures. Enfin, il fut introduit dans la cellule où Augustin, privé de lumière, n'avait qu'un banc pour s'asseoir et dormir. La terre battue du sol grouillait d'insectes et de vers. Une odeur fétide alourdissait l'air.

Augustin prit Jules dans ses bras. Après son baptême du feu, le petit voyou parisien avait bien changé. La bataille navale avait effacé les restes d'une enfance malmenée, conduite par la violence superficielle de la rue. Le sang des mourants l'avait éclaboussé sur *Le Rochefort,* il en garderait à jamais la trace. Et si la mer n'était pas sa vocation, elle avait fait de lui un homme.

— Je ne regrette rien. Si c'était à refaire, je n'hésiterais pas parce que l'amitié est le plus noble sentiment humain, dit Augustin en pensant à Bright et à Charleville. Pour le reste, jc nc m'explique pas mon attitude.

— On va essayer de te tirer de là, annonça Jules. Et s'ils te condamnent, je serai condamné avec toi.

— À quoi cela servirait ? Deux victimes au lieu d'une ! Et puis, c'est tout ce que je mérite. Je n'ai pas été digne de la confiance que la République avait mise en moi !

— Cesse de dire n'importe quoi ! Tu lui as rendu plus de services que tous les autres capitaines réunis !, s'emporta Jules. M'nongo m'a dit que nous allions prendre de l'or à un endroit qu'il connaît et qu'avec cet or on arriverait à te libérer.

— Une fois à Paris, tu rendras visite à Léa, ajouta Augustin. Surtout, ne lui dis rien. Elle ne doit pas se faire de souci pour moi.

Le lendemain matin, très tôt, M'nongo et Jules prirent la route de Paris. Trois jours plus tard, ils étaient à Étampes, aux ruines du Temple. M'nongo déplaça les blocs de pierre qui cachaient l'entrée du souterrain et trouva les deux tonneaux. Il lança un regard complice à Jules, qui ne comprenait toujours pas.

— C'est le trésor qu'un condamné à Cayenne nous a indiqué, à ton frère et à moi. On s'en est servi un peu, mais il reste encore beaucoup d'or.

Il sortit le premier tonneau, qu'il trouva bien léger. Augustin aurait-il tout pris lors de son dernier passage ? Il fit sauter le couvercle : le récipient était vide. Étonné et perplexe, il ouvrit le second, lui aussi vide. Il se dressa, regarda autour de lui comme s'il redoutait qu'on le voie.

— Ben voilà, fit-il en s'asseyant sur un rocher humide. Il n'y a plus rien. Quelqu'un s'est servi.

Ça changeait tout. Comment allaient-ils soudoyer les gardiens d'Augustin ? M'nongo avait un peu d'argent, de quoi survivre pendant quelque temps, mais pas assez pour acheter la liberté de son ami.

— Faudra se débrouiller autrement ! soupira-t-il.

— On pourrait parler à ma sœur. Léa a sûrement un bon magot.

— Allons à Paris, nous verrons ensuite.

Ils s'arrêtèrent pour la nuit dans une auberge bondée. Les marchands de bestiaux qui emmenaient leurs troupeaux à Paris s'arrêtaient dans les nombreux hôtels le long de la route d'Orléans construite sous Louis XIV.

Ils dormirent très peu, des vachers ivres n'ayant cessé de faire du bruit. Ils partirent le matin de bonne heure alors que les marchands rassemblaient leurs troupeaux enfermés dans des étables ou des enclos à ciel ouvert surveillés par des chiens dressés, car les voleurs ne manquaient pas.

M'nongo et Jules arrivèrent à Paris dans l'après-midi. Jules se rendit directement chez sa sœur, qu'il trouva assise au bureau d'Antoine. Léa avait grossi ; son visage s'était durci. Elle embrassa son jeune frère et ne cacha pas son étonnement :

— Te voilà bien changé ! Tes épaules sont plus fortes et tu as désormais le visage d'un homme.

— Je me suis embarqué avec Augustin sur *Le Rochefort*. L'océan remet les idées en place. Nous avons combattu les Anglais.

Il ne parla pas du capitaine Dragon, retenu malgré lui par une appréhension indéfinissable, une sorte de honte, comme s'il redoutait de montrer sa propre laideur.

— Alors Augustin va être fêté en héros ! Tout lui réussit, ajouta Léa en pensant à son mari avec une pointe de tristesse.

— Non. Il a été arrêté.

Léa jeta un regard inquiet à son frère. Son visage carré, ses yeux légèrement plissés rappelaient une attitude d'Antoine Morisson.

— Mais pourquoi donc ? On n'arrête pas les héros !

— Je t'expliquerai. Il va être jugé par le Comité de salut public.

— Alors, il va être condamné. Fouquier est un monstre sanguinaire qui condamne tout le monde.

Elle poussa un soupir.

— Mais quand cela s'arrêtera-t-il ? Nos députés comprendront-ils que les gens ont faim, qu'ils veulent vivre en paix et travailler tranquillement. Ils n'en peuvent plus de tout ce sang répandu pour rien.

— Avec M'nongo, nous allons tout faire pour sauver Augustin. Nous pensions avoir de l'or, mais l'or a disparu. Il faudra trouver un autre moyen.

— Sans or, vous n'y arriverez pas. Tu peux dire à M'nongo qu'il sera le bienvenu ici.

Debout, Léa montrait son corps d'homme, épais à la taille ; sa démarche un peu lourde copiait celle d'Antoine. Jules eut l'impression que l'âme de son mari était en elle. À l'atelier, elle inspecta le travail avec des gestes et des mots que Morisson n'aurait pas reniés. Quand ce fut fait, elle revint vers son frère :

— Tu as bien changé, redit-elle. J'ai le souvenir d'un petit vaurien qui s'en prenait à tout le monde et je trouve un jeune homme calme au regard plein de bon sens.

— La guerre n'est pas un jeu d'enfant, conclut Jules.

Il rejoignit M'nongo, qui lui avait donné rendez-vous au port au foin. Le géant était en compagnie d'une très belle jeune femme.

— Élise Jardin, la présenta l'ancien esclave. Elle a pu enfin divorcer d'avec son avocat de mari.

Jules salua la belle Élise et ne put, malgré l'affection qu'il portait à M'nongo, s'empêcher de se demander par quel miracle une femme aussi élégante et sûrement du meilleur monde bourgeois s'affichait avec un Noir. Elle semblait radieuse et M'nongo était aux petits soins.

— Nous ne nous quitterons plus. Mais le plus important, c'est de chercher le moyen de sauver notre ami. Tu vas aller trouver Isabelle de Ruffec. Peut-être aura-t-elle une idée.

— Il n'y a rien à faire, répliqua Élise Jardin. Le tribunal est impitoyable, surtout envers ceux qui ont servi les ennemis de la révolution.

Jules rentra chez sa sœur à la nuit. Il retrouvait le Paris où il avait grandi, mais n'éprouvait pas le besoin d'aller marcher dans les rues. Sa vie passée lui répugnait et il se demandait si, tout à coup, il n'était pas devenu trop sage.

Le sort de son frère ne quittait plus ses pensées car il se savait tout aussi coupable que lui. Augustin allait arriver à Paris dans les jours prochains et serait probablement jugé aussitôt. Il ne fallait pas longtemps à celui qu'on avait surnommé Œil de Perdrix à cause de la rougeur de ses paupières, Fouquier-Tinville, pour condamner le prévenu, et guère plus longtemps à la charrette pour le conduire place de la Révolution.

Le soir, il dîna avec sa sœur et sa nièce, une superbe petite fille qui avait la tête ronde de son père, un peu de son air goguenard, mais aussi des yeux pleins de lumière et de malice. À table, Léa avait pris la place d'Antoine. Elle parlait peu, mangeait abondamment et donnait des ordres brefs aux domestiques qui obéissaient sans rechigner. À la fin du repas, elle annonça :

— J'ai pu savoir par un client que le Citoyen corsaire va arriver dans deux jours. C'est le télégraphe optique qui l'a confirmé. Il sera très surveillé et je pense que vous aurez beaucoup de mal à organiser son évasion. Qu'en pense M'nongo ?

— Il cherche une solution. Les services rendus à la nation ne pèseront pas lourd dans le jugement d'Œil de Perdrix. Il ne retient que les fautes, et celle d'avoir serré un Anglais dans ses bras est passible de la guillotine.

— On va réfléchir, répondit Léa qui n'avait pas oublié l'or qu'Augustin avait dépensé pour sauver Antoine.

Hélas, elle n'avait plus beaucoup de moyens : le travail manquait parce que personne ne voulait rien entreprendre alors que la machine à raccourcir fonctionnait tous les jours. La peur paralysait les initiatives et le commerce en pâtissait. Le peuple avait faim, les convois de marchandises étaient attaqués sur des routes de moins en moins sûres. Cela, les députés si prompts à célébrer la vertu ne s'en préoccupaient que peu. Robespierre, le moraliste rigide de la révolution, l'apôtre de l'immortalité de l'âme, continuait son travail d'épuration. Depuis deux jours se tenait au Comité de salut public le procès de Danton et de ses amis.

Le 5 avril 1794, le temps était superbe. Une magnifique journée de printemps avec un soleil radieux dans un ciel sans nuages ; le coucou annonçait les beaux jours, des fleurs nouvelles ornaient les parterres parisiens. Les badauds prenaient le temps de flâner après plusieurs semaines de pluie. À court d'idée, Jules s'était décidé à renouer avec ses camarades truands. M'nongo n'était pas d'accord :

— Personne ne pourra approcher Augustin. Seul l'or aurait pu le sauver et nous n'en avons presque plus.

— Tu ne connais pas mes anciens amis, ils sont aussi glissants que des anguilles !

Une grande clameur montait des rues proches de la place où régnait la guillotine. Une foule dense se tassait dans les impasses voisines. Encadrées par des soldats en armes, trois charrettes aux longues ridelles de fer se frayaient difficilement un chemin. L'un des condamnés attirait tous les regards. Il était aussi grand que M'nongo et d'une carrure imposante. Sa grosse tête de lion sur un cou massif, dégagé par le col de la chemise qui avait été coupé et les cheveux rasés au-dessus de la nuque, faisait une grande impression sur les badauds.

— Danton ! dit quelqu'un près de Jules.

Le convoi s'arrêta à côté de la guillotine. Danton, souverain, narguait le bourreau.

— Ce qui me dépite, dit-il de sa voix de tribun qui portait loin, c'est de mourir six semaines avant Robespierre.

Le chantre de la révolution était donc vaincu. Face au peuple étonné, le colosse gardait un air rigolard.

— Qu'il est laid ! cria une femme.

— Ce n'est pas la peine de me le reprocher en ce moment, répondit le frondeur. Je ne serai plus dans peu de temps !

Les exécutions commencèrent. Il y avait parmi les condamnés Camille Desmoulins, la chemise déchirée parce qu'il s'était débattu, ne voulant pas monter dans l'infernale charrette, Fabre d'Églantine, le poète, qui pleurait, et beaucoup d'autres. En ligne au pied de la Machine infernale, ils attendaient leur tour. La lourde lame sifflait en tombant, les têtes roulaient dans le panier, le sang éclaboussait les curieux, soulevait le cœur des plus sensibles. Des femmes se penchaient pour vomir, mais restaient, fascinées par le spectacle de la mort. Jules n'en pouvait plus : dans deux ou trois jours, son frère subirait le sort de condamnés qui ignoraient souvent leur crime. « Ce n'est pas possible ! » murmura-t-il.

Le dernier, Danton, gravit les marches de bois qui craquaient sous son poids. Il grognait des phrases que Jules n'entendait pas de l'endroit où il se trouvait. Pendant que le bourreau le liait sur la planche fatale, il cria cette phrase qui allait traverser les siècles :

— N'oublie pas surtout, n'oublie pas de montrer ma tête au peuple, elle est bonne à voir !

La planche bascula, le couperet tomba dans un sifflement que l'on avait pris l'habitude d'entendre et qui, pourtant, ce jour-là, était d'une étrangeté à faire peur.

Jules se faufila dans la foule. M'nongo l'accompagna, mais ni l'un ni l'autre ne devaient montrer leur écœurement, qui aurait pu être une raison suffisante pour les conduire en prison. La révolution dévorait ses propres enfants.

Ils retournèrent chez M'nongo, un petit appartement qu'il partageait avec Élise. À leur mine défaite, la jeune femme comprit ce qui s'était passé.

— Il faut quitter Paris au plus vite, dit-elle. La vie n'est plus possible ici.

— Augustin arrive demain, annonça M'nongo. Après avoir exécuté Danton et ses amis, le Comité de salut public a besoin de nouvelles victimes. Ceux qui tiennent le pouvoir sont obligés de tuer s'ils ne veulent pas l'être eux-mêmes. Notre ami a besoin de nous.

Dans la soirée, Jules se rendit à Clichy-sous-Bois et alla frapper à la porte d'Isabelle de Ruffec. La jeune femme l'accueillit avec chaleur, puis éclata en sanglots quand elle apprit qu'Augustin avait été arrêté pour haute trahison.

Jules resta souper avec elle. Ses deux filles prirent aussitôt le jeune homme en affection. Le lendemain, il partit de bonne heure pour ne pas manquer le retour de son frère. Isabelle voulut l'accompagner. Il aurait préféré être seul avec M'nongo, mais ne trouva pas de bon prétexte. À Paris régnait la même effervescence que la veille. Jules remarqua que beaucoup lisaient et commentaient le journal. Il acheta *Le Père Duchesne* et comprit la raison de l'excitation populaire : *Foutre de foutre*, écrivait Jacques Hébert, *voilà que le Comité de salut public s'attaque à l'icône de la République. On nous dit que le Citoyen corsaire va arriver dans la journée et être jugé pour avoir refusé de poursuivre le capitaine Dragon qui détalait comme un lièvre et avoir serré dans ses bras un Anglais qui lui a sauvé deux fois la vie. Le voilà bien embarrassé ! Ce qui est sûr, c'est que les Parisiennes ne sont pas prêtes à laisser raccourcir celui qu'elles ont fêté l'année dernière. Foutre, elles sont capables de démonter la guillotine !*

Jules considéra que cet article était de bon augure. Finalement, après quelques recherches infructueuses, il avait renoncé à faire appel à ses anciens amis. Il retrouva M'nongo qui se demandait comment tirer avantage de la popularité d'Augustin, mais restait pessimiste.

— Ils ont raccourci des tas de gens très populaires, que la foule aimait, à commencer par le roi et, hier, Danton. Personne ne bronchera quand la charrette emportera Augustin. Personne, je te dis.

— Que pouvons-nous faire ?

— Il m'est venu une idée ; elle vaut ce qu'elle vaut, mais pourrait créer une diversion.

— On n'a pas le choix !

— Comme tout le monde aime bien le Citoyen corsaire, avec l'or qui nous reste, on va payer des gens pour monter la foule contre le tribunal révolutionnaire.

— Je n'y crois guère, répliqua Jules.

Ce 5 avril 1794, vers cinq heures du soir, la tête de Danton roulait dans le panier de la guillotine. À Calais, les gens profitaient d'un beau soleil pour déambuler dans les rues. Une légère brise venue de la mer laissait prévoir quelques jours de beau temps et les portefaix s'activaient dans le port. Les pêcheurs déchargeaient les casiers de poisson sous le regard attentif des marchands. Les premiers arrivés obtenaient les meilleurs prix et les barcasses se bousculaient à l'entrée de la rade où l'on entendait des cris, des jurons, des menaces.

Un bateau évita la cohue sous le regard des gardes-côtes qui surveillaient jour et nuit ce haut lieu stratégique séparant les pires ennemis du moment : l'Angleterre et la France. Le frêle esquif longea à la rame le quai encombré et trouva une place tout au bout, là où accostaient les embarcations qui n'avaient pas de poisson à vendre. Un matelot d'une trentaine d'années sauta à terre, amarra la lourde chaloupe à voiles et posa une passerelle. Trois jeunes marins l'empruntèrent puis un homme à l'apparence bien curieuse. Le visage caché par un épais tissu noir, il marchait d'un pas assuré malgré sa frêle constitution. Il prit pied sur le sol français, puis se mit à genoux, baissa la tête et joignit les mains, comme s'il priait. Debout, un peu en retrait, les autres attendaient.

Au bout d'un long moment, il se leva et demanda en français :

— Est-on allé chercher les chevaux ?

— Ils nous attendent, capitaine.

— Ne m'appelle plus capitaine, John, ici je suis maître Lebret, commerçant en étoffe, établi à Lille. Et tu dois me tutoyer comme le veut la mode républicaine !

— Oui, maître Lebret, je vous tutoierai !

Ils traversèrent le port encombré de marchandises, de tonneaux, de caisses de maquereau et de sardine. Des matelots se préparaient à embarquer, des marchands discutaient avec les armateurs, des charretiers attendaient leurs ordres. Les regards s'attardaient sur l'homme au visage caché, encadré par ses quatre serviteurs. Ils arrivèrent à un attroupement ; l'un d'eux s'écria :

— Laissez passer maître Lebret !

— Qu'il montre sa figure ! cria un marin aviné.

— Il ne le peut, tant son visage est déformé à la suite d'une maladie contractée dans les îles.

Personne n'insista : on voyait tant de gens bizarres dans ce lieu où accostaient des bateaux venus des quatre coins du monde ! Le groupe entra dans une des nombreuses maisons de louage où l'on trouvait pour un prix convenable voitures et chevaux frais. Le patron, qui exerçait aussi le métier de maréchal-ferrant, montra les cinq montures retenues depuis deux jours pour le sieur Lebret et sa suite. L'homme, assez rond, le visage sombre, ne quittait pas du regard ce client peu ordinaire, mais ne posa pas de question. Dans son commerce, il avait appris à se taire et ne s'étonnait plus que des voyageurs refusent de dévoiler leur identité : ils étaient les plus réguliers et payaient sans marchander. Pourtant, ce Lebret l'intriguait : d'abord sa voix si particulière, et cet énorme tissu qui lui couvrait la tête jusqu'aux épaules, ne laissant qu'une légère fente à la hauteur des yeux… Il portait des gants et le loueur eut l'impression que les doigts manquaient, comme s'ils recouvraient une patte d'animal.

L'un de ses accompagnateurs paya le prix demandé et les cinq hommes montèrent à cheval.

— À Paris ! dit Lebret.

Deux jours plus tard, le 7 avril, vers midi, alors que le ciel se chargeait de nuages menaçants, une grande clameur montait des rues proches du Palais-Royal. Le convoi qui ramenait le Citoyen corsaire était accompagné par une immense foule en colère. Les ouvertures de la voiture avaient été obstruées avec des panneaux de bois. Personne ne devait voir celui qui avait fait battre le cœur de tant de femmes l'automne précédent.

Il fut directement conduit au tribunal révolutionnaire. Robespierre, décidé à régler cette affaire au plus vite, avait réuni des jurés acquis à sa cause. Fouquier-Tinville devait sanctionner celui qui, après avoir serré dans ses bras un capitaine ennemi, avait refusé le combat contre le capitaine Dragon. La république en marche ne pouvait accepter une telle faiblesse. Le procès se tiendrait dans l'après-midi et la sentence serait aussitôt exécutée. Attendre aurait donné des armes aux modérés, les députés du Ventre. Danton était mort pour avoir tergiversé, ce n'était pas le moment de s'arrêter en chemin.

Le débat étant public, une foule considérable se tassait dans la vaste salle du tribunal révolutionnaire. M'nongo et Jules réussirent à jouer des coudes et à se frayer un chemin pour être dans les premiers rangs. Fouquier-Tinville n'avait pas prévu de témoin pour la défense. Un avocat avait été commis d'office, le très jeune Me Chavalon, qui ne connaissait d'Augustin que le nom et le motif de son jugement.

Œil de Perdrix demanda le silence et l'obtint sans difficulté. On sentait la foule prête à protester, car s'il restait encore un peu d'humanité au cœur de cette capitale, c'était bien dans le peuple qu'il fallait la chercher. Fouquier-Tinville avait remarqué le nombre considérable de femmes et avait demandé aux soldats de se tenir prêts à jouer de la crosse quand l'ordre d'évacuer serait donné. Il en voulait au *Père Duchesne* d'avoir publié l'information.

Augustin arriva devant l'accusateur public. La fatigue assombrissait son visage en lui conférant une grandeur, une noblesse qui n'échappa à personne. Sa jeunesse éclatait et, sous ses vêtements fripés parce qu'on lui avait refusé l'uniforme de capitaine de la marine, chacun voyait le corps jeune et vigoureux de celui qui avait remporté tant de victoires.

Fouquier commença la lecture de l'acte d'accusation :

— Le 6 germinal de l'an II de la République, le ci-devant Moncellier, investi amiral de la flotte, a refusé le combat avec l'Anglais et a serré dans ses bras deux officiers ennemis, première trahison face à la République une et indivisible.

Un remous monta du public puis s'arrêta rapidement quand Fouquier-Tinville tendit les bras.

— Il a remporté plus de victoires que tous les autres capitaines français réunis ! osa timidement l'avocat de la défense.

— Ce n'est pas une raison ! s'emporta Fouquier. Je continue : après avoir attaqué la flotte du capitaine Dragon, en face du monstre sans défense, il a refusé le combat, laissant repartir notre pire ennemi. Pour cette raison, je réclame la mort.

On ne pouvait pas faire plus expéditif. Les députés levèrent le bras pour approuver. Furieux, le public protestait. Dans la rue, le peuple menaçait de délivrer le Citoyen corsaire. Un officier se fraya un chemin dans la foule et parla à Fouquier : « La révolte menace. Ces enragés ne nous laisseront pas conduire le condamné jusqu'à la guillotine ! » Fouquier réfléchit. Me Chavalon en profita pour ajouter :

— Augustin Moncellier est salué en héros. On ne détruit pas un homme qui porte ainsi la ferveur républicaine du peuple !

L'accusateur public, comprenant qu'il ne réussirait pas à contenir la colère populaire et qu'il devait lui donner le change d'un procès aux apparences équitables, se dit qu'il était peut-être allé un peu vite. Il jeta un regard entendu à Robespierre puis déclara :

— Le procès est ajourné à demain.

Un tonnerre d'applaudissement monta de l'assistance. Dehors, la foule manifestait sa joie en chantant :

Ah ça ira, ça ira, ça ira...

M'nongo serra les mains de Jules. Ils avaient quelques heures de répit, ce qui leur laissait le temps d'organiser la défense d'Augustin. Ils attendirent que la foule se fût dispersée pour rejoindre Me Chavalon, un jeune homme maigre, très brun, au regard ardent.

— Je ne pouvais rien pour l'accusé, expliqua-t-il. On ne m'a donné aucun élément.

— Alors, nous, on va tout vous dire, proposa M'nongo. On a peut-être une chance de le sauver.

— J'en doute. Fouquier ne laisse jamais échapper ses proies. Sans le signe de Robespierre, il n'aurait pas cédé à la pression de la rue.

Ils se rendirent dans une taverne et Jules raconta l'histoire de sa famille, la condamnation de Paul Moncellier, les nombreuses victoires d'Augustin à la recherche d'un père probablement mort en mer. L'avocat comprenait qu'il aurait beaucoup de mal à défendre son illustre client.

— Le comportement de votre frère face au capitaine Dragon est ambigu, dit-il à Jules.

Le garçon raconta comment il avait été lui-même pris par l'étrange pouvoir du monstre.

— Nous étions comme l'oiseau fixé par le serpent, incapables du moindre mouvement !

— Ce n'est pas un argument de défense. Vous pourriez dire que vous étiez sous le coup d'une magie maléfique ou du diable, mais ça ne suffira pas. Vous devez parler aux journaux pour que la pression de la rue fasse céder Œil de Perdrix.

Ils se séparèrent à la nuit tombée. Me Chavalon regagnait à pied son domicile près de Notre-Dame quand quatre hommes en embuscade dans une ruelle le maîtrisèrent.

— Je n'ai pas d'argent ! dit l'avocat, qui redoutait les détrousseurs de rue. Je suis aussi démuni que vous !

— On n'en veut pas à ta bourse, tu vas nous suivre sans appeler à l'aide si tu tiens à rester en vie.

Sans plus d'explications, le groupe obligea Chavalon à monter dans une voiture. L'avocat pensa être victime d'un coup de main de Fouquier-Tinville qui voulait à tout prix la tête du Citoyen corsaire. Il n'était pas au bout de ses surprises.

Le lendemain, de bonne heure, Jules et M'nongo se rendirent à pied à l'endroit qu'Augustin avait si précisément décrit et où s'était rendu Eugène Branton après sa sortie de prison. Ils arrivèrent dans la cour intérieure. Un cordonnier travaillait dans son atelier.

— C'est le frère de Branton, dit M'nongo en montrant son énorme poing serré. Nous allons lui demander de l'aide.

Il n'eut pas besoin d'entrer dans la boutique. Venu d'une porte voisine, un homme vêtu de noir et portant un chapeau à large bord se dirigea vers la boutique. M'nongo le reconnut tout de suite à l'étrange ressemblance qu'il avait avec le cordonnier.

— C'est lui, l'ancien député girondin que notre or a sauvé de la guillotine. C'était une bonne idée d'acheter sa liberté, maintenant, espérons qu'il va nous servir.

M'nongo se planta devant Branton, qui montra sa surprise.

— Je ne parle pas aux sauvages ! dit-il sur un ton méprisant.

M'nongo ne lui laissa pas le temps d'appeler son frère. Il le saisit fermement et l'emmena sous le porche, où Jules attendait.

— Voilà celui qui a tué Soubret et qui, protégé par sa soutane, a fait condamner ton père au bagne !

— Mais que me voulez-vous ? s'écria le prêtre défroqué. Je suis retiré des affaires, je vis simplement ici, j'aide mon frère dans son travail d'artisan.

— Vous allez nous suivre au Comité de salut public, on aura besoin de votre témoignage.

— Je ne veux pas ! s'emporta Branton.
— C'est ce qu'on va voir.

En début d'après-midi, M'nongo et Jules constatèrent que les soldats barraient les issues du tribunal. Fouquier ne voulait pas d'un nouveau débordement du peuple et prenait ses précautions. Seules quelques personnes triées sur le volet pourraient assister au procès. Me Chavalon, libéré par ses ravisseurs, était préoccupé. Il ne parla à personne de sa mésaventure et réussit à faire passer les différents barrages aux témoins indispensables à la défense – M'nongo, Jules et Branton, qui protestait mollement car il n'avait pas oublié que ses amis girondins avaient été exécutés, ainsi que quelques autres personnes.

En arrivant dans la salle d'audience presque vide de public, Chavalon souffla à l'oreille de Jules :

— Attendez-vous à une énorme surprise !

Augustin pensait qu'il n'avait plus aucune chance. M'nongo et Jules lui adressèrent un regard qui se voulait rassurant mais montrait leur crainte. La presse, qui s'était déchaînée contre les méthodes expéditives du tribunal révolutionnaire, incitait Fouquier à mettre les formes dans un procès de l'issue duquel il ne doutait pas.

L'avocat de la défense attendit que Fouquier ait lu l'acte d'accusation devant des députés clairsemés. Jules ne faisait qu'une confiance limité à Chavalon, dont l'haleine sentait le vin. « C'est pour me donner du courage ! » avait dit l'avocat comme pour s'excuser. Et le jeune défenseur montra sa détermination en entrant directement dans le vif du sujet :

— Messieurs, l'histoire d'Augustin Moncellier, le Citoyen corsaire, ne peut pas se résumer en quelques mots. Il faut la raconter depuis le début et c'est ce que je vais faire.

Fouquier le laissa parler. Le petit nombre d'élus présents indiquait que l'affaire prenait une tournure politique et que rares étaient les députés acceptant de s'engager par un vote qu'on pourrait leur reprocher ensuite.

— Commençons donc par le début, poursuivit Chavalon. Paul Moncellier, père d'Augustin et Jules ici présents, était un artisan dont la filature produisait du fil et du tissu de qualité.

— Je ne vois pas en quoi cela concerne le chef d'accusation ! protesta Fouquier.

— J'y arrive. Le 13 novembre 1788, Pierre de Soubret, collecteur des impôts, a été sauvagement assassiné. Un prêtre dont personne ne mit en doute la parole, un certain Eugène Branton, accusa Paul Moncellier. Comme il n'y avait pas de preuve formelle, Moncellier fut condamné au bagne de Rochefort. Le ci-devant accusé, Augustin Moncellier, qui avait la preuve de l'innocence de son père, décida de le faire libérer. À Rochefort, il s'embarqua pour l'Amérique, où son père se trouvait. Le jeune Moncellier découvrit ainsi son sens de la mer et sa vocation d'officier de marine. Comment ? Sur *La Belle Sultane,* il fut le seul survivant parce qu'un officier anglais avait décidé d'en faire son animal de compagnie, son chien en quelque sorte.

— Abrégez, maître, fit Fouquier qui se montrait d'une patience inhabituelle.

— Ce capitaine s'appelait William Bright. Vaincus par des Espagnols, Bright et son chien, Moncellier, croupirent à fond de cale, mais pendant ce temps Moncellier apprenait son métier enseigné par l'ennemi. Premier résultat entre 1791 et fin 1792 : dix-huit bateaux anglais défaits, un record ; mais ce n'est pas tout.

Les députés se regardaient. Fouquier se taisait. Il n'était pas dans une bonne journée. Une dent l'agaçait et l'avait empêché de dormir. Robespierre, assis en travers de son siège, lisait le journal.

— Je poursuis, continua Chavalon mis en verve par le vin blanc. Au cours de cette campagne, Moncellier a été grièvement blessé. Il a été sauvé par Maximilien de Charleville, le traître passé ensuite à l'ennemi. Mais là encore en le sauvant, Charleville a permis à Moncellier de couler seize navires durant sa seconde campagne. Quel capitaine peut se prévaloir d'un tel tableau de chasse ?

Les députés échangeaient des regards interrogateurs. L'indifférence de Robespierre les rassurait : le procès du Citoyen corsaire, malgré la pression du peuple, allait vite redevenir un fait divers, une trahison ordinaire. Une fois le coupable condamné, on passerait à autre chose.

— Et alors ? questionna Fouquier sur un ton blasé.

— Nous arrivons naturellement au capitaine Dragon. On lui reproche d'avoir coulé plus de soixante bateaux français. Il était donc important de l'éliminer.

— Certes et l'accusé l'a laissé filer alors qu'il le tenait à sa merci, rétorqua Œil de Perdrix avec véhémence.

L'accusateur public arrivait à ses fins. Il se montra patient quand Chavalon, une goutte de bave blanche au coin des lèvres, demanda qu'on entende le premier témoin, Jules Moncellier, frère de l'accusé.

Jules arriva à la barre un peu intimité. Les députés s'étonnaient de voir un tout jeune garçon, presque un enfant.

— J'ai tenté de tuer le capitaine Dragon, mais mon coup a été dévié par un Anglais. Comme mon frère, j'ai été pris d'un étrange malaise en face du monstre. Nous étions sans force, incapables de bouger. Il aurait pu nous occire tous les deux, mais il a tourné les talons et s'en est allé.

Les députés protestaient. N'avait-on rien d'autre à faire qu'à débattre alors que la trahison était évidente ? Fouquier-Tinville triomphait :

— L'affaire est entendue ! Justice va être rendue.

Il donna l'ordre à voix basse d'approcher la charrette. Un soldat vint l'avertir que le peuple en colère avait forcé les barrages dressés tout autour de la place de la Révolution. On entendait crier des groupes tassés derrière les portes.

— Je n'en ai pas fini ! s'écria courageusement Chavalon. Je demande à poursuivre ma défense.

Après un signe discret de Robespierre, Fouquier donna la parole au jeune avocat :

— Revenons au début de cette affaire. Tout est parti de l'accusation mensongère du prêtre Branton, devenu par la suite député girondin.

Robespierre leva la tête et tourna un regard intrigué vers l'accusé. Les députés se mirent à commenter leur surprise. Fouquier réclama le silence.

À l'extérieur, les menaces de la foule se faisaient de plus en plus pressantes.

— Ce n'est pas ce procès qui nous occupe.

— Si ! s'emporta Chavalon en marchant devant la cour. Qu'on fasse venir le citoyen Branton.

M'nongo poussa devant lui l'ancien prêtre, qui bredouillait. Devant les députés, il retrouva son aplomb :

— Je nie toutes ces accusations mensongères. Je n'ai jamais tué personne.

— N'as-tu pas été prêtre avant de faire de la politique ? demanda Fouquier.

— Non, c'est mon frère jumeau.

— Faux ! s'emporta encore Chavalon. Son frère est cordonnier et ne connaît pas un mot de latin.

— Bon, admit Branton, j'ai été prêtre, c'est vrai, mais conscient de mon erreur, j'ai quitté la soutane.

— Tu es accusé du meurtre de l'officier des impôts Soubret, qui t'aurait surpris en train de courtiser sa femme.

— C'est faux !

— Et cette médaille qui te représente en plus jeune, c'est bien toi qui l'as perdue en fuyant après ton méfait ! cria Jules. C'est mon frère ici présent qui l'a ramassée.

— Ceci ne prouve rien du tout !

Alors, une femme s'avança devant la cour. Elle avait une quarantaine d'années et un beau visage rond, des yeux bleus.

— Je suis la veuve Soubret. Je confirme que Branton m'a fait des avances et que son attitude était sans équivoque quand mon mari l'a surpris. Ils se sont battus et Branton a sorti un couteau puis a poignardé mon époux. Comme cela se passait à côté des filatures, Paul Moncellier, ayant entendu des cris, est venu voir. Branton en a profité pour l'accuser. Personne n'a mis en cause sa parole de prêtre. Il n'y a pas eu de procès.

Branton tremblait. La guillotine l'avait épargné parce que Moncellier avait acheté sa liberté ; cette fois, il n'y échapperait pas.

— Qu'en dis-tu, citoyen Branton ?

Il ne pouvait pas nier, mentir une fois de plus aggraverait son cas auprès du tribunal divin auquel il persistait à croire. Il bredouilla avant de déclarer :

— C'est vrai.

On avait assez perdu de temps en palabres. Fouquier, considérant qu'une bonne journée ne pouvait pas se conclure sans condamnation, commença par le plus facile :

— Citoyens, je vous demande justice pour Paul Moncellier. Le citoyen Branton, criminel devenu député girondin, a été condamné avec ses amis mais a échappé à la justice de la république, je réclame que la sentence soit exécutée sur-le-champ !

Les applaudissements fusèrent. Fouquier sourit, ses paupières rouges s'abaissèrent sur un regard satisfait. La coupeuse de têtes allait enfin étancher sa soif de sang. Il se leva et déclara :

— Les services rendus à la nation ne pardonnent pas les crimes commis contre elle. Peut-on laisser croître la mauvaise herbe parce qu'elle protège le blé du gel ou des ardeurs du soleil ? Non, citoyens, notre république se doit d'être juste mais intransigeante ! Moncellier a certes détruit un grand nombre de bateaux ennemis, mais combien d'autres aurait-il détruits s'il n'avait pas été de connivence avec l'Anglais ? Je mets donc sa condamnation au vote.

Les députés se regardaient, indécis. Robespierre leva la main, ils l'imitèrent. C'était fait : Augustin allait être guillotiné.

Jules, serrant toujours la main de son frère, cria :

— Je demande à partager le sort d'Augustin !

— Je n'ai pas fini ! cria Me Chavalon particulièrement en verve. J'ai un témoin essentiel à présenter à la cour.

— Faites, grogna l'accusateur public sûr de lui, mais pressez-vous, nous avons d'autres cas à juger.

L'homme qui s'approcha à la barre était bien étrange. Vêtu d'amples vêtements noirs, la tête entièrement couverte d'un tissu sombre, il marchait en se dandinant. Fouquier s'impatienta :

— Nous ne sommes pas à carnaval, maître, que signifie cette mascarade ?

— Cet homme a une déclaration importante à faire.

— Qui êtes-vous ? demanda Œil de Perdrix. Sachez qu'on se découvre devant la cour.

— Je vais le faire bientôt et vous saurez mon nom car vous me connaissez tous, répondit le témoin d'une voix éraillée. Ancien bagnard condamné pour un crime que je n'ai pas commis, j'avais le goût de la mer.

— Venez-en aux faits ! s'écria l'accusateur public, qui croyait avoir compris.

— Abandonné par les Français sur un rafiot en flammes, horriblement brûlé, j'ai été récupéré par les Anglais. J'avais perdu la mémoire. Je ne savais rien de moi, ni mon nom, ni que j'étais français, d'ailleurs j'avais oublié ma langue maternelle. Je parlais l'anglais appris à Cayenne. Et je suis devenu l'ennemi de la France car dans la nuit de mon passé, je ne me souvenais que d'une seule chose : le lâche abandon des Français sur un bateau en proie aux flammes.

— Que l'on cesse cette mise en scène grotesque ! s'emporta Robespierre sans lever les yeux de son journal qu'il lisait attentivement.

— Je poursuis, reprit le témoin qui ne se laissait pas intimider. Après un grand nombre de victoires, je me suis trouvé en face de deux jeunes Français et la mémoire m'est revenue, brutale. Un coup de massue.

Jules poussa un cri d'animal blessé. Augustin soupira et baissa la tête, écrasé par ce qu'il venait de comprendre.

— Car ces deux Français, presque des enfants, que je m'apprêtais à transpercer, étaient mes fils, Jules et Augustin Moncellier.

D'un geste rapide, l'homme défit le tissu enroulé autour de sa tête, montrant un visage hideux sans nez, sans lèvres, le menton remplacé par une espèce de croûte grise, monstrueux avec sa peau écailleuse de reptile, ses yeux exorbités.

Un murmure de surprise monta de l'assemblée. Robespierre avait posé son journal et regardait attentivement la tête aux trois quarts dévorée par le feu, tout en parcourant du bout des doigts les formes de ses joues poudrées et parfumées.

— Voilà le capitaine Dragon qu'aucun équipage n'a pu vaincre, Paul Moncellier. Il se livre à vous sans armes pour réclamer une justice qui ne doit pas l'épargner.

— Le ca-pi-tai-ne Dra-gon, dit Fouquier en séparant les syllabes.

Il avait devant lui une proie inespérée. Il réfléchissait à la manière de formuler son accusation. Les députés commentaient l'événement. Jules s'était approché de son père, mais n'osait pas soutenir son regard. Augustin, la tête basse, pleurait et les sanglots de ce capitaine intrépide touchaient les députés qui retenaient leur souffle. Me Chavalon voulut parler, mais le capitaine Dragon ne lui en laissa pas le temps.

— Je réclame la justice au nom de la République française ! s'écria-t-il. Vivre chaque jour est pour moi une terrible épreuve. J'ai fui les regards horrifiés des autres sur les océans où ma laideur est pour beaucoup dans mes victoires. Je vous en prie, tranchez ma tête monstrueuse…

Augustin se dressa, piqué au vif. Chavalon le retint :

— Laissez, lui souffla-t-il à l'oreille. C'est la seule chance de vous sauver !

Fouquier ne savait quoi dire. C'était la première fois qu'un homme lui réclamait la faveur d'être guillotiné.

— Je vous en prie, s'écria encore Paul Moncellier, en me condamnant à la guillotine, vous faites un acte d'humanité ! Je ne puis vivre dans la honte d'avoir combattu mon pays et conduit mon fils devant ce tribunal.

Chavalon avait beaucoup hésité avant d'accepter cette ligne de défense. Robespierre se disait que ce jeune avocat ne manquait pas d'avenir et qu'il devrait en faire un ami. Pour cette raison, il entra dans son jeu :

— Dis-moi, citoyen Moncellier, combien de victoires as-tu remporté sur la flotte française ?

— Je n'en ai pas tenu le compte. Autour de la soixantaine. Vous comprenez qu'après un tel désastre, ma vie soit un calvaire !

Robespierre prit le temps de replier son journal, puis il se leva et alla parler à l'accusateur public. Un officier essoufflé lui dit qu'il n'y avait plus de temps à perdre. L'immense clameur du peuple de Paris arrivait jusqu'à la salle du Comité de salut public. Ce même peuple qui avait pris la Bastille pouvait mettre à sac le tribunal révolutionnaire.

Chavalon, toujours inspiré par le vin blanc, tonna :

— Citoyens, vous avez récemment acquitté la marquise Hélène de Montgeroult, grande aristocrate et ennemie notoire de la République. Elle n'a eu comme seul mérite que d'improviser au piano-forte de superbes variations sur l'air de *La Marseillaise* ! L'Histoire ne comprendrait pas qu'après un tel acte le Comité n'accède pas à la demande du citoyen Paul Moncellier, détruit par l'accusation d'un infâme curé. Que la France l'entende enfin !

Comme les portes cédaient sous la pression populaire, l'accusateur public face à une situation inattendue annonça :

— Le citoyen Moncellier nous réclame la mort comme une délivrance. Le tribunal a pour vocation de rendre la justice, pas de faire la charité. Aussi, il le condamne pour racheter sa faute bien involontaire à aller combattre l'ennemi sur mer. Il sera aidé dans cette tâche par son fils, le Citoyen corsaire. Avec eux, notre flotte sera invincible.

Robespierre fut le premier à applaudir. Il avait soufflé cette décision à Fouquier car il voulait attirer l'attention publique sur le jeune Chavalon dont il souhaitait se servir. L'Incorruptible sentait le vent tourner et la charrette qui avait emmené Danton et ses amis pourrait bien le conduire lui aussi sur la place de la Révolution. Il avait besoin de nouveaux venus en politique pour s'opposer à ses ennemis. Ainsi, Augustin n'avait-il sauvé sa tête que par le calcul du maître absolu, dont le piédestal vacillait. M'nongo, ne retenant pas sa joie, serra contre lui les deux frères qui pleuraient. La foule refusait de se disperser. Tout le monde voulait voir de près les héros, et frémir à la vue de l'horrible Paul Moncellier, qui s'était de nouveau voilé la face.

Il fallut attendre la nuit pour sortir du tribunal. Les deux frères avaient hâte de retrouver Léa, mais leur père refusa de les suivre :

— Je ne veux pas que ma petite-fille et Léa me voient dans cet état.

Puis se tournant vers les quatre hommes qui l'avaient accompagné, il ordonna :

— Ma place est sur l'océan, ma prison, le seul endroit où je peux exister. Allez chercher des chevaux, nous partons tout de suite pour La Rochelle.

Léa accueillit ses frères en pensant à Antoine Morisson, l'innocent qui, lui, avait été exécuté. Elle fut très vite informée de ce qui s'était passé. Dans les rues, les ouvriers de la forge ne parlaient que de cela. Le 8 avril, *Le Père Duchesne,* laissant le fait divers aux commentaires de la rue, écrivait : *Le Comité a montré une grande sagesse en évitant à ceux qui peuvent servir la république d'aller éternuer dans le sac. Foutre, on imagine la peur de l'ennemi quand il va apprendre que les deux plus grands capitaines du moment sont réunis contre lui.*

Vers midi, Augustin reçut l'ordre du ministère de la Guerre de se joindre à son père à la tête d'une flotte de huit navires.

Il en fut heureux. Le rêve caressé pendant son enfance se concrétisait, mais il impliquait une nouvelle séparation.

M'nongo aussi était heureux. La mer lui manquait et il espérait que l'action engagée contre les ennemis de la France rendrait plus sûre la route des Amériques. Jules décida :

— Moi, je reste avec Léa. Paris m'a trop manqué pour le quitter de nouveau. Je vais apprendre le métier de forgeron.

Ils partirent le lendemain. Isabelle de Ruffec et Élise Dujardin pleuraient. Jules les rassurait : elles pouvaient compter sur lui en attendant le retour d'Augustin et de M'nongo. Au moment de monter à cheval, Léa souffla à l'oreille de son frère :

— Surtout prends bien garde à notre père. Tu dois le convaincre de revenir. La vie peut reprendre comme avant, et tellement plus heureuse !

Augustin et M'nongo s'éloignèrent sans se retourner. La mer était au bout de leur voyage, une maîtresse absolue dont ils ne se passeraient jamais et sans laquelle ils ne pourraient être ceux qu'Isabelle et Élise attendraient patiemment.

Ils chevauchèrent en silence une partie de la matinée, en proie à ce sentiment fait de regrets et d'impatience qui oppresse la poitrine quand on quitte des êtres aimés pour accomplir son destin. Le temps était doux, il pleuvrait sûrement dans la journée.

M'nongo pensait à sa mère. La vieille aveugle avait eu beaucoup de mal à s'adapter à la maison qu'il lui avait achetée. Il lui avait donné assez d'or pour qu'elle puisse prendre quelqu'un à son service et cette aisance la gênait. Dispensée des corvées qui avaient rempli sa vie, elle s'ennuyait.

— Tu vois, dit tout à coup M'nongo, quand tu es esclave, tu ne peux pas changer de vie. La liberté fait peur à celui qui ne l'a jamais connue.

Augustin se rapprocha de son ami et répliqua vivement :

— Toi, tu éprouves toujours le besoin de te plaindre. Qu'est-ce qui te manque pour être heureux ? Dieu t'a tout donné ! Tu es aimé de la plus belle femme de Paris, tu ne crains personne, alors franchement, pourquoi tu geins sans cesse ?

M'nongo se dressa vivement sur son cheval qui fléchit. La mauvaise humeur d'Augustin l'irritait à son tour. Leurs querelles avaient toujours la même cause : un sentiment ou une attitude commune qu'ils réprouvaient, l'aveu d'une faiblesse dont ils avaient honte.

— Je me demande pourquoi je suis revenu d'Amérique. Ma mère pleurait si fort quand je l'ai quittée ! Et puis, elle avait la certitude qu'elle ne me reverrait jamais !

— Oui, pourquoi es-tu rentré ? Personne ne t'empêche de t'embarquer sur le premier bateau marchand si tu as peur de mourir au combat ! Et de redevenir esclave !

— Tu ne comprends rien ! s'exaspéra M'nongo.

Le silence retomba entre eux. Ils arrivaient près d'une rivière dont les flots gonflés par les dernières pluies noyaient la route mal empierrée. Le cheval de M'nongo fit un écart qui faillit désarçonner son cavalier. Augustin éclata de rire.

— Je ne serai jamais à l'aise sur le dos d'un animal ! s'exclama le Noir, qui profitait de l'occasion pour rompre un silence pesant.

— Si tu étais un peu moins lourd, ce serait sûrement plus facile pour cette pauvre bête qui n'en peut plus de te porter !

— Voilà que tu me reproches mon poids ! Reconnais qu'il t'a bien servi au combat !

Ils éclatèrent de rire, puis Augustin, de nouveau sombre, ajouta :

— J'appréhende de retrouver mon père, ou ce qu'il en reste !

— Vous, les Blancs, vous accordez toujours beaucoup d'importance à ce qui n'en a pas : l'apparence. Essaie de regarder les autres avec ton cœur et tu verras combien c'est plus facile.

M'nongo avait raison, une fois de plus, mais comment trouver une place dans sa vie pour ce père défiguré ? Comment remplacer Paul Moncellier, l'artisan parisien qui rêvait de bateaux avec son fils et imaginait l'océan près du bassin, dans la cour de la filature ? Sa recherche avait occupé les dernières années d'Augustin ; son absence motivait une action sans laquelle le jeune homme se sentait démuni, comme vidé d'une substance essentielle. Il redoutait de ne plus être le Citoyen corsaire qui avait remporté tant de victoires. La présence du Dragon à ses côtés n'allait-elle pas le faire hésiter au moment de prendre une décision cruciale et urgente ?

— Écoute, ajouta M'nongo, tu te montes la tête. Tu redoutes l'avenir parce que tu n'es pas sûr de toi. Tu as peur de ce que tu inventes, la réalité est toujours plus simple qu'on le croit.

Le soir, ils soupèrent dans une auberge presque vide. Une multitude de rats se poursuivaient sur le plancher sonore en poussant des cris aigus. Ils dormirent très peu et repartirent au lever du jour.

À mesure qu'ils approchaient de La Rochelle, Augustin retenait son cheval. L'appréhension lui écrasait la poitrine. Ils se rendirent à la capitainerie, où Marrelou les accueillit en héros.

— Le capitaine Dragon... je voulais dire votre père... vous attend à bord du *Rochelais*.

Paul Moncellier ne quittait pas son bateau. Sur le quai, une foule de curieux se pressait à longueur de journée, espérant apercevoir le mystérieux maître des mers, mais des gardes postés devant le trois-mâts empêchaient les plus audacieux d'approcher la passerelle.

Augustin et M'nongo furent autorisés à monter à bord. Le Dragon les attendait dans sa cabine, le visage découvert. Augustin eut un geste de recul vite réprimé. Il voulut s'en excuser ; Paul Moncellier fit semblant de ne s'être aperçu de rien.

— Sois le bienvenu, Augustin, dit l'homme qui ne bougea pas de son siège, la belle histoire marine des Moncellier va enfin commencer. Je pourrais en vouloir au curé Branton. Je pourrais en vouloir à l'équipage qui m'a abandonné sur le bateau en flammes, eh bien non, je leur suis reconnaissant de donner vie au rêve qu'un père et un fils faisaient devant un bassin de cour. Voilà : nous allons enfin naviguer ensemble !

Augustin reconnaissait la voix de son père, mais il ne pouvait pas s'habituer à sa tête hideuse et surtout à son regard fixe de serpent. Lui qui avait imaginé les effusions de ces retrouvailles gardait ses distances, inquiet de ne pas être aussi heureux qu'il l'avait imaginé.

Le départ de la flotte était fixé au 20 avril 1794. Pendant que M'nongo et les officiers surveillaient le chargement et recrutaient les derniers matelots, Augustin restait avec son père, décidé à le retrouver au-delà des apparences.

— L'océan est ma prison, confessa Paul. Ma monstruosité me coupe des miens, de Léa si seule avec sa petite fille, de Jules que je ne connais pas et de toi.

— Mais non, protesta Augustin. Après cette campagne, nous retournerons à Paris. Nous t'aimons comme tu es, tu as tant à nous apprendre !

— Sur la mer, tous les hommes se ressemblent, ajouta Paul.

Le matin du départ, la foule se pressait sur les quais. Les officiels avaient pris place sur une estrade dressée devant *Le Rochelais*. Marrelou avait passé la nuit à à peaufiner son discours, qu'il trouvait médiocre. Les équipages se rangèrent en ordre militaire devant leurs bateaux respectifs. Augustin Moncellier se tenait devant *Le Rochefort* remis à neuf. Un seul officier manquait, celui que tout le monde attendait et pour qui les Rochelais s'étaient déplacés en masse : le capitaine Dragon.

Marrelou demanda le silence, qu'il obtint après un long roulement de tambour. La cocarde épinglée sur son veston distendu à la hauteur de l'estomac, le représentant du ministère de la Guerre attendait d'un air cérémonieux, une liasse de feuilles à main. Il se racla la gorge et commença :

— Les six navires flambant neufs que vous voyez ont été construits grâce à un effort considérable de notre république. Ils vont enfin nous débarrasser de l'ennemi et ouvrir grandes les portes de l'Amérique. Nous avons demandé aux deux meilleurs capitaines d'en prendre la tête, Paul et Augustin Moncellier.

Les curieux se hissaient sur la pointe des pieds. À l'invitation de Marrelou, le Citoyen corsaire monta sur l'estrade, ovationné par une foule enthousiaste qui ne tarda pas à protester : où était le capitaine Dragon ? Le vacarme devint vite insupportable, suivi d'un silence oppressant : une silhouette descendait la passerelle du *Rochelais,* le navire amiral. Personne ne l'avait vu enjamber le bastingage, mais elle était bien là. Les gens retenaient leur souffle L'homme qui s'approchait de l'estrade cachait sa tête sous un tissu noir. Son corps déformé lui donnait une démarche de crabe. La foule frémissait. Son apparente fragilité conférait au maître des mers une force particulière, un pouvoir diabolique qui rendait mal à l'aise. Le mystère de ses voiles ajoutait une menace impalpable comme si, d'un geste, il avait eu le pouvoir d'anéantir les milliers de spectateurs venus pour lui.

Aidé par un officier, il monta sur l'estrade et se plaça à côté d'Augustin. Les femmes surtout étaient impressionnées par la réunion de ces contraires, la laideur et la beauté, le monstrueux et la grâce des anges. Marrelou hésita un instant, lui-même mal à l'aise, puis finit par déclarer :

— La République est fière de confier son avenir maritime à ces deux hommes et a besoin de vous pour garder la tête haute face à ceux qui veulent la détruire !

Il entonna *La Marseillaise,* aussitôt reprise par l'assistance. Augustin et Paul Moncellier descendirent lentement de l'estrade, l'un soutenant l'autre sous les regards curieux.

Les passerelles furent enlevées, les amarres larguées dans le silence recueilli qui suivit l'hymne nouveau. Au bruit de douze canons qui terrorisa les enfants et ameuta les chiens de la ville, *Le Rochelais* s'éloigna en premier du quai, suivi du *Rochefort* et des quatre autres navires.

Chaque jour, on attendrait de leurs nouvelles...

DU MÊME AUTEUR

Beauchabrol, Lattès, 1981.
Barbe d'or, Lattès, 1983.
L'Angélus de minuit *, Robert Laffont, 1989.
Le Roi en son moulin *, Robert Laffont, 1990.
La Nuit des hulottes *, Robert Laffont, (prix RTL Grand public).
Le Porteur de destins *, Seghers, 1992 (prix des Maisons de la presse ; prix du Printemps du livre de Montaigu ; Grand Prix littéraire de la Corne d'or limousine).
Les Chasseurs de papillons *, Robert Laffont, 1993 (prix Charles-Exbrayat).
Le Chat derrière la vitre *, Archipel, 1994.
Un cheval sous la lune *, Robert Laffont, 1994.
Ce soir, il fera jour *, Robert Laffont, 1995.
L'Année des coquelicots *, Robert Laffont, 1996.
L'Heure du braconnier *, Robert Laffont, 1997.
Rentrées des classes, Robert Laffont, 1997.
La neige fond toujours au printemps *, Robert Laffont, 1998.
L'Or du temps, Robert Laffont, 1998.
Les Frères du diable *, Robert Laffont, 1999.
Un jour de bonheur *, Robert Laffont, 1999.
Lydia de Malemort *, Robert Laffont, 2000.
Le Silence de la Mule *, Robert Laffont, 2001.
Des maisons au cœur, Robert Laffont, 2001.
Dernières nouvelles de la terre, Anne Carrière, 2001.
Le Voleur de bonbons *, Robert Laffont, 2002.
Lumière à Cornemule *, Robert Laffont, 2002.
Une vie d'eau et de vent, Anne Carrière, 2003.
*Des enfants tombés du ciel**, Robert Laffont, 2003.

La Couleur du bon pain *, Robert Laffont, 2004.
*Les Colères du ciel et de la terre**, Robert Laffont, 2005.
- *La Montagne brisée**
- *Le Dernier Orage**

Les Âmes volées, Fayard, 2006.
Juste un coin de ciel bleu, Robert Laffont, 2006.
La Peste noire, XO Éditions.
- *La Conjuration des lys,* 2006.
- *Le Roi chiffonnier,* 2007.

Nous irons cueillir les étoiles, Robert Laffont, 2007.
Et l'été reviendra, Robert Laffont, 2008.
La Malédiction des louves, Robert Laffont, 2008.
Les Enfants de l'hiver, XO Éditions, 2009*.
Les Secrets de la forêt, Robert Laffont, 2010.
La Maison des Houches, Belfond, 2010.
Le Cri du goeland, Belfond, 2011.
Le Chant du papillon, Belfond, 2011.
La Tour de Malvent, Belfond, 2012.
Le Rebelle des sentiers de Lune, Belfond, 2013.
Un violon sur la mer, XO Éditions, 2013.
La Mémoire au cœur, Belfond, 2014.

* Titres disponibles chez Pocket.

Composition et mise en pages
Nord Compo à Villeneuve-d'Ascq

N° d'édition : 2799/02 - N° d'impression : 3007807
Dépôt légal : novembre 2014
Imprimé en France

Cet ouvrage a été imprimé en France par

CPI
BRODARD & TAUPIN

La Flèche (Sarthe)
en décembre 2014

LES VENTS DE LA LIBERTÉ